子弹上膛

刘猛 著

军事作品

北京联合出版公司

Beijing United Publishing Co.,Ltd.

图书在版编目（CIP）数据

子弹上膛 / 刘猛著. -- 北京：北京联合出版公司，
2015.2（2021.2重印）
ISBN 978-7-5502-4281-4

Ⅰ. ①子… Ⅱ. ①刘… Ⅲ. ①长篇小说－中国－当代
Ⅳ. ①I247.5

中国版本图书馆CIP数据核字(2014)第290743号

子弹上膛

出版统筹：新华先锋
责任编辑：李　婷　徐秀琴
封面设计：易珂琳
版式设计：朱明月

北京联合出版公司出版
（北京市西城区德外大街83号楼9层　100088）
三河市东兴印刷有限公司印刷　新华书店经销
字数310千字　787毫米×1092毫米　1/16　25印张
2015年2月第1版　2021年2月第5次印刷
ISBN 978-7-5502-4281-4
定价：59.00元

第一章

1

　　热带丛林。中国西南边境 T45 地区。一架直升机在丛林上空掠过，迷彩的机身和丛林几乎浑然一体。机舱里，陆军下士小庄等特战队员满身满脸都是迷彩，手持武器待命。他们穿着特别花色和款式的迷彩服，搭配各种战术背心，手里的武器搭配很自由，有 81-1 自动步枪、95 自动步枪和 88 狙击步枪，也有战术改装过的 56 冲锋枪等。臂章赫然是只狼头，闪电利剑标志，用汉字写着"中国陆军狼牙特种大队 026"。他们——中国陆军狼牙特种大队的对外番号——026 后勤仓库的秘密影子部队——孤狼特别突击队 B 组，号称精锐中的精锐、狼牙的牙尖子。他们奉命执行代号为"丛林黑手"的抓捕任务。任务很简单：抓获一名秘密入境的国际毒枭，如果抓捕失败，就地击毙。

　　小庄舔舔自己干裂的嘴唇，握紧手里的冲锋枪。他环顾四周，爆破手、志愿兵老炮坐在他的身边闭目养神，手里抱着一把 56-1 冲锋枪。对面，第二突击手、上士强子正对着伪装油梳妆盒用匕首刮下巴的几根胡子，很仔细。卫生兵、上士史大凡含着手指，看日本漫画《七龙珠》，看得嘿嘿直笑。狙击手、上士邓振华披着狙击手的"吉利"伪装服，跟棵灌木一样，手持同样伪装的巴雷特大口径狙击步枪，正闭着眼睛跟着随身听里的劲歌在扭动。B 组组长耿继辉上士目光冷峻，在看地图。随着蜂鸣器的警报声，机舱内的红灯开始亮起来。大家一起抬眼。耿继辉一边收起地图一边说："我们到了！摘下军衔和臂章，跟自己的遗书放在一起！"特战队员们无声地摘下军衔和臂章，装入袋子，封好。

　　"我们的身上不能有任何证明自己身份的东西。我再说一次，这里的边境线犬牙交错，一旦开火，很难说会发生什么事情。无论发生什么情况，绝不能越境，绝不能暴露我们的身份！"

　　队员们检查自己的装具和口袋，陆续报告："好！""好！""好！"

　　耿继辉扫视着队员，队员们的迷彩脸上很平静。他突然厉声问："你们是什么？"

　　"狼牙——"队员们抬起头，坚定地注视着他。

　　"你们的名字谁给的？"

　　"敌人——"

　　"敌人为什么叫你们狼牙？"

"因为我们准！因为我们狠！因为我们不怕死！因为我们敢去死——"

耿继辉举起右手的武器："孤狼B组——"

队员们一起举起手里的武器："同生共死——"

所有人都是一脸刚毅。耳麦里传来飞行员天狼1号的声音："孤狼B注意，准备机降。1分钟后我将离开这里,祝你们好运！"耿继辉伸出大拇指。队员们伸出大拇指。舱门打开,老炮把大绳抛下去。直升机悬停。队员们顺着大绳陆续滑降。耿继辉最后一个滑落,他松开腰间的铁扣,直升机飞走了。

2

林间山路,两辆陆地巡洋舰在急驰。车里坐满了冲锋枪手。山头狙击阵地上,邓振华抱着巴雷特狙击步枪在报告："大尾巴狼报告,目标接近中。两辆陆地巡洋舰坐满枪手。他们距离埋伏地点还有500米,完毕。"他说着拉开了枪栓。咔嚓,大口径弹上膛。路边灌木丛中,耿继辉对着耳麦低声说："森林狼收到,准备动手。完毕。"队员们做好了准备。小庄握紧冲锋枪,老炮拿起引爆器,强子虎视眈眈。陆地巡洋舰接近了。老炮按下引爆器。"轰！"第一辆车飞上天空,化成烈焰。枪手们飞在空中惨叫着,小庄一个箭步冲出去,举起冲锋枪射击。同一时间,狙击阵地上的邓振华扣动扳机。砰！巨大的枪声,第二辆车的司机胸部几乎被打烂了,枪手们纷纷往车下跳。

队员们包围上去,对目标精确射击,枪手们纷纷中弹。

强子冲上去,一把拉开车门,小庄举起冲锋枪："不许动！中国陆军！"

毒枭惶恐地举手："我投降、我投降……"

小庄一把把他拉下来,按在地上,史大凡搜身,其余的队员在警戒。耿继辉环顾四周,对着耳麦呼叫："天狼1号,我们得手了,立刻到指定地点会合。完毕。"队员们把司机尸体拖下来,上了陆地巡洋舰,高速离开。地上留着尸体,那辆车还在燃烧。行动如同教科书一样完美,孤狼B组,抓获毒枭,无一伤亡。

山头狙击阵地上,邓振华起身,他把手雷拔掉保险,放在巴雷特狙击步枪的枪托下面,并用杂草掩埋好,然后提着56-1冲锋枪开始飞奔："该死的——狙击手难道每次都要跑路的吗？"

谷地。直升机盘旋着螺旋桨在等待,队员们架着毒枭快步跑来。小庄跑在第一个,他持枪警戒四周。队员们陆续上去,小庄回头看看："还有伞兵——"

"起飞！给狙击手丢下绳子,我们不能再耽搁了。"耿继辉面无表情地说。小庄果断地上去。直升机开始准备起飞,起落架已经离开了地面。邓振华跑过来："该死的！等等我——"

史大凡嘿嘿笑着,丢下大绳,上面都是打的结："鸵鸟！爬绳！"

邓振华抓住大绳,仍不忘悲悲切切地嚷："天啊！难道这就是伞兵的命吗？"他拿起D形环扣在绳索上,被带离地面。队员们哈哈大笑。直升机起飞了,拖着一条大绳,大绳上带着邓振华,他还在痛心疾首地高喊："难道你们打算让我这样返回狼穴吗？该死的——"

队员们兴高采烈地拉着邓振华爬上来。小庄负责看押人犯。他盯着毒枭，又拿出照片来看看，总是觉得哪里不对劲。"怎么了？"耿继辉问。小庄皱着眉："不对劲儿！他怎么一点表情都没有？"

耿继辉看向毒枭。小庄伸出手，一把撕开了毒枭的面具，下面是一张不一样的脸，泪流满面。

小庄一惊："假的，我们中计了——"

队员们来不及思考，山头上，一个贩毒武装的枪手已经举起防空导弹，嗖地发射出去，导弹带着尾烟，扑向直升机。"轰！"直升机凌空爆炸，碎片纷纷落下。中国陆军狼牙特种大队，孤狼特别突击队 B 组，全体阵亡……

3

"啊——"一声哀号，小庄从梦中醒来。他披散着长发，坐在床上喘息，飞机的碎片似乎还在眼前飞落。女孩在旁边睁开眼："干吗啊？大早上一惊一乍的？我还没睡醒呢！"小庄捂住脸，泪水从指缝流出来。

女孩伸手拽他："怎么了？再睡会儿？"小庄甩开女孩："你谁啊？在我家干吗？"

"昨天酒吧……"

"滚蛋！"小庄吼。

女孩坐起来，愣了。

"滚蛋！"

女孩起身穿衣服走人。小庄坐在原处，等她走后，开始落泪。许久，他终于平静下来，起身拉开窗帘，阳光照射进来——这是一间租来的破旧仓库，被改装成了家。一层是放车和杂物的地方，二层是卧室和工作室。虽然破旧凌乱，但收拾得很有艺术气息。小庄开始洗漱，收拾自己的东西，他扎上马尾。电话响了，他拿起电话："喂？"

邵胖子的声音从手机里传来："喂！起来了？昨天那妞儿聊得怎么样啊？"

"不怎么样。"小庄淡淡地说。

"别着急，慢慢来啊，你送她回学校了？"

"没，昨晚上在我家呢，刚打发走了。"

"操！又被你丫给办了？真不知廉耻啊！"

"知道啊，你就是廉耻。"

邵胖子笑："你大爷的！你们全家都是廉耻！赶紧，这边等你呢，别迟到了啊！"

小庄一边说一边打开仓库大门："知道了，马上到。挂了啊。"他挂电话，上了花花绿绿的切诺基。

桔子胡同小学门口，电影拍摄现场一片忙乱。小庄是副导演兼场记，他扎着马尾辫，一副艺术青年的打扮，正拿着喇叭狐假虎威："注意了啊！现场安静了啊！各个部门注意啊，实拍了——"

录音小妹戴着耳机全神贯注："录音好！"

"摄影好！"

"灯光好！"

小庄转向坐在椅子上看监视器的胡导满脸堆笑："胡导！您看可以开始了吗？"

邵胖子在旁边急忙给胡导点烟："胡导，我同学还上道吧？"

胡导很是深沉地点点头："嗯……开始吧。"

小庄把喇叭往背后一背，拿出腰里别着的场记板快步跑到小学门口举起来："电影《冰是睡着的水》第五场第三镜，预备——啪！"他合上场记板。摄影机开始咔啦咔啦地转。一群毛孩子从小学里放学走出来。一个小黑脸举起书包砸在前面的小胖墩的后脑勺。小胖墩回头高喊："你丫敢打我？弟兄们，上——"

旁边的孩子们跟这个小黑脸打起来。

胡导看着监视器："好！过！开饭！"

大家开始收摊子。孩子们打急了，还扭在一起。小庄急忙跑过去："各位小爷！各位小爷！别打了，下面还有戏呢！好了好了！"他拉开群情激奋的孩子们，拽着他们走，"吃饭了！今天是茄子肉丁！"录音小妹正在领饭，看见小庄哄孩子，扑哧乐了。

小庄冲她笑笑："这年头革命工作不好做啊！又当爹又当妈的，该给孩子们找个妈了！"录音小妹乐了："去！少跟我贫，谁给他们当妈啊！"小庄把孩子们交给邵胖子："你替我伺候会儿小祖宗们。"

"你干吗去？你把这饭给胡导送去，导演组的人了，有点儿眼力见儿！"邵胖子拿着盒饭瞪他。

小庄苦笑："说几句好话还行，伺候人的事儿我做不来。"

"你以为你是谁啊？斯皮尔伯格·庄？跟你说多少次了，你刚毕业，别着急，慢慢来！我在江苏人艺当了八年演员，就拉了四年大幕……"

小庄的眼神在飘。录音小妹看着他看自己，不屑地切了一下。

邵胖子说着说着觉得无趣："哎！我说你，到哪儿都忘不了泡妞啊？那小妹可眼光高得很，大二就开始跟组了，一直守身如玉！多少狼惦记着都没吃着，你一来就想泡她啊……哎哎！你真去啊？"

小庄已经径直走过去了。邵胖子又想喊他，小黑脸跟小胖墩又干了起来，他只好急忙去劝架。

小庄凑近录音小妹，拿出一盒都宝烟，抽出一根递过去。录音小妹看一眼："哟！都宝啊，你还好意思拿？"小庄笑笑低声说："里面是红塔山，这不怕他们分嘛？"录音小妹抽出来看看，烟嘴的确是红塔山商标。她笑着将烟叼在嘴上。小庄给她点烟，低声说："后面胡同，我等你。"录音小妹别有意味地看他，吐出一个烟圈："你以为你谁啊？"小庄看看她，自己走了。录音小妹笑着又吐出一个烟圈。

胡同里杂七杂八到处都是东西。小庄追着录音小妹，录音小妹咯咯笑着："不闹了，气都岔了！"小庄追上录音小妹，一把拉过她："过来吧你！"

缥缈的口号声突然传来："一——二——"

小庄如同雷击一样，一下子抬起头，满眼惊讶。

"你怎么了？"录音小妹的嘴唇湿漉漉的。

小庄一把松开录音小妹，转身就跑。

缥缈的口号声渐渐变得清晰和雄壮起来，小庄跑到胡同口，他站住，呼吸急促。对面的工地上，穿着破旧迷彩服的老炮在孤独地搬一根原木："一——二——"

小庄静静地看着，鼻翼急促翕动，他突然撕心裂肺地高喊："班长——"

老炮扛着原木的身影愣了一愣，他松开原木。老炮回头，小庄急促呼吸着，惊愕的眼慢慢溢出泪水："班长……"

老炮还是惊愕地看着他。

"班长——"小庄冲过去抱住老炮。老炮慢慢抱住小庄："兔崽子。"

"我以为再也见不到你了，班长……"

老炮抱紧了小庄，闭上眼睛，眼泪流了出来。录音小妹慢慢走出胡同口，诧异地看着两个男人。

4

街边的小饭店。一桌子菜，服务员还在上菜。穿着破旧迷彩服的老炮局促不安地坐在那里："够了……"

"班长，今天你得听我的！"小庄红着眼睛，打开酒瓶倒酒。录音小妹坐在旁边小心地拉他："小庄，时间差不多了……马上要开工了……"小庄一甩开她："没你事儿！滚！"录音小妹很尴尬，扭头跑了。老炮不安地说："小庄！你、你不该这样对你对象。"小庄拿起一个口杯，沉了一下："她不是我对象。这一杯，为了我们在一起的岁月！"他仰起脖子一口气把酒给干了。老炮关切地看着他："你变了……"小庄愣了一下："不是我，是生活——生活变了。"

老炮看着小庄，拿起酒杯："为了我们在一起的岁月！"他一饮而尽。小庄看着老炮，突然露出奇怪的笑容。他拿起酒瓶再次倒酒。手机在响，他却浑然不觉。

"你的电话。"

小庄拿出电话关机："今天，谁他妈的也别想打扰我！班长，老炮……我没想到还能见到你，更没想到你现在……我以为……你不会离开特种部队，你肯定会干到六级士官的。"

"家里出了点儿事，去年年底复员的。这么多年，你也不知道回去看看我们。兄弟们都很想你。"

"你知道我不敢回去……我不敢想起你们，不敢想起来过去的那些事儿……"小庄声音带着哭腔。

老炮带着忧伤看着他。

"可是我忘不了，我忘不了我们在一起爬过的每一道悬崖，走过的每一个村庄，甚至是踢过的每一步正步，打过的每一颗子弹……我忘不了我们在一起患难与共的日子，也忘不了她……"老炮断然打断他："你别说了！过去的事情都过去了！"小庄再次拿起酒杯，老炮一把抓住他的手："别喝了——"小庄慢慢推开他的手："这一杯，为了她……"老炮看着小庄，慢慢拿起酒杯。小庄一饮而尽。老炮也一饮而尽。咣！小饭店的门被一把推开，邵胖子着急地进来："孙子！你丫疯了——"小庄看着邵胖子，带着眼泪笑："来，喝一杯！"邵胖子劈手夺过酒杯："喝他妈的什么喝啊？胡导都怒了！你成心的是不是？"老炮急忙站起来："小庄，你赶紧去工作吧……"小庄一把按下他："你不许走！"邵胖子看了民工装束的老炮一眼，皱眉拉小庄："你丫赶紧跟我回去！少他妈的在这里撒酒疯！"老炮小心地说："小庄，你还是先回去工作，咱们来日方长！"小庄看看邵胖子，又看看老炮："你等我！"

他转身跟邵胖子离去。老炮忧郁地看着小庄的背影，拿起酒杯一饮而尽。

胡同片场。大家都在各自忙碌。邵胖子拉着小庄过来。戴着耳机的录音小妹抬起头，关心地看着。胡导在监视器前跟摄影说着什么，邵胖子快跑几步过去，满脸堆笑："胡导，小庄回来了。"胡导看了小庄一眼，没说话。邵胖子拉过小庄："他拉肚子了……快跟胡导道歉。"小庄为难地说："胡导，我……"胡导看着没看他，指着那边径自去了："那是谁啊？糊弄日本人呢？"小庄很尴尬，邵胖子数落他："你说你胡闹什么啊？那民工谁啊？""什么民工？那是我战友！"邵胖子把场记板塞给他："行行，你战友是我大爷！成了吧？赶紧去跟胡导说几句好话，这事儿就过去了！"小庄咬咬牙，走到胡导身后："胡导，对不起……"胡导还是不看他。邵胖子急忙过来："胡导，我同学不懂事儿……"胡导看看小庄："你不挺牛的吗？戏剧学院导演系毕业的大导演，你跟我说什么对不起啊？"邵胖子满脸堆笑："他不是刚走进社会吗？"胡导刚想说什么，突然愣住了。小庄把场记板随便一甩，转身就走。

小庄径直穿过目瞪口呆的剧组，走向自己那辆花花绿绿的切诺基。邵胖子急忙追过去拉住他："你干吗啊？"

"松手！"

"你又犯什么神经病呢？"

小庄一把甩开他："我不干了！"他上车，一轰油门走了。

邵胖子着急地说："我说你疯了？哎哎——"

小庄开着车。街景哗哗闪过。车到小饭店门口，他推门进去，愣住了——老炮不见了，老板娘在收拾桌子。

"人呢？"

"走了。"老板娘头也不抬。

"走了？"小庄转身开门左右看看，回头问，"什么时候走的？"

"你刚走，他就走了！"

小庄着急了："我还没结账呢，你怎么就让他走了？"

老板娘抬头："他结了啊，我干吗不让人走？"

"他说什么没啊？"

"什么都没说，就说结账……哦，对了！他让我把这个交给你。"老板娘转身去柜台拿东西，递给小庄——一个已经变得残旧的狼牙特种部队臂章。小庄颤抖着接过，臂章下面还有一张纸条。他匆匆打开纸条：小庄，很惭愧让你看见这个样子的我。你还记得老班长，这就足够了。我走了，不要找我。我们虽然是生死与共的战友，但是现在，我们不是一个世界的人。你曾经的班长——老炮。

小庄合上纸条，问老板娘："他往哪边走的？"

"我哪儿知道啊？"

小庄拿着东西夺门而出。小庄匆匆打开车门上车。他拿出手机，一边开车一边在电话簿里翻电话。

5

生意清淡的街边驴肉馆，隔着临街的大橱窗可以看见街道上的人来人往。强子穿着便装进来："来碗面！"

服务员正在看《还珠格格》。强子提高声音："有人没啊？给我来碗面！"

服务员眼睛还没离开，对后面喊："一碗驴肉面！"强子找了临窗的桌子坐下，一看桌子，桌上很脏，没擦，碗筷还在。

"哎，你来给擦一下啊！"

服务员舍不得离开电视，但还是离开了。强子不满地看着她过来擦桌子："就你们这样还做不做生意啊？"服务员漫不经心地说："你又不是老板。"

"那叫你们老板出来，我跟他聊聊！"

"你谁啊？"

"我防疫站的！群众反映你们好几次了，还真的脏乱差啊！叫你们老板出来！"

服务员愣了一下："我们老板不在。"

"不在？那你们这饭店也别开了，马上停业整顿！"

两人正在争执，厨房的门开了："干啥啊？"老板是个东北口音、四十多岁的精壮男人，铁青的脸上有一道刀疤，密密麻麻的黑龙文身从背心里露出来，胳膊上脖子上都是。强子转头，看他很强壮彪悍，好像胆怯了："你是老板啊？我是防疫站的，你们这卫生情况好像有点问题啊……"老板挤出干笑："不好意思，最近我回老家了。"强子给自己找台阶，起身想走："那这样，你们先收拾收拾，我再来检查。"

老板拿出烟："领导，像我们这做小生意的，顾不上的地方你还得多担待。"

强子小心地笑："好说，好说。"

老板递烟给强子，强子双手小心地去接。突然他脸上的笑容一扫而光，闪电般地抓住老板的右手手腕猛地扳倒按在桌子上："动手！"

老板脸色大变，怒吼一声把压在身上的强子掀翻。强子砸碎了桌子倒在地上。瞬间，老板拔出手枪。咣！玻璃门被几个小伙子粗暴地撞开，便衣警察们冲进来举起手枪："不许动！"老板无处可逃，直接冲向大玻璃橱窗。咣！他撞碎了玻璃橱窗，跳到街上，拔腿就跑。强子拔出手枪从橱窗跳出来，边跑边上膛："再跑开枪了——"老板眼露凶光，侧过身子回手举起手枪。咣！老板没看见前面，一头撞进路边的电话亭。他头晕眼花，仰面栽倒。强子过去，蹲在他跟前冷笑着看他："黑龙，三年了，你可让我好找啊！五条人命，200公斤海洛因，加上贩卖枪支、绑架敲诈，你哪是什么小生意人，你是办大事儿的材料！别谦虚了，跟我回去谈谈致富心得吧。"老板想反抗，却动弹不了。强子捡起他掉在一边的手枪退膛。两个小伙子冲过来铐住了他，把他揪起来。几辆闪着吸顶警灯的民用牌照轿车高速冲过来停在旁边。便衣警察们把一摊稀泥似的老板提起来，扔进车里。

女便衣警察小蕾走过来，把电话递给强子："强队！你的电话，一直在振！这么着急找你，是对象吧？"

强子笑笑："我对象还在丈母娘肚子里面呢！"他接过电话一看，还在振动，屏幕显示名字，小庄。他按下通话键："喂？我刚才在抓人，说吧，又被哪个中队的交警给扣了？"

小庄在开车："我跟你说啊，这次不是因为我！老炮来了！"

强子愣住了："你说谁？老炮？他什么时候来了？在哪儿呢？"

"1个小时以前我看见他的，现在又不知道去哪里了！"

"知道他住哪儿吗？"

"肯定就在附近的工地！"

"工地？他现在怎么也得是五级士官了啊？部队工资不是涨了吗？他怎么会住工地？"

"我一句两句跟你说不清楚！老炮现在当民工了！"

"你别逗了！老炮那种兵是不可能退伍的！就算退伍，他好歹也是二等功臣！国家和军队都有相关规定……"

"我有必要跟你扯这个淡吗！我现在去找他，你要是有时间就赶紧过来！就是我们拍戏那个地方附近。"他挂了电话，打车拐弯，开进胡同。

强子挂了电话，回头看去，年轻的警察们已经准备收队。

"那什么……小蕾！你先回去跟方总汇报，我去办点事儿。"

"不是吧，强队？方总还不怒了？我怎么跟方总说啊？"

"编个理由，当女特警连这点本事都没怎么跟犯罪分子打交道？"他说着就上了前面的轿车。

"强队！你开着手机啊——"

强子挥挥手，开车走了。大街上车流如梭。强子的车艰难地穿行，他按着喇叭，心急如焚。车实在太多。强子狂按喇叭，没人搭理。他看看手表，拿起吸顶警灯安在车顶上，拉响了警笛。前面的车立即让开了，强子加速冲过去。

6

小庄的车冲进一个工地，在楼下停住。

他下车高喊："老炮！班长——"

正在干活的民工们好奇地看他。包工头过来："干吗的你是？"

"我找人……"

"找谁啊你？找人怎么找到这儿来了！"

"我找老炮！"

"谁是老炮？我这里有二百多民工，我叫得全吗我？"

"他穿迷彩服！"

包工头一指："你自己看看，都是穿迷彩服的！"

小庄定睛看去，民工们都穿着迷彩服，正纳闷儿地看着自己。

"出去出去！再不出去，保安就轰你出去了啊！"

门口的俩保安赶紧往这儿跑。小庄正要说什么，警笛声迅速逼近了。强子关了警笛，车顶的警灯还在闪着，他开进工地。俩保安立即站住了。包工头也傻了。强子关掉警灯，下车跑过来："小庄！老炮呢？"

"还没找到。"

包工头凑上来陪笑："公安同志，您……"强子亮出警官证："我找个人，是你工地的民工。"包工头立即吹哨子："快快快！下来集合了……公安同志，都办了暂住证了。"小庄在民工中寻找，没有。他回头看强子。

强子问："你确定就在这里吗？"

"我眼睁睁看着他在这里搬原木的！"

一民工说："哦？你们说炮哥啊？"

小庄眼睛一亮："对，就是老炮！他在哪儿？"

"走了，他中午回来收拾东西就走了！"

包工头瞪眼："怎么走了？不可能啊？"

强子问："他什么时候来的？"

包工头着急地说："三个月以前啊，我一分钱工资都没跟他结呢！他怎么会走呢？"他立即发现众民工看他的眼神不对劲儿马上改嘴："你们知不知道他去哪儿了？"

众民工都不说话。强子叹气："算了，问他们没用。老炮要是不想让人找到，他们肯定是不知道的。"

"公安同志，他是不是、是不是犯了什么案子？"

小庄瞪他一眼："胡说！他是我们的老班长！"

"差不多了，我们走吧。"强子拉上小庄，又转身拿出名片，"如果他回来，你马上给我打电话。"

包工头点头，跟着送出来："一定一定！"

工地外，小庄站在自己的车边，神色焦急地四处张望。强子在自己的车里打电话："好，谢了！得得，欠你一个人情我记着！行，咱哥们儿谁跟谁啊。"强子打完电话出来，走到小庄跟前："我跟附近几个派出所所长都打招呼了，有老炮的消息就马上通知我。"他看看手表，"我还得回单位。记住，别冲动，老炮要是成心逃避我们，找到了也得跑。所以你千万别着急。"小庄神色黯然："他逃避我们干什么？我们是他的兄弟啊！"

强子看着小庄："也许是他抹不开这个面子吧！"

小庄苦笑："我们之间还有什么面子不面子？"

"他未必像你这样想。老炮是老班长、老大哥，他的自尊心比我们都强。他逃避我们，也许就在逃避自己的过去。"

"那他为什么要逃避自己的过去呢？"

强子奇怪地看小庄："难道你不是在逃避自己的过去吗？"小庄愣住了。强子岔开话题："老炮曾经是我们的老班长，是全军特种部队的资深骨干士官，他在侦察部队和特种部队的经历都非常辉煌。我想，他是不想让我们看见他混成这样。"

"我们不可能不管的。"

"对！也许是他抹不开面子，也许是他不想麻烦我们，总之，他肯定有自己的苦衷。你先回家，理出个头绪来我们打电话。我真得走了，你电话开机。"强子拍拍小庄的肩膀，上车离开。

7

深夜，小庄仓库的卷帘门自动打开了，他的切诺基开进来，卷帘门又自动关上了。小庄疲惫地下车，他上了二层打开台灯，按下留言电话按钮。

"操！你丫玩儿什么呢？别胡闹了！赶紧给我回电……"是邵胖子声音。啪！小庄给按了。

"小庄，我是你爸。你都毕业了，到底什么打算啊？你不能一直这么混吧？你看看你那些高中同学，人家都当孩子的爹了，多成熟……"啪！小庄苦笑一下，按了。

"小庄，我现在还在局里值班。我的相册在家，你回家后找一下老炮的照片，找到后发我信箱……"啪！小庄关上电话，迅速转向角落杂物柜。

杂物柜上放着乱七八糟的舞台模型、京剧脸谱什么的。最下面的一层盖着一张汽车伪装网。小庄撕开伪装网，伪装网下露出一个很旧的缝着细密小补丁的迷彩大背囊。小庄愣了愣，呼吸急促地打开这个背囊，他把里面的东西一件一件拿出来放在面前的床上，最后拿出的是一个鼓鼓囊囊的档案袋。小庄抖着手打开档案袋，慢慢地把里面的东西倒出来。哗啦啦！陆军大檐帽徽、领花、从列兵到中士的军衔肩章……小庄把这些在面前一一摆开。拿起一个"夜老虎侦察连"的臂章，小庄的眼泪默然落下。他哭着拿起最底下的东西——一个粉色封面的日记本。他的手剧烈地抖动着，一束风干的野兰花从日记本里飘落出来。小庄拿起野兰花，再也抑制不住，撕心裂肺地迸发出吼声："小影——"唰——小庄看见身着中国陆军 87 士兵常服的女列兵小影穿着黑色皮鞋，走在特种大队的训练场上……

"啊——"小庄撕心裂肺地哭喊着，狂暴的他开始砸东西，屋里立即叮当哐啷乱成一片。小庄狂乱地抓起笔记本电脑，但是手却停住了。他慢慢放下了笔记本电脑。桌子上残留的东西全被他推到地下，桌面立即干净了。他打开笔记本电脑，呼吸急促地看着屏幕亮起来。

小庄打开 Word 文档，他的手在颤抖。

唰——小庄看见戴着黑色贝雷帽的特战队员们庄严宣誓："我宣誓，我是中国陆军特种兵，中国人民解放军海陆空三军最精锐的战士！我将勇敢面对一切艰苦和危险，无论是来自训练还是实战！无论面对什么危险，我都将保持冷静，并且勇敢杀敌！如果需要，我将为国效忠！我绝不屈服，绝不投降，如果必要——最后一颗子弹留给我！"

小庄的眼睛，火焰在燃烧。他的手在键盘上迅速敲击着：

"最后一颗子弹留给我——我不能忘却的军中回忆，只有在暗夜的梦里，他们还陪伴着我。"

"回忆真的是一件很可怕的事情，我感觉包在心灵外面的那层坚固的壳在一点点破裂，心里很疼，因为这种柔弱被自己藏在一个阴暗的抽屉里不敢示人……"

"这是一个很长很长的故事，我不知道该从哪里讲起。我想，我该从她讲起。没有她，我就不会参军，更不会走入特种部队，也就不会有这些铁和血交织的回忆……"

"她是小影，是我所有对美丽和纯洁的想象的化身，是我永远的梦中情人。我们都是文工团子弟，住在一个家属院。我和她是楼上楼下的邻居，她比我大一岁。我从小在破碎的家庭长大，养成了桀骜不驯的性格。对未来我也有着很多梦想，在这些梦想中，独一无二的女一号就是小影……"

在键盘的敲击声里，一幕幕往事咬噬着小庄的神经。小庄快速地打字，各种画面在他脑里快速闪过：

唰——记忆里的家属院。

楼下的一家夫妻在争吵，童年的小庄坐在窗户前看着外面想心事。悠扬的钢琴声若隐若现，楼上窗前，童年的小影在弹琴。

……

唰——记忆里的某个早晨。童年的小影背着书包去上学。小庄鬼头鬼脑地在后面跟着。小影转身，小庄躲进了花坛里。小影笑了："出来吧，我都看见你了！"小庄出来，很狼狈。"干吗总是跟着我？"小庄不服气地说："谁跟着你了，我也去上学,路就这一条。"小影笑道："不承认就算了！要是想跟我一起上学呢，就跟我一起走；要是不想呢，就继续跟着我！我走了！"她转身就走。小庄急忙跟上，跟小影并排。

……

唰——记忆里的家属院。

夜色已深。小庄父母还在争吵，十多岁的小庄坐在打开的窗户前出神。一个被绳子拴着的篮子慢慢放下来。里面是一本《莎士比亚戏剧选》。小庄接过书，抬头，小影在上面拉着篮子，挥挥手，冲他笑。小庄打开扉页，里面是一张纸条："小心点，别弄脏了，我从爸爸书柜上偷来的！"

……

小庄一边回忆，一边打字：

"时间就这么过去，在我上高中的时候，爸妈终于结束了这场拉锯战，离婚了。我也逐渐长大成人，成为一个艺术青年，抱着戏剧和电影导演执着的梦。"

"我和小影还是同学，在一所高中，小影在理科班，我在文科班。我的梦想是考上戏剧学院导演系，而小影则想报考解放军艺术学院，当个文艺兵是她的梦想。"

"那时候，我们都很纯，我们憧憬着未来，憧憬着走入各自神往的艺术殿堂。我们彼此喜欢着对方，却没有说出来。小影是我喜欢的第一个女孩，后来，在我的生命中，小影永远成为一个梦幻的化身……"

泪从脸庞无声地滑落，小庄顾不得擦去，飞快地打着字，记忆里的镜头在他脑海中不断切换：

唰——记忆里的楼道在夜里黑漆漆的。

咣当——小庄家的门开了，高中时代的小庄飞也似的跑出来，后面追出来一只拖鞋，以及父亲的骂声："你就别白日做梦了！戏剧学院导演系那是你考的？"小庄飞跑出楼道，来到花园里。他光脚坐在花坛边上看星星，不时擦着流下的眼泪："操！连试都不让我去！你怎么知道我不行！"一只手绢递过来："怎么了？又跟你爸吵架了？"小庄转脸看，是小影。他接过手绢嗯了一声："他不让我去。"小影想了想，说："他也是为你好，那毕竟是一等一的艺术学府。你万一考不上，回来不也耽误高考吗？"

"那我也得试试啊？连试都不让我试，他怎么知道我不行？"

"那你就自己去啊？反正他也不怎么管你，你去就是了！"小庄低下头："钱呢？我需要钱，光报名费就得一百多，我还得去北京。我哪儿有钱啊？"小影不吭声了，在想着什么。

……

唰——记忆中的车站被铁栏杆分成内外。

小庄跟小影来到栏杆外，小庄笑："你回去吧，我走了！"小影脸色苍白地看着他："我等你的好消息，你一定行的！"小庄看着她："你脸色怎么那么差？病了吗？"小影无力地笑笑："可能是复习累的，你别多想了。赶紧去吧，别误了车！"小庄笑笑，转身敏捷地爬过栏杆，跳下去跑了。小影贴在铁栏杆上眼巴巴地看着。小庄跑向那边的站台，回头看小影。小影挥挥手，露出无力的笑容。小庄笑笑，转身跑向站台上等车的人流，没票，他混了进去。

……

噼里啪啦的键盘声戛然而止，小庄痛苦地捂住脸庞，眼泪从指缝中流出来，他深深地吸了一口气，然后擦擦泪，双手继续在键盘上飞舞：

"我以名列前茅的成绩通过了专业考试，回来后准备参加文化课考试。没想到的是，小影却因为贫血病倒了。那时候我并不知道，小影给我的钱并不是如她所说，是她妈妈借给我的，而是她卖血得来的。我更没有想到，身体本来就不太好的小影，在高考最紧张的时刻垮掉了。她没能去参加解放军艺术学院的艺术专业考试，所以也就永远失去了去自己梦寐以求的学校学习的机会。因为，军校只要应届生。"

"后来，我顺利通过了文化考试，如愿以偿地考上了戏剧学院。小影休养了两个月，没有参加高考。她告诉我她年底要去当兵，从部队再考军艺。"

"我走的那天，小影没来送我。我很失落。出乎我意料的是，从我上了大学，小影从来没有给我写过信。我不知道小影怎么了。我渐渐习惯了戏剧学院的生活，也习惯了大学生的慵懒，但是我却无法忘记小影。我给她写信，信总是石沉大海；给她打电话，她妈妈总是说她不在……"

"那年，是中国军队的重要转折点，解放军陆海空三军在东南沿海举行了威慑性质的联合大演习。东南沿海的东南军区也第一次在新闻当中被称为东南战区。各种谣言流传着，似乎战争一触即发……"

……

喇——记忆中的公用电话亭。小庄在紧张地拨号码。十七岁的小庄是个大学新生，一身所谓的艺术青年的打扮。电话里传来小影妈妈的声音："喂？谁啊？"

"阿姨，我是小庄啊！"

"哦，小影不在……"

"阿姨，我问您——小影是不是要参军了？她去哪个部队？"

"是啊，她已经接到通知了，去东南军区……你在北京还好吧？"

小庄丢下电话掉头就跑。电话悬着，听筒里传出小影妈妈的声音："喂？喂？"小庄一阵风似的跑过人流，跑过戏剧学院的操场，跑向办公楼。小庄匆匆跑上楼，跑到标着"导演系办公室"牌子的门口，他呼哧带喘，推开房门。五十多岁的女老师抬起头，惊讶地看着他："小庄？怎么了？"

小庄站在门口气喘吁吁："刘老师，我要退学！"

刘老师一惊："退学？你要干吗去？"

"我要当兵！"

刘老师苦笑："这孩子，怎么好生生的突然想当兵了？"

"我……反正我就是要当兵……"

刘老师很纳闷儿："你先别着急，过来慢慢说。"

小庄走到刘老师跟前坐下。刘老师耐心地劝他："你跟我说说，怎么想起来去当兵的？"

小庄心一横，说："我女朋友参军了！"

刘老师笑："哟！那你怎么想起来跟着去当兵呢？"

8

"现在都在说，这几年就要打仗了……"

"那是传说而已啊，再说要打仗，你女朋友的部队也未必上前线啊。"

"她去的部队是东南战区的。"

刘老师愣了一下。

"也就是说，只要东南发生战争，她们部队……"

"我也不知道怎么跟你说这些道理。你才十七岁，对很多事的看法都不成熟。战争是很复杂的，不是你幻想的那样说爆发就爆发的。"

"可是如果战争爆发了，我不能让她一个人上前线！"

刘老师没生气，反而有些许感动。

"我爱她。"小庄一脸严肃地说。

刘老师看着小庄，没说话。小庄看着刘老师，也不说话。

刘老师笑笑："你真的舍得离开戏剧学院？这可是多少年轻人梦寐以求的艺术圣殿，你真的舍得吗？"

"我……舍不得又怎么办？大学我可以再考，爱情我只有一次。"

刘老师想了想说："确实是个难题啊——不过你真的赶上个好时机，我听说国家高教委跟国防部有个联合文件，兵役制度进行新的改革，在校大学生可以保留学籍参军入伍。本来觉得跟我们学校关系不大，没想到你居然跳出来要当兵了！"

"啊？真的？"

"具体内容我还没看。这样吧，你先回去。我找来那个文件看一看，如果符合情况，我来想办法给你办休学手续。"

"谢谢刘老师！"小庄简直有些兴高采烈了。

"先不要谢我。我倒是觉得，你们这些从高中校园直接进入戏剧学院导演系的孩子们应该多一些人生的磨炼，去部队闯荡闯荡，你也就长大了，学会用成熟的眼睛去看身边的世界——想成为一个优秀的导演，缺乏生活的锤炼是不可能的。"

"刘老师，我记住了。"

"你有参军的想法很好，我相信会成为你一生中最宝贵的财富。"

留着长发的小庄愣愣地看着刘老师，显然还理解不透这话里的深刻含义。

第二章

1

北方某城车站候车室里，车站送兵的声音一片嘈杂。穿着冬训服的新兵小庄在人群中寻找着——一片新兵，却看不见一个女兵。他失落地坐在背囊上，出了一会儿神，然后开始看书，是莎士比亚的戏剧著作。

喇叭里传来接兵干部的喊话："新兵同志们注意了！东南战区的集合了！准备出发……"小庄没听到，他坐在背囊上，背靠着柱子聚精会神地看书。

"那个兵，说你呢！"一声闷雷响起来。

小庄看得很投入，没注意。啪！书被抽走了。小庄抬头，戴着陆军上士军衔的老炮站在他面前，铁青着脸："那个兵，说你呢！你没听见喇叭广播吗？"小庄左右看看，还没回过神来。

"就是你！起立！集合了！"

小庄气不打一处来："喊什么喊？我没名字吗？你喊'那个兵'谁知道喊谁？"

老炮愣了一下，喧闹的候车室马上安静了，干部、老兵和新兵们都看向这边。

小庄伸出手："把书还我，我去集合。"

老炮有点蒙，看看他："那你叫啥名字？"

"我叫小庄，你叫什么？"

老炮诧异地看着他。农村兵陈喜娃在小庄后面拽着他压低声音提醒："叫班长啊！"

小庄大大咧咧地说："哦，班长……把书还我吧，我去集合。"

老炮找到个台阶下，把书扔给他。

那边干部在喊："一班长，过来带队！"

老炮本能地回应："到——"他转身，又回头，"小庄！"

小庄蹲在地上扎背囊带子，他茫然地抬头："干吗？"

老炮点点头："我记住你的名字了！"

"好记！"小庄居然大大咧咧地笑了笑。

老炮不再说话，用军人标准的姿势跑步走了。新兵们看着小庄如同看天神一般。小庄若无其事地背上背囊起身，跑进队列。火车已经在站台等待。新兵们人头攒动，陆续登车。

老炮脸色铁青，站在车厢外如同一尊黑脸门神。

新兵队伍突然出现骚动："女兵！""嘿！真的是女兵！"

小庄如同被雷击一般，他迅速转头，女兵的队伍远远地在那边车厢登车。小庄睁大眼睛想往那边挤："小影——小影——"

戴着冬训帽的女兵们在登车。一个女兵疑惑地扭头，抬头露出帽檐下的眼睛，是小影，她一脸惊讶。

小庄声嘶力竭大喊："小影——"他拼命往那边挤，却无法挤出人群。

"小庄——小庄你怎么来了——"

小庄快挤出去了，却被老炮拦住推了回去。

女兵们仍在登车。小影哭了出来，她站在车厢门口往这边看："小庄……小庄你千万保重啊……"

站在车厢门口的小影被女兵们带进去了。

小庄被老炮拦腰抱住，他眼睁睁看着小影消失在自己的视野。

"你闪开——"小庄还要冲，却被陈喜娃抱住了。陈喜娃低声说："大哥！好汉不吃眼前亏！冷静点，冷静点！"老炮脸色阴沉地看着小庄。

"大哥上车吧，咱该走了。"陈喜娃拉着小庄。小庄安静下来，被陈喜娃连拖带拽地上了车。

值班员吹响哨子。纠察们手挽手把亲属们与列车隔开。车头喷出白烟，拉响了汽笛。车轮开始启动。

列车缓慢加速出站，开往未知的远方。

2

男兵车厢内，很多新兵都在抹泪。干部跟老兵都习惯了，在车厢接口抽烟聊天。小庄看着窗外发呆。

坐在小庄身边的陈喜娃碰碰他："哎，你想什么呢？"

小庄眨巴眨巴眼睛，转向喜娃："我在想——我干吗来了？"

喜娃担心地看着他："小庄，你没事儿吧？要是想哭就哭出来，别憋着！"

小庄咧嘴笑了一下，却比哭还难看。喜娃伸出手在他眼前晃晃。小庄眨眨眼睛，看着陌生的一片绿军装，他终于回过神了，苦笑一下，表示正常："我没事儿。"

喜娃松了口气："那就好！哎，你是城里的吧？高中刚毕业？"

"大学一年级了。"

"你上大学啊？"

小庄长出一口气，苦涩地笑笑："对，在戏剧学院。"

喜娃瞪大了眼睛："我不懂了，你干吗来当兵啊？"

小庄想了想，说："为了一个女孩。"

喜娃愣了一下："什么意思？"

"算了，说不清楚……"他叹口气，转向窗外。他看着外面，心里在胡思乱想，他不知道自己是怎么了——为了小影来当兵，但是小影呢？恍惚间他开始后悔自己的冲动，并且有了放弃的念头。小庄忽然有些沮丧。他打开自己的钱包，看见了小影的照片。照片上，小影的笑容很甜。一瞬间，小庄的阴霾一扫而光，他知道自己不能放弃。如果战争突然爆发，他不能让小影自己上战场！他要用自己的鲜血和生命来捍卫他的爱人，他的爱情也必将因为战争的阴云而获得非同寻常的浪漫！

3

大功团驻地是群山间的一个野战军驻地。营区大门上方挂着"欢迎新战友"的横幅。哨兵持着上了枪刺的81-1自动步枪在站岗。手持红绿小旗的武装纠察站在路边，指引开来的卡车车队进入营区，营区里还停着一排崭新的步兵战车。新兵们都很兴奋，只有小庄还靠在背囊上昏睡。咣当！卡车停了，小庄还是没醒来。咣当！卡车后板被打开，老炮穿着常服扎着武装带在下面厉声命令："下车！"

新兵们哗啦啦跳下车。小庄被喜娃推醒，他睡眼惺忪跟着喜娃往下跳。操场上，作战连队正在进行例行训练。新兵们好奇地打量这个陌生的地方。有人三五成群地议论着那些正在训练的老兵。

新兵连长抬了抬双臂："新兵同志们，请大家安静一下。我们现在开始点名——"

他的声音被新兵们的声音淹没了。

站在新兵连长旁边的老炮铁青着脸，一声怒吼："不许说话！"新兵们一下安静了。新兵连长咳嗽两声："我们现在开始点名，点到名字的同志答到，然后去那边找班长报到，听明白没有？"

"明白了——"新兵们的回答参差不齐。

新兵连长皱起眉头，老炮厉声吼叫："明白了吗？"

新兵们反应过来："明白了！"声音仍不齐，但是好多了。

新兵连长打开花名册开始点名："一班长！"

老炮啪地立正："到！"

"按老规矩来吧，你先选尖刀班。"

"是！"

老炮跑步到队列前，严厉的眼神逐一滑过新兵们稚嫩的脸。新兵们被他的目光注视着，鸦雀无声。小庄有点发毛，低声嘀咕："啥意思？这就开始选尖刀班？"

"啥是尖刀班？"喜娃也很纳闷儿。

老炮厉声道："你们两个交头接耳的，出列！"

喜娃提着东西站出去了。小庄还在发呆。

老炮看着小庄："那个兵！说你呢——小庄！"

小庄正在走神，突然醒悟过来："到！"

"你出列！"

小庄提着东西走出去，跟喜娃站在一起。老炮又去挑别的新兵。不一会儿就有9个新兵站在了他的面前。他眯缝着眼睛看着他们："知道我为什么挑你们出来吗？"

新兵们都不敢说话。老炮怒吼："因为你们是一群垃圾——"

新兵们被训得一愣。

"知道在部队，怎么叫你们吗？"

新兵们还是不敢说话。

"熊兵！孬兵！烂兵！一句话，就是最不成器的兵！你们甚至不配称为兵，因为你们根本就是垃圾！你们来部队，就是为了垫底的！"

喜娃忍不住了："报告……"

老炮的眼睛一下子射过去。喜娃吓了一跳，有点害怕，但还是鼓足勇气说："班长，这还没开始训练呢……你、你怎么知道我们就是熊兵？"

老炮面无表情："不错，还知道喊报告？你在部队待过？"

喜娃咽口唾沫："我爷爷是八路，我爹当过兵，临走的时候他们教过我……"

老炮眼一瞪："但是我批准你说话了吗？我批准了吗？"

"没、没……"

"你们给我听清楚了，由于那个兵——你叫什么？"

"我、我叫陈喜娃。"

"由于那个兵——喜娃，你们所有人都要受罚！"

喜娃咧着嘴不知道怎么办。

"拿上你们的东西跟我跑！"老炮说完转身就抱拳在胸，"跑步——走！"他在前面带队，新兵们赶紧把东西都提起来或者扛在肩上跟在他后面，绕着操场一圈又一圈地跟着跑。

山坡上，一群侦察兵在训练。身材高大的上尉拿着望远镜在观察下面的新兵，这是侦察连的老资格连长——苗连。镜头里，新兵们跟着老炮在操场跑步，有的已经栽倒。苗连嘴角浮起笑意，他把望远镜转了转——老炮的身后，紧紧跟着一个背着背囊的新兵，正不紧不慢地跑着。苗连愣了一下。新兵们继续跑。一圈，又一圈。他们的东西不断掉在操场上，不时有人栽倒，有的甚至都跑得吐了。老炮还在前面带跑，脚步虽然稳健，但是额头已经有了汗珠，呼吸也急促了。小庄紧跟其后，呼吸均匀。操场上正在带新兵的班长们都往这边看。操场边聊天的干部们也都停止了，往这边看。官兵们都伸直了脖子，议论纷纷。山坡上休息的侦察兵们也相继站起来看向山下。苗连拿着望远镜，目不转睛地盯着——老炮的节奏变得有些乱，小庄还是不紧不慢。

"足足有6000米了……"旁边的陈排感叹道。

一圈，又一圈。大多数新兵都相继累倒了。喜娃也倒下了，他想爬起来但起不来。他抬起头，模糊的视线里小庄依然在跑："小庄，好样的……"

倒在地上的新兵们互相搀扶着坐起来或者爬起来，在原地发出了吼叫："小庄，加油……""超过他！"

老炮的呼吸渐渐变得不畅，脚步也有些乱了。小庄的呼吸仍均匀，他开始缓慢加速。小庄跟老炮齐头并进了，新兵们欢呼着。其余的官兵都瞪大眼睛看着。他们，包括老炮，都万万没想到，小庄中学时就是体校的长跑运动员，而且还参加了铁人三项赛少年组的选拔。小庄加速，超了老炮。新兵们往空中扔帽子，欢呼起来。老炮拼命想追上去，却一个趔趄差点栽倒。小庄还在加速。

官兵们安静下来，面面相觑。新兵连长见势不妙，急忙吹响哨子："停——"

小庄慢慢停下来，脸上虽然都是汗珠，但呼吸均匀。老炮也停了下来。小庄回头，老炮正呼吸急促，脸色煞白地看着他。山坡上，苗连放下望远镜，皱起眉头："给我那个兵的资料！"

4

小庄家。一大早，小庄的手机就开始响，趴在电脑前的小庄惊醒。他拿起手机，上面写着"强子"。小庄接电话："喂？不好意思啊，忘了给你发老炮照片了，我……"

"发什么照片啊？老炮被捕了！"强子一边开车一边说。

小庄一下子站起来："什么？"

"你马上到东城分局来，昨天晚上东城刑警缉毒中队抓了一批人，其中一个就是老炮！我跟李队长打过招呼，结果他刚上班就认出老炮了，赶紧给我打了电话，具体情况我也不清楚，你来了再说吧！"

小庄一边穿上衣一边打电话："我马上就到！"

东城分局刑警队预审室，老炮双手反铐在椅子背后。他对面是两个表情严肃的警官，其中一个是东城分局刑警队李队长。强子推开门，神色复杂地站在门口。老炮抬头，面无表情。

李队长跟旁边的警官介绍："这是强队，市局特警总队的。"

警官冲强子点点头，转向老炮："你真的什么都不想说吗？这海洛因你要交给谁？"

老炮还是面无表情。强子抑制自己的情绪。李队长看看他，对旁边的警官说："让他们单独聊聊吧。"

两人正要起身出去，强子声音低沉地说："我还有一个战友在路上，来了麻烦你帮我带进来。"

李队长说："行，他叫什么？"

"小庄——你看见有辆跟花瓜似的切诺基就是他了。"

李队长点点头出去了，门被带上。强子转向老炮，他走到他面前蹲下，看着他的眼睛："老炮……"

老炮的眼睛闪过一丝隐约的激动。强子的声音颤抖着："老炮，告诉我……到底发生了什么？我会尽力帮你的！相信我！"老炮没任何语言。强子还要说什么，门开了。李队长探头："强队，你战友来了。"

强子转身站起来。小庄一把推开门进来："班长……"他气喘吁吁。

李队长说："有事儿叫我，你们聊。"他关门出去了。

小庄冲过来："班长！"老炮错开眼睛，不看面前的两个战友。强子拍拍小庄："我去问问具体情况，你先跟班长谈谈。"他神色复杂地看了老炮一眼，出去了。预审室隔壁是监控室，李队长站在单向观察玻璃前，强子推门进来："到底什么情况？"李队长转过头："我们监控这个贩毒窝点快一个月了，昨天收网。你班长就在里面，被我的人一起抓了。他没反抗，到现在也不说一个字。"

"他身上有毒品吗？"

李队长点头："有两包，加起来121克，而且随身带着一把五四手枪——上膛的。要不是我的警员动作快，控制了整个局面，可能……"

强子苦笑："不是你们动作快，是他压根就不想和你们打。如果他出手，不超过3秒，进去的警员没一个能活下来的。"

"他有那么厉害吗？"

强子看他："你觉得我厉害吗？"

"厉害啊，你是全市公安大比武的散打冠军和射击冠军啊！"

强子神色黯淡，没一点骄傲："他和我接受过一样的训练！"

"强队，我知道你很难过。我确实没办法……"

强子点点头："我知道，这是国法，没有办法。祖国是我们的最高信仰，任何背叛这个信仰的人，都是我们的敌人。"

李队长看他，强子笑笑："这是他的原话……"

强子神色复杂地看着审讯室，不再说话。隔着单向玻璃，他看见小庄正拉过一把椅子坐下。小庄坐在老炮对面，握着他的手："班长，你离开部队，到底遇到了什么难处？为什么不说啊？难道你忘了我们是战友吗？"

老炮闭上眼睛。小庄抓住他的胳膊："班长！老炮！你他妈的睁开眼睛看着我！我们他妈的是生在一起死在一起的兄弟！我们是中国陆军特种兵，我们在一起什么都不怕！我们就算进了阎王殿，也要痛打小鬼！这些都是你说的，你都忘了吗？！"

老炮睁开眼睛，声音嘶哑："小庄……"

小庄停止摇晃，愣愣看着他。

老炮错开他的眼睛："那都是过去了，我已经退伍了。我现在跟部队没任何关系了。"

"但你是个兵！你是我们的班长！一天是狼牙，终身是狼牙！我们同生共死……"

老炮断然说："你说这些都没意义了！我不再是特种兵，我也不再是你的班长！你走吧，我的事跟你没关系！"

小庄愣愣地看着老炮，老炮不再说话。观察室里，强子严肃地看着，他的手机响了，他拿出电话，随意地按下通话键："喂？"突然，他的神色紧张起来，他捂住话筒面对李队长："稍等。"转身出去。李队长看着他的背影，脸上浮起疑云。强子在楼梯通道的角落接电话，眼神注意着来往的警察，他的声音压得很低："你找我什么事儿？"

"你们抓了我的人。"手机里是个中年男人的声音。

"谁？"

"老炮。"

强子倒吸一口冷气，随即怒了："你怎么能……你怎么能让老炮干这个？"

"这不是你该问的问题，你想办法把他放了。"

强子平缓一下自己："我现在没办法！他不是我抓的，现在也不是我的控制范围！"

"你肯定有办法的！"

强子为难地说："我就是局长也没这个权力啊！分局的都看着呢！"

"没办法就想办法！"

"你在拿我的前途开玩笑！"

"我从不跟你开玩笑——这个人，对我很重要！你放，还是不放？自己想！"

强子长出一口气："老炮要配合我，我说什么他能明白我跟你有来往？"

"你就说——家里很惦记你。"

强子正要说话，李队长布满疑云的脸出现在门的玻璃窗边。强子提高声音掩饰自己："好！我知道了！你们把人盯死了……"他挂电话，打开门，"怎么样了？"

李队长看着他："还是不肯说。"

强子想想："我去看看。"他走向审讯室。

李队长看着他的背影，有些怀疑。强子推开审讯室的门，小庄回头站起来。强子关上门，神色严肃地盯着老炮。老炮的眼皮抬了抬，看了他一眼。

"我跟他单独谈谈。"强子说。

小庄看了老炮一眼，默然出去了。门在强子背后关上。老炮错开眼睛，不看强子。

强子抬眼看了一眼桌子上的摄像头，转向老炮："你这样做，不考虑我们这些战友也就罢了，你想过你的家人吗？"

老炮不动声色。

"……家里很惦记你。"

老炮一下子抬起了头。

"你好好想想，你曾经是一个多么出色的特战队员，为什么要走上这条路？"

老炮还是一言不发。强子低下眼，嘴唇动了一下（唇语：医院）。老炮深吸了一口气，闭上眼睛。

老炮突然睁开眼睛，眼神里有种坚定。他双脚在地面拼命一蹬。咣！他向后一头栽倒。咔嚓！锁在后面的胳膊发出清脆的声音。强子大惊失色："老炮？！"咣！观察室的门开了，李队长和警官冲出来。李队长对着走廊尽头的武警高喊："叫医生！快叫救护车！"他随即冲入审讯室。

走廊里的小庄跟着他们冲向审讯室，另外一个警官在门口拦住他："你不许进去！"

小庄心急如焚，硬往里挤，却被警官死死按在墙上："你别乱来！现在是特殊情况！"

审讯室里，强子跟李队长把老炮扶起来。老炮的额头渗着冷汗，却咬紧牙关不吐一个字。他背后，左胳膊已经骨折了，骨头戳出了皮肤！李队长回头高喊："医生！"穿着白大褂的法医匆匆跑来。法医跑过小庄的眼前，推门进入审讯室。一片忙乱。法医仔细查看伤口。

李队长着急地问："怎么搞的啊？"

强子脸色发白："我没注意……是我的责任，报告我来写吧。"

法医抬头："现在的情况要赶紧送医院！"

强子看着老炮，老炮咬紧牙关，任凭汗水流下，一声不吭。

小庄冲到门口："这是怎么了？你们把我班长怎么了？"

强子转身抱住往里冲的小庄："先出去，这里在工作。"

"强子！班长怎么回事？是不是那帮警察干的？"

"你冷静点！不是警察，是他自残！"

小庄傻了："不！不可能——"

"你给我听着，老炮触犯的是国法！我们都救不了他，你别管这件事了！"

"你说什么？"

强子咽口唾沫："你别管了！老炮的事情你管不了！"

"管不了我也要管！就算他犯了杀头的罪，也是我的老班长啊！"

"我没办法跟你解释！总之老炮的事你管不了，也不要管！"

小庄张大嘴看着他。强子苦笑："你信任我吗？"

"我曾经信任你……"小庄愤然，"我万万没想到，你为了不耽误自己的前途，连班长都不认了！"

"现在是突发情况，警方需要清场。你马上离开！"

小庄平静下来："好，我走……你不认这个犯罪的班长，我认！"他推开强子，转身就走。

"小庄！"

小庄站住，没有回头："强队——你还有什么吩咐？"

"我回头打电话给你。"

"不用了，我不会再给你添麻烦了！你没有老炮那个班长，也没我这个战友！再见！"他大步走了。强子愣在原地。

5

救护车在车流中疾驰。小庄的车跟在后面。远处的立交桥上，一个戴着墨镜的男人拿着望远镜，对着耳麦："他跟在后面。"

"拦截他。"耳麦里还是那个中年男人的声音。

墨镜男人放下望远镜，转身走向身后的黑色轿车。救护车拐进一条单行线，小庄驾车跟着拐弯。突然斜刺里冲出一辆外地牌照轿车，插进了救护车和小庄的车之间。两车差点相碰，小庄不满地按喇叭。前面的轿车却索性当街停下。小庄赶紧踩住刹车，可还是晚了。

咣！两车追尾。小庄和前面的司机都下车。

小庄急火攻心："你丫会不会开车啊？"

那司机抓住他："是你追我的尾！你会不会开车啊？"

小庄着急地甩开他："你赶紧让开，我有急事！"

"怎么着，撞车了就想跑？"

两人在争执，后面的车被堵了，狂按喇叭。交警赶了过来。小庄眼睁睁地看着救护车越开越远。救护车里，老炮睁开眼睛，他的眼神很锐利，他看着那警官说："你不要反抗。"

警官还没反应过来，救护车一个急刹车，两辆越野车卡头去尾，把救护车卡得死死的。几个戴着黑面罩的壮汉手持自动武器，一跃而下包围救护车："不许动！打开车门！"

司机和医生颤抖着照做了。车厢内，警官的右手握住手枪柄，左手握住车门把手，他准备出击，老炮盯着他："不要反抗！"

警官怒吼："你给我滚开！"他一把打开车门。门外，黑洞洞的枪口对准他。

警官举枪。噗！一颗麻醉弹扎在他的脖子上。警官栽倒在车里。蒙面人冲上来，利索地抬起老炮下车。堵车的司机们一片哗然，下车纷纷掉头就跑。正在跟交警争执的小庄和那个司机都往这边看。交警大惊失色，拿起对讲机报告："总部，1012呼叫……"司机拔出手枪对准交警的太阳穴。交警呆住了，小庄欲冲上来，又一把手枪顶住了小庄的胸膛。

"都退后，不关你们的事。"司机手持双枪，显得很酷。

交警呆在原地，对讲机里传来呼声："1012，这是总部，请讲。发生了什么情况？"

司机冷冷地退后。交警不吭声。小庄还想冲上来，司机对天开了两枪："别逼我！这是上膛的！"小庄眼睛冒火，但还是站住了。司机转身上车，快速溜走了。那两辆越野车也扬长而去。

交警这才拿起对讲机："总部！1012呼叫,南二环辅路广安门发生袭警事件！重复一遍，是袭警事件！对方有枪！"

小庄转身冲上自己的车，要开车去追。交警拦住他："你不许走！事情没搞清楚以前，这里谁都不许离开！"

"你让开！"

交警拔出手枪对准他："熄火！手放在我看得见的地方！"

"我操！"小庄懊丧地拍了一下方向盘。

6

巡警把证件还给小庄："你可以走了。"

小庄转身要上车。强子的车闪着警灯过来，他跳下车："小庄！你没事吧？"

小庄不说话，也不看他。

强子欣慰地说："你没事就好。"

小庄咣地关上车门，转身怒视着强子："是你跟他商量好的？"

强子无法正视小庄的眼睛，于是错开了。小庄揪过他按在车上："回答我！"

周围的警察都往这边看，距离最近的警察伸手摸手枪，强子伸出双手示意不要管。小庄怒气冲冲地松开手，警察们这才放松了。

强子说："小庄，事情已经超越你的能力范围了。老炮的事情很麻烦……"

"你收了黑钱？"

强子哑然失笑，他看着小庄："你回去吧，别管这些事儿了。"

小庄不再说话，转身登车启动，高速离开。强子长出一口气，看着现场的一片狼藉苦笑。

7

阳光从天窗洒进来，小庄疲惫地坐在地板上，翻着过去的相册。照片上的特种兵老炮和强子等战友都是意气风发。小庄落寞地看了半晌，然后拿过笔记本电脑，开始敲击键盘，他又开始陷入无限的回忆中……

记忆中的宿舍外，老炮对灰头土脸的新兵训话："刚才进行的 5 公里徒手越野训练，我对你们的评价只有两个字——垃圾！跑个 5 公里还稀稀拉拉跟羊拉屎似的，这还是徒手呢！要是武装越野怎么办？要是打起仗来怎么办？"小庄掩饰着自己的不服气。老炮眯缝着眼睛："有的同志还瞪眼，瞪什么瞪？你平时不吃苦，先死的就是你！"小庄忍住不吭声。老炮看看手表："现在到晚饭集合还有30分钟！回去把自己收拾干净，别丢我的人！解散！"大家疲惫地散开。

进了屋的新兵们都拿着脸盆去洗脸。小庄直接就栽倒在自己的床上，躺着不动。喜娃洗完了端着脸盆进来："你这个时候躺下啊？班长来了咋办？""管不了那么多了，你就是拿枪顶着我，我也起不来了。老炮是不是心理变态啊？别的班长都对新兵好好的，就他折腾我们！"

话音刚落，门口的新兵突然高喊："起立！"一片乱七八糟的脸盆声，新兵们都起立。小庄站在乱糟糟的床前，喜娃站在旁边。老炮阴着脸进来，他拿着手里的武装带指着小庄的床："怎么回事？"

小庄也不害怕："报告！我躺的！"

"你躺的？我怎么规定的？"

"床不就是让人睡觉的吗？"

老炮眯起眼："谁让你现在睡觉的？"

小庄心一横，道："我累了，就躺着休息了一下。"

"难道他们都不累？"

小庄不吭声。

"出去集合！再来一个 5 公里！"

喜娃嗫嚅着："班长，要开饭了……"

"你就知道吃！我今天就是要你们知道，部队的饭不是白吃的！出去集合！"

新兵们不情愿地出去集合。小庄心有愧意，跟着大家出去了。一班的新兵们迅速排好队列。老炮走到队列前，冷漠地看着他们："军队是什么？是钢铁纪律铸造的战争机器！都像你们这群熊兵，还要打败侵略者？都是饭桶！白吃军队的饭，浪费粮食！还在下面叽叽歪歪，看来你们还不累！"小庄不吭声。所有人都不吭声。

　　"5公里越野，出发——"

　　小庄大声喊："报告！要说有错，是我一个人的错！我自己认罚！"

　　"我说过什么？一人出错，全班受罚！"

　　"我愿意代替全班受罚！"

　　"你？"

　　"全班一共九名新兵，每个人5公里越野，也就是45公里！我替全班受罚！"

　　新兵们都一愣。

　　老炮也是一愣："你以为这算什么？个人英雄主义？这是一个集体！"

　　"报告！希望班长批准，我不能再连累大家。"

　　老炮冷笑："行，你还多少知道不连累别人。说明你虽然是个熊兵，但还不算是个孬兵。既然你主动要求，我也没理由反对。去吧，其余的同志们解散，准备开饭！"

　　小庄出列，向后山跑去。新兵们都看着他，没解散。

　　老炮大声呵斥："还愣着干什么？解散！"

　　喜娃出列："报告！"

　　"讲！"

　　"班长，我的5公里自己跑，我不想他替我。"

　　老炮有点意外。

　　另外一个新兵也出列："班长，我也自己跑……"

　　新兵们纷纷出列："我也自己跑。""我们一个班的，要跑一起跑。"

　　老炮冷笑："不错，蛮仗义的啊？既然如此，那你们就都去跑路吧。"

　　大家转身跑去。老炮僵硬的嘴角浮出一丝笑。

　　记忆中的连队食堂门口，倾盆大雨，新兵一班拿着饭盒在雨中站着。他们手里的饭盒整齐地排成一排，里面在逐渐积水。老炮浑身湿透地站在他们对面，目不斜视。饭盒快满了，老炮却面无表情地命令："倒掉！"哗啦啦———一片饭盒向下。

　　老炮冷笑："革命军人，钢铁战士！淋点雨算什么？瞧你们那叽叽歪歪的样子，满脸不乐意！战场上，你们是淋这点雨水吗？是淋子弹的雨、炮弹的雨！还是那句话，什么时候饭盒满了，进去吃饭！"

　　他摘下武装带，转身进去了，留下一排新兵傻站在雨里。

　　小庄哆嗦着："暴君啊……"

　　喜娃也在哆嗦着："少说两句，被他抓住了……我娘要知道我连饭……都吃不上，非得……哭不可……"他说着说着，咧嘴就哭了。

小庄安慰着他："别……别哭……别让他瞧不起咱们……"

喜娃咧开嘴："我受不了了……"

周围新兵们的伤心被勾了起来，不断有压抑的哭声从雨里传出。侦察连连部，拿着望眼镜的苗连笑笑，摇头。望远镜晃过去，视线里的小庄没哭。苗连有些意外。

"报告！"

"进来！"苗连头也不回。

陈排推门进来："苗连，这是一排的训练计划。"

"放桌子上吧。"

陈排纳闷儿地走过来："看什么呢？"

苗连不语。陈排看了看，说："苗连，你真有闲心啊，新兵哭鼻子有什么好看的？"

"有一个没哭的。"

陈排看过去："怎么，你看上那个刺儿头兵了？"

"刺儿头兵调教出来，才是一把锐利的好刀啊！"

陈排笑笑："你快成兵痴了。计划我给放桌子上了啊。"

苗连挥挥手，陈排出去。苗连自言自语："兵痴？没有我这个兵痴，哪有你们这些小兔崽子的明天！"他拿起望远镜，继续看。

食堂门口，新兵们还在雨中压抑地哭着。突然，小庄怒吼："别哭了！"

新兵们抹着眼泪看他。

"哭有什么用？非得让这个狗娘养的老炮瞧不起咱们吗？别哭了！都把头抬起来，我们唱歌！"

新兵们的抽泣声小了。

"团结就是力量——预备——起！"

"团结就是力量……"

新兵们的歌声响起，在雨声中逐渐大起来。苗连的镜头从新兵们稚气却渐渐充满斗志的脸上滑过，停在小庄身上，小庄声嘶力竭地吼唱着。苗连拿着望远镜，点点头。食堂里的玻璃窗前，老炮面无表情地看着，他戴上湿透的军帽，扎上武装带推门出去了。大雨中，新兵们还在声嘶力竭地唱歌，手里的饭盒在往外溢雨水。歌声结束，新兵们看着老炮，小庄的眼睛带着挑战的神情。老炮面无表情看着他："小庄。"

"到！"

"把你的水倒掉！"

小庄毫不犹豫地把手里的饭盒翻转，水哗啦倒出来。

"其余的人，进去吃饭。"

新兵们都没动，他们看着小庄。

"违反队列纪律，这是你应该得到的惩罚。其余的人，进去吃饭！"

新兵们愣了一下，开始默默走进去。

老炮看着小庄："等到水满了，自行解散。"他说完就径直走了。小庄笔直地站在雨里，不吭声。

小庄手里的饭盒快满了。喜娃怀里揣着窝头跑过来："小庄，小庄！你先吃点吧！"

小庄不说话，低头看看自己的饭盒。

"班长早回宿舍换衣服了，不差这么点儿了！"

小庄还是不说话。

"哎呀，你咋这么犟啊？都说了，不差这么一点了！"

小庄嘴唇翕动一下，看看夹着咸菜的窝头，他看了看饭盒，水马上就满了。

小庄身后的灌木丛里，老炮在那里蹲着，手里拿着哨子，正透过缝隙观察。他看见小庄在那里纹丝不动，喜娃在旁边劝说。老炮笑笑，把哨子放在了嘴上。

小庄手里的饭盒往外溢水了。

喜娃欢喜地叫："满了！满了！你赶紧吃两口！"

小庄刚刚接过窝头，凌厉的集合哨子响了。新兵们匆匆跑出来集合。老炮跃过灌木丛大步走过来："同志们！根据上级情报，敌特渗透进入我营区附近，妄图窃取军事情报！我们新兵一班，要去搜山抓敌特！同志们有没有信心？！"

"有……"声音游离，有气无力。

"有没有信心？"

"有！"声音很洪亮。

老炮点点头："把手里的东西丢掉，全速前进，上山！"

大家把手里的饭盒哗啦啦丢在泥水中。小庄的窝头刚咬了一口，还是丢掉了。

老炮怒吼："出发——"

新兵们发泄似的吼叫着，全速跑步前进。也不知道折腾了多久，新兵们回到宿舍时已是深夜。大家互相搀扶着进来。喜娃去开灯。

"不许开灯！"老炮在外面怒吼。

喜娃关上灯。小庄脱掉泥泞的军装，丢在脸盆里："我们是步兵团的新兵又不是特种部队，至于这么狠吗？纯粹一个心理变态！"

"睡觉！不许说话！"外面老炮的怒吼传来，"要是不累，就起来跟我再搜一次山！"

大家急忙上床。屋里很快响起了鼾声。

小庄躺在床上，却睁着眼睛。喜娃轻声问他："小庄，啥是特种部队啊？"

小庄苦笑一下："就是特别傻的部队。睡觉！"他转身睡去。

8

电脑还开着，小庄靠在床边睡着了。他就这样睡了一夜。手机在响。下面有人捶打铁门。小庄惊醒了，揉揉眼睛拿起电话："他妈的谁啊？"

"我！你大爷的，开门！"是邵胖子。

"马上下去，别敲了！"他起身光着脚就跑下楼梯，他开门，邵胖子在门口骂骂咧咧。

"大早上的我还没起床呢，什么事儿啊？"小庄回屋，上楼。

邵胖子进来："睡睡睡！你就知道睡！这几天不见人影了，干吗呢？"

"我最近在写一部小说……"

"我说小庄，你也30了，也大学毕业了！好歹受过戏剧学院导演系的四年高等艺术教育，咱别干这种不着四六的事儿行不行？写小说，你有那个脑子吗？你是中文系毕业吗？"

"谁说写东西的就一定要中文系毕业的？我自己喜欢写还不行吗？"

"得得，我说不过你！你就是大师，行了吧？"

小庄被逗乐了："操！你丫骂谁呢？你们全家都是大师！"

邵胖子苦笑："你说我欠着你什么了？管你这管你那还管给你拉皮条！人家拉皮条还得给钱呢，你他妈的给我什么了？"

"什么拉皮条？"

"得得！你进来吧！"

小庄跳下桌子，凑到栏杆边去看，录音小妹提着一袋子吃的进来。小庄回头低声抱怨："你怎么把她给招来了？"

邵胖子郁闷地说："不是你想泡她吗？看来这妞儿对你有点意思，老追着我问你。我就给你带来了，正好填补你空虚的心灵啊，还有肉体。"

"我现在心灵不空虚啊。"

邵胖子摸摸他的脑门儿："你这个有名的大种马，跟我装什么纯情少男啊？"

小庄甩开他的手："不是，我现在说不清楚，赶紧想办法打发她走！"

"操！我不能老干给你擦屁股的事儿啊？你自己看着办吧。我去砍会儿木头！"

他径直走向电脑。小庄向下看去，录音小妹抬头看上来，笑笑："你住这儿啊？不知道的还以为这是车间呢！"

小庄穿上拖鞋下楼："那什么，这以前是车间！厂子倒闭了，我就租过来了，特便宜！"

"这些都是你自己设计的？"录音小妹好奇地打量着。

小庄跑下来："胡弄的。"

"看不出来啊，你还蛮小资的。"

小庄苦笑："小资什么啊我，整个一待业青年！今天剧组不拍戏？"

"转场去怀柔影视城，给我们放假半天。怎么，不欢迎我？"

小庄干笑："哪能呢？"

录音小妹凑嘴过来。小庄愣住。上面突然一声《帝国时代2》的音乐巨响，小庄回头："你丫开那么大声音干吗？"

邵胖子把声音调小了："还不是你开的？"

小庄回头笑笑。录音小妹纳闷儿地看着他："怎么了？上面藏别的女孩了？怕我吃醋？你也太把自己当棵菜了吧？"

"我不是那个意思，我这个德行谁能看上我啊？"

"就是，也就我可怜可怜你吧。"

"我……"

录音小妹笑笑："你家不会没冰箱吧？把这个放在冰箱里面，酸奶要赶紧喝别过了保质期。那是你家厨房啊？我刚才看见菜市场，怕你没厨房没敢买。我先去买菜，等我回来洗碗。你拿好。"小庄接过那堆东西，录音小妹就往外走。

"哎！"

录音小妹回头："怎么？有什么要带的？"

小庄狠了狠心："我……我心里有人了。"

录音小妹愣了一下："跟我有关系吗？"

"跟你是没关系，但是跟我有关系。我的心里……现在放不下别人。"

"什么时候开始的？"

"很多年了。"

录音小妹声嘶力竭地喊："那你招我干什么？"

"对不起……"

一耳光抽上来，小庄没躲。录音小妹打完掉头就跑。

时光倒转，日子又回到了那段不能忘怀的部队生涯……

军区总院后的操场上，新兵连的女兵们在操场边休息。小影看着远方想着什么。女兵小菲跑过来挨着她坐下："又惦记你那小庄呢？他不是明天就上战场！"

小影擦擦湿润的眼角："我倒不是担心打仗，我是怕他那脾气！他从小就跟个蒙古牛似的，谁说也不听！到了部队，还不被人整啊？"

小菲大大咧咧地说："放心！部队是个大熔炉，保证他没几天就消停了！再倔的脾气，在部队也能给捋顺了！"

"我担心的就是这个！"

"什么？"

"他是个顺毛驴！要是别人尊重他，哪怕是表面的，他那傻瓜能把命都交给别人；要是……那就完了，他敢拿命去拼！"

"一个大学生，有那么神吗？"

小影叹气："我现在担心的是，这三个月新兵连他能挺下来吗？"

"不会这点儿苦都吃不了吧？"

"不是苦，而是这种压抑。小菲，我们跟你都不一样。你生在部队，长大当兵，部队的事情你见得多了，没什么稀罕的。但是我们都不了解部队，小庄更不了解。他的内心深处渴望的是一种自由，无拘无束。我担心，他会被部队退回去。那他的档案上，就真的记下这一笔了。"

小菲笑："都什么年代了，档案有什么重要？何况他还是大学生！学校哪儿管这个啊？"

"也许吧，我就是担心他。从小我就担心他，都习惯了。也不知道他分到哪个部队了，连封信也写不了，连个电话都打不了。"

小菲眼珠子一转："这样吧，我给你查查。"

"真的？"

小菲笑笑："那当然——不过，有个条件！"

"什么？"

"我现在还没想好，等我想好了再说！"

"行！只要你能帮我找到小庄，什么条件我都答应！"

9

大功团的操场上。新兵们在操练队列，老炮在队前做着示范动作。一阵震耳的口号声传来，带着杀气："一！二！三！四！"

新兵们的眼光飘过去——一个连的士兵，光着头光着膀子露着满身的腱子肉，穿着迷彩裤和陆战靴，扛着81-1自动步枪正跑步穿越操场。带队的是年轻的陈排，他们如同一阵旋风，从新兵们面前飘过。喜娃小心翼翼地喊："报……报告！班长，这是哪个连队啊？"

老炮心情很好："看见了吧？这就是侦察连，我所在的连队！在军内鼎鼎有名，绰号'夜老虎'！从井冈山时代，我们夜老虎连就是红军的尖刀连队，共和国几乎所有的战争，都有夜老虎连的辉煌战绩。无论是在咱们师还是81集团军，甚至是在东南战区首长的眼里，夜老虎连都是敢打敢拼的英雄连队！"

新兵们羡慕地看着夜老虎连招摇过市，跑到远处停了下来。陈排在队前说着什么，然后高喊："侦察连！"

侦察兵们回应："杀——"

队伍随即解散。喜娃羡慕地说："哎呀，真好啊！这才像当兵的呢！"

小庄看着，低声对喜娃说："要是分到这个连队，可就死定了。侦察连打死也不能去！"

老炮不满地看了他一眼："你以为你想去就能去啊？不是最好的新兵，就去不了侦察连！不是最好的侦察兵，就留不在夜老虎连！"

喜娃又问："班……班长！这就是特种部队吧？"

老炮的脸色马上变了："全体都有——徒手越野5公里，限时22分完成！超过的都别吃午饭！开始！"

新兵们立马撒丫子就跑。小庄气恼地对喜娃说："你真是，哪壶不开提哪壶啊？"

"咋了？"

"少废话，跟着跑路吧！以后别在班长跟前提'特种部队'四个字！"

喜娃纳闷儿着，却不敢再问。新兵们飞跑，身后尘土飞扬。老炮站在操场上，眼神中有莫名的伤感。苗连走过来，看着那些嗷嗷叫着上山的新兵们说："你收拾新兵有一套！"

老炮转身立正敬礼："连长！"

苗连还礼："稍息吧——这次的新兵招得不错，有几个苗子值得注意。"

"是。"

"想办法，给我挖到侦察连来！尤其是那个兵——大学生参军的，叫什么来着？"

"小庄。"

"对！小庄，我是势在必得！必要时添把火，弄点事儿出来！别人不敢要的兵，我要！"

"明白了！"

"对了，今年的特种部队选拔你准备得咋样了？"

"报告！今年我也是势在必得！我复习了一年外语和化学了，一定会成为特战队员！"

"好，这才是我的兵！他妈的586团侦察连去年一口气被选上两个，他们连长那鼻子都快上天了，今年咱们连起码要选上两个，而且都要留在特种大队！一个都不能给我退回来！我得让586团、587团和师部侦察营的那帮主官都看看，我老苗才是最好的侦察连长！明白了吗？！"

"是，明白了！"

第三章

★

1

靶场。新兵们趴成一排，噼啪打枪。枪声结束了，大家都趴在地上。老炮拿着望远镜观察。前面壕沟里伸出报靶杆，在靶子上指示环数。

报靶杆子在小庄靶子上停留片刻，开始报靶："九十九环！"新兵们哗然。

喜娃激动地对小庄竖起大拇指："你怎么练的？"

小庄笑笑："我原来是体校射击队的。"

"怪不得啊，厉害啊！"

老炮挥挥手："拿一支狙击步枪过来！"

一个兵提着 85 狙击步枪跑步过来。老炮接过狙击步枪，又拿出一枚一元硬币，指指喜娃："你，起立，把这个插到靶子上。"

喜娃接过硬币，快步跑过去，他把硬币插在靶子上沿的木板缝隙中，然后跑步回去。

老炮拿起狙击步枪丢给小庄，指着前面的靶子："能打下来吗？"

小庄眯缝眼睛，凑着瞄准镜看看，瞄准镜的主观视线里，硬币很小，且有反光。

老炮看看他："你要是认熊就算了。"

"能！"小庄不服气地说。

"你要是打不下来，两百个俯卧撑！"

小庄舔舔嘴唇，他拉开保险，眼睛凑在瞄准镜上，他的食指均匀加力，然后果断扣动板机。子弹脱膛而出，在空中旋转。啪！硬币被打掉了。关注他的新兵们跳起来，发出雷鸣般的欢呼。后面的官兵们也都凑过来看。小庄笑笑，离开瞄准镜。

老炮脸上的笑容稍瞬即逝："就这点三脚猫的功夫，也值得喊？"

小庄没说话。

老炮挥挥手，要过两支自动步枪："起立！"

小庄起立。老炮丢给他一支枪，对靶场高喊："布置侦察兵 100 米运动速射靶！"

几个兵从壕沟里爬出来开始布置。老炮转向压子弹的两个兵："压满两个弹匣。"

无论新兵老兵都鸦雀无声，担心地看小庄。小庄心里发虚，但还是硬撑着。老炮看着小庄："跟我比比，赢了我再把尾巴翘到天上去。要是输了，夹着尾巴继续当新兵蛋子！"

喜娃低声劝："算了吧，十个你也不是他的对手啊。"

小庄的挑战心被激发了，舔着嘴唇不说话。

老炮冷笑："你可以现在认熊。"

小庄不服气地开口："报告！班长，我们家有一句话——是骡子是马，牵出来遛遛！"

老炮有点意外："哟！给你点儿阳光就灿烂啊？行，我们今天就牵出来遛遛！还是那句话，你输了两百个俯卧撑！"

"报告！要是班长输了呢？"

老炮眨巴眨巴眼睛："你说什么？"

"报告！我是说——要是班长输了呢？"

"那我也两百个！"

小庄长出一口气，开始检查自己手里的步枪。老炮冷笑，接过弹匣："我先给你打个示范——侦察兵100米运动速射，要求40秒时间内，向前运动100米，这期间会跳出30个钢板靶，打掉25个以上才算合格！听清楚了吗？"

"报告！听清楚了！"

"计时开始！"

一个兵按下秒表。老炮向前突出一个前扑倒地，同时安装弹匣，保险已经拉开。斜面跳出两个靶子，老炮手起枪响，靶子落地。他起身，据枪快速前进，不时命中周围跳出的靶子。新兵们看得眼花缭乱。小庄紧张地看着，记着老炮的动作和靶子的位置。老炮跑到最前面，最后一枪，对面1米跳出的靶子落地。

"36秒！全部命中！"

新兵们倒吸一口冷气，担心地看着小庄。老炮走回来："我就不要求你按照规定动作来了，只要你能打完就行。你要是能跟我同时完成，就算你赢。"

"报告！谢谢班长让我。"

老炮挥挥手："准备好了，自己喊开始。"

小庄接过弹匣，抓在手里。他深呼吸，高喊："开始！"

小庄跟兔子似的窜出去，对面跳出两个靶子。小庄拉开保险，两枪命中目标。老炮仔细地观察着。小庄的动作虽然笨拙，但是判断很准确，而且反应速度非常快。他不时果断地开枪，靶子都被命中。小庄气喘呼呼到了最后一个射击位置。靶子跳出来，小庄举枪就打，这一枪却打偏了。小庄毫不犹豫，一步跳过去，同时甩出手里的自动步枪。咣当！钢板靶子被自动步枪砸掉了。小庄在跟前站住。担任裁判的兵卡下秒表："36秒！全部命中！"

新兵们傻了眼。老炮也傻了眼。小庄缓缓回过头，看着大家。新兵们突然在一瞬间爆发出雷鸣般的欢呼，他们把帽子扔上天空互相拥抱庆祝。老炮二话不说，开始做俯卧撑，嘴里自己数："一，二，三……"

欢呼声迅速平息下来，新兵们愣愣地看着愿赌服输的老炮。小庄也看着老炮，运动造成的急促呼吸逐渐平息下来。山坡上，站在悬崖边的苗连放下望远镜，咧开嘴乐了："终于被我赶上了一个！瞧见没，不得了了！六年的老侦察兵油子，输给一个新兵蛋子！"

陈排在旁边说："苗连，那能算他赢吗？他明明脱靶了，是用步枪砸的。"

"战争就是你死我活不择手段！侦察兵在敌后，子弹打光了怎么办？别说用步枪去砸，就是用牙咬用脑袋撞，只要能把敌人干掉就行！再说了，他作为一个新兵蛋子，居然能想起来用步枪砸——他的脑子不一般啊，稍加调教就是一个特种兵的好坯子！"陈排笑笑，看着兴奋的苗连不再说话。

2

新兵连连部。新兵连连长面对三连长苦笑："新兵连还没完呢，你就来挖人？"

三连长心急如焚："不能等了，再等这个兵就是别人的了！又有文化，又有体能，还是个打枪的天才！老胡你给我个痛快话，到底给不给？"

"老丁，不是我不给你面子。要在往常，一个新兵罢了，说分给你就分给你。这次不太一样，小庄是戏剧学院大学生参军的，本来就是政委专门交代过要关注的典型。政委上个礼拜还问过我，小庄的情况怎么样。他准备抽调到团机关宣传部去，帮忙搞文艺工作，而且也想在集团军树个新时期的士兵典型。你说，政委这么说了，我怎么给你？"

"嘻！一个难得的新兵苗子，去什么宣传部啊？得下我们机械化步兵连啊！"

胡连长还没说话，门又开了。一连长笑眯眯进来了："老胡……哦，老丁也在啊？那我等会儿再来？"

三连长一摘帽子起来了："算了，都打开天窗说亮话！这个兵，我们铁三连要定了！"

一连长有点纳闷儿："什么你们铁三连就要定了？我们钢一连还没挑呢！"

三连长气愤地说："不能因为你是一连，就老让我们捡你们剩下的吧？几次团考核、技术比武，我们连哪次在你们下面了？"

一连长还没说话，六连长的声音从外面传来了："钢一连，铁三连，打不垮的老六连！"六连长进来，"别什么好事儿都给你们一连三连赶上了，我们六连是井冈山时代就威风凛凛的红军连队，今天这个兵到底是谁的，还不一定呢！"

三个连长各不相让，吵成一团。

门开了一条缝，陈排探个脑袋进来："哟！你们都忙着呢？"

胡连长苦笑："这不，侦察连的也来了？你们连长呢？"

陈排笑笑："我们连长在连部呢。怎么了？今天开全团连长大会啊？"

胡连长有点意外："那你来干吗？"

"哦，是这样的。军区侦察兵比武的事情，我们侦察连在新兵连带兵的同志要回去参加动员会。一共三个兵，就半个小时。胡连长，不会影响你们新兵连工作吧？"

胡连长有点疑惑："还有小半年呢，你们现在就开动员会啊？"

"这不笨鸟先飞吗？"

"那你去叫一下吧。"

陈排笑笑："那几位连长，你们忙，我先去了。"他关门出去，里面又开始闹哄哄。

3

侦察连连部。苗连靠在椅子上，老炮等三个老兵站在他跟前。苗连看看他的部下："你们摸底的情况怎么样？究竟有多少新兵适合当侦察兵的？"

老炮说："我班里的情况，连长都知道了。"

"你发现的那个兵单说，其余班里呢？"

老兵甲道："有一个练过武术的，自己也想当侦察兵。"

苗连点点头："你呢？"

老兵乙说："都是一群木头兵，一点规矩都没犯。"

"一点规矩都没犯怎么当侦察兵？还是你的工作不到位，逼得不够。一班长——"

老炮立正："到！"

"小庄——我是势在必得！现在看上去，你的火力有点猛了！他给搞成了香饽饽了，我老苗要是再凑上去抢人，那多丢面子？再说这种好兵，不一定就愿意来侦察连。你，明白了吗？"

"是，明白了！"

"我知道你的心理压力，在新兵连丢了人，面子上过不去。但是这跟我们整个侦察连的荣誉比起来，你那点委屈算得了什么？还是那句话——我不管你用什么方法，只要不闹出大乱子，我就给你收场。去吧！"

"是！保证完成任务！"老炮被骂得反而精神抖擞了。

训练场上，新兵们按照老炮的口令齐声嘶喊击打沙袋。老炮一如既往地板着脸："一！"

新兵们吼："杀！"

老炮骂："什么狗屁玩意儿？！是杀——都看着！"他做了个示范，动作生猛，"杀——杀——杀——看清楚了吗？"

"这不是沙袋，是敌人！明白吗？再来，一！"

新兵们吼："杀——"

"行了行了，软绵绵的跟娘们儿一样！别丢人了，都站边上去！"

新兵们站在一边。

"小庄！"

"是！"小庄出列。

老炮指指自己："来打我——直拳！"

小庄愣了一下。

老炮厉声："一！"

小庄犹豫着出拳，老炮挥着胳膊一挡，接着一带，小庄直接栽倒。

老炮冷哼一声："软绵绵的，还想杀敌？"

小庄起来，再次出拳。

老炮灵活地低头闪过拳峰，随即一个钩拳打在小庄脸上。小庄仰面栽倒，再起来一抹鼻子，都是血。新兵们都傻眼了。老炮嘴角冷笑一下。小庄怒吼着冲上来，又被老炮轻易地再次撂倒。小庄起身，眼睛肿了。他怪叫着冲过来，却一次又一次被老炮打倒。

"老炮，我操你妈——"小庄又冲上去。老炮没注意，被小庄一脚踢在裆部。小庄冲上去一阵死打，老炮像是措手不及，被小庄按在地上暴捶。新兵们急忙冲上来抱起小庄："哥们儿！哥们儿！你疯了？"

老兵和干部们都向这里跑过来。小庄被抱起来，脸上都是血，却还在使劲挣扎。老炮被老兵们扶起来，他也满脸是血，可脸上却露出奇怪的笑容。

4

小庄在电脑前写作："这一架，我把自己打进了禁闭室……"

手机响了，小庄接电话："喂？"

"哥们儿，我军子！"

"哦，军哥啊，怎么了？"

"我说你可有日子没来我军品店玩儿了啊？怎么了这是，最近蛰伏了？"

"不是不是，最近我遇到点事儿……"

"怎么了，兄弟？有事儿跟我说说啊！"

"我遇到了我在部队的老班长，他现在过得不太好。"

"那你怎么不找我啊？我最近正准备搞个野战训练营呢，缺人手！"

"我……我找不到他了，这里面情况蛮复杂的。"

"嘻！要不怎么说赶巧啊！你知道我那军品店的网站吧？前一段我给改版了，弄成综合军事网站了！你去那里发个帖子，说不定有办法呢！"

"我、我把这段经历写了个小说……"

"那最好了！你想啊，特种部队老兵的回忆录！发在军事网站上绝对火，知道的人肯定就多了！知道的人越多，找到你老班长的希望就越大！"

"可我还没写完呢。"

"一看你就是网盲,现在的网络小说哪儿有写完才发的？都是半截子,人那叫'挖坑'！"

小庄放下电话，打开电脑上网。他进了论坛，浏览。他打开"影视书刊"板块，把自己的文章粘贴上去——《最后一颗子弹留给我》的主题出现在论坛上。

5

禁闭室。小庄光着膀子，汗流浃背地在做俯卧撑："一千七百八十一……一千七百八十……二……"

窗外，哨兵好奇地看着："你可真行！每天俯卧撑两千，不累啊？"

小庄艰难地又做了一个，僵持在空中："一千七百八十三……习惯了，不练难受……"

哨兵摇头："搞不懂你，放着好好的大学不上，跑到野战军干吗！"

"我自己都搞不懂自己……一千七百八十……六……"

哨兵突然转身敬礼："连长好！"

苗连站在门口，小庄还在做俯卧撑。

"那个兵，起立！"

小庄停下，起立："首长好！"

苗连冷冷看着他："你很厉害啊？"

"首长过奖。"

"你居然打伤了侦察连最资深的班长，我来看看你有什么三头六臂！"

"是他先打我的，他欺负我……"

"那你就可以打他了？"

"我……"

"知道错了吗？"

"我没错！人不犯我，我不犯人！"

"哟！你学这个倒是挺快的啊？那你就没学会军人要服从命令？要绝对服从上级？"

"我马上就不是兵了。"

"谁说的？"

"我是全团第一个打班长的新兵，怎么可能还要我？"

"别太高看自己了，你是第二个——第一个是我！"

小庄抬头，很惊讶。苗连却很冷静："告诉我实话，你想当兵吗？"

"实话？想，又不想。"

"怎么个想又不想？"

小庄想了想，说："我喜欢跟兄弟们在一起，部队也给了我不一样的紧张生活。但是军队太压抑我的个性，我有点受不了。"

"孬种！一个男子汉，这点苦都吃不了！"

"我不是孬种！"十七岁的小庄急了。

"那证明给我看，把这个兵当下去！当个好兵给我看。"

"你是谁啊？团长还是政委？你能改变团里面的决定？"

苗连笑笑："我是谁，你以后就知道了！记住——军队是硬汉的天下，认熊认孬，不会有人看得起你的！"

他转身走了。小庄愣在那里，久久回不过神来。

转眼，小庄的禁闭结束了。禁闭结束的第二天，他在新兵连三个月的生活也结束了。这一天，新兵们衣着整齐，都穿上了佩戴帽徽领花的常服，兴奋地站在连部门口。连长在点名，宣布各自的单位：

"刘桐！"

"到！"

"一营二连！"

"王乙光！"

"到！"

"警通连！"

……

一直没念到小庄的名字，小庄有点发懵。连长合上了花名册："回去收拾一下，打好背包，你们的连长马上就来接人。从今天开始，你们就真正成为大功团的一名解放军战士了！同志们，三个月的新兵连非常艰苦，你们辛苦了！我祝贺你们！"他举手敬礼。新兵们举手还礼。连长放下手，刚想宣布解散，小庄鼓足勇气喊："报告！"

"讲！"

"报告！我、我去哪个连？"

连长看他半天，说："上面没写，我也不知道。"小庄愣住了。

"解散！"

新兵们一阵欢呼，如同退潮般散去。小庄傻在原地愣了会儿，转身进了宿舍。宿舍里，战友们兴高采烈地在说话。陈喜娃喜洋洋地打背包："哎呀，这次我分到侦察连了！没想到我也能当侦察兵了……"

小庄大步走进来，开始收拾自己的东西。他脱掉军装，拿起自己军队的东西丢到喜娃床上。喜娃看了看他："干啥啊？"

"这些给你，咱俩号码一样。"

"那你呢？"

"看来，下部队是没我的份儿了。与其没人要，不如自己走。"

"你别着急啊，你是咱们团第一个大学生兵，大家都说可能是去团部机关。"

"狗屁！不要我就明说，这个兵，老子不当了！"

站在门口的新兵突然高喊："起立！"

新兵们立即起立，敬礼。苗连大步走进来。小庄站在床前，没敬礼。苗连看着他："你为什么不敬礼？"小庄没说话。

"你的军装呢？"

小庄看了一眼喜娃的床上。喜娃急忙拿起来塞给小庄。苗连突然严厉道："穿上！"

小庄一愣，说："没人要我了，我穿军装干吗？"

"孬种！"

"我不是孬种！"

"那就把军装穿上跟我走！"

"去哪儿？"

"侦察连！"

6

侦察连驻地。侦察兵们光着膀子，一身腱子肉，穿着迷彩裤和军靴在进行各种体能和格斗训练。苗连大步走来，小庄和喜娃背着背包提着东西怯生生跟在后面。苗连大步走到连部跟前，他挥挥手："你们过来！"

一排长二排长三排长急忙跑步过来，在连长跟前站成一排。苗连努努嘴："这两个兵是新来的！这个是喜娃，很朴实，身子骨壮实，调教调教是个敢打硬拼的好苗子！还有这个，我就不说名字了，你们都知道他。"

小庄站在那里不知所措。陈排说："喜娃交给我好了，我缺个捕俘手！"

喜娃兴高采烈地过去："排长好！"

陈排笑："我们一排最近训练任务重，还要准备参加演习，带一个就够了，实在是带不了新兵了。"

苗连点点头："嗯，那二排长呢？"

二排长看看小庄，嗫嚅着："我跟一排长一样……"

苗连的目光转向三排长。

三排长有点发毛："报告！我们现在……我们现在……"

"说，直接说！别吞吞吐吐的！"

"我、我不想要……这是个鸟兵，不好管教。"

苗连点点头："嗯，说了实话啊。不错，比他们俩强，一嘴假话！"他看小庄，"哎呀！你看这怎么办？没人要你啊。"

小庄有点局促。苗连想了想，说："这么着吧，你就跟着我当文书吧！"

三个排长忍不住喷了。苗连瞪眼："你们笑什么笑？回去训练去！"

"是！"三个排长立即转身跑了。

小庄懵懂地问："连长？文书都干什么？"

苗连又努努嘴："你进去问问老文书就知道了。"

"是。"小庄向连部办公室走去，他在门口停了下来："报告！"

"进来！"

小庄推门进来："班长，连长让我……"他呆住了。

老炮正在打背包，脸上还裹着一片纱布。他没有任何惊讶："说，连长让你什么？"

小庄张大嘴："班长，我没想到你是……"

老炮抬头："没想到我是什么？我是文书？"

"是。"

老炮第一次露出一点笑容，但是转瞬即逝："你来了，我就下一班当班长。"

"我、我……"

"跟你没关系，我跟苗连说了好多次了，我不适合干文书，适合去当班长。他一直找不到合适的人，这回选上了你，我就解放了。"

小庄不说话。

"怎么？打过一架就不认我这个班长了？"

小庄还是不说话。

老炮笑笑："等你真正成了老兵，很多事情就明白了。"

小庄抬起眼，不知道怎么接话。

"我跟你交接一下，你跟我来。"

小庄默默地跟在老炮身后。枪库。光线阴暗，擦得锃亮的步枪静静卧在枪架上。哗啦啦，防盗铁门拉开了。老炮晃晃手里的一串钥匙："这钥匙，以后归你保管了。"

小庄接过钥匙，头有点大："我……我管枪？"

"啊，文书最简单的工作。"

小庄探头探脑地跟着老炮进了枪库，老炮拿起一把步枪："这是你打过的81自动步枪，这把是85狙击步枪，这是85微声冲锋枪——侦察兵专用的，打出去没声音光听见撞针声，这是54手枪,87匕首枪,还有这个——"老炮拿起一把匕首抽出来，"知道这个是什么吗？"

"刀子啊？"

"这是侦察兵匕首！俗称攮子，是侦察兵的贴身利器！在最危险的时候，攮子不仅可以杀敌，还可以保住你的命！当然，你现在还不明白，以后就知道了。"

小庄听得很懵懂。

"作为侦察连的文书，首先是一名合格的侦察兵，甚至是出色的侦察兵，其次才是文书——知道文书都干什么吗？"

小庄摇头："不知道。"

老炮狡猾地笑笑："跟在苗连身边，你会速成的。"他放下手里的匕首，"苗连五点半准时起床，你的闹钟要调到五点！五点二十九分，你要准备好洗脸水，挤好牙膏……"

"我这是当文书还是当勤务兵啊？"

"这是文书的工作……"

小庄掉头就走："我不干文书！我才不伺候人呢！"

老炮在后面笑笑："那你自己跟苗连说吧。"

小庄大步向连部走去。

"报告！"小庄在外面喊。苗连头也不抬地拿起杯子喝水："进来！"

小庄进来。苗连发现水没了，把杯子往桌子上一放。小庄愣了一下。

"倒水。"苗连还是不抬头。小庄看着那个杯子,又看看苗连。苗连无动于衷,还在看文件。小庄犹豫着,伸手拿起杯子。苗连还是在看文件,压根没多看小庄一眼。小庄很生疏地给苗连倒了杯热水,放在苗连桌子上。苗连头也不抬:"出去吧……把我常服找出来,我马上去师部开会。"

小庄愣愣地看着苗连,苗连抬起眼睛:"你还有事?"

"没、没有了。"

"去吧,通知司机在连部门口等我。"

"是。"小庄转身出去。

小庄在连部门口站住了,他眨巴眨巴眼睛:"我这是怎么了?"

侦察连连部。小庄在擦桌子。抹布滑过,玻璃板下是一张发黄的彩色照片。小庄好奇地看着,这是一张对越战争时期的战地合影。一群穿着迷彩服的彪悍男人手里拿着各种轻重武器,眼神里有一股掩饰不住的鸟气。

"连长,这是你啊?"小庄一眼看出来年轻时代的苗连。苗连回头:"啊,看不出来啊?"

"这是在打仗吧?"

苗连:"对,这是南疆保卫战时期的我军区侦察大队——第十二侦察大队,代号'狼牙'。"

"狼牙?这明明是个狗头啊!"

苗连哭笑不得:"什么狗头?这是狼头,看清楚了!狼牙!我们之所以叫'狼牙',和他有关系!"苗连的手指点着照片上的一个汉子,那个汉子仰起下巴,带着一股说不出来的鸟气,"何志军——我们'狼牙'侦察大队的大队长,由于他骁勇善战,敌人敬畏地称之为'狼牙'!"

小庄瞪大眼睛看着这个中年壮汉。苗连笑着指点群英:"这个是小高,少林俗家弟子出身,被誉为'西线第一侦察勇士';雷连长,音乐指挥出身的侦察兵,作风冷峻毒辣……"

小庄看着照片:"苗连,这就是传说中的特种部队吗?"

苗连的眼神变得黯淡:"不算,算是特种部队的鼻祖吧,十二侦察大队就是现在我们军区特种大队的前身,代号都是一样的——'狼牙'!"

"苗连,那你怎么不去特种部队,来了咱们侦察连呢?"

苗连没再说话,片刻道:"打水,我要洗脸。"

"哦。"小庄转身去了,不一会儿端来了盆热水。

苗连在脸盆里洗脸。小庄很自然地在旁边站着。咣当!一声清脆的响声。小庄吓了一跳:"苗连,什么掉了?"

苗连闭着眼睛在脸盆里摸:"你去拿个干净杯子来!"

小庄急忙拿来杯子。苗连摸出来了什么东西,咣当丢进了玻璃杯里。小庄举着玻璃杯子,定睛一看,是个眼球!他吓了一跳。苗连闭着眼睛:"倒热水,消毒!"

小庄哆嗦着把杯子放在桌上,往里倒热水。小庄看着苗连,苗连拿出眼球安上,揉揉,淡淡地说:"白眼狼的弹片炸的。"他转身拿起军帽戴上,出门上车,车开过训练场,远去了。

小庄默默地看着苗连远去。那一瞬间，他真正懂得了为什么苗连的身上有这样巨大的能让他折服的能量——他是一个真正的硬汉，也是一个真正的军人。小庄开始重新审视自己内心对于"军人"这个普通词汇的定义，他第一次感觉到一种豪迈——因为他在这样的硬汉连长手下当兵，他愿意跟随他征战疆场，万死不辞！

小庄愣了半晌，苗连的车早已没了影子。他出了连部，走到训练场边看大家训练。陈排在做格斗示范，他怒吼一声，然后快跑几步，飞腿分开踢碎士兵手里高举的两个坛子，接着在空中转体又踢碎另外两个坛子。陈排稳稳落地，呼吸均匀。侦察兵们鼓掌叫好，小庄也鼓掌叫好。陈排转脸看见他，笑了一下没说话，转向自己的战士："都看见了吧？"

"看见了！"战士们齐声答。

陈排比画着，稳健出腿，定在半空："在近身厮杀中，腿的作用可以用一句成语来概括——举足轻重！格斗是侦察兵的基本功，而腿功则是基本功中的基本功！大家明白了没有？"

"明白了！"

"继续训练！"

战士们冲到沙袋前开始踢打。

陈排目光锐利："高度！一腿要踢到敌人脖子上！再来！"

喜娃尖叫一声，飞腿踢向沙袋。小庄跃跃欲试，在后面欲言又止："排……"

陈排回头："怎么了？"

小庄鼓足勇气："排长，我……我能跟着你们训练吗？我打扫完连部卫生了，我……"

陈排笑笑："你不是不想当兵了吗，怎么还要跟我们训练？"

"看大家都训练，我心里别扭。"

"那好，入列，参加训练！"

"哎！"小庄高兴地跑进去，站在喜娃身边，跟着陈排统一口令踢腿。

7

食堂。连首长在吃饭。苗连刚刚吃完一碗米饭，小庄立即起立双手接过苗连的碗，转身去加米饭。指导员诧异地看着："老苗，小庄这样的鸟兵你怎么收拾的？怎么到你手里就服服帖帖的？"

苗连大大咧咧地说："嘻！再鸟的兵也是兵，只要是兵我就能调教！他敢跟老炮那样的老侦察班长对着干证明他很鸟，但是他肯为了战友掉泪证明他重感情！重感情的兵就是好兵，我相信我的眼睛没错！这小子会是最出色的侦察兵！"

端着米饭回来的小庄听见了，他站在苗连身后眼睛一热。苗连没看见他，还在继续说："这孩子年纪小啊，刚刚17岁，毛都没长全就来了部队！鸟兵不怕，没长大的孩子不鸟才可怕呢！收拾小庄容易，你就当他是个娃娃，该夸的时候夸两句，该骂的时候骂几句他就老实了……"

小庄在苗连身后抹着眼泪。指导员看见了就笑："哟！我们的娃娃掉金豆了？"

苗连回头："哭啥？我像你这么大的时候军功章都拿了仨了！赶紧给我洗脸去！"

"是！"小庄低头把饭碗交给苗连，转身就往水龙头跑。小庄打开水龙头撩水洗脸，以便让自己可以无声地痛哭一会儿。陈排吃完饭走过来洗碗，小庄的肩膀抽动着。陈排拍拍他："怎么了？苗连又说你了？他是刀子嘴豆腐心，说两句就说两句，反正也掉不了肉！"

小庄擦擦脸起身笑了一下，却还是掉泪了："陈排，我能成为最好的侦察兵吗？"

陈排鼓励他："当然，你有这个潜质。"

小庄坚定地说："我想成为最好的侦察兵，给苗连争脸！"

陈排突然诡异地笑："等你成为了最好的侦察兵，就不是给苗连争脸了，是给咱们团、咱们师甚至咱们军侦察兵弟兄们争脸！闹不好还要走到世界上，给咱们全军弟兄争脸！"他看看小庄愣愣的表情，笑道："以后你就知道了。"说完走了。留下十七岁的小庄傻傻地站着。

8

熄灯后的营房格外安静。哨兵在外面转着，不时拿手电四处照。更远处的训练场，隐约有人在踢沙袋。咣当！连部的门开了，小庄揉着耳朵出来。

哨兵喜娃手电照过去："口令！"

小庄答："冰山！回令？"

"草原！"

小庄揉着耳朵："喜娃，今天你站岗啊？"

"对啊，你不睡觉干吗呢？"

"看来这枪打多了也不是享受啊，耳鸣。我睡不着。"

喜娃笑："我这耳朵还震着呢。"

小庄纳闷儿地看着声音来处："谁啊？大晚上练功？"

喜娃说："一排长，他每天都这样。"

"这么刻苦啊？"小庄伸着脖子看。

"听我们班长说，他下连就这样，开始大家都以为没多久他就不练了，没想到真保持了一年多。他是陆军学院侦察系的高材生，在咱们连算数一数二的。苗连都说他多少次了，休息的时候要好好休息，他就是不听。后来苗连也就不说了，说也没用。"

小庄吐吐舌头："乖乖，这坚持一年多可不简单。"

喜娃也感叹："可不是呢？"

小庄披上迷彩服外衣，穿着短裤拖鞋就走过去："我过去看看啊。"

沙袋前。陈排一个利索地边踢，落地的时候却崴了一下。陈排蹲下来，活动着右腿，嘴里倒吸口冷气。小庄赶紧走过去："陈排，你怎么了？"

陈排看见是小庄，急忙站起来："没事没事，我刚才崴了一下脚。"

小庄看着陈排额头的汗珠："看你疼得都流汗了！"

陈排赶紧说："我是累的！你不睡觉跑出来干什么？"

"我耳鸣。"小庄不好意思地指指右耳朵。

陈排笑道："打枪多了都这样，习惯了就会好点，不过还是要自己注意。你弄个耳塞就比较好，侦察兵的耳朵可不能出问题。"

"嗯。陈排，你怎么不睡呢？"

"我习惯了。从高中开始，我就每天晚上自己练。"

"为什么啊？你已经是咱们连最好的侦察排长了啊？"

"你知道特种部队吗？"陈排的眼睛放光。

"知道，老美电影里面有。海豹，三角洲……"

陈排坐下来，有点艰难地伸直了自己的腿："城市兵确实懂得多。我从小就想当特种兵，所以也就天天练了。"

小庄也蹲下，他好奇地问："陈排你怎么那么想当特种兵啊？"

"能够当上特种兵，就是咱们侦察兵的至高荣誉！"

小庄听着很懵懂："怎么从没在电视上见过咱们的特种部队啊？"

陈排得意地一笑："能被老百姓看见那还是高度保密的特种部队吗？就是在军内，对特种部队了解的人也很少！这是任务性质决定的，明白了吗？"

小庄点点头："嗯。"

陈排的眼中显现激动的光芒："咱们军区特种大队的代号是'狼牙'！"

"这个我知道，就是苗连以前的老部队，第十二侦察大队，代号'狼牙'。"

"对，那是今天狼牙特种大队的前身。现在的狼牙是一支高度现代化的海陆空三栖特种作战群。如果把我们军区作战部队比喻成一匹狼的话，狼牙特种大队就是这匹狼最锋利的尖利牙齿！"

"那咱们苗连怎么不去狼牙特种大队呢？他打过仗，军事素质也好！"

陈排黯然地说："他左眼在战争中没了，安的是假眼。他倒是申请过，但是第一关体检就刷下来了。医生说他的情况不能接受潜水训练，眼后面的血管会被水压挤爆的。"

小庄闻言，默默替苗连难受。陈排突然问："你知道苗连为什么那么喜欢你吗？"

"我？不知道，可能我年龄小吧？"

"那是一方面，另外一方面是他看中你身上的潜质。你会成为最好的侦察兵——也就是说，你会成为狼牙特种部队的特战队员！这是他的梦，他希望你成为他的化身。"

小庄着急了："啊？当特种兵？我才不呢！"

"怎么了？"陈排有点意外。

小庄着急地说："我不是想当最好的侦察兵才好好训练的，我是不想给苗连丢人，也不想给你丢人！"

"部队又不是个人的，是党和国家的。"

"大道理我不懂,也不想懂。反正我就是喜欢侦察连,我不想离开侦察连。我不当特种兵,死也不当!"

陈排苦笑:"不当就不当吧。走吧,扶我起来,腿麻了。"

小庄急忙扶陈排起来:"你真没事啊?"

陈排笑笑,艰难地走着:"没事。腿麻了而已。对了,你替我写给对象的信写好了没?"

小庄笑着:"写好了,你拿过去抄一遍吧。"

陈排苦笑:"我像你那么大的时候可单纯了,连女孩手都没拉过。有对象了没?"

"有,叫小影,跟我一起参军的。我不知道她在哪个单位,当兵以后就失去联系了。"小庄想起来心里就难受。

"在咱们军区?那就好办,有女兵的单位没几个。回头我问问军校的同学,应该能找到。"

小庄高兴了:"谢谢陈排!"

陈排笑笑,继续一颠一颠地走。

9

靶场。侦察兵们在进行多能射击训练,小庄跟喜娃两人在一边给老兵们压子弹。喜娃羡慕地看着:"乖乖,我手都压疼了!起码得有几千发了!"

小庄满不在乎:"枪手就是子弹喂出来的。枪打得好不是靠瞄准,是靠感觉。喂一万发子弹,狗都能练成神枪手!侦察兵,个个都要是神枪手。"

喜娃诧异地看着他:"这当了连长文书就是不一样啊,说话也越来越有水平了!"

小庄不好意思地笑:"苗连说的。"

苗连大步走过来,小庄、喜娃以及在等待打靶的官兵起立。陈排吹哨,射击停止。他跑步到苗连跟前敬礼:"报告!全连正在进行射击训练,请连长指示!值班员一排长!"

苗连还礼:"稍息——你们俩打没打?"

小庄立正:"报告,没有。"

陈排说:"明天军区情报部首长来视察,新兵不参加表演……"

苗连挥挥手:"新兵不是侦察连的兵吗?"

陈排不敢说话了。苗连瞪他一眼:"我问你呢,是不是?"

"是!"陈排答。

"上级领导来视察,搞一帮子老兵油子,年年都是他们,都成熟人了!今年这个规矩就改一改,明天的汇报,两个新兵必须上!"

俩列兵更紧张了。喜娃嗫嚅:"连、连长,我们……"

苗连一眼瞪过去:"我不要你们是最好,但是不能是最孬!你们所有人记住我这句话,打仗是靠全连战士去拼命,不是靠几个军事尖子!所以每一名夜老虎连的兵,都得是最好的侦察兵!只要不是最好,就不配在我夜老虎连当兵!"

两个列兵齐声怒吼:"是!"

次日一早，训练场就打起了"欢迎军区情报部领导莅临指导"的横幅。全体官兵精神抖擞，满脸都是伪装油彩。苗连穿着崭新的迷彩服，站在队列前。三辆越野车急驰而至，赵部长等下车。最后一辆车的车门打开，一只黑色军靴踏出来，紧接着是穿着特战迷彩服的健壮躯体，然后是黑色贝雷帽和狼牙特种部队臂章——狼牙特种大队高中队（陆军少校）迈步出来。

高中队看着苗连笑："老苗？"

苗连也笑："老高啊，今天跑到我这里来视察了？"

"嘁，我视察个鸟啊？跟着赵部长混饭呗！"

"就你们那儿每天二十二块的伙食标准，一个个喂得杠杠的，还来我们这儿混什么饭？我这九块七，馒头管饱！"

两人大笑，握手。赵部长道："可以开始了。"

苗连挥挥手："开始！"

陈排立正："是！侦察兵多能射击——准备！"

几名新兵出列。赵部长一愣："怎么，都是列兵？你老苗连队无人了？"

苗连笑笑："列兵也是我夜老虎连的兵。既然部长想了解侦察连的情况，列兵是最真实的反映。"

赵部长点头："好，这倒是新鲜了。我是第一次看列兵汇报，开始吧。"

陈排喊："射击开始！"

两名新兵开始进行多能射击。场外站着多名校级军官，拿着望远镜观察。高中队也拿着望远镜，看得很仔细。小庄表现最出色，速度最快。

赵部长问："老苗，这俩都是新兵？"

苗连点头："对，新兵。"

"前面那个也是新兵？"

"是啊，新兵。"

"你不是让老兵换了军衔来唬弄我吧？"

"我老苗是什么人你还不知道，我犯得上吗？"

赵部长将信将疑地看着。小庄第一个冲到终点，收枪站好。随后是喜娃。

赵部长说："让他们跑步过来。"

陈排下口令，俩新兵跑步过来，在首长们跟前站好。赵部长对小庄说："脱帽。"

小庄摘下钢盔，露出涂满伪装油彩却稚气十足的脸。

"多大了？"

"报告！十七！"

赵部长点头："后生可畏啊！你是我见过最年轻的速射神枪手！"

高中队嘴角浮起一丝冷笑。

"谢谢首长。"小庄大声回答。

苗连在一旁道："他参军以前是大学生，学艺术的。"

赵部长吃惊了："哦？你就是那个打了班长的大学生新兵？"

"是。"

"好！好！你好好努力，我会继续关注你的！"

小庄敬礼："谢谢首长！"

赵部长点头，笑笑，转向高队长："高中队。"

"到！"

"你看——这个兵去你们特种大队怎么样？"

"报告！特种部队有着严格的选拔程序，这是您三年前亲自签发的命令！现在强调依法治军，我相信首长不会打破自己定下的规矩！您曾经说过，特种大队是尖刀部队，是为战争而生存的部队，不能充斥后门兵、关系兵！"

赵部长笑："在这儿等着我呢。"

小庄低语："谁稀罕！"

高中队目光锐利地凝视他。

赵部长问："你刚才说什么？"

小庄抬头挺胸："报告——我是说，既然特种大队的首长也在，希望首长给我们露一手，也让我们这些步兵团的侦察兵开开眼！"

苗连嗔怪："小庄！没大没小的！"

赵部长笑着看高中队："人家不服你了。"

高中队笑笑："我听首长的。"

赵部长说："那你就跟他们交流交流，比比看。"

高中队笑："这样比，胜之不武。"他看着看向自己的小庄，笑道，"既然首长说了，我们就交流交流。"

他摘下黑色贝雷帽，别在肩章上："老苗，有啤酒瓶子吗？"

"那边一堆呢，锤头用的。"

"找两个兵帮忙扔一下。"

苗连苦笑："你这小子，在我的地头给我的兵难堪啊？"

"是你要我砸场子的啊，后悔了？"

"什么话？你们两个，去拿酒瓶子！"

俩兵转身跑了。

高中队接过小庄手里的自动步枪检查着："有日子没打 81 了。"

小庄看着他，递给他一个弹匣："枪是我校对的，你可以再试试看。"

"不用了。打枪不是用眼，而是用这个——"他指着自己的心口，然后双手持枪，高喊一声，"好！"

苗连挥手："扔！"

一个兵扔出一个酒瓶子，瓶子在空中旋转，带着细微的风声。高中队突然出枪，酒瓶子在空中破碎。侦察兵们都傻了，忘记了鼓掌。苗连说："继续扔，多扔几个！"

哗啦啦！几个酒瓶子扔出去。高中队手起枪响，酒瓶子应声而碎。

"下面是单手运动目标速射！"高中队换了右手持枪，还是速射。砰砰砰！酒瓶子碎了。

"换手！"他同时在空中倒手，自动步枪到了左手，继续射击。砰砰砰！酒瓶子又碎了。

侦察兵们爆发出雷鸣般的掌声。高中队停止射击，笑笑："用不着鼓掌，这是特种部队每个队员的基本功罢了！"

苗连苦笑："赵部长，您这是带人踢场子来了啊！"

赵部长笑："哪里哪里！我这是带着特种大队的干部到各个侦察部分队转一转，摸清今年选拔的底，他们这是私下跟你们切磋，不算数的！"

高中队笑："老苗，不好意思啊！"

苗连骂："他妈的，我要是有你们一半的训练经费，个个都比你的兵强！"

高中队哈哈大笑："早说了，胜之不武——这不算什么，雕虫小技而已。"

"妈的，年度演习见，看我怎么给你们上眼药！"

"行，我等着呢！"

赵部长看看手表："时间差不多了，我得去别的部队看看。"他回头看看小庄，笑道，"小伙子，别气馁！他们都是拿子弹喂出来的，新枪用不了一年都能打废了。早晚有一天，你会跟他们一样的！"

小庄立正："报告！早晚有一天，我会超过他们！"

高中队一愣，看着小庄。小庄不看他，看着赵部长："他们也不是天兵天将，都不过是肉长的。"

赵部长欣慰地点头："好！有志气！我等着那天，亲自给你颁奖。"

小庄举手敬礼："一言为定！"

赵部长看看高中队："还在这儿站着干什么？等着挨黑枪啊？上车，走人！"

一行人上车，侦察连敬礼，目送车队离去。苗连放下手，转身看着战士们："都看见了？"

战士们怒吼："看见了！"

苗连看看连旗，连旗在飘舞，他一把扯下来："别挂了，都让人把场子给踢了！从今天开始，夜老虎连没连旗了！没了，场子都被人给踢了，还有脸打旗？没脸！你们也都不配叫侦察兵了，不配！熊兵！孬兵！废物兵！"

战士们感受到了极大的侮辱，眼中含泪。苗连大骂："都他妈的看着我干什么？丢人都丢到家了，还看我！现在在大功团当个侦察兵就了不起了？狗屁！一天到晚叫嚣，不服这个不服那个，今天怎么都软蛋了？为啥软蛋了？"

战士们不说话。

"就你们这个小样儿，别等上战场丢人了！一个军区特种大队就给你们收拾了，随便来个少校就给你们都灭了！还上战场呢，等着送死吧！穷叫唤什么？"

小庄怒吼："报告！"

"讲！"

"苗连，我一定会超过他们！"

"超过？你拿什么超？"

"我们夜老虎侦察连——敢打必胜！"

侦察兵们怒吼："敢打必胜！"

苗连冷笑："行，我等着看。年度演习，要是被特种大队包了饺子，你们就把这句话裹巴裹巴丢进茅坑得了。解散，各排带回。"他转身走了。

侦察兵们看着连长的背影，都感到了一种屈辱和伤感。陈排苦笑："一排，带回。"

一排战士们不动窝。陈排瞪眼："都愣着干什么？带回，回去总结。"

一排战士们含着泪喊："排长！我们要训练！""我们要把连旗重新挂出来！"

战士们群情激奋，嗷嗷乱叫。苗连走着，背对战士，脸上却露出了笑容。没有人知道，这是他精心设置的一个局。从这一天起，侦察连开始了拼命地训练。也就从这一天起，小庄就跟变了个人似的。他打心里不愿意看到苗连伤心。在他的意念里，特种大队伤了苗连，他就非得把那狗屁黑色贝雷帽撕下来擦靴子。

第四章

★

1

夜。大功团驻地上空，战备警报响彻黑夜。全团紧急拉动。步兵战车开出车库，战士们在武装集结。侦察连门口，苗连穿着迷彩服头戴钢盔持枪站着。侦察兵们陆续在他的跟前集合。值班员敬礼："报告！连长同志，侦察连全连集合完毕，请指示！"

苗连还礼："稍息！同志们，根据军区司令部紧急命令，年度演习开始！我集团军是红军部队，我团是整个红军的先锋团，而我们侦察连则是全团的眼睛和匕首！同志们，有没有信心完成任务？"

"有——"

苗连厉声道："养兵千日，用兵一时！同志们，演习就是战争，前方就是战场！我们面对的就是真正的敌人——敌人是武装到牙齿的，敌人是狡猾残忍的！我们要在这场战争取得胜利，就要发挥我们侦察兵的优良作风！勇敢顽强，夺取胜利！"

战士们热血沸腾，齐声高吼："勇敢顽强！夺取胜利！"

苗连看表："按照预订演习方案，出发！"

陈排出列高喊："一排听我口令！登车！"他带着一排跑向大屁股吉普车。

小庄看着一排跑步去了，他转向苗连："苗连，我也去！"

苗连拍拍他的钢盔："去吧，争口气。"

小庄兴奋地举手敬礼："是！"

2

群山之间的公路上，机械化兵团正在开进。披着伪装网的军列满载士兵和各种战斗车辆，如同钢铁洪流，势不可当。二炮地对地导弹旅的导弹运输车、指挥车、后勤保障车辆、卫星通讯车等组成的战略打击部队在被临时中断交通的高速公路上疾驰而过。苏-27战斗机群在云间穿行。陆军机械化部队贴山而行，主战坦克排成的纵队势不可当。骑着摩托车的通讯员来回穿梭着传送命令。一片大战来临的气氛。

山坡上。小庄拨开眼前的枝蔓，瞪大眼睛看着山路上的钢铁兵团。他和身后的弟兄们脸上都涂着厚厚的伪装油彩，只有钢盔下的眼睛闪着黑白分明的光。身后的电台兵压低了声音对着话筒喊："尖刀呼叫，听到请回答……"他的手指调试着电台频率，电台没有反应。他抬起头："蓝军实施了强烈的电子干扰，频率没有任何反应。"

陈排拿着长焦照相机正在拍照，他回头："看来蓝军把刚刚组建的电子对抗团用上了。继续呼叫。老传统吧，派人化装通过封锁线送情报，时效性差一点，总比没有强。"他在纸条写下什么，想想，低声叫道："小庄！"

小庄到了陈排跟前："陈排。"

陈排把纸条递给他："把这个送回团前指。机灵点，你换便装说是来郊游的大学生。"

小庄痛快地说："好！那我怎么回来找你们啊？你们肯定不在这儿了？"

"你不用回来，跟苗连在一起吧。"

"啊？"小庄愁眉苦脸。

"执行命令！只有你不会被他们怀疑，去吧！"

小庄闷声道："是。"

山间公路上，蓝军搜索队在公路上停着，特种兵们持枪警戒。这是一支精锐的特别突击队，代号"孤狼"。

高中队戴着耳机在听电台："怪了啊？红军的频率怎么这么安静？他们的侦察兵真的无线电静默了？"

志愿兵马达坐在前面苦笑："肯定是电子对抗团搞的！他们刚刚上过军报，就等着这时候露脸呢！"

高中队摘下耳机，急了："这不胡闹吗？他们露脸了，我们怎么抓红军侦察兵？电台兵，给我接蓝军司令部！"

电台兵急忙开始呼叫："孤狼呼叫，听到请回答！孤狼呼叫，听到请回答……"

不一会儿，蓝军隐藏在山间的电子对抗车的天线停止了转动，他们解除了电子屏蔽。

山里。红军侦察兵的电台兵惊喜地喊："呼叫到了！回话了！这里是尖刀……"

陈排看着山路苦笑："唉，小庄已经走了。"

山涧。水匆匆流过，小庄捧起水洗脸。他穿着 T 恤和牛仔裤，戴着棒球帽，脚下是旅游鞋。他又撩起水来喝着，很过瘾。一个铁塔一样的身影戳在了他的身后，小庄看着水里的倒影呆了，那是个戴着黑色贝雷帽穿着迷彩服的军人。哗啦啦！十几个身手敏捷的蓝军特种兵从四面八方包围了小庄，他们手里的 95 步枪拉开了保险。小庄呆在原地一动也不敢动。那个铁塔开口了："站起来，转身！"

小庄不得不起身，再转身就看见了一张黑脸。高中队冷冷看着他："你是干什么的？"

"我是学生。"

"学生？我好像在哪儿见过你。"

"可我没见过你啊？"

"学生不在学校待着跑这里来干吗？"

"我是驴友，跟学校探险队一起来的，迷路了。"

"你是哪个学校的？"

"戏剧学院的。"

"有学生证没？"

"有。"他拿出自己的学生证。

高中队接过来仔细看看："还真的是戏剧学院的啊？导演系？你是未来的大导演啊？"

小庄不敢说话。

"有相机没有？"

"没有。"

一个兵仔细检查了小庄的行装，起身："报告！没有拍摄工具。"

高中队挥挥手："赶紧离开这儿！这里有军事行动，是禁区了！山都封了，也不知道你们怎么进来的！"

"我找不到公路了，怎么下山啊？"

高中队伸手："你从这里一直走下去，就到公路了。有长途车从这里经过，到县城的，那有公用电话。身上还有钱吗？"

"有！有！"

高中队掏出自己的钱塞给他："走吧，路不短呢！"

"哎。"小庄急忙答应转身就走了。特种兵们目视他离开。

小庄强做镇定拐过山包，一屁股坐在草丛里大口喘气，心怦怦直跳。后面突然响起了密集的枪声和呐喊声，小庄急忙爬到山包上潜伏起来。

不一会儿，一队红军侦察兵被下了武器，垂头丧气地在那队蓝军特种兵的押解下双手反铐出了丛林。

小庄的眼睛都直了，他寻找着熟悉的脸：老炮、喜娃……没有陈排。小庄屏住呼吸藏在草丛里，看着这队蓝军特种兵押着俘虏从自己跟前路过，下山。等到一切都安静下来，小庄才钻出自己藏身的灌木丛，他跑向红军刚才的潜伏区域。果然是一片狼藉，到处都是空包弹壳和打斗的痕迹。小庄着急地在四处找着，低声喊："陈排！陈排！"

一声呻吟传来。小庄找到了声源。他急忙跑过去，爬下几米高的悬崖，拨开草丛，他看见了躺在草窝里的陈排。陈排显然是滚下来的，武器装备都堆在胸口。他捂着膝盖呻吟着，豆大的汗珠冒下来："小庄，你怎么回来了？"

小庄着急地扶起陈排："我就没走远……我也帮不了他们，我看见里面没你就赶紧回来找你了——你受伤了？"

陈排咽口唾沫，看看四周："我没事，磕了一下。全被俘了……先得找个地方潜伏下来，然后伺机搞一下蓝军要害目标。"

"然后呢？"

陈排凄惨地一笑："然后？哪里还有什么然后？搞完了，撕下胸条阵亡。"

小庄愣了一下，赶紧扶住陈排："我扶你走吧。"

陈排苦笑："走吧，我想好了搞哪里了——蓝军地对地导弹旅，搞完了他们咱们就阵亡。这把手枪你拿着吧。"

"嗯。"小庄接过手枪扶着陈排，一步一步走向山林。转过山林就看见了一条大河。两人来到河边，陈排捡起石头丢进去，咣当就没了。刚刚下过雨，河水很深，流量也很大。他再看看四周，没有桥，他苦笑："武装泅渡过去吧。"

小庄摘下陈排身上的武器和背囊："这些我背，你拉着我的腰带。"

两个人下了河，小庄在前面游，陈排在后面跟。河流很湍急，一股浪打来，小庄吃了一口水，呛着了。陈排也被浪打着了，他失手松开了小庄腰带。小庄大惊："陈排！"

陈排被河流冲向下游，他挥着手："蓝军二炮阵地在 A17 地区……"他随即就被巨浪打倒，立刻不见踪迹了。小庄高喊着："陈排——"他没命地往下游游去。

3

山坡上，小影在出神。小菲拿野花在她眼前挥舞："想什么呢？"

小影幽幽地说："你说，我能看见他吗？"

小菲背着手笑着："哦，你是说你那个大学生士兵啊！我敢说，他就在演习的部队里！"

小影赶紧抓住小菲的肩膀："真的啊？小菲，你太伟大了！快告诉我，他在哪个部队？"

"我偏不说！"小菲哈哈笑着掉头就跑。小影着急地追着她："你个坏家伙！"

俩女兵追逐着下山了。小影追着小菲跑到了河边，突然小菲尖叫一声："哎呀——"

小影一惊："怎么了？"

小菲一指："那边有个人！"

小影看去："真的啊！穿军装的！"

小菲跟小影跑过去，把那个一半被泡在河里的战士拽出来。小影翻过他的身子。陈排躺在地上昏迷不醒。

小菲看了看胸条："红军的侦察兵？可能是被蓝军打散了。"

哗！小庄抱着自动步枪从水里钻出来，他摇摇晃晃站都站不直了，疲惫的眼睛血丝密布，他哆嗦着嘴唇拉开枪栓："把我的排长……还给我……"

"小庄！"小影一眼认出他来了，惊叫。

小庄愣了一下，但是疲惫的大脑已经迟钝了，他举着手枪哆哆嗦嗦："听见没有，我的排长……还给我……"

小影踩着水走向枪口："我是小影！你开枪啊！"

小庄一激灵："小影？"他醒悟过来，"小影，我……我不是故意的，你别……掐我……"

扑通！他一头栽进水里，彻底失去了知觉。

4

帐篷急救室里，穿着崭新病号服的小庄在迷迷糊糊地念叨着："小影……别掐我……我不是故意的……"

小影擦着眼泪，看着他。小菲在旁边无声地注视着。小庄突然猛醒过来："枪！我的枪呢？我的枪呢？"

小影一脸惊喜："小庄，你醒了啊？"

小庄看不见小影，他跟疯了一样在身边摸着："枪！我的枪呢？"

小菲冲外面喊："快快！把他的枪拿来！"

一个哨兵跑步进来，把一支81自动步枪和一把54手枪塞给小庄。小庄握紧了枪警觉地自语："陈排？陈排？我排长呢？我排长呢？"

他高喊着下床，又栽倒了。小影惊讶地看他："我是小影啊，你不认识我了？"

虚脱的小庄在地上爬着："我的排长，我的排长呢……"

小菲高喊："快！担架！把他抬过去！"

两个哨兵赶紧打开折叠担架，把紧握着枪的小庄抬到担架上冲出去了。

另一个帐篷里，陈排正躺在病床上输液。他看着小庄被两个哨兵抬进来，无力地笑笑。小庄连滚带爬地下来抱住陈排："陈排！陈排！陈排——"

陈排苦笑："喊什么，我好着呢。瞧你这个熊样子，怎么做最好的侦察兵？"

看见陈排安好，小庄安心了："枪在我身上！"他拍拍枪，像是完成了一件重大的任务。陈排笑着点点头："好！"

放松下来的小庄彻底醒了，他猛一拍脑门儿："哟！小影！"

陈排一愣："谁？"

"我对象！"他站起身背上步枪就往外跑。

帐篷急救室里，小影在哭。小菲在劝她："别哭了，他这不当兵了吗？当兵了就跟过去不一样了，不是吗？"

小影哭得很伤心："他第一个喊枪，第二个喊排长，就没喊过我的名字。"

"他昏迷的时候不是一直喊着你的名字吗？"

"小影——"小庄高喊着跌跌撞撞跑进来。小影掉过脸去不理他。小菲笑笑："得，你自己劝吧！我走了。"

她起身往外走，走到小庄跟前停下了，上下打量着他："小庄就是你啊？你哪点好？让我们小影那么哭？自己闯的祸自己想办法吧，唉！"

小庄很礼貌地笑笑，却比哭还难看。他看着小菲出了帐篷，连忙跑向小影："小影——"

小影别着脸不理会他。

"小影，是我啊！我是小庄啊！"

小影头也不回地问："枪找到了？"

"啊。"小庄纳闷儿地拍拍自己的步枪。

"排长找到了？"

"啊……"小庄有点心虚了。

小影看着头顶的帐篷幽幽地说："现在想起世界上还有小影这么个人了？"

"小影我错了！我当时……"

小影擦着眼泪："行了，你别解释了！我原以为你这德行最多在哪个农场养猪，没想到，你居然当侦察兵了！"

小庄低着头："我也没想到。"

小影擦擦眼泪，突然转身看着小庄，小庄害怕地退了一步："咱不带掐人的。"

小影一把拉住小庄："我不掐你！我咬你！"

"啊——"小庄哀号着。龇牙咧嘴的他慢慢缓和下来："你真咬啊？"

小影眼泪汪汪地问："疼吗？"

"不疼！"

"我心疼——"她一把抱住了小庄。

5

充当临时战俘营的帐篷里，老炮的眼罩被撕下。啪，强光灯一下子打上来，高中队站在桌子前看着他："我们是老相识了，郑三炮。"

老炮看清楚了高中队，不说话。高中队说："但是还是要按照规矩来——姓名、军衔？"

"你大爷！"

"你们的军官在哪里？"

"什么军官？"

"一个满编的武装侦察排，带队的军官呢？"

"我是带队的，我是代理排长。"

高中队笑笑："在敌后活动的侦察兵，怎么可能没干部带队呢？让一个上士带一个排，你也太小看老苗了，他手下没人了吗？再问一次，你们带队军官在哪里？"

"我就是！"老炮坚定地说。

高中队深深地看了他一眼，转身出去了。帐篷外，马达冷眼看着地下坐着的侦察兵们，他们面前是一排背囊和武器。高中队出来，在那排背囊前踱着："多出一套作战装具和背囊，迷彩服上的军衔是列兵——怎么回事？除了带队干部，还有谁漏网？那个列兵哪儿去了？"

侦察兵们都不说话。高中队一脚踢翻那个打开的背囊，里面的东西散出来，赫然有一本书，高中队捡起来看看，是《莎士比亚戏剧精选》。高中队一惊，翻开扉页。扉页写着：戏剧学院导演系小庄。高中队一拍自己脑门儿："我操！"

马达问："咋了，高中队？"

"那个大学生——那个从我手里溜走的大学生！他就是那个漏网的列兵！居然从我的

手指缝溜走了！"

马达纳闷儿了："大学生跟列兵有什么关系？来军训的？也不能参加演习啊？"

高中队瞪他一眼："你就是个牛脑子！我见过他，他还给我做过自动步枪速射表演！当时脸上都是伪装油，没想到洗干净了居然把我骗过去了！"

侦察兵们哄堂大笑。高中队深呼吸，努力压抑着自己的怒火。

6

野战医院。小庄扶着陈排走出帐篷。陈排忧心忡忡地看着眼前的暮色说："现在咱们跟连里联系不上，老在医院也不是个事儿啊！"

小庄也很黯然，低着头想事情。陈排活动活动腿："不用扶了，我已经好了。"他的目光突然转过去，一眼看到了医院的野战通信车。他眼睛一亮："想办法用用！你对象不是在军区总院吗？"

小庄愣了："她只是个列兵，她说话顶什么用啊？"

"总比没熟人强！小庄，看你的了！"

小庄想了想，咬咬牙，往另一个帐篷走去。

穿着病号服的陈排跟小庄走向通信车。通信车前，哨兵在站岗，通信排长正跟小菲、小影说话，态度很和蔼。陈排和小庄向通信车走去，哨兵伸手拦住："这是禁区！"

通信排长却跑步过来立正敬礼："首长好！"

陈排一惊，但是没说话。小菲跟了上来，指指陈排："这是咱们军区作战部的陈参谋！"她又指指通信排长，"这是小李，李排长。"

李排长问："首长要用电台？"

陈排点点头："对。我有急事和军区作战部联系。"

李排长带着陈排和小庄过去，他拉开车门："首长请上车！需要我们协助吗？"

"不用了，我自己有密语。"

"是，我们下车等。"他冲车上一挥手，"下车。"

车上的俩兵摘下耳机下车。陈排苦涩地笑笑，戏不能不演。他上车，关上车门。

小庄在底下低声对小影说："真有你的啊。"

小影低声笑笑："不是我的主意，是小菲的。"

山里的夜来得很快，才一会儿的工夫，天已经全黑了。通信车里，陈排戴上耳机，调整电台频率："尖刀呼叫，收到请回答……"

山间公路上，蓝军特种部队的搜索队在缓慢前进，高中队坐在伞兵突击车上。身后，电台定位车的天线突然开始转动。车上的侦察兵高兴地喊："抓住信号了！我在定位……在导演部野战医院。"

高中队摘下耳机站起来，冲着后面高喊："导演部野战医院，快！有红军被打散的侦察兵!"车队开始加速,向着野战医院急驰。

野战医院,通信车的车门开了,陈排下来。"联系上了?"小庄问。

陈排点头:"苗连同意爆破战略导弹基地!"

小庄松了一口气,刚想说话,突然听见一片发动机声。陈排眯眼看去,一片雪亮的车灯在迅速逼近医院门口。

车队很快就到了院门口。哨兵摘下步枪,哨兵班长拉开枪栓:"你们是哪个部队的?"

戴着黑色贝雷帽的高中队慢慢下车,他走到车灯前:"蓝军搜索队。"

哨兵班长端着枪:"根据演习规定,野战医院是中立方,直属导演部!无论红军还是蓝军,除了伤病员都无权进入!"

高中队往地下吐口唾沫:"如果你们这里藏匿了红军侦察兵,算不算犯规呢?"

"我们这里没有红军侦察兵,只有伤病员!"

高中队挥手:"强行进入!"

哨兵班长抬起一只手:"注意了!准备战斗!"

哨兵们怒目而视,特种兵们大步逼近。

"住手!"随着一声怒吼,野战医院的院长大步走出来,他迷彩服上的军衔是少将。

高中队立即立正,敬礼:"首长好!"

少将院长顾不上还礼:"你们要武装接管我的医院?谁给你们的权力?"

"报告!不是!"高中队面无表情。院长看向他:"那你的人都是什么架势?我这里是什么地方,谁给了你命令?"

"报告!敌情就是命令!我们得到确切情报,有红军侦察兵在这里活动!请您将人交出来,或者您允许我进去检查!"

"谁给你的情报?让他站出来!"

"技术侦察手段得来的情报!我们的电讯侦察非常准确地锁定这里,有人利用这里的电台设施和红军联系!"

"电台?小李在哪里?"

李排长跑步过来,立正敬礼:"副院长!"

院长看着他:"有红军侦察兵使用过你的电台吗?"

李排长纳闷儿地说:"没有啊!"

院长转向高队长:"少校,你应该听见了。这里没有你要的人,回去吧!"

"我可以问少尉几个问题吗?"高队长问。

"这是我的人!你凭什么问他问题?"

高中队不吭声了,他看着医院里,咬咬牙说:"首长,如果您不同意,我只有派人进去搜查了!"

他一挥手,特种兵们立即排成战斗队形,站在高中队身后。高中队目光炯炯有神:"命令下来,大家要一往无前!这是战争,不要犹豫!明白吗?"

"明白!"特种兵们厉声回答。院长气愤地喊:"我的警卫连呢?"

后面的警卫连战士听到院长命令，立即拿着步枪跑步过来，站在门口封住了去路。高中队眯缝着眼睛，举起右手："注意了——全面搜查，除非遇到反抗，否则不许使用武力！"

马达道："是！关上保险准备格斗！"

特种兵们关上保险将枪甩到背后，握紧了拳头跟在马达身后。双方战士都是虎视眈眈，憋足了劲头，看样子马上要打起来了。一触即发之际，李排长突然说："等等！我想起来了，军区作战部的陈参谋使用过我们的电台！"

院长疑惑地看着他："陈参谋？哪个陈参谋？"

"他还带了个通信员。我……"

院长气恼地用手指点了点他："这是违反规定你知道不知道？我处分你！"

李排长欲言又止，想想，还是低下头没说。高中队眼睛亮了："首长，这个事情怎么解决？我要见一见这个陈参谋！"

院长看了一眼高队长，恼怒地在门口踱来踱去。关着灯的病房里，陈排和小庄在窗户看着。

"排长，我们暴露了。"

陈排锁紧眉头："没办法了，拼了！"

"赶紧躲一躲吧。"小菲倒是很冷静，"躲我们女兵宿舍！"

小庄张着嘴："啊？这合适吗？"

小菲着急地说："顾不上那么多了！你们要被搜出来了，我们也完蛋了！跟我来！"

野战医院门口。院长在审问李排："你怎么知道他是军区作战部的陈参谋？"

"他跟我说是军区作战部的参谋，姓陈……"

高中队冷笑一下："我说我是军委办公厅的，你信吗？"

李排长不敢说了，低下头："院长，是我错了。处分我认了，我确实以为他是军区作战部的。"

高中队向院长说："首长，很明显，红军侦察兵已经渗透进医院了。我申请您批准我进去检查，我保证不破坏任何设施！"

院长看着李排长，气得说不出话。高中队再次申请："首长？"

"好了！我给你5分钟，如果找不出红军侦察兵，后果你自己承担！"

"是！马达，跟我走。5分钟！"

他带着马达和一个排的特种兵进了营区的大门："马达，你带一班从那边搜！二班跟我来，三班中间！一个帐篷都不要放过，开始搜查！"

特种兵们如狼似虎冲进去，军医们只能眼睁睁地看着。高中队站在院子中间，冷冷地看着夜光表。

一队人回来："报告！没有！"

又一队人回来："报告！没有！"

马达也跑步回来："没有。"

"都搜了？"高中队不死心。

马达点头："对，只有一个地方。"

"搜啊！"

"是女兵宿舍。"

高中队也愣了一下。

"高中队，怎么办？搜不搜？"

高中队心一横："如果这是战争呢？你自己说搜不搜？"

马达苦笑一下。

"跟我来！"高中队自己先过去了，特种兵们跟在他的身后大步围过去。

高中队在女兵帐篷外站住了："里面的人注意了，我们是蓝军搜索队！给你们1分钟时间出来，我们要进行搜查！"

没动静，高中队又喊："如果你们不出来，我只能让我的兵闯进去了！"

里面姑娘们嚷嚷开了：

"你们敢闯进来试试看！"

"我们都已经脱衣服睡觉了！"

高中队头皮都快被喊炸了，他咬牙说："我给你们10秒，再不出来我的兵就进去了！"

里面的姑娘们更炸窝了。

高中队看看手表厉声说："马达，开手电！"

"是！"马达硬着头皮打开枪下挂的战术手电。后面的战士也都打开战术手电。

高中队看着手表："时间到，进去！"他打开自己的战术手电一把掀开帐篷帘子。

哗啦啦！一片脸盆饭盒飞了出来，还有几个枕头。

特种兵们不敢再进去，都傻站在外面。高中队也闪开了。

马达苦笑："高中队，这帮姑奶奶要是炸了营，传出去真够我们大队喝一壶的。"

"使用热成像仪，看看里面的动静。"

一个兵打开热成像仪，屏幕上，里面的人被透视出来。床底下有两个人。

高中队点点屏幕："就在里面。"

马达看看他："再进去？"

高中队摇头："知道在里面就行了，现在闯进去，还真不敢说这帮女兵能折腾出什么事儿。我就奇怪了，她们干吗这么护着这俩红军侦察兵？"

马达笑："估计他们早就认识。"

高中队压低声音："撤！布置潜伏哨。"

马达点头，高喊："算了，我们撤！"

他们跑步撤出医院。高中队对院长敬礼："告辞了！"

院长气愤地说："我会去导演部控告你们！"

"对不起，这是战争！撤！"

大家上车，车队掉头离开。黑暗里，两个敏捷的身影从车上跃下，闪进树丛。他们提着装备快速穿越，跑到山坡上，上士土狼打开了热成像仪器，屏幕上显示出山下面的动静。

7

次日清晨，直升机在野战医院的停机坪停了下来。警卫连的战士们过来搬运设备。机长下了飞机。

小菲笑着跑过来："周叔叔！"

机长笑道："小菲啊？有日子没见了，怎么也不去我们陆航大队玩儿了？中学的时候还喜欢跟我们那儿坐直升机玩儿呢，当兵了反而不喜欢了？"

"这不新换了大队长吗？我又不认识，去了不好说。"

"嗐！再怎么换也是咱们军区陆航系统的，跑不出去！你直接去就可以，实在不好意思我就替你跟大队长说说。"

小菲随意地跟他聊着天，带着他越走越远。看看周围没人，小菲突然说："周叔叔！咱算不算铁打的交情？"

机长一愣："当然是了！你还是个小丫头的时候，就缠着我要坐直升机啊。怎么了，你都忘了？"

小菲笑了："那好，你得帮我一个忙！"

"只要我可以做到。"

小菲紧跟着说："你肯定可以做到——你帮我带两个兵出去，他们是红军侦察兵！现在蓝军搜索队在外面，就等着他们出去呢，你得帮帮他们！其中一个是我中学同学，关系不错！"

机长犹豫着："这可是犯规啊！"

"规定是规定，你是机长！直升机上面就是你说了算！对不对？"

机长想想："好吧，我帮。那两个人呢？"

小菲兴奋地说："谢谢周叔叔！我这就给你叫来！你帮忙送到山里去，找个地方放下来就可以了！"

她转身向着炊事班招手。小影跑了出来，后面是换好迷彩服的陈排和小庄。他们戴着压低帽檐的80钢盔，一个背着一把81，一个挎着一把54。两人径直上了停在一边的飞机。东西搬完了，机长向小菲挥挥手，上了直升机。舱门关上。小影在外面喊："小庄，你要小心啊！"她喊着喊着声调就变了，哭了出来。

机舱里，小庄握紧步枪，脸贴在舷窗上。陈排的手放在小庄肩上，拍了拍。

蓝军战俘营，特种兵们在匆匆跳上车。高中队提着头盔匆匆出来："他们从哪儿搞到直升机的？"

一旁跟着的队员答："根据侦察报告，是演习导演部的直升机，运输给养的。"

"他妈的，这是犯规啊！马上报告演习导演部，要求处理这个飞行员！"

"从时间推算，他们俩已经下直升机了。没有证据，陆航不会认账的。"

高中队跳上越野车："没办法了，只能搜山。出发！"

车队扬起灰尘，出发了。时间一分一秒地过去，转眼到了中午，蓝军战备加油站正在开饭。后勤兵们围在野战炊事车旁嘻笑着吃饭。警卫班的战士也放松了警惕，他哼着歌儿，手里拿着步枪随便走着，眼角余光闪过一道黑影。他马上握紧手里的步枪转眼看去，只有杂草在随风摇动。他有些疑惑，上了刺刀扫动杂草走了过去。背后一阵疾风，他没来得及反应就被扼住了喉咙。随即，对面的杂草跃起一个黑影，他的步枪被夺走了。扼住喉咙的手一点都不含糊，他什么也说不出来，只能眼睁睁看着。

陈排将他拖下一个深沟，把他捆好，嘴上贴上胶条："我们是红军侦察兵，兄弟委屈你一下。"

他捡起地上的步枪，冲小庄挥挥手："走！"

两人潜行离开。陈排带着小庄混入车场，低姿快速穿插进入。一辆油罐车的车门被陈排打开，他一跃而上。小庄也快速上了副驾驶的位置。两人趴在座位上。陈排笑笑，用匕首撬开车锁，找到两根线，他踩下油门，火花闪了一下，车发动了。陈排坐起来厉声说："准备火力掩护！我们冲！"

小庄拿起步枪摇下车窗，陈排发动油罐车径直冲出车场。正在吃饭的司机们惊讶地站起来，门口的警卫刚刚摘下步枪，油罐车已经闪过去了。车子在公路上疾驰。擦肩而过的蓝军部队都很诧异地看着这辆发疯的车。一个步兵连长突然高喊："不好！红军混进来了！"

他身边的战士们立即拉开枪栓密集射击，车已经驶远了。他们掉转车头跟上。另一条山路上，蓝军搜索队的突击车正四处寻找。身后的电台兵抬头："营长！出事了！"

高中队接过耳机："说！……什么？"他放下耳机高喊，"妈的！掉头！狗日的搞我们的导弹基地了！"

导弹发射阵地，油罐车径直冲向警戒线。警卫战士措手不及，急忙闪开。陈排沉着地驾驶油罐车，撞断了导弹阵地的红白栏杆。里面的官兵急忙闪躲。小庄手里的步枪扫射着。油罐车发疯一样拐进阵地，前面拦着的战士纷纷躲开。乳白色的导弹静静躺在发射车上，旁边战士们没有武器，只能眼睁睁看着这辆油罐车冲过来。陈排踩住刹车，油罐车随着可怕的摩擦声停止了。他拿起步枪下车高喊："手榴弹！"

小庄一边扫射一边下车，他摸出一颗手榴弹，扔在对面发射连的官兵中间。黄色烟雾升腾起来。

陈排急了："炸他们干什么？炸油罐车！"

小庄醒悟来，再掏出一颗手榴弹丢在油罐车底下，黄色烟雾升腾起来。

他接着把所有的手榴弹都丢在油罐车底下，黄色烟雾几乎淹没了这辆车。

陈排站起身来："可以了，战斗结束了。"

小庄蒙了，陈排拍拍他的钢盔："结束了，我们阵亡了。"他缓缓撕下自己的胸条，"我们已经完成了敢死队员的职责，这里被摧毁了。"

小庄爬起来，撕下胸条。对面的发射连官兵也都很郁闷。沉默片刻，连长说："都死了都死了，撕了胸条吧！妈的，还没开始就完蛋了！"

战士们撕下胸条。导弹旅的旅长黑着脸过来了，导弹兵们都闪在一边。旅长看着俩红军侦察兵气都不打一处来："你知道我的旅价值多少钱吗？就被你们俩侦察兵给搞了，连一颗导弹都没打！"陈排跟小庄站在一边不说话。旅长吼着："警卫连连长记大过处分！"

旅长还要说话，蓝军搜索队的伞兵突击车队已经旋风一般冲进来了。高中队带着特种兵们跳下车，但是一切都已经晚了。高中队也不说话，走到两个红军侦察兵跟前。

陈排很有礼貌地站直敬礼："首长。"

高中队看小庄。小庄也反过来盯着他的眼睛。高中队看了半天，错开了："你们就是那俩漏网的侦察兵？"

"是！"陈排答。

"你是带队干部？"

"是！我是侦察一排长！"

高中队看小庄："你呢？"

"我是小庄！"小庄很鸟地说。

高中队眯缝起眼来："你不是学生吗？"

"是啊，以前是，现在是侦察兵——苗连的侦察兵！"

"下次记住回答军官的问题先喊报告！"他翻身上车。

马达招呼陈排和小庄："走吧，去收容站。"他上了自己的伞兵突击车。两人跟着上去，车开走了。

8

一周的演习很快结束了。红军获得了最后的胜利。侦察连驻地，披着伪装网的吉普车疾驰而至。车还没停稳，小庄就兴高采烈地跳下来："苗连！我们回来了！"

苗连走出来，哈哈笑道："回来了好啊！都给老子争脸了！"

侦察连的弟兄们围上来，接过小庄手里的东西。陈排笑着下车敬礼："苗连！"

苗连还礼，开心地笑着："听到你们在敌后被俘，我这心里咯噔一下子啊！我还以为我这张老脸这次要丢尽了，真让老高那个王八蛋得逞了！没想到你们俩给我扳回一局！好，一个排被俘但是把他们的导弹阵地给搞了！这个买卖值！"

小庄从人群里钻出来："苗连，我不在这几天你身体还好吧？"

苗连哈哈笑着："好！好着呢！"他对着身边的指导员说，"看见没有？这就是我老苗带出来的兵！"

指导员笑着竖起大拇指："我服！我服！"

苗连笑得脸都开了花了，他挥挥手："通知炊事班，晚上加餐！老炮他们也回来了！给这一排庆功！"

小庄赶紧问："苗连，咱们的连旗可以打出来了吧？"

"好好！可以打出来了！"

一个士兵连忙把夜老虎侦察连的连旗打出来，战士们欢呼着。小庄和陈排被弟兄们拥着走向帐篷。帐篷里，老炮在抽烟。其余的弟兄在打牌，聊天。陈排进来，大家都起立。

陈排笑道："辛苦了，坐！"

大家嘿嘿笑着都坐下，对排长嘘寒问暖。小庄跟着进来，他看见老炮，多少有点不自然。老炮却主动露出笑容，伸出右拳："祝贺你——你终于成为了一个优秀的侦察兵！"

小庄迟疑地伸出右拳："班长……"

老炮撞击小庄的拳头："知道这是什么吗？这是侦察兵的礼仪！欢迎你成为硬汉！"

小庄跟老炮的拳头撞击在一起。他看着老炮，也露出笑容。

老炮说："我说过，当你成为一个侦察兵的时候，就都明白了。"

小庄点点头："班长，我懂了。你是故意的，在磨炼我。"

老炮伸出手拥抱小庄。小庄抱住自己的第一个班长："谢谢你，班长。是你让我来到了侦察连……"

第五章

★

1

侦察连一班宿舍。战士们都坐在小马扎上学习。小庄拿着扑克牌进来："来来来，斗地主了啊！哟！都这么刻苦啊？学什么呢？这周不考政治课啊？"

喜娃冥思苦想，写着什么，手边还放着一本《中国兵王》。他看看小说，写写东西。

小庄走过去："干吗呢？这么专心？"

"这是什么？"小庄一把抄起那本小说，"中国兵王？兵王是什么？"

"兵王你都不知道？就是兵中的王者，也就是特种兵啊！"

"你那脑子也就被这破书给蒙蒙吧！我看看你写什么呢？"他拿起喜娃写着的东西，"我申请——参加特种部队选拔集训队……"他看看喜娃，又摸摸他的脑袋："你没发烧啊？"

喜娃抢过去："给我，写着呢！"

小庄看看大家："你们不会是都在写这玩意儿吧？得了得了，我找二班打牌去！"

二班宿舍。战士们也都在写着什么。陈排在给一个战士辅导。

小庄进来："来来来！斗地主了啊——哟！陈排也在呢！"

陈排转身，笑道："怎么，我不能来二班吗？"

小庄嘿嘿乐："不是不是，没想到你现在在。他们……都在写那申请书？"

陈排笑笑："这是咱们军区的惯例，每年这个时候就该选拔特战队员的苗子了，命令没下来的时候先交申请书，态度好呗！你写了吗？"

"我？我写什么？"

"申请参加特种部队啊？"

小庄摇头："我才不去呢！这侦察兵已经让我当得够郁闷了，还去当特种兵？不干！"

"特种部队可是侦察兵的最高荣誉，是……"

"得得得，我不打牌了。陈排，那什么，我先回去了啊！"他转身就跑了。

小庄出来，这里看看，那里看看，侦察连的各处角落，都有人在写申请书。小庄纳闷儿地摸摸脑袋："是我发烧了，还是他们发烧了？"

"小庄——小庄，通知全连集合！"苗连在那边扯着嗓子喊。

"哎！"小庄急忙转身跑了。

片刻，战备警报声响彻侦察连。

兵们迅速冲到操场上列队。

苗连扎着武装带，精神抖擞地出来，他大步走到队列前，扫视着一张张面孔："同志们！"他拿出文件挥挥，"来了——"

苗连念文件：

"东南战区各野战部队侦察部（分）队：根据军区司令部统一部署，年度特种兵选拔集训即将开始！参加选拔的集训队员由各个侦察部（分）队自行考核推荐，经我军区狼牙特种大队全面考核选拔以后，优异者将进入狼牙特种大队继续服役！此令——东南战区司令部情报部。"

侦察兵们兴奋地注视着连长。苗连放下文件："同志们！考验你们是否是一个优秀的侦察兵的时刻来到了！俗话说得好，是骡子是马牵出来遛遛！别光成天在我跟前吹牛说自己是硬汉！看我老了是不是啊？不如你们能跑，不如你们能打了？小样儿，你们还差得远！你们一个也不如老子年轻的时候利索！——我告诉你们，能在军区几十万作战部队当中脱颖而出，成为陆特的黑色贝雷帽特战队员，我才承认你是硬汉！"

侦察兵们都热血沸腾。小庄纳闷儿地左右看看。

苗连高喊了一声："侦察连——"

侦察兵们怒吼："杀！杀！杀！"

2

侦察连连部，苗连在看文件。

"报告！"小庄在门外喊。

"进来。"

小庄进来，把报告放在桌子上："苗连，这是各个排长交上来的申请参加特种部队选拔集训的报告。"

苗连嗯了一声，随手翻翻："这帮小兔崽子很踊跃啊！你的报告呢？"

"我不参加集训，我不当特种兵。"

苗连抬眼瞪他："不当特种兵干什么？"

"我、我继续给你当文书。"

"给我当文书？你能当一辈子文书？"

小庄嘟囔着："我也不能当一辈子兵啊……"

苗连有些黯淡："我知道你是大学生，早晚还是要离开部队的，这个不用你提醒我，我都知道。"

小庄不敢说话了。苗连摆摆手，一脸伤心："你走吧。"

小庄慢慢后退，站在门口怯怯地说："苗连，该换茶了。"

苗连顺手抄起杯子就砸在墙上："走！"他指着门口看都不看小庄。小庄赶紧出去，把门关上。不远处，报名参训的战士们在自己训练。喜娃很是带劲儿地在沙袋前练习踢腿，老炮在旁边给他做指导。小庄出来，闷闷不乐地坐在沙坑边上。

"班长，我歇会儿啊！"喜娃摘下散打手套跑过来，"怎么了，小庄？"

"苗连……生我气了……"

"苗连会生你的气？"

"我也没想到……我不想当特种兵，他会生气。"

陈排跑过来，两人起立："排长！"

他擦把脸挥手示意他们坐下，自己蹲在前面："你们俩交心呢？怎么了，跟我说说？"

老炮笑："苗连最喜欢的兵没报名，你说咋了？"

陈排看看小庄："你没报名？"

小庄低头："嗯，我不想离开这儿。"

"铁打的营盘流水的兵——你早晚要离开这儿的，知道吗？"

陈排又问："苗连对你好吗？"

小庄点头。

"你愿意他伤心吗？"

小庄不说话。

"与其让他伤心到你退伍，不如让他开心到自己转业。"

小庄惊讶地抬头："苗连要转业？"

"他生气，不完全因为你。团里找他谈话了，咱们部队是军区的拳头步兵团，也是今年新军事改革的试点。咱们团将是军区第一个数字化步兵团，要引进新的技术装备，侦察连当然是技术改革的重点，苗连……"

"让苗连脱下军装？"小庄张大了嘴。

陈排看着他的眼："我们都有一天要脱下军装的。我知道，你可能不在乎身上这套军装，但是军人把这套军装看作什么呢？看作自己的魂，苗连就是这样的军人。"

"你不愿意当特种兵，是你自己的事情，谁也无权干涉。何况这是自愿报名，又不是命令。至于你到底去不去参加选拔，自己选择吧。"陈排起身，转去练习散打。小庄愣愣地看着连部，苗连走了出来，匆匆走向自己的吉普车。小庄突然起身："苗连！"

苗连站住了，没有回头。

"我去参加特种兵集训！"小庄大声地说。

苗连的表情变得很复杂，但还是不回头。

"我不会给你丢人的！"小庄又提高了声音。

苗连转身："喊什么喊？就你那熊样子还当特种兵？报名就报名，喊什么喊？"

小庄不再说话，只是看着苗连。苗连挥挥手："去写报告吧……"他戴上帽子上车走了。

小庄站在那里，看着苗连远去。十七岁的小庄，不知道这个选择对于他意味着什么，他只知道，他这样做，苗连的心里会好受一点。至于特种部队，于他来说那是个遥远而模糊的概念。为了不让苗连伤心，小庄开始和战友们一起拼命训练。连里最后的内部比武考核，小庄综合成绩排名第十，他将和另外九名战友代表侦察连去参加军区年度特种部队的集训营。

夜老虎连的红旗在飘扬。侦察连官兵们分成两个横队，第一列是十个迷彩服钢盔步枪的种子选手。第二列是穿着常服的侦察兵。苗连穿着常服，扎着武装带，神情严肃地站在队列前："同志们！一年一度的军区特种部队集训营又要开始了，而前面这十名队员，就要代表我们夜老虎侦察连去接受残酷的训练选拔！能够成为一名特种兵，是侦察兵无上的光荣！同志们，特种兵的荣誉在等着你们！黑色贝雷帽——精英战士的荣誉在等着你们！更艰苦的军旅生涯也在等着你们！祝你们一路顺风！"

苗连敬礼。种子侦察兵们敬礼。

苗连放下手："登车！"

陈排出列："集训队，向右——转！跑步——走！"

种子队员们向右转，跑步上卡车。小庄在最后一个，他的脚步很迟疑，不断回头看苗连。苗连挥手："去吧去吧。"

卡车启动。苗连带着侦察连目送他们离开。苗连突然怒吼："侦察连——"

车上车下的官兵一起怒吼："杀——杀——杀——"

3

卡车沿着盘山公路蜿蜒而上。戴着黑色贝雷帽的特种兵战士在山路设卡。他们前方竖着"军事禁区"的标志。卡车接近警界线，缓缓停下。

特种兵面色严肃地吼："所有参训队员下车，换车。"

卡车后车厢挡板被打开，侦察兵们纷纷下车，列队。特种兵土狼漫不经心地点点人数："都到齐了啊？去那边，登车。"接着他对着耳麦说，"野狼，土狼呼叫。菜鸟到齐了，你们准备迎接菜鸟。完毕。"

侦察兵们都有些不忿。陈排看看大家："走吧，我们的磨难开始了。"

大家走到旁边的几辆卡车边上。卡车蒙着篷布。大家爬了上去。小庄爬上来时，发现卡车里早已是人满为患。

"这么多人啊？"小庄有些愣了。

陈排笑笑："全军区的侦察部分队都派了种子选手，能不多吗？"

小庄吐吐舌头，把背囊扔在地上，坐在背囊上抱住步枪。卡车哐当直接就开动了。

兵们一片东倒西歪。一个北京口音高喊："我操！下马威这就开始了嘿！"

小庄回头，看看他的军衔，惊喜地说："班长，你是北京的？"

中士摘下钢盔："是啊！我叫强子，586团侦察连的。你呢？你也是北京的？"

"我叫小庄，588团侦察连的。我在北京上学！"

强子笑："学生兵啊？怎么还是个列兵？"

小庄不满意了："列兵怎么了？列兵就不能来了？你都中士了才来，还说我呢！"

老兵们一阵哄笑。喜娃急忙拉他，小庄不吭声了，看外面。强子笑："哟，够鸟的啊！好小子，你要在我班上……"

小庄白他一眼："下辈子吧！"

老兵们笑得前仰后合。强子的笑容消失了，眯缝起眼睛盯着他。

陈排在一旁说："算了算了，他才17！不懂事，我替他向你道歉了！"

老炮也笑："我是他的班长，给你赔个不是了！你是老兵了，多担待点！"

强子奇怪地笑笑："行行，我肯定会多担待！"

小庄没搭理他，看着外面。五辆卡车组成的车队在公路上行驶着。路况很差，卡车没有减速，直接就开过去。车里的侦察兵都被掀翻了，一片不满的骂声。卡车司机不为所动，继续开车，把车开进了一个山谷。山头上，高中队拿着望远镜在观察。耳麦里一个声音传来："野狼，菜鸟已经到达预定区域，可以开始吗？完毕。"

"开始。"

话音刚落，轰——轰——预先埋设的炸点在卡车车轮旁炸开了。两次紧凑的爆炸让卡车摇晃起来。战士们半点思想准备都没有，人人都惊惶失措地抓住车厢的边儿惊呼着。陈排倒是非常冷静，高喊着："拿好自己的武器！准备下车！"

"轰"更近的爆炸在车边炸响，土翻进了车厢。

车刹住了。里面的侦察兵们人仰马翻。老炮挥舞着步枪："下车！下车！占据有利地形，不要乱跑！"

小庄在纷乱的脚步中跟着人群下车。炸点还在或远或近地爆炸。陈排高喊："大家甩掉背囊，准备战斗——"

侦察兵们丢下背囊，抄起步枪拉开枪栓。小庄缩了缩脖子："排长，跟谁打啊？"

"看见谁出头就打谁！"

喜娃也喊："咱们都是空包弹啊！"

"废话！明摆着是给咱们的下马威！不用空包弹你以为真干啊？"

密集的枪声从四面八方响起，沙丘后突然钻出无数敌人向他们疯狂射击。侦察兵们仓促还击。又一个炸点近距离炸响了。陈排嘶哑地喊着："别乱跑！附近可能还有炸点！"

一阵巨大的马达声传来。人们抬头，一架迷彩色直升机从沙丘后拔地而起，直接就扑过来。陈排高喊："对空射击！"

小庄拿起81自动步枪跟周围的战士一起对着直升机扫射，子弹壳在他眼前跳动着，枪口喷出的烈焰映照着他的眼睛。直升机掠过上空，几个黑色的筒状物体冒着白烟被扔下来。

小庄大惊："炸弹！"

战士们慌乱起来，争相躲避。但这几个炸弹已经落入他们的防守队形，白烟迅速升腾起来。

陈排高喊："是催泪弹！戴防毒面具！"

白烟中一片咳嗽声，战士们的队形彻底散了。小庄的右手在身上摸着，摸到防毒面具急忙戴上。直升机的高音喇叭在喊话："菜鸟们注意——你们已经被包围了！你们已经被包围了！放下武器，立即投降！否则将会被视为抵抗分子，将受到严惩！"

喜娃跳起来对着直升机开始扫射："我操你妈！"

"很遗憾，你们的敌对行为会付出代价。"直升机的机枪开始射击，密集的弹壳飞溅下来，落在战士们头顶上。

小庄的钢盔被弹壳敲击着，他抬起头扫了一梭子。直升机扫射完毕，拉高在空中包围他们。土狼这才从卡车的驾驶室出来："下面看你们的本事了。最先被抓住的十个淘汰！祝你们好运。"

大家还没明白过来，更多的马达声响起来。尘土飞扬间，四面八方跃出十多辆敞篷越野车。车上坐着戴黑色贝雷帽穿迷彩服的士兵们，涂满迷彩的脸上看不出任何表情。

老炮高喊："跑啊！兄弟们——"

小庄立即跃起来，抱着自己的步枪用自己可以达到的最快速度跑向茫茫的山野。身边的侦察兵们也三五成群，向着不同的方向跑去。身后密集的枪声、犬吠声、马达声响成一片。小庄没命地奔跑。在他身边还有几个战士，他看不清是谁，也来不及看清是谁。他跃过面前的灌木，地面不平，他歪了一下栽倒了，顺着坡滑了下去，背囊在滑落的过程中甩掉了，只剩下步枪和垮着的水壶。小庄滑到坡底，翻身起来继续跑。他身后的战士被按倒了，双方扭打着。小庄顾不上别人，只是没命地跑。高中队站在伞兵突击车上，拿着望远镜追逐着小庄的身影。他身边的几个黑色贝雷帽士兵已经按住了三个挣扎的倒霉蛋，直接就给反铐住了。

马达转向高中队："野狼，看什么呢？"

高中队放下望远镜："你们几个押他们回去。马达，跟我上车！我们去抓这个小子，跑得还蛮快的。有点意思，看看他能不能中彩！走！"

马达将自己手里的 95 步枪扔到车上，翻身上车，苦笑着开动了车："倒霉孩子，怎么就被野狼看上了呢？"

高中队也不语，拿起身边的 95 步枪，从胸口的战术背心掏出一个弹匣。

"实弹？"马达有些吃惊。

高中队面无表情地上弹匣，哗一声拉开保险："打猎，不用实弹成吗？"

马达苦笑，摇头："真是个倒霉的孩子。"

小庄还在疯狂跑着，嘴发干，腿也越来越软。可他不敢停下，也不敢回头。四面都有枪声和叫声，还有汽车马达声。他只能跟兔子一样疯跑。直升机也参与了围捕，超低空追逐那些散乱奔跑的侦察兵们。荒原上一片狼藉，不断有人被捆绑或反铐，到处都是叫骂声。马达开着伞兵突击车追逐前面的小庄。高中队起身半靠在座位上举起 95 自动步枪，瞄准。小庄知道后面有车追，他疲惫的双腿再次加速。突然背后枪响了，子弹贴着他的右耳朵飞过去，小庄一个激灵，速度立即又加快了。又一声枪响，子弹擦着他左耳朵过去。小庄叫了一声低下头来，没命地拐弯猛跑。高中队冷峻地举枪，哒哒打了个短点射。子弹追着小庄的脚，在他身后打起一片尘土。小庄惨叫一声，速度更快了，他的脸因为急促奔跑而显得扭曲。

高中队有点意外，随即再次举枪。马达不忍心了："差不多了吧？这小菜鸟快崩溃了。"

高中队冷冷一笑，举起步枪瞄准。哒哒！又是短点射。小庄身侧溅起一片尘土，他高叫一声栽倒了。更多的子弹射击过来，他抱住头，子弹擦着他的身子击打在土里。

高中队打了个响指："走，过去抓住他。"

马达苦笑一下，加速开过去。小庄趴在地上，后面的车越开越近。他突然高喊一声站了起来，拔出腰间的刺刀狰狞着脸："啊——"他二话不说跳起来上了车前鼻子，"让你们狗日的开枪打我！"

高中队身手非常敏捷，枪在手中直接掉头，用枪托往前击打。小庄被击中胸口，一下栽到车下，刺刀脱手了。马达急忙一个急刹车。

小庄再次站起来抡起步枪就打："我操你们祖宗——"

马达抡起身边的步枪打歪了小庄的步枪，随即高喊："你疯了？这是训练！"

"你们要我的命，我要你们全都死——"小庄怒吼着，又冲了上来。高中队飞身而起，一个腾空侧踹，正中小庄胸口，随即就是非常利索的连环腿。小庄跟个皮球一样飞出去了，他捂着胸口咳了一阵，又艰难地爬起来，他摇摇晃晃地走到高中队面前，双手拿起了步枪，嘴里血流不止却是眼露凶光："有你们这么训练的吗？你们他妈的是畜生啊？"

高中队起步加速，一个腾空边踢。小庄低头闪过，有力的腿带着风声擦过他的头顶。他用步枪抢向高中队刚刚落地的支撑腿，却不料高中队在空中突然用肘部击打下来，直接打在他的背部。小庄一下就栽倒了，再也爬不起来。

"是个列兵！"马达看得有些吃惊。

"就是上次那个大学生列兵。"高中队说。

马达赶紧跑过来抱起小庄："你没事吧？"

"我操你们祖宗！"小庄艰难地骂了句。

高中队摘下腰间的手铐扔给马达："带他回去吧。"

小庄被马达反铐起来，丢进车。伞兵突击车掀起尘土，在山野上一掠而过。

4

荒原上。陈排没命地跑着，后面追着几个特种兵。他跑过一片灌木丛，突然跃起两个披着吉利服的特种兵，高喊着向他冲来。陈排起身飞腿，在空中连续两脚踢翻了他们，随即稳稳落地，接着继续往前跑。

他跳下一个半截斜坡，唰——隐蔽处，一杆射绳枪发射了。一张绳网笼罩过来，罩住了陈排，他倒在地上。

特种兵们从隐蔽处跳出来，压在了他身上。陈排挣扎着，却无济于事。

灌木丛。强子快步跑着，咣当！他掉入了陷阱。陷阱里的鼠群被惊起来，乱叫着。强子惊恐地叫着躲闪到角落。陷阱上面出现两个特种兵，蹲着看笑话。

强子高喊："拉我出去啊！"

特种兵甲笑着："多体验体验，不是想来当特种兵吗？这才是刚开始！"

"你们这群变态——"

特种兵乙说："哎，你说自愿退出训练，我们就拉你上来。"

强子看了一眼乱窜的鼠群，高喊："老子来了就没打算回去！宁死不能让你们满意！"

两个特种兵笑起来，像在看一个很好玩的表演。

树林里。几个搜索的特种兵从树下过去。卫生兵史大凡中士战战兢兢地从树冠上露出脑袋，他小心地左右看看："没人了吧？"

"有！"

史大凡低头一看，一个特种兵抬头举着步枪："下来下来，菜鸟！"

史大凡嘿嘿笑着："班长，你怎么知道我在这儿？"

"你胳膊上的红十字，800米外就能看见。下来下来，你被俘了！"

史大凡嘿嘿笑着："我下来了啊？班长你别开枪啊，距离近空包弹也能伤人。"他背着药箱慢慢地笨拙地滑下来，落在地上。

特种兵放松了警惕，拿出手铐："不想受罪就自己戴上吧。"

"哎哎！"史大凡笑着接过手铐，"班长对我真好，我自己戴上了？"

"戴上吧戴上吧，从哪儿来的这么个活宝！"

史大凡拿着手铐比画着："是这样戴吧？"

特种兵哭笑不得："对，你是侦察连的吗？"

"是是，我是卫生员！"

"你怎么通过侦察连选拔的？这个熊样？"

"一不留神，用力过猛……班长，你教教我，我不会……"

特种兵伸手去拿手铐。史大凡还是嘿嘿笑着，手下突然快速地给特种兵戴上了手铐。特种兵警惕地抬头。史大凡笑了笑："班长，我就是这么通过的！"他把药箱往特种兵脸上一砸，掉头就跑，嗖嗖就没影了。

特种兵爬起身："他妈的！这是个笑面虎——海狼，我失手了！快快快，他进林子了！"

史大凡在树林中飞跑。对面突然跳出一个特种兵："站住！"

史大凡嘿嘿笑着甩出绷带，特种兵偏头闪开，随即冲了上来。史大凡还是嘿嘿笑着，手舞动着白色绷带，特种兵的双手很快就被绑住了："妈的！你他妈的会武功？"

史大凡笑着，转身跑了。前面的树上，一个特种兵倒挂着滑下来，双手拿着一个弓弩对准史大凡。

史大凡站住："班长，你怎么拿个弓箭出来？打鸟啊？"

特种兵悬挂着停在半空："打鸟——打菜鸟！虽然是麻醉箭头，但是我保证会很疼的！"

史大凡右手在后面握住手术刀，左手挥舞着嘿嘿笑："我投降，我投降……"

"举起手来！"

"我举手！"史大凡右手一甩，手术刀甩了出去。啪！绳子被割断了，特种兵一下子掉到地上，史大凡嘿嘿笑着："班长，你让我举手的！"他转身就跑，速度还是很快。

摔下来的特种兵想起身，但是一起来就摔倒了。他捂着右腿惨叫着："野狼，我受伤了！立即派卫生员来！"

史大凡站住了，他转身飞快跑过去："别动！骨折了！"

特种兵们往这围拢过来。史大凡不管不顾，冲到跟前。那个摔伤的特种兵吓了一跳，抓起弓弩："你他妈的还想怎么的？"

史大凡一药箱砸过去，弓弩上天了。

"我就是卫生员！别动！"他撕开裤腿检查着，"骨折了……"

摔伤的特种兵很感动："菜鸟，你完了……"

"救人第一！"史大凡还在继续检查，几个特种兵扑上来把他按倒了。史大凡没有挣扎，高喊："砍两根木头做夹板，他要抬回去！不能背，把他的腿夹上——"

荒原上，来自空降兵部队侦察连的邓振华中士戴着空军的蓝色军衔和雄鹰臂章，抱紧手里的85狙击步枪站在灌木丛中。四面八方都出现了特种兵："投降吧，你被包围了。"

邓振华露出冷笑："伞兵——天生就是被包围的！"

话音刚落，黑暗中嗖地打出一张绳网。邓振华始料未及，被绳网罩住。特种兵们冲上去一顿爆捶："打的就是你这个天生被包围的！"

邓振华高喊着："别打脸！我刚搞上对象……"

密林中。两个特种兵拖着喜娃往山下走。喜娃挣扎："班长班长！我真的想当兵王！你们放我一马吧！你们放我一马吧！"

"走走！少废话！"特种兵们根本不客气。

潜伏在灌木丛中的老炮一跃而出。喜娃惊喜地喊："班长！"

老炮跟两个特种兵对打，毫不畏惧："快走！"

喜娃也冲过来："我跟你们拼了——"

四人扭打在一起，老炮的格斗技术很好，特种兵没占到什么便宜。路过的高中队突然从斜刺里跳出来，他两个利索的弹踢，老炮和喜娃被踢得撞在树干上又重重弹回来。高中队冷冷注视着两个菜鸟："带走！"他转身向伞兵突击车走去。黑布罩立即套上了老炮和喜娃的脑袋。

5

天黑了，探照灯和几辆伞兵突击车的车灯把这废弃的部队营房照得如同白昼。被俘的侦察兵们双手抱头，戴着手铐坐在场地中间。十个最先被抓住的侦察兵们没戴手铐，站在场地外围。他们后面是一面五星红旗。

小庄看看周围："陈排呢？"

喜娃摇摇头："还不知道呢，估计还没被抓。"

又一辆伞兵突击车开过来。几个黑色贝雷帽把陈排揪下来，陈排不服，还在左踢右打："有本事单打独斗！十几个人抓我一个算什么本事？"

陈排鼻青脸肿，旁边的几个黑色贝雷帽也没好到哪里去，有的衣服都撕烂了。侦察兵们低头忍住笑。

陈排还在挣扎。高中队慢慢走过来："少尉。"

陈排抬头看见高中队，站住了，可还是不服气。

高中队看着他："你们都是我的俘虏。"

"报告！这要是真打，你抓住的只能是一堆尸体！"

"这是事实！这是你们受训的第一课——被俘！"

"我不是俘虏！"

高中队起腿轻松地就是一脚。陈排咣当被踢到了俘虏队伍里，他想爬起来却很艰难，这一脚踢得很到位。

小庄和喜娃急忙扶住他："陈排！"

陈排爬起来："我没事！"

高中队冷峻地看着他，转身面对那边的十个倒霉蛋："你们——摘下自己的钢盔，放在国旗下面，可以走了。"

被淘汰者陆续摘下钢盔。钢盔摆在国旗前面，成为一个队列。高中队举手敬礼。特种兵们举手敬礼。被淘汰的侦察兵们都很意外。

高中队冷峻地说："淘汰你们，不是因为你们是弱者。是因为注定要有人在这时候被淘汰，你们确实是运气不好。但是战争，不会给军人解释的机会。祝你们好运，明年有机会再见。"

被淘汰者默默地登车，卡车开走了。

高中队转向留下的幸运儿："知道这是什么地方吗？这里就是阎王殿，你们就是来报到的小鬼！是好死还是赖活着，都是我说了算！你们不是号称自己是硬汉吗？我告诉你们，这里就是专门收拾硬汉的地狱！哪怕你是铁打的金刚，也得给我扒下一层皮来！"

侦察兵们的眼睛都在冒火。

"你们在这里没有军衔，没有名字，只有一个代号——菜鸟！我发誓，你们这些所谓的侦察兵精英，各个部队的什么狗屁兵王，在这里会度过最艰难的时光！你们会后悔来到这个地方受这个洋罪！你们会后悔因为看了狗屁垃圾小说、垃圾电视剧电影，头脑发热做出的选择！这个选择让你生不如死！因为你们现在来到的地方是人间地狱！"

"如果你不后悔，那就是我的错！而你们要记住，我是不会犯错的！"他指指马达，"这是灰狼，他是你们的顶头上司。而我——是他的顶头上司，我叫野狼。把你们的背囊都打开！所有不属于军队的东西，全都丢掉！"

侦察兵们默默打开背囊。特种兵们冲上去，直接就挨个踢倒了，东西全都掉出来。侦察兵们只能眼睁睁地看着。高中队来回踱着步："我现在宣布狼牙集训的第一条戒律——

任何不属于军队的东西，都不允许留在这里！受训期间没有娱乐，没有休息日，没有通信，没有外出——你们与世隔绝！你们是这里最卑微的菜鸟！这里的规矩就是胜者为王！我现在非常怀疑你们的智商是不是正常，因为正常人都不会来这里找虐——那么你们到底为什么来这里？"

侦察兵们看着他。陈排大声地回答："为了成为中国陆军特种兵！"

高中队冷笑："知道什么是中国陆军特种兵吗？中国陆军特种兵，是来自地狱的勇士！你们配吗？瞧瞧你们那点出息，就差带尿布和奶嘴来了！还想成为陆军特种兵？"他低头捡起地上的一本书，封面是《中国兵王》。他翻翻："谁的？"

喜娃咽口唾沫："报告，我……我的……"

高中队直接撕掉书，一把扔在他脸上："拿去擦屁股。"

马达蹲在地上翻小庄的东西。小庄低头看着。马达翻出来一个相框，看看，那是小影的照片。他二话没说就塞进去，起身："这边好了！"

小庄感激地看着马达。马达笑笑："列兵，藏好了。后面还有无数次点验，想她陪着你，就看你自己的本事了。"

小庄急忙点头。

高中队看看手表，笑道："现在时间还早，睡觉有点可惜了。"

喜娃不怕死地喊："报告，我们……我们还没吃饭呢……"

高中队笑道："这个我倒是忘了啊。这样吧，先来个饭前运动开开胃口，然后开饭。大家说好不好啊？"

"好……"侦察兵们都无精打采。

高中队也不在意："先来个武装越野 10 公里，出发。"

陈排看看四周："报告！"

"菜鸟，说。"

陈排举起自己还戴着手铐的手："野狼，不会让我们这么跑吧？"

高中队笑了："啊，没体验过吧？多体验体验，人生在于体验不同的新鲜滋味。从现在开始，你会发现所有的一切都是你们没体验过的。出发吧，现在是 12 公里了。"

"为什么？！"

"你们每提一个问题，就加 2 公里——现在是 14 公里。谁还有问题？"

菜鸟们都不敢说话了，慢腾腾起身。

马达催促着："大姑娘上轿还是怎么的？快点！"他拿起手里的自动步枪对天一个点射。其余的特种兵们也开始驱赶地上的侦察兵，不时地对天射击。

侦察兵们爬起来。高中队突然睁大眼："等等！少一个菜鸟！"

大家一愣。马达迅速点数："确实少一个菜鸟！还有一个没被抓住！"

特种兵们都紧张起来。马达跑上车："我去找！"

高中队的眼迅速扫过所有人："不用了！他就在这儿！"

"哪儿？"马达纳闷儿地四处看看。

高中队眯着眼看着阴影处的一个黑色贝雷帽："你倒是真会玩啊，我的人呢？"

那个黑色贝雷帽脸上都是迷彩油。他趋前一步，声音带着不一般的稳健："报告。离这里有3公里左右，东南方向的一个草窝里。"

高中队一挥手，马达跟两个特种兵上车走了。

高中队盯着对方："你的姓名，军衔，单位？"

"报告。耿继辉，下士，82集团军329师601团侦察连。"

"你胆子真不小啊！给我铐起来！"

两个特种兵冲过去，直接将他按倒，撕掉他身上的军衔臂章和贝雷帽。耿继辉没有反抗，任凭他们将手铐给自己戴上，又推进那堆菜鸟里。

强子低声道："哥们儿，牛！"

耿继辉笑笑，这才显出孩子气。

高中队怒吼："由于你的愚蠢，现在你们是20公里！出发！"

6

阳光洒进特警总队的办公室。一个警察坐在自己的电脑前，烟灰缸里都是烟头。强子跟几个便衣警察押着一个被蒙着头、戴手铐的重犯进来。强子说："把他带到五队去，这是他们要的人。记住让他们队长晚上请客！"

那几个警察去了。强子又转对电脑前的警察说："老孙，你干吗呢？下夜班了还不回家？这么刻苦，准备当总队长啊？"

警察老孙从电脑前抬头："哦，强队！我跟这儿看会儿小说，写特种部队的。强队，你不是当过特种兵吗？你也看看，写得真不错！"

强子打开电脑："不看！都是没当过兵的在上面胡扯淡！"

"这个不一样，我觉得这个小庄是真当过特种兵的……"

"什么小庄？"

"是小庄，好像写的自己的回忆录。哎，这里面有个北京兵叫强子，强队不会就是你吧？"

"小说叫什么名字？"

"《最后一颗子弹留给我》。"

强子像被什么打了一样，立即在已打开的电脑上搜索。他找到小说，打开，他的表情越来越复杂。电光火石般，强子又回到了小庄小说里的那个世界……

夜色下的训练场，疲惫不堪的菜鸟们又被驱赶下齐腰深的泥坑。高中队在坑上看着："感觉不错吧？在国外，这叫泥疗，是要花大价钱的！你说我们多好，提前让你们的业余生活跟国际接轨！"

菜鸟们冷得直打哆嗦。没人说话，都凑在一起取暖。

高中队冷酷地说："有后悔的没？有就现在出去，摘下钢盔放在那里走人。"

菜鸟们还是不说话。

"行，就没见过你们这么傻的菜鸟。可以开饭了！"

特种兵们把一堆野战食品挨个递下来。菜鸟们急忙撕开包装开吃，有的被噎得直咳嗽。

高中队笑道："给他们来点儿水喝。"

马达拿起一支高压水枪，直接就对下面的人猛喷。菜鸟们措手不及，被冲得东倒西歪。

高中队厉呵："到底有没有后悔的？"

强子破口大骂："我操你妈！你们这群变态！"

高中队揪住他的脖领子把他揪到泥坑边："你后悔不后悔？"

"我不后悔！"

"那就给我享受！"他一把推回去，起身怒吼，"都给我听着，要是不后悔，只有一个答案——忠于祖国！忠于人民！别的都是扯淡，把这句话给我牢牢记住，刻在你们这群菜鸟的潜意识里！否则就滚蛋！"

陈排手里的食品被冲到泥里。高中队看见了，冲他吼："给我捡起来吃了！中国人民解放军的军费，一分钱不许浪费！"

陈排咬牙捡起来，把带泥的食品大口吃下去。

高中队揪过他："说，你后悔不后悔！"

陈排高声答："忠于祖国！忠于人民！"

高中队丢开他："学得不错！但是这不耽误我继续侮辱你们这群菜鸟！为什么要侮辱你们？因为你们是菜鸟！你们自找的！不是他妈的我逼你们来的，这就叫活该！受不了就滚蛋，受得了就在这里享受！我问你们——后悔不后悔？"

菜鸟们齐声怒吼："忠于祖国！忠于人民！"

史大凡吃得很惬意，还在嘿嘿笑。高中队冷酷地揪过他："菜鸟！你笑什么？"

史大凡嘿嘿笑："野狼，你让我过来不用拉我……"

高中队怒吼："你笑什么？是在嘲笑我吗？"

"我习惯了，从小就皮笑肉不笑。"

高中队一把把他的食品打在泥里："捡起来给我吃掉！"

史大凡还是嘿嘿笑着捡起来，张开嘴毫不犹豫地吃下去，吃得满嘴都是泥。他嘿嘿笑着："味道不错！"

高中队盯着他，劈手拿过一堆野战食品："都吃掉！"

看着一堆野战食品扔进泥坑，史大凡的笑容停止了。高中队却笑了："少吃一个，我就罚你们全体！吃不了，就让你旁边的替你吃！你们是难兄难弟嘛！让他们在下面冻半个小时，然后冲洗干净！"

"是！"马达答应道。

半个小时很快过去，没有屈服的菜鸟们又被赶上了坑。马达用高压水枪继续喷着他们，直到把他们身上的泥都冲干净，才将他们带回宿舍。宿舍是破旧的部队库房，空旷之中，有几十张上下铺的铁床。浑身湿透的菜鸟们被特种兵带进来。马达高声嚷嚷："这就是你们的宿舍，从今天开始到受训结束你们就住这里了！床上贴着你们的名字，自己去找。注意，我们是军人，这是部队宿舍，所以每天都要检查内务！你们都是什么狗屁兵王，就不用我提醒你们怎么做内务了。都去收拾自己的床铺，明天早上5点起来训练。"

"报告！"强子说，"有热水吗？"

马达冷笑："我是不是还给你准备茶叶啊？角落有水龙头。"

"那……厕所呢？"

马达把强子推到门口："看见了吗？"

"什么啊？"

"你看见什么了？"

"荒地……"

"对啊，广阔天地大有作为，自己解决。"

特种兵们笑着出去了。菜鸟对着关上的铁门面面相觑。

陈排招呼道："别琢磨了。都收拾自己东西，睡觉吧。今天只是杀威棒，更难熬的在后面。今天晚上也别睡死，难说他们有什么招儿等着我们。"

菜鸟们都在收拾床铺。

史大凡嘿嘿笑着："别琢磨了，都是脑子有病才到这儿来的！"

邓振华一边脱泥泞的迷彩服，一边问史大凡："那你呢？你跑特种部队来干吗？"

史大凡还是嘿嘿笑："我也是有病呗！放着好好的医生不当来当兵，还跑来受虐。"

"你是医生？"

"啊，医科大学毕业的，正经的外科医生啊。"

邓振华看看他泥泞迷彩服上的中士军衔："还是大学毕业生？真的假的？"

史大凡嘿嘿笑："真的，我老爷子逼着我当兵的。他原来是在西藏军区当军医，说我少个过程，非得给我补课。"

"跑来当大头兵？还来特种部队选拔？那你真的是病得不轻！"

"谁说不是呢？你呢？看你这军衔是空军的？"

"算你识货！知道这是什么吗？"邓振华恨不得把自己的雄鹰臂章戳到他鼻子上去。

史大凡嘿嘿笑："好大一只鸵鸟啊，腿有点短！"

邓振华气得恨不得揍他："这是雄鹰！我是大名鼎鼎的雄鹰师侦察连的！上甘岭知道吗？黄继光英雄连！"

"知道知道，我爷爷就在上甘岭打过仗，跟黄继光一个连的。"

邓振华愣住了："也是卫生员？"

"原来是，后来部队快打光了，战场上升官了。"

"当排长了？"

史大凡笑着："不是，副连长——还兼卫生员，继续救死扶伤。"

邓振华张张嘴："那后来呢？"

"后来就换成蓝裤子了，退休的时候好像是空降兵军直属医院副院长。当了一辈子卫生员。"

邓振华立即不吭声了。兵们发出一阵憋不住了的哄笑。耿继辉也笑了。邓振华看看他们："笑什么笑？笑什么笑？没见过伞兵啊？"

强子在床上躺下，拉上被子："没见过，就看见一只鸵鸟！"

兵们哄堂大笑，小庄也忍不住乐了。

外面爆喊："熄灯！睡觉！再说话出来20公里武装越野！"

库房的灯马上熄了。疲惫的菜鸟们几乎立刻就睡着了。库房外，哨兵在站岗。高中队大步走过来，后面跟着马达等几个特种兵。

"菜鸟们咋样？"

"刚睡着。"

高中队看看手表："叫他们起床。"

"是！"哨兵打开了大门。高中队跟他的部下掏出十几颗催泪弹丢进去，马达对天扣动扳机，枪声打破了寂静。菜鸟们从梦中惊醒，催泪弹在地上打转，喷出白烟，菜鸟们一阵咳嗽，慌乱地冲出库房。

高中队站在门口，看着冲出来的菜鸟，他们都只穿着背心短裤。马达等特种兵毫不留情把他们推进去："穿上衣服！不穿衣服不许出来！"

只有陈排一个衣着齐整地跑出来了，高中队看着他，目光冷峻："菜鸟，你睡觉脱衣服了吗？"

"报告，是的。"

高中队点点头，突然脸色一变："别以为这样我就会表扬你！你再努力也不过是个微不足道的菜鸟！退出吧，这是你最好的选择！"

陈排大声答："忠于祖国！忠于人民！"

高中队一把抓住他的脖领子："进去！脱了衣服再穿上出来！"说着把他扔了进去。

菜鸟们折腾了好一会儿，终于在库房外站成队列。高中队冷眼看着："怎么样？休息得不错？你们这批菜鸟不错，享受的是五星级待遇！有房子住了！上一批菜鸟，在野地搭帐篷整整熬了一个月！那是我专门挑的湖边——湖景房，也算四星待遇。有人告到军区，军区就找大队长谈话，说你们要对菜鸟好一点嘛！大队长就找了我，我说没问题，今年就住房子。中国人民解放军的军费还是比较紧张的，所以呢，我就要充分利用有限资源，我想你们都体验到了我们狼牙特种部队的好客了，现在回答我，有后悔的吗？"

没人吭声。

"有没有人后悔？"

小庄有点犹豫，他的脚跟在动。陈排看见了，突然高喊："忠于祖国！忠于人民！"

菜鸟们一起高喊："忠于祖国！忠于人民！"

小庄的脚缩了回去。

高中队面无表情地看看表："现在是午夜12点！我宣布——地狱周正式开始！灰狼，开始吧。如果我看见他们有1秒钟是舒服的，我就让你一个月不舒服！"

马达立正："是！地狱周开始——体能考核！第一组，五百个俯卧撑，开始！"

7

地狱周的训练没完没了。枪声四起。特种兵们在对天射击，驱赶菜鸟们跑特种障碍，下面不是泥水就是火焰。高中队拿着高音喇叭，对着小庄的耳朵怒吼："你他妈的是不是个娘们儿？我家对门卖冰棍的老太太都能做得比你快！你还浪费军费干什么？告诉我你是不是想退出？"

小庄高喊："忠于祖国！忠于人民！"

"就你这个速度，祖国和人民以你为耻！"

小庄咬牙爬出铁丝网，爬向下一个障碍。

高中队挥挥手："给他们点水洗澡，这么热的天不容易。"

哗！高压水枪打开了。菜鸟们再次沐浴在水枪的袭击中。

湖边。菜鸟们八人一组站在齐腰深的水里，喊着号子举着橡皮舟。高中队站在橡皮舟上，跟着橡皮艇的起伏拿着高音喇叭喊："我看看哪个把我摔着？哪个把我摔着，八个菜鸟全部淘汰！"

"啊——"精疲力竭的小庄在下面又拼命地举起橡皮舟。

每天的训练结束，都有被淘汰的菜鸟离去，营房的国旗下，钢盔摆成了一个越来越大的方阵。训练还是没完没了……

山路上，一辆伞兵突击车在行驶，高中队拿着高音喇叭回头高喊："你们是什么？"

"菜鸟！"车后，菜鸟队员们疲惫地扛着原木在跑步。

高中队不满足，提高了嗓门儿："你们是什么？"

"菜鸟！"菜鸟们声音更高了。

"你们的名字谁给的？"

"老鸟！"菜鸟们声嘶力竭地吼。

"老鸟为什么叫你们菜鸟？"

"因为我们笨！因为我们蠢！因为我们没脑子！因为我们缺根弦儿！"

骄阳下，戴着防毒面具全副武装背着大背囊的菜鸟们疲惫地跑过来陆续站好，高中队走到他们身后，挨个拍着他们的背囊。拍过之处，一片尘土飞扬。高中队在一个菜鸟的背囊上使劲一拍，空的！他把菜鸟的背囊一把打开，里面是破旧衣服和报纸。菜鸟转过身，脸色发白。高中队一把摘下他的钢盔丢在地上怒吼："滚蛋！"

菜鸟狼狈不堪地捡起钢盔跑走了。他把钢盔放在国旗下的方阵旁，突然跪下仰天发出哀号："啊——"

湖里，菜鸟们疲惫地在进行武装泅渡。炸点在水面上不断炸开。橡皮艇不远不近地跟着，马达拿着高音喇叭高喊："看你们武装泅渡就跟看一群野鸭子凫水差不多！幸亏你们不是野鸭子，不然就这个笨蛋样，连鱼都抓不住！不用猎人都饿死个球的了……"

陈排是头鸭。小庄在他后面勉强地游着："陈排，我顶不住了……"小庄的眼神有些迷离。

陈排坚定地游着："坚持！最后 20 公里的测试了。"

"还有 20 公里啊？"

"上岸后再武装奔袭 20 公里就结束地狱周了。"

"我顶不住了……"

小庄话音未落，后面的一个菜鸟在空中无助地抓了一下，沉下去了。菜鸟们一阵哗然。马达高喊："你们继续！蛙人下水！"

橡皮艇上的两个蛙人跳下去救那个溺水的战士。菜鸟们继续游着。小庄呆呆地看着橡皮艇载着溺水者远去，打不准主意是不是也要溺水。老炮在后面推他一把："别看了，前进！就差最后一哆嗦了，坚持！"

小庄被推得扑到水里呛了一口水，突然清醒过来，接着用力勉强游着。陈排右手持枪，第一个疲惫地跑向岸上。岸上的炸点开始炸起来，小庄等跟在后面。邓振华起身，头晕眼花，一下栽倒在水里再也不想起来。史大凡在后面拉住他的背囊将他拉起来。强子从水里爬出来，有点晕，炸点在很近的地方炸开，他被冲击波打倒，耿继辉把他推起来。强子脸色苍白地坚持爬起来，拿起自己的武器咬牙切齿地前进。炸点不断爆炸，菜鸟们陆续上岸，蹒跚地跑向前方的"雷区"。他们必须在极度疲惫的状态下判断脚下标明的地雷，并且绕过去或者跳过去。不时有菜鸟踩到了地雷，白烟冒起来。马达拿着高音喇叭喊："踩了地雷的菜鸟，可以休息了！其余的人不想也被淘汰，就继续前进！"

那几个倒霉的菜鸟听到就栽倒了，救护队急忙抬起他们跑向等待的救护车，高速开走。小庄蹒跚地跑着跳着，躲开地上分布不均匀的地雷。

马达拿着高音喇叭："还有最后 20 公里武装山地奔袭！你们有 3 个小时的时间完成，超过 1 秒钟都要被淘汰！菜鸟们，努力吧！"

小庄通过雷区就跌倒了，陈排拽起他，怒吼："坚持！胜利就在前方！"

小庄咽下一口唾沫，提着步枪站起来，往前蹒跚地跑着。后面的菜鸟们骆绎不绝，背着沉重的背囊提着或扛着枪在跑，身后一片尘土飞扬。终点处，高中队卡着秒表，一丝不苟。

一个又一个队员蹒跚地"跑"向终点，他们已经疲惫不堪。马达着急地拿着高音喇叭高喊："再快点！你们已经要到终点了！"

陈排过了终点，栽倒在地上。几个卫生员急忙围过去给他解开背囊、武器，拉开衣服进行急救。老炮和喜娃之间用背包带拉着，老炮拖着喜娃坚持走过终点栽倒了。喜娃栽倒在终点线外，却再也蠕动不了。马达蹲在他耳边拿着高音喇叭喊着："菜鸟！只有 0.5 米了！"

喜娃坚持着，却还是蠕动不了。老炮艰难回头，拉着背包带："喜娃，别忘了……你要成为……兵王……"

喜娃咬牙，手抠着地面，顽强地往前爬着。

马达看着他爬过终点："好！过了！"他起身对着后面喊，"你们几个再快点，时间快到了！"

耿继辉的步枪横在胸前，以隔开背囊的背带让自己双肩放松一些，他咬牙"跑"过来。高中队看着他，目光复杂。马达拿着喇叭却喊不出来，他的目光追随他。耿继辉歪歪扭扭，跑过终点线栽倒了。

马达怒吼："卫生兵——救人！你们他妈的傻站着干什么？！赶紧救他——他要是出了一点事，我让你们都吃不了兜着走！"

卫生兵们急忙冲过去把耿继辉翻过来急救。

强子接着过来，一下子跪倒了，他喘着粗气："爷爷……过关了……"

史大凡和邓振华一对欢喜冤家骂骂咧咧过来了。邓振华头也不回，气喘吁吁地说："你个狗日的……卫生员，追着我干什么？"

史大凡还是嘿嘿笑，但已经很无力："我……得找个目标跟着跑……"

"那不都是能……给你领跑的吗？"

"你……个儿高，能帮我顶……顶风……"

两人"跑"过终点，栽倒了。高中队看秒表，还有3分钟。

小庄跌跌撞撞出现在地平线上。坐在地上靠着背囊被卫生员灌水的喜娃看见了，高喊："小庄——加油——"

小庄的眼神已经迷离了，他挂着步枪，仿佛每一步都被地心引力无情地拽着。

老炮也爬起来靠在背囊上高喊："小庄——加油——还有20米——"

高中队面无表情，他手里的秒表在走着，还有1分钟。

陈排嘶哑着喉咙喊："小庄，苗连在看着你——"

小庄的眼睁开一点，但步履还是蹒跚。

陈排继续嘶哑地喊："你对象——"

小庄睁开眼，看着陈排，嘴唇在哆嗦。

"你对象——在看着你——"

小庄的眼泪流了下来，他嘴唇翕动："我不行了……"他的主观视线模糊起来。

陈排高喊："侦察连——"

小庄的嘴唇翕动，吐出一个字："杀！"他跌跌撞撞地走着。

陈排又喊："侦察连——"

小庄失神的眼又亮了一点，他嘴唇翕动，声音很小："杀……"

陈排、老炮、喜娃一起高喊："侦察连——"

小庄在蹒跚地到达终点前，发出最后的嘶哑声音："杀……"他眼前一黑，一头栽倒在终点线里面。高中队手里的秒表嘀嗒地跳了最后1秒钟。

第六章

★

1

强子叼着烟看着屏幕，已经失神了。

小蕾穿着警服跑过来："哎呀！强队，你怎么在这儿啊？局头等着你开会呢，我到处找你！手机怎么也没开啊？"

强子反应过来，急忙起身："我电话昨晚上抓人关了，忘了开！我去换衣服！"小蕾一把拉住他的手："哎呀，来不及了！已经开始了，方总都怒了！赶紧走！"她拉着强子就跑。

会议室，情报总队的林总在做报告："……根据国际刑警组织的通报，曾被我警方歼灭的西南边境马家贩毒集团的余孽马云飞已经潜入我境，据悉就在本市活动。情报总队目前还没有得到有效线索。这是一个新的情况，马云飞在多个国家都制造过流血事件……"

小蕾高喊："报告！"

方总皱起眉头："进来。"

小蕾进来，后面是还穿着便装的强子。方总看着他："你干什么去了？"

"我……我在办公室整材料……"

方总没发作："坐好听着！"

强子小心地走到方总身后坐下，平静自己的情绪，打开笔记本做记录。李队长的目光没有离开过他，强子注意到了，但是装作没看见，他抬头看前面的情报报告。一张照片扑面而来，是一个桀骜不驯的男人。

强子愣了一下。李队长皱起眉头。

林总介绍说："这就是马云飞，今年39岁。"

强子瞬间有些恍惚，他眨巴眨巴眼，努力让自己清醒过来。他看着马云飞的照片，露出苦笑。李队长不动声色地观察着。林总还在介绍："马云飞在11年前的远山镇缉毒战役中被缉捕归案，因为涉及国际贩毒网络，该犯曾经交给外国警方协助破坏他们家族在当地的网络。10年前，他在境外羁押协助调查期间，越狱逃窜。越狱后他疯狂报复，在境外已经制造了多起大规模流血事件。足迹遍布意大利、美国、墨西哥、英国、泰国、缅甸、中国台湾等11个国家和地区。他用金钱开道，暴力保护，在江湖上杀出了威风。人都称他为'小马'，因为他的父亲人称'老马'。"

投影机上出现老马的照片。强子看着照片，唰——他的记忆瞬间又回到了当年马家别墅的客厅——

马世昌站在客厅中间，周围的枪手纷纷被打倒。

马世昌看着强子，脸色发白："没想到……"

强子的枪对着他："给我趴下！"

马世昌看着小庄："特种部队？"

小庄怒视他。

强子怒吼："算你有眼色！老头儿，给我趴下！"

老马冷笑："我在国际刑警红色通缉令排行榜上不是榜眼也是探花，你们抓我可以，对我客气点！"

"客气你个蛋啊！"强子上去就是一枪托，老马被砸倒，强子又一脚踩着他的胸脯，拿着步枪对着他的脑袋怒吼："手放在我看得见的地方！不然我一枪打死你——"

老马惊恐地看着他："别杀我，我所有的钱都给你……"

宽敞明亮的会议室里，林总介绍完毕。老马和马云飞的照片在投影上摆在一起。"强队？"林总在上面喊。

方总回头看看他。强子还在回忆。

李队长推推他，强子反应过来脱口而出："谁他妈的要你的臭钱！"

会议室内一片肃静，都看他。强子起身，尴尬地说："对不起，我走神了……林总，您说得很好。请继续。"

林总道："强队，请你介绍一下当年抓捕和押送马家贩毒集团的情况。"

强子长出一口气，走上台："不好意思，我刚才就在想那些事情……11年前，我所在的特种部队接到上级命令，前往西南边境的远山镇参加代号为'中华利剑'的围剿远山镇贩毒贩枪集团的行动……"

2

这是一间出租屋。肮脏凌乱的屋内没有灯光，只有报纸糊上的窗户透点亮。打着绷带的老炮提着一袋馒头走进来。他摘下假头套，撕掉胡子，倒了杯热水，躲在角落里对着门口蹲下，开始就着榨菜吃馒头。老炮吃着吃着，停止了嚼动。外面传来车子的声音。老炮丢掉馒头，右手拔出怀里的54手枪，利索上膛。

胡同口，一辆面包警车驶过来，民警赵小柱笑呵呵地下来："李大婶，怎么在这儿等我啊？我正说去您家呢！"

戴着红箍儿的李大婶笑："这不是你的电话打得急吗？什么情况啊？这么着急？"

"分局下了个通缉令，让找一个流窜犯！分局一个电话，我就得跑断腿！片儿警，就这命啊！"

李大婶挥挥手："走走走，我跟你一起找！"

赵小柱不时问着路人："最近看见陌生人了吗？大个子，短发，左手受伤的……"

两个孩子拿着木棍追着闹着跑近了，赵小柱招招手："过来过来！"

孩子们跑来："赵小柱！咱们玩警察抓小偷！"

赵小柱拿出照片笑道："你们看见这个人没？"

两个孩子挠头："没看见。他是小偷吗？"

"是小偷，你们看见就告诉我啊！"

"知道了！"两个孩子跑了。

胡同的拐角，老炮露出两只眼睛。两个孩子闹着跑过来，一个孩子摔倒了，老炮伸手去扶他，孩子抬头："咦？"老炮知道不好，转身就走。

孩子叫着："小偷——小偷——"

正在粘通缉令的赵小柱听到了跑过去："哪儿呢？哪儿呢？小偷在哪儿呢！"

孩子指了一个方向："往那边跑了！"

"你怎么知道是小偷？"

"你刚刚给我看的照片啊！"

赵小柱大惊失色："你们俩赶紧回家去！李大婶，让所有街坊都锁好门，别出来！"他拔出腰里的警棍就追，一边跑一边拿出手机拨打。他紧张得声音都哆嗦了："高所？那个通缉犯在桔子胡同出现了！"

老炮噌噌跑着，前面是个死胡同。赵小柱追着："站住——警察——再跑开枪了——"

老炮转身拔出手枪打开保险。赵小柱呆住了，他没枪，右手是警棍，左手是手机。老炮冷酷地说："让开，这儿没你的事儿！"

赵小柱咽下一口唾沫："郑三炮！你无处可逃了！"

老炮冷笑一下，转身两步交替踩着蜂窝煤之类的堆积物，利索上墙。

赵小柱气喘吁吁爬上屋顶，只看见老炮纵身一跃，已经到了胡同对面的屋顶，他继续奔跑。赵小柱拿着手机报告："高所，他往北兵马司方向跑了！根本抓不住他，叫特警队——"

特警总队会议室。强子终于介绍完了："我知道的情况就这些，押解他们家族到了内地以后，我们就脱离了现场……"

李队长在接电话，声音很小："好好，我知道了……我就在特警总队！"

方总看他，局领导也看他。强子也看他，他突然预感不好。

果然，李队长接完电话起身："郑三炮在我的辖区出现了！局长，方总，他有枪，又是特种兵出身！我们对付不了他，需要特警队支援！"

方总看局长。局长道："还等什么？立即出发！"

方总立正："是！黑鹰小组出发！"

强子咽下一口唾沫："是！"

李队长看强子："强队，你是黑鹰小组的？"

方总道："黑鹰小组是最好的特警组成的特别突击小组，他是组长，都是他一手训练出来的！你赶紧去准备吧，15分钟内，我要你赶到现场，控制局面！"

"是！"强子心情复杂地转身去了。李队长看着他的背影，忧心忡忡。

小蕾也起身："我们心战分队也去吧？"

方总想想："这种人，恐怕你们谈判解决不了问题……"

"万一有人质呢，我们也能拖一拖！让黑鹰找到机会，突击营救！"

方总点点头："去吧！"

"是！"小蕾转身跑了。

特警总队大楼一时警报大作，高音喇叭在喊："重复一遍，黑鹰出击！这不是演习！"

年轻的警官们打开柜子拿装备迅速向门外冲去。强子心情复杂地回到办公室，他打开自己的柜子，利索地拿出背包丢在桌上。柜子里还有一把05微声冲锋枪，他拿出来检查一下，然后关上柜门。

他提起背包拿起枪快步跑出去，一边跑一边往右耳夹上耳麦："黑鹰小组123试音，收到回复。完毕。"

强子边跑边回答："我们直接去车库。注意，对手极其强悍，是前所未有的强悍！一定别乱来，完全按照我的命令做事！完毕。"

车库。队员们已经在一辆厢式卡车上等待，强子快步跑过来，队员伸手接过他的背包。强子上车，关上厢门。一辆警车在前面开道，卡车跟着开出去。

特警甲笑："强队，你好像不高兴？"

强子闷闷地说："我高兴不起来。"

"对手很厉害吗？"

"很厉害。"

特警甲跃跃欲试："有多厉害？"

"他是我在孤狼突击队的战友，轻武器专家，爆破专家……他最后离开部队的军衔是四级士官，我也得管他叫班长。"他看着队员们惊愕的表情说，"到现场按照我的命令行事，我不让你们上就别逞英雄！"

队员们都神色凝重，默不作声。强子低头沉思："他是我见过最勇敢的特种兵之一，你们不是他的对手。"他抬头，长出一口气，"我也不是……"

3

这是一处建筑工地。大吊车在工地外伫立。先赶来的警车包围了这里，巡警们如临大敌，手持微型冲锋枪和手枪对准工地。老炮隐身在建筑物里，左手还挂着绷带，右手拿着一个狙击步枪，他凑到瞄准镜上看着下面的阵势。那辆卡车在警车引导下开进他的视野，后门打开，黑衣特警跳出来。带队的是强子，他指挥着队员们隐蔽接近。老炮皱起眉头，狙击步枪瞄准镜追随着强子。强子果断地指挥队员们展开警戒线，低姿进入现场。

老炮露出一丝苦笑："好小子，果然长进了。"

强子猫腰手持05微冲，带着自己的特警小组来到警车后面。巡警队长在等待他："强队，亲自出马了？"

强子脸色复杂点点头："他是很强劲的对手，你们的人没受伤吧？"

"没有，他没有开枪。但是这孙子逃命极快，一不留神就没影了！"

强子拿起望远镜观察："他不想和你们发生冲突。"

"你认识他？"

强子放下望远镜："是我特种部队的战友。"

巡警看了看他，没再说话。强子拿过现场地图，仔细看过："狙击组，你们到 A 控制点待命，现在就去。完毕。"

"收到，完毕。"狙击手小组的狙击手和观察手起身，跑向旁边的建筑物。

"突击 A 组，C 控制点待命；突击 B 组，D 控制点待命。完毕。"

"收到，完毕。"后面的八名特警队员起身，分成两组快速进入阵地。

警车开来，小蕾换了便装跑过来："强队！"

强子看着她："你怎么来了？这里没人质，没有谈判小组的事儿！"

"郑三炮的资料我看过了，他以前是军人！"

"对，是我的老战友。"

"我知道。他是军人出身，而且还是受过多年教育和训练的特种兵，跟他谈谈或许会有帮助！"

"他不是暴力犯罪嫌疑人，他是特种兵的老班长！你明白吗！你根本就不知道特种兵的大脑里面在想什么。他接受过最残酷的反心理战训练，没有人可以说服他放下武器！"

"你对我吼什么？我是想帮你，难道你要真的打进去跟他厮杀吗？"

强子看着小蕾，目光转向大楼："我们抓不住他的！"

"我们这么多人抓不住他一个人？"

强子神色黯淡："他接受过最好的训练，除非战死，他不会被抓住的。"

小蕾同情地看他："那你打算怎么办？带人进去，跟他……"

强子摇头："不，那会是死伤一片。我一个人进去。"

小蕾抓住他的作战背心："你疯了？"

"他不会对我开枪的。"

"为什么？"

"因为，我们发誓——同生共死！"

小蕾愣住了。

楼内，老炮藏在柱子后，他伸出一个小镜子，镜子里出现对面楼顶狙击手小组的黑脑袋。他缩回镜片，随即拆掉左臂的绷带，稍微活动了一下，很疼，但他顾不上那么多，右手握紧了枪，在紧张思索着。他的目光转向了楼外的吊车。老炮想着什么，突然看见下面有动作。他拿起瞄准镜观察——强子把枪甩在身后，赤手空拳地走进来，没戴头盔和面罩。他上了工作电梯，电梯在上升，强子脸色复杂地看着下面，警察很多。他苦笑。

电梯停下，强子出来。狙击手在观察他："恶狼，我会给你提供火力支援。完毕。"

强子走着："没有我的命令，不许开枪。完毕。"

狙击手回应："收到，完毕。"

强子慢慢走到楼中间，站住了。老炮拿出镜子，晃了他两下。强子慢慢走过去，伸开双手："山狼……"

"想说什么？说吧。"老炮藏在狙击手射击的死角，没有露头。

强子慢慢走着："放下武器，你被包围了。"

"这是不可能的，你了解我。"

强子没有停步："你也了解中国警察。"

"能抓住我的警察，还没生出来呢！"

强子走到柱子前面："警察可以击毙你。"

老炮笑："那就让你训练出的特警来试试！"

强子慢慢绕到柱子旁边，看见了老炮。狙击手看见的是强子的背面。

强子苦笑一下，按住对讲机的通话键："我的装备是你的，别的我帮不了你。"

老炮点点头："明白。"

强子松开右手的通话键："山狼，你投降吧……"

老炮的手枪顶在他的脑门儿上："绝不！让你的人撤离，否则我打死你！"他随即一把拽掉了强子的耳麦，砸碎。

楼顶。狙击手耳麦里传出无线电尖锐的杂音，他大惊失色，连忙转换到备用频道："恶狼被劫持了！重复一遍，恶狼被劫持了！完毕。"

地面上，副组长也转换到了备用频道："能不能狙杀目标？完毕。"

"我看不见目标，恶狼挡住了！完毕。"

小蕾着急地问："怎么回事？"

副组长咬牙道："突击Ａ组、Ｂ组准备——跟我打进去！完毕。"

突击Ａ组和Ｂ组都起身，举着防弹盾牌，猫腰按照战斗纵队紧密向前行进。

小蕾焦急地喊："强队会出事的！"

副组长反问她："那你说怎么办？！"

小蕾冷峻地说："现在现场出现了人质劫持事件，按照程序，谈判小组应该首先介入！"

副组长苦笑："你去跟他谈？"

小蕾注视着他："难道你要修改应急事件处理预案吗？"

副组长无奈地说："传我命令——待命，待命！"

突击Ａ组和Ｂ组停下，找到掩护藏起来。小蕾拿起高音喇叭喊："老炮！你真的要劫持自己的战友做人质吗？"

楼内的老炮愣了一下："你们的谈判专家？"

强子苦笑："对。"他把身上的微冲和防弹背心都交给了老炮，帮助受伤的老炮穿上。

"听起来是个美女，她好像是真的很关心你？"

强子把对讲机给他："转换到02频道，是我们的备用频道。你带着吧，用得着。"

老炮拿起对讲机，摘下上面的无线耳麦连接线，按下通话键："山狼呼叫警方，完毕。"

副组长一惊，随即高喊："我是黑鹰特警小组的副组长，恶狼是不是在你手上？完毕。"

"我只和谈判专家谈话。完毕。"

副组长看看小蕾，小蕾着急地摘下他的耳麦戴上："我是谈判组的，你有什么要求？"

"我要一辆车，你们的人撤离现场200米以外。完毕。"

"你知道那是不可能的！能不能有点建设性意见？完毕！"

"我不再重复要求。完毕。"

小蕾着急地说："我没有这个权限！完毕。"

"那就让狙击小组先撤下去。完毕。"

小蕾按住耳麦停止通话，看副组长："他要求狙击小组撤离。"

副组长摇头："那不可能！我们不能对犯罪分子妥协！"

"那是跟强队一个部队出来的老特种兵，强队会没命的！"

副组长咬牙："但是我不能妥协！如果是强队，他也一定会这样做！"

"你们现在能抓住目标吗？"

"抓不住，他很狡猾。"

小蕾果断地说："让他下来，去车上。"她看着副组长，冷峻地说，"在路上狙杀他！你们的狙击手在高处，他再怎么用强队做掩护，还是会被狙杀的！只要他们训练过关，这不是什么问题。"

副组长看她："没想到你还有这样的头脑？"

"我在侦察队跟他做了半年搭档了。"

副组长点头："好吧——去安排一辆车，记住把油箱指示表破坏！里面的油最多能跑5公里，5公里以外就是开发区，车少人少，我们可以在那里展开行动。明确没有？"

"明确。"一名特警起身，去准备车辆。小蕾松开耳麦："山狼，收到回答没有？完毕。"

老炮的声音传来："山狼收到，完毕。"

"狙击小组马上撤离，车辆也在给你准备。你不要伤害人质，完毕。"

"收到，完毕。"

强子认真地说："下面你就得自己小心了，黑鹰小组是我训练出来的。"

老炮笑笑："那我倒真的放心了。"

"都什么时候了，你还开玩笑？有人接你吗？"

老炮点点头："他们在外面。"

"你打算怎么出去？真的开车出去？车会做手脚的。"

老炮看着吊车："这点我清楚，汽油肯定是开不了5公里的。入地不行，我只有上天了。"

强子看他的左臂："你受伤了，能行吗？"

老炮笑笑："别忘了，疼痛是我们的家常便饭。"

"你自己小心吧，下面我帮不了你了。保重！"

老炮淡淡一笑，拿起攀登绳绕在自己的右臂上，抓住了攀登绳尽头的飞虎爪，他突然起身，飞奔向楼边，一跃而起，在空中飞出去。同时他右手的飞虎爪甩出去，钩住了吊车的长臂。老炮借助惯性甩开往下滑落，将自己的身躯往远处荡过去。

楼下。小蕾和特警们也都看傻了。特警副组长省悟过来："A组、B组，跟我追！"

两个小组起身快速跟着他冲出去。小蕾看楼上。强子出现在楼边，他看着老炮的身影荡向外围，然后低头，看见了小蕾。小蕾看着强子，露出疑惑的神色。强子没有表情，转身下去了。街道上，一辆面包车在等待。老炮顺着绳子滑降下来，稳稳落地，他解开腰间的D形环，跑向面包车。特警们追出来，举起武器。老炮飞身上车，面包车高速开走。特警们在后面射击，车的后窗玻璃被打碎，可车还是拐弯跑了。

"停止射击！停止射击！"特警副组长高喊，"这是市区，防止流弹误伤群众！指挥部，指挥部，目标跑了，立即展开搜捕！嫌疑车辆是一辆白色金杯……"

另一条街道。面包车吱地急刹车，老炮跟司机下车，飞身上了旁边的一辆军牌轿车。轿车高速开走了。

4

随着高中队手里的秒表跳了最后1秒钟，菜鸟们的地狱周终于结束了。全军区侦察部分队选送的100多名侦察兵骨干，在地狱周之后，只剩下47个菜鸟。小庄幸运地在最后1秒内留了下来。那一天，队员们总算得到了久违的休息。洗澡，吃饭，睡觉。而且，没有人去打扰他们。可是，第二天，朝阳刚刚升起，起床号便又吹响了。随着一片喧腾，剩下的队员们背着背囊和武器跑出帐篷。一夜的休息，让所有人都很精神，他们都换了特种部队的迷彩服和军靴，显得特别威武，只是没有臂章。

马达笑笑："看来睡得不错了？"

队员们都笑。

马达脸色一变："锻炼锻炼——武装越野5公里！开始！"

队员们都做好了准备，并不紧张，撒腿就跑。马达看着他们，拿起高音喇叭："完了回来，到这里做完100俯卧撑！"

菜鸟们稀里哗啦地跑着，这次没人催命，都跑得很爽快，回来直接趴到地上就开始做俯卧撑。然后是特种大队对进入第二轮选拔的菜鸟们的例行询问。充当询问室的帐篷内，额头还带着微微汗珠的小庄站在中央，高中队以及三名黑色贝雷帽校级军官坐在条桌后。高中队严肃地看着小庄："士兵，我们现在问你问题。不许思考，直接回答。明确没有？"

"明确，首长！"

"为什么要来参加陆军特种部队选拔？"

"为了我的连长不会失望！"

唰——同样的问题：

陈排答："为了成为最优秀的职业军人！"

老炮答："为了证明自己能行！"

喜娃答："为了成为兵王！"

耿继辉答："为了成为父辈一样的军人！"

强子答："为了退伍能进公安局！我老家的政策，特种部队退役可以优先当特警……"

史大凡嘿嘿笑："为了救这帮脑子被门夹过的伤兵！救死扶伤是医生的天职，首长！"

邓振华一本正经地说："因为我讨厌跳伞，首长！"

高中队纳闷儿地问："可是陆特一样要跳伞，而且要求更高、跳得更多啊？"

邓振华还是一本正经的样子："但是我喜欢跟跳伞跳得好的人一起跳下去，我喜欢欣赏他们的表演。我相信陆特一定有不少人比空降兵跳得好，首长！"

高中队和那些校官都忍不住笑了一下："好，下一个问题——你如何看待特种部队？"

小庄："一群疯子，首长！"

陈排："真正的职业军人，我愿成为他们当中的一员！"

老炮："精锐战士的团体！"

喜娃："士兵的王！"

耿继辉："最先投入战场和最后撤离战场的部队！"

强子："有实战的机会，可以运用部队所学！"

史大凡嘿嘿笑："脑子都被门夹过了，正常人不会来这儿。"

邓振华："跳伞补助比我们高，还有潜水补助。"

高中队严肃地问："还有呢？"

"伙食费比我们高！"

高中队忍住笑："还有吗？"

"我对象的梦中情人！"

那群严肃的校官再也憋不住了，哈哈大笑。

邓振华眨巴眼："真的……我跟她打赌了，我一定能当上特种兵！"

高中队忍住笑："如果深入敌后，一名队友受伤不能跟队继续前进，你会怎么办？"

小庄想想，高中队注视着他："立刻回答！"

小庄立正，答："我会留下来陪他，同生共死！"

陈排答："给他足够的水和食物，帮助他隐蔽起来，回来的时候接他。"

老炮答："我很难回答这个问题。"

"你必须回答。"高中队说。

"我拒绝回答！"

"为什么？"

"首长，我知道你们想要的答案——但是我不想说出来！"

"为什么？"

"因为，我带过很多新兵，在我眼里他们都跟我的亲弟弟一样。我很难想象会出现那样的情况，如果出现我肯定会按照我所想的去做。但是……我不想说出来。"

"我要答案。"

老炮立正："是！我会劝他等待我们，如果等不到，就……自杀！"

……

耿继辉答："我会改变行动方案，留下一个人保护他，一直到我们归来。"

"特种兵从来不按照原路返回。"

"我相信我的战友们，他们能够逃出去！"

……

强子答："啊？那我背着他，就算死也死在一起！"

高中队看着他："你不怕无法撤离吗？"

强子："没事，任务完成以后，我们就不回来了。"

高中队："嗯？"

强子："我会跟他死在一起！"

……

史大凡嘿嘿笑："我会治好他。"

"如果治不好呢？"

"治不好他，我跟他一条命。"

……

邓振华目不斜视："伞兵有句话——天生就是被包围的！"

"然后呢？"

"我会告诉他这句话，然后继续去完成任务。"

"然后呢？"

邓振华一本正经地反问："还有什么然后？"

高中队看着他："他还在敌后啊？"

"对啊，他不是被包围了吗？"

"是啊，你就不管他了吗？"

"第二句话还没说呢！"

"还有什么？"

"那句话是骗新兵的！老兵要学会脚底抹油，能跑就跑！赶紧往回摸吧，我们在那边其实是在吸引火力！"

高中队忍不住了，一下子喷出来。

……

询问完毕，菜鸟们在帐篷外列队。马达扫视着每一张年轻的脸："祝贺你们结束地狱周的训练，进入选拔集训的第二阶段。在这个阶段，你们要编组继续训练。每十二人一个小组，这是特种部队的标准作战分队编制——组长、副组长、突击小组、狙击小组、爆破小组、通讯和火力支援小组等。"

"组建特种部队的目的，是为了进行非常规作战，完成常规部队不能完成的特种侦察和特种作战任务。因此你们要学习和掌握非常规和秘密作战的特定技能——轻武器和重武器使用、爆破和工程建设、密码密语通讯、战地急救甚至是截肢手术、如何审讯和反审讯、如何侦察和反侦察等。当你们能够熟练掌握这些技能，我相信你们都能成为……"

小庄笑了一下："Rambo。"

马达看他。小庄带着坏笑又说："John Rambo。"

大家都忍不住笑。马达也笑了："你暂时可以这样理解。好了菜鸟们，这是训练也是选拔，所以随时都会有人被淘汰，不要抱以侥幸。下面按照名单分组——"

5

帐篷。菜鸟 A 队的牌子挂在门口。陈排带着小庄、老炮、喜娃三个人提着自己的武器和装备走进去。

强子看着陈排进来，忙喊："起立！"

菜鸟们起立。

陈排笑："稍息，干吗这么正规？"

强子答："报告！按照中国人民解放军条例，你是干部，我们要起立！"

陈排挥挥手："鸟干部！在这里都是难兄难弟，坐坐！"

大家放松下来，都坐下。陈排说："从今天开始，我们 12 个就是菜鸟 A 队了！能熬到今天，大家都不容易！大家都自我介绍一下吧，我先来——夜老虎侦察连一排排长，我姓陈。他们三个，这是小庄，这是陈喜娃，这个是老炮，我的一班长——都是我的兵。"

强子起立："报告！我是钢铁八连的。强晓伟，叫我强子就可以了！"

耿继辉起立："报告！尖刀侦察连二排一班副班长，耿继辉！"

陈排看他："我在军区《战歌报》看过你的报道。为了能够来东南战区当兵，你高中毕业没有考大学，而是说服母亲坚决把城市户口迁回了老家，改成了农村户口。"

"是。"

"而且你放弃直接去特种部队的机会，主动要求下连队，还一定要去侦察连，不管哪个部队的侦察连都可以。为了来特种部队，你从十岁就开始准备。"

兵们都看他。耿继辉面无表情地说："那是我的私事，排长！"

"你的父亲是……"

"报告！他是他，我是我！希望排长尊重我作为一个士兵的尊严！"

陈排点点头："我知道了，坐下。"

"是，排长！"耿继辉坐下。

陈排看史大凡。史大凡嘿嘿笑，起立："史大凡，我是孔雀岛守备团侦察连的，卫生员。"

陈排笑："又是一个军区典型啊！中医世家，武术世家，还是军医世家，地方医学院的高才生，入伍的时候已经当了一年外科大夫了。"

史大凡嘿嘿笑："排长的情报工作做得不错。"

"坐下吧，你会是我们最好的定心丸！"

邓振华撇撇嘴："我宁愿断胳膊断腿，也不要他救我！"

史大凡嘿嘿笑："断胳膊短腿不至于，鸵鸟从那么高跳伞下来没必要救了。"

"你个狗日的卫生员！"邓振华恨不得掐死他。

陈排笑："好了好了，别吵了！你是伞兵？"

邓振华起立："报告！空降兵雄鹰师侦察连狙击手，邓振华！"

"那是跳伞高手和神枪手了？以后要多帮助大家。"

"没问题，排长！说起来跳伞啊，没那么可怕，我都跳了二百多次了……"

史大凡嘿嘿笑着起立："我出去看看，外面那牛被吹死了没有？"

兵们哄堂大笑。陈排笑着说："好了好了，别笑了！剩下的队员赶紧让大家认识认识。"

众人止住笑声，剩下的六个菜鸟逐一自我介绍。认识完毕，陈排说："我们挺过了地狱周，进入了魔鬼营！我们要告诉那些不可一世的特种兵，咱们也不是吃素的！"他伸出右手，"让我们用侦察兵的方式来宣告菜鸟A队的成立！"

小庄伸出右手搭在陈排手上。大家都把手放在陈排手上。十二只有力的手搭在了一起。

陈排怒吼："侦察连——"

大家齐声怒吼："杀——"

6

这是个设置复杂的特种战术靶场，有板墙有壕沟有障碍。高中队站在一旁，看着菜鸟们整队。

马达指指陈排："两人一组，你们俩先来。"

陈排和菜鸟一号出列，拿起自己的56半走向前。高中队指着一边说："每人10个目标，跪姿射击，1分钟计时。开始。"

两人接过马达递来的弹夹，一边安装一边跑向射击地线，啪地跪下开始瞄准，击发。周围的炸点开始陆续爆炸，制造着干扰。高中队在后面问着话："菜鸟一号——战争对于下级军官和士兵来说，就是一部巨大的绞肉机，这是哪位将领的话？"

菜鸟一号稳定自己，一边射击一边回答："朱可夫。"

"菜鸟三号，朱可夫是哪个军队什么时期的名将？"

陈排答："苏联红军元帅，二战时期。"

"前进，下一个地线。"

两人提枪快步上前，跪姿继续射击。

高中队又问："菜鸟三号，如果你在敌后遇到一个敌方的放羊老太太，她可能会暴露你的位置，而你的队伍不能停下，你会怎么做？是绑起来还是杀了她？"

陈排一边射击一边回答："绑起来。"

"菜鸟一号？"

菜鸟一号答："我会杀了她。"

"菜鸟三号，你队友的意见是杀了她，你会怎么做？"

陈排答："绑起来，是我的答案。"

两人射击完十个目标，起立退弹夹。

高中队道："菜鸟一号出局，去退训处报到。"菜鸟一号一脸惊讶。

小庄跟强子在进行同样科目的战术射击。

高中队问："菜鸟七号，恐怖分子劫持了人质，威胁你放下武器，你会怎么做？"

强子一边射击一边回答："我会杀了他。"

"菜鸟十号，你的队友要不顾人质的安危，对恐怖分子开枪，你会怎么做？"

小庄答："我会制造声响或者别的方式来吸引恐怖分子的注意力，掩护他，直到歼灭恐怖分子。"

"前进，下一个地线——菜鸟七号，如果你的队友失手呢？"

小庄答："我会跟进射击，击毙恐怖分子。"

"菜鸟七号，如果你失手，误中人质呢？"

强子自信地说："我不会失手。"

"菜鸟十号，假设你的队友失手，你会如何对上级报告？"

"如实汇报。"小庄说。

耿继辉和菜鸟十五号射击完毕，小跑向下一个地线。高中队跟在后面："菜鸟十一号，如何让一名顽固的恐怖分子开口？"

耿继辉一边射击一边回答："用合理的方法。"

"菜鸟十五号，你如何理解你的队友提出的合理方法？"

菜鸟十五号答："合法的方法。"

"如果炸弹很快就要爆炸，上百人质会死于非命呢？"

菜鸟十五号嚅嗫："我只能采取合法的方法。"

高中队淡淡一笑："菜鸟十一号？"

耿继辉前进到下一个地线，射击："我会用所有能让他开口的方法，直到他开口！"

"严刑逼供？"

"如果你这样理解，我不否认。"

"菜鸟十五号，你的队友如果采取这样的方法，你会如何处理？"

菜鸟十五号说："我会制止他。"

"制止不了呢？"

"我会向上级报告。"

"为什么？"

"因为我们都会被处分，甚至被开除军籍。"

"那你就没想过上百人质的性命吗？跟你们俩被开除军籍比起来，哪一个更重要？"

菜鸟十五号语塞。

高中队冷酷地说："菜鸟十五号出局，菜鸟十一号继续训练。"

老炮和喜娃小跑到中间的射击地线，持枪射击。靶子都准确落地。

"菜鸟二十五号，在敌后渗透中与零散敌军遭遇，你会如何处理？"

老炮一边射击一边答："躲避，一直到摆脱他们。"

"菜鸟三十一号？"

喜娃喊："我执行班长的命令。"

"前进，下一个地线。菜鸟三十一号，如果对方可能携带电台，可以报告你们的位置，你该如何处理？"

喜娃说："消灭他！"

"如果一枪没有打死，只是重伤呢？"

"我按照班长的指示去做。"

"菜鸟二十五号，你会如何下令？"

老炮答："看他的受伤程度。"

"具体阐述。"

"如果轻伤，治疗包扎，并且捆绑起来。"

"如果重伤呢？"

"结束他的痛苦。"

邓振华和史大凡跑到射击地线，持枪射击。

"菜鸟二十六号，如果队员受重伤但是仍然可以移动，不过大量优势敌军在追剿你们，该如何处理？"

史大凡嘿嘿笑："顶住，我给他手术。"

"菜鸟三十三号？"

邓振华答："我会远程狙击敌指挥官和机枪手，掩护该死的卫生员做手术！"

"如果敌人有坦克和直升机呢？"

史大凡还是嘿嘿地笑："反正也是死，就死在一起。"

"菜鸟三十三号？"

"绝不丢弃任何一个战友，这是伞兵的信念。我做好准备一死，不过只有一个要求！"

"什么要求？"

"让那个卫生员死得离我远点！"

7

高中队站在队列前，拿着一支 56 半在训话："射击是一门科学，也是一门艺术。三点一线，是太简单的步兵常识；如果你们满足于在原来连队当个干部或者班长，我也不跟你们多说。"

菜鸟们抱着手里的 56 半注视着他。

"射击的科学性主要体现在哪里呢？"高中队转身上膛，对准 100 米、200 米、300 米、

400米处的气球连续射击四枪。气球啪啪啪啪全部爆炸。他退膛，捡起一枚弹壳，又拿起一颗子弹："子弹由弹头和弹壳组成，里面是火药。你扣动扳机，弹头就打出去。这个时候大部分的兵都不会再多想什么，但是特战队员不行——特战队员要学习射击以后的弹道知识，弹头如何在空中飞行，初速是多少，能力怎样消耗，以及飞行路线和目标线路有什么关系，怎样受到大气的影响，射击的后座力如何产生并且如何把能量传递给打击目标等。"

菜鸟们已经听得有点晕了。高中队又拿起地上的步枪："还有枪支机械设备方面的一些常识你们要了解——火药装填的密度、子弹的重量和形状、枪膛的密度，以及各种枪支本身的结构等问题。真正的特战队员不仅是制式武器的射击专家，也是对手里武器进行合理化战术改装的专家。在特种部队，对自己的武器进行合理化战术改装，并不违反枪支保管规定——当然前提是你别弄坏了，否则你就得滚出特种部队！"

菜鸟们都看着高中队，还是很晕。高中队做射击姿势："射击的艺术，完全取决于人本身的生理特点。当枪手持枪的时候，脉搏的跳动、腿脚的颤抖、呼吸的频率等都会晃动我们的身体。如何控制自己的生理特点，迅速做到稳定出枪射击，将生理条件对射击的影响降低到最小——这是特战队员在军人生涯当中，永远要面对的问题。"

高中队看看邓振华："你是伞兵的狙击手？"

邓振华出列："是！"

"你从这里跑过去，最快速度出枪射击。目标——50米外的气球。"

邓振华拿起步枪，安上子弹，快步开始跑。他飞奔到射击地线，出枪射击。呼吸急促，枪口跳动，当然没打准。邓振华傻眼了。

"回来吧。"

邓振华灰溜溜回来。高中队拿起步枪，安上一颗子弹。他突然开始猛跑，在接近地线前几米的地方借助惯性错开身体，展开两腿的小碎步。身体在很短几米的惯性冲击当中，由两腿的小碎步稳定下来，同时出枪射击。50米外的气球破碎。菜鸟们瞠目结舌。高中队转身："这是最基本的特战队员运动当中进行快速射击的方法，你们要学的东西还很多。别觉得给你们个56半就是欺负你们这些精英战士了，没学会爬就想学会走，没学会走就想学会跑——差得远了！"菜鸟们都心服口服地默不作声。

第七章

★

1

伪装网下，菜鸟们坐在那里，看着前面的高中队。高中队在讲解："爆破技术是每名队员都要掌握的基本技巧。特种部队在敌后，经常面对需要采取爆破的情况；除此以外，在城市作战和反恐怖行动当中，经常需要定点定向破门、破墙等作为开路手段。"

"特战队员由于经常在敌后长途奔袭，能够携带的弹药都是有限的。所以还要学会在没有炸药的情况下，如何获得必要的物品，并能用当地的资源制造炸药，完成爆破。"

高中队拿出一堆日用品，有洗发水、肥皂、食物防腐剂等。他娴熟地组装在一起："知道这是什么吗？"

菜鸟们知道这肯定是个炸弹，但都不说话。小庄问："这个威力有多大？"

高中队笑笑，把一个旧手机粘在组装好的炸弹上，交给他："放在那部旧车里。"

小庄拿着炸弹快步跑到 100 米外的一辆破破烂烂的吉普车边，把炸弹扔进去。小庄转身快步跑回去。高中队拿起一个手机，拨打号码。车里的炸弹上，手机响了。电波引爆了炸弹，轰的一声，整部车被炸飞了，化成一团烈焰，片片废铁落下来。

队员们瞠目结舌。邓振华眨巴眼："我没看错吧？"

高中队习以为常地笑笑："你们爆破技巧的第一课是化学和物理。我知道你们大多数菜鸟的文化程度不高，来自农村的可能连高中都没上过。但是没办法，如果想在未来的行动中活下来，脑子不够数的还是自己退出吧。"他指着自己的脑子，"永远记住，特种兵最宝贵的武器是这个！如果你自己都觉得自己很笨，就直接退出好了。这里不欢迎弱者，因为没任何一个指挥官想看见尸体被送回来，而且大多数情况下尸体都回不来。只有强者当中的强者，才能成为特种兵！强者的概念，不光是体能，更重要的是——你的智商！"

2

小庄的电话在响，他迷迷糊糊地从电脑前抬起头来，接电话："喂？"

"你他妈的终于起来了？给你打电话打了八百六十次没人接！"是邵胖子。

"说吧，什么事儿？"小庄嗓子都是哑的。

"别说兄弟不够意思啊，你的工钱帮你要了！过来领吧，你直接找会计就得！"

小庄挂了电话，闭上眼睛在椅子上靠了一会儿，然后简单地收拾了一下，开着他的切诺基出去了。他开过一个娱乐城，到了剧组在的宾馆门口，拐弯进去。娱乐城门口在装修，几个民工和衣盖着被子睡在工地上。老炮睡在其中。

宾馆走廊。小庄拿着信封从会计房间出来，邵胖子在旁边念叨："你说我怎么说你啊？脾气怎么变得这么倔？梦想是美好的，现实是残酷的……"

小庄不语，默默地下楼。宾馆对面的娱乐城未到营业时间，大门关着，门内站着两帮彪悍的打手。烟雾缭绕中，两个老板面对面坐着。娱乐城的赵老板贪婪地吸着茶几上的海洛因，完了过瘾地打了俩喷嚏。对面的马云飞年纪不大，却少白头了，好像经过太多的沧桑。他的眼睛带着忧郁，文质彬彬的脸上看不出任何表情。赵老板满面红光："成色不错，上好的4号！真是虎父无犬子啊！这批货我都要了，我跟马家也算重新接上关系了！果然是自古英雄出少年啊，马家振兴有望！"

马云飞笑笑："赵叔，我这次回来，除了跟您这些老人接上生意的关系，还有一件事情。"

"年轻人，你到底想说什么？"

"家父曾经说过，这么多年在江湖上，混的就是朋友。朋友有难，肯定是要伸手相助的。"

赵老板眯缝起眼睛，眼神中带着凶光。

马云飞不卑不亢："当年赵叔落难金三角，家父……"

"行了，我知道你的意思！你不是就想要那笔钱吗？我告诉你，我跟老马的账，还轮不到你来要！"

马云飞压根儿没着急，只是笑："赵叔，这批4号的成色，在市面上根本见不到。这个你是清楚的。"

"那又怎么了？小马，你刚入行，不是我说你，你以为只有你一个人有货？大不了我不要这个成色的，难道我还怕没人买我的货？可笑！"

"当然，有货的不是我一个。但是只有我一个，敢用半价出手！你知道这是什么结果？就是一场价格风暴！内地的江湖大乱，注定要有一批老家伙被淘汰出局！"

赵老板站起来："你在威胁我？"

马云飞气定神闲："马家失去的一切，我都要拿回来！无论是钱，地位，还是尊严！"

赵老板冷冷看着他："你要知道你在和谁作对！不是我一个人，是我们一群老家伙！而且这里是中国大陆，也不是你的地头！"

马云飞也站起来："看见我身后的这些人了吗？"

赵老板冷笑："看见了，怎么了？"

"你要先问问他们答应不答应！"

赵老板鼓掌："好！敢在太岁头上动土，弄这么几个小混混就敢在内地叫板！"

马云飞瞬间变了脸："你给我听清楚了——20年前，家父在东南亚收养了一批孤儿，这个事情你应该知道吧？"

赵老板愣了一下，仔细观察这些戴着墨镜的年轻人。他们神色从容，但是带着凛然杀气。

"他们就是那些孤儿！他们成年后都去美国黑水雇佣兵公司接受了系统的军事训练，还在不同国家参过战——你现在该知道，他们不是什么小混混，也不是为了钱卖命的杀手！而是我们马家的复仇者！凡是对我们马家下黑手的浑蛋，一个都跑不掉！"

赵老板有点胆怯了，笑道："小马，咱们两家那么多年的交情，玩笑都不能开了吗？这些年我可是一直挂念着你爸，那是个好大哥啊！我们有话好说，有话好说……这样，以前我欠你爸的款子，这一周内凑齐；另外，这批货我要，你也别把我们这群老东西赶尽杀绝。"

马云飞起身，淡淡一笑："赵叔，话都说透了，以后还希望前辈多照应！我告辞了！"

赵老板满脸堆笑："慢走，慢走……"

马云飞带着那群死士扬长而去。赵老板拿出手绢擦汗，低声对手下说："这里不能要了，我们撤！动手！"

娱乐城门口，老炮跟那些民工起来了，在干装修活儿。门开了，马云飞等出来，几辆轿车也开了。突然几声枪响，一个跟班跃起来挡住了马云飞，中弹倒下。现场一片混乱。宾馆门口的小庄正在打开车门，他闻声抬头。对面，几个枪手冲出来，一阵乱枪。马云飞被跟班护住，跟班拔出手枪还击。娱乐城的大门开了，涌出一群人举着西瓜刀乱砍。马云飞措手不及，后背中了一刀。老炮突然一跃而起，他的格斗非常麻利，砍杀马云飞的几个家伙立即被放倒。马云飞抬眼看老炮，老炮在人群中左突右杀。小庄发现了老炮，惊讶地张大了嘴。

马云飞在保镖掩护下匆匆逃离。他看着还在玩命的老炮高喊："给我查那个人是谁！我要他活着——"

两个保镖塞他进入车里。老炮仍跟那些打手格斗。一把刀扎进了他的胸口，他后退一步，掉头就跑。后面一群人在追。小庄翻身上车，发动车子追过去。老炮在前面拼命跑，浑身是血，刀子还在胸口。后面一群人穷追不舍。小庄的车高速从路上追过来，跟老炮并驾齐驱。他对着老炮高喊："上车！"

老炮看见了小庄，很意外。

小庄怒吼："上车——"

老炮打开车门上车。小庄加速离开。

老炮捂着伤口，浑身是血地靠在座位上。小庄急火攻心："你丫到底在搞什么？"

老炮不语，他的胸口上还插着刀把，血在流淌，他的脸色越来越苍白。小庄一手开车，一手捂住老炮的伤口："你给我撑住！马上就到医院了！"

"不……不去医院……我要下……车……"

"你他妈的胡说什么？"

老炮哀求地看着他："我……不能去医院……我不能再进去了……"

他看看老炮，拿起电话。胡同片场。邵胖子正在绘声绘色地跟两个女孩瞎贫："要说这个艺术啊，就得好好搞……"

电话响了，邵胖子慢条斯礼接电话："喂？"

小庄的声音急急传来："老邵！我有事找你！"

"什么事儿啊？火烧火燎的？你别着急，慢慢……"

"少废话！你上次不是吹你泡了个医学院的外科助教吗？"

"早吹了……"

"我不管，你赶紧找着人，你要不帮我，看我怎么收拾你……"

3

医学院手术室。小庄把昏迷的老炮小心地放在手术台上。邵胖子在旁边心急如焚："你这是搞什么啊？"

女助教戴上口罩："我一个人做不来啊。"

小庄说："我学过战地救护，这样的外科手术我可以帮你！"

邵胖子不好意思地说："小杰，我真的不知道，这……"

女助教不理他："先救人要紧，把那个给我推过来。"

邵胖子赶紧去推。小庄捂着老炮的伤口："医生，他还在流血啊！"

"必须马上输血！"

邵胖子说："还是送医院吧，咱们这儿哪有血给他输啊？"

小庄一下子撕开自己的袖子："我的血型和他一样！抽我的！"

女助教看了他一眼，示意他躺到另一张床上，她拿起一支大针筒，熟练地扎进小庄的血管……

手术很顺利。女助教摘下口罩手套，她皱着眉头看看还在昏迷的老炮："他现在生命没危险了，但是很容易感染，必须马上送医院！"

邵胖子一把拉她出去，不好意思地说："这次的事情，我也没想到。你……"

女助教冷若冰霜："我这只是一个医生的职责，跟你没关系。"

邵胖子满脸堆笑："对对对，你是个好医生！我……"

"什么你，什么我？我们之间早就完了，我只是出于一个医务工作者的天职。另外，你也该通知警方，他的伤明显是斗殴造成的。我觉得，虽然你是个浑蛋，但是你应该不是法盲！"

女助教扬长而去。

邵胖子一想："对啊！我得报警啊！"他手忙脚乱拿出电话，拨打110。

一间灯光昏暗的仓库里，噼啪作响的无线电台传出警方的内部通讯。马云飞抬起眼："他就是我要找的人，你们知道怎么做了？"

面前几个精干的小伙子颔首，转身离去。

医学院手术室。老炮微微睁开眼睛："这是在哪儿？"

小庄看着他："你现在告诉我，这到底是怎么回事？"

老炮坚持要起来："我不能再进去……"

"这不是医院，是医学院，今天周末没人来。我只想知道，到底是怎么回事？"

老炮看他："跟你没关系……"

"你的血管里有我的血，你再说一次跟我没关系？"他看着老炮闭上眼睛，"你说过，要死就死在一起！我想知道，你到底遇到了什么麻烦？"

老炮不说话。

"班长！"

老炮刚想说话，突然呆住了："警车！"

小庄竖耳一听，的确隐隐有警笛传来。他一愣，邵胖子在外面探头。小庄一跃而起，踹开门："老邵！你报警了？"

"啊，是我报警了。你也不想想，这能不报警吗？"

小庄气急败坏："我他妈的现在连一个信任的人都没了！"

邵胖子苦着脸："兄弟！你是前特种兵，我是老百姓啊！我交你这么个朋友容易吗？"

小庄把邵胖子按在墙上，邵胖子害怕地捂着脸："别动手别动手！别着急，慢慢来啊！"

小庄举起拳头却砸不下去，他直接砸在墙上："操！"

一把手枪突然顶住了他的太阳穴。这是一个戴着墨镜的男人，他用低沉的声音说："你们什么都没看到，别逼我开枪。"

然后几个精干的年轻人冲进了手术室。小庄愣在原地："你们想干什么？"

"带走我要的人，别找麻烦。子弹不长眼！"

老炮已经被扛出来，扛走了。

小庄红着眼："放下他！"

墨镜举着手枪缓缓退后："记住，别找麻烦——你们什么都没看到！"他说完转身跑了。

小庄转身就追。墨镜甩手两枪，小庄就地卧倒。子弹打在邵胖子耳边的墙上。他尖叫一声捂着脑袋蹲下了。

小庄已经起身追出去了。教学楼门口，警车拉响警笛高速驶来。那几个墨镜青年出了大门，举起手枪一阵乱射。警车急忙拐弯，车身几个弹洞。

警员急忙翻身下车找掩护，对着电台呼救："1102呼叫支援……"

浑身是血的小庄手里提着棍子冲出大门。

"别动！"两名警员闪出来举起手枪。

小庄傻眼了，呆在原地。

4

派出所门口。强子的轿车高速驶来。强子下车，跟门口的所长打了招呼匆匆进去。所长跟在他身后进去。

强子大步走着，"有老炮的消息没？"

所长跟在旁边："没有。不过你那个战友看来确实是路过，有证人的证词。"

"那他没事了？"

"对，不过他最好别离开本市。需要的时候，要他配合调查。"

强子点头："我会叮嘱他的。"

走到预审室门口，强子自己进去了。小庄浑身是血地坐在椅子上，强子推门进来。

"小庄……"

小庄不语，看着一个地方出神。

"你可以走了，我是来接你的。"

小庄还是不说话。

"我的心不比你好受，但这个事情真的超出我们的能力范围了，你别管老炮的事情了。"

"如果今天我不管他，他会死的……"

强子不说话。小庄转过眼，盯着强子："他会死的！不是死在敌人的炮火下，不是死在杀敌的战场上，是死在街头的斗殴！他不是为了保卫祖国，不是为了赢得战争，你告诉我，他为什么要死？你告诉我——"

强子错开他的眼："你现在离开派出所，不要出城，警方随时会找你协助调查。我还有事，先走了……"

5

一间简陋的库房。消毒塑料布围成一个简易的手术室。马云飞站在外面，他身后站着那些精干的枪手。

医生出来，摘下口罩，点头："马先生，他醒了。"

马云飞点点头，他径直走到老炮跟前，看着微微睁开眼的老炮："说，为什么救我？"

"你是谁？"

"马云飞。"

"我……不认识你……"

马云飞突然一把按在他的伤口上。老炮惨叫："啊——"

"谁派你来的？谁派你来接近我？是警察，还是那帮老头子？"

老炮惨叫着，咬住了嘴唇。

"你以为我就那么傻？谁派你来的？"

"是你爹！"

马云飞呆住了，松开手："你说什么？"

老炮急促呼吸着："是……你爹……"

马云飞怒视他："你要是敢骗我，我宰了你！说，你到底是什么人？"

"我退伍以前，负责看守你的父亲……我们感情很好，他临行刑前委托我保护你……"

"你可以不相信我，也可以杀了我。总之，他拜托我的事情，我做到了。"

马云飞看着老炮："你要我怎么相信你？"

"你父亲说过，你们兄弟三人，他最器重你。他说你从小最喜欢看文学名著，梦想是成为一个文学家，却没想到自己生在这样一个家族，是没有选择的……"

马云飞不说话，脸上表情越来越复杂。

"你第一次杀人，是为了救他。那时候你才11岁……"

马云飞闭上眼睛，长出一口气。

"还需要我说什么来证明？"

马云飞睁开眼："不需要了……会有人治好你的伤，把你送到境外去。安家费会打到你的账号上，足够你下半生的花销了。"

"你不需要我保护你？"老炮很意外。

"你为什么还要继续保护我？"

老炮坦然看着马云飞："因为……是你父亲的临终嘱托！"

马云飞的眼神终于变得柔和，他伸出右手。老炮伸出右手。两只手握在一起。

6

图书公司。老总甄胖子拿起手里的几本打印稿丢到一边："这都是什么玩意儿？"

编辑小心地说："甄总，这都是今年网上最流行的小说了。"

"不是，现在人都写的什么啊？看这名儿——《明天就分手》《寡妇门前是非多》，还有这个《我是丑女我要帅哥》，哪个帅哥脑子长包了？不是有病嘛！"

"是……对了，还有个小说我建议您看一下。"

"哪儿呢？"

"刚刚在网上流行。"

"又是网络小说？"

"对不起，我去工作了。"编辑转身就走。

"回来！"

编辑转身："甄总？"

"叫什么名儿？"

"《最后一颗子弹留给我》。"

甄胖子眨巴眨巴眼："这个名儿有点意思，在哪个网站？"

"现在各个网站都有，都流行疯了。写特种部队的！"

"行，你去吧。"

编辑出去了。甄胖子在电脑上搜索，噌噌噌，到处都是《最后一颗子弹留给我》。他随意点开一个，慢慢看下去。

咖啡厅。笔记本电脑打开着，一个长发女孩在聚精会神地看。录音小妹在对面抹眼泪，面前已经一堆手纸："丫头，你说我怎么就那么傻呢？多少男的追我，我为什么就这么喜欢他呢？他有什么啊？要钱没有，要名儿也没有，怎么就那么牛呢？"

女孩一边看一边说："姐，你这是山珍海味吃惯了，就想来点野味儿。"

录音小妹看她一眼："你看什么呢？跟我说话心不在焉的。"

"一个网络小说。"

"写什么的？"

"特种部队。"

"你什么时候开始喜欢军队了？"

"也是看这个小说才喜欢的，你也看看？"女孩抬起头——她的脸，和小影的一模一样。

录音小妹苦笑："我哪儿有心思看小说啊？丫头，你帮我分析分析啊！我该怎么办？"

女孩笑："该咋办咋办——等等啊，我催他更新！这怎么一点动静都没有了？"

她敲击键盘，鼠标一点，一个催促的帖子生成了。

7

特种障碍场。一身泥水的菜鸟们爬出泥坑，冲向前面的低桩铁丝网。铁丝网上戳着十几个穿着迷彩服的逼真假人。远处的地堡里，黑色贝雷帽下的特种兵拉栓上膛。咔嚓，子弹是实弹。

高中队拿起望远镜，漫不经心地说："射击。"

机枪手毫不犹豫扣动板机。子弹打在铁丝网上空立着的十几个假人身上，里面的血浆飞溅出来。下面爬着的菜鸟们被溅得一身血。有个菜鸟受不了了，抱住脑袋缩在原地惨叫着："我退出——"

高中队拿着望远镜："菜鸟八十一号，淘汰。"

机枪声中，一身是血的菜鸟们陆续爬出来，钻入满是泥泞的壕沟，躲在沙袋掩体后面缩着脑袋。

枪声终于停了。菜鸟们心有余悸，不敢出头。马达若无其事地站在壕沟外面："起来了！列队！集合！"

菜鸟们胆战心惊地爬出来列队。小庄还在发愣，被老炮拽起来。高中队走过来，看着他们的狼狈样子："感觉怎么样？"

菜鸟们都不说话。

"就你们这个熊样子，还想成为特战队员？我告诉你们，这只是个开始！特种部队每年都有死亡指标的！不是战斗的死亡指标，而是日常训练的死亡指标！灰狼，报告我大队牺牲情况。"

"是！我大队自组建以来，共牺牲22人。其中行动当中牺牲7人，训练当中牺牲15人！另外还有一条军犬，在搜爆行动中牺牲。"

菜鸟们的脸色都很复杂。高中队看着他们："现在，谁还想退出？说，不丢人！"

菜鸟们无语。

耿继辉喊："报告！"

"你想退出？"高中队有点意外。

"报告！不是，我有个问题！"

"讲。"

"刚才子弹的射击高度是多少？"

"水平高度，距离地面140公分。"

"是！谢谢首长！"

"为什么问这个？"

"我想知道子弹这次从头顶掠过的具体高度。这样以后当有子弹掠过头顶的时候，我就有了判断值。"

高中队点头："你还算有点胆色，肯动脑筋。"他语调一变，"你们以为完了吗？特种障碍，10个来回！现在开始！灰狼，给他们点颜色看看！我不想他们还能这样站在我的面前，有力气问我问题！"

"是！"马达喊着口令，"全体都有，10个来回！全速前进！"

菜鸟们开始跑，脚步杂乱。马达吼："没吃饱饭还是怎么的？"

菜鸟们加快速度。马达拿起高音喇叭："跑完障碍以后到食堂集合。不是吃饭，是上课！我要考你们的化学和物理——再快点！"

10个来回终于完了，浑身泥泞的菜鸟又被拉到伪装网搭成的食堂里。他们累得两手都在颤抖。马达把卷子发下来，菜鸟们开始写。两个特种兵拿着冲锋枪在里面走着，不时地对天射击，以干扰队员答卷。

小庄稳定自己开始答卷。冲锋枪在他的耳边炸响，弹壳落在他的身上，卷子上，手上。他拂掉弹壳，继续答卷，嘴里念叨着化学公式。喜娃看着试卷发毛，他的卷面上一片空白。

马达过来，不忍心地问："怎么了？"

"就会两道，其余的看不懂了。"

"这是高中化学课本上的，你应该学过。"

"我是初中毕业。"

马达叹息："退出吧，菜鸟。"

喜娃站起身，眼泪流了下来，

小庄看他："喜娃？"

喜娃看着小庄："我走了……"他径直出去了，在外面发出压抑的哭声。

"喜娃！"

马达看了小庄一眼："不许说话，继续答题。"

小庄充耳不闻："这种考试意义何在？我们是选特种兵，又不是选高考状元！"

高中队在后面一直不吭声，这个时候说："你放弃了吗？"

小庄咬牙，沉默。陈排在他旁边咳嗽一声："苗连！"

小庄怒吼：“没有！”

高中队指着自己的脑子：“永远记住，特种兵最宝贵的武器是这个！这里不欢迎弱者，因为没有任何一个特种部队的指挥官想看见尸体被送回来。只有强者当中的强者，才能成为中国陆军特种兵！”

“可是不是每一个队员都是爆破手啊？！”

“我只要最好的！”

小庄转过头：“你的标准是什么？就是这样从肉体到精神，不断折磨我们吗？”

高中队冷峻地说：“我的标准就是——让我的队员在未来战争或行动当中，能够活下来！如果你放弃，跟他一起出去；如果你继续，坐下答题！”

小庄盯着高中队，咬牙，坐下答题。

8

障碍场。四面都有炸点在爆炸。老鸟们手里拿着自动步枪不时地对天射击。菜鸟们疲于奔命。小庄疲惫地跟在陈排后面。陈排起身跳上木板墙，却撑不上去了。小庄急忙在下面扶他。陈排的膝盖在发抖，他咬牙，一使劲翻了过去，栽在地上，他艰难地爬起来，继续前进。

小庄跟着翻过去，追上他：“陈排，你没事吧？”

“没事，膝盖磕了一下！”

马达拿着高音喇叭喊：“菜鸟，你行不行？不行就滚出去！”

陈排高声喊道：“忠于祖国！忠于人民！”

他蹒跚着往前跑。小庄跟在后面。马达对着小庄的耳朵：“你他妈的磨蹭什么？”

小庄急忙往前跑去，不时回头看陈排。菜鸟们气喘吁吁，都陆续到了终点。小庄担心地看着陈排蹒跚地跑过来。

“要不要去医院？”马达发现了陈排的异常。

“报告！我只是膝盖磕了一下，没事！”

“硬撑着不是英雄，是傻瓜。”

“报告！我真的没事！”

“没事就入列，一会儿去我房间拿点红花油。”

“是！”陈排坚持入列。

马达看看夜光表，挥挥手：“带回吧！”

值班老鸟跑步过来，喊着口令。菜鸟们按照口令向右转。陈排又蹒跚了一下，但是顽强站直了。小庄在他侧面，心急如焚却不敢说话。

“齐步——走！”

菜鸟们齐步走。陈排努力让自己站得很直，走得很稳。

入夜，菜鸟们都已入睡，鼾声四起。黑暗中，急促的呼吸声伴着清晰的咬牙声断断续续传来。小庄在上铺睡不着，看看大家都睡了，悄悄起身下床。

陈排在黑暗中躺着，圆睁双眼，咬紧牙关。小庄小心地看着他："陈排！"

陈排转向他，没说话。

小庄关注地看着他："陈排，你这到底是怎么了？"

陈排伸出食指放在嘴唇，示意他收声。

"我去把史大凡叫起来！"小庄要起身，陈排一把抓住他的胳膊，咬牙说："你敢出声，就不是我的兄弟！"

小庄张着嘴不敢出声。陈排长出一口气，痛苦过去了，他大口呼吸着平缓自己。

"陈排，你到底咋了？"

陈排闭上眼，再睁开："答应我，替我保密，不要告诉任何人！"

小庄点头。

"其实，我得了强直性脊柱炎……"

小庄眨巴眨巴眼："什么脊柱炎？"

"没事，就是一种关节炎。"

小庄放心了。

"关节炎是侦察兵的老毛病，睡觉吧。我好了。"

陈排笑笑。小庄转身走向自己的床铺。

第八章

★

1

当所有的训练达到一个新的高度时,第二阶段的考核开始了。与第一阶段的考核不同,这次是按小组进行考核。

夜。菜鸟A队在帐篷前整齐列队。高中队冷峻地站在队列前:"今天晚上是你们第二阶段的综合演练,也是考试。"他注视着眼前的队员们:"警方的一名侦察员在边境A32地区被贩毒集团绑架,你们的任务就是突击营救,把他带回来。行动代号'热带闪电',小队代号'闪电'。记住,被俘就没有机会继续考试。明确没有?"

"明确!"菜鸟们大声回答。

丛林上空,直升机低空盘旋降落。菜鸟A队全副武装,满身满脸迷彩,手持步枪逐次跳下飞机。直升机丢下菜鸟们就拔地而起。陈排跪姿持枪打着手语。小庄会意,第一个跃出。其余的队员展开战术队形紧跟其后。山谷深处,无线电天线在摇曳。陈排戴着耳机:"菜鸟A队呼叫请回答,菜鸟A队呼叫请回答。我们已经到达指定位置,请求下一步指示。完毕。"

高中队的声音从耳麦里传出:"菜鸟A队,你们在明天天黑以前到达B控制点,等待下一步指示。这是你们这个阶段的综合考核,不合格者没有补考的机会。明确没有?完毕。"

"菜鸟A队收到,没有补考机会,明确。完毕。"他摘下耳机,打开塑料地图卡片。陈排的眼突然直了。老炮凑过来看了一眼,用手在地图上量了一下,也是倒吸冷气:"90公里?!"

陈排苦笑:"从我们所在的位置到B控制点,直线距离是90公里。"他看看手表,"现在是23点38分,这个季节天黑一般是18点左右——也就是说,我们要在这个时间内,到达B控制点。"

强子愣住:"直线距离90公里?!"

"我们这是山地丛林,要走的还不知道有多少冤枉路啊!"小庄也傻眼了。

邓振华不满地说:"路上还有那帮狗日的老鸟埋伏!这他妈的根本就是完成不了的任务!谁能在这么短的时间做到?"

"红军。"耿继辉淡淡地说。大家都看他。邓振华问:"谁?"

"红军！长征时期，红1军团第2师第4团，两个昼夜行军160公里山地，中间突破敌人的阻击，17勇士强占泸定桥。在任何军事专家眼里，这都是不可能的事情，但是我们的前辈做到了。"

大家都不再说话。陈排看看大家："轻装。"

大家开始轻装，丢弃干粮和其余的生活物资。陈排看看小庄："你做尖兵，机灵点，"他又看看强子，"你跟着他。这会是我们难忘的一次山地徒步旅行。出发！"

小庄提起武器，起身出发了。强子跟上，后面的菜鸟们陆续跟上。山间公路上的检查站，特种兵们牵着狼狗在巡逻。所有来往车辆都受到严格的检查。山上，小庄轻轻拨开枝叶，露出迷彩脸上的眼睛。他们看着下面，强子吐吐舌头："我靠！天罗地网啊！"

陈排思考着："我们不可能绕过这个检查站，只有一条路。只能冲过去了……"

老炮看他："怎么冲？下面起码有一个排，还不知道附近藏着多少老鸟。我们就一个A队，就这么冲还不给包圆了？"

耿继辉说："他们想不到我们会直接冲关的，出其不意，险中求胜！"

小庄想了想，说："我们需要高速的交通工具，靠走路摆脱不了他们的追击。"

陈排拿出塑料地图卡片，在卡片上搜索着，点了点一个位置，那是边防武警中队。陈排笑了："距离这里3公里，是边防武警的一个中队，他们在山地使用军马巡逻。在山里，这是最好的交通工具。"

邓振华小声地惊呼："我们骑马闯过去？他们都是机动车辆，追上我们是分分钟的事！"

陈排说："汽车和摩托车不能进入的地方，马可以进入！我们过了哨卡就直接进山！"

强子犹豫着："武警可都是实弹，咱们去他们的营房偷马……"

耿继辉说："军马是他们无言的战友。只要我们上马，他们不敢向我们开枪。"

陈排面对大家："这是我们唯一的机会，大家有什么不同意见？"

没有人说话，大家都同意。陈排点点头："好！现在明确一下，我们要潜入边防武警中队盗取军马。任何情况下不要开枪。如果招来边防武警部队的实弹还击，那问题就复杂化了。一旦得手，立即把所有马匹驱散，我们纵马进山撤离！"

陈排挥挥手。大家无声滑下山坡，潜身进山。3公里山路于菜鸟A队来说不在话下。武警驻地很快出现在视野里。陈排拿起望远镜，驻地门口，哨兵持枪肃立。他们身后是高墙电网，探照灯不时地扫来扫去。营房里黑着灯，武警们还在睡觉。他放下望远镜，用手语下着命令。小庄、强子、老炮会意，闪身下去。邓振华拿着狙击步枪仔细观察周围的动静。耿继辉拿出射绳枪，瞄准下面。陈排拿出滑降环，套在自己手上，然后拿起望远镜继续观察。武警驻地的大墙下，三个黑影贴着墙跟慢慢移动。小庄抬头，电网上有电火花偶尔闪动。"通了电的。"他回头低声说，"得先把电掐了。"

强子看了看说："他们肯定是自己的发电机，外面没电线。"

小庄看着大门口警惕的哨兵，在想着什么。老炮看看他："你打算列队过去打招呼啊？"

小庄笑了："有何不可？"

强子也笑了："好主意！"

三人当下里闪身走出黑暗，大摇大摆地向着大门走去。哨兵看着三个走来的陆军士兵突然睁大了眼，伸手制止他们："你们是哪个单位的？"

小庄说："报告！陆军特种部队集训队的受训队员。"

"你们有什么事情？"

"我们迷路了，看见这里有部队，就过来想吃口热饭。"

哨兵笑："想加入特种部队，还会迷路？等着，我打电话去。"

小庄他们已经走近，站在岗亭外面等着。

不一会儿，哨兵跑步过来："你们进去吧——小高，带他们去食堂。"

另外一个哨兵答应一声，跑步过来："跟我来吧。"

小高走在前面，三个菜鸟跟在后面。小庄观察着四周。院子黑着灯，只有路灯孤独亮着。三人走到黑暗拐角，小庄突然出手，一个箭步把乙醚毛巾捂到小高嘴上。小高顿时晕倒在小庄怀里。三人把他拖进花坛，然后贴着墙根走向马圈。马圈边，一个武警正在喂马。一只手突然拿着乙醚毛巾捂住了他的嘴，直接将他拖倒。

山坡上，陈排从望远镜里观察着："他们得手了！射！"

耿继辉举起射绳枪，瞄准扣动扳机，嗖！飞虎爪带着细细的钢索脱膛而出，攀住了马圈屋檐。陈排把滑降扣套在钢索上。史大凡嘿嘿笑着也把滑降扣套在钢索上。陈排转头："你们去门口接应。"

耿继辉点头，带着队伍转身下去。陈排凌空而下，史大凡随即跟上。小庄三人打开马圈，正各自拿着马鞍弄马。陈排和史大凡凌空滑来，两双军靴前后轻轻落地。五个人匆匆把十二副马鞍安在马背上，然后上马，拉着十二匹马的缰绳冲出去，陈排拿出催泪弹，回手直接就抛在马圈里。马儿们受惊了，夺门而出。五名菜鸟紧紧贴在马背上，混在马群当中，纵马冲出大门。武警们被吵醒了，一片喧闹开灯出门。

大门外，耿继辉带着队员们从暗处一跃而出，上了那些装好马鞍的马。武警们追出来，一名武警举起步枪，军官一把推开他的胳膊，子弹打到空中。

军官怒吼："不许开枪！绝对不能误伤马！赶紧报警，把马追回来！"

武警惊讶着："谁会偷咱的马啊？胆子肥了？"

军官咬牙："妈的！咱们中计了，原来那三个陆军的小子不是来蹭饭吃的，是他妈的来偷马的！胆大包天啊！追！"

机动车辆嘟嘟地开出来，武警们有的上车，有的抓住剩下的马，翻身上去，持枪追赶。军官在车上对着电台吼："给我接陆军特种部队！"

2

公路检查站，特种兵们散立在周围。十二匹战马发疯一样奔驰而来。特种兵们措手不及，转身散开鱼跃卧倒。陈排带着菜鸟们直接冲关。骏马一匹一匹跃过路障，冲过哨卡。

特种兵们起身："是菜鸟Ａ队！快快快！"

他们急忙驱车追赶。陈排一边策马一边怒吼："下路，进山！"

马队掉转马头，下路进了树林。特种兵们的车被树林拦住，他们下车跑到树林里，马队已失去了踪影。山路上，高中队的车急驰而到，特种兵们围过来："他们骑马进山了！"

高中队有点惊讶："从哪儿偷的马？老百姓家里？"

特种兵班长苦笑："是军马……我估计是……"

话没说完，一列车队开来，都闪着警灯，武警们戴着钢盔虎视眈眈。

高中队苦笑："我知道了，是他们的。"

武警军官下车，指着高中队的鼻子一路骂过来："我要去告你们！你们这是什么狗屁训练？搞得我们都鸡飞狗跳？就在你们基地旁边，一天安生日子都过不了啊？"

高中队赔着笑："对不起，我们一定会严肃处理。"

武警军官恶狠狠地盯着他："得了吧！你心里那点猫腻我还不知道？你还舍得严肃处理？你身后站着的这个，是不是去年偷我们车的那个？他妈的我刚安了电网都没挡住你们！更厉害了，不偷车改偷马了！"

高中队一下子乐了："老王，别气了！咱俩喝酒去，让他们去追！"

"喝他妈的什么喝啊？我专门下令晚上归队的车油箱必须是空的，结果他妈的盯着我们的军马去了！我告诉你啊！你得赔偿我们损失！"

高中队乐不可支："没事，按照老规矩，从他们的工资里面扣出来就是了。"

"你知道那马多少钱一匹吗？"

"不够就扣我的工资，连他们的！行了行了，老王别装了，走走走，咱俩喝酒去！这是我工资出的，够意思吧？"

武警军官绷着脸："这还差不多——你们继续追啊！注意，不要开枪，保险都关上！抓住那帮菜鸟往死里打，打不死就行！他妈的！我这儿跟陆特的干部去找他们领导。"

高中队带着武警军官笑着上车，开车离开。

马达笑笑："走吧，我们去追吧！"

3

马队慢速出现在河边的树林里。陈排看着湍急的河流，勒住马："吁——下马，我们研究一下行进路线。"

队员们翻身下马，在树林中拴住马围过去。几个队员展开警戒线。小庄看着地图说："走水路可以近三十多公里。"

邓振华揉着屁股："咱们还是走水路吧！"

陈排想着："咱们现在两条路：一是骑马继续前进，但是要多走30公里的无人山地；二是把马丢掉，做木筏下水，漂流到这上岸，可以节省30公里。"

耿继辉说："这是他们可以想到的路。他们一定有埋伏，说不准路上还埋了水雷。"

强子怀疑地说："够呛吧？这一带有山民，还有打渔的，他们不敢布水雷。"

老炮说："别小看他们这帮孙子，就算没有水雷——安俩机枪手，咱们就得报销在河里。"

"我们不能下水。"陈排说，"不光是埋伏，水文资料不明，我们漂下去太危险了。"

耿继辉点头："我同意队长的看法。"

"做木筏！"陈排下了决定。

邓振华问："走水路？"

陈排摇头："他们既然等着咱们，那就给他们一条木筏！"

耿继辉会意："收到，明修栈道！我们做木筏！"

队员们起身拔下身上的开山刀，走入树林寻找合适的木头。

山路上。马达看着地图，周围围着特种兵。

"他们有两条路。第一选择就是水路，这是每年菜鸟都会选的；第二选择是通过无人山地，如果没有马，他们肯定不会走，现在有马了不好说。土狼，你怎么看？"

土家族尖兵"土狼"冉锋上士舔舔嘴唇，他的汉语不是很流利但是能清晰听懂："如果他们步行进山，我抓住他们没问题。这帮菜鸟一定会留下痕迹的，再怎么掩饰都瞒不过我的眼睛。但是双方都骑马，我们追不上，只能在路上等着他们，不然毛都抓不住。"

马达想了想："我们现在兵力不够，分散埋伏就不能全歼他们。"

土狼说："只能兵分两路了。如果有一方交火，我们就向对方靠拢。不过时间不好说，毕竟这里是山地丛林，看山跑死马。"

"只能这样了，全歼不了，打散也行！"马达起身，"A组跟土狼进山堵截，B组跟我到小清河N71地域设置埋伏。无论如何，要抓住几个菜鸟！不然咱们的脸都丢光了！出发！"

4

湍急的河流中，一支木筏顺流而下。木筏上是披着迷彩雨衣的菜鸟们。河边丛林里，马达拿着望远镜在观察："注意，土狼。我发现了菜鸟A队。完毕。"

土狼带着A组正骑马穿越密林。他对着耳麦回话："你确定？完毕。"

"确定，他们做了木筏。一点新意都没有，跟前年那批笨蛋一样。完毕。"

土狼看着密林，思索着。特种兵甲看他："土狼，还等什么？我们回去一起杀他们个措手不及！"

土狼仍在思索。

"灰狼不是都确定了吗？"

土狼摇头："他们能想到偷马，就不会那么笨。"

"可是灰狼一个小组不能全歼他们！"

土狼下定决心："猎人要比狐狸更狡猾！如果他们不在竹筏上，我们就一个也抓不住！"

特种兵甲一愣："你是说他们做了假目标？"

"我不敢确定，但是我相信他们很狡猾！我是组长，现在我下令——继续前进！"

土狼对着耳麦："灰狼，土狼呼叫。A组继续前进，去U20地区拦截菜鸟。完毕。"

马达苦笑："收到,保持联系。完毕。"他放下望远镜："这个土狼!没办法,脑子一根筋!我们到下游去,拦截他们!"

他带着身边的特种兵们转身飞身上马,向下游奔去。

山林里,小庄打马上坡,马累得上不去了："不行了,马跑不动了。"

陈排手一挥："下马!"

队员们翻身下马。

强子问："马怎么办?"

陈排看看马："放了它们。"

邓振华急了："深山老林放了它们?"

陈排说："你不用担心,军马不是一般的马。把马都放了!"

队员们放马。一行人看着马走远,陈排说："走吧,我们要赶路!按照纵队前进,尖兵到位!突击组跟进,出发!"小庄再次走到前面,强子跟上。队员们在山林中快速前进。

河边。一道拦截网已经拦河拉好。马达带着特种兵们隐身在两岸的草丛中。木筏远远漂来,上面趴着那些穿着军用迷彩雨衣的菜鸟们,菜鸟们的四周,用灌木树枝做了遮挡。马达露出微笑："注意,菜鸟到了!"

特种兵们做好了战斗准备。马达拿起自己的步枪上膛："兔崽子们!笨死了!"

木筏漂流而来,越来越近。马达的眼却越睁越大。吭当!木筏撞击在拦截网上。特种兵们对着木筏一阵扫射。

马达站起来："停火!停火!"

枪声停息了。马达指着木筏："下去看看!"

两个特种兵跳下水,沿着拦截网游到木筏上。他们掀开迷彩雨衣,只看见灌木和杂草。马达咬牙："这帮兔崽子!真他妈的狡猾!"他对着耳麦："土狼,我失手了!是假目标!重复一遍,木筏上是假人!他们在山里!完毕。"

山林里,土狼披着单兵伪装网,带着队伍前进。他们也丢了马,改为步行。他停下回答:"土狼收到,我还在往 U20 方向前进。完毕。"

"无论如何要抓住他们,否则我们就没脸见人了!完毕。"

"收到,交给我了。完毕。"

特种兵甲跟上来："灰狼失手了?"

土狼点点头："我们到 U20 地区堵截他们,轻装前进!"

特种兵们纷纷打开背囊丢掉多余物资。特种兵甲问："土狼,你怎么知道他们还没到 U20?如果他们已经过去了呢?"

土狼盯着他的眼："在林子里面,没有人会比我更快!"

特种兵甲不吭声了,低头轻装。队伍跟着土狼,小心翼翼但是却快速推进。山林的另一处,小庄在前面疲惫地拿着开山刀开路,强子跟上来："我来吧。"

小庄把刀递给他。强子接过来,往前开路。小庄看看自己的双手,都是血肉模糊了。他忍疼拿起武器,跟着强子走。

耿继辉走在最后一个："继续前进，保持警惕！当心他们埋伏！"

邓振华看看四周："这鬼地方，他们能埋伏？难道他们比马还聪明？"

史大凡嘿嘿笑："他们比我聪明。"

耿继辉说："如果我没猜错的话，他们的尖兵是土家族战士。"

"土家族？"邓振华纳闷儿了。

"对，代号土狼，是大山里面的猎户后代。狼牙特种大队从山里特招入伍的，土家族猎人是天生的山地战士，跟廓尔喀山地兵有一拼。几年前招了一批土家族的战士，留下的只有他。他最聪明，也最刻苦，掌握了高科技装备和特种部队战术，已经从猎人变成真正的特种兵战士。我们在山里跑得再远，也很难说他不会找到我们，他是一匹真正的狼。"

邓振华不相信地说："我们都走了八十多公里了，难道他还能跟上咱们？"

耿继辉叹息一声："看来你平时不看军报。"

"跟报纸有什么关系？"

史大凡的笑容消失了："我知道了——外号'跑不死'的特种兵！"

邓振华干笑一下："别逗了，还有人比我更能跑？我武装越野 5 公里 15 分钟轻松拿下！"

耿继辉看看他："你能跑死野兔子吗？"

邓振华愣住了："你开玩笑吧？"

"没开玩笑。冉锋，他的代号'土狼'——在野外训练场，他看见一只野兔子，就追上去了。一直到野兔子活活跑死了，也没甩掉他。"

邓振华瞠目结舌："造谣社新闻吧？还有这种人？"

耿继辉拍拍他的肩膀："伞兵——我很遗憾地告诉你，这是真的！"

史大凡的笑容真的消失了："报纸上没说他是土家族的兵。"

"为了保密，特战队员的真实身份都是保密的。"

邓振华一脸严肃地说："赶紧走，赶紧走，我可不想当野兔子！"

此时，土狼带着部下正快速穿越另一处山林，他举起拳头，部下散开持枪警戒。土狼蹲下，用戴着战术手套的手抚摸地面的痕迹。

"是脚印！"特种兵甲说。

土狼抬起头："他们过去半个小时了。"

"你怎么知道？"

"直觉——我们不能这样追了，要抄近路！丢掉背囊，我们全速前进！15 分钟内，我们必须堵截住他们！绝对不能让他们经过 U20 的山口！快快快，准备战斗！"土狼带着特种兵们快速往狭隘的山林直扑进去。

5

月亮升起来了。菜鸟 A 队排列成松散的战斗队形，在齐腰深的野草中穿行。小庄举目望去，都是夜色弥漫："他们是不是想不到我们走这条路？"

强子说："历年来的受训队员能想的招儿都用过了，难说他们在哪儿等咱们。"

小庄突然举起右拳。大家立即蹲下举起步枪，警戒四面八方。

陈排猫腰跑过来："怎么了？"

"我觉得不对劲。"

"怎么不对劲？"

"好像有呼吸的声音。"

陈排四处望望，都是野草和灌木："是我们的呼吸吗？"

"不是我们的……但是距离我们很近。"

陈排四周看看，他举起步枪挑开脚下的一团杂草，土狼的脸露出来，他怒吼："动手！"

四周突然跃起七八个抖掉杂草的特种兵，怒吼着冲过来。菜鸟们措手不及，已经有两个被按倒了。

邓振华被一个特种兵从背后抱住，他挣扎着，史大凡一个擒拿手就把特种兵的下巴给拆了。邓振华趁机挣脱开他，回身就是一脚："奶奶的，敢抓老子！"

陈排踢倒一个冲来的特种兵，他高喊："跑——分散突围——"

菜鸟们急忙两人一个小组散开。特种兵们在身后追着。土狼高喊："留下一个看俘虏，其余的去抓人！豹狼、海狼跟我走，我们一定要抓住那个干部！"

土狼带着两个特种兵如狼似虎，豹子一样敏捷地追着小庄和陈排。

邓振华、观察手跟史大凡拼命奔跑，跃下山巅，顺着山坡滚落。观察手刚刚起身，一迈步就掉入陷阱："啊——"

邓振华和史大凡回身想救，灌木丛里闪出一个特种兵，他举起防暴射绳枪，邓振华吃过亏，他脸色大惊："快跑——"

两人刚刚闪开，一个特种兵从斜刺里冲出来扑倒史大凡，史大凡措手不及被撞倒在地上。邓振华起身飞腿解开史大凡的围："该死的卫生员，你欠我一次，啊——"

最后这声怪叫是倒下的特种兵抱住了邓振华的腿把他绊倒。史大凡二话没说伸手用擒拿招数拆了他的胳膊，特种兵惨叫着。

史大凡嘿嘿笑着拉起邓振华："现在咱俩两清了。"

耿继辉纵身跳过小溪。老炮跟着跳。小溪里突然站起来一个湿淋淋的"水鬼"。老炮撞在他的身上，两人滚在小溪里。两个特种兵扑上来，几人厮打在一起。

耿继辉转身要冲过来，一个特种兵指着耿继辉："全力抓住他——他是副队长！"

老炮嘶哑着喉咙喊："跑——快跑——别都被抓住——"耿继辉一咬牙，转身跑了。

山里。小庄在前，陈排在后，两人狂奔。土狼带人在后面追赶着。前面是个小悬崖，小庄纵身跃上。陈排也想纵身一跃，却哎呀一声仰面栽倒。小庄回头，陈排捂着自己的膝盖，一脸痛苦。他返回来："陈排，你怎么了？"

"跑！别管我！"

小庄一把拉起他："我背你走！"

后面的声音在接近，土狼和两个特种兵的身影已闪现在丛林里。陈排从小庄背上挣脱：

"别管我！我掩护你！快走！"

小庄紧紧抓着陈排不放。陈排掰开小庄的手："你听我说小庄！你不能被淘汰！你是苗连的希望！你要完成他的心愿！"

土狼高喊："他们跑不动了！快！"

两特种兵跟着都往这里来了。

陈排挥舞步枪驱赶小庄："走！赶紧走！"

小庄咬牙，转身上了悬崖跑了。

后面追兵越来越近。陈排靠在树上，望着特种兵们来的方向，满迷彩油的脸抽搐着，眼泪流下来。特种兵如狼似虎地冲过来。陈排嘶哑着喉咙发出绝望的吼声："啊——"他举起冲锋枪对天射击。枪口喷出烈焰。陈排的脸在烈焰的衬托下显得异常绝望。山巅处，小庄突然回头，陈排绝望的吼声在山谷里回荡。他突然咬了咬牙，掉头就往回跑。山谷里，土狼带着两个特种兵持枪围着陈排慢慢过来，陈排的表情很痛苦，却仍在坚持。土狼脸色一变，甩开步枪，蹲下撕开陈排腿上的迷彩裤。他大惊失色地拿起对讲机："土狼呼叫野狼，土狼呼叫野狼。这里有重伤员，立即调派直升机前来支援……"

山巅上。小庄滑下山坡，还在拼命地往回跑。山林里，土狼带着两个特种兵抬着陈排。土狼小心地护着他："你别动，别动。我们马上送你去医院——土狼呼叫天狼1号，你们在哪儿？完毕。"

"我是天狼1号，我们已经起飞，在路上。完毕。"

"最快速度赶到U20，我们这里有重伤员！完毕。"

"天狼1号收到，医疗队在直升机上。完毕。"

小庄拨开树枝——陈排躺在担架上，被两个特种兵抬着走往开阔地。土狼高喊："走走走，带他到开阔地上等直升机！他是重伤，需要马上治疗！"

土狼的话打消了小庄不顾一切去营救陈排的念头。他知道，陈排的腿肯定很痛，他确实需要及时的治疗。可年轻的他不知道，陈排以后永远也当不了特种兵了；他更不知道，陈排的军旅生涯，彻底结束了……

6

这是一间幽静宽敞房间，拉着厚厚的窗帘，里面只有台灯和电脑屏幕的光线。周围十多个监视器屏幕，显示着不同的场景。

一个坐在轮椅上的男人戴着耳麦，在看着面前的电脑屏幕。屏幕上是小庄的小说。男人的下巴上很多胡渣，带着一种特殊的苍凉。男人的眼，隐隐有泪光闪动。男人点燃一根烟，烟头一明一灭。那张脸，是长着胡子的陈排。他在小说后跟帖："有些事情，等你长大了就会明白。有梦想的人是幸福的，而为了梦想去努力，虽然没有达到却无怨无悔。虽然他没有达到，却会永远无怨无悔。"

他敲击回车。名字是"永远的侦察兵"。

7

山地。拂晓。林间小溪潺潺流过。小庄踩在水中间，顺着小溪，手持步枪警惕潜行。静谧的山林，突然响起两声青蛙叫。小庄靠在岩石旁，回了两声青蛙叫。邓振华在树上露出脸，招手。小庄快步上岸，跑过去钻进灌木丛。灌木丛里，史大凡、耿继辉等四名队员在里面。史大凡嘿嘿笑："你也来了啊？"

"就你们几个了？"小庄问。

耿继辉避而不答："陈排呢？"

小庄默然半晌，道："折了……"

"陈排怎么会折了呢？"

小庄低下头："他有什么强生性脊柱炎，我没报告。逃跑的时候，他的病犯了……"

史大凡脸上的笑容消失了："强生性脊柱炎？是强直性脊柱炎吧？"

小庄看他："对对对，你怎么知道？严重吗？"

史大凡看看他，想想："不严重……你怎么不早报告？"

"陈排不让我说的。他说特种兵是他的梦想。"

耿继辉没想更多，他忧心忡忡地说："我们只有六个人了，折了一半兵力。突击营救任务，只有我们六个人，无论如何都完成不了。"

小庄气恼地说："看来他们是铁定要淘汰我们了！那我们就跟他们拼了！"

耿继辉摇摇头："拼不是办法，都被淘汰了就随了他们的愿了！"

邓振华滑下来，把狙击步枪递给一个队员："你上去替我。"那个队员起身上去了。他走过来，"真热闹！讨论什么呢？"

史大凡叹息一声，回过神来："我们在商量怎么办呢。"

小庄想想，说："除了陈排，咱们还剩下十一个人呢！"

耿继辉眼睛一亮，看着小庄。小庄继续说："剩下五个人，都没受伤。我看着他们被押走的，咱们为什么不把他们救出来？"

耿继辉在思考。史大凡抬眼看小庄，又看看耿继辉："这样做算犯规吗？"

邓振华说："当然算了！换了你是老鸟，你能受得了吗？"

小庄说："我们都背过集训队规定，里面没有说训练时不许主动攻击他们！"

耿继辉说话了："我们也能解释规矩！"他拍拍小庄的肩膀，"好主意！突击营救！"

史大凡拿出地图，大家拼接起来。耿继辉的手指在地图上划拉着："这是 B 点，是我们要去的地方；这是 3 号山路，他们要被运回去的必经之路。两地之间直线距离 10 公里，我们正好在中间。我们埋伏设在这儿。走直线，能抢在他们前面！"

邓振华问："可是我们动手以后呢？剩下的时间就不多了？我们怎么能在中午 12 点赶到 B 点？还是一样要被淘汰啊？"

小庄提醒说："他们有车！"

邓振华笑："抢他们的车？更热闹了！本来是袭击特种兵，现在又加上个抢劫军车？我们够当场击毙的罪了。"

耿继辉也笑："他们是贩毒武装，伞兵！我们才是特种兵！"

小庄说："我们开车不走山路，他们的越野车可以从地图上的这里直插 B 点。当然车就废了，不过我想中国陆军出得起这笔经费。"

耿继辉颔首："就这样决定了！让他们这帮老鸟见识见识，什么叫作菜鸟也疯狂！"

8

泥土路上。两个穿着贩毒武装虎斑迷彩服的特种兵在抽烟、聊天。六个菜鸟突然从草丛中一跃而出，麻利地将他们按倒在地上。小庄带鞘的匕首从老鸟脖子上滑过："班长，你挂了。"

老鸟目瞪口呆："你们敢来这里？"

小庄的迷彩脸笑笑："规则是你们定的，所以也希望你们遵守。"

两个老鸟被邓振华举着狙击步枪耀武扬威地押到树林里："快快！不会做俘虏吗？"

一边的菜鸟们拿出工兵锹开始在地面挖坑，速度飞快。另外一处山路，一辆吉普车在歪歪扭扭地开着。五个菜鸟被反铐着坐在车厢里。两个老鸟在开车，还有一个老鸟坐在后厢，步枪横在腿上。菜鸟们不时地交流着眼色。老炮嘴唇翕动（唇语）："再等等。"强子点点头。

山路。六个菜鸟迅速在地面挖了一道能容纳一个轮胎宽度的地沟。小庄从背囊里拿出一块塑料布，六个人小心地把塑料布按照地沟形状用泥巴压好。然后小心翼翼地在塑料布上盖了一层薄薄的泥巴，一切都看不出来了。耿继辉看看手表："我和小庄留下，你们到林子里去！两人一组，动作要迅猛！"

小庄和耿继辉拿着缴获老鸟的56冲锋枪，戴上了老鸟的墨镜。山路上，吉普车出现了。司机远远便看见那两个警戒哨兵，他按响喇叭致意。对方端着56冲锋枪挥挥左手，表示致意。司机开车，这是一个下坡，所以速度加快。咣当！车轮一下子陷入横断山路的地沟，停住了。车内天翻地覆。

小庄和耿继辉端着56冲锋枪冲过去，在侧后方对着前排一阵扫射。两个老鸟目瞪口呆，本来已经晕了，这下更晕了。小庄怒吼："你们挂了！"

四个潜伏的菜鸟一跃而起，包围了吉普车。邓振华一把打开后车门，史大凡端起冲锋枪，却嘿嘿笑："真惨！"

车内的老鸟被颠到了菜鸟群里，被五个菜鸟上下叠罗汉似的用身体死死压住，气都喘不过来。邓振华看得目瞪口呆："这是我见过最惨的老鸟死法——被菜鸟压死！"

老炮瞪眼："看着干什么？来帮忙啊！"

史大凡和邓振华等队员反应过来，急忙把他们拉出来。下面的老鸟确实被压得够呛，被邓振华拉出来的时候，他抓出一颗手榴弹拉开弦就丢在人群中。手榴弹嗤嗤冒烟，史大凡眼疾手快，一把抓过手榴弹掉头就跑。

邓振华愣了：“我操——你疯了？”

史大凡抓着手榴弹跑了几步甩手就丢出去，他投弹水平很高，手榴弹飞得很远。

噗！远处冒出一团白烟。

耿继辉挥挥手：“快！拿上他们的武器，我们要赶时间了！”

菜鸟们纷纷上车。邓振华一看，人满了。大屁股吉普车只能上六个人，剩下六个就只能在外面了。

耿继辉果断地说：“一半上车，一半跑路！老炮你带 A 组坐车，我带 B 组跑步！我们必须尽快赶到！”

老炮点头：“明白了！”

小庄开车走了。史大凡嘿嘿笑：“鸵鸟，走吧！我们要跑步了！”

邓振华可怜巴巴地看着开远了，突然举起狙击步枪仰天长叹：“天啊，为什么受伤的总是我啊！”

9

吉普车越野开来，菜鸟 A 组的六名队员下车。老炮跳下车：“车先放在这儿，你们上去！”

其他人快步跑上山脊一字排开卧倒。后面 B 组的队员气喘吁吁跑来，都是疯狂奔袭。耿继辉看看山上：“我们上那个山脊，A 组在等我们！”

队员们开始用百米冲刺的速度狂奔。山脊上，老炮使劲把吉普车推下去，并点燃了导火索。吉普车顺着陡峭的山坡压开了灌木丛，冲向下面的谷底。车上的导火索在燃烧。山下的小屋前，两个贩毒武装打扮的特种兵大叫着摘下步枪对着吉普车开枪。更多的“毒贩”从屋子里往外冲。吉普车顺着山坡下来。特种兵们发现不对劲，转身就跑。

轰的一声炸了，烈焰在燃烧。爆炸的气浪把出来的几个特种兵都掀翻了。

邓振华爬起来，瞪大眼：“天啊——真的炸了——”

老炮拿起冲锋枪：“我们冲下去！狙击手掩护！”

史大凡跟身边的队员拿起冲锋枪，跟着老炮飞奔下山脊。小庄和耿继辉等菜鸟 A 组队员也闪身出来，步枪对准谷底的特种兵短促压制射击。谷底的特种兵们目瞪口呆，眼睁睁看着他们占据了这里。史大凡一把推开跟前的特种兵：“你们挂了！倒下，别挡着地方！”

特种兵们反应过来，都卧倒了。老炮带着人冲到木屋跟前，一脚踢开门：“中国陆军——”

木屋里，马达扮演那个倒霉的侦察员，他穿着血污的迷彩服坐在床上直纳闷儿：“你们怎么打进来的？那些埋伏呢？”

老炮冷笑：“啥也别说，走人了！”

“我受伤了！”

史大凡进来：“哪儿受伤了？我看看。”

“全身都受伤了，我不能动！”他索性躺下了。

老炮急切地说：“奶奶的！抬他走！”

两个队员抬起床板，史大凡拿绷带把马达胡乱捆在床板上："行了行了，治过了！抬走！"

吉普车还在燃烧。一行人抬着马达快速撤离。耿继辉、小庄、强子等 A 组迅速会合过来。马达在担架上左顾右盼，很纳闷儿。小庄笑笑："不用看埋伏了，都解决了。"

马达苦笑："我操！这么容易就被菜鸟解决了？他们该回炉了！"

营救任务异常顺利，一行人撤入山林。

10

M 点谷地，床板放在中央。菜鸟们跪在地上对周围虎视眈眈。地面上的烟雾弹在冒烟，这是引导标志。

直升机旋转着螺旋桨缓慢下降。一行人抬着马达奔向直升机。直升机落地，舷门打开。高中队戴着墨镜出现在舱门。小庄等菜鸟还在持枪警戒。马达从担架上爬起来："报告！"

高中队说："演练结束，都起来吧。"

菜鸟们摘下步枪起立。高中队下了直升机看着他们。菜鸟们掩饰不住得意之色。邓振华喜笑颜开："我们的任务完成了，高中队！"

高中队面无表情，转向马达："你有多重？"

"报告！90 公斤！"

高中队看着菜鸟："直升机接应途中被击落了，你们要抬着侦察员回去。去捡 90 公斤的石头，装在你们的背囊里面，抬回去。"

菜鸟们都傻眼了。

"灰狼，我们走。"

马达看着菜鸟们苦笑，摇头跟着高中队上了直升机。小庄上前一步："报告！"

高中队回头："讲。"

"我想知道，陈排如何了？"

"现在还是战时，战斗状态没有解除。有问题，走回鸟巢再问。"他转身就走了，关上舷门。

直升机拔地而起，寻找到方向飞走了。菜鸟们都是很郁闷的表情，哭笑不得。直升机在远去。地面的菜鸟们孤零零地守着好不容易营救出来的一个空床板。

第九章

★

1

音乐学院宿舍。同学小萱正在镜子前化妆，丫头匆匆进来，把包丢在床上就拿起脸盆去洗手间洗脸。

小萱转脸："啊？你还回来啊？"

丫头刷着牙探头出来："我不回来，我去哪儿啊？"

小萱坏笑："我还以为，咱们钢琴系最后一个纯情玉女也消亡了呢！说说，昨天晚上跟哪个男朋友过夜去了？"

"胡说什么啊？我在24小时咖啡厅看小说呢，看了一夜！把我毛巾扔给我！"

小萱起身把毛巾给她："看小说？什么小说？"

"《子弹》啊？还是你叫我看的，怎么你没看啊？"

"啊？又更新了？他是写小说还是贴小说啊？我怀疑他是写好的吧？"

丫头匆匆画着眼妆，以掩饰自己的黑眼圈。小萱看着丫头，好像发现了新大陆。丫头抬头："怎么了？"

"我怎么觉得……你像小影呢？"

丫头愣住了，笑："又胡说什么呢？"

小萱仔细看她："越看越像。真的，我怎么觉得小影写的就是你啊？"

"别逗了！"她看看手机，"我走了！上午导师跟我谈论文呢！你起这么早干吗？"

"约会去——"

"是跟小庄吧？"

"就是！嫉妒死你。"

丫头笑："我才不嫉妒，就那根花心大萝卜！"

"看来只能我牺牲喽——"

丫头有点紧张："你真的跟小庄约会去？"

小萱笑："看看，急了吧？急了吧？"

丫头嘴硬："我才没有呢！我走了，要迟到了！"她转身拿起包跑了。

小萱看着丫头的背影，摇头叹息："哎！哪家姑娘不思春啊！"

图书公司。甄胖子手里的烟已经积了很长的烟灰，甄胖子转到电脑屏幕前，看着电脑，打字："小庄，你好，我是图书出版人甄煜飞……"

2

特警总队方总办公室。强子穿着警服，面对对面的一排高级警官跨立。他们中间的桌子上逐次摆开 05 微冲、五个满满的实弹弹匣、催泪弹、闪光震撼弹、手铐、对讲机等装备，最后是强子的战术背心。

方总盯着他："我们已经调查了很长时间，今天我想听听你的解释。"

强子立正："方总，对不起……"

"知道这些在哪里找到的吗？在特警总队的垃圾堆！这是在干什么？在打你的脸吗？不是，是在打我的脸！打特警的脸！——交出你的配枪！"

强子的右手哆嗦着，把腰间的手枪连皮套拔下来，放在桌子上。

"警械，证件。"

强子利索地拿出手铐、警官证，轻轻放在了桌子上。

"你暂时保留警察身份，以便接受市局督察总队的进一步调查！收拾东西，今天滚蛋。"

强子默默地后退一步，看着方总。方总很辛酸，挥挥手："滚。"

强子似乎有千言万语，却始终没有说出口。他的脚跟一碰，啪！他缓缓举起右手，向方总敬礼。方总不看他，看别的地方。

特警总队大门。强子抱着自己的箱子大步走出来。

小蕾追出来："强队！"

强子看看小蕾，错开她，径直走了。他伸手拦住一辆出租车，上车走人。一辆民用轿车远远跟上。

李队长看着监视器上的出租车，露出冷笑："警队精英？我一定要挖出你的牛黄狗宝！"

3

强子家。强子在收拾纸箱子里的东西。突然他的手机响了，他拿起来看了看号码，然后一脸无奈地打开了电视，把声音放到最大，接着走进洗手间。强子又打开所有的水龙头，关上门，这才接电话："喂？"

"我找你有话要说。"还是那个中年男人的声音。

"你不知道我现在的处境吗？"

"他需要你。"

强子一愣："他怎么了？"

"他一个人，还没有得到信任，必须有你协助。"

强子急了："可他妈的这不是我的事儿！是你的事儿，你自己搞砸了，拉我顶缸？"

"现在你已经被警队开除了，虽然还没有履行手续。保留你的警察身份，是为了能够继续调查你而已。这件事，江湖已经传开了，所以你不会被怀疑。而且我相信，他们绝对对付不了你。"

"可是我不是特情！"

"你接受过世界上最好的特种侦察训练，并且富有实战经验——现在只是到了你再次实践的机会罢了，我对你有信心。"

"难道你想要全城的警察通缉我吗？让我的徒弟们拿着枪，跟追猪一样追着我满城乱跑，然后死于非命？"

"你可以自己选择……但是，这个项目是一定要进行下去的，我们已经做了太多年的努力了！"

"可是他会死的！马云飞是什么人？你觉得他还能继续完成任务吗？"

"我说了，你可以不去。但是我们一定会进行下去，一定要破获整个贩毒网络！不惜一切代价，我们必须完成任务！"

强子沉默片刻："他妈的，我这是在干什么……说吧，猫头鹰！你需要我怎么做？"

4

小庄家。小庄慢慢睁开眼，眼角还有残存的泪水。他打开电脑，登录网站。网页上的提示音传来："您有短消息，您有短消息。"

两条短消息在闪烁。小庄打开收件箱："小庄哥哥，你不会真的去约会了吧？你的QQ是多少啊？我加你！"

小庄纳闷儿："约会？约什么会？"

但他还是输入自己的QQ号码，发送过去。接着是甄胖子的短消息："小庄，你好。我是图书出版人甄煜飞，我的电话是13……"

小庄想着什么，拿起自己的电话拨打过去。甄胖子正在公司吃饭，电话响了，他拿起来："喂？哪位？"

"我是小庄。"

"小庄？你在哪儿？你的书别给别人了，我要了……"

5

山地。菜鸟A队目瞪口呆地看着直升机越飞越远。小庄舔舔嘴唇，低下头："也不知道陈排怎么样了？"

老炮拍拍小庄的肩膀："回去就看见他了。别担心，他身体那么好，不会有事的！"

强子摘下背囊："没戏了，弄石头吧。"他把背囊里面的东西倒出来。

耿继辉说："分散到大家的背囊里面装好。这些装备不能乱扔，到时候他们又叽叽歪歪。"

大家急忙去找石头，往背囊里面塞。

河边。晨雾飘浮，林地茂密。队员们已奔走了一天一夜。小庄艰难地跋涉走到对岸，把腰上的绳子拴在树上。他举起步枪，展开搜索视野，挥手。大家下水。史大凡打头，拽着绳子探路。老炮、强子、邓振华和观察手四人抬着担架下水，沿着绳子小心翼翼前行。耿继辉在后面护卫着。

"啊——"邓振华突然脚下一滑，摔在水里，担架也随即翻在水里。大家急忙七手八脚抬起担架，但背囊早已浸透了水。强子龇牙咧嘴地说："沉了起码三十公斤！"

队员们费劲地把背囊和担架拽上对岸，邓振华一下歪在地上："狗日的，害老子！"他踹了背囊一脚，自己却疼得龇牙咧嘴。

史大凡忧心忡忡地说："但愿他们在这儿没有监控哨，不然我们完了，'伤员'伤口进水，肯定挂了。"

邓振华看看他："你个笨蛋！我们不能找一个干的背囊，再装点干石头进去吗？"

耿继辉摇头："无论如何不能作弊，否则全队就出局了！走吧，就它了！抬它回去！两路纵队，开路——劈开一条路也得把担架送回去！"

大家七手八脚抬起来，这次必须四个人上肩了。远处树上，披着伪装网的土狼放下望远镜："野狼，土狼报告。他们没有作弊。完毕。"

第十章

1

新训基地。朝阳伴随五星红旗刚刚升起。菜鸟们正在出操，几十双军靴步伐一致，声音雄伟。突然他们都愣住了。十一个疲惫不堪的"野人"护卫着一个四人抬的担架，跌跌撞撞地跑来。人人迷彩服都烂了，浑身上下都是泥巴。他们直着眼，努力跑向国旗。菜鸟们同情地看着。

负责训练的特种兵立即暴骂："看什么看？没见过菜鸟挨整啊？新鲜吗？觉得新鲜就玩儿玩儿？"

菜鸟们立即不敢吭声了，继续跑操。菜鸟A队的野人队伍蹒跚地跟整齐威武的菜鸟方阵擦肩而过，疲惫不堪地跑向国旗。

国旗下，高中队戴着墨镜很酷地站着。马达也戴着墨镜很酷地站在他的身边。他们的身后是那片壮观的钢盔方阵。两人都不为所动地看着菜鸟A队抬着担架，人不人鬼不鬼地蹒跚过来。

担架沉重地放在地上。菜鸟们努力站好。

高中队看看手表："你们是老太太吗？这么点路走得比蜗牛还慢？"

耿继辉出列："报告，我们为了避免埋伏，重新通过了无人区。"

高中队怒吼："你以为我会表扬你们吗？这是一个伤员！时间就是生命，你们就是他获救的希望！你们想过他的感受吗？"

高中队蹲下，打开背囊，拿出潮湿的石头看看又放回去，他看着菜鸟们："谁能告诉我，伤员怎么会浑身是水？"

耿继辉抬头挺胸："报告！我们过河的时候，不小心把担架弄翻了。"

高中队很惊讶："你们把受伤的侦察员丢进了水里？卫生员出列。"

史大凡咽口唾沫，出列。

"去看看他的伤势。"

史大凡不敢吭声，跑步上前蹲下，跟真事儿似的摸脉搏检查。

"死的活的？"

史大凡抬眼，看看高中队："报告，他牺牲了。"

"知道他为什么牺牲吗？"

"错过了抢救时间，并且伤口进水，感染引起剧变。"

"错了！"高中队看着菜鸟们，"因为你们的愚蠢！我们的王牌侦察员牺牲了！你们先是冲锋枪不顾一切地扫射——想过里面有侦察员吗？"

菜鸟们都不敢吭声。高中队指着一处荒地："那边——把他安葬！灰狼，你组织！半小时后我来参加追悼会！"

马达立正："是！"

菜鸟们互相看看。耿继辉苦笑："来吧，半小时可不富裕。"

强子咬牙抽出背囊上的工兵锹，跑步去挖坑。

菜鸟们挥汗如雨。

马达站在旁边看着手表："还有15分钟。"

菜鸟们拼命地挖着。小庄看看坑的深度："可以了可以了，快把他抬过来！"

大家起身跑过去，小心翼翼抬起担架，把背囊恭恭敬敬放入墓穴。然后哗啦啦拼命埋土，埋成一个坟堆。

马达看表："5分钟。"

耿继辉一把拿起地上的背囊和武器："快！我们去换衣服——"

菜鸟们跟着他拼命跑进帐篷，用最快的速度换好衣服，然后又蜂拥而出。跑到坟墓前快速列队，脸上都是装出来的肃穆。

高中队远远走过来，站在他们跟前。马达站在他的身后。

"脱帽。"高中队看都不看他们。

菜鸟们摘下大檐帽，放在左手，很整齐。

高中队和马达都摘下黑色贝雷帽，低头。

高中队低首："默哀。"

菜鸟们很沉痛地低首。

"战友，你本来不该挂，但是没办法你遇到了一群蠢才！"高中队很沉痛的样子，"很痛心，因为他们的愚蠢，造成你的不幸牺牲。安息吧，我会管教他们。为了不让他们的愚蠢造成更多的牺牲，我保证他们会接受最严酷的训练，变得聪明起来。"

菜鸟们都低着头，也很痛心疾首的样子。

马达喊："一鞠躬……二鞠躬……三鞠躬……"

一群人跟真的似的三鞠躬。然后高中队抬头戴上帽子："把坟给我平了，一点都不许看出来。这是训练场，不是墓地！给你们半个小时！"

菜鸟们目瞪口呆。

"还要把那个背囊都挖出来，洗干净。那是解放军的军费买的，一分钱都不许浪费。本来解放军就没多少钱，破家值万贯！"高中队转身走了。

菜鸟们二话不说，兔子一样转身就跑向帐篷……

2

军区总医院大楼前。挂着伪装网的吉普车高速开来，在楼前急刹车停下。穿着常服的苗连跳下车，大步走进去。医生办公室里，高中队穿着常服，坐在医生对面听着介绍。

医生皱着眉头："他的情况非常糟糕……"

高中队着急地说："能不能再想想办法？他是一个非常出色的特战军官的苗子！"

医生苦恼地摇摇头："同志，现在不是他还能不能当特种兵的问题，是他还能不能站起来的问题！"

高中队失神了："怎么会这样？"

"病人的病情已经扩散，他一定忍耐了很长时间，甚至可能好多年了……"

门咣当一声被推开了，苗连怒气冲天地站在门口："小高——"

"老苗……"高中队起身。

苗连冲过来一把揪住他的衣领："我把我最好的排长给你，你他妈的给我练废了？"

高中队很内疚："对不起，是我的错。"

"这不是你错不错的问题！他是我的兵——我的兵！他要是有一点三长两短，我把你告进军事监狱去！他还是个孩子，才23岁！他军校毕业刚刚一年，他的军旅生涯才刚刚开始！你他妈的怎么就能把他练废了？你说，你说——"

高中队低下头，无话可说。医生急忙拦开苗连："同志，同志，你冷静点！"

苗连看医生："到底怎么回事？我是他的连长，带了他一年了！告诉我！"

医生看着他，也火了："你还好意思说？责任都在你，都在你！"

"医生，我告诉你，你注意措辞！"

"强直性脊柱炎是慢性疾病！你是他的连长，你早就应该发现！这个病已经在他体内潜伏很久了！他一直在忍耐着巨大的痛苦！我都不敢想象这样的病人，是如何在基层侦察连当排长的！他是我见过最坚强的军人！按照他现在的病情，换了别人，早就全身瘫痪了！"

"这不可能！他一口气能踢碎四个酒坛子，他是佛山无影脚！"

"他站不起来了！"医生无奈地说。

苗连失神了："一排长，一排长……"他转身就往病房跑。

高中队戴上帽子："我去看看他！"他转身也出去了。

病房。陈排穿着病号服躺在床上，正失神地看着窗外。

门被轻轻推开。陈排回过头。苗连站在门口。陈排露出笑容道："连长……"

苗连慢慢走进来，站在陈排的前面摘下军帽。陈排笑："你这么严肃干吗？我不习惯。"

苗连看着病床上的陈排，一句话都说不出来，眼泪在打转。陈排努力支撑自己想坐起来，苗连急忙扶着他："别动……"

"连长，对不起，我不能立正给你敬礼了。"

苗连的眼泪终于出来了："你是个好兵，是我见过最坚强的侦察兵！"

陈排看着苗连："对不起，连长……到最后，我也没做到……"

苗连含泪摇头："不，你做到了，你让我们都知道了，什么是钢铁意识铸就的钢铁战士，你比所有的特种兵都勇敢，都顽强！你是我最好的兵，最好的！"

陈排突然哭出来："我再也当不了特种兵了！"

苗连一把抱住陈排，泪如雨下："你是我最好的侦察兵！"

"对不起，连长……"

高中队站在门口，他一把捂住自己的脸，眼泪从指缝中无声流出。许久，病房里的哭声总算停歇下来，高中队擦擦眼睛，深深吁了口气，推门进去。

"高中队！"陈排脸色苍白，坐在病床上想起来，一双眼睛哭得红红的。

高中队连忙过去按住他："别动别动，你得躺下休息。"他和苗连扶着他重新躺下。高中队看看他，装出一副轻松的样子："刚才大队长打电话给我，大队常委已经决定授予你狼牙特种大队'钢铁狼牙'的荣誉称号。这个荣誉称号，我们只授予过三个官兵。"

陈排看着高中队，惊讶地问："我够格吗？"

高中队点头："绝对够格！"

陈排露出笑容："谢谢！"

高中队看看手表："我要走了，你还有什么需要交代给我的吗？"

陈排转向高中队："我最放心不下的，就是小庄。"

高中队看着他。

"我了解他，他要知道了我的病情，很难说会搞出什么事儿来。他绝对是那种不管不顾，干了再说的主儿。"

"你是说他会闹事？"苗连也忧心忡忡。

陈排点头："会的，而且会闹很大的事。到时候，可能你们二位首长都保护不了他。这是个浑不吝的主儿，别看他不怕苦敢吃苦，但是他压根儿就不是军人的头脑！"

高中队想了想："那你说怎么办？"

"让他来看我。"

"让他知道你的病情？"

"与其现在瞒着他，等到他自己发现，跟特种部队发飙，搞得不可收拾，不如让我来告诉他。他会听我的话的。"

高中队看看苗连。苗连看陈排："你有把握吗？"

"有！他可以为了感情去死，绝不眨眼。我的话，他会听进去的。"

高中队点点头："明天他就来看你。"

陈排还是忧心忡忡："苗连，高中队，我还是要讲明白，小庄听我的话，也是权宜之计。无论他留在特种部队还是回到侦察连，你们都有大量的工作要做——除非你们打算开除他的军籍；如果想要他继续留在部队，必须让他明白过来，他不是一个人！他不能我行我素，他属于一个纪律严明的武装部队！要在骨子里面培养他的军人意识、纪律观念。"

高中队想着什么，点头："我明白你的意思，我会关注他的。"

"小庄的优势在于逆向性思维，不按常理出牌。这是他的天分，他脑子里根本就没有常理的概念，就喜欢跟权威对着干。如果他怕苦也就算了，随便一个新兵班长就直接给他治服了，问题就是他不怕苦，只要你让他觉得你在欺负他，他一定要让你不好过。所以，培养他的纪律观念和军人意识，真的是个漫长的过程。"

苗连叹口气："你别担心那么多了，必要的时候我会跟他谈话的。"

陈排长出一口气："一旦他真的从根上扭转过来观念，会是一个难得的好兵，一个出色的特战队员。只是这个过程，真的很漫长。"

高中队点头："我会认真思考你所说的一切，并且会认真对待这个问题。"

陈排点点头："我相信，小庄这块好铁，终究会炼成好钢的！我只能完成第一步，剩下的，只有看你们的了。把一个桀骜不驯的艺术青年，锻造成一个合格的特种兵，全靠你们了！"

高中队和苗连看着病床上的陈排。陈排好像压根儿就没有担心过自己的身体，诚恳地看着他们。高中队点点头，看了一眼苗连。两个厮杀无数战阵的老兵一起退后一步，啪地立正，举手敬礼。陈排呆住了。

苗连说："这是我们哥儿俩，给你敬礼！好兵！"

陈排的眼泪出来了，他慢慢抬起右手，颤巍巍地敬礼。

3

省城菜市场。一辆军卡停下。穿着常服背着军挎的小庄探出脑袋，菜市场人来人往。炊事班长下车："我到地方了，你去吧。"

小庄激动地点头，跳下车。

"到点就回来啊，我下午来的时候你得赶紧过来啊！"

"知道了，谢谢班长！"小庄转身走了。

总医院大厅里，小庄匆匆跑进来，和一个护士撞了满怀。小庄急忙扶起她："对不起……"

"你这兵怎么这样啊？走路也不看着点，你……"

两个人突然愣住了。护士瞪大了睛睛："小庄！"

小庄张大嘴，不敢相信。

"真的是你啊？小庄！"

小庄傻了，嘿嘿直笑。小影也笑了："你到这里来干什么？来找我？"

小庄突然省过神来："我、我来看我们排长……我没想到你在这儿……"

小影有些失落："还以为你来找我呢……你们排长怎么了？"

"我也不知道。"

小影嘟着嘴："还侦察兵呢！这点都没搞清楚，也敢往总院跑？跟我来，告诉我们护士长你们排长叫什么！"

小影转身走了。小庄傻傻地跟着小影的背影走。看着小影穿着护士服的背影，小庄突然失语，他不知道该如何告诉小影，其实他很想她。

病房门口。小影停下，转身："你们排长就在这里了。"

小庄看着小影，内疚地说："我先去看他……"

小影深深地看着他："我在外面等你。"

小庄点点头，冲了进去。病房里，陈排在看书，是英文版本的特种部队专著。小庄站在门口："陈排！"

陈排抬头，笑："小庄？你来了？"

小庄扑过去："陈排，我来看看你！"

陈排笑笑："你坐下，我有些事要跟你说。"

小庄坐下，看着陈排。

"我站不起来了。"陈排平静地说。

小庄一下子站起来："不可能！"

"是真的。"

"我不信！"

"坐下！"陈排厉声道，"我命令你！"

小庄呆住了。他坐下，看着陈排："你是骗我玩儿的对吧？"

陈排很认真地看着他，摇头："我确实骗过你。我的病不是关节炎，是强直性脊柱炎。我……已经站不起来了……"

小庄看着陈排，突然间爆发出来："我去烧了那个狗日的狗头大队！"他转身就跑。

"小庄——"陈排一把抓住他的胳膊，"站住！"

小庄回头推陈排的手："你别管我，我去烧了那个狗日的狗头大队，他们毁了你。"

陈排被小庄带到地上，摔倒了。小庄急忙蹲下扶起陈排："排长、排长……"

陈排甩开他的手："我不是你的排长！放开我！"

"排长？"

陈排怒吼："我是军人，你是吗？！"

小庄目瞪口呆："我是啊！"

"你不配！因为你脑子里面没有纪律这根弦，你不配叫我排长！我没有你这个兵，滚！"

小庄哭出来："排长，排长，我真的知道错了，我不敢了，不敢了，我把你扶上去好吗？"

陈排看着他，指着他的鼻子："你给我记住！只要你敢胡来，你就不配叫我排长！我也没有你这个兵，没有！"

小庄哭着说："可是我是你兄弟啊！"

陈排严肃地看着他："你不配做我的兄弟！"

"排长——"小庄不由分说把陈排抱上床，"排长，我错了！但是你不能在地上待啊，地上凉！"

陈排看着小庄，还是很严肃："告诉我，你为什么当兵？"

"为了小影。"

"没有了吗？"

小庄眨巴眨巴眼，不知道什么意思。

陈排点着小庄的大檐帽："你的脑袋上是什么？"

"军徽啊？"

"军徽在你的脑袋上，但是你的心里有它吗？"

小庄愣住了，看着陈排。

"知道我为什么当兵吗？知道那么多的好汉，为什么不顾一切要参加特种部队吗？"陈排点着小庄头顶的军徽，"为了它……"

"排长……"

"也许你要以后才能理解我的话，但是我要你现在记住——我们是中国人民解放军，不是乌合之众！我们有崇高的信仰，有坚强的信念！还有钢铁的纪律，钢铁的纪律！你知道什么叫纪律吗？"

小庄木然，他是真的没这个概念。

"你必须知道什么叫纪律！"

小庄眨巴眼："排长，你别生气，我马上背军规给你听。"

"那是你的嘴皮子功夫，你根本就没有刻到骨子里去！你的灵魂里，没有纪律的概念！你穿着军装，却不是一个兵！"

"你不是说我是一个优秀的侦察兵吗？"

"但是你不是一个合格的兵！"

小庄没听懂。陈排叹息一声："现在你还理解不了，以后你会懂的。如果我一定要倒下，我宁愿自己以特战队员的身份倒下！"

小庄愣住了。

陈排黯然："可是我还是失败了。"他突然抓住小庄的手，"你答应我一件事！"

"你说，什么事？别说一件，一百件我也可以答应！"

"你一定要加入狼牙特种大队！"

小庄张大嘴，不知道怎么回答。

陈排松开他的手："我知道你不愿意，你现在就想退出了！"

小庄低下头。

"你不能退出！"陈排的眼中含泪，"为了我！"

小庄看着陈排，眼泪下来了。

"你一定要成为特战队员！"

小庄不敢再看陈排，一只手捂住了自己的眼，眼泪从指缝中滑落。陈排看着捂着自己眼的小庄："好吗？小庄！"

小庄放下自己的手，泪眼婆娑地点头："我……答应你……"

陈排释然地看着他，微笑。小庄看着陈排，泪水如梭。两人的手紧紧握在一起，成为一个拳头。陈排带着欣慰的笑容说："侦察连……"

二人一起低声喊："杀……"

走廊。小影靠在墙上无声地哭。门开了。小庄戴着军帽走出来，脸上是不一样的坚毅。小影泪眼婆娑地看着他："你真的要加入特种部队？"

"你都听见了？"

小影点头。

"这是他的心愿。"

小影点头。

"我是他的兄弟。"

小影点头，擦泪："你跟我来。"

她转身就走。

女兵宿舍。小菲在看书。小影推门进来，小庄傻站在她身后。

小菲抬眼："哟？你不是值班呢吗？小庄来看你了……"她说着起身拿起书就走了，"我去隔壁了。"

小影转身："进来。"

小庄进来，小影把门关上。她拉着小庄："坐下，让我好好看看你。"

小庄坐下。小影在小庄的身后，慢慢抱住了他的脖子，泪水落在他的光头上。她的唇轻轻点过小庄的光头。小庄闭上了眼。小影吻过小庄光头上的伤痕："你吃了多少苦啊……"

她开始解自己军装的第一个扣子。小庄听见了，反过身一把抱住小影，埋头在她的怀里，贪婪地嗅着。

"我给了你吧……"

小庄不睁眼，不松手，也不让小影动。

"怎么了？黑猴子？"

"我是为了他，我的兄弟去特种部队的！不是为了你！"

小影看着怀里的小庄："可你是为了我当兵的。"

"就算是为了你，我也不能……我也不能碰你！"

小影被触动了。小庄抬头看着她："因为你是小影！你是我的梦！"

小影愣住了。小庄松开小影，拿起军帽坚定地起身出去了。小庄大步走着，他坚定地走向他的中国陆军特种兵之路……

4

夜色下的帐篷村，菜鸟A队一身野战装束，身前是打开的背囊。马达蹲下，一个一个地检查里面的东西。他走到邓振华面前："你的可要仔细检查。"

邓振华目不斜视。马达蹲下打开背囊，里面没有违禁品。邓振华笑了一下。马达起身，看着他："摘下钢盔。"

邓振华眨巴眨巴眼："灰狼，钢盔是战士的……"

马达怒吼："我让你摘下钢盔！"

邓振华急忙摘钢盔。

咣当！藏在钢盔里的巧克力、火腿肠都掉了出来。菜鸟们憋不住，吭哧吭哧地偷乐。邓振华尴尬地笑了一下。马达也憋着笑："看来你挺有劲儿啊？能带这么多多余的东西？"

"我只是带了点战略储备干粮，要知道野外生存是很残忍的事。"

"我当然知道——去！跑步到那边，拿五块砖头过来！"

邓振华急忙跑步过去，搬来五块砖头放在地上。马达拿出水笔来，在砖头上挨个签名："你——我可得防着点！装进你的背囊，然后给我带回来！一块都不能少！"

邓振华苦着脸，把五块砖头都放进背囊。马达起身看着大家："好了，菜鸟 A 队！去那边过秤，标准配重 40 公斤！少一克都不行，去吧！"

大家抱起背囊跑步到称跟前。老鸟仔细看着称，一个一个检查。邓振华抱着背囊起身苦笑："我已经超过 40 公斤了……"

称完重量，一行人上了伞兵突击车，在夜色下出发了。马达高喊："戴上眼罩！"小庄跟兄弟们拿起眼罩戴上。

谷地。高中队站在开着车灯的车前，冷冷看着两辆伞兵突击车开来。车停在高中队跟前。马达喊："摘下眼罩，下车！"

菜鸟们呼啦啦摘下眼罩，下车列队。高中队看着他们："今天的训练科目，叫作'流浪丛林'。不用东张西望，这地方你们都没来过，我也没来过。"

菜鸟们目瞪口呆看着他。马达把一叠地图分发给他们。小庄拿过来一看，地图居然是手绘的，歪歪扭扭，没有任何经纬线。大家互相看着。

"报告！"小庄喊，"这个地图怎么都不太一样啊？"

高中队笑："这些地图是大队的家属们根据来过这儿的老队员口述画的，当然不一样了。至于误差多少就看你们的命好命坏。"

"报告！"邓振华又喊。

"说。"

邓振华嬉皮笑脸地说："我在伞兵部队就听说，陆特有最好的装备，譬如 GPS……"

"特种部队在敌后，会遇到什么样的突发情况？GPS 是精密电子仪器，摔坏了怎么办？没有电了怎么办？在战斗当中损坏了怎么办？还是得依靠指北针！最可靠的装备不是高科技，是你自己的脑子！你要是没脑子，趁早滚蛋。"

邓振华不敢说话了。强子挺了挺胸："报告！那、那这个地图呢？"

"这算不错了，还是有点文化的画的。在战争当中，谁知道会遇到什么内线？要是一个没文化的老太太画的，你就不打仗了？完成得了要完成，完成不了也要完成！否则要特种部队干什么？"

强子不吭声了。大家也都不吭声了。

高中队看看手表："10 分钟出发一个，别想着搭伴互助，否则就一起被淘汰！给你们三天时间，返回驻地！"他指着小庄："第一个，走。"

小庄看看大家，默默无言快步离开了。

恐怖的黑夜丛林，时而有野兽的嚎叫。小庄拿着开山刀拼命开路，艰难前行。他走到林间空地的岩石旁，停下来，看看自己的右手，都是血泡。他撕开急救包的绷带，包扎着。又拿出红色手电，看看地图，看看指北针。

他找到个大概的方向，起身继续前进。凌晨，小庄疲惫不堪地用刺刀挑开枝蔓，来到空地上。那块岩石还在那里。小庄不敢相信，抹抹眼，岩石就在那里。小庄走到岩石跟前，打量着岩石，疲惫地倒下了："走了一夜，又回来了……"

悬崖上。似火的骄阳晒在史大凡的脸上。他解开自己的衣领，艰难前进。

一声哀号："该死的——谁来救救我——"

史大凡四处寻找："人在哪儿？"

"在你下面——该死的——"

史大凡探头下去。邓振华在悬崖中间一处凸出来的石头上，抓着一棵摇摇欲坠的小树。

"你怎么走到这儿来的？"史大凡震惊地问。

邓振华右手抓着小树，左手还在找可以救命的坚固物体："我他妈的也不知道！黑灯瞎火的，我就沿着指北针给我的方向直行！被困在这儿上不去了！快，拉我一把！"

史大凡嘿嘿笑："你不是雄鹰吗？"

"我没心情跟你开玩笑！雄鹰也得有翅膀，我他妈的没带伞包！再说就50米的高度，伞来不及开我就是肉泥了！"

说着小树的根又往外掉土。

"卫生员！你还看什么呢？你难道想看见一个变成肉泥的伞兵吗？"

史大凡解开身上的攀登绳绑在身后的树上，试试结实程度。他跑过去趴在悬崖边上慢慢往下放攀登绳，嘿嘿笑："说——我是鸵鸟！"

邓振华咽口唾沫："好吧好吧！伞兵天生就是能屈能伸——我是鸵鸟！我是鸵鸟！我是鸵鸟！这下你满意了吧？"

史大凡嘿嘿笑着放下绳子："满意，相当满意！"

邓振华一把抓住绳子。那小树立即就掉下去了，咣当摔下悬崖。

邓振华赶紧往上爬："卫生员！等我上去收拾你！"

史大凡拔出开山刀，做势要砍绳子。邓振华脸色大变："别砍！别砍！我是鸵鸟！我是鸵鸟……"

史大凡嘿嘿笑："你自己慢慢爬吧，我走了。"

邓振华吭哧吭哧往上爬，高喊："卫生员史大凡——我否认我是鸵鸟，我没喊过——"

史大凡嘿嘿笑着，背着步枪继续前进。

邓振华气喘吁吁地爬上来，史大凡已经在林子里渐行渐远。密林中，摄像头在转动。新训基地监控帐篷里，监视器忠实地传递着现场的画面。特种兵们都笑成一团。马达已经笑得快趴在桌子上了。

土狼没笑，他看马达："灰狼，他们是不是该淘汰了？"

马达擦擦笑出来的眼泪："留下，留下！这对活宝，我们上哪儿去找？"

土狼眨巴眨巴眼："活宝？"

马达笑着说："是啊？你不觉得他们俩很搞笑吗？"

土狼看着画面，突然爆发出一阵大笑："哈哈哈……"

丛林中。耿继辉疲惫地走着，他用刺刀挑开枝蔓，前面坐着一个队员，正龇牙咧嘴歪在地上靠着背囊。

耿继辉走过去："你怎么了？放弃了吗？"

"我的脚废了！"

耿继辉低头。队员脚上是一双旅游鞋。

"你怎么不穿军靴？"

队员咧着嘴："我看外军特种部队的资料照片，他们经常穿旅游鞋作战。我就买了一双，准备山地越野的时候穿……没想到……废了……"

耿继辉倒吸一口冷气："你知道外军特种部队的那些所谓的旅游鞋多少钱吗？你就是穿解放鞋，也不该穿旅游鞋穿越山地啊？"

"我现在知道了……"

耿继辉解开自己的背囊装具，蹲下给他解开鞋带。

队员惨叫一声："啊——"

耿继辉抬头："怎么了？"

"我的脚……可能跟鞋垫粘到一起了……"

耿继辉叹息一声："你这个鞋不能脱，只能割开了。"

队员苦笑："一百多呢！"

耿继辉小心翼翼用锋利的匕首割开他的鞋底，拿出急救包："忍着！"

队员急忙抓过来一根树枝咬住。耿继辉拿起消炎药粉打开，洒下去。队员惨叫一声，几乎昏迷过去，豆大的汗珠流出来。耿继辉给他撒好消炎药，拿绷带整个给他双脚仔细包扎上。队员的脸色苍白，他慢慢松开嘴里的树枝。树枝已经被啃得不成样子。

"你不能走路了，我估计你起码要恢复一个月，皮肉才能长好。一切都要从头再来，想继续当侦察兵，你脚底板的茧子要重新磨出来。"

队员叹气："我今年算废了……"

"明年再来吧。"他起身，小心地把队员扛起来。

"你干吗？"

"你不能在这里过夜，会出事的。"说着他把自己的背囊艰难地套在了胸前，然后挎着步枪起身。

"我体重67公斤，加上40公斤的背囊和武器装具！你疯了？把我放下，小耿！"

耿继辉挂着步枪直起身子："我不能丢下任何一个受伤的战友，就算是要过夜我也得陪着你！"

"他们说了不能互助的，你也会被淘汰的！"

"那我就明年再来。"

队员很感动："小耿，你别这样！我心领了，放下我，你去赶路！"

耿继辉挂着步枪，走向密林："如果参加特种部队，就是要我对战友见死不救，那我宁愿不参加！别跟我说话了，我要节省体力！"

"小耿……"队员的眼泪流了下来。

耿继辉扛着队员和他所有的装备，艰难地挂着步枪走着。监控帐篷里，高中队默默看着。他点点头："是个好孩子……土狼。"

"到！"

"你进去，用最快速度把那个伤员接出来。他的体力不能这样消耗。"

土狼二话没说拿起自己的装备冲出去，上车出发。高中队看着监视器上，耿继辉还在艰难前进。

山路上。强子拿着地图，艰难地走出树林，他衣服都被挂烂了。一辆手扶拖拉机嘟嘟开过来。强子看看拖拉机，在狭窄的路边站着等着它开过去。

"等等！等等！"拖拉机后面有人喊。

拖拉机停住了，司机是个农民，憨厚地对强子笑。拖拉机的斗上，坐着一个队员："强子！一起走吧！他孩子也是当兵的，对解放军有感情！能把我们带到集合点附近去！"

强子疲惫地笑笑，摇头。

"怎么？你真的要走三天吗？"

强子笑笑："我劝你也下来，真的。作弊不是闹着玩的，何况我们都挺了这么久了！"

"好心好意不领情算了！开车！"

手扶拖拉机嘟嘟开走了。强子看着拖拉机开走的方向，疲惫地重新迈开双脚艰难前行。拖拉机拐弯了，突然前面爆炸一样高喊："下来！给我滚出集训队！"

那个队员哀号："我错了！我错了！"

"你没机会了！下车！"

强子苦笑一下，继续艰难前进。

河边。老炮用树枝插了鱼放在火上烤。看着逐渐变色的鱼，老炮嘿嘿笑着咽了口唾沫。

"那边——谁在生火？"一声怒喝从林子里传出来。老炮一把丢掉鱼，敏捷而警惕地抓起步枪上膛闪身到岩石后。

一条猎狗跑出树林，对着岩石狂吠。一个苗族打扮的护林员手持56半走出来："谁在生火？这里是自然保护区！严禁火种，出来！"

老炮看清楚了，尴尬地起身关上保险背好步枪出来："对不起……"

护林员愣了一下："我还以为是那些无法无天的驴友呢！是解放军啊！多多，别叫了！"

猎狗不叫了，闻着味道就跑过来，一口叼住了烤熟的鱼开始吃着。老炮看着狗吃，咽口唾沫。护林员背好自己的56半走过来："你们搞训练啊？"

"啊……野外生存……刚逮条鱼……"

护林员看看狗："多多！"

猎狗不吃了，跑回主人那里。

"野外生存也不能在这里生火啊！这是自然保护区，交通不方便，万一着火了不得了！看你是解放军，就不罚款了！"

老炮尴尬地说："是是，再也不会了！"

护林员打开自己的包，拿出俩罐头递给他："拿着吧，你们当官的够狠的啊！自己大鱼大肉，却让你们在这儿钻山沟！"

老炮看着那俩罐头，舔舔嘴唇，打定主意："我不能要……这是作弊，我会被开除的！"

护林员笑着塞在他手里："什么作弊啊？这儿谁能看见？除了这条狗！"

护林员笑笑，转身叫狗："多多！咱们走了！"

老炮看看罐头，狠狠地咽下一口唾沫，他跑过去，把罐头塞给护林员："我不能要！"

护林员纳闷儿："怎么了？"

"这是在敌后！我不能随便吃敌后的东西！我宁愿去自己生吞鱼，也不能随便吃敌后的东西！谢谢你了啊，再见！"

他说完掉头就跑，几步踩灭火种，又拿起工兵锹挖土填平火坑，跺脚踏实了。他对护林员尴尬地笑着，拿起自己的武器和装备跑进丛林消失了。护林员拿着俩罐头："多多，咱们没露馅儿吧？"

多多叫了一声。护林员笑笑："那就是这小子真的是经受住了这次考验了。"多多大叫两声，表示同意。

丛林。大树上长着一束野兰花。小庄开始爬树，去摘野兰花。手刚抓住了野兰花，他踩在藤条上的脚一滑，咣，他栽了下去。小庄忍痛爬起来，却发现左脚崴了，他靠在树上倒吸冷气。他抬起手，手里的野兰花无恙。小庄笑了笑，一拐一拐地继续前进。一条河潺潺从树林旁流过。小庄爬悬崖，崴了的脚用不上力。他索性趴倒，咬着兰花艰难往上爬。小庄抓着的一块石头开始松动。

"啊——"

小庄从山坡上滚下去。他滚落到河滩上，不动了。

5

一艘橡皮艇上，一个黑脸志愿兵抱着小庄在喂水。小庄咳嗽，嘴里的水咳了出来。志愿兵惊喜地抬头："他醒了，他醒了！"

小庄睁开眼："小影……"

黑脸志愿兵憨厚地笑："醒了就好了。"

"几点了？"小庄迷迷糊糊地问。

"11点！"旁边一个粗犷的声音说。

小庄一下子坐起来："啊？"他想站起来，却脚一疼，整个人倒在橡皮艇上。那个粗犷的声音骂："妈的，你干啥去？"

小庄回头，那人穿着老头汗衫迷彩裤，戴着一顶农民用的草帽，他头都不回。小庄看着他的背影说："我天黑前就得赶回去！不然狗日的……高中队就要淘汰我！"

那人哈哈一笑："你骂得对！他妈的绝对是个狗日的！"他把没有鱼的钓竿拿起来，"饵又被吃光了！这是什么河啊？河里的鱼怎么都光吃饵不上钩啊！尽是赔本买卖！"

小庄说："班长，谢谢你们救我！我得走了，麻烦你把我送回原来的地方。"

"你干啥去？"背影回头，是个中年大黑脸。

"我得回原来的地方！我得自己走，不能作弊！要不高中队要把我开除，我不能回去！"小庄急得眼泪都要出来了。

大黑脸就问："我带你一段不好吗？瞧你那个脚腕子，那么远，怎么能在规定时间走得回去？"

小庄摇头不迭："不好。"

"为啥不好？"大黑脸有点意外。

"当兵的丢分不丢人，大不了明年再来，现在作弊就是赢了也不光彩。"

大黑脸乐了："看不出来你小子还挺鸟的！"

小庄看着他，没敢回嘴，低头掉泪了："我好不容易才熬到现在的，我不能被淘汰，我答应我们排长的……"

大黑脸笑："还掉金豆了！多大了？"

"十八。"

大黑脸再看看："有吗？"

"差半个月。"

大黑脸看他半天，低沉地说："还是个娃子啊！"

小庄急了："我不是娃子！"

那个志愿兵拽小庄。小庄不理他，对大黑脸说："我不是娃子了我十八了！"

大黑脸笑："成成，你不是娃子是汉子成了吧？"

大黑脸对小庄笑："十八岁的列兵，能顶到'流浪丛林'？不简单啊！"

小庄不屑地说："这个狗日的特种部队又不是了不得的地方！我们夜老虎侦察连，个顶个都能顶下来！"

大黑脸爽朗地笑了："小苗如今出息了啊！把个列兵都调教得嗷嗷叫！"

小庄惊讶了："你认识我们苗连？"

大黑脸眨巴眨巴眼："这个鬼军区有多大？我可是老资格的军工了！"

小庄松了一口气。大黑脸看着他的浑身装备："侦察兵？看你长短家伙都带着，会打枪吗？"

"那当然！"

"打两枪我看看？"

"我这都是空包弹，打了也白打。"

大黑脸转对志愿兵："把你的王八盒子拿来！"

志愿兵赶紧摘下手枪递给大黑脸。大黑脸不接，对小庄一努嘴。志愿兵犹豫一下，但是还是给了小庄，同时右手拇指一按按钮卸下弹匣。小庄接过没有弹匣的手枪哗一声拉开空栓检查，熟练地整了一下回位了。他拿着手枪开始四处瞄准："老班长，这班长的枪保养得不错！可是就是没子弹啊？难道要我把那鸟吹下来啊？"

他瞄准天空的鸟，枪口追逐着，不留神枪口转向了大黑脸。志愿兵立刻跟豹子一样扑过来，扼住了小庄的咽喉。小庄没料到，在船上蹬腿翻白眼。大黑脸一脚把志愿兵踹进河里："妈的没子弹你瞎紧张什么？"

志愿兵掉进河里，眼巴巴看着大黑脸不敢上来。小庄醒过味儿来，咳嗽着起身。大黑脸瞪着志愿兵："上来。"志愿兵敏捷翻身上来，浑身湿透了。

大黑脸又转向小庄："打两枪我看看。"

小庄侧脸问志愿兵："班长我可以吗？"

大黑脸挥挥手："你别管他！他那个班长说了不算，我这个班长说了算！"

小庄看看四周："老班长，我打什么啊？"

大黑脸看看四周，四周一片水茫茫，他摘下草帽，举起来问："我扔出去你打得准吗？"

小庄点头。大黑脸就说："咱俩打个赌怎么样？"

小庄看着他"怎么赌法？"

大黑脸想了想，说："一个弹匣里面有15发子弹。"

小庄一怔："这么多啊？"

"重点不是这个——我这个草帽丢出去，你要是全打上了我就送你回原来的地方，要是打不上就跟我走，我带你回去，不告诉你们那狗日的高中队怎么样？"

小庄犹豫着。大黑脸说："那行！这个枪你就别打了，我送你回去。"他说着就过来拿枪。

小庄赶紧说："我赌我赌！"

大黑脸笑："愿赌服输？"

小庄点头据枪准备："愿赌服输！"

"看好了啊——"大黑脸说着将草帽甩到半空中。小庄据枪瞄准，扣动板机。草帽在空中旋转，不时中弹。草帽落入水里，最后一枪没有打中。小庄傻眼了。大黑脸一把拿过枪试试，枪已经空膛挂机，他把枪丢给志愿兵："王八盒子还你，开船！"

志愿兵接过枪插入枪套，发动马达。小庄还傻在那里。大黑脸看他笑："后悔了？"

小庄梗着脖子说："当兵的说出去的话泼出去的水！不后悔！不就是咱俩联合起来骗狗日的高中队吗？这事我干！"

6

河流。橡皮艇默默开着。小庄擦了一把眼泪："……这就是我的陈排，我的兄弟！"

大黑脸一脸黯然地感慨："真汉子啊！"

大黑脸一伸手，志愿兵急忙把一个军用酒壶递给他。大黑脸打开，把酒往河里倒。小庄抽抽鼻子："白酒啊？"

"我跟你们陈排不认识，但是我敬他一壶酒！下辈子我跟他做兄弟，我带他作战杀敌！"

"你不是不喝酒吗？那带酒干吗？"

大黑脸不说话，仍沉浸在悲凉的情绪中："最可怕的事情，就是无可奈何啊……"

志愿兵一旁道："我们大……他是不喝酒，他的左腿受过伤，里面还有小鬼子的地雷弹片，一有潮气就疼。这酒是医务所特批的，顶不住的时候擦擦腿去去寒气。"

小庄仍笑："我不信！看你的样子就是馋酒的，带着酒怎么会不喝呢？你跟我说，我不告诉别人！"

大黑脸倒完酒就把酒壶那么一甩，那个志愿兵赶紧熟练地接住。大黑脸脸上的表情渐渐缓和了，笑："我说不喝就是不喝——咱是个爷们儿，要说话算数是不是？你知道什么叫特种队？什么叫应急机动作战部队？就是 24 小时随时待命——在这个地方喝酒，抓住了是要狠狠收拾的！"

"军工大哥，你们军工还上那么前的前线啊？"

大黑脸不说话了，好像很多事情压在了心底，他的眼睛半天没有缓过神来。

小庄问："是开车还是抬伤员？"

大黑脸想了半天，才低沉地说："抬伤员……你有你的兄弟，我也有我的兄弟。我回头讲给你听吧。"

"嗯。"小庄不说话了。

监控帐篷里，队员们都看着监视器，目瞪口呆。高中队也默默地看着监视器，没有表情。

马达看高中队："咋办？"

高中队失望地摇摇头："让他滚蛋。"

"大队长在那儿！"

"大队长也得遵守集训选拔的规定！大队长也不能作弊！"

"我是说，谁去让他滚蛋？"

高中队看看他："你的意思呢？"

"我觉得我们都不能去，只有你……"

"废话！这个时候我敢去吗？等小庄归队，就让他滚蛋！"

河边。橡皮艇靠岸了。三人下船。

志愿兵收拾橡皮艇，放气。小庄跟着大黑脸有说有笑地上岸。

一辆迷彩色的吉普车停在树林里，车窗后贴着带军徽的通行证"狼特 001"。

小庄突然停住了。大黑脸看看他："怎么了？"

"那狗日的大队长要看见我作弊，我不完了吗？"

大黑脸左右看看："哪儿有什么狗日的大队长？"

"那不是他的小王八吉普吗？人肯定在附近！军工大哥我得自己走了，你这么帮我，要是被看见了，我就彻底歇菜了！这辈子都别想再来了！"

大黑脸恍然大悟："哦！你说这车啊！我是车辆维修所的，那个狗日的大队长的这辆小王八吉普坏了，送我那儿修！我修好了，就开出来钓鱼了！"

小庄感叹："你胆子真够大的！"

大黑脸挤挤眼："我不是老军工？狗日的大队长算个鸟？"

小庄附和："就是就是，那个狗日的大队长算个鸟！军工老大哥比他鸟！"

志愿兵正在折叠放了气的橡皮艇，一听这个忍不住扑哧就乐了。他抬头看大黑脸，大黑脸跟他挤挤眼。他就忍住笑低头继续折叠橡皮艇。

小庄走向越野车。突然他停住了。

大黑脸纳闷儿了："这是怎么了？"

小庄看着车窗上的特种部队通行证的军徽，脑里突然电光火石一闪，唰——他看见陈排点着自己的大檐帽："你的脑袋上是什么？"

"军徽啊？"

"军徽在你的脑袋上，但是你的心里有它吗？"

……

小庄眨巴眨巴眼："陈排……我错了……"

小庄注视着军徽。军徽也在注视他。

"怎么了？"大黑脸纳闷儿了。

"我不该作弊。"

大黑脸看着他转身："哎！你干吗去？"

小庄回头："军工大哥，谢谢你带我。但是我还是要回去，重新开始。"

"为什么？"

"因为……我要做一个有纪律的兵，一个合格的兵！"

说完，他转身，挎着自己的步枪，一瘸一拐地往回走去。

大黑脸看着他的背影，长出一口气："小苗子果然没看错你啊！"

小庄坚定地走着，走向自己走错路的原点。

监视帐篷。高中队看着监视器，没说话。

马达看看他："我去让他滚蛋？"

"为什么？"

"他作弊了。"

"但他付出了代价，走回走错路的地方了。"

马达于心不忍地说："他受了伤，这一个来回，要多走四十多公里啊！"

高中队淡淡地说："有的人，走错一生也不会明白；有的人，走错一步，就能明白。他走错了 40 公里，总算明白了，还不算晚。"

第十一章

1

黄昏。集训队的国旗下，高中队面无表情地看着前方，菜鸟 A 队在陆续返回。

耿继辉早已返回，他双手拿着矿泉水追着那些正在返回的队员，递给他们水或往他们身上浇："马上到了，别着急……"

老炮冲过终点，栽倒在地上。卫生员们冲过来围住他，开始急救。

史大凡蹒跚跑过来，显然很痛苦，但是他还在嘿嘿笑着唱："我头上有犄角，我身后有尾巴……谁也不知道……我有多少秘密……我有多少小秘密，我有许多的秘密……就不告诉你……就不告诉你……"

咣当，他一头栽倒在终点线上。

卫生员们急忙扶起来，往他头上浇水，给他测量血压。

史大凡嘿嘿笑着，眯缝着眼坚持唱完最后一句："就不告诉你……"

他眼一黑，晕过去了。

强子左手提着背囊，右手持枪，一路小跑。

他非常痛苦，嘴里喊着："什么叫作？我就是！好好的班长不当！什么叫贱？我就是！舒服的日子不过，到这里犯贱！"

随着最后的怒吼，他直接摔过终点，晕倒了。

天黑了，队员们仍在陆续回来。

高中队看手表："还有 1 个小时。"

队员们都已经休息过来，穿着背心或者光着膀子在终点看着。

耿继辉忧心忡忡地说："就剩下伞兵和小庄了。"

"迷路了？"强子猜测着。

史大凡突然眼一亮："鸵鸟——"

邓振华蓬头垢面地出现在地平线上。

队员们高喊起来："老伞——加油——""鸵鸟——加油——"

邓振华拄着狙击步枪，蹒跚地做最后的冲刺："伞兵——就是落地的雄鹰，冲啊……"

他撞向终点线，摔倒了。

队员们赶紧扶起他。

时间一分一分地过去，就差小庄一人了。菜鸟A队剩下的8名队员都默默地等待着。高中队不为所动地看手表："还有30分钟。"

老炮突然睁大眼："小庄——"

地平线上，小庄的身影出现了。队友们立即双手拿起矿泉水打开飞奔过去。高中队平静地看着。他看看手表："时间快到了。"

小庄红着眼，穿着稀烂的迷彩服，一瘸一拐地走着，他的胸口还插着那朵野兰花。

队友们七手八脚地往他身上浇水，让他可以保持清醒。

小庄蹒跚着走向终点。

高中队看看手表。马达焦急地说："还有5分钟，他无论如何也走不到终点了。野狼，你真的要淘汰他吗？他比所有的队员多走了50公里！"

高中队抬眼看看小庄，没说话。

马达看看自己的手表："还有2分钟。"

高中队没有表情。

"他……要出局了……"

高中队还是没有表情。

小庄挂着步枪，嘶哑喉咙："陈排，我错了！我向你保证……我守纪律……我做个好兵……"小庄看着国旗，一步一蹒跚，"陈排——我走错了路，但是我重新开始了——你原谅我——"

马达看着手表："还有10秒……他完了。"

高中队没有表情地冒出来一句："你的表准吗？"

马达愣了一下："我们都是按照……"他恍然大悟，"哦，我的表快了1分钟！"

高中队淡淡地说："特战队员的时间要精确，不然要死人的。"

马达急忙说："是！我马上调整！"

他拿起高音喇叭，对着小庄兴奋地高喊："还有最后1分钟！你马上要成功了——"

小庄挂着步枪，只有半米的终点好像非常遥远。他的主观视线里，所有的一切都在摇摇晃晃。

小庄坚持着，一步跨过了终点。

马达蹲下："你成功了，列兵菜鸟！你成功了——"

小庄含泪看着那面国旗。国旗在猎猎飘舞。他背着背囊跪在地上，举起自己的步枪仰天长啸："啊——"

2

帐篷村。菜鸟A队满身满脸都是迷彩，全副武装正列队待命，他们对面，是一样装束的以土狼为首的五名老队员。

马达也是一样装束，他手持一把战术改装过的 56-1 冲锋枪大步走到中间："菜鸟 A 队，今天下午进行强化丛林战训练！为的是迎接你们进入特种部队最后的考核！"

菜鸟们看着对面彪悍的老鸟们，多少有点心惊肉跳。

马达淡淡一笑："别误会，今天不是对抗，是合练。"他严肃起来，"今天下午，进行合练的意义是明天参加实战！最后的考核——就是明天的实战！下午合练完以后，晚上前往边境地区。我们要带你们去体验真正的战斗！"

菜鸟们都不说话。对面的老鸟们目不斜视。

"明天凌晨，将会有一股贩毒武装入境。我们要去伏击他们，把他们全部干掉！除了警方要的毒枭，其余的一个都不留，统统干掉！"

菜鸟们听得惊心动魄，马达接着说："听好了！你们菜鸟 A 队跟我们在一起，记住——是始终在一起！不要逞能，不要冒险，按照我的命令行动！行动代号'哑弹'，我们就是哑弹突击队！你们不是想成为特种兵吗？准备好去厮杀了吗？"

菜鸟们有点晕。

马达厉声问："准备好去厮杀了吗？"

菜鸟们立即回答："忠于祖国！忠于人民！"

马达扫视着队员们："我们晚饭后出发，前往边境地区，秘密潜入伏击地点！都给我听好了，这是真正的战斗！所以你们自己一定要想好，如果到了战场上腿软打哆嗦，别怪我执行战场纪律！听明白没有？"

菜鸟 A 队持枪怒吼："明白！"

马达挥挥手："哑弹突击队——出发！目的地，山地丛林战训练场！"

他带着五个老兵与菜鸟 A 队跑步前往训练场。菜鸟们脸上多少有点蒙，但是更多的是一种兴奋。

3

夜色下的山路上，两辆大屁股吉普车在颠簸。

车子行驶到了一个地方，队员们纷纷下车，排成队形钻进了丛林。

土狼是尖兵，他手持加装消音器的 56-1 冲锋枪快速前进。后面跟着混编在一起的菜鸟和老队员们。

按照哑弹行动方案，他们首先要和边防武警的情报小组接头，然后由对方带着他们前往预定潜伏地域。

月光下，整个分队在快速推进。

密林深处，哑弹突击队在一间黑灯的木屋附近潜伏下来，摆开了战斗队形。

马达学了三声鸟叫。

木屋里闪了两下手电。

马达又学了三声鸟叫。

木屋的门开了，走出来两个黑影。

马达压低声音说："菜鸟注意，这是我们的人，别走火！抬高枪口，这是实弹！"

菜鸟们把枪口抬高。

邓振华瞪大眼："怎么是个女的？"

前面一个确实是女的，穿着民族服装戴着斗笠，手持一支56半。后面是个猎人装束的男人。

女人跑到他们跟前蹲下："谁是灰狼？"

"我是。"马达说，"你是情报参谋？"

女人点头："对，我是边防武警的情报参谋夏岚，这是我的助手。我们出发吧，有30公里山路要赶呢！"

马达看着她，有点晕："30公里……"

夏岚纳闷儿地问："怎么？你们特种部队连30公里山路都走不了吗？"

马达笑笑："我不是说我们，我是说你——你行吗？"

夏岚冷冷一笑，拿起自己的武器："行不行，战场见！走吧！"

她说完，就带路走了。

马达看着她的背影，挥手。土狼立即起身跟上去，小庄强子紧跟其后。整个队伍出发了。

4

边境山地。拂晓。晨雾在弥漫。

哑弹突击队隐蔽在山中小道两侧的密林里。夏岚跟马达趴在一起，注视着小道。

马达看看手表。夏岚冷静地说："不用看了，还有5分钟。"

耿继辉问："你肯定他们走这条路？"

夏岚点头："线人是我亲自经营的，从未出过差错。"

马达点点头，对着耳麦："各个小组注意，战斗在5分钟后打响。老兵要带好新兵，一定要注意安全！完毕。"

杂草中，土狼低声回答："突击小组收到，完毕。"

他身后是小庄和强子，都是全神贯注。

山头上，狙击手回话："狙击小组收到，完毕。"

邓振华卧在他的身边，抱着狙击步枪："都他奶奶的是雾。可见度很低，瞄准镜什么都看不到！"

狙击手一把拔出匕首横在他的脖子上："闭上你的鸟嘴！灰狼喜欢你，不代表我喜欢你！不许再说话，否则我把你的舌头割下来！"

邓振华把到嘴边的话又咽下去。

史大凡跟卫生组在狙击组后面，全神贯注地注视小道。

另外一处密林里，爆破手回话："爆破小组收到，完毕。"

老炮在他身边，准备好了引爆器。

"地雷都埋好了？"

老炮点头："嗯，一共三颗。"

"次序一定不能乱，我们的兄弟很近，引爆器给我吧，这次你观摩。"

老炮把引爆器给他。爆破手笑笑："别失落，以后机会有得是。你准备掩护突击小组，听我命令开枪。"

老炮点点头，拿起自己的步枪做准备。

狙击手全神贯注，握紧狙击步枪观察前方。邓振华也全神贯注地瞄准前方，不断变换枪口角度。他的瞄准镜里，一片浓雾。

邓振华纳闷儿，皱眉。他的右胳膊碰到了什么东西，低头看，杂草中，露出一个埋在土里的绿色的罐子顶端，类似军用罐头。他伸手挖着，拿起来问狙击手："这是什么？"

罐子上的金属线被他拉断了。噗！一股白烟从罐子里冒出来。

耿继辉看着对面升起的白烟，大惊失色："有埋伏？！"

马达立即命令："靠拢撤离，我们遇到埋伏了！完毕。"

夏岚大惊："怎么回事？"

马达拽起她："你的内线出问题了，我们被出卖了！撤！电台兵，呼叫直升机救援！我们要赶到 U 点去！"

电台兵开始呼叫："狼穴狼穴，我是哑弹。我们遭到伏击……"

耿继辉提起步枪转身下去，他的脚绊断了一根细细的金属丝。

噗噗！两股白烟从很近的地方冒出，迅速喷散。

耿继辉大惊失色："菜鸟 A 队——撤——"

土狼带着几个实习突击手转身就跑。他的脚绊断了细细的金属丝。

噗噗噗噗！四股白烟喷洒出来，笼罩了整个突击小组。老炮和爆破手都倒在白烟中，失去了知觉。

小庄嘶声大喊："班长——"他腿一软，跪倒了，却撑着冲锋枪仍不肯倒下。他看着土狼倒下，看着强子倒下，他想喊，却喊不出来，他尝试着站起来，却也软软地倒下了。恍惚中，他看见几个戴着防毒面具的黑衣人端着 56 冲锋枪，慢慢从树林中走出来。

小庄失神地看着他们，彻底地昏迷过去了。

5

山路。一辆架着高射机枪的丰田皮卡粗暴地驶过，掀起一片灰尘。车上的贩毒武装跟着车里的音乐在唱东南亚的流行歌曲。

后面跟着三辆同样破旧不堪的丰田皮卡。车上的贩毒武装也在唱歌，显然心情很好。

被俘的中国兵戴着黑色的头罩，什么都看不着，双手被小绳细密捆绑好。他们被解除武装，分散坐在几辆皮卡的车斗上。

车队开往前面的一处山谷，那里是他们的营区，竹楼塔楼，电网沙袋。周围是散乱的贩毒武装分子。

车队一开进营区，立刻引起一片欢呼。蒙着头罩的特种兵和菜鸟A队被他们扔下来，贩毒分子喊着当地的方言，互相笑着，用拳脚和枪托招呼这些俘虏。

夏岚被贩毒武装们推搡着，衣服甚至被撕开了，她怒骂着："畜生——"

一个戴着红色贝雷帽的长发男人走出指挥部，他身边跟着的大胡子举起手里的56冲锋枪对天扣动扳机。

三声枪响。贩毒武装们散开了，如同退潮一般露出被打在地上的中国兵。他们还蒙着头罩，马达一声喊，老兵们迅速靠拢坐在一起，菜鸟们则散乱在周围。

红色贝雷帽是个独眼龙，脸上一道贯穿的刀疤。他挥挥手，贩毒武装们摘下了那些倒霉蛋的头套。

小庄的头罩被粗暴地揭下来，他被打得鼻青脸肿。耿继辉的鼻子在流血，老炮跟强子靠在一起，邓振华弯着腰睁着两只熊猫眼，被打破了的嘴唇还在滴血，他咬牙切齿地忍疼："卫生员。"

史大凡环顾四周："干吗？"

"他们打了我小弟弟，死疼，会影响我的生育能力吗？"

史大凡看着四周的贩毒武装："有命回去再说吧。"

邓振华很震惊地看他："你不觉得这是在训练吗？就算菜鸟A队会中埋伏，老鸟们……"

啪！一枪托砸在他的下巴上，邓振华仰面倒地。贩毒分子举起56冲锋枪，冷冷地看着他。邓振华艰难地抬头，吐出嘴里的血："我要去军事法庭……控告你殴打学员……"

贩毒分子冷酷地拉开枪栓，对着他分开的双腿之间扣动扳机。

邓振华尖叫着往后蹭。子弹追着他的小弟弟打在泥地上。贩毒武装冷笑着蹲下，把枪口抵住了他的要害。邓振华睁着两只熊猫眼大骂："操！有种你就开枪啊？开枪啊？我敢说，你会被军事法庭枪毙！来啊，打我啊？打我啊？"

贩毒武装冷笑着，用汉语说："跟我要流氓战术？"

邓振华怒骂："就跟你要流氓了！怎么的？来啊，打我啊！开枪，不开枪你就是鸵鸟！"

红色贝雷帽哈哈大笑，用普通话说："好男子！有胆色！给他特殊待遇，捆到那边去！"

贩毒武装冷笑着起身，两个枪手冲进俘虏群，拖起邓振华。

邓振华还在骂着："开枪啊！你要不敢开枪你们全家就是鸵鸟——"

两个枪手把邓振华拖到空地边的一根柱子边上，利索地绑在柱子上。他的迷彩服上衣被撕开，露出了结实的肌肉。

邓振华怒骂："爷爷是伞兵！爷爷不跳脱衣舞！死了这条心吧！"

马达在那边喊："伞兵！不要斗嘴！"

邓振华还在骂："还有你，灰狼！奶奶的欺骗我们的感情，想虐我们就直接说啊！他妈的搞得跟真事儿似的，弄这帮狗杂碎来吓唬谁呢？老子是黄继光连的兵，流血流汗不流泪！我就操你们……"

吭！一枪托砸在他的小腹上。邓振华痛楚地惨叫一声，却弯不下腰。

马达高喊："坐下！不要做无畏的反抗！"

一个贩毒武装拿起蜂蜜罐子打开，又拿起小刷子。

邓振华睁大眼睛看着："干什么？你要干什么？我不是熊，我不喝蜂蜜！"

贩毒武装没说话，拿着小刷子开始往他身上暴露的地方刷蜂蜜。

史大凡心急如焚："伞兵！不要再斗嘴！"

"你怕死老子可不怕死，再说他们也不敢整死老子！这是什么？他妈的什么东西在往我的身上爬？"

成群的蚂蚁顺着蜂蜜，爬上了邓振华的身上。邓振华瞪着两只熊猫眼："兔崽子，让这些该死的蚂蚁给我滚下去——"

邓振华还要骂，一个破布团塞进了他的嘴。他只好嗯嗯地使劲挣扎。

菜鸟A队沸腾着，都想起来，却被更多的枪托和拳脚砸倒。

马达高喊："不要乱闹，不要乱闹——保持冷静，保持冷静——"

刀疤男人一直冷冷地看着，他笑笑，点燃一根烟："同生共死？我就喜欢看到这样的场面。多感人，可惜你们要下地狱！"

菜鸟A队坐在地上怒视着贩毒分子。小庄说："难道我们看着老伞被折腾吗？"

马达转头："记住四个词，自己好好琢磨——生存、躲避、反抗、逃脱！把这四个词在你们的脑子里面连接起来，好好记住我的话！"

菜鸟A队还是跃跃欲试。

耿继辉压低声音："菜鸟A队，保持冷静。只有活着，才能战斗！只有不受伤，才能反抗！"

菜鸟A队逐渐平息下来，默默等待着未知的命运。

刀疤男人慢慢走过来，站在他们跟前鄙夷地说："中国陆军特种部队？"

马达抬起头："我们是军人，所以你要按照《日内瓦公约》来对待我们！"

刀疤男人惊讶地说："你们是军人？"

"是的！我们是军人，《日内瓦公约》规定，要给战俘相应的待遇！不能虐待！不能杀害！"

刀疤男人蹲下看着马达："那你看我是军人吗？"

马达看着他："不管你是不是军人，都不能这样虐待俘虏！"

刀疤男人站起来哈哈大笑："多好听啊！《日内瓦公约》？什么是《日内瓦公约》？你们知道吗？"

贩毒武装们一阵哄笑。

刀疤男人笑着抓起那个猎人打扮的情报副参谋："好吧，我现在遵守《日内瓦公约》。他是军人吗？"

夏岚大叫："小赵！"

刀疤男人抓着他到了兵们跟前："回答我，他是军人吗？"

马达看着那个副参谋，说不出话来。

刀疤男人恶狠狠地说："按照《日内瓦公约》，军人如果不穿自己的制服，穿敌军制服或者民用服装，可以按照什么处理？你告诉我？"

"间谍……"马达痛楚地说。

刀疤男人拖着副参谋到了前面的空地上，一脚踢倒他。

菜鸟A队震惊地看着。夏岚高喊："浑蛋！畜生——"

刀疤男人拔出手枪利索地上膛，对着地下的情报副参谋扣动扳机。砰砰砰！连续三枪，副参谋中弹倒在地上，胸口一片血迹。

夏岚哭喊着："小赵——"

兵们只能默默地看着。

刀疤男人狞笑着："把他拖走，喂狗！"

两个枪手拖着尸体，扔进狗圈。狗圈里立即传来一阵狂吠的声音，还有狗抢东西吃的喧闹。

夏岚哭着在地上拼命爬："小赵——浑蛋，你们枪毙我吧，我也是间谍！"

刀疤男人冷笑："拖到我房间去。"

两个枪手拖起夏岚，径直拖向指挥部。夏岚挣扎着，尖叫着，头发都散了。

菜鸟A队都睁大眼，不敢相信这是事实。

刀疤男人关上保险，淡淡地笑："我只是按照《日内瓦公约》把他枪毙了！现在，执行《日内瓦公约》结束！把他们给我关起来，我要好好跟他们挨个谈心！先从那个女间谍开始！"

菜鸟A队和老鸟们被枪托和拳脚驱赶起来，分别被赶进了空地边的几个木笼子。

刀疤男人走进指挥部，夏岚凌厉的尖叫突然变成惨叫："啊——"惨叫声掺杂着踢打声、摔东西的声音："浑蛋——畜生——我跟你拼命——你休想得逞——"

咣！接着是刀疤男人的狞笑："敢踢我？够味！"

然后又是一阵扭打和夏岚的惨叫："啊——你杀了我吧——"

叫声越来越弱了，断断续续地有夏岚的哭泣声。

小庄的牙关咬得咯咯响，他抓紧了木栅栏："畜生！"

老炮的双手抓着木栅栏，撞击着自己的光头："操！为什么要糟蹋女人？"

强子急促呼吸着："老子早晚要宰了那个狗日的！宰了他……"

史大凡也没了笑容："我们不能这样看着吧？小耿？"

耿继辉在他的旁边，面色冷峻："冷静，再冷静！我们还没搞清楚这里的状况，无论发生什么事，我们都要冷静！"

邓振华慢慢苏醒过来，嘴里的布团掉下来，他眯缝着熊猫眼："该死的，有本事就杀了我，别糟蹋老子的女人……"

"那是你的女人？"正在抽烟的贩毒武装很惊讶。

"你难道不知道吗？伞兵空降下来100公里范围内，所有的女人都是老子的！"

贩毒武装被逗乐了："那你知道你现在面临什么危险吗？"

邓振华咬牙切齿地说："知道！被枪毙的危险！"

"你还知道啊？那就别在这儿废话！"

"如果老子要宰了你们，军事法庭会因为我屠杀你们这帮狗日的而枪毙老子！"

"到现在你都认为这是训练？"贩毒武装看着他，有点不可思议。

"在伞兵眼里，所有的一切都是训练！连你这只鸵鸟也是——你就是老子练割喉的活靶子！"

贩毒武装狞笑着："想死啊？没那么容易！"他说着就抡起枪托砸在邓振华的小腹："慢慢受着吧！"

邓振华惨叫一声："老子早晚要阉了你……"他又昏过去了。

菜鸟Ａ队看着伞兵被虐，都很激动。

对面笼子里的马达咬着牙："冷静！Ａ队，冷静！不到最后关头，不要冲动！"

耿继辉沉着脸："菜鸟Ａ队，顶住！我们的考验刚刚开始，无论如何都不能让他们顺心！他们会挨个折磨我们，还记得我们的入伍誓言吗？！"

队员们低声说："记得！"

"跟着我，重新宣誓！"

菜鸟Ａ队面对着地狱一般的营区，跟着耿继辉低声宣誓："我是中国人民解放军军人，我宣誓——我服从中国共产党的领导，全心全意为人民服务，服从命令，严守纪律，英勇战斗，不怕牺牲，忠于职守，努力工作，苦练杀敌本领，坚决完成任务……"

誓言的声音逐渐大起来。菜鸟们斩钉截铁地背诵着誓言："……在任何情况下，决不背叛祖国，决不叛离军队……"

宣誓完毕，耿继辉点点头："现在，到了我们履行自己誓言的时候了！菜鸟Ａ队！"

菜鸟Ａ队齐声低吼："忠于祖国！忠于人民！"

6

衣衫褴褛的夏岚赤着脚，木然地走出指挥部。血顺着她破碎的裤腿往下流。

邓振华眯缝着熊猫眼，抬头默默看着夏岚被押着走过自己的面前，他嘴唇翕动："你要活下来，不能自杀！"

夏岚脸色木然，好像什么都听不见，也什么都看不见。她被推进菜鸟Ａ队旁边的木笼子，门锁上了。

夏岚慢慢走到角落坐下来，全身蜷缩成一团，她抱着自己的膝盖埋着头，肩膀颤抖，她慢慢地哭出声来。哭声压抑而绝望。

刀疤心满意足地走出指挥部，他一边走一边还在系裤腰带。

菜鸟Ａ队注视着他，恨不得用眼光杀死他。

刀疤笑笑，走到奄奄一息的邓振华跟前："洗干净，丢进去！还不到弄死他的时候，让他先活着吧！"

手下拿起一根水管，打开水枪开关。水柱冲掉了他身上的蚂蚁和蜂蜜。邓振华抬起头，张开嘴大口喝着喷射过来的水流。

两个枪手用匕首割断绳子，把邓振华拖到菜鸟A队的木笼子前，打开门把他扔了进去。菜鸟们急忙扶住他。

刀疤站在木笼子前观察着这群俘虏："你们谁是头儿？"

没人吭声。

刀疤淡淡一笑："你——出来！"

枪手打开老兵的木笼子，冲进去拉出马达。马达推开那俩枪手，整整自己的迷彩服站好了："别拉拉扯扯的！"

刀疤笑笑："如果我没猜错，你是头儿？"

"对，这个突击队我负责。"

刀疤看看他的军衔："你不是军官？是军士长？"

"志愿兵，你也可以理解我是军士长。你什么都不会得到的，别费劲了。"

"我知道特种部队的军士长都是素质最好的，也可以说是硬骨头。不过我这个人，就喜欢啃硬骨头！"

马达没有表情。两个枪手扑上来按倒了他，把他拖到空地中央的台子上。台子是专门刑讯用的，四周有坎，可以专门把双手放进去扣好。

菜鸟们心急如焚地看着。

刀疤拿起马达的右手仔细看看："果然是好枪手！虎口都是茧子！可惜，你再也不能打枪了！"

马达跪在地面上，双手被他们按在台上扣好。

"告诉我——你的名字，单位，以及你们的指挥官！"

马达不说话。

"这不是好办法，我再问一次——你的名字，单位，以及你们的指挥官！"

"名字——中国军人；单位——中国人民解放军；指挥官——军委主席！"

刀疤的脸色一变，拿起地上的一把大锤："他妈的！敢耍老子？"

菜鸟们激动起来："灰狼——"

刀疤淡淡一笑："你不说，他们说！"他转向那些菜鸟，"看起来你们的感情很好，告诉我——他的名字，单位，以及你们的指挥官！"

菜鸟们都不吭声，眼泪在酝酿。

耿继辉怒吼："他回答的，就是我们唯一的答案！"

刀疤再也不问，举起大锤，对准台上就砸下去。

"啊——"马达惨叫一声。血肉飞溅。

刀疤再次举起大锤："告诉我——名字，单位，指挥官！"

马达满头冷汗，非常痛楚地骂："狗日的……老子是中国军人，是中国人民解放军，我的指挥官是军委主席——"

咣！

大锤又砸下去，台上还是血肉飞溅。

"啊——"马达惨叫一声，昏了过去。

菜鸟们哭喊出来："灰狼——"

土狼在那边厉声说："冷静！冷静！"

小庄怒吼："操他妈的！我他妈的跟你们拼了！"

耿继辉把小庄按在木栅栏上："我们要活着，才能战斗！"

"我看不下去了！"

老炮无力地看着他："小耿说得对，我们别无选择。"

强子也骂了起来："我他妈的攮死这帮王八蛋！"

史大凡神色黯淡："他的手废了，快轮到我们了……"

小庄痛心疾首地泪流满面："灰狼……"

刀疤丢掉大锤转向木笼子："你们当中难道没有聪明人吗？"

没人吭声，都在默默流泪。

刀疤指着土狼："你——出来！"

土狼被拉出来，站在他面前。

"你的名字，单位，指挥官？"

"中国军人，中国人民解放军，军委主席！"

刀疤拔出手枪，一脚踢倒他，上膛就是两枪。

土狼中弹倒在地上，胸口血红一片。

刀疤杀红了眼，又指着一个老鸟："你——出来！"

老鸟被拉出来，刀疤举起手枪顶着他的胸膛："名字，单位，指挥官！"

老鸟冷峻地看着他："名字——你爹，单位——你爹家，指挥官——你娘！"

刀疤扣动扳机。老鸟胸部开花，猝然倒下。

刀疤转向菜鸟们举起手枪："现在轮到你们了，说——你们的名字，单位，指挥官！"

耿继辉怒吼："忠于祖国！忠于人民！"

菜鸟们一起怒吼："忠于祖国！忠于人民！"

刀疤狞笑着看着他们："很好，不错！看来你们还需要榜样！"他指着一个老鸟："你——出来！"

几个枪手冲进去，把这个老鸟拖出来。

刀疤笑着："直接扔到狗圈去，喂狗！"

他们把老鸟抬起来，一把扔进狗圈。狗圈里面立即热闹起来，一片狗叫人喊。

老鸟显然不容易对付，那边的狗发出惨叫："呜——"一条被扼断喉咙的狗被扔出来，掉在地上。

里面还在扭打，老鸟很英武："狗崽子！让你们知道爷爷的厉害——"

又是一声惨叫，又一条狗飞出来。

刀疤怒吼：“击毙他！”

两个枪手冲到狗圈的护栏外，举起冲锋枪两个点射。

下面的怒吼没有了，剩下狗叫和一片吃肉的抢夺声。

刀疤转向菜鸟们，淡淡一笑：“现在，告诉我——答案。”

没人回答，全都怒视着他。

刀疤指着耿继辉：“你——出来！”

两个枪手打开笼门，冲进去抓住耿继辉往外拖。

小庄怒吼：“操你妈——拼了——”

菜鸟们爆发出来，打倒了那俩枪手抢过他们的冲锋枪。

小庄端着冲锋枪，第一个冲出来：“杀——”

耿继辉第二个拿起冲锋枪：“抢他们的武器——”

小庄对着刀疤，扣动扳机：“啊——”

邓振华扶着栅栏门出来：“那狗日的是我的——”

小庄打了半梭子，却愣住了。

刀疤还站在那里，带着笑容看着他们。

菜鸟们呆住了。

周围的贩毒武装都带着笑容，看着他们。好像在看一场精彩的表演，就差鼓掌了。

“空包弹。”耿继辉反应过来，他丢掉了冲锋枪，站起来。

邓振华盯着刀疤，艰难地冲过去：“老子阉了你——”

史大凡扶住他：“鸵鸟，鸵鸟！醒醒，醒醒……是空包弹！”

“该死的！你说什么我没听见！让开——”

“是训练！训练！”

邓振华震惊地看着他：“难道你不想阉了那个狗日的吗？”

“想啊……”

“那你还告诉我是训练！好歹让我去打他两拳啊！”

史大凡痛心疾首：“对不起对不起，这次你比我聪明！”

马达从台上爬起来，抖掉胳膊上残留的排骨，拿起哨子吹响：“考核结束！”

菜鸟们愣在原地。

周围挂掉的老鸟们鲤鱼打挺地起来了，胸口还带着血。土狼脱掉外衣，把胸口粘着的血包撕下来。

菜鸟们转身。

夏岚已经打开自己的木笼子门一脸平静地走出来了。

菜鸟们再看狗圈。

副参谋和那个老鸟飞身跳上来，身上什么事儿都没有。下面的狗都被圈在笼子里，旁边还放着供狗群哄抢的猪肉。副参谋一边走一边撕开外衣，撕掉胸口的血包。

刀疤一把撕掉自己的假发，露出陆军和尚头，接着撕掉了脸上的刀疤——居然是个很英俊的青年军官。

高中队戴着黑色贝雷帽，穿着特种部队的迷彩服走出指挥部。

马达高喊："集合！"

所有的贩毒武装都撕掉头套，提着武器跟老鸟们一起列队。夏岚也跑步入列，在队尾站好。

菜鸟们没有列队，都呆呆地看着高中队走下台阶："欢迎体验中国陆军的 SERE 初级课程。SERE——Survival、Evasion、Resistance、Escape，生存、躲避、反抗、逃脱——训练课程，分为初级、中级、高级三个阶段。"

高中队走到菜鸟们跟前："虽然你们的成绩不算及格，但是你们的表现说明——你们已经愚蠢到了不怕死的地步。也就是说，你们通过了中国陆军特种部队的进门考核。"

菜鸟们都呆呆地看着他。高中队看着他们，笑道："你们过关了。"

没有欢呼，没有沸腾，都是一片呆呆的表情。

"怎么？你们不想加入中国陆军特种部队吗？"

菜鸟们还呆在那里。强子第一个反应过来，他把自己的军装脱下来往天上扔："狗日的——我们成功了——"

队员们都反应过来，纷纷脱下衣服往天上扔。

邓振华身上基本没衣服了，他脱下自己的靴子往天上扔："雄鹰——飞翔吧——"

欢呼中，只有小庄一动不动，一脸木然。

老炮过来笑着说："怎么了？你还没反应过来啊？咱们过关了！"

小庄没有笑容，他看看老炮："祝贺你。"

老炮笑着说："什么祝贺我啊？是祝贺我们！我们终于过关了！"

小庄勉强地笑着，他心里已经做出一个决定！

第十二章

―――――★―――――

1

大家都在喜笑颜开地忙着换新的特种部队迷彩服、戴黑色贝雷帽。小庄穿着陆军87迷彩服，坐在自己的床上一动不动。迷彩服和黑色贝雷帽、军靴放在他身边的床上，好像一切都跟他没关系。

强子擦着自己的新军靴，转脸看小庄："你咋还不换衣服？入队仪式马上要开始了啊！"

老炮走过来，抚摸小庄的额头："你怎么了？发烧了？"

邓振华看着小庄："看来他是预谋已久的。"

史大凡看他："什么预谋已久？"

邓振华震惊地看着他："你比鸵鸟的脑容量还小！你看他那眼神，那是准备加入特种部队吗？我敢说他现在的念头就是拆了这个部队！"

耿继辉听见了，过来蹲下看着小庄的眼："你怎么了？"

小庄慢慢推开他的手："你不会再和我做兄弟了……我知道，你爱特种部队。"

耿继辉奇怪地看着他："什么意思？难道你不爱吗？"

"不爱。"

马达笑着进来了："怎么还没准备好？"

大家都起立，小庄没起立。

马达纳闷儿地看小庄："你在干吗？"

小庄看看马达，欲言又止。

"我要你起立！回答问题！"

小庄心一横，不起立。

马达震惊地看着他："你是不是脑子有问题了？你知道部队的纪律吗？！"

小庄嗫嚅一下："灰狼，我知道你对我们很好……我不想跟你说，你把他找来。"

"谁？"

"野狼。"

马达看着他："你最好知道自己在干什么。"他转身出去了。

弟兄们都看着小庄，面面相觑。

高中队进来了，站在小庄侧面："搞什么？"

小庄站起来，看着高中队一字一句地说："我退出。"

老炮急了拉他："好好的你说什么胡话啊？"

小庄挣开他："不是胡话，来的时候我就想好了，我要回老部队。"

强子看着他："那你来干啥啊？你丫是中了什么邪了？"

"我来就是为了今天退出。"

"说说你的理由。"高中队面无表情。

"我根本不稀罕你们这个什么狼牙特种大队，我来就是要告诉你们——我能做到但是我不稀罕！我要回我们团！"

高中队真的被击了一下，他的脸抽搐着，半天才慢慢地说："你说什么？"

小庄继续很鸟地说："我不稀罕！我来就是要告诉你们，你们没有什么了不起的！"

高中队压抑着自己的怒火，走到小庄跟前："你再说一遍！"

"我不稀罕！我不稀罕！我不稀罕！"

高中队咬得牙齿咯咯响，他急促呼吸着。小庄毫不退让，盯着他的眼。高中队一把抱起小庄床铺上的特种部队制服："拿着你的东西，马上滚蛋！"

他掉头出去上车走了。小庄还是那么冷酷。

马达看着他，想想转向其余人："你们出门上车，参加入队仪式。"

大家着急地看着小庄，陆续出门了。小庄在空无一人的帐篷默默坐下，开始整理自己的东西。不一会儿，高中队的越野车风驰电掣地驶来，停在帐篷门口。他下车，冲进去。小庄站起来。高中队看着他半天，道："跟我走！"

高中队转身就出去了。小庄愣了一下，心一横，跟着出去了。

2

特种部队大院。高中队的越野车开进来。荣誉墙是一面刻着烈士名字的黑色墙壁，上面有一个闪电利剑的特种部队标志，还有一个狼牙特种部队的标志。越野车缓缓停在荣誉墙前。小庄跟着高中队下车，绕过荣誉墙走向后面的荣誉室。

荣誉室门口，小庄见过的那个黑脸志愿兵目不斜视地站在门口。小庄纳闷儿地看着他。

高中队在门口站住了："有人在里面等你。"

小庄纳闷儿地看看高中队，进去了。屋里是满墙的照片，有彩色的，有黑白的，有战争的，有训练的……屋子中间站着一个穿着迷彩服，戴着黑色贝雷帽的背影。他面对一面弹痕累累的满是签名的国旗站着。他慢慢转身，转过来的是一张大黑脸。

小庄惊喜地喊："军……"

他猛地看清了大黑脸佩戴着的上校软肩章，他又看看他的黑色贝雷帽，小庄呆住了。大黑脸——何志军大队长转过身，用缓缓低沉满是伤心的声音问："你为什么不当我的兵？"

小庄傻眼了。

"自我军区特种大队组建以来，你是第一个以列兵身份来受训并通过全部考核而获得入队资格的！但是，你也是第一个在通过考核以后，自愿放弃特种大队的队员资格的！"

何志军在他面前慢慢踱步："告诉我——为了什么？"

小庄颤抖嘴唇，说不出话来。

"为了你的喜娃？陈排？苗连？还是你自己的报复心理？"

小庄还是不说话。

何志军的语气缓和下来："上回你给我讲了你的兄弟，我说以后我给你讲讲我的兄弟——我当时以为还有时间，但是现在我要走，我只能现在讲给你——你听吗？"

小庄傻了一样，只能点头。何志军转向墙上的照片："左手第一排第一张照片，是我的好兄弟张小海，牺牲的时候34岁，是我们军区轮战的12侦察大队的特种侦察一连连长。他牺牲的时候孩子刚刚11岁，妻子常年患病在家，留下一个将近60岁的老母亲，靠糊火柴盒和他牺牲后的抚恤金度日，一直到今天！"

张小海穿着迷彩服，含笑看着小庄。小庄的嘴唇翕动着。

"左数第二排第三张照片，是我的老部下梁山。牺牲的时候24岁，我的特种侦察一连一排长。为了在撤退的时候吸引敌人的追兵，主动要求留下阻击敌人，把将近200名追剿的敌军吸引到另外的方向，在他完成任务后被包围，他拉响了胸前的光荣弹，和敌人同归于尽。他上前线之前刚刚结婚半年，是在新婚蜜月的时候接到参加军区侦察大队的命令的！牺牲之后留下了妻子和一个遗腹子，他的妻子至今未婚，含辛茹苦养育着烈士的后代！"

梁山的眼如水一般看着小庄。小庄的眼泪在打转。

何志军的手指向满屋子的照片："你看看我的兄弟！这满屋子的都是我的兄弟！这是牺牲在战场上的，这是抗洪抢险的时候为了抢出老百姓的一只小绵羊而被洪峰卷走的！就是为了一只小绵羊！我的一个战士牺牲了！他才21岁，连对象都没有谈过！你看看他们！你好好看看他们！"

"你知道你的苗连、你的陈排，他们为了什么瞎了一只眼睛，为了什么残疾了？你知道吗？"

小庄哭着摇头。

何志军冷笑："你连这个都不知道，还好意思跟我说你是一个汉子？好意思说你是一个侦察兵？好意思说你是一个人民解放军的列兵？"

小庄哭得说不出话来。

何志军怒吼："我告诉你，他们为什么！"他的手刷地指向那面弹痕累累签满名字的五星红旗，"就是为了这个！他们全是为了这面旗帜！你认识吗？"

小庄哭着："我认识……"

何志军大怒："你不认识！你认识个屁！这是什么？这是军人的信仰！你连这个都不认识，你还好意思说你跟你的苗连、你的陈排是兄弟？"他指着满屋子的照片，"现在你告诉他们！告诉他们你不愿意跟他们做兄弟！你告诉他们你脑子只有你那个侦察连的几十个兄弟！你说！你告诉他们——你告诉他们除了那个侦察连，没有人配得上当你的兄弟！"

小庄大声地哭着："大队长……"

何志军断然打断他："你不配叫我大队长！你不是我的兵！你不是我的兄弟！你甚至根本不配是一个军人，你就是一个浑蛋！你知道你刺伤的是什么？是我吗？不是！是他们！是军人的信仰！军人的荣誉！是他们这些老前辈我的这些好兄弟！我们为什么叫狼牙？这个称号怎么来的？是敌人叫出来的！敌人为什么叫我们这个？是因为我们准，我们狠，我们的弟兄不怕死，我们的弟兄敢去死！你知道什么是兄弟吗？你也配叫你的苗连、你的陈排这些真正的军人是兄弟？你现在就告诉这满屋子的英魂——他们不配做你的兄弟！"

小庄哭着啪地跪下，他泣不成声，在地上撞击着自己的额头。

何志军的眼中也隐隐有泪花。他声音低沉地说："现在距离授枪入队仪式还有半小时！我说实话，我现在就想把你一脚踢出我的大队！但是我给你这个还没有满 18 岁的小浑蛋一次机会！半小时后，或者你穿好我们狼牙的狼皮给我站到操场上，或者就给我滚出去！我的司机会送你去车站。为什么他送你？因为别人送的话你的车会被拦住，你会被这成千兄弟的唾沫星子淹死！"

何志军说完大步就出去了，门在他身后关上。

小庄面对满屋子的忠魂，跪在地上号啕大哭。

小庄给国旗磕头，三个响头。再起来时，额头上都是鲜血。

他伸手拿起特种部队迷彩服，穿上。系靴带。扣扣子。他光着头，拿起黑色贝雷帽，转身没命地奔跑。

他跑入大操场。上千特战队员头戴黑色贝雷帽，武装列队。特战队员们无声地凝视小庄。

何志军站在阅兵台上，脸色严肃。背后是一面巨大的军旗。

菜鸟面对军旗，站在阅兵台下，小庄跑过去，戴好黑色贝雷帽站在队列尾部。

国旗在猎猎飘舞。

何志军嘶哑着声音吼："中国人民解放军东南战区狼牙特种大队本年度新队员入队仪式——开始！升国旗，唱国歌——"

三名仪仗兵手持国旗开始升旗，红色的国旗冉冉升起。

升旗仪式完毕，队员们逐个上观礼台，何志军把胸条和臂章给菜鸟们戴上。

他给耿继辉戴上胸条和臂章："欢迎你加入特种部队！"

耿继辉庄严敬礼："忠于祖国！忠于人民！"

何志军还礼。

他给小庄戴上胸条和臂章，注视着他的眼："从今天开始，你就是一个特种兵了！希望你继续努力，列兵！"

小庄庄严敬礼："忠于祖国！忠于人民！"

何志军面无表情，敬礼。

国旗在空中猎猎飘舞。

小庄和菜鸟们回到台下，他们的脸色很神圣。

何志军向后转，面对军旗举起右拳："我宣誓——"

高中队举起右拳："我宣誓——"

老兵们一起举起右拳，面对军旗："我宣誓——"

菜鸟们一起举起右拳，面对军旗："我宣誓——"

他们在国旗下，背对那面巨大的军旗，一起高喊誓词："我宣誓——我是中国陆军特种兵，中国人民解放军海陆空三军最精锐的战士！我将勇敢面对一切艰苦和危险，无论是来自训练还是实战！无论面对什么危险，我都将保持冷静，并且勇敢杀敌！无论发生什么情况，我都将牢记自己的誓言，甘做军人表率，决不屈服！如果需要，我将为国效忠！如果必要——最后一颗子弹留给我！"

吼声在大操场上空久久盘旋。

上千特战队员鸦雀无声。小庄等菜鸟也鸦雀无声。

何志军突然怒吼："你们是什么？"

特战队员齐吼："狼牙！——"

菜鸟们都是一震。

何志军继续吼："你们的名字谁给的？"

"敌人！——"

"敌人为什么叫你们狼牙？"

"因为我们准！因为我们狠！因为我们不怕死！因为我们敢去死！——"

何志军看着菜鸟："记住了吗？"

菜鸟齐声回答："记住了！"

何志军面对整个方阵："你们是什么？"

小庄跟着大家扯着嗓子吼："狼牙！——"

"你们的名字谁给的？"

"敌人！——"

"敌人为什么叫你们狼牙？"

"因为我们准！因为我们狠！因为我们不怕死！因为我们敢去死！——"

3

强子穿着小背心，露着结实的肌肉在家里看电脑上的小说，不时伸手擦擦眼泪。

面包车里，李队长在沉思什么。

部下问："李队，我怎么觉得那个小蕾说得有道理啊？"

李队长琢磨着，看强子的警队资料："她说的是什么？小庄在吹牛？"

"一个网络小说，《最后一颗子弹留给我》，写特种部队的。他跟强队是战友，里面提到了强队。我前几天追着看来着，写得还不错。后面没时间看了，一直在蹲守。"

"马上给我调出来，我要看看。"

"那家伙就是个畜生，写得很快很多，你都要看啊？"

"废话！"

部下打开笔记本电脑上网调开："在这里了……好像又更新不少。"

李队长开始看小说。

4

夜。戴着黑色贝雷帽，穿着迷彩服的强子出现在军事酒吧。他一眼看见穿着迷彩服的小庄在吧台坐着喝酒。

强子过去："给我来一杯。"

军哥看看他身上的迷彩服，又看看小庄的。两人穿的都是一样的款式和颜色，一样的胸条，一样的臂章。

军哥马上很客气："喝点儿什么？"

"和他一样。"

军哥招呼伙计："一杯'闪电利剑'！"

酒摆在吧台上，伙计在调酒。强子看着酒的颜色："你又活到过去的日子了。"

小庄苦笑："我以为我忘了，其实我没有。你怎么找到这儿来的？"

"别管我还在不在警队。我要找一个人，不超过三个电话。小庄……"

小庄看他："你的事，我都知道了。"

"小庄……"

小庄摇头："别说了，我什么都不想听。"

"很多事情，我没办法跟你解释。时代不同了……"

"想告诉我，很多东西变了？"

强子忍住自己的情绪："是，变了……"

"可是我没变！我以为我变了，但是我发现我没有！"

强子握住小庄的手："结束了！一切都结束了！中国陆军，狼牙特种大队，孤狼突击队——结束了！"

"没有！我还在！"

强子很心痛："你不能活在过去，日子还要过。你明白吗？你用了多大的努力去摆脱过去，你为什么还要回去呢？不要再回忆了，我求求你——忘了吧，再这样下去你会崩溃的，小影已经去了！"

小庄呆住了。

"她走了，那是个错误，你必须接受，不要再回忆了！"

"不！是我搞砸了。我是不可饶恕的罪人。"

"你现在要做的不是去回忆，而是忘记！明白吗？你才三十岁，日子还要继续过下去！

你还有很长的路要走！你当年是我们最小的兄弟！我不想看见你这样！"

"日子如果是这样，我宁愿不过。还是喝酒吧，现在不要说那些多余的。"

强子停住了，拿起酒杯："同生共死！"

小庄愣了。

强子加重语气："同生共死！"

一行眼泪从小庄脸上滑落，他拿起酒杯："同生……共死！"

酒杯碰在一起。两人一饮而尽。

5

特种部队大操场。

入队仪式已经结束，队列解散了，入选特种大队的二十多个菜鸟在欢呼着。

小庄指着一旁笑着看他们庆祝的马达喊："把灰狼抬起来啊——"

马达措手不及，被菜鸟们抬起来，往天空抛，一次又一次。

马达终于被他们放下来，笑着说："好了好了，热闹够了热闹够了。大家安静，安静！该分发作战单位了！你们都收收心，入选特种部队不是结束，而是更艰难的训练和战斗的开始！菜鸟们——我最后一次叫你们菜鸟们，你们有没有信心？"

菜鸟们欢呼雷动："有——"

马达笑："去，把你们的帽子捡起来，集合！"

菜鸟们去捡起帽子。

邓振华拿着帽子跑到马达跟前："灰狼，有个问题我想问你。"

马达笑眯眯地看他："说。"

邓振华四处张望："怎么没看见……夏参谋？"

马达哈哈大笑："你小子贼心不小啊！夏参谋你也敢惦记？"

邓振华很尴尬："我就那么一问，那么一问……她去执行任务了？"

马达拍拍他的肩膀："你别做梦了！她不是我们的人，是真的边防武警情报参谋！"

"啊？那……还有没有机会见到她？"

史大凡戴着帽子过来嘿嘿笑："鸵鸟思春了啊？"

"滚！卫生员，我把你嘴给你缝起来！"

马达笑着挥挥手："好了好了，别耍宝了！集合集合，高中队要来给你们分发单位了！"

小庄等菜鸟 A 队队员注视着他。让他们都觉得奇怪的是，高中队始终没有念他们的名字。跟小庄在新兵连的时候一模一样，所不同的是——这次是六个新入队的菜鸟：耿继辉、老炮、强子、邓振华、史大凡，还有小庄。

高中队念完名单："好了，你们就跟着自己单位的主官回去吧！"

军官们带走了自己的队员。六个菜鸟站在那里。马达带着笑容看着他们。高中队慢慢走向这群菜鸟："都坐下吧。"

菜鸟们坐在草坪上，高中队蹲下，看着他们："其实你们的单位都已经分发好了，不过我想单独跟你们六个谈谈。"

菜鸟们都不敢说话。

"你们知道特别突击队吗？"

菜鸟们大眼瞪小眼。

高中队看耿继辉："你知道吗？"

"法国外籍兵团第二伞兵团除了正规建制的连队以外，还有数量不等的特别突击队。特别突击队不是正规编制，人员分散在各个连队，战时抽调出来单独行动。是法国陆军的机密部队，成员都需要签署保密协议，规定年限内不能泄露秘密。"

高中队点点头："很好，你多少知道点。三角洲突击队，你们知道多少？"

史大凡嘿嘿笑："Delta Force，在美军特种部队内部被戏称为 D-BOY。他们号称不存在，美军不承认有这支部队，虽然全世界都知道。就好像鸵鸟在沙漠上蒙着脸裸奔……"

高中队点点头，看马达："看来这队菜鸟，我们没选错人。"他又看大家，"我想跟你们谈的，就是孤狼特别突击队。孤狼特别突击队——特种部队中的特种部队，一支高度保密的精锐别动队。这支特别突击队，是一支不存在的影子部队。除了偶尔参加重大演习以外，从来都是以实战为主。注意，我说的是实战！孤狼特别突击队的对外番号是 026 后勤仓库，而队员对外也都属于后勤兵种，是仓库保管员。这是为了防止敌人的报复，这种报复往往不仅针对队员个人，也针对他们的家人，或者女朋友。我要告诉你们对敌斗争是残酷的！"

菜鸟们仔细听着。

"你们六个菜鸟有两个选择，第一，加入孤狼特别突击队；第二，分发到各个作战连队，刚才的话当作我没说。"

菜鸟们看马达。马达带着淡淡的笑意："你们自己决定。"

耿继辉说："我们得商量一下。"

"好，给你们 1 分钟时间。"高中队起身跟马达走开。

耿继辉转向大家坐好："来吧，菜鸟 A 队。我们商量一下，到底是下连，还是继续在他手底下受虐？"

老炮说："我去，当兵就是为了打仗！当了六年和平兵了，到头了！"

小庄看看老炮："班长去，我也去！再说了，当兵不打仗，有什么意思？"

强子笑笑："怎么可能少了我呢？"

"该死的，我要去！伞兵——从来就是……"

"脑容量比较小。"史大凡嘿嘿笑。

邓振华震惊地看他："卫生员，你觉得我在开玩笑吗？这是生死攸关的事情！你还是去医务所吧，那里适合你！"

史大凡嘿嘿笑："你们的脑子都被门夹坏了，我不去，谁能救你们？"

邓振华更震惊了："天啊！你还有这份好心肠？是没有我，你怕寂寞吧？"

史大凡嘿嘿笑："没有鸵鸟，就不好玩了！"

耿继辉笑笑:"好,既然我们都决定了,那我们还在一起!"他伸出右手:"同生共死!"

队员们的手搭在一起:"同生共死!"

6

这是一座独立的部队库房。从外部看上去,就是一个油料储备仓库。门口有哨兵把守,并不严密。

两辆越野车开进来。六个菜鸟提着自己的背囊等下车,好奇地打量这里。

高中队和马达下车。马达笑:"欢迎来到狼牙特种大队026后勤仓库。"

邓振华打量四周:"该死的,真的当后勤兵了?"

史大凡嘿嘿笑:"看来这里还真的挺神的。"

"有什么神的?这不就是一个……仓库吗?"

高中队看着他。邓振华马上不吭声了。

马达笑:"下面跟我去参观这里,顺便收拾你们的宿舍,跟老队员们见面,其中有些队员,你们认识。"

高中队说:"我在简报室。"

马达笑:"是,我们一会儿到。"他冲菜鸟们挥挥手,"跟我走,我带你们去参观一下狼牙特种大队最秘密的地方。不想长长见识吗?"

菜鸟们背上背囊,提起行李包,跟在马达后面,走向中间的仓库。

马达按下密码锁。仓库的自动门慢慢打开了。

里面果然是个仓库,堆满了各种军用品的箱子。马达带着六个菜鸟走到第一排货柜的尽头,上楼梯。

二楼的角落,有一道铁门,是指纹锁。马达把指纹放上去,铁门滑开了。他回头说:"回头你们的指纹也会输入进去。"

他带着队员们走进去。

队员们眼前豁然开朗——这是一个宽敞的室内特种战术射击场,用轮胎隔开了许多特种战术射击场地:办公室、卧室、车间、医院病房、野战指挥部等。十几个房间,不一而同。而且还有真正的家具,窗帘,甚至还有破旧的冰箱之类的电器,墙上和家具上密布弹洞,散乱着不少有坐有站的假人模型。

马达介绍说:"这是孤狼突击队最核心的秘密——杀人屋。"

菜鸟们好奇地看着。邓振华喊:"是让我们在这儿住吗?我要那个有席梦思的房间……"

小庄问:"是反恐训练设施吗?"

马达摇头:"不完全是,也有野战指挥部、雷达基地、机场塔台等军用设施。"

"Delta Force……"耿继辉说。

马达看看他:"可以这样理解。室内作战需要的爆破开路到行动结束,这里都可以完成训练,而且是实弹训练。有一点伞兵没有说错,孤狼特别突击队是真正的反恐怖行动专家,你躺在床上睡觉会安然无恙，前提是你是人质。如果你是恐怖分子或者敌人，会有不多不少两个弹洞：一，眉心或者咽喉；二，胸口。"

老炮四处打量着："是在这里进行爆破吗？"

"对。"

强子也问："如果……行动中破坏了这里的设施了呢？"

马达笑笑："如果是你们的愚蠢造成的——工资里面扣！"

宿舍是一个库房改成的，显得有些空空荡荡。马达带着他们进来，他指着那些空床铺说："你们就在那里住，旁边是你们的柜子。这里是中国陆军，所以执行中国陆军的内务条例。你们别偷懒，因为我每天都要检查内务，我的标准就是内务条例。"

队员们提着东西过去，把自己的东西放在床铺上。

小庄看着床铺那边的两排空荡荡的架子："那是放武器的地方？"

"对。"

"武器就在宿舍？"

"对。"马达说，"孤狼特别突击队，中国陆军特种部队最精锐的特别突击队——我们不能和武器分开，如果必要，我们要抱着枪睡觉。"

邓振华看着枪架问："灰狼，这里还有别的单位住吗？"

"目前没有，就你们六个新兵。"

"可那些枪架可以放足够装备一个连的武器！"

"我说你们只有一把长枪了吗？"

邓振华目瞪口呆："那我们早上 5 公里武装越野，不会是要背着所有的枪去吧？"

"不啊，背最重的两把长枪，不过你可以全都背着。"

邓振华马上不吭声了。

耿继辉笑笑："我们收拾吧，老队员还等着我们见面呢。"

马达说："我在外面等你们，5 分钟后去刚才的杀人屋跟老队员见面。"

他转身走了。大家开始利索地收拾床铺。

耿继辉看看手表："快，我们别迟到！第一次亮相，咱们可要注意！"

大家赶紧收拾。

5 分钟后，马达又带着队员们回到室内战术训练中心。

训练中心仍像他们刚才来过的样子，压根儿看不见人。邓振华纳闷儿地问："不是跟老队员见面吗？他们在哪儿？"

马达在一间屋前停下，打开门："在他们该在的地方——进去。"

大家看着里面。这是一个客厅，里面有五个假恐怖分子，面目可憎地手持武器，有坐有站。

马达笑笑："进去，随便找个位置。坐好，或者站好。"

小庄看看马达："里面没有老队员啊？"

"进去吧，这是孤狼的入门仪式。"

小庄站在客厅里左右看看，一屁股坐在门边的椅子上："这是什么见面？怎么见面？"

耿继辉坐在沙发边的恐怖分子旁边，拿起一本杂志随便翻着："不是说了吗？让我们或坐好，或站好。"

老炮蹲在电视跟前打开电视，居然还能看，是动画片。

史大凡嘿嘿笑："《蜡笔小新》，我喜欢！"他说着，一下坐在地板上看电视，又随手拉过一个恐怖分子按倒，当作自己的枕头躺下了。

强子打开冰箱，里面什么都没有："假的啊？电都没通。"他失望地走到沙发上坐下，身后就是一个恐怖分子，"可惜没带相机，要不我跟他合影留念。"

邓振华坐在他旁边的沙发上，旁边坐着一个恐怖分子。他打了两下："软的？"说着就分开恐怖分子拿枪的右手，躺在他怀里，把右手的枪对准自己的脑门儿，"来吧！让我们尝尝当人质的感觉……"

话音未落，门突然"轰"地一下被炸开了。一颗筒状物体被扔进来，在空中爆炸。

啪！闪光震撼弹在空中爆炸，一片白光。接着是一阵急促而有序的枪响。

枪声停下，菜鸟们的视觉逐渐恢复了。四个戴着防毒面具的老队员手持 92 手枪，呈战术队形站在屋子的各个角落。

"清场！"

随着马达一声令下，几个老队员迅速在屋内搜索，枪口对准已经头部中弹的恐怖分子在头部和胸口又补射着。菜鸟们被震得一愣一愣的，都不敢动。清场完毕，马达起身摘下防毒面具，脸上带着爽朗的笑容。三个老队员跟着起身摘下防毒面具，一脸笑容地看着这些脸色发白的菜鸟们。小庄心有余悸地回头，看身侧站着的恐怖分子。老炮还蹲在那儿，手还在电视的换台键盘上。史大凡的笑容凝固在脸上，他脑袋下面垫着的恐怖分子头部中两枪。强子眨巴眨巴眼，苏醒过来。耿继辉还拿着杂志，侧脸看看假人。邓振华张着嘴，脸色还很白："该死的，子弹就从我的鼻子上面打过去……"

马达笑："欢迎加入孤狼特别突击队！"

菜鸟们陆续反应过来，都慢慢站起来，看着这四个老鸟。马达看看他们："这是孤狼突击队的入门仪式。也会是你们日常训练的一部分，以后你们要轮流扮演人质和突击队员。营救人质行动，只能成功，不能失败。所以从训练开始，就要你们知道——绝对不能出错，出错就是要死人的！"他看邓振华，"当然，如果出错——你们会得到抚恤金。"

邓振华眨巴眨巴眼："我不需要抚恤金，灰狼，我就想知道，你们刚才用了多少时间？"

"3 秒。"

"3 秒？"

"你们也要做到，从进屋到完成——3 秒钟！闪光震撼弹的效果只有 3 秒钟，否则就是伤亡！而我们，承受不起任何伤亡！无论是人质还是手足，绝对不能伤亡！明白了吗？"

菜鸟们齐声说："明白！"

"现在给你们介绍老队员，走吧。他们在外面等你们！"

院子里，土狼等老兵们已经在那里等着，一脸笑容。

马达带着队员们过来："孤狼突击队原来只有一个行动组，现在你们来了，我们就有了两个行动组：A组和B组。不过你们B组暂时还不能执行战备值班任务，还要继续训练，有些简单的任务可以由你们去执行。"

"灰狼，我们没有干部吗？"邓振华说，"我是说……总得有一个队长什么的吧？"

"你们很熟悉啊，高中队，他平时还是二中队的中队长。日常训练我负责，战斗行动他带队。"

"问了等于白问。"

史大凡嘿嘿笑："那你还问？"

"我心存侥幸不行吗？"

马达对老鸟们说："兄弟们，这六个是新人——行动B组。"

老兵们鼓掌，很热烈。

马达又转向菜鸟："你们以后都要起个代号，方便电台通讯。现在，我们去食堂会餐，庆祝一下我们的队伍壮大了！"

老兵们带着新兵们笑呵呵地走向食堂。邓振华左右看看："不会还有个下马威吧？"

马达笑："有，食堂里面有炸弹。"

"哈！老炮上！"邓振华说。

史大凡嘿嘿笑："如果有夏参谋呢？"

"我上！"

小庄笑："如果有恐怖分子呢？"

史大凡嘿嘿笑："关门，放伞兵。"

老兵新兵都哄堂大笑。

7

车库改装的多媒体教室里，六名菜鸟穿着迷彩服正襟危坐，都注视着面前的何大队。

何大队的声音铿锵有力："欢迎你们进入026后勤仓库，这是一支专门执行高难度特殊任务的多用途军事突击队，一支不存在的影子特种部队。一旦命令下达，你们将在最短时间内快速部署并对敌人实施致命打击。无论他们在哪儿，干了什么，只要需要，你们就要出发，而任务也只有一个！那就是——干掉敌人！干掉敌人！干掉敌人！"

菜鸟们听着很激动。

"我们的作战地域——在现阶段有960万平方公里，也就是这张地图。"

投影上打出中国地图。

"山地丛林、沙漠戈壁、城市乡镇、海洋海岛，甚至包括被劫持的油轮、航班、汽车、火车以及所有的交通工具——总之一切你们能想到的地方，都是你们的作战地域。你们会在任何可能的时间，以任何可能的方式渗透到任何需要去的地方，干净利索地干掉敌人！干掉敌人！干掉敌人！"

菜鸟们都被他感染起来，跃跃欲试。

"总之我要告诉你们的就是——进入026后勤仓库不是训练的结束，而是更艰难训练的开始！所进行的训练只有一个目的——更快、更准、更狠、更好地干掉敌人！让他们立志下辈子不再与中华人民共和国为敌——如果他们在地狱还能思考的话！我的话完了。"

他举手敬礼。

菜鸟们起立还礼。

何大队转身出门，突然回头："还有一句话我要叮嘱你们——如果你们学艺不精，被干掉的就是你自己，也会连累你的队友。所以，希望你们能够好好学习，天天向上，挖掘自己智能和体能的极限，成为……"

"Rambo。"小庄看看何大队，笑道，"John Rambo。"

何大队也笑了一下："思维敏捷，继续保持。"他说完就走了，高中队跟着出去了。

菜鸟们在教室里面笑起来。

马达抬起双臂："好了，B组。现在我要带你们去学习如何在屋子里开枪而不误伤人质。你们准备好了吗？"

菜鸟们齐声高喊："准备好了！"

"带上你们的武器装备，室内战术训练中心集合！"

菜鸟们哗啦啦提起自己的装备，转身跑步而去。

室内战术训练中心，土狼等三个A组老队员已经在等待，都穿着丛林迷彩服。

马达指着之前那个客厅："进去，站好或者坐好。"

耿继辉看看里面："摆设的位置改过了，我们找不到原来的位置。"

马达笑笑："不用恢复原位，你们随便找个地方待着就可以。"

小庄看看马达。马达笑："进去吧，对自己的战友要充分信任。"

邓振华脸色发白地看看里面："你们有把握不再让子弹从我鼻子上擦过去？"

"那一枪是我打的，"马达说，"因为我要打他的咽喉，而你躺在他的怀里。"

史大凡一把推邓振华进去："灰狼，你别介意。鸵鸟胆子就是这么小。"

马达笑笑，在门口看着他们。大家都离假的恐怖分子很远。马达说："怕什么——你！"

邓振华站起来："到！"

马达指着沙发上的假人："坐那儿。"

邓振华拘泥地走过去："这是个男人，我不喜欢距离男人这么近……"

马达一把把他拉过去，按在恐怖分子旁边。接着把恐怖分子的胳膊绕过他的脖子，这样恐怖分子的半个脑袋就在邓振华的脑袋后面了。

"问个问题……"邓振华战战兢兢地说，"可以戴防弹头盔吗？"

马达笑："这么近的距离，一枪就打穿了——别琢磨了，你们都跟他们距离近一点！这就是标准，5秒钟！"

小庄咽口唾沫，看周围的队友。老炮苦笑一下，看强子。

强子舔舔嘴唇，额头上有冷汗："希望他们的眼睛好使……"

耿继辉还算平静，他注视着门口。史大凡嘿嘿笑着，拍拍旁边的恐怖分子："每次你都是致命伤，我也没办法。"

马达说："为了让你们看清楚，这次不投掷闪光震撼弹了。好了，待好，别紧张！"他说完就出去了，关上门。

菜鸟们面面相觑。邓振华挡住恐怖分子最多，他脸色发白："卫生员，卫生员？"

"干吗？"

"真的没救了吗？"

史大凡嘿嘿笑："除非你是小悟空，或者圣斗士。"

"别说话了，"耿继辉说，"注意看他们的动作。"

屋里立即安静了。外面，马达站在门左边，左手抓着门把手，右手持上膛的手枪："准备。"

土狼是主攻手，在右边，右手持手枪，左手持一个矿泉水瓶子。他后面是两个副攻手，右手持手枪，左手都搭在前面队员左肩上。

"三、二、一，进！"马达一把打开门，土狼左手的矿泉水瓶子飞了进去，接着他粗壮的身躯撞开了门进去了。

马达紧随其后。后面的两个队员则稍微停了一下，随即进入。土狼进门举枪占据右方位角，向前快速移动连续射击。小庄身后的恐怖分子头部、咽喉连续中弹。马达进门占据左方位角保持快速移动，扫清障碍。后面两个队员随后跟进，对着恐怖分子射击，啪啪！啪啪！啪啪……一切眼花缭乱，还没看清楚就结束了。马达环顾现场："控制。"他随即收起自己的手枪，其余三名队员也收起自己的手枪。

"你们看清楚是怎么回事了吗？"

菜鸟们还傻在那里，都摇头。

"不要动，我们放慢速度再做一次。"马达挥挥手，几个老队员转身出去。

菜鸟们看着门口。马达拉长的声音传来："三——二——一——进——"

门被慢慢推开，土狼很慢地走进来，双手持枪对准小庄。

马达随后进来，一边持枪缓慢前进一边解释："土狼担任主攻手，由他决定向左转还是向右转，因为主攻目标由他确定。主攻目标，就是通常意义上所说的危险目标。"

土狼慢慢向小庄前进："你身后的恐怖分子是一把 AK47，所以我确定他为主攻目标。我必须第一个结束他。"他开了两枪，身后的恐怖分子头部和咽喉再次中弹。

马达接着土狼的讲解："主攻手决定进攻右侧，于是我要扫荡左侧。我首先击毙的是伞兵身后的目标，因为他最隐蔽，构成对人质的直接威胁——"他再次开枪，邓振华身后的那半个脑袋又中了一枪，"注意主攻手的动作——"

队员们又看土狼。土狼还在缓慢地继续前进，到了房屋的角落停下来，折返。

马达继续前进："他要折返，继续攻击——所以这个时候我应该运动到跟他平行的位置，这样我就可以躲避他的射击角度。"

土狼和马达几乎同时再次开枪，击中两个目标。

"你们看清楚发生什么了吗？人的眼睛不可能看到相反方向，所以我们必须采取团队合作来完成突击营救。"

其余的两个队员此刻缓慢跟进。

"注意——副攻组并没有紧跟我们进入，而是利用 2 秒的时间差才进入。由于主攻组先进来，恐怖分子的注意力就会离开屋门而跟随主攻组，这样助攻组就可以从容搜索目标，进行射击。我们在屋内的运动看着眼花缭乱，其实非常简单，但是需要长期艰苦的合练才能完成。"

助攻队员开枪，命中目标。

四个人在屋内缓慢地走着方位，慢慢占据了进攻停止的位置。随着马达的一声："控制——"其余队员都收起武器，站好了。

马达看看目瞪口呆的菜鸟们："每个队员都必须在脑子里记清楚，你走过几步，开了几枪，打在哪个目标的什么位置。要能清晰还原现场，刚才的进攻时间是 3 秒钟。3 秒钟内都发生了什么，必须无意识地记在自己的脑子里。这也是特种兵的一种特殊技能，无意识记忆——你们以后会学会的。"

菜鸟们更傻了。

马达笑笑："现在，知道为什么特种兵必须是有脑子的聪明人了吧? 不是任何一个不怕死的笨蛋都能当特种兵的。好了，别发愣了。起来，你们开始学习了——这是个漫长的过程，也是一门科学和艺术! B 组，欢迎你们进入特种部队的科学世界和艺术殿堂!"

菜鸟们总算回过神来，一个个摩拳擦掌跃跃欲试。为了成为中国陆军的精锐，他们不停地训练……

第十三章

─────★─────

1

小庄家的门开了，强子架着喝得晕天黑地的小庄进来，开灯上楼。

强子把小庄丢到床上，看着他，神色复杂："我走了，你保重。"

他关灯走人。

2

薄雾散去，城市开始喧闹。到处都是赶着上班的人流。

一个乞丐拿着肮脏的饭盆走着，对周围的男女行乞，嘶哑的喉咙说出来的是外地话："行行好，行行好……可怜可怜我吧……"

男女对他退避不已。

乞丐可怜巴巴地走在人流中，眼却不时露出点点锐利："行行好，行行好吧……谢谢啊，谢谢啊……"

他走到人行横道前。红绿灯的杆子上画着两道白色的粉笔痕，他扫了一眼，在路过红绿灯的时候，他的手不经意地一抹杆子，两道粉笔痕上出现一道白色的粉笔下划线。

乞丐继续走着，走向一个僻静的公园，走进公园里的公厕。

公厕里空无一人。最里面的门上被人用白色粉笔划了一道。

乞丐走进去。

他的眼神立即锐利起来。他打开马桶的水箱盖子，伸手进去，摸出一个黑防水包。乞丐撕开防水包装，里面是个袋子。袋子里有衣服、眼镜，还有一个化妆包。

他伸手摸进去，摸出一把枪和两个弹匣。

乞丐撕掉了自己的假胡子和头套，露出强子的脸。

不一会儿，一个戴着黄毛发套的年轻人走出公园。他衣着前卫，鼻子上挂着鼻饰，背着破旧帆布挎包，戴着耳机，走路都带着舞蹈的节奏。

他混入人群，消失了。

3

小庄在床上慢慢睁开眼，下面有人在敲门，他头疼欲裂，懒得去开。

小庄起身，嘶哑地吼："他妈的大早上谁啊？"

"警察——"

小庄马上起身，摸索着下床："等等啊！马上来——"

门口站着两个警察——副组长和小蕾。

小庄咽口唾沫："你们有事吗？"

副组长看着他，问："你知道强队在哪儿吗？"

"你……有证儿吗？"

副组长拿出警官证。

"我是说那逮捕证、搜查证或者传唤证之类的，有吗？"

"没有，我们只是想了解点情况。"

小庄硬气起来了："你谁啊？"

"我是他的同事。"

"那你自己该知道啊？我又不是警察，他又不跟我一起上班。"

"强队的事，你多少知道点……"

"第一，我什么都不知道，知道也不告诉你；第二，如果你们要问我，就拿合法的手续来，我知无不言！没别的事儿，我休息了。"

他说着就关门。

小蕾按住门："等等。"

"还有事儿吗？"

"我能跟你谈谈吗？"

"你又是谁啊？"

"我是他女朋友。"

小庄愣住了。副组长也愣住了。小蕾却很坦然。

小庄看看她："没听他说过啊？"

"你知道他是个低调的人。"

"你进来吧——你，请在外面等着。"

他让开，小蕾进去了。

副组长站在门口，苦笑一下。小庄在他眼前关上门。

小蕾进来，环顾四周，墙上是刚挂出来不久的特种部队时期的大照片。照片上的强子和战友们在一起，笑呵呵地充满自信。

小蕾转脸看小庄："你是小庄？"

"你是警察，都找到我家里来了，这不是明知故问吗？"

"小说我看了，写得很好，我了解了一个我不了解的强子。"

"你就当小说看得了，别的我不能跟你说什么。"

"我理解……你知道他在哪儿吗？"

"你看看我，我像知道的那种人吗？我是一个社会青年，一个混子！现在酒都还没醒！你是警察，又是他女朋友，难道你不该比我更知道吗？"

小蕾擦去眼泪："可是……他现在很危险……如果再这样下去，可能我们不得不采取措施了！"

"你想从我这里知道什么啊？啊？你想知道他是不是藏在我这儿，好，你可以搜！我要他们的搜查证，我不要你的！因为你的眼泪骗不了我，你爱他！你搜我这儿，我不当作警察搜，当作是我战友的女人搜——这是天经地义的！你搜好了！"

"我没有那个意思……我知道，他不可能在你这儿。"

"那你想知道什么？"

小蕾看着照片上的强子，流着眼泪说："我想知道，你们在部队的时候，是不是习惯了隐姓埋名，不惜一切去完成任务？"

"对不起，我不能跟你谈部队的情况。他昨天晚上是和我在一起喝酒，然后送我回家，其余的我都不知道了，你们叫门我才起床的！"

"如果他跟你联系，你就告诉他，我在找他，我个人在找他！我不代表警方，我代表我自己……他的女人……"她拿出自己的名片递给小庄，"我的电话都在上面，24 小时开机，你随时可以找我。对不起，打扰了……"她留恋地看了一眼满墙的照片，转身戴上帽子出去了，门被她轻轻带上。

小庄看看手里的名片，又抬眼看看照片上的强子："乱套了！你什么时候混了个女朋友？还是跟你一个单位的，我怎么一点都不知道？"

4

破旧的剧场。几个歹徒戴着面罩手持冲锋枪占据着要点。座位上几十个假人充当人质，也有两个真人——高中队和马达，但打扮跟假人无异。

几扇门突然同时被撞开，歹徒们立即转向两侧的门。

几颗闪光震撼弹从正门嗖嗖飞进来，在半空炸开，一片白光。

穿着城市迷彩服的 B 组四名队员从正门冲进剧场，迅速展开一字射击队形，开始射击。

邓振华从打灯的位置闪出来，操起 88 狙击步枪开始射击。

史大凡在他另一侧闪现出来，手持 88 狙击步枪开始射击。

歹徒措手不及，被击倒在地。

耿继辉厉声命令："搜索整个剧场！"

小庄在前、耿继辉在左、老炮在右、强子在后，四个人紧密地背靠背，手持加装战术手电的 56-1 冲锋枪在剧场正中的通道前进搜索。邓振华和史大凡在上面警戒。

一个歹徒跳出来，侧面的耿继辉开枪射击，他应声而倒。

四人搜索队继续前进。

化装成人质的高中队不动声色，看着他们过去。

马达突然从旁边跳出来，举起冲锋枪。老炮果断射击，马达倒地。四人搜索队形没有乱，还在继续前进。

高中队拿出一颗手榴弹，从地下滚过去。

手榴弹滚到人质堆里，冒出白烟。

耿继辉一脸懊恼："该死！"

马达起身："好了，演练结束！红队失败，蓝队胜利。"

歹徒们纷纷起身，摘下面罩，是A组的老队员。

小庄泄气地摘下防弹头盔："又失败了！"

耿继辉指着上面两个站起来的狙击手："你们两个——在上面看风景呢？"

邓振华不敢说话。史大凡也不敢说话。两人滑降下来。

马达高喊："集合！"

红队在前，蓝队在后，都在舞台前站好。

高中队蹲在舞台上，看着他们："你们进来的时候，为什么没有发现我是匪徒？"

"报告，"小庄说，"因为你穿了人质的衣服。"

高中队点点头："我跟你们说过什么？"

耿继辉抬头："报告！所有在场的人都按照匪徒对待。打死的是被击毙的歹徒，还活着的是被抓获的歹徒。"

"回答得不错，为什么没有做到？"

B组不吭声。

"你们以为这是在玩电脑游戏吗？谁是C谁是T，服装上一目了然！这是在打仗，歹徒可没有制服穿！而且他们经常混在人质里面，尤其是头儿！光枪打得准有蛋用？一颗手榴弹，就得死伤一大片！我这还是善良的，没有把人质做成真人！否则你们更郁闷。B组——"高中队起身，"再来一次。"

他身上的对讲机突然响了："野狼野狼，这是狼穴。听到就回答，完毕。"

高中队摘下对讲机："狼穴，这是野狼。请讲。完毕。"

"今夜有暴风雨，完毕。"

高中队的脸色一变："收到，我们去送雨衣。完毕。"

A组已经精神起来，高中队看着A组，刚想下令，又看看B组，B组年轻的队员都看着他，还没明白过来。

高中队看着他们解释道："我们的暗语分为暴风雨、台风雨、飓风雨三个等级。暴风雨的等级是最低的，意思是出现劫持人质事件，人质有一名，让我们马上出勤。"他转看马达，"灰狼。"

"到！"

高中队指着 B 组:"你带 B 组去做战斗准备,A 组战备。我直接去机场,在那里会合。"
"是!"
高中队看着跃跃欲试的 B 组:"注意!这次不是演习,是来真的!明白没有?"
B 组齐声答:"明白!"

5

直升机在空中飞行。
机舱内,高中队直视所有队员介绍着:"三名来自境外的贩毒分子持枪拒捕,闯入快餐店劫持了一个七岁的小女孩,他们有一定的军事背景。警方已经控制了现场的外围。我们的任务就是打进去,干掉敌人!明确没有?"
"明确!"
"取下军衔臂章,现场有媒体记者和围观百姓。记住不要多嘴,不要暴露身份!"
队员们取下军衔臂章,收好。

城市街道上的快餐店外,警车云集。透过快餐店的大玻璃,可以看见里面的情况:三名持枪歹徒占据了各自的方位,躲在柜台或者桌椅后面。
小女孩身上绑着炸药,坐在柜台上哭着:"妈妈……"
她身后的那名歹徒举着引爆器:"听着!警察,你们敢过来,我们就一起完蛋!我们杀过人,别他妈的以为老子不敢!活到现在,我们也活腻了!"
玻璃窗外,有一个还没卸完货的小货车,地上摆着半人高的纸箱子。
警察围在外面,更外面是媒体记者和围观群众。
军用直升机在高空开来。群众的目光被吸引过去。
机舱内,高中队看着下面,对着耳麦:"天狼 1 号,这是野狼。围观群众太多,我们需要更改着陆地点。完毕。"
"天狼 1 号收到。完毕……202,这是天狼 1 号。我们请求更改机降方案,隐蔽降落。完毕。"
"天狼 1 号,202 命令改在军区总医院实施机降。完毕。"
"天狼 1 号收到。完毕。"
直升机转换航向,掠过城市上空。

直升机准确地降落在楼顶,几名便衣警察早已在等待。
机舱门打开,特战队员们跳下直升机,提着武器快步跑向他们。
高中队敬礼:"我是突击队队长!"
警察还礼:"就等你们来了,我是刑警队长!"
"我们走吧!现场情况怎么样?"高中队快步往出口走,队员们在后面跟着。
刑警队长跟上去:"非常不好!这三个歹徒来自境外,他们身上有充足的武器弹药。

他们有手枪，56冲锋枪，此外还有手雷和炸药！我们实施抓捕行动的时候，跟他们发生了遭遇战！他们的战术动作非常娴熟，我们有两名警员牺牲，三人受伤。我们事先在外围部署了大批警力，他们见出不去，就躲进了快餐店！"

"人质受伤没有？"

"没有！但是那个小女孩身上绑了炸药！我们不敢强攻，谈判也进行得很艰难！已经僵持4个小时了，看来他们是铁了心要顽抗到底了！"

"戴面罩！"

队员们齐刷刷把卷在头顶的面罩拉下来，只露出眼睛。一行人跑出去。

刑警队长跟在后面："我们坐医护人员专用电梯下去，地下车库有车等着！"

队员们走进电梯，电梯到B2，电梯门打开。

这是备用车库，平时不启用，三辆救护车在等待，队员们跟着警察们跑过去，直接上了救护车。

车门关上，车队出发。

6

救护车队伍在警车的引导下高速穿越市区。B组队员们平静地等待着，他们把面罩卷到头顶，以便从容呼吸。小庄握着56-1自动步枪，神色平静。大家在传送人质的照片，是一个漂亮的小女孩在玩滑梯。小庄接过照片，仔细看着，然后递给耿断辉。耿继辉举起那个小女孩的照片面对大家："天大地大，人质最大！记住！不要有任何情绪！我们是职业特种兵，这是我们的工作！"

队员们默默看着照片，握紧了武器。

劫持人质现场，局面还在僵持。警察分开人群，拉起警戒线。救护车队穿过人群，停在警车圈里。

车门打开，刑警队长站在下面："我们到了。"

队员们提着武器装备下车，跟着高中队和马达跑过去。现场临时指挥部是几辆依维柯警车围住的空地，摆着长条桌，监视器放在桌子上传输现场画面，几名警官正在监视。刑警队长带着特种兵们跑步进来。小女孩的照片挂在监视器旁，三个监视器把快餐厅门口的街道、快餐厅前后门的画面都传输过来，可以看见里面的柜台上坐着哭泣的小女孩，但是看不见劫匪。

高中队上前一步："长话短说，我想知道匪徒的分布、武器情况、炸药威力。

刑警队长拿来地图："这是快餐厅的地图。我们编号为1号、2号和3号劫匪，这是他们的位置。快餐厅正面都是大玻璃，方便我们观察，但也方便他们防守。我们有什么动作，都瞒不过他们的眼睛。"

高中队、马达和B组仔细看着地图，听着介绍。高中队喊："森林狼！带你的人勘查现场！我要你们自己制订行动方案，我和灰狼担任顾问和后援。"

"是！B组，勘查现场。"耿继辉拿起整张地图，带着大家走了。

几辆警车的缝隙之间，B组借助警车掩护卧倒成一线。

小庄的望远镜搜索整个街区，不时地汇报："他们的视野很好。地面没有可以接近的可能性……突击组想进去只能从上面滑降，撞开玻璃强行进入。"

强子想着："我们从上面下来，我负责投掷闪光震撼弹。"

老炮看看地图："森林狼，我想去后门侦察一下。"

耿继辉点头："去吧，注意无线电通畅。"

老炮拿起自己的武器装备起身往后飞奔而去。

邓振华看看地图，拿起自己的望远镜观察现场，镜头里出现了餐厅门口的货车和那一堆纸箱子。

邓振华放下望远镜，指着那堆纸箱子说："那倒霉的货车在那儿干吗？"

史大凡嘿嘿笑："很明显正在卸货，事发突然，刚刚卸了一半。"

"箱子里面是什么？是易燃易爆物体吗？"

史大凡仔细看看商标："不是，是香蕉。"

邓振华笑了："卫生员，你知道不知道？我最爱吃香蕉。"

史大凡嘿嘿笑着拿起望远镜："鸵鸟找到地方了。"

耿继辉看着他："你想把那儿当作狙击阵地？"

邓振华拿起望远镜："那堆香蕉距离1号劫匪只有10米。可以当作掩体进行抵近射击，是个很好的隐蔽位置。我和秃尾巴狼想办法前进到那个位置，我开枪，他救人——但愿卫生员是真的医生，不是冒牌的！"

耿继辉拿起望远镜仔细看看，然后放下，他笑了一下："你们的路很长——得蜗牛似的爬过去。"

史大凡嘿嘿笑："我爱吃蜗牛，营养价值高。"

邓振华震惊地看他："还有什么你不爱吃的吗？"

史大凡嘿嘿笑："鸵鸟。"

耿继辉瞪他们一眼，两人立即住嘴。

后门，也是警察云集。

老炮手持武器飞奔过来，警察们看着他的装束，让开位置。

老炮小心翼翼抵近后门，仔细观察，对着耳麦报告："森林狼，山狼报告，后门没有发现饵雷。后门是铁的，需要定向爆破。完毕。"

"山狼，归队。完毕。"

"山狼收到，完毕。"

7

指挥部空地上。高中队和马达蹲在地图前，旁边是蹲着的 B 组队员。

耿继辉拿着蓝色水笔，在地图上标着："1 号，2 号，3 号劫匪在这儿，这儿，这儿。这是 2 号。3 号两把长枪，控制前后门的位置，没有死角，他们是高手。1 号在柜台后面，拿着引爆器和手枪。"

他换了黄色水笔，点在柜台上："这是人质。"

高中队看着他："然后呢？"

"如果运气不好的话，我们可能会有伤亡；如果运气好，我们会先敌开火，结束战斗。"

高中队看看地图上的进攻路线："我不希望人质出现伤亡，也不希望你们出现伤亡！明白吗？"

B 组低沉回答："明白！"

马达问："还有什么问题吗？"

史大凡说："我想跟小孩的母亲接触一下。"

高中队看他："为什么？"

"我希望救出来的不是一个天天晚上会做噩梦的小女孩。"他看着高中队，"她是我们的希望，野狼。"

高中队拍拍马达的肩膀："你去安排。"

马达起身提着武器飞跑向刑警队长。

高中队看看手表："B 组，在行动开始以前，我跟你们说几句。"他扫视着队员们，"你们是我训练过的最好的士兵！去干掉敌人，一个不留！让他们在地狱都他妈的要被噩梦吓醒，后悔跟你们交手！"

队员们低声怒吼："忠于祖国！忠于人民！"

高中队拍拍耿继辉的肩膀："去做准备！"

耿继辉起身："B 组，我们到车上去，拿装备做准备！"

B 组队员跟着他上车。

高中队起身看着他们，喃喃低语："Cry 'HAVOC' and let slip the dogs of war！（发出冲锋的号令，放出战争的猛犬！ HAVOC 是拉丁语，古罗马军队的冲锋口号）——看你们的了，小子们！"

8

一辆依维柯警车内，女孩的妈妈哭着："她只是想去买个汉堡……我在书报摊买报纸，就让她自己去了……她才七岁……你们一定要救救她……"

穿着丛林吉利服的史大凡满脸迷彩，握着手里的 56-1 冲锋枪看着她："我想知道她平时有什么爱好？喜欢看什么漫画？喜欢哪个动画人物或者玩具？有没有特别钟爱的偶像？比如芭比娃娃之类的。"

女孩的妈妈惊讶地看着他："你……问这个干什么？"

史大凡注视着她："听着，这对你的孩子很重要！你想我们救出一个再也没有安全感，每天晚上都做噩梦，甚至连你都不信任的女儿吗？你想让她的童年活在恐怖的回忆中吗？甚至这辈子她都没有安全感了，郁郁寡欢，甚至精神失常，你想吗？"

女孩的妈妈呆呆地看着他。史大凡握住她的手："那你就告诉我，她最喜欢什么？"

"你能救她？"

"我是特种兵，也是医生！"

女孩的妈妈哭着："她最喜欢米老鼠和唐老鸭。"

史大凡无声地松开手，握着冲锋枪转身走了。

车外，也穿着丛林吉利服的邓振华在等待："卫生员，你到底还要等多久才能行动？我们要爬的可是很长的一段路！"

史大凡报告："我不管他们用什么方法，找一救护车的米老鼠和唐老鸭玩具来！完毕。"

"你认为这很重要吗？完毕。"

"跟她的生命一样重要，完毕。"

"知道了，你会得到满意的后勤支援。完毕。"

"收到，野狼。完毕。"

楼房内。小庄跟强子手持 92 手枪跑步进来。强子摘下身上的攀登绳，在窗框上试验了一下强度，开始熟练地打结。

他们把攀登绳扣在腰间的 D 形环上，抬起腿上了窗户。

小庄头朝上，右手持枪，左手控制下滑速度，坐式慢慢下滑。他踩在快餐厅顶部边缘，停住了，然后双手持枪，做好了滑降突击准备。

强子头朝下，左手拿着闪光震撼弹，右手拿着手枪，双腿夹着绳子，慢慢倒立下滑。也停在快餐厅顶部边缘。

小庄对着耳麦低声道："西伯利亚狼到位。完毕。"

强子对着耳麦低声道："恶狼到位。完毕。"

后门。老炮在铁门上安上炸药，接上雷管。

耿继辉在门侧等待着。

老炮慢慢退后，左手拿起引爆器，右手持手枪跪姿蹲下："山狼到位。完毕。"

耿继辉双手持手枪，对着耳麦："狙击组，不要着急，你们一定不能暴露目标。完毕。"

街道的绿化带中，两团灌木在慢慢蠕动。邓振华对着耳麦吹了两口气，算是回答，他继续前进。

史大凡在他的身后，也是相同的姿势。

二人都没有说话，缓慢地向前蠕动。前面十多米的地方就是那堆箱子。

邓振华满脸汗水地从灌木后抬起眼，他看见了那堆纸箱子，也透过玻璃看见了女孩的侧面。他拿起狙击步枪，突然一个鱼跃翻过灌木丛，无声落地、滚翻，卧倒在箱子后面。

两人很慢很慢地脱掉身上的伪装轻轻放在旁边。

邓振华戴上奔尼帽，遮住直射的阳光，让眼睛藏在阴影中。他慢慢跪起来，贴近纸箱子的缝隙观察着，他这回可以看见小女孩哭泣的脸。他保持跪姿，慢慢抽起地上的88狙击步枪，半个枪管轻轻伸进纸箱子的缝隙，枪托抵住肩膀，右手很慢很慢拉开枪栓，又很慢很慢地送回枪栓。

咔嚓。狙击步枪的子弹上膛。

史大凡卧倒在旁边的地上，对着耳麦轻轻吹了两口气。

耳麦里立即传来耿继辉的声音："注意，狙击组到位了。我们等大尾巴狼的枪响。完毕。"

9

警方谈判专家在跟匪徒周旋："你们想想看，换我去做人质，比那个小女孩强吧？她要出点什么事，你们还不被警察剁碎了……"

高中队站在阳光下，看着自己的学生们。

马达看看手表："1小时29分了，他们的体力消耗得很厉害。"

"他们在等待时机。"

"对手很狡猾，1号匪徒始终不肯露面。"

"我们要逼他出来！把他的资料给我！"

刑警队长把资料递过去，高中队接过来，仔细看着，有一张照片是1号匪徒和一个小男孩的合影，"这是谁？"高中队问。

刑警队长看看，说："他儿子。"

高中队把资料丢还给他，大步走向谈判专家。谈判专家还在废话，高中队劈手夺过高音喇叭："里面的人听着——高森！老子刚下飞机，专门来看看你这个狗日的！我知道你是头儿，你儿子在我手上！你他妈的敢伤了那个小女孩，我就毙了他！"

藏在1号柜台后的匪徒马上傻了，随即大喊："不会的！你们是警察——"

"去你他妈的警察！老子才不是警察，我是中国陆军特种部队！我才不管什么规矩不规矩！老子的规矩就是以血还血，以牙还牙！你敢动那个小女孩，老子就杀你儿子！不信你就试试看！"

1号匪徒怒吼："你骗我——"

"老子刚带突击队去境外绑了你儿子回来，不信你就自己看看？"

1号匪徒哗地站起来："明明——"

纸箱子后，邓振华抓住这个机会，扣动扳机。

砰！子弹旋转着脱膛而出，弹头在空中旋转飞行。

啪！弹头在玻璃上打开一个小洞。

弹头旋转着，擦过小女孩的小辫，直接飞进 1 号匪徒的眉心。1 号匪徒举着引爆器缓缓倒下。

小女孩尖叫："啊——"

2 号和 3 号匪徒大惊，3 号匪徒的枪口转移向柜台上毫无遮掩的小女孩。

楼上，小庄的靴子使劲一蹬。他的整个身子飞起来，瞬间下滑，撞向玻璃。咣——大玻璃被撞碎了，他飞了进来。

3 号匪徒的头上落下一片玻璃碎片，他转身持枪面对正落向地面的小庄。

强子甩手把那颗准备已久的闪光震撼弹丢进快餐厅。啪！闪光震撼弹在空中炸开，一片白光。

2 号和 3 号匪徒惨叫着，捂住了眼睛。

后门同一时间往外炸开了，耿继辉一个箭步持枪冲进去，老炮持枪起身跟进。

小庄在地上滚翻起身，对准 3 号匪徒就是两枪。

3 号匪徒头部中弹栽倒。

2 号匪徒捂着眼惨叫着，耿继辉和老炮冲进来，两把手枪对准他的脑袋"啪啪啪啪"就是四枪。

小女孩什么都看不见了，哭喊着："妈妈——"

史大凡手持冲锋枪一个箭步从撞碎的玻璃处飞身进来。

耿继辉高喊："扫清鼠辈——"

小庄踢开 3 号匪徒的冲锋枪，对准尸体的头部和胸部各射两枪。

耿继辉踢开 2 号匪徒的冲锋枪，对准尸体的头部和胸部各射两枪。

老炮小心翼翼拿起 1 号匪徒虚抓的引爆器，踢开了他右手的手枪。史大凡举起冲锋枪，对准他的头部和胸部就是两个短点射。

所有队员站在自己的战位，控制了餐厅的各个要点。

耿继辉冷静地指挥着："控制！拆弹！其余人撤离！"

老炮把引爆器放在柜台上，看着小女孩身上的炸药，打开自己带的工具包。

耿继辉带着小庄、强子等跑到窗口，回头："秃尾巴狼！你在干吗？！"

史大凡走向小女孩："我是医生，我要留下陪她！你们撤！"

"好！注意安全！"耿继辉带着两名部下跳出窗台。

强子滑降到地面，翻身起来，看看里面跟着他们出去了。

餐厅外，四名特种兵手持武器离开了内围警戒线。

耿继辉对着潮水一般涌过来的警察高喊："全部后撤到安全位置！我们要拆弹——"

小庄举起手枪对着天空就是两枪。警察反应过来，刑警队长高喊："到警戒线去！快！"

警察们又跑回去了。

邓振华抱着狙击步枪一瘸一拐走过来："妈的，我腿都麻了！狗日的你们干得漂亮！卫生员干吗去了？"

小庄说："他在里面，陪着人质。"

耿继辉看着邓振华：“大尾巴狼——站到自己的位置上去，不许任何人靠近！”

邓振华抱着自己的狙击步枪一瘸一拐站到了边缘的位置上。

餐厅里，小女孩的眼睛慢慢看见了，她还在哭着，模糊的视线出现的是一本《米老鼠和唐老鸭》的漫画。

小女孩的哭声停住了，她睁大眼看着封面上的米老鼠和唐老鸭。

史大凡嘿嘿笑着，捏着嗓子学唐老鸭：“演出开始了——”

小女孩纳闷儿地看着他。

“丫头——你叫丫头？对吗？我是唐老鸭。”

小女孩看着他点了点头，眼泪还挂在脸颊上。

老炮在小女孩身后紧张地检查着炸药。

史大凡嘿嘿笑着：“啊哦——欢迎丫头参加迪斯尼乐园的冒险游戏！”

史大凡还在学唐老鸭：“这里是迪斯尼乐园狼牙特种部队娱乐场，刚才我们进行的是冒险岛游戏的第一关！丫头过关了，真是个聪明勇敢的好孩子！所以这本漫画，就送给丫头！”

小女孩看看漫画：“这本我有了！”

史大凡嘿嘿笑着又摸出一本《七龙珠》：“这本呢？”

小女孩噘嘴：“我不喜欢日本漫画！我喜欢迪斯尼的！”

老炮在后面检查炸弹，松了一口气：“马上就没事了，我剪断这根蓝线就可以了。”

史大凡嘿嘿笑着：“狼牙特种部队娱乐场给丫头准备了特别礼物，1分钟以后就知道了！丫头，闭上眼我们一起倒计时好不好？60，59……”

小女孩闭上眼，跟着史大凡开始大声地倒计时：“58，57……”

邓振华回头看看里面：“卫生员在干吗？改行当超级奶爸了吗？”

小庄笑：“他在安慰人质，进行心理疏导。我们上过这个课的，你忘了？”

“可是我们没学过儿童心理疏导啊？”

耿继辉嘴角笑了一下：“他是天才，大尾巴狼。”

邓振华眨巴眨巴眼：“我一直认为他的智商等于七岁，现在得到了验证。”

队员们愉快地微笑着。

第十四章

1

小女孩跟着史大凡还在闭着眼睛倒计时："49，48……"

老炮的钳子剪断了蓝线，他松了一口气。

史大凡也松了口气，脸上的笑也松弛起来："42……"

突然，"滴滴滴滴"的声音响起来，是走表的声音。老炮的脸色一下变了，他慢慢掀开小女孩裙子的后襟，露出了粘在后背上的炸弹定时器，从5分钟开始跳动，他张大了嘴："刚才的是个饵雷……"

史大凡也呆住了，只有小女孩还在数着。

显示器在跳动：4:55，4:54……

餐厅外，四名队员的耳麦传出老炮的呼叫："刚才的炸弹是饵雷！现在定时炸弹已经启动了，还有不到5分钟爆炸，马上撤离！完毕。"

四名队员一起震惊地回头。

餐厅内，小女孩自己数着，没意思了，睁开眼纳闷儿地看史大凡。史大凡的笑容凝固在脸上，汗珠流了下来。

小女孩问："你怎么了？"

史大凡掩饰地说："没事没事……"

老炮在后面紧张地检查："你马上出去！这里没你的事儿了！"

史大凡看着小女孩，小女孩看着他："怎么了？游戏还没结束吗？"

史大凡嘿嘿笑："没有呢！我忘了，还有一关呢！那就是定时炸弹！这是冒险游戏啊，丫头！要勇敢啊！"

小女孩坚定地点头："嗯！"

史大凡看着小女孩，笑着抚摸她的脸颊："丫头是个勇敢的好孩子，对不对？"

"我胆子可小了，我妈妈说我跟老鼠似的。"

"你妈妈说错了，丫头最勇敢了！"

老炮头也不抬，满头是汗："你赶紧走！这个炸弹很复杂！"

小女孩看史大凡："叔叔，我怕……"

史大凡嘿嘿一笑："不用理他！他就是陪我们玩的！叔叔留下陪你——你忙你的，别管我！"

小女孩看史大凡，笑了："丫头最怕一个人待着了！"

餐厅外，四名队员傻傻看着里面。高中队的声音从耳麦里传来："撤出来！除了爆破手，全部撤回！这是命令！"

四名队员都没有动。

"森林狼，执行我的命令！完毕。"

耿继辉咽口唾沫："撤！"

队员默默转身，邓振华没有动："要撤你们撤！老子跟那个该死的卫生员在一起！"他背上狙击步枪大步跨过窗台进去了。

大家都看着他进去。

"撤，这是命令。"耿继辉的声音很苦涩。

小庄想进去，被耿继辉拉住："这是命令！"

"我不执行！我的班长在里面！"

"这是命令……"

小庄挣扎着："放开我！"

耿继辉给强子使了个眼色。

强子一把扛起小庄开始飞奔，小庄拼命挣扎着："班长——班长——"

餐厅。邓振华背着狙击步枪进来："他妈的！卫生员，你在这里当超级奶爸很开心吗？老子在外面晒太阳，脑子都快炸了！空调在哪儿，这里也热得要命！"

史大凡侧脸，笑容凝固在脸上："你来干什么？"

邓振华大大咧咧拉过一把椅子坐下："我来找骂，不行啊？开始吧，我等着呢！"

史大凡看着他，眼里有泪在酝酿。

小女孩看看邓振华："你是谁啊？"

"哈哈哈！我是谁啊？这还真的是一个问题！卫生员，你告诉她我是谁！我是从天而降的……"

史大凡嘿嘿笑："鸵鸟。"

小女孩睁大眼："鸵鸟？"

邓振华起身模仿鸵鸟："没见过吗？就是这样的——嗷嗷——嗷嗷——我是从天而降的鸵鸟，生来就是被包围的——嗷嗷——嗷嗷——"

小女孩被逗乐了："他真傻！"

史大凡嘿嘿笑："鸵鸟嘛，天生脑容量就小！"

餐厅外，强子把小庄扛到了安全地带，他刚一放下，小庄就要冲过去，又被耿继辉拉住。小庄对他怒吼："怕死鬼！"

耿继辉铁青着脸不说话。

高中队大步过来："你们的任务完成了。立即撤离现场！"

耿继辉转身敬礼："报告！我回来，是因为要执行命令！现在，我还要进去！"

高中队看着他，马达也看着他。小庄也惊讶地看着他。

耿继辉走到那辆开门的救护车边，抱起一个米老鼠，一个唐老鸭："B组六个队员，一半队员在里面，我是他们的组长，我要跟他们在一起！"他说完就跑向餐厅。

小庄二话不说，抓起两个玩具也转身就跑。

"刚才组长说过了，B组只有一半在里面，我们是他们的另一半！我们在一起才是一个完整的B组！如果他们死，我要陪着一起死！"强子看看马达，"放手，让我跟他们一起死。"

马达松开手，强子抱着玩具大步冲过去。

高中队表情复杂地看着他们的背影冲向餐厅，飞身跃入。

三名年轻彪悍的特战队员抱着米老鼠和唐老鸭冲了进来。小女孩瞪大眼惊喜地喊："Mickey——"

邓振华正在学鸵鸟，他停住了："你们怎么来了？"

小庄举起米老鼠："我们来给丫头送礼物！"

小女孩很惊喜："好多Mickey！"

老炮在后面小心地忙碌，电子显示器在4:00。

耿继辉笑着把米老鼠拿过去："这是狼牙特种部队娱乐场给你的礼物！喜欢吗？"

小女孩狂点头："喜欢！"

史大凡嘿嘿笑："果然，都是脑子被门夹了……"

街区。警察们都屏气凝神地看着那个快餐厅。高中队一脸严肃。一阵歌声突然传出来，马达瞪大了眼。

队员们在餐厅里唱着："在那山的那边海的那边，有一群小菜鸟！他们活泼又聪明，他们调皮又灵敏……"

五名穿着城市迷彩和丛林迷彩的特战队员拿着米老鼠或唐老鸭玩具唱着歌，跟着史大凡跳儿童舞蹈，小女孩坐在柜台上，被他们逗得咯咯直乐。

老炮在紧张工作，时间显示器：1:00，00:59，00:58……

马达的眼泪在打转，嘴唇颤抖着："我的孩子们……"

小女孩咯咯笑着。

老炮满头是汗。钳子夹住了红线，虎口缓慢加力，慢慢卡了下去。

00:03，00:02……

老炮突然换了绿线，果断卡断。他闭上眼睛，急促呼吸，脑里一片空白。

小女孩仍在笑。老炮慢慢睁开眼，满脸是汗。显示器固定在00:01上。老炮看着，愣了半天，突然傻笑起来："呵呵，呵呵呵……"

小女孩好奇地看着那些发呆的队员。他们突然一起跳起来挥舞手里的米老鼠和唐老鸭，爆发出欢呼："Counter-strike win！"（反恐部队胜利！）

2

史大凡抱着小女孩，小女孩一手抱着米老鼠，一手抱着唐老鸭，他们出现在餐厅门口。身后是五名队员。

七个人走向那边的警车。

目瞪口呆的警察们突然爆发出地动山摇的欢呼。

小女孩的妈妈从警车上飞奔而下："丫头——"

小女孩笑着挥舞手里的玩具："妈妈——"

小女孩的妈妈冲过去抱住女儿。史大凡嘿嘿笑着松开手。她抱过女儿，哭着亲着她的小脸："丫头，吓死妈妈了！吓死妈妈了！"

小女孩笑着："妈妈！狼牙特种部队娱乐场真好玩！我们以后经常玩好不好？"

小女孩的妈妈泪眼婆娑地看看旁边的史大凡，一脸感激。史大凡嘿嘿笑着，伸手接过小女孩，走到救护车车后。

史大凡一把打开车门，里面是一整车各种各样的米老鼠和唐老鸭。

"Mickey——"小女孩惊喜地冲了上去。

史大凡嘿嘿笑着："这是狼牙特种部队送给你的礼物，你是个勇敢的小姑娘！"

小女孩在车里玩着，跳着，抱着玩具回头："谢谢……"

车后已经没有了史大凡的身影。小女孩抱着玩具纳闷儿地慢慢下车。奔跑的警察和救护人员的身影中，已没了刚才的叔叔们。两辆救护车在警车引导下快速离开。

小女孩纳闷儿地看着："游戏结束了？"

3

一间卧室里，一个女孩盯着电脑在看小说，一边看一边默默地流着眼泪。

她身后的墙上，几乎挂满了已经显得破旧的米老鼠和唐老鸭。米老鼠和唐老鸭中间，间隔摆着她从小到大的照片：七岁的丫头——慢慢长大的丫头——还有今天的丫头。

丫头看着电脑屏幕，捂着自己的嘴压抑地哭着……

4

当小庄和兄弟们沉浸在首战告捷的喜悦中时，苗连却不再是一个兵了。

苗连的行装已经收拾好，他环顾熟悉的连部，把照片放进背囊。然后把自己的军衔、领花、帽徽一个一个摘下，握紧在手里。

苗连没有眼泪，二话不说，提起背囊和行李，拔腿就走。

他打开门，呆住了。全连战士都在门口列队站着。连旗在飘舞。二班长老林上士高喊："敬礼——"

全连战士敬礼。

苗连的眼泪终于出来了，他举手还礼，贴在自己没戴帽子的太阳穴。

"报告！连长同志，夜老虎侦察连集合完毕！请您指示！"

"稍息！"

战士们稍息。

"同志们！今天起，我就不是你们的连长了！"

很多战士哭出声来。苗连板着脸："哭哭哭！哭个蛋！夜老虎侦察连，流血流汗不流泪！怎么跟个娘们儿似的，还是不是侦察兵了？"

战士们压抑自己的哭泣，抬头看苗连。

"同志们，我这个连长当的时间太长了，不合适了。我14岁在前线入伍，在十二侦察大队火线入党，火线提干！22岁就是夜老虎侦察连的连长！到今天10年的老连长了！不合适了，同志们！我没有文化，没有见识，有的只是一腔热血和在前线出生入死的经验！我把这些都留给了你们！你们都是我最出色的侦察兵，我为跟你们在一起服役而骄傲！而自豪！"

喜娃眼泪汪汪。战士们都眼泪汪汪。

"今天我转业，我是做好了思想准备的！我都没哭，你们哭什么？不许哭！"

战士们哭得更厉害了。

"你们……"苗连的眼泪也出来了，"都给我好好的！谁也不许耽误训练！谁也不许跟新连长闹脾气！因为你们是夜老虎侦察连，是我老苗带出来的侦察连！我不能让任何人看我们夜老虎连的笑话！夜老虎侦察连，永远是最棒的侦察连！"

战士们看着苗连。

苗连怒吼："侦察连！"

战士们怒吼："杀！——"

苗连二话不说，提着行李走向等待他的吉普车。

喜娃喊他："连长，我去送你！"

苗连掉头怒吼："谁也不许去，谁去我抽谁嘴巴子！"

"连长！"

"都听话……新连长是陆军指挥学院的硕士，是没带过兵的学生官！你们要跟新连长配合好，搞好夜老虎侦察连！明白了吗？"

"明白！"

"我走了！"他转身上车，干脆利索。

吉普车开走了。战士们面对吉普车离去，都是泪汪汪。喜娃想起什么似的，掉头跑去。

一个年轻的白脸上尉在远处看着他们，战士们也注意到了他。

上尉走过来，苦笑："我知道，这个时候我来得不合适。但是连队不能1分钟没有连长，所以我只能现在来。"他看着大家，"我姓赵，是你们的新连长。我理解大家的感情……"

二班长老林嘀咕："猫哭耗子假慈悲！"

赵连长听见了，但是跟没听见一样："我刚从南京陆军指挥学院毕业，是战略战役系的研究生。虽然我在部队实习过，但是真正带兵，做一个连队的主官，这是第一次。我知道我有很多不足，需要大家的帮助。我也希望排长、班长和老兵同志们能多帮助我……"

孤狼驻地队部的通讯室里，土狼在值班，摘下来的电话放在桌子上。

小庄跑进来："土狼班长，你找我？"

土狼指着电话："你的电话。"

"我的电话？"小庄纳闷儿地拿起来，"喂？"

电话里是喜娃的声音："小庄！我是喜娃啊！"

"喜娃！你怎么这个时候给我打电话？你还好吧？兄弟们还好吧？苗连还好吧？"

喜娃抽泣着："苗连……转业了……"

"啊？"小庄傻了。

"下午3点的火车，苗连……他谁也不让送……可我想总得告诉你……"

啪！小庄一把扣下电话，转身飞跑。

仓库围墙边，小庄双手抓住围墙的边缘，翻身爬上，敏捷地跳下。他抓着黑色贝雷帽，光着脑袋没命地跑向公路。

火车站站台上，高中队穿着常服，没有戴军衔、领花的苗连站在他对面。苗连苦笑："说好了的，谁都不许来送我。"

"我今天进城，看看时间正好，就顺便来送你……你的转业单位定了吗？"

苗连点头："定了，在县公安局缉毒支队。听说我要转业，县公安局长亲自跑到团里来跟我谈心，希望我去助他一臂之力。"

高中队笑："那不是回我们打仗的地方，重新搞侦察作战了吗？你的老本行啊！没准儿我们还能重新在一起作战呢！"

"……要开车了，你回去吧。"

"我送你上车。"

"苗连！苗连——"小庄没命地跑过来。

两人看去。苗连睁大了眼："小庄！"

小庄翻跃栏杆，跑来："苗连！你怎么不告诉我啊？"

列车员催促着："同志，要开车了！"

苗连看着小庄跑来，一咬牙转身上车。

小庄追着发动的火车跑："苗连——连长——"

高中队一把抱住他。

"你放手！"小庄挣扎着。

"他不想你看见他脱下军装的样子，你要理解他！"

小庄流着眼泪，看着火车快速掠过，他声嘶力竭地喊："苗连——"

5

A 组和 B 组的队员们坐在下面听着。

"……我的检查完了。"

高中队铁青着脸："坐下吧。"

"是。"小庄归队坐下。

高中队扫视坐着的队员们："在总结会之前，我要说几句——纪律！什么是纪律？纪律是怎么来的？军人为什么要遵守纪律？纪律，不是写在纸上的，是要刻在你们脑子里的！军队的纪律，是血的教训铸就的！平常散漫，打起仗来，你想连累死所有人吗！"

小庄不吭声，看着高中队，高中队瞪他一眼："一说你眼一瞪，还不服气？不服什么？"

小庄低下眼。

"下面开始总结这次营救人质的行动……"

6

山间公路上，一辆长途客车歪歪扭扭地行驶着。穿着陆军常服的小影抱着生日蛋糕坐在靠窗的座位上，一脸期待地看着窗外。

客车停下，小影抱着蛋糕小心地下车。她戴上了手里的军帽，提着蛋糕背着军挎走向公路边的山路。

远处的山头，两团灌木丛微微动了一下。观察手拿起 85 激光测距仪："山鹰，有情况！"

观察手对着耳麦："狼穴，1 号哨位报告，不明身份女兵出现，正在接近我部禁区。请指示，我们如何处置？完毕。"

无线电里的声音传来："不明身份女兵？明确一下。完毕。"

"是个陆军列兵，穿着常服，手里拿着什么东西。要我们去抓获她吗？完毕。"

"山鹰小组，你们继续监视，巡逻队会过去。完毕。"

"收到。完毕。"观察手拿着激光测距仪观察着，喃喃自语，"看来她走了不少路，那皮鞋够她受的……从最近的长途车站到这儿，得有 15 公里了……"他的视线里，小影在路边一块白色的大牌子下停了下来，牌子上四个大字：军事禁区。

小影左右看看，没有人。她舔舔嘴唇，急得想哭："有人吗？有人吗？"

没人回答。

小影的眼泪下来了，她还是不敢进去，在牌子下抹泪："走了半天，怎么就到了禁区呢？"

两辆敞篷越野车高速开来，车上坐满了全副武装的特种兵。越野车在禁区里停下，第一辆车上的特种兵们飞身下车展开警戒线。

小影擦擦眼泪："班长，请问你们是狼牙特种大队的吗？"

带队班长面无表情地说："前方严禁进入，请你原路返回！"

小影急了："你自己看看，我还怎么原路返回啊？这路都把我走废了！我问你们是狼牙特种大队的吗？"带队班长嗫嚅一会儿："对不起，我不能回答你的任何问题。你是哪个单位的？"

"军区总院的！"

"士兵证带了吗？"

"带了。"小影拿出士兵证。

带队班长接过来仔细看看，又仔细看看小影："你来找谁？"

"小庄！"

带队班长皱眉："小庄？"他转向身边的兵们，"你们认识吗？"

兵们都摇头。

小影着急地说："他是今年进特种大队的，是个列兵！"

带队班长眨巴眨巴眼："特种大队来列兵了？"

一个兵想起来了："哦，我有印象！他在026后勤仓库！"

小影张大了嘴："啊？他去仓库了？"

带队班长看着那个兵："真的假的？列兵？入选特种大队，还去了026仓库？"

"真的！上次他们仓库跟三连踢球，那个列兵踢前锋！三连老乡说的，踢得很生猛！"

小影气不打一处来："哼，还跟我吹牛来特种部队当特种兵！没想到去仓库当保管员！"

带队班长笑笑，也不解释："你是不是迷路了？"

小影看他："什么意思啊？我迷路了？"

"对啊，你迷路了，闯到这里了。我要带你去大队部进行询问。明白了？"

"你们凭什么询问我？我又不是间谍！"

一个兵说："哎呀！就是带你去大队部！"

小影眨巴眨巴眼："你们带我去？"

带队班长笑笑："猎豹，你带队继续步行巡逻，我带她去大队部！"

一个兵立正："是！"

带队班长上车，看小影："上来啊！"

小影看看他："谢……谢啊……"

两人来到警通连驻地门口。带队班长说："到了，你在值班室等着，我去给你找你那对象！今天上午该是大队共同科目，体能强化训练，他就在后面体能训练场。"

小影看过去，视线里一片兵楼，隐约有杀声和喊声传来。

"走吧，你去值班室。我跟那个兵打个招呼，你就在这儿等。如果有机会，我把他带来。"

"谢谢班长。"

他带着抱着蛋糕的小影走进值班室。

值班室里，一排监视器，可以看见各个训练场的情况，包括体能训练场。

值班员起立敬礼："黑豹！一切正常！"

带队班长还礼："坐下。"

"是！"值班员坐下。

带队班长对小影说："你就在这儿坐着等吧。"

值班员看小影，小影对他笑笑："班长好！"

值班员笑："你对象是哪个连的？"

小影泄气了："是什么 026 仓库的保管员。"

值班员一下子转身站起来，瞪大眼看小影。小影纳闷儿地看他："这样看我干吗？我跟保管员谈对象，也犯不上这么奇怪吧？"

值班员眨巴眨巴眼："没事，没事。"他又坐下了，但是态度变得恭敬了。

7

体能训练场。特种部队的各个单位都在做体能强化训练，026 后勤仓库在泥潭练习格斗，A 组和 B 组都在里面闹腾。

小庄浑身泥泞，怒吼一声："杀——"冲向对面的马达。

高中队在岸上跨立注视着："狠！再狠点！"

观礼台上，站着大队长。他拿着望远镜观察各个单位的训练，显得心情很好："妈的！这才有点特种部队的意思！"

值班室里，小影坐着无聊："班长，我出去透透气行不？这里太闷了，都是机器设备，热得很。"

"去吧，别乱跑啊！"

小影笑："嗯！"她转身出去了。

警通连门外，一个特种部队的地图挂在墙上。小影出来，拿着军帽扇风，她好奇地看着："俱乐部……战术训练场……狙击训练场……这是体能训练场……"

她眨巴眨巴眼，转身，走向楼后的草坪。

越野车高速开来，黑豹心有余悸长出一口气："完了完了！何大队在，这次她来得真是时候！"

黑豹下车，进门："人呢？"

"在外面啊。"值班员说。

黑豹出门看看，转脸一看地图："完了！"他一下子苦了脸。

体能训练场上，特种兵们仍在训练着。整个训练场杀声震天，气势如虹。

咔吧，咔吧，咔吧……

特种兵们的声音慢慢弱下来，都看往一个方向。

现场安静下来，一点声音也没有了。特种兵们都诧异地看着。

远处一个女兵，一步三摇地从训练场中间的水泥路走过来。

特种兵们都呆住了，傻傻看着。

女兵在两侧彪悍的特战队员的注视中，泰然自若地走着。

战士们都睁大了眼。小庄从泥潭里抬起头，呆住了。

小影戴着绿色的大檐帽，穿浅绿色的军装、深绿色的裤子，挂着列兵军衔，婷婷玉立。

观礼台上的何大队皱起眉头，随手一点，一个警卫员向小影跑步过去。

小影站住了，伸手挡住太阳。警卫员立正敬礼："同志！请问你是哪个单位的？"

小影还礼："班长，我是军区总医院的。"

"你到这儿来干什么？"

"我找人。"说着，她还左顾右盼。

小庄趴在泥潭里更傻眼了，一颗心怦怦地跳着。

老炮也傻眼了："坏了坏了，你对象……怎么跑这儿来了？"

警卫员回头看看何志军，何志军挥挥手。警卫员转脸对小影说："同志，我们大队长请你过去。"

小影大大方方走过去，举手敬礼："报告，上校同志！您找我？"

小庄在泥潭里面更傻了。

何志军目光严厉地看着她："哪个单位的？怎么进来的？你找谁？"

小影不卑不亢地说："报告！我是军区总医院的。我走错路，到了禁区，被你们的巡逻队带进来了。我来找小庄，他是你们什么026后勤仓库的保管员。"

何志军的黑脸松了一下："军区总医院？好几十里地呢！几点出来的？怎么来的？"

"早起5点不到就出来了，先坐长途车，再走山路！摸来摸去摸到你们山上的禁区了，就被带进来了……上校同志，报告完毕。"

何志军看看她，抬眼看孤狼突击队那边："你，过来！"

高中队立即跑步过去，立正敬礼："大队长！"

"去！把小庄叫过来！"

高中队跑步到小庄身边："你，出来！"

小庄爬起身，满脸泥浆："高中队，我……"

"你什么你？走啊！"

小庄跟着高中队走到台子下，傻站着，连立正、敬礼都忘记了。

小影看着眼前满身泥浆的小庄哈哈大笑，整个操场都是她的笑声。

何志军笑了。

小庄傻乐："嘿嘿，嘿嘿。"

操场上几百个士兵都笑了，是部队战士那种特有的憨笑。

小影笑得眼泪都出来了，她捂着肚子："哎呀！真成泥猴了，笑死我了！"

何志军问："高中队，你们026仓库的那些保管员今天什么科目？"

"格斗基础！"

"小庄的成绩怎么样？"

"良好！"

"我准他一天假，你有意见没有？"

高中队毫不含糊地答："没有！"

何志军指着小庄："去！把你那身泥巴给我洗洗！然后跟你这个女——你这个女兵同志，你陪她玩一天，晚饭前归队！"

小庄傻站着，不敢动弹。

何志军眼睛一瞪："还不快去？"

小庄急忙立正："是！"

小影敬礼："谢谢大队长，我一定会好好教育他！让他早日离开仓库，进入作战连队！做一个真正的特种兵！"

何志军这次忍不住了，哈哈大笑。满操场的特种兵也都笑了。

8

小庄和小影走着。小庄指指盒子："你抱的这是什么啊？"

小影神秘地笑笑："不告诉你！猜猜看？"

小庄摇头："我猜不出来。来特种大队才三个月，我现在满脑子都是些军事动作，技术数据。"

小影一撇嘴："真是个榆木疙瘩！哎！这周围没你们人吧？"

小庄来回看看："我还真不知道，没在这儿训练过。"

"走，去那边吧。"

两人走向另一个方向。

小溪边，蓝天白云，树林翠绿，草坪如毯。

小影走过来："这肯定没人了吧？"

小庄左右看看："没有，这里出了训练区范围了。"

小影艰难地脱掉袜子，露出磨出血泡的脚。

小影把双脚放入小溪，疼得皱眉，她身体往后一倒，闭上了眼睛："真舒服啊！要是热水就好了……"

小庄看着那双脚，白嫩的脚在水里，水带着微微的血丝流走。小庄默默看着："小影……"

"干吗？仓库保管员？"小影闭着眼在享受。

小庄蹲下："你走了多远？"

"哼！要早知道你这么不争气，我就不来了！你怎么跑到仓库去了？是不是不好好训练了？又闹事了？"

"工作需要……"

小影睁开眼坐起来："算了！知道你就没出息，你也就养养猪、看看仓库得了！你知道我为什么今天来吗？"

"那还用问，想我了呗！"

小影白了他一眼："美得你！鬼才想你呢！闭上眼睛！"

小庄乖乖地闭上了眼睛。小影撕开牛皮包装纸，从纸盒里拿出生日蛋糕，然后划根火柴点蜡烛。

"你睁开眼睛。"

小庄睁开眼睛，眼前赫然是个心形的生日蛋糕。小庄傻看着："今天你生日啊？"

"什么啊？猪头！是你生日！你十八了！"

小庄鼻头一酸："哟……我都忘了……"

"行了行了，别流你的鳄鱼泪了！你许个愿吧！"

小庄闭上眼睛，双手交叉许愿，泪水滑了下来。

"你许什么愿？说给我听听。"

小庄睁开眼："我不说，这是心底的愿望。"

"不行！我一定要知道！"

小庄看着小影的眼睛："这辈子除了小影，我谁都不娶！"

小影一怔，呆了一会儿，拿起蛋糕糊在小庄脸上："看你美的！谁要嫁你啊！"

"你敢糊我！"小庄作势要还击，小影光着脚，转身就跑，两人在草坪上追逐打闹。

两人疯闹了一阵，闹够了，才又在小溪边坐下来。

小影靠在小庄的怀里。小庄拿出那朵风干的野兰花。小影看着野兰花："这什么花儿啊？难看死了！都要干了！"

小庄脸上的肌肉抽动了一下，没有说话。

小影闻闻："哟！香还是挺香的！这花儿干了还这么香啊？真少见！"

小庄嘿嘿笑着。

小影在小庄怀里闭着眼："其实你当保管员挺好的，没危险。那我就真的放心了。"

小庄笑笑，抱紧了怀里的小影。

第十五章

1

走廊，穿戴黑色风衣和墨镜的老炮跟几个同样装束的打手径直走来。两个站在走廊的年轻保镖伸手阻拦。老炮身后的几个打手甩手掏出五连发急促射击。

保镖栽倒。老炮面不改色，径直走过血泊，他飞起一脚踢开总统套间的门。

里面的几个保镖伸手摸枪。老炮右手五连发，左手手枪开始射击。

几个保镖中弹倒地。

里面的白发老头缓缓站起来："小马派你来杀我的？"

"小马先生说了，选择权在你的手里。"老炮的枪口还在冒烟。

"意思我都明白了，只是不需要这么大的阵势。"

"这就是告诉你，要你的命轻而易举！下一次，我会要你的人头回去交差。"

老头白着脸说："转告小马，我欠他父亲的人情，我会站在他这边。"

老炮挥挥手："撤。"

夜色下的酒店大门外，一辆别克商务车停在门口发动着。老炮带着打手们像黑色旋风一样涌出来，急忙上车。

车开走了。

停在门边的一辆大众轿车立即发动，化装后的强子开着车，面无表情地跟上。

远远有警笛的响声。

别克车急速行驶。打手长毛敬佩地说："炮哥！你太酷了！一个人就进去了，跟周润发有一拼啊！"

老炮摘下手套，从车窗丢掉。

"怎么丢了？那是意大利名牌啊，你刚买的。"

"每次杀人，我都会丢掉手套。"

长毛一脸可惜的样子。

别克商务车的车尾掠过。手套静静卧在地上。

一个捡垃圾的老大爷颤巍巍走过来，捡起手套丢进身后的簸箕。警车队伍擦肩而过。老大爷抬头，对着耳麦："猫头鹰，我得手了。完毕。"

酒店大门外，警车云集。小蕾等特警匆匆下了警车，大步走进酒店。

酒店保卫部，监视器在放着现场回放。小蕾走进来。李队长抬头："特警总队的来了？"

小蕾说："集团涉枪案件应该归我们管辖——现场什么情况？"

小蕾看过去，呆住了。戴着墨镜的人在走廊上。画面放大，是老炮的脸。

"典型的黑吃黑——死者都是毒枭乌鸦的保镖，他本人失踪了。"

"被绑架了？"

"没有这个迹象，我怀疑是一次敲山震虎的行动。不是来要他的性命的，是要警告他的——这说明，贩毒网络内部在进行秘密洗牌。我估计会有一场大火拼，他的那个战友将是这场火拼的中坚力量。"

"幕后主使有没有线索？"

"我估计是马云飞干的。他果然心狠手辣，而且手下有了郑三炮这样的高手，加上这帮亡命之徒，看来江湖要大乱了。"

"我们要通缉现在掌握的几个名单，并且接管这个案子。"

"恐怕这次……不能给你们接管了。"

"什么意思？"

李队长看看技术员："给她看。"

技术员调出画面，定格，画面上是停在停车场的一辆轿车。技术员截取轿车司机画面，放大。司机在戴头套，脸部清晰可辨——是强子。

小蕾惊讶地问："他来这儿干什么？"

李队长苦笑："你要我说我的分析吗？侦察警戒，也就是我们俗称的放风。事发前他就在这儿，事发后他跟着走了。"

"你怀疑他？"

"我们是警察，要讲证据。"

小蕾看着监视器上的强子："我不信！"

"以事实为依据，以法律为准绳——你打算告诉我，他是偶然来这儿的吗？"

"我就是不相信他会跟他们有瓜葛！"

"我理解你，这几天我也看了一些关于他过去的东西。但是……我们是警察，情感不能代替理智。"

小蕾看着强子，眼泪在打转："你到底在搞什么？"

2

军区组织的年度对抗演习即将开始。

一个僻静的高档度假村。高级轿车鱼贯而入，都是各地的民用牌照。

戴着墨镜的保镖西装革履，站在度假村的各个角落，显得孔武有力且训练有素。楼顶上甚至还有穿着运动服的狙击手和观察手。

显然，这是个档次很高的秘密会议。

一号别墅外，国旗在门口上空飘舞。二十多个保镖肃立四周。

会议室里，穿着西服的中年男人们或坐或站，在聊天。

门口进来一个保镖，高喊："起立！"

中年男人们站得很直，行注目礼。

一位老爷子走到桌前，看着这群商人打扮的人苦笑："没穿军装，就不敬礼了。都坐下！到齐了吧？现在开会。"

老爷子坐下，眼镜男人站在后面。

保镖们在一瞬间拉上窗帘，转身退出，都是军事化动作。

老爷子看着他们，眼神锐利："现在，我们春雷演习蓝军司令部第一次作战会议，正式召开！"他看看目光炯炯的中年男人们，苦笑一下，"为什么选择这里？因为狼牙特种大队无孔不入！他们是红军，就搞蓝军的情报；他们是蓝军，就搞红军的情报！这次把我逼急了，不惜血本，搞了这么个偷偷摸摸的特务会议！"

中年男人们都很惭愧。

"我还从西北战区借调来一支部队。"

中年男人们抬头，看那个中年瘦高男人。

"你自我介绍一下吧？"

中年瘦高男人趋前一步："中国人民解放军西北战区黑虎特种大队大队长，陆军上校雷克明！"

026仓库。教室里，队员们都注视着投影墙上穿着常服的雷克明上校。高中队介绍着："雷克明，陆军上校，西北战区黑虎特种大队大队长。"

队员们仔细看着，又看高中队，不明白什么意思。

"这次春雷演习，蓝军司令员，也就是军区主管作战的副司令员，专门从西北战区把他借调过来，还有他的黑虎特种大队。准备用特种部队对付特种部队，跟我们来特战对特战。"

墙上的雷克明阴险地看着这群年轻的队员们。

"关于他，我和马达都很了解。我们曾经在前线一起作战，他也是狼牙侦察大队的老队员，战后抽调总参，后来到西北战区组建了黑虎特种大队。关于他的情况，有一个人想跟你们讲。"他退后一步，后面站过来一个高大的身影。

队员们都转脸，马上起立。

何大队走向讲台，转身："你们都坐下吧。"

队员们坐下，看着何大队。何大队很严肃："雷克明，和我是老兄弟了……那是很多年以前的事了，那时候南疆还在打仗……"

他的思绪，飘回了南疆前线……

他的语气时而欢愉，时而低沉，时而慷慨……他为队员们讲叙了雷克明是如何从一个年轻的文艺兵成长为一位合格而出色的侦察兵的历程，讲叙了雷克明传奇一般的历史……

3

何志军回想着往事，讲得慷慨激昂。队员们都听得惊心动魄。

何大队顿了顿，接着说："就这样，我写了报告，直接递交了前线指挥部，我尽量没有用任何感情色彩，但是首长们还是非常惊讶。他们没有想到，一个文艺兵，在一夜之间歼敌32人，炸掉一座军火库，带回了烈士的人头，并毫发无损地回来了。我只能说，这是他的天分，他天生就是干这行的材料！从此，音乐学院毕业的艺术家雷克明，就成为我侦察大队的一名侦察参谋，到战争结束的时候，他已经是副参谋长！"

何大队注视着队员们："现在你们知道什么是好汉了吧？你们都以为自己是好汉，后生们！你们还很嫩啊！以为执行过几次营救人质就是特种部队的好汉了？你问问他，问问他，"他指着高中队和马达，"他们敢在雷克明跟前说自己是好汉吗？你们差得远了！"

"雷克明这小子，绝对是个特种部队队长中的异类。他的思维超越常规，阴冷狡诈是出了名的，这引起外军的高度关注。在北约的军事资料库里面，关于雷克明的资料，摞起来有1米那么高！他在战后到过美国西点军校、俄罗斯梁赞空降兵学校、英国桑赫斯特皇家军事学院等国际著名军事院校学习交流，也去教过学，并且担任过驻外武官助理，熟悉外军特种部队和特种作战，也执行过多次的秘密任务，是个经验丰富的特战军官。他带的这支黑虎特种大队也非善类，长期在西北战区执行战备和反恐任务，官兵都拥有丰富的实战经验——换句话说，不比我们差多少。"

队员们静静地听着。虽然何大队嘴上说不比他们差多少，但是他们心里都明白，能让何大队这样说，只有一个原因：黑虎不比他们差！

何大队注视他们："怎么，怕了？"

队员们反应过来，都坐好了。何大队淡淡一笑："下面，给你们看看雷克明的黑虎特种大队！"

投影资料换成黑虎特种大队的臂章：一个虎头。

小庄眨巴眨巴眼，乐了。

何大队纳闷儿地看他："你小子乐什么？"

小庄急忙起来："大队长，对不起，我走神了！"

"说，你乐什么？"

"我……那不是个猫头吗？"

队员们都看臂章，是虎头，但是这么一提醒，就觉得可爱多了。队员们都乐了，气氛一下子缓和了许多。

何大队转脸看着臂章，看了一会儿也咧嘴乐了："我怎么没想到呢？对对对，是猫头！好，从此以后他们就是猫头了，我们还是狼牙，还是狼牙！"

大家又哄堂大笑。何大队并不知道，他们私下里叫自己狗头。狗头遇到猫头，倒真的是几千年的冤家聚首！

4

一号别墅，灯火辉煌，外面间或有保镖走动。会议室里，军事会议还在进行，各个参演集团军的军长、师长们在地图前挨个汇报开进方案。老爷子仔细地听着。雷克明坐在老爷子身边，不动声色。

别墅外，人工湖静谧的湖水里慢慢伸出一个戴着潜水面具的头，他慢慢挥手，在他的身后露出了更多的蛙人脑袋。

这些训练有素的蛙人再次潜入水下，水面恢复平静。

楼顶。狙击小组安静地潜伏着。两个黑衣人拿着乙醚毛巾无声地从后面接近，捂住了狙击手和观察手的口鼻。

停车场。执勤保镖手持95自动步枪，目光锐利地巡逻着。一个黑衣人从背后闪现出来，乙醚毛巾捂住了他的嘴。

另外一个保镖转脸，刚刚张开嘴。噗！一颗麻醉弹打在他的脖子上。他无声倒在另外一个黑衣人怀里。

一组黑衣人闪现出来，他们敏捷地使用工具打开车门，接着打开了发动机盖。另外两个黑衣人目光锐利地在停车场门口警戒。

黑衣人们把炸弹安进各个高级汽车的发动机盖，然后消失在黑暗中。

一号别墅里的会议终于结束，将领们走出别墅。

一辆辆高级轿车鱼贯而来，停在门口。将领们陆续跟老爷子告别，上车。雷克明站在老爷子身后，目光阴翳地看着这些将领们。

车队开动。

楼顶，狙击手对着耳麦低声道："他们都上车了，都在出发……除了1号目标和202，完毕。A1还有新的指示吗？完毕。"

"确定一号目标和202的位置，完毕。"

观察手左手拿起望远镜，视线里，老爷子正要上车。雷克明拦下他："首长，请您稍等一下。"

老爷子奇怪地看他："怎么了？"

"斩首行动开始了。"雷克明淡淡地说。

老爷子一愣。

观察手放下望远镜："确定一号目标和202不在车上！完毕。"

"引爆！"

观察手按下按钮。

随着"噗噗噗噗"一串轻微的响声，正在行进的车队车前盖突然一起冒出黄色的烟雾。

司机和警卫们下车："保护首长——"他们拔出手枪和自动步枪，现场一片鸡飞狗跳。

老爷子目瞪口呆。雷克明拿起对讲机："好了，行动结束。眼镜蛇小队，出来吧。"

哗啦啦！从距离别墅很近的灌木丛到四周的楼顶，站起十几个蒙面黑衣人，都戴着夜视仪，手持武器虎视眈眈。

老爷子看看雷克明："你的人？"

"是。"

"为什么要这样？"

"为了让他们认识特种作战。"

"也让我认识特种作战？"

"不敢。"

老爷子点点头："我终于认识到了什么是斩首行动！我的司令部，两个集团军的指挥官，加上空军、海军、二炮的参演将官，已经被这十几个特种兵报销了！演习还没开始，已经结束了！"

"首长，对不起。我只能这样，来提醒蓝军对特种作战的关注。"

老爷子点点头："很好——你们都看见了吧？"

将领们低声："看见了。"

"都好好看看，好好记住了！什么是当代特种作战？我们十几万的作战部队，二十多个将军，只需要这不到一个排的特种兵就被斩首了！你们还敢掉以轻心吗？你们还说输得不服气吗？"

将领们都不说话。

"都回去，给我好好想想！我不想再看见你们这群不成器的东西，解散！"

将领们灰溜溜地离开。老爷子转向身后的一个军官："军区司令部警卫营营长就地免职！"

5

崎岖的山路上，三辆白色陆地巡洋舰在急驰，车顶上挂着吸顶警灯。车窗上的通行证是警察的，写着"省厅刑侦总队追逃支队"。三辆车不时和插着蓝旗的军车队伍擦肩而过。

前方是检查哨，哨兵冲他们举起了红旗。

车队减速停下。哨兵背着枪走过去："你们是干什么的？"

耿继辉在司机的位置上，旁边是小庄。他们都穿着便装、战术背心，戴着卷到头顶的黑色面罩和警徽。

耿继辉打开自己的车窗，哨兵仔细看看车里："警察？军事行动，我们要检查所有车辆。"

耿继辉戴着黑色战术手套，冷冷递给他警官证。

哨兵接过警官证，打开，赫然有张耿继辉穿着警服的照片，旁边是姓名职务等。

哨兵还给耿继辉。耿继辉的目光很冷："你们在搞什么？"

"重大军事行动，警官同志。"

耿继辉不屑地说："又是演习？把路障让开，我们有急事！"

"对不起，我们要检查你们所有的人，还有车辆。"

哨兵去开车门。小庄一下子下车，拿起装着消音器的56-1冲锋枪对准了他："住手！出事了你承担得起吗？"

哨兵们一下子冲过来，拿起身上的自动步枪对准小庄。

车里的 B 组队员们一跃而出，拿起装着消音器的56-1冲锋枪展开了警戒线。

双方枪口对枪口，都是一触即发。

老炮面前是个老兵，俩人面对面，枪对枪。

老兵眨巴眼："我怎么看你那么眼熟呢？"

老炮问："你被公安处理过？"

"你才被处理过呢！"

带队哨兵的脑袋被耿继辉的手枪顶住了。他恶狠狠地说："你最好知道你在干什么！"

耿继辉冷酷地道："让你的人把路给我让开！"

"你想引起武装冲突吗？"

小庄二话不说，抬起枪口，对着路边的指示牌扣动扳机。噗噗！弹壳跳出来。指示牌上出现了两个弹洞。小庄冷冷地看着对方："你们是空包弹，我们是实弹！你们想试试看吗？"

一个上尉跑过来，边跑边问："怎么回事？"

耿继辉冷酷地下车："你的人在破坏我的紧急公务！"

上尉走过来："你们是干什么的？"

耿继辉叼着一根烟，点着了，说："上尉，我们在执行紧急公务！我接到的命令是——任何人阻拦，我都有权开枪射击！我现在押解的是重要人犯，你承担得起责任吗？"

上尉拿过他的警官证仔细看看："警察同志，我们也得到命令！检查任何过往行人和车辆，我们是军人！你该知道，军人以服从命令为天职！而且我不允许你拿枪对着我的兵！"

"那么我们就试试看了！"

"把你们的枪给我放下！接受检查！"

小庄举起冲锋枪，对准了上尉："把路让开！"

上尉指着小庄："你要知道这样做的后果！"

"这是什么人犯？"

"你无权知道！"

"我必须知道！"

"那就让子弹回答你！"

更多的战士跑过来，而"警察"们仍不退步。

上尉咽了口唾沫："你们要知道——这是军事行动！"

耿继辉的目光很冷："我们就是死在这儿，也不许你们检查车！"

上尉纳闷儿了："为什么？军警一家，我们又不会难为你！"

"你想看见流血冲突吗？"

"当然不想！难道你想？"

"好，你过来。我跟你说句话。"

上尉凑过耳朵。耿继辉贴着他的耳朵低声说："你知道本·拉登吗？"

上尉呆住了，看耿继辉："你在跟我开玩笑吧？"

耿继辉点点头："我允许你一个人过去看看！"

上尉跟着耿继辉，走到第二辆车旁。耿继辉敲敲车窗："给他看一眼。"

车窗放下来，露出土狼没有表情的脸。他和马达中间，坐着一个蒙着头套的男人。土狼拽掉头套——本·拉登！

上尉退后一步，耿继辉冷冷看着他，车窗又关上了。

上尉站起来，声音都哆嗦了："放行！都让开！谁也不许说出去！"

部队马上散开了。耿继辉看了一眼，对小庄说："走！"

小庄上车。耿继辉上车开车。

车队高速开过部队的人墙，消失在山路上。

那个老兵在想着什么："那个人我觉得在哪儿见过似的……"

上尉怒了："见过谁？见过谁？你们谁都没见过！听见没有！"

兵们都不吭声了。

三辆陆地巡洋舰歪歪扭扭开到一个泥泞的山窝，陆续停下。

小庄下车展开警戒，队员们陆续下车。

"本·拉登"也下车了。他撕掉胡子和其他的伪装，露出高中队的脸："看来这次非同一般。老雷这次是要好好跟我们玩儿玩儿了！幸亏我们有了准备。小庄，你小子是怎么想出来的？"

小庄笑笑："好莱坞和 CNN 新闻不能白看！不光是学外语，还能学点别的！"

"这个招只能使一次！他用不了多久就能反应过来，我们不能再这样走了！化整为零，A 组、B 组分开，各自作战！你们要多动脑子，向小庄学习！弄点稀奇古怪的玩意儿蒙混过关！我带指挥组，如果中断联系，就发挥单独作战的本能！特种兵要靠脑子战斗，而不是靠上级的命令！明白了吗？"

队员们齐声答："明白！"

"行动！"

随着高中队一声令下，小庄冲到车头，拿出匕首在车上划开一道缝，撕开车上的漆皮，大家一起动手，撕掉了白色漆皮。三辆白色的越野车一下子都变成了绿色。小庄走到车头，撕掉了车牌上的首层。第二个民用车牌显现出来。

耿继辉看着四周："挖个坑，把这些东西埋了！

小庄手持武器上车，大家都上车。

三辆绿色的陆地巡洋舰分成三个方向，高速开走了。

检查哨卡，上尉坐在吉普车上发呆："本·拉登来中国内地了？什么路子啊？"

他的眼突然一亮，察觉到了什么。

那个老兵跑过来："连长！我想起来了！"他压低声音，"连长，我真的见过那个人！"

上尉看他："哪个人？"

"就是刚才那帮警察！那个跟我枪对枪的，我见过他！"

"在哪儿见的？"

"四年前，集团军侦察兵大比武！当时你还没来咱们连，咱们连担任比武的保障！那个兵叫郑三炮，外号老炮！是217师323团夜老虎侦察连的，肯定是他！没错！当时我还是新兵，他脾气特臭，因为保障的问题差点跟咱们连干起来！我要没猜错的话，那狗日的老炮现在该是在军区狼牙特种大队了！他那样的老侦察兵尖子，狼牙特种大队最喜欢……"

"不好！中计了！"上尉拿起电台开始呼叫，"蓝箭，这里是蓝箭B！1个小时前，红军特种部队混过了我防区！他们驾驶三辆白色的陆地巡洋舰越野车，冒充省厅刑侦总队追逃支队的便衣警察，已经过去了！完毕。"

"蓝箭B，你再说一遍？你们没有检查他们的车辆吗？他们在敌后，肯定要携带大量的弹药给养！怎么过去的？完毕。"

上尉的声音苦涩："他们说，抓住了本·拉登……"

6

蓝军特种部队指挥部帐篷里，一个留声机在放着唱片。是瓦格纳歌剧《女武神》的著名段落。雷克明上校穿着西北地区的荒漠迷彩服，手里拿着调色板，右手在画油画。

参谋长走到门口，不敢进来。

雷克明不动声色："进来。"

参谋长进来，把报告放在他的脸侧。雷克明瞟了一眼，愣了一下，随即笑了："一个省厅的刑侦总队追逃支队，能抓住本·拉登？全球的反恐怖特种部队都可以撤编了，让他们去反恐得了。不错，很有想象力！我喜欢，这个小队有幽默感。"

参谋长苦笑："他们在跟我们示威，他们知道我们在西北跟恐怖组织血战多年，这是在嘲笑我们。"

雷克明笑笑，继续画画："那就让他们嘲笑好了，有什么大不了的？"他看着油画，很满意，带着笑意，"命令，眼镜蛇小队开始行动。"

"是！你不是说让他们嘲笑好了？"

"你打我一巴掌，我还你一拳，那是小儿科的游戏，没意思。"他看看参谋长，"应该是你敢打我一巴掌，我就把你的头砍下来！他还能嘲笑吗？"

参谋长看着他："不能。"

"回答正确，补充一句——谁想要我的头，我就先砍了他的头！这样，就不会有人想砍我的头了。因为只要产生这个想法的人，自己的头都没了！"

参谋长点点头，转身去了。

7

狼牙大队大队部帐篷里，电台一片嘈杂。何大队满脸严肃地站在沙盘前。参谋长在一旁汇报着："蓝军的空袭已经全面开始！也奇怪了，他们的空军和海军航空兵跟长了千里眼似的，直接就搞我们的要害！红军伪装部队布置了那么多的假目标，居然一个也没轰炸！我们的损失非常惨重，四分之一的部队还未开出营区，就已经失去了战斗力退出演习。"

"一点也不奇怪！"何大队说，"这是海湾战争的打法。伪装部队的假目标，可以欺骗卫星，可以欺骗空中侦察，但是欺骗不了特种兵的肉眼。雷克明这小子的长途混编渗透小组，已经在我们后方全面撒开。能做到这么精确的引导打击，我敢说他的渗透小组还混编了空军的飞行员和海军的飞行员！"

"他们空军、海军的力量设定比我们强得多……"

"这是演习规则，我们没办法。"

"但是我们也有电子对抗团，也有电子侦察机！他总要对这些地面小组下命令吧？怎么技术侦察部门事先一点都没有发现呢？"

"他有他的方法……他没有用电台通联，是不想被我们的技侦部门锁定位置。这个狡猾的雷克明啊！会是什么方法呢？这么大面积的后方，他怎么对这些小组下达战斗命令呢？"何大队眼睛突然一亮，"他这是用了电台！你们谁有录音机？"

参谋长一愣："录音机？"

"对！民用的！"

一个兵站起来："报告！我有！"

何大队看着沙盘："红军盘踞超过三个省份，他只能选择中间省份的广播电台，这样就可以覆盖到整个战区！马上给我调到这个波段，搜索所有的电台节目！我要交响曲，或者歌剧，总之只要是平时我不爱听的就找到！"

"是！"那兵拿出录音机，开始调频。

声音变幻着，何大队紧锁着眉头："等等，这是什么？"

一个男人在高歌，意大利语的。

"他唱的什么？"

那兵答："《今夜无人入睡》，帕瓦罗蒂的！"

"今夜无人入睡？今夜无人入睡？"何大队苦笑一下，"他知道我会猜出来的，所以放了这个歌。今夜无人入睡，他在跟我示威，也在命令自己的小组放弃这个通联方式。红军今夜还真的是无人入睡了！"

参谋长感叹："他真的很鬼啊！"

"没办法，他得了先发制人的先机，而且有海空军和电子战的优势！这是个什么节目？要怎么才能上？"

那兵答："报告！观众点播，花钱就可以。"

何大队转向参谋长："去！找这个电台，我们也点播。"

"是！"参谋长转身去了。

黑虎大队雷大队帐篷里，《沙家浜·智斗》的唱段在帐篷回响："想当初，老子的队伍才开张，拢共才有十几个人，七八条枪……"

雷克明坐在椅子上听着，哈哈大笑："何大队！何大队！你果然猜出来了！过瘾，真过瘾啊！"

他笑了一会儿，沉静下来，在京剧声中看着地图："别着急，智斗才刚开始。我相信，你也不会让我好过。不过谁笑到最后，还真的不好说！"

8

树林里，一片帐篷群和步兵战车、坦克车队。蓝军 82 集团军坦克师师部设在这里。师部门口，持枪哨兵虎视眈眈，如临大敌。

一个少数民族山民捡拾着垃圾——这是穿着民族服装的土狼。他走到门岗旁边，往里张望，对哨兵用不流利的汉语说："垃圾，我要捡垃圾……"

哨兵班长笑："老乡，里面不能进去。"

"孩子要上学，我要捡垃圾。"土狼很憨厚的样子。

哨兵班长看看四周："那你在旁边等等好吧？——李周！"

另外一个哨兵跑来："到！"

"去，把能卖的垃圾分拣出来带来！另外去炊事班，弄点吃的出来！我看这个老乡饿坏了！"

"是！"哨兵转身跑进去。

土狼感激道："解放军！谢谢解放军！"

哨兵班长笑笑："没事，为人民服务嘛！"

土狼笑着，在旁边蹲下，抽着劣质香烟。他的眼注视着帐篷群。

哨兵班长还在目不斜视地执勤。一辆 213 指挥车开来，停在门口。

"口令！"

指挥车司机答："冰山！回令？"

"高原！你们是哪个单位的？"

"炮旅的，来开会！"

哨兵班长敬礼："请进！"

指挥车开进去。

土狼还蹲在旁边，打着哈欠，好像什么都没注意。

叫李周的士兵出来了，提着两大袋子垃圾，土狼一脸灿烂地迎上去接过垃圾，又从士兵手里接过两个包子，感恩戴德地走了……

密林深处，马达等 A 组队员潜伏着，土狼背着背篓快步跑来，他摘下背篓："口令拿到了！"

马达点点头："好，我们准备动手！"

大家打开背囊，取出 87 迷彩服匆忙换上……

坦克师门口。又一辆 213 指挥车开过来。

哨兵班长拦住："口令！"

开车的马达回："冰山！回令？"

"高原！你们是哪个单位的？"

马达微笑："反坦克旅的，来开会！"

哨兵班长很纳闷儿："没听说反坦克旅要来开会啊？"

"临时通知的。不是我们不聪明，而是共军太狡猾！"

哨兵班长被逗乐了："进去吧！"

马达开车进入。车里的 A 组队员注视四周。

马达的目光转向了一边的野战炊事车。炊事车在冒烟，炊事员们在忙活。马达脸上露出一抹笑容。他挥挥手，带着土狼一块过去。

炊事班班长看着戴着蓝军标志的一个上尉和一个上士走过来，笑呵呵地问："饿了？"

马达笑："本来不饿，但是闻到味儿就饿了！"

"哪个部队的？"

"反坦克旅的，来开会。"

"再等等就开饭！别着急，先开会去吧！"

土狼看着炊事班班长在大锅边搅拌："红烧肉？我就喜欢吃红烧肉！来一块尝尝！"

炊事班班长笑："看你馋的！"说着就捞出点放在碗里递给土狼。土狼接过来吃着："嗯，好吃！好吃！"

炊事班班长笑眯眯地说："还多呢！别烫着！"

马达的右手已经把一个药包丢进锅里，马上就融化了。他笑着："我们就来看看，走了！"

土狼把碗还给炊事班班长："谢谢班长！"

班长挥挥手："去吧去吧！"

两人转身走了。班长继续搅拌大锅："好了，准备出锅！通知部队开饭！"

坦克师门口。213 指挥车开出来。哨兵班长看着马达："你们不开会了？"

马达笑笑："走错了！我们要去步兵旅开会！"

哨兵班长笑："不是共军太狡猾，是我们太无能！"

马达忍住笑，开车带着队员们走了。

1 个小时后，坦克师驻地，成群的官兵飞奔向厕所，厕所门口排起了长长的队，人人都是一脸痛苦。

黑虎大队指挥部，参谋长将一份报告递给雷克明："他们动手了！"

雷大队接过报告，看了一眼，丢在桌子上："导演部怎么说？"

"82 军的坦克师司令部退出演习……红军的报告说，如果是实战，不会是巴豆，会是真正的毒药。"

雷大队笑笑："意料之中的事，何大队还是这些老套路。没事，蓝军这点本钱还赔得起！"

"蓝军司令部要我们迅速剿灭后方的狼牙特种部队！"

"剿灭？那么容易吗？茫茫群山，密密丛林，到处都是同志们的根据地啊！不着急，他打他的，我打我的——现在就看谁输得起了！"

参谋长低着头想什么，不说话了。

路上。一辆绿色陆地巡洋舰开着。车身贴着"越野一族"的标志；车牌上贴着"特种部队007"的字样；车门上有个三角形的标志，中间是一把利剑和闪电。车里是两个打扮很粗犷的青年——耿继辉和强子。两人戴着墨镜和棒球帽，显然属于越野自驾一族，一边开车一边跟着车里的劲爆音乐舞动。耿继辉还喝啤酒。

路边的官兵们都好奇地看着。

耿继辉探头挥舞着啤酒对着身边的部队高喊："Go Get Bin Laden From His Bunk（把本·拉登从他的床上拽起来）——"

士兵们看着他俩笑。一个新兵调皮地拿起步枪对准他们，嘴里喊着："哒哒哒哒……"

官兵们哈哈大笑。

另一条山路上。邓振华和史大凡在走着，两人都是一身伞兵打扮，肩章是空军的上士和中士，臂章是空降兵雄鹰师。他们都戴着蓝军的标志。史大凡的胳膊上还有红十字的袖标。

前面是蓝军的检查哨。

陆军少尉看着两人："你们俩怎么跑这里来了？你们不是在343地区空降吗？"

邓振华看看史大凡："排长，事实是……我被这个卫生员给骗了！"

"怎么回事？"

史大凡嘿嘿笑："跟我没关系，鸵鸟自己看错地图了。"

"看错地图？"

史大凡嘿嘿笑："我正在睡觉，他跟我说到了343地区了，我就跟着他跳下来了。"

兵们笑了。陆军少尉也笑了："这是353地区，你们看错得够远的！"

邓振华气愤地说："谁说不是呢？排长，我建议你把这个卫生员扣留起来！我怀疑他是红军的奸细！"

史大凡嘿嘿笑："我是奸细？那你是什么？一根绳上的蚂蚱！"

兵们看着这俩活宝斗嘴，都乐了。

两辆空降兵部队的伞兵突击车开来。第一辆坐着一个空降兵的上尉，第二辆车坐满了空降兵战士。上尉看看一身伞兵打扮的两人："你们在这儿干什么？"

邓振华跟史大凡急忙立正敬礼，都呆了。

上尉下车，还礼："我是雄鹰师师部通讯参谋，刚去联合指挥部开会。你们是哪个连的？在这儿干什么？"

邓振华目不斜视："报告！雄鹰师黄继光连！我们迷路了！"

史大凡嘿嘿笑："我们跳错地方了。"

上尉瞪两人一眼："真他妈的丢人！上车！"

邓振华和史大凡都傻在原地。

"我要你们上车！傻在那儿干吗？跟我回部队！"

邓振华尴尬地笑："首长，我们走路就可以了，就不劳驾您了。"

"少废话！赶紧上车，别在这儿招摇过市！丢空降兵的人，还黄继光连的呢！滚上来！"

史大凡嘿嘿笑："那就谢谢首长了。"

两个人不情愿地上了第二辆车，跟那些真正的空降兵坐在一起。

陆军士兵们看着他们过去，都笑了。

车队开走了。

第二辆伞兵突击车上。邓振华满脸是汗，史大凡还在嘿嘿笑。

对面的一个下士盯着邓振华看了半天。邓振华恨不得把自己的脸藏起来。下士笑了："邓振华班长？"

邓振华藏不住了，尴尬地问："你是？"

"我是你带过的新兵，你不记得了？你在新兵教导师的时候？"

"哦，想起来了！你是小谢！我叫你螃蟹！"

小谢扑到邓振华怀里哇哇大哭："班长！你不知道，我就等着你叫我螃蟹，等了快3年了。我想你啊，班长！"

史大凡嘿嘿笑着："真感人啊！"

邓振华白了他一眼，对小谢说："好了好了，螃蟹！你现在也是班长了，别哭了！"

小谢起身，擦去眼泪对周围的兵们说："叫班长！"

兵们粗嗓门地对邓振华喊："班长好！"

"班长，今天晚上不许走！就在师部警卫连住下，我安排！咱们好好聚聚！明天，我送你回黄继光连！"

邓振华看看一脸固执的小谢，苦笑。

第十六章

──────★──────

1

公路。老炮和小庄扮成远足的徒步旅行家在前进，他们都穿着旅游鞋，背着沉重的外军背囊，戴着民用的奔尼帽和墨镜，身上还挎着相机之类的东西。

老炮看着不时掠过的蓝军军车说："我觉得悬，咱们这么走，过不了任何一个检查站。"

小庄喘了口气："山里更不能走，他们有防步兵雷达。蓝军看来是来真的了，那个猫头大队不是纸糊的。看起来不好对付！"

老炮看着前面："前面的车怎么了？"

小庄抬眼看去。路边停着一辆云南牌照的路虎发现 3，车前盖开着。

"过去看看。"他说。

他们走到那辆路虎发现 3 的车头，一个女孩在修车，旁边站着一个戴着眼镜、手足无措的小白脸："这可怎么办好啊？早就跟你说不能自己开车出来，你非不听……"

女孩抬眼："闭嘴！"

小白脸不敢吭声了。

老炮笑："女人修车，男人看着？"

小白脸瞪他："有你们什么事儿啊？"

小庄看看发动机："我们帮你看看？"

玲玲看他们俩："你们会修车吗？"

"我们俩开过修车铺。"

"路虎修过？"

老炮笑着解开背囊放在地上："专修路虎——来吧，让我们看看。"

小白脸焦急道："不能给他看！"

小庄瞪着他："你怎么那么多废话啊？爱看不看，我们走！"

玲玲赶紧拉住小庄："帮帮忙，我不会修车。"

小庄看看玲玲，又看看老炮。老炮笑笑："你是头儿。"

玲玲央求着："帮帮忙吧。"

小庄苦笑一下，解开背囊："来吧，老炮！我修车，你看着东西。"

玲玲说："东西放车上吧，丢不了！"

小庄看看老炮，笑笑："那就放车上吧！"

两人把背囊放到车上，轮胎明显地沉了一下。

小庄跟老炮走到车头前。老炮一猫腰钻到车下检查去了。小庄检查着发动机："开路虎车自驾游？不合算，开这个还不如开个普通的切诺基呢！好歹到哪儿都能修。我看看是什么故障，要是配件坏了，那我们也没办法了，这车就只能拖回去了！"

蓝军的车辆不时擦肩而过，没有军人注意这辆坏了的路虎车。

军队加油站。蓝军军车和坦克正在加油，响着劲爆音乐的陆地巡洋舰开进来。士兵们好奇地看着。

耿继辉下车摘下墨镜："97号加满！"

战士说："这是军队加油站。"

耿继辉说："我们出钱行不行？"

战士说："出钱也不行！这是部队规定，往前走15公里，就是地方的加油站了！"

强子下车："厕所在哪儿？我憋不住了！"

战士往后一指："在后边！"

"我上个厕所成吧？"

战士笑："去吧去吧！不许抽烟啊！"

强子拿起车里的一盒纸巾飞奔向厕所。

战士说："你把车往边上挪挪，后面坦克要加油！"

耿继辉上车，把车开到加油站边上的油罐旁停下。他下车，四处打量着。然后蹲下系鞋带，右手把定时炸弹贴在油罐的下面。

加油站后。强子跑过来，蹲下，打开纸巾的盒子。他把里面的炸药块拿出来，跟雷管结合，贴在墙上。

定时器开始走字，3分钟。

他笑笑，起身跑出去。

他冲耿继辉笑笑："好了！走吧！"

两人上车，迅速离开。身后，加油站开始升腾一片黄烟。

山路。小庄在司机位置发动汽车。发动机顺畅地转动起来。玲玲高兴地喊："太棒了！太棒了！"

小白脸在旁边看着小庄："行了行了！下来吧！"

玲玲瞪他一眼："你干什么？人家帮了我！"

"让他们再把车开跑了！"

"你这个人什么素质啊！滚一边去！"

老炮爬出来："好了，油路堵塞，汽油的问题。"

小庄下车："好了，帮你修好了！我们也该走了！"

玲玲看着他们："你们还要步行啊？这天都要黑了！"

小白脸拉玲玲："走走走！咱们赶紧走吧，天要黑了！"

玲玲甩开他："谁跟你咱们的？你滚一边去！"

老炮笑："姑娘，干吗跟你对象这样？"

"就是，我是你未婚夫……"

"滚！谁跟你结婚啊？"

"你爸不是说……"

"那你嫁给我爸去啊？别烦我！你们俩——上车！我带你们去县城！"

"你你你……"小白脸在一旁急得说不出话了。

玲玲瞪着他："我告诉你啊，你少烦我！我跟你们没关系！我爸是我爸，我是我！我要是心情好，带你去县城，让你买张车票滚蛋！我要是心情不好，就把你留下喂狼！"

老炮明白过来了："敢情是强扭的瓜啊？后生，不甜！别勉强了！"

"有他妈的你什么事儿？"小白脸对老炮很有脾气。

小庄一把抓过他："我告诉你啊！他是我班长，是我大哥！你再敢对他不客气，我就对你不客气！明白没有？"

小白脸胆战心惊："明白，明白……"

小庄松开他："学聪明点。"说完就拿背囊。玲玲一把抓住他的胳膊："你干吗你？我带你们不好吗？"

"不合适，你那未婚夫会吃醋的。"

玲玲急了，一把夺过他的背囊关上车门："走！我说带你们走，就要带你们走！我说了算！"

小庄看看老炮，老炮也看看小庄。两人苦笑一下。

玲玲拉着小庄到副驾驶位置上："上车！"

小庄只好上车了。老炮也上车，小白脸还傻在那儿。老炮回头："后生，再不上车，这山里可有狼啊！"

小白脸急忙上车。

玲玲一边开车，一边问："你们是干什么的？真的是修车的？"

小庄看着外面，笑笑："对啊。"

"你叫什么？"

"小庄……你呢？"

"我叫马玲，你叫我玲玲就可以了！"

小庄笑笑："玲玲？你是干什么的？"

"我？大学刚毕业，我爸说让我出国留学！我闲着没事，就出来玩儿玩儿！"

玲玲打开音乐。音乐伴着他们一路奔向县城。

县城外，是蓝军的检查哨。路虎停下，哨兵看看里面，开车的是女孩，后面还有个眼镜，就挥挥手："走吧！"

车子在城里最好的酒店门口停了下来。

四个人都下车。玲玲看着小庄："你们去哪儿？"

小庄笑："我们去找个小旅馆住下就可以了。"

"那你们能休息好吗？"

"习惯了，野地都能睡。"

"等等！"

正在拿背囊的二人回头，玲玲不由分说抓住小庄跟老炮："今天晚上你们就住这儿了！怎么也得休息好啊，背着那么沉的东西走路！"

两人苦笑，跟着玲玲进去了。

2

房间里，小庄在收拾自己的背囊。

门铃响。小庄拔出手枪贴在门边："谁？"

"我。"是老炮。

小庄开门，老炮背着挎包进来，小庄将门关上。

老炮拿出地图："今天晚上我们动手，搞掉这个物流中心。"

小庄点点头："他们想不到我们渗透到县城了，我们完事怎么出去？"

"只有抢他们的车了。"

"不，我们再回到这里。"

老炮看他："你疯了？"

"我刚才看了一下介绍，这里是县城最高档的酒店。虽然是军事演习，但是军队轻易不敢破坏地方正常秩序，他们不会搜查这里，我们躲在这里，然后再跟着这辆路虎出去。"

小庄看着地图，在上面画着："我们从这里进入——然后是这里，炸弹安在这里……"

另一个包间。玲玲穿着干净的衣服，擦着头发走出浴室。门铃响。

"谁啊？"

"我……"是小白脸，"我就跟你说几句话……"

玲玲烦躁地开门："就在门口说吧！"

小白脸看着玲玲，嬉皮笑脸地说："玲玲……我能进去说吗？"

玲玲无奈地侧了侧身，小白脸进去，关上门。

"我跟你说，那俩绝对不是善人！"

"是不是有个男的帮我，你就觉得不是好人？"

"我不跟你开玩笑！跟我坐一块儿的男的，腰上有枪！绝对的，我的感觉错不了！"

"有就有吧，跟我又没关系！"

"江湖上的人倒也罢了，万一是警察呢？"

"就真的是警察怎么了？我干什么了？我杀人了，还是放火了？我卖了一克海洛因了吗？还是我卖了一颗子弹了？跟我又有什么关系啊？少拿这些事儿来烦我！滚——"

小庄的房间里，两人还在商量。门铃响，两人一起拔出手枪。小庄贴在门边："谁啊？"

"我。"是玲玲。

小庄跟老炮对视一眼，收回手枪关上保险。小庄开门："怎么了？"

玲玲笑："我能进来吗？"

小庄让开，玲玲进来。老炮在把地图往挎包放："还没睡呢？"

玲玲笑笑："你们也没睡呢？我想跟他单独谈谈，行吗？"

老炮看看小庄，笑："行，当然行！我回去了啊！都早点休息！"他出去了。

小庄关上门，看看玲玲："怎么了？"

玲玲站在小庄面前，突然伸手摸小庄的腰。小庄一把抓住她的手，但是玲玲已经摸到了他衣服下的手枪。她很坦然地看着小庄："谁派你来的？"

小庄把她的手掰开："我不知道你在说什么。"

玲玲看着他的眼："告诉我，你说的是实话。"

小庄很坦然："我说的是实话！我不是警察，我也不是什么人派来的！我压根儿就不知道你是谁！"

玲玲点点头："你的眼睛没有撒谎！我相信你！"

小庄看着她："听着！我不知道你是谁，我也不是什么警察，我要做的事情，跟你半点关系都没有。现在，你都明白了？"

玲玲点点头："我明白了。"

"好，事情都搞清楚了。我也该走了，我也有事要做。"

玲玲一把抓住他的胳膊："你要去哪儿？"

"你以为我真的是游山玩水啊？我有事要做啊，小姐！"

"你们是单干的？"

小庄看着她："什么意思？"

"你听我说！你们如果是单干户，我可以帮你们找到更好的活儿！真的，用不着这样辛苦！我爸和我哥那边都缺人手，他们会给你很多钱！而且不用这么辛苦，真的！"

小庄的眉头更紧了："你爸是干吗的？"

"用警察的话说……毒枭。"

小庄一下子闪开了，玲玲苦笑："你那样看着我干吗？"

小庄盯着玲玲："你也是？"

"我没有，我从来不参与，我爸也不让我参与。"

小庄倒吸一口冷气："这事儿有点乱！我跟你说……"

玲玲看着他："你说啊？"

"没什么！咱们不是一路人，就当不认识！我还有事要做，告辞了！"他提起背囊要走。

玲玲一把抓住他："你不能走！"

"为什么？"

玲玲突然流下了眼泪："你帮帮我……你要多少钱？"

"我能帮你什么啊？你别拉着我！"

"你帮我杀了他吧……"

小庄吓了一跳："杀谁？"

"缠着我的那个人，你要多少钱我都给你！"

小庄看着她："你不是说你什么都没干过吗？"

"是啊。"

"我当你说的是真的，你仔细听着——如果你是干净的，我劝你最好克制住自己所有的恶念！"

玲玲看着小庄："那我怎么办？我跟你走吧！"

小庄皱眉："我有事要做！而且跟你真的不是一路人！"

玲玲一双泪眼看着他："你要去杀人？"

"这跟你有关系吗？"

"你杀过人吗？"

小庄看着她，躲开了她的眼："我什么都不想告诉你，也什么都不能告诉你！"

玲玲点点头，擦去眼泪："我明白了！你杀过人……你不会骗人……告诉我，我可以帮你做什么？"

小庄看她："你要干吗？"

"现在满城都是军队，你们两个肯定做不了自己的事。我是女人，我有优势。告诉我，我能帮你们做什么？给你们开车，接应你们？"

小庄看着她："你为什么要这么做？"

玲玲哭了，一把抱住小庄："因为……因为，我没有见过你这样的男孩子……你是个男子汉，你勇敢，坚强，心眼儿好……我喜欢你……"

小庄彻底傻眼了，掰玲玲的手。

老炮在自己的房间里，坐立不安。他看手表："这都他妈的多长时间了？"

门铃响了。老炮拔出手枪："谁？"

"我。"是小庄。

老炮收起手枪，开门。小庄和玲玲站在门口。小庄苦笑："她帮我们去做事。"他看看愣住的老炮，"我是组长，我决定了。"

老炮沉默着。三人一起下楼，开着路虎向事先定好的地方赶去。

车里放着音乐。玲玲在开车，脸色苍白。

小庄和老炮在收拾着武器装备，老炮抬眼看玲玲。小庄拉开冲锋枪的枪膛："你别担心了，她不会说出去的。"

玲玲擦擦眼角的泪："我什么都不会说的……"

老炮想想，没想明白，继续收拾武器。他拿出炸药和雷管组装成炸弹。

小庄把弹匣安上，拉开56-1冲锋枪的枪栓。

玲玲转脸看他，满脸是泪："你真的要去吗？"

"这是我的工作——到前面墙边停下，在原地等我们。"

玲玲把车开到阴影处，关闭发动机。小庄穿上战术背心，挎上冲锋枪，戴上面罩。玲玲看着他："小心……"

小庄看看她："如果你不想等，就走吧。"

"我会等的！"

小庄下车，后面的老炮也下车。

玲玲看着他的背影，捂着嘴哭出声来："为什么？为什么我身边的人，没一个干净的？"

小庄和老炮飞跑着来到高墙外。小庄抛出飞虎爪，飞虎爪抓住了高墙，他试试轻重，随即开始敏捷地攀登。老炮持枪在下面警戒，等小庄上去，自己也开始爬。

两人上了高墙，顺着墙往里溜去。

物流中心内。小庄和老炮飞身跃下，落在地面滚翻进阴影。两人在要害处安上定时炸弹。

小庄启动开关：30分钟。

小庄打手语，老炮会意。二人随即起身，没入黑暗中。

车内，音乐还在响着。车门突然开了，小庄上车摘下面罩："走！"

后面老炮也上车，摘下面罩。

玲玲惊讶地看着他们："你们完事了？"

"嗯，完事了！"

玲玲赶紧开车："没看见你们出来啊？"

小庄警惕地看着四周："我们不会原路返回的。"

老炮在装背囊，看看玲玲又看看小庄。小庄没有说话，拿出一块口香糖放入嘴里嚼着。

"你们要去哪儿？"玲玲问。

小庄一边嚼口香糖一边说："出城就可以，我们要进山。"

"我可以跟你走吗？"

"不行。"小庄断然说。

玲玲黯然："没事。我随便问问……小庄是你的真名吗？"

"嗯。"

"玲玲也是我的真名。"

小庄低头："我记住了……谢谢你。"

玲玲苦笑："谁谢谁呢？说不是一路人，其实呢？还不他妈的一样！"

老炮抬眼仔细看小庄。小庄没再说话。

山路上，路虎慢慢停下。小庄跟老炮下车，背上背囊挎上武器。

玲玲下车："小庄！"

小庄回头。

"我还能再见到你吗？"

小庄看着她，没说话。

玲玲惨淡地一笑："那你走吧，我不会忘记你的。"

"再见。"小庄没有回头，大步走向山林。

老炮回头看看玲玲，大步跟上去。

"再见……"玲玲轻轻挥手，眼泪慢慢流了出来。

小庄和老炮两人一气爬到山头。他们看向县城的方向，巨大的黄烟在县城上空升腾着。小庄笑笑："我们走吧。"

老炮看看他："这事儿，你不打算跟我解释解释吗？"

"什么事儿？"

"那个什么玲玲的事儿？"

"我跟她没事啊！"

"反正你不能对不起小影！"

"我都跟你说了，没事！走吧！"

"回去我要跟领导汇报！"

"别说是你了，我都要汇报！"

"那还是有事啊？"

小庄苦笑："我说你就不能想点别的？我跟她没事，她自己——有事！明白了吗？"

"不明白！"

"以后你就明白了，现在还在打仗。走吧！"

3

空降师警卫班的帐篷宿舍里，鼾声四起。史大凡拿着口红在屋内悄无声息地"割喉"。

邓振华睁大眼，坐在床上，拿着口红的右手哆嗦着。他面前的床上，小谢翻身醉意蒙眬地说着梦话："班长……我还能喝……我能喝……咱们再喝……"

邓振华的脸上充满了内疚。史大凡站到他跟前，拿着口红嘿嘿笑："鸵鸟动感情了？这是口红，又不是真的匕首。"

"你懂个蛋？伞兵最重感情！"他的手哆嗦着，还是伸向小谢的脖子。

小谢蒙眬中喃喃："班长……5公里，狗日的……我及格了……"

邓振华咬牙，在小谢的脖子上画了一道。

小谢睁开眼："班长……"

"没事，睡觉吧。"

小谢一转脸就睡了，呼噜声起来了。

邓振华的手哆嗦着，起身："走！"

史大凡嘿嘿笑："这次我跟你混。"

邓振华站在门口，看着熟悉的格局："哎，我的老部队啊！"他大步没入黑暗中。

一个暗哨拉动枪栓："口令！"

邓振华大大咧咧地过去："喊什么，喊什么？"

暗哨仔细看看："哟？是谢班长的班长啊？不好意思啊！"

"喝多了，起来撒尿！你要跟我一起去啊？"

暗哨笑："不是不是，对不起啊……"乙醚毛巾从后面捂在他的嘴上。他倒下了，史大凡嘿嘿笑着把他拖到草丛中，拿出口红画了一道。

邓振华拿出口红："走吧走吧！死卫生员！我带你去割师长的喉！"

史大凡嘿嘿笑："你敢去割师长的喉？"

"那有什么不敢的！师长而已，军长我都敢……"

"那边是谁啊？大晚上的不睡觉！"一个粗壮的声音吼着，接着一个粗壮的空军大校走了过来。

邓振华本能地一个立正："师长好！"

师长走过来，拿手电照过去："手里拿的什么玩意儿？"

邓振华还拿着口红："师长，我这是……"

史大凡嘿嘿笑："师长好。"

师长看着口红："口红？你小子拿个口红干什么？变态啊？"

邓振华嚅嗫："师长，我这是……"

师长拿手电照邓振华的脸："邓振华？怎么是你小子？"

邓振华咽口唾沫："师长，你还记得我？"

"记得！跳伞能跳进学校的女厕所，吓得一群女学生鸡飞狗跳！最后还跟人扯淡，说自己是伞兵——天生的雄鹰！最猛的勇士！车去接你的时候，你正给一帮女学生签名呢！我怎么不记得，名人！"

史大凡嘿嘿笑："好出名啊！"

师长皱眉想想："对了，你不是去陆军特种部队了吗？你走的时候，军务股长还跟我汇报来着——说你可走了，省了多少心了……你跑这儿来干什么？"

邓振华手里的口红唰地一下，在师长脖子上画了一道。

"干吗？你干吗？"

邓振华咽口唾沫："师长，你挂了！你被我割喉了！"

"什么割喉？原来你是……"

师长刚刚反应过来，史大凡手里的乙醚毛巾就上去了。师长倒下。史大凡嘿嘿笑着，把一个狼牙的臂章丢到师长的脸上。

邓振华震惊地看着他："卫生员！那可是师长啊！"

"是你的师长，不是我的！他完了，我们走！鸵鸟！"

邓振华看着地上的师长："师长，不好意思啊！您知道，这事儿我说了不算。"他提起武器，带着史大凡跑了。

一张乙醚毛巾捂住了参谋的嘴。参谋晕倒了。

史大凡在他脖子上画了一道，嘿嘿笑："有电台了。"他背上了电台。

邓振华在墙上的作战地图上用口红画着："CPLASF"他眨巴眨巴眼，"但愿以后我还能回老部队看看！"

史大凡嘿嘿笑："别想了，他们会把你碎尸万段的！"

一条沙皮狗跑进来，看着他们俩，"汪汪"叫了两声。邓振华把食指放在嘴唇上："好狗！你是好狗！你是军人吗？不是吧？那你要学会当个军人！你是空降师的狗！就是空降狗！知道吗？"

沙皮狗准备上来咬。史大凡一把将乙醚毛巾捂上去，狗呜呜地晕过去了。

邓振华瞪着他："你没看见它要被我驯服了吗？这是我们师长的狗！"

史大凡嘿嘿笑："师长的狗？师长都被割喉了，它也陪着吧。"他拿起口红在狗脖子上也来了一道。

"你真残忍啊！连狗都不放过！"

史大凡嘿嘿笑："陆特过后，鸡犬不留！"

邓振华摇摇头。

最后一个帐篷前，邓振华拿着只剩下一点的口红气喘吁吁地站住了。史大凡嘿嘿笑着，擦擦额头的汗："就剩这一个了——你腰上带着什么？"

邓振华低头看看，他的腰上挂着两只死掉的鸡："我去炊事班割喉，那儿养了一群鸡，我就顺了两只。咱们在山里跑路，要补充营养。不是你说了，要鸡犬不留吗？"

史大凡竖起大拇指："我就那么一说，你果然够狠——鸡犬不留！"

邓振华看着这个帐篷："卫生员，我跟你说，这儿的难度很大！要不算了吧？"

"有什么难度？一个师部都让我们割完了，就剩这一个帐篷了！"

"这是女子跳伞队！你知道吗？"

史大凡愣了一下："女兵啊！"

"是！她们警惕性高得很。要不算了吧？"

史大凡嘿嘿笑："你怎么知道？"

"废话，我曾经试图……"他马上就不说了。

史大凡嘿嘿笑："鸵鸟啊鸵鸟，你不去我去了啊？"

"我跟你说了——别进去！"

史大凡已经钻进去了。

邓振华左顾右盼："我得赶紧找辆车来！"

帐篷里，女兵们在睡觉。史大凡手里拿着口红，小心翼翼地在地上匍匐前进。他接近第一个铺位，小心地想起身。

咣当！床边架在一起的两个脸盆倒了。

史大凡大惊失色。

女兵们一起跳起来："抓流氓啊——"

无数脸盆拖鞋飞过来。

史大凡掉头就跑："鸵鸟——有埋伏——"

他跟无数脸盆拖鞋一起飞出帐篷。邓振华早已在一辆已经发动的伞兵突击车上："快快快！早就跟你说这帮姑奶奶惹不起——"

师部的灯陆续亮起来。

门岗处，哨兵摘下枪对着冲过来的车高喊："站住——"

伞兵突击车高速冲来，哨兵急忙跳开。

两个人开车飞速逃窜。邓振华的声音都变了："快跑——打死也不能被抓回去——师长非扭断我的脖子不可——"

4

黑虎大队指挥部。雷大队在画油画。参谋长走进来，哭笑不得地把报告放在雷大队脸侧。

雷大队偏头看了一眼，笑道："鸡犬不留？果然有意思，这个小队——我喜欢！"

"一夜之间，空降师已经群龙无首了，物流中心也完了，还有其余的后勤损失……这个小队的破坏力很大，我们必须歼灭他们了。"

雷大队淡淡一笑："狼牙能在山里抓住眼镜蛇小队吗？"

参谋长摇头："不能。"

"我们也没办法在山里抓住这支孤狼小队。"

"那我们就眼睁睁看着他们搞？"

雷大队笑了一下："他们最想搞的是哪儿？"

参谋长看着他："我不明白您的意思。"

"如果是你，在敌后最想搞红军的什么地方？"

"狼牙特种大队的指挥部啊！"

"他们也是——命令，公开电台通联，暴露我指挥部的位置！"

参谋长笑："是！我马上安排！"他转身出去了。

雷大队继续画画，带着淡淡的笑意："特种部队，就是需要这样胆大妄为的年轻人！但是，你们还欠缺点火候，那就是——狡猾！"

5

山沟。邓振华在做乞丐鸡，坑里烧着两团泥巴。史大凡在边上嘿嘿笑："看起来很好吃的样子啊？"

"那是自然！这是我的拿手好菜！以前驻训的时候……"

"没少偷老百姓的鸡。"

"我怎么会做这样没有军纪的事呢？都是花钱买的！"

一辆陆地巡洋舰开来。邓振华咧咧嘴："得！来俩分鸡的！"

耿继辉下车："干吗在敌后生火？你们以为蓝军是瞎子吗？！"

邓振华干笑："这都要熟了！"

"灭掉！"

史大凡嘿嘿笑："完了，吃不成了。"

耿继辉瞪着他俩："都是老兵了，这点常识都没有？灭掉！"

邓振华咽口唾沫，拿工兵锹埋土灭火。

强子看看手表："他们也该到了啊？"

话音刚落，小庄和老炮背着背囊飞跑过来："我们炸了后勤物流中心！"

耿继辉点点头："昨天晚上，我们把雷达站也给搞掉了。"

"雄鹰师已经是鸡犬不留了。"邓振华说。

耿继辉打开地图："根据我们昨天得到的情报，陆航团已经转场到战备机场。我们今天晚上动手，搞掉陆航团！"

"我们几个人去搞掉那些直升机？炸药不够了。"

小庄笑："我们学过航空武器使用，伞兵！"

"我们没有直升机驾驶证，无照驾驶很危险的！"

史大凡嘿嘿笑："这事儿你可没少干！"

"我干什么了我？"

"哪个女朋友跟你是领了结婚证的？你不都是无照驾驶吗？"

兵们哄堂大笑。耿继辉也笑了："我们每个人都飞过 30 小时了，足够使了！陆航团的机型跟我们飞过的一样，他们想不到我们会开直升机的！"

小庄笑："高中队非疯了不可！直升机他可赔不起！"

耿继辉说："我们是军队，这是军事演习！这笔损失，军队必须承担，也是愿意承担的！大家上车，我们到安全点休息到天黑出发！"

大家都上车。

戴着耳机背着电台的史大凡站起来："等等！蓝军电台有异样！"他听了听，"有个从未出现过的呼号，刚刚开始呼叫！"

耿继辉接过耳机戴上，倾听着。一个清晰的声音传来："虎头，这是眼镜蛇 A1。我们已经完成任务，正在前往下一个攻击点。完毕。"

"眼镜蛇 A1，虎头收到。注意安全，完毕。"

耿继辉摘下耳机："是黑虎大队！他们开始明语通讯了，这很反常。"

邓振华咧咧嘴："被我们打急了呗！顾不上那么多了！"

耿继辉摇头："不对！雷克明不是这样的人。"

小庄看看他："老猫在诱我们，这是个诱饵。"

邓振华震惊地说："那也得看吃不吃得了？那是个老兰博，什么花招没见过！我们跟他比起来，都是幼儿园的娃娃！"他看看还在深思的耿继辉，"你在想什么？我的天，你不会让我们真的去喂猫吧？六条还没长毛的狗，跑进一群老猫的窝里？你觉得他们能吃饱吗？"

小庄不服气地说："他们是特种部队，我们也是！"

邓振华看小庄："连你也疯了吗？"

老炮说话了："搞掉猫头，我们同归于尽也甘心了！"

强子也附和着："这样的人物，被我们搞掉了！咱们狼牙大队，可就真的在陆特排名第一了！省得别的大队老不服气！"

史大凡嘿嘿笑："脑袋被门夹坏了，还好你们还有卫生员。"

"我们干！"耿继辉终于拿定了主意。

老炮接着问："问题是怎么干？他们好几百作战队员，我们六个？"

"是啊，"强子说，"他们可不是常规部队，也是特种部队。我们能想到的，他们也能想到。"

耿继辉在沉思。小庄眼睛一亮，道："直升机。"

大家看他。

小庄笑："直升机——蓝军的武装直升机！我敢说，他们想不到我们会从天而降！我们用武装直升机，直接搞掉他们的大队部！"

耿继辉点头："我们搞三架武装直升机！就算我们的准头再差，三架一起进攻，我不信搞不掉他的大队部！然后我们尽快脱离，丢掉直升机！"

史大凡笑："典型的脑袋被门夹坏的症状——不过我喜欢，我们干！玩儿就玩儿个心跳！"

小庄兴奋起来："我们干！捶他狗日的猫头！"

"捶他狗日的猫头！"队员们一起低声吼。

邓振华看着他们五个，震惊地说："我算知道什么是光屁股打狼——胆大不嫌害臊了！这次要是出事，可不是被蓝军暴捶一顿——直升机坠毁，是要……"他看看大家，"既然你们五个决定了，那我什么都不说了——捶他狗日的猫头！"

耿继辉笑了："上车！我们去休息一天！晚上——先搞陆航团，再踹老猫窝！"

6

山上。两辆绿色的陆地巡洋舰披着伪装网，高速开过山路。

第一辆车是土狼在开，第二辆是马达，他旁边是高中队。高中队对着耳麦："注意了，这不是开玩笑的！我们进去了，肯定出不来！这是自杀攻击，不惜一切代价要搞掉他！明白吗？"

"明白！"耳麦里面一片答复。

马达开着车，问旁边的高中队："为什么不通知 B 组？这样我们的突击力量更强一些。"

"我还不想全军覆没。"

"既然全军覆没，我们为什么要去？"

"我们要掩护 B 组。"

马达看他："你是说，B 组有希望？"

高中队点头："他们年轻，思维敏捷，想法跟我们不一样。我想来想去，也只能想到这个笨办法。我们不去，B 组也会去！我们先去了，B 组就会明白这样行不通，他们会想歪门邪道的办法。"

"为什么不和 B 组联合起来，一起按照他们的方案行动呢？"

"我想让他们自己赢。"

"我明白了。"

"一起行动，赢了也算我们的。他们不能总是在我们的光环下面，我希望他们自己赢，超越你们，也超越我。"

马达笑笑："用心良苦啊！"

"军队，总是需要新火苗的！而我们这些老兵，就是火种！"

7

蓝军大队部门口。警戒并不严密，哨兵的神色也很懈怠。

一辆蓝军卡车开来。卡车后面满满的都是蔬菜。哨兵伸手："停车！"

穿着蓝军迷彩服的土狼探出脑袋："蓝军联勤部的，来送新鲜蔬菜。"

哨兵检查了一下证件："进去吧。"

土狼开车进入，眼睛瞟着周围。他突然加速，径直冲向指挥部的大帐篷。周围的特种兵乱起来："哎！哎！你干吗——"

军卡冲到大队部帐篷前，土狼手持武器下车，对着冲过来的特种兵们一阵扫射。枪声过后，硝烟迷漫，烟雾中，他们看清了长条桌边坐着的都是穿着迷彩服的假人。

高中队大喝一声："中计了——跑啊——"

他们转身冲出去，和院子里的黑虎特种兵扭打在一起。高中队分外无敌。

雷克明走出帐篷，摘下黑色贝雷帽递给旁边的参谋长。他二话不说，冲入乱战，直取高中队。敌众我寡，高中队等终是全部被生擒。

雷克明冷冷看着高中队，突然笑了一下："怎么你们这个队不满编？少了整整六个，一个作战小组？"

高中队看着他："我们失散了，得不到联系。"

"你觉得我信吗？"

"信不信是你的事儿。"

"说不说是你的事儿——能让你来做佯攻的小组，该是什么小组呢？"

"我们的希望,雷参谋!我敢打赌,他们会采用你想不到的方式出现!"他看看雷克明,"你审我也没用,因为我也想不到。"

雷克明笑笑:"看起来倒是很有意思——带走,全部押往蓝军联合司令部!注意,这是个武林高手,不能让他跑了!"

高中队和马达等被五花大绑丢上卡车带走。

雷克明沉思着。参谋长笑着过来:"这么容易就把孤狼歼灭了?"

"不能放松警惕,再调两个连回来!"

"怎么?"

"小高说的是实话——他们剩下的小组,是一帮小狗崽子。他们一定会跟我们玩儿歪门邪道的。"

参谋长一脸不信:"六个小狗崽子,踹我们的威虎山?"

雷大队深思着:"年轻人,层出不穷的年轻人——特种部队的希望!我倒是真的想见识见识,你们能怎么混进来!"

参谋长不以为然地笑了笑。

8

孤狼B组都在睡觉,只有史大凡戴着耳机听着。他突然喊了一声:"有情况!"

所有人翻身醒了,伸手抓各自的武器。

史大凡看看大家:"A组完了……"

耿继辉抓过耳机戴上,听了一会儿,对队员们说:"指挥组和A组都被生擒了,他们中计了。"

大家都很震惊。邓振华第一个打破沉默:"完了完了,我说什么来着?那是个老兰博!他在丛林里杀人的时候,我们的毛还没长全呢!狗头老高和狗头马达都完了……"

"他们那么容易就被生擒了?不应该啊?"

耿继辉一脸沉重:"别想那么多了,休息吧。保存体力,今天晚上我们还有大事要做。"

公路上的检查哨,夜老虎连的战士们在把守着。他们都戴着蓝军的胸条。新来的小赵连长在地图前研究着什么。

一辆吉普车和一辆卡车驶来,喜娃手持步枪拦住了:"停车!"

车停下,带队军官探出头:"我们是黑虎大队的,去司令部!"

"车上是什么?"

"狼牙特种大队的!"

喜娃笑:"哟?那我得上去看看!"他拿着步枪跑过去。车上,高中队马达等狼牙特种兵们被捆得跟粽子一样。

"哟哟哟!这都是谁啊?"喜娃笑着,"高中队?没想到你也有今天啊!"

高中队抬眼看喜娃。马达笑："喜娃,又见面了!"

喜娃蹲下:"马达班长,见到你是真的高兴啊!"他转向旁边的猫头特种兵,"班长,能不能商量商量? 这个班长人不错,给他松点吧?"

猫头特种兵面无表情地说:"不行,这是我们大队长的军令。"

马达笑:"喜娃,没事。你好好的就行。"

喜娃环顾四周:"小庄呢? 不跟你在一起啊?"

马达笑笑,不说话。

喜娃笑:"那我不问了! 马达班长,你好好的啊! 回头我去战俘营看你!"

"喜娃,你也好好的啊! 明年还来吗?"

"去! 也许我的文化水平一辈子都当不了特种兵,但是我不能断了念想!"

"好,我们欢迎你! 好好补习,你还是有希望的!"

喜娃笑笑:"那我下去了啊? 回头我带烧鸡去看你啊。"他起来,看看高中队,"反正到时候你也要收拾我,我也不怕了! 嘿嘿,狗头老高——你也有今天啊! 哈——哈——哈——"他大笑三声下去了。

高中队看着他下去,哭笑不得。

喜娃跳下卡车,喜气洋洋地到了哨位跟前:"检查完了! 开车!"

小赵连长抬起头,看着车队过去:"陈喜娃?"

"到!"

"车上是特种部队?"

"是!"

"可惜啊!"

"什么?"

"这么容易就被抓了,我没能跟他们过手!"

二班长老林不屑地吐了口唾沫,对周围的兵说:"你们知道田庄那母牛是怎么死的吗?"

兵们嘿嘿笑着不敢说话。

"吹死的!"老林大声地说。

兵们哄堂大笑。喜娃也笑了。

小赵连长阴翳地看着老林,没说话。

第十七章

1

陆航机场外的某处山地，提着巴雷特狙击步枪的邓振华背着沉重的背囊和其余的武器下车："别忘了来接我！"

史大凡在车上嘿嘿笑："没事，要是接不了你，就跑步回去吧！"

"死卫生员！敢不接我，我一枪把你打下来！"

史大凡嘿嘿笑："那算你本事了！"车开跑了。

邓振华扛着狙击步枪背着背囊开始艰难地爬山。

陆航机场外的树林，从这里可以看见远处的停机坪和塔台，还有几十架各种不同型号直升机的剪影。

山头狙击阵地，邓振华手持巴雷特狙击步枪趴在灌木丛中，他拿着一个弹匣，看着里面金灿灿的大口径实弹："你确定……我要用实弹吗？完毕。"

"确定，战略狙击手。完毕。"

"这个玩意儿有误差的！完毕。"

"你要不行我让秃尾巴狼换你，完毕。"

邓振华一下精神起来："等等！让卫生员来换真正的狙击手？算了，还是我来吧。完毕。"

"那就好，做好准备。完毕。"

邓振华拿起弹匣，咔嚓一声装在狙击步枪上。他的眼贴在瞄准镜上："这是我第一次希望不要打到靶子！"

机场外围。小庄和老炮背着56-1冲锋枪小心翼翼地错过探照灯的光柱，接近了铁丝网。

探照灯扫过来，两人一起卧倒，一动不动。灯柱过去了，两个巡逻兵持枪走来，他们经过铁丝网，有说有笑地过去了。

两人抬头。老炮拿出多功能钳子在角落开始剪铁丝。

一个口打开，两人进去，小心地把口重新填上。

两个人刚刚在一堆箱子后面卧倒，探照灯又扫了过来，接着滑远了。

小庄和老炮藏在箱子后面，满脸是汗。不远处，那俩巡逻兵又走回来了。

耳麦里传来了邓振华的汇报声："突击组，那俩兵过来了。该死，他们在那儿开始抽烟了！聊天……不走了！正好面对你们！完毕。"

箱子后面。小庄和老炮拿着乙醚毛巾，都很紧张。

探照灯又扫过来，那俩兵被晃眼了，骂着："他妈的！注意点，把我们晃了！"

他们转过身，背对箱子了。

小庄和老炮一个箭步跃出，乙醚毛巾捂上去。俩兵被快速拖到箱子后面。

山头狙击阵地上，邓振华从狙击镜里看着，他长出一口气："惊险、紧张、刺激，尽在狼牙电影节……突击组，方圆 50 米没敌人，可以前进。完毕。"

换好巡逻兵衣服的小庄和老炮背着武器，迅速跳到刚才的位置。

探照灯过来了，小庄和老炮背对探照灯避开灯柱。探照灯又过去了。小庄和老炮转身走向陆航机场。

邓振华掉转枪口，瞄准镜的视野里，是几个大油罐。他咽口唾沫："这么多航空汽油，不知道加上抚恤金够不够赔？"

黑暗中，小庄和老炮在靠近机场塔台。

突然，身后一声喊："你们两个，干吗去？"

两人回头，一个中尉军官。

小庄答："上厕所。"

"先过来，帮我搬东西！"

小庄苦着脸："我憋不住了……"

"那你去吧。"他指指老炮，"你——过来，帮我搬东西！"

老炮抓着自己的枪口尽量压低消音器，跑步过去。

塔台里。小庄独自走在走廊里。

对面走来一个看着文件夹的军官，小庄一个箭步，用乙醚毛巾捂住了他的嘴，接着把军官拖进旁边的屋子。

屋内，两个正在电脑前忙活的军官诧异起身："他怎么了？"

小庄手里的 56-1 一下子举起来，噗噗两枪："红军特种部队，你们被击毙了。我想不用再说什么了，要有绅士风度。"

两个军官互相看看，撕掉胸条苦笑坐下。

小庄拿出一个臂章甩过去，很有礼貌地关门出去了。

军官甲接过臂章，拿起来看——中国陆军狼牙特种大队。

仓库门口。几辆卡车停着，都在卸货。

老炮跑过来，他把钢盔压低，挡住眼，混在人群里搬东西。他扛着箱子进去，放在地上，箱子上写着"火箭弹"。他抬头，到处都是一样的火箭弹。一抹笑浮上了他的脸。

塔台指挥部里，军官们在忙活着。几声敲门声传来，上校抬头："进来。"

门开了，扔进来一颗筒状物体，在地上打转。

噗！闪光震撼弹炸开，一片白光。军官们惨叫着捂住眼睛。小庄闪身进来，举起56-1冲锋枪一阵扫射。消音器跳动着喷出烟雾。

军官们慢慢恢复视觉，松开手。小庄冷冷看着他们："红军特种部队，你们被击毙了。"

上校诧异地看着他："怎么进来的？"

小庄很鸟地说："不好意思，我不和死人说话。"

军官们面面相觑。上校咬牙撕下胸条："他妈的！"

小庄关门走过去，举起枪托对着塔台通讯设备开始砸。咣咣！一片零件飞舞。上校心疼地说："那是进口的！"

小庄冷笑："这是战争，上校。"他边砸边对着耳麦说，"塔台控制，完毕。"

山头狙击阵地，邓振华的耳麦里传来耿继辉的声音："大尾巴狼，动手！完毕。"

邓振华咽下一口唾沫："这是我生命中最昂贵的一枪！"他将瞄准油罐，扣动扳机。

机场立刻一片混乱，军官冲出来，高喊："救火——"

消防车紧急开出来，不断有人影在跑动。

仓库里，所有人都出去救火了，库房内一个人都没有。老炮在箱子上安着定时炸弹，他打开定时器：3分钟。定时炸弹旁边粘着一个臂章——中国陆军狼牙特种大队。

趁着混乱，小庄手持56-1冲锋枪快速跑向一边的武装直升机群。

树林里，耿继辉发动了汽车："坐稳了——"

陆地巡洋舰一下子窜上公路，跟疯了一样高速冲向大门口。

山头狙击阵地。邓振华掉转枪口，对着大门口的哨兵："该死的哨兵！为什么你们还在阵地上？难道你们不知道什么是偷懒吗？"

他瞄准镜的视野里，哨兵们对着冲过来的陆地巡洋舰高喊着："停车！开枪了——"

"我打不准！"邓振华枪口的十字线对准了大门口，又错开了。

砰！哨所的岗亭啪地被打开了一个洞。

班长高喊："卧倒！有实弹——狙击手——呼叫团部，我们遭到实弹袭击！"

兵们赶紧卧倒。电台兵在呼叫："团部，团部！我们遭到实弹袭击——妈的，没反应！"

陆地巡洋舰高速撞开栏杆冲进去。几个臂章飞下来。班长缩在沙袋后面，哆嗦着手拿起臂章——中国陆军狼牙特种大队。他破口大骂："他妈的！演习用实弹，没法玩儿了！"

2

停机坪。小庄打开一架武装直升机的门坐进去，娴熟地发动飞机。

直升机的螺旋桨开始转动，001直升机慢慢起飞。

兵们反应过来："有人偷直升机——"

001直升机低空悬停，掉转机头，对准这群跑来的士兵。小庄打开武器开关，扣动按钮，直升机的火箭弹开始射击。

兵们立即卧倒。连长还站着，他摘下钢盔丢在地上："他奶奶的！没用了！十个警卫连都报销了！我们完了！"

直升机潇洒地拉高，从他们头顶飞过，开始扫射整个机场。

小庄一边操纵着飞机，一边对着耳麦喊话："山狼，你在什么位置？打红色信号弹指示方位！完毕。"

老炮左手掏出信号枪，对着天空开枪。

砰！红色信号弹打出去，在空中很漂亮，如同烟火。

小庄的飞机向着老炮的位置飞去，缓缓降落。老炮打开舱门上去。小庄再次起飞。

陆地巡洋舰高速开进停机坪。耿继辉带着强子和史大凡飞奔下车。耿继辉和强子上了002 直升机，史大凡上了003 直升机。

直升机的螺旋桨开始旋转，飞机升空了。

邓振华后倒滚翻下去。直升机掠着他刚才头顶的位置擦过。

史大凡嘿嘿笑："不好意思，太低了。我重新进入。"

邓振华狼狈不堪地爬起来，对着耳麦大吼："别进入了！该死的，你在那边停下，我自己上去！也不知道你那直升机我能不能坐？"

他背着背囊抓起一堆沉重的装备，转身就往山上跑。

高空中，三架武装直升机会合。耿继辉对着耳麦喊："前进——我们把猫窝掀翻！完毕。"

三架武装直升机排成 1-2 的队形，高速掠过。后面的机场火焰通明，一片狼藉。

直升机高速掠过蓝军车队。车队停下。喜娃下车："陆航团大晚上搞什么？"

二班班长老林看着陆航团的方向："好像起火了？"

小赵连长在吉普车上站起来，拿起望远镜观看："红军特种部队……"

老林看他："你怎么知道？也许是刚才那三架武装直升机搞的呢？"

小赵连长放下望远镜："我们掉头！追赶刚才的武装直升机！"

老林不屑地说："我们就跑废了车，也追不上直升机啊！"

小赵连长怒吼："这是我的命令！"

电台兵听着什么，抬头："连长，司令部让我们也去救火！"

老林笑："听见没？要我们去救火！"

小赵连长瞪着他："将在外，君命有所不受！掉头，追赶直升机！"

老林不服气地说："屁大点儿一个连长还将在外……"

小赵连长一把拔出手枪对准了老林的脑袋。老林冷眼看他。他身后的兵们立即起身持枪对准连长。

喜娃急了："兄弟们！兄弟们！别闹，别闹！都把枪放下，这是连长！"

"执行我的命令！"小赵连长呼吸急促地说，"否则我执行战场纪律！"

老林一脸的不在乎："你觉得我怕你啊？"

喜娃小心翼翼挪开连长的胳膊："连长连长，二班长也是嘴快……您消消气，犯不上这样。执行，执行！我们执行命令！"

小赵连长悻悻地关上保险。老林吐了一口唾沫："收起武器，上车！"

二班的弟兄们放下武器，却仍盯着小赵连长。小赵连长不吭声，上车："快！追着他们走！看他要去哪儿！"

3

黑虎大队指挥部，柔和的小夜曲在回荡。雷大队在看英文书籍。参谋长匆匆进来："雷大队！他们偷了三架武装直升机……"

雷大队沉稳地接过他递来的报告，看了一眼，呆住了："快！准备防空——"

话音未落，直升机的马达声已经扑下来了。

帐篷外，兵们一团忙乱。三架武装直升机已经排成一条线的队形鱼贯进入。机翼下的火箭弹啪啪啪地在旋转发射。大队部一片黄色烟雾升腾起来。

地面的兵们目瞪口呆地看着。雷大队脸色铁青，他沉默片刻道："通报演习导演部，我们退出演习。"

参谋长看着他："就这么完了？"

雷大队慢慢撕下自己的胸条："这是当代战争……在我的从军生涯中，从未有过一次失败。可今天，我和我的特种部队——全军覆没！"

三架直升机再次俯冲轰炸，再次拉高。耿继辉下命令："我们马上离开！丢弃武装直升机进山逃命！快！完毕。"

高空，三架直升机调头高速掠过。

公路上，夜老虎连的车队在急驰。小赵连长看着飞机掠过，又看看地图："他们飞不了太远！我们的空军马上就要追赶他们，他们肯定要弃机逃命！快，我们抄近路去阻截他们！"

车队向着飞机飞走的方向加速，在公路上急驰着。

另一处林间公路。三架直升机陆续落地。耿继辉拿起56-1："快！战斗机马上就到了！"

大家跳下直升机，往林子里飞奔。

邓振华背着一身的枪下直升机："他妈的又要钻山沟！你帮我拿两把！我还得背背囊！该死的，就剩下我这一个背囊了！"

史大凡嘿嘿笑："因为我们知道，你的背囊有充足的战备储备！"

"那是我自己花钱买的——"

两架苏-27战斗机从远处高速追来。

邓振华脸色都变了："快走——要轰炸了——"

两人跟兔子一样往丛林飞奔。

战斗机高速掠过，机关炮射击着，同时模拟投弹。三架直升机立即冒起了黄烟。飞行员对着耳麦汇报着："鹰巢，这是飞鹰 1 号。我们已经击毁直升机，但是不知道有没有人，完毕。"

"鹰巢收到，地面部队在路上。完毕。"

"收到，我们在高空待命。完毕。"战斗机拉高，消失在高空。

丛林里，B 组跟兔子一样快速穿越。小庄还是打头阵，他手持 56-1 跳过树干，后面的队员们陆续跳过。

山路上，夜老虎侦察连的车队还在急驰。

第一辆吉普车上，电台兵正在与指挥部联通："夜老虎收到，夜老虎收到！"他抬头看前面副驾驶位置的连长，"连长，司令部命令我们前往 223 地区！那里有武装直升机的残骸！让我们去检查一下！"

小赵连长皱眉："让我们去检查？我们是侦察连，他们派一个步兵连过去不就得了？"

电台兵小心地说："这是司令部的命令……我们是距离最近的部队！"

小赵连长想了想："停车！"

司机喜娃停车。

小赵连长下车，挥挥手："三个排长都过来！"

三个排长跑步过来。小赵连长打开地图，一只手拿起手电，另一只手在地图划："这里是 223 地区，他们把直升机丢在这儿了！肯定是进林子了，夜晚的丛林是特种兵的天堂。他们每个人都有单兵夜视仪，我们一个班才有一个！追兵会很吃亏！"

"现在管不了司令部了！我们是侦察连，不是步兵连！我们要卡住他们逃命的脖子！只要我们事先找到他们的逃命路线，设好埋伏——12 个人，我们 118 个人，怎么也给他们干死了！"他看了看三个排长，"他们只有两条逃命路线：一，顺着云梦山山脉到达前沿阵地，进入红军阵地；二，反方向突围，往我纵深前进，趁夜黑从我部队中穿插过去，然后寻机逃窜！这方圆数百里都是原始森林，怎么逃命都可以！"

三个排长都不吭声。

"怎么，我说得有什么不对吗？你们可以进行补充。"

排长乙说："连长，你说得有道理，起码我同意你的分析。但是司令部的命令是什么，我们还不知道。"

"司令部命令我们追着他们的屁股去检查直升机和附近地区。"

排长甲犹豫地说："还是啊！我们必须按照命令行事。"

小赵连长瞪着他："但是我们是侦察连！我们要发挥侦察连的特点，贴身近战、夜战、恶战！赶到敌人的前面去等着他们，而不是追着敌人的屁股满山跑！"

三个排长互相看看。

"我是连长，我已经决定了。"小赵连长有些不满了。

老林跑过来："都干吗呢？干部们！要是没事，就让弟兄们撒泡尿！大家都憋坏了！"

小赵连长面无表情地说："继续憋着！时不我待，现在上车！我敢说他们肯定是反方向突围了，准备打我们的穿插。我们到红杉山口去等他们！我是连队主官，出了问题我负责！"

三个排长面面相觑。

老林讥笑道："猪鼻子插葱——好大一头象啊！你干脆当军委主席得了，这个小侦察连容不下你了！"

小赵连长指着老林的鼻子："二班长！我知道现在连队你的资格最老！我也一直容忍着你，但是你不要逼我！"

"哟？看样子想跟我练练是怎么着？"

三个排长急忙拦开他："好了好了，我们执行连长的命令！走吧走吧，都上车！"

老林却满不在乎："着什么急啊？二班，下来撒尿！"

二班战士们嗷嗷叫着下来，到路边站成一排撒尿。

小赵连长气得脸都发青了。喜娃小心地拉拉他："连长，二班长不是个孬种！你要是跟他交交心，他比谁都卖命！这不是赶上了吗？苗连刚走，你又刚来……"

小赵连长出一口气，缓和一下自己："没事……也是我太急切了，二班长说的也是客观现实——全连，下来解手！轻装上阵！"

二班的战士们都愣了。老林也愣了一下。

战士们嗷嗷叫着下车撒尿："连长万岁！""哎呀，可憋坏我了！"

小赵连长突然高喊："他妈的把那帮狗日的特种兵绑了，带回夜老虎连展览！全连加餐，从干部伙食费扣——弟兄们，有信心没有？"

"有！"一片欢呼雀跃。

"操！"老林骂了一句，"二班，上车！准备跟小连长去抓特种兵！"

二班哗啦啦上车。

小赵连长走到撒尿的战士们旁边，解开裤子撒尿。

旁边的战士呆住了："连……连长，你跟俺们一起撒尿？"

小赵连长笑笑："怎么？连长不是人吗？不需要撒尿吗？"

"不是不是……以前你训练完了就回去看外国书，一看就半夜！吃饭都是通讯员打到连部去……这是俺第一次跟你说话……俺们谁也不敢打扰你……"

小赵连长惭愧地低下头："对不起，是我的错。我不是个好连长……上车！我们一定要抓住他们！"

战士们上去，斗志昂扬。

4

丛林。戴着夜视仪的特种兵们一路狂奔。

小庄突然停下，举起左拳。

后面的队伍停下了，就地隐蔽。

耿继辉赶上来："怎么了？"

"前面是分岔山口，我们走哪边？"

耿继辉拿出地图和红光手电迅速看看："我们穿过红杉山口，进入原始森林，走沼泽地——绕过蓝军防线，回到红军防区。"

邓振华苦了脸："又要过沼泽地？"

"这是最安全的道路。伞兵！"

"到！"

"你自己背着背囊也够累了！"

"没事，我能行！"

耿继辉笑笑："帮你轻装——把你的战略背囊打开，让大家分享你的战略储备！休息15分钟，补充一下，继续出发！"

邓振华咽口唾沫，苦笑一下解开背囊："我说怎么就让我自己带着背囊，肯定没好事！"

邓振华的背囊一打开，大家七手八脚去抓。小庄拿出一个袋装的烧鸡："还有烧鸡？你真的不嫌累啊？"

强子拿出两袋牛奶，呆住了："你是真的来野营啊？"

老炮伸手，摸出一把核桃："来来来，吃核桃！"

史大凡嘿嘿笑着拿起一个苹果夸张地啃了一口："红富士的——不错，有点甜！"

五个人嘻嘻哈哈地分享着邓振华背囊里的东西。

红杉山口。侦察兵们提着武器跟着小赵连长小心翼翼地进入阵地。小赵连长胸有成竹地指挥着："机枪手，在这里！狙击手，到那边树下！全连分成三个方向埋伏起来。注意，一定要等他们全体进入山谷再动手！以我的枪声为号！明白吗？"

侦察兵们低沉回答："明白！"

小赵连长挥挥手："去吧！"

三个排分别散去准备。

老林大大咧咧地喊："二班，钻了一个多小时林子了！可以休息会儿了，趴下！"

二班趴下。

老林躺倒了，懒洋洋地说："我可得睡会儿了！明天天亮再叫我，今天晚上你们就守着空气特种兵吧！"

喜娃担心地看着连长："连长，你没事吧？"

小赵连长摇头，关注着山口："没事！这是我的错。我以前，太把自己当回事儿了。"

喜娃笑："你是文化人嘛！硕士，跟我们不一样！我们都是丘八汉，就知道厮杀！"

小赵连长叹息："军人，首先得是丘八啊！可惜，我明白得有点晚了！"

"够快的了。小庄明白这点，用了快半年呢！"

小赵连长纳闷儿道："小庄？你们经常提起小庄，他到底是个什么兵呢？"

喜娃笑笑："他啊？不好说，你以后就知道了。"

小赵连长笑笑，继续注视着红杉山口。

红杉山口的密林里，休整后又重新出发的孤狼B组来了。

山头狙击阵地。戴着夜视仪的狙击手的枪口慢慢跟随尖兵小庄。

"来了！"喜娃惊喜地看着。

小赵连长笑笑，拿起81-1自动步枪："准备！"

战士们精神起来，拿起武器。

老林被战士推醒："怎么了？"

战士努努嘴："真的来了！"

老林一愣，急忙翻身起来。

小庄还在慢慢前进着，突然觉得有点不对劲儿，他举起右拳。后面的队伍停下了。

耳麦里传来耿继辉的声音："怎么了？"

"有点不对劲儿。"

耿继辉快步过来，蹲在他旁边："怎么不对劲儿？"

小庄环顾四周："不知道，这是一种直觉。"

耿继辉扫视四周，拍拍他的肩膀："掉头，我压阵！你去带队！"

小庄起身提起武器掉头跑向队尾。耿继辉手持武器环顾四周："注意！我们要掉头，这里不太平。完毕。"

分队起身，转向。

喜娃紧张地看着："排长！他们要跑了！"

小赵连长瞪大眼："发现我们了？"

"不知道！但是他们已经在掉头了，马上要离开伏击阵地了！"

"现在才6个人，还有6个人呢？他们12个人一队啊？"

"再不打，这6个也没了！"

小赵连长满头是汗。

老林急了："哎呀！等什么呢！打——"他举起81-1开始射击。

枪声立即从四面八方响起。

B组分队立即开始狂奔，但是耿继辉身上的黄烟已经冒起来了。小庄高喊："快！我们被埋伏了，快速撤离！"

老炮在队尾举起冲锋枪，对着冲过来的侦察兵扫射。对面的侦察兵冒起了黄烟。

两颗手榴弹丢过来，落在老炮身边。噗噗！老炮、强子身上都冒烟了。他俩站起身，苦笑。

喜娃冲过来，惊喜地喊："班长——"

老炮瞪大眼："喜娃！怎么会是你们啊？"

老林也跑过来："老炮！老炮！你可想死我了！"

老炮笑呵呵地说："兔崽子！是你啊！是咱们连啊？我心里好多了！"

耿继辉走过来，扛着56-1苦笑："被黑了！谁带队？蛮厉害的！"

小赵连长快速冲过来："走啊！追击他们！你们在这儿干吗呢？"

喜娃指指小赵："班长，这就是新连长！"

小赵连长闻声站住，看老炮。老炮敬礼："连长好！原夜老虎连一班长，郑三炮！"

小赵连长还礼，伸出右手："你好，我早就听说过你——老炮！"

老炮欣慰地说："连长！不错！干得漂亮！"

小赵连长笑笑："有你这一句话，我心里舒服了！不好意思，我先去追你们的人！一排，跟我来！他们跑不了多远！"

老炮笑眯眯看着他过去。转眼看到老林正看着自己，他纳闷儿地问："看我干吗？"

老林若有所思："也许我错怪这个小连长了……"

老炮明白了："你啊！又欺负学生官了？去吧去吧，执行命令！这个毛病该改了！"

老林苦笑一下，带着二班去了。

耿继辉道："没想到，我们穿山越岭，打陆航、炸机场毫发无损！却被侦察连给阴了！"

"夜老虎连嘛！"老炮自豪地说。

耿断辉看着他一脸得意，笑了笑。

山林里，邓振华和史大凡一路狂奔，后面跟着一群侦察兵。

老林突然斜刺里冒出，挥舞枪托，砸在邓振华腹部。

二班的战士们冲出来。

史大凡见势不妙，后退一步嘿嘿笑着伸手去摸手枪："我是卫生员，我给他看伤……"

老林二话不说举起步枪就是两枪。

史大凡身上的黄烟冒起来了。他苦笑："为什么不活捉我？"

老林扛着枪很潇洒的样子："好莱坞电影看多了！一般你这样废话多的，肯定有暗器！"

史大凡苦笑。

山林的另一处，小庄一路狂奔。后面的侦察兵们早已气喘吁吁："不行了！开枪——"

小庄一个箭步滚下山坡。后面枪声响起……

小庄滚下山坡，落地后飞身猛跑，一下钻入密林消失了。

侦察兵们气喘吁吁地站在山坡上："这小子真能跑啊！""跟他妈的小庄一样，跑起来不要命！他奶奶的！"

一行人无功而返。

红杉山口。被抓来和被击毙的特种兵们坐在地上。

耿继辉带着微笑，站在小赵连长面前："不简单！能抓住我们，你很优秀！"

小赵连长数着人头："不是一队12人吗？"

"另外一组早就被抓了，我们六个。"

"还跑了一个？"

"不丢人了，五个，连击毙带俘虏！"

喜娃过来："班长在这儿，跑的那一个我知道是谁了。"

老炮笑："谁啊？"

"小庄——只有他能这么跑，没别人了！"

老炮笑笑，不说话。

侦察兵们都笑起来："看！我猜对了吧！是小庄！""真行啊！""我说了吧，是小庄！"

小赵连长纳闷儿地看耿继辉："这个小庄——到底有什么特异功能？"

"艺术家的脑子——他不是用战士的脑子来思考的，所以你们要小心！"

小赵连长看着他，又看看欢呼雀跃的战士们："我就不信，他一个还能翻了天？"

"翻天不翻天我不知道，但是——他一定让你们不好过！"

小赵连长看他："你要我？"

耿继辉笑笑："没要你，不信你就自己看——我们只要有一个人还自由，你们就不好受。No man, no law, no war, can stop him！"

小赵连长脸色一变，拿起自动步枪上膛："留下一个班押解俘虏，其余的，跟我死追猛打！"

特战队员们哄堂大笑。

侦察兵们跟着小赵连长过去。

强子抬头看耿继辉："干吗要他们这么激动？"

耿继辉笑笑，坐下："让他们跑跑路也好，反正抓住他也不容易。我们不能白被黑啊，也黑黑他们！这原始森林，他们可不好过！我们就舒舒服服在战俘营等着小庄来报到吧！"

特战队员们哈哈大笑。

5

直升机高速掠过丛林上空飞远了，小庄钻出灌木丛，看看四周，继续狂奔。一个搜索队员看见了："在那儿！"

"放狗！"

引导员松开牵引带，狼狗飞一样追上去。

搜索队快速追着，开枪。

军犬狂吠着，越追越近。

小庄没命奔跑。

小庄钻出森林边的人工林带，猛地停住了脚步。追兵越来越近，小庄回头看看追兵，咬着牙抬腿进了沼泽。

一迈步，半截腿陷进去了，他拔出腿接着走，半个身子都成了黑的。

军犬在沼泽地边狂吠，不敢下去。

小庄发现一片芦苇丛，快速钻进去隐蔽起来。小赵连长带着喜娃等战士跑来。喜娃拉住军犬，军犬还在对沼泽地狂吠。

小庄看见喜娃，睁大了眼。

小赵连长看着沼泽地，一片水茫茫："他进沼泽地了。"

喜娃惊呆了："不会吧，狗都不敢进去，他敢进去？"

"里面太危险了，他可别出什么事儿啊！"

小赵连长担心地看着，高声喊："出来吧！我们看见你了！"

喜娃也高喊："小庄，你出来吧！里面太危险了，不值得这么玩儿命！你要是在就答应我啊！"

没有声音。

小庄的眼泪在打转："喜娃，我想你……"

喜娃焦急地说："小庄要是进去了，打死他也不会出来的。"

小赵连长说："我们撤吧，没必要这么逼他。等咱们走了，说不准他就自己出来了。"

他带队转身走了，喜娃边走边转身看看。小庄眼睁睁看着他走了，搜索队消失了，这才泪如雨下。

林子里，小赵连长、喜娃等埋伏在草丛中。喜娃担心地说："小庄……估计不会出来的。"

小赵连长看看他："如果我们真撤了呢？"

"他也不会出来……他是个二杆子，会一条道走到黑的！"

小赵连长注视着前方，若有所思。

6

沼泽地。小庄的力气耗尽了，每走一步就栽倒在沼泽里。他爬起来继续走，又栽倒。他叹口气，丢掉背囊，只背着两支枪，开始爬行。

他喘息着，浑身泥泞地趴着往前爬，黑暗中，他的眼睛里闪闪有光。他继续向前蠕动……

蓝军司令部。

老爷子等将领站在指挥部门口。旁边是战俘营，高中队、马达等也站在铁丝网里。

车队开来。小赵连长下车："把他们带下来！"

五个特种兵下车。老爷子看着小赵连长："那就是那个连长？"

参谋长点头："是，指挥学院的硕士毕业生，夜老虎侦察连连长！"

老爷子点点头，走过去。

邓振华脸色发白："惨了惨了，这次惨了！这老头要发火了，我们毁了他的陆航团。"

小赵连长跑步过去敬礼："报告！首长，夜老虎连抓获五名特种兵。"

老爷子满意地点点头："不错！你稍息！"

"是！"

老爷子走向衣衫褴褛的特种兵，打量着他们："你们五个人就毁了我的陆航团？"

特种兵们都站着不吭声。邓振华干笑："首长，你知道……我们还有一个在逃命，所以应该是六个。"

老爷子点点头："六个士兵，毁了一个陆航团！性价比很高！"

耿继辉目不斜视："报告！首长，不能这么计算！士兵的生命是无价的！我们是为了上级的命令去厮杀，不是为了什么性价比！"

老爷子有点意外，随即笑了："有道理！是我想歪了——士兵的生命是无价的！你叫什么名字？"

耿继辉立正敬礼："报告！狼牙特种大队孤狼特别突击队 B 组组长，陆军中士耿继辉！"

"耿辉是你什么人？"

"报告……是我父亲。"

老爷子张嘴，点点头："我知道了。"

邓振华掐着指头在计算着。老爷子纳闷儿地看着他："你在算什么？"

"报告！我算一下，昨天晚上的损失……平摊给我们六个人，要负担多少？"

将军们都笑了，老爷子也笑了。

邓振华震惊地看着他："难道不平摊吗？我一个人可负担不了那么多的油料损失！"

老爷子拍拍他肩膀："不错，不错！你非常有战略头脑、经济头脑！不用算了，我埋单！"

"真的？首长，我算了一路了！"

"留着这个脑袋瓜子去算计怎么杀敌吧！好，何志军治军有方，我很高兴！"他转向小赵连长，"你也很不错！能够抓住他们，说明你的军事头脑和军事素养都很好！"

小赵连长立正："报告！还有一个特别突击队员漏网，我请求继续追捕。"

老爷子点头："可以，我批准。"

"但是我需要一些支援。"

"给他所有需要的支援。"

小赵连长敬礼："谢谢首长！我请求再给我一个特种作战排！"

"蓝军特种部队，昨天晚上已经全军覆没了——他们六个人干的！"

小赵连长张大嘴，没说出话来。

"靠你自己的侦察连吧！我没有侦察力量给你了，去吧！"

小赵连长利索敬礼："是！"他转身，看着这五个特种兵。

耿继辉笑笑："别着急，一个人的战争刚开始！"耿继辉不紧不慢带着自己的人走进战俘营。喜娃在一旁喊："哎，你们阵亡的不用进去！"

耿继辉笑笑："我们进去做伴，要不太孤单了！"

小赵连长笑笑："我真的要见识见识，什么是他妈的特种兵！什么是一个人的战争！"他大呵一声，"夜老虎连，上车——我们去抓 John Rambo！"

战士们上车，车急驰而去。

7

这是沼泽边的一个小村庄。安祥而宁静。村边河道水汊纵横，芦苇荡一望无际。

薄雾中，静静流淌的小河汊上，一个 20 多岁的姑娘摇过来一只木划子，舱里好几条刚打上来的鱼，船尾坐着位满头白发的老奶奶，她一边收网，一边对划着桨的姑娘说："阿霞，你也不小了，和栓子的婚事还是早点办。"

"知道了，奶奶。我们准备春节办，你看行吗？"

"行啊！越快越好！"

阿霞往岸边划了划："奶奶，前面好像有什么东西！"

老奶奶直起腰，手搭凉棚："阿霞，快划！"

"哎！"

木划子飞快往沼泽地划去。

烂泥里，躺着昏迷的小庄。

老奶奶仔细看看："捞起来。"

阿霞把小庄拖到船上："带着枪呢！是不是逃犯啊？"

小庄胸前兜里插着黑色贝雷帽，老奶奶抽出来，擦去泥巴，露出八一军徽："是解放军！阿霞，是解放军！"

"真是解放军啊？怎么到这儿来了？"

"阿霞，快！把解放军送回村子。"

"哎！"

阿霞划起木划子，划子飞快地向着村子荡去……

老奶奶的家是几段矮墙，几间农舍。门口挂着"光荣烈属"的牌子。院子里，阿霞在往晾衣绳上晾洗干净的迷彩服。

屋里，小庄微微睁开眼，嘴唇蠕动，想说什么。老奶奶心疼地过来："娃子，你别说话！"

小庄看着她苍老的脸："枪……"

"你别说话，好好养着。"她拍拍小庄的身边，"在这儿呢！"

小庄摸着了两支枪，放松了。

厨房，阿霞在熬汤，给风箱打风。

村子里，娃娃们跑着喊着："爹！娘！醒了！""解放军叔叔醒了！"整个村子沸腾了，大人们提着满篮子的鸡蛋或别的什么匆匆跑来。不一会儿，老奶奶家便挤满了人。

村长大爷坐在炕边，抽着旱烟："咱村自打 1944 年八路军来后，再没来过队伍上的人。你这是干啥呢？"

小庄虚弱地说："我们是演习。"

"啥？演戏？"

"演习，不是演戏！"

"那你们是真打假打啊？"

小庄苦笑："这个……算真打吧！"

村长紧张起来："小日本又打来了？没听新闻里说啊？"

"不是不是，是我们自己跟自己打。"

"自己跟自己打？那不是有病吗？"

小庄苦笑："我觉得也挺有病的……村长，这儿我不能多待，我还有任务呢！"

老奶奶急忙按住他："别动别动，你是累虚脱了！"

阿霞端着鸡汤进来："奶奶，鸡汤好了！"

老奶奶接过碗："来来来，把鸡汤喝了！"她喂小庄。

村长纳闷儿地问："春家的，你哪来的鸡汤？"

老奶奶说："还不是我那芦花白？"

"你把芦花白给宰了？那可是给你下蛋的宝贝鸡啊！"

"嗐！那算啥，打日本那会儿，我娘都把自己的嫁妆被褥给八路军睡！那还是没出阁呢，我杀个鸡算啥？"

村长感慨："也是，算你是支前模范了。"

小庄流出眼泪："奶奶……"

阿霞笑："大小伙子，都是解放军了，还哭呢！"

老奶奶笑："吃吧吃吧，吃好了好打小日本！"

小庄点头："嗯！"

公路上，搜索队的车停着。小赵连长打开地图："他肯定是进了沼泽地。"

喜娃担心地问："小庄……他能出去吗？"

小赵连长笑笑："这是湿地自然保护区，一千多亩地，他一个人，没有交通工具，不可能走出去的。不过湿地中间有个自然村，就是这儿——鸡脖子岛。如果他还活着，只能在这儿。村民会帮他的，我们去这儿找他。"

"我们划橡皮艇过去，我去准备。"

"橡皮艇太慢了，红军特种部队还有分队在活动。不能在他身上耗太多时间。电台兵，呼叫司令部，我要直升机！"

"是！夜老虎呼叫司令部，夜老虎呼叫司令部，我们已经确定目标的位置，需要运输直升机支援……"

老奶奶家。小庄跟村民们还在聊天。

村长好奇地问："那你们这演习——你跑这儿来干啥呢？"

"敌人追我。"

"啥敌人？"

"就是另外一拨。"

"哦……他们追你干啥？"

老奶奶瞪他一眼："你老糊涂了？我都听明白了，亏你以前还是民兵连连长！他的意思就是——他是八路军，另外一拨就是装小日本！"

村长恍然大悟："那我明白了。娃子，你就在这里好好待着。等日本人走了，我们送你出去……"

隐约的马达声传来。小庄立刻警觉起来。外面的孩子们开始欢呼，跟过年一样。

小庄起身到窗口看看，顿时大惊。

一架迷彩直升机在飞来。

直升机里，小赵连长拿起望远镜，他在搜索全村，突然他停住了，一个院子里晾着小庄的迷彩服。

小赵连长放下望远镜："他就在里面，我们下去！战斗准备！"

侦察兵们开始检查武器装备。

"注意！他的单兵作战能力极强，我们以班为单位作战！"

"是！"兵们目光炯炯，蠢蠢欲动。

直升机降落，老林第一个跳出来，他持枪半蹲警戒。侦察兵们陆续跳出来，排开警戒线。

村民们好奇地看着他们。

直升机的螺旋桨慢慢停止转动。小赵连长下来，挥手："收起武器吧，当心走火。"

侦察兵们关保险，起身散乱地站着。孩子们跑过来，好奇地围着他们，胆子大的抚摸着他们的枪。

小赵连长笑着，拿出一块巧克力递给面前的孩子。他看着孩子大口吃着："告诉叔叔，你见过跟我们一样背着枪的解放军吗？"

孩子看着他："见过。"

"你在哪儿见的？"

"电视上。"

小赵连长的笑容凝固了。

家长们急忙拉开孩子。

小赵连长起身，敬礼。

村长赶紧还礼："同、同志好！"

"大爷，你好。我想找一下村长和治保主任。"

"我就是啊。"

"那您是村长还是治保主任呢？"

"我都是啊，村长兼治保主任。"

"哦，您好。是这样，我们在找一个兵，他掉队了。可能在这片沼泽地里面，我们想把他送到医院去。"

"兵？什么兵？"

"跟我们一样的兵。"

村长回头喊："哎！你们谁看见那个兵了？"

村民们都说没有。

村长笑："你看，都没看见，那个兵不在我们这儿。"

小赵连长笑笑："村长，那是谁的迷彩服啊？"

村长掉头看去，老奶奶在院子里收迷彩服，迅速消失了。

村长眨巴眨巴眼："啥是迷彩服啊？"

小赵连长指着自己身上："就是和我们一样的军装。"

"军装啊？哪儿呢？"

小赵连长立即知道怎么回事了。

小赵连长笑笑："大爷，我们能去那家看看吗？"

"哎！那不行。"

"为啥？"

"那家是老寡妇，她还带着个小孙女，没出阁的大姑娘，不能不能！"

"我们就是去看看。"

"不行不行，她儿子也是解放军，还是烈士！是1984年老山牺牲的！你难道要去她家搜查啊？她家从来不让男人进去，连我都没进去过。"

小赵连长愣了一下，知道厉害了，他笑笑："那好吧，谢谢你啊！打扰了，我们走了！"

小赵连长转身，招手叫战士们上直升机。

直升机起飞了。

村长笑："跟我来这套？你还嫩得很，我掩护八路军的时候，你爹还没生呢！"

直升机里，老林不甘心地问："连长，我们就这么走了？"

小赵连长苦笑："不走还能怎么办？我们真的能进去挨家挨户搜吗？那不真的成日本鬼子进村了？老乡们一阵棍子打出来还不是白打？"

喜娃笑："那咱们把他放了？"

"放是肯定不行的。他还得走，不能总在这个村子住下来吧？"

老林摩拳擦掌地说："我带人蹲守，等他出来抓个正着！"

"只有这样了，我去对付别的特战分队！我们飞远一点，你们下去，划橡皮艇靠近，隐蔽起来。我敢说，他今天就得想办法走！别管他化装成什么样儿，你只管拿人！记住，不要和村民起冲突，骂不还口……"

老林笑："打不还手！放心吧，连长，这都是咱们的父老乡亲。我就是农村出来的，还能跟他们起冲突？"

直升机缓缓地悬停在靠近沼泽地水面1米的地方。

舱门打开，两条橡皮艇丢出来。老林带着战士们穿着救生衣，陆续跳下来，爬上橡皮艇。

老林挥手，橡皮艇悄悄在沼泽地划着，穿越芦苇。

老奶奶家。满屋子都是乡亲们，他们在商量对策。

村长一本正经地说："'鬼子'没走远，就藏在村外，咱们得想个法子把'小八路'送回部队去。"

一村民说："咱们装作打渔，把'小八路'夹在中间带出去。"

村长摇头："不行！'鬼子'的眼睛尖着呢！我有个主意肯定能把'小八路'送出去，就是不知道阿霞肯不肯？"

老奶奶瞪他一眼："老黄头，有话说，有屁放！卖什么关子？"

村长做了个抬轿动作："让栓子提前和阿霞行礼，上花轿，送亲！"

小庄连连摆手："使不得，使不得！"

老奶奶痛快地说："这事我说了算，就这么办！阿霞，你跟栓子打电话，说今天就过门儿！"

阿霞红着脸说："听奶奶做主。"

小庄的眼泪在眼眶里打转："奶奶……"

老奶奶拍拍他的肩："什么也别说，娃子！这事儿就这么定了！"

村民们分头行动。

不一会儿，村头响起了唢呐声，鞭炮声也开始响了起来。

芦苇丛里，侦察兵们藏着，老林拿起望远镜。

喜娃听着喜气洋洋的声音，问："这谁家要娶媳妇啊？"

另外一个侦察兵笑："要不我们去蹭喜酒喝？"

老林放下望远镜，想着什么，他突然有种不好的预感。

那顶花轿抬到了老奶奶家门口。阿霞蒙着红盖头出来，上了花轿。

小庄仍犹豫着，老奶奶一把把他给推进去。

小庄拿起两把枪，不好意思地走进花轿。阿霞掀开红盖头，笑："你还害着呢？人不大事儿挺多，你就在这儿藏着吧！"

小庄一脸尴尬地笑着。

鞭炮声中，花轿出发了，在村头上了划子。

划子出发了，唢呐手在划子上吹着唢呐，划子上的人放着鞭炮。

老林放下望远镜："热成像仪！"

喜娃架起热成像仪："看哪儿啊？"

"花轿！"老林推开他，自己凑在热成像仪前，调到花轿的位置——花轿里，有俩人，一个坐着，一个蹲着。

老林离开热成像仪："他果然在花轿里面！"

"啊？你是说小庄藏在花轿里，跟新娘子在一起？"喜娃呆了。

老林苦笑，点头。

一个兵说："班长，我们搜吧！"

老林瞪他："你能？你去搜啊！拦姑娘花轿，我们被村民吃了不算，部队也得收拾咱们！"

"班长，那咋办？"

"跟上去，贴边走！他总得出花轿！"

兵们起身，上橡皮艇。

老林扭头："电台，通知连长！"

"是！"电台兵开始呼叫，"尖刀呼叫虎头，尖刀呼叫虎头……"

8

湿地保护区检查站。迎亲的几辆车在等着。栓子穿着崭新的警服，挂着新郎的胸花，在给检查站工作人员发喜糖。

站长笑："栓子，你怎么突然这时候结婚？今儿是什么日子啊！"

栓子笑："临时决定的，仓促了，各位！"

军车队伍风一般地过来。站长纳闷儿地看着："那是干啥？"

栓子转身，苦笑："真被奶奶说着了。"

小赵连长带人下车，侦察兵看着迎亲队伍发蒙。排长甲道："连长，这事儿可真有点悬乎。"

小赵连长苦笑："真的没想到，这个 John Rambo 还能发动群众啊……"

"咋办？"

"没办法。老百姓送亲的队伍，军区司令都不敢拦，咱们能干什么？都把枪收起来！"

栓子拿着喜糖过来："解放军同志，怎么这么巧啊？你们在搞演习？来来来，吃糖！我的喜糖！"

小赵连长只好敬礼："祝贺你！"

栓子还礼。

小赵连长笑笑："明人不做暗事，你知道我们要的人在哪儿。军警一家！你该知道，我必须奉命做事。帮个忙，把那个兵交给我。"

栓子笑笑："我没办法，那是奶奶的命令。得罪了奶奶，我这辈子都别想好过了。"

小赵连长苦笑："你找个合适的机会，给我们个空儿——我们抓了人就走。"

"别逗了，没可能。我敢保证奶奶会全程跟着他，我敢跟奶奶玩儿猫腻？"

"那我们只能跟着你的车队了。"

栓子看看后面的兵："你打算带全副武装的兵进城吗？"

小赵连长愣住："……我输了。"

"奶奶掩护兵不假，我结婚也是真的。给个面子，今天就算了。"

"好吧，我们撤。还是要祝贺你！"他敬礼。栓子还礼："谢谢。"

小赵连长挥挥手："撤！"

拿着一把喜糖的兵们转身上车，小赵连长也上车："通知二班，放弃跟踪，到 A 点会合。"

"是！"电台兵又开始呼叫，"尖刀，尖刀，这是虎头，放弃跟踪，你部立即去 A 点与我会合。完毕。"

小赵连长苦笑："John Rambo，我不会放过你的！我们先对付别的特战分队！回头再收拾他！"他挥挥手，车队掉头走了。

9

火车站入口。栓子穿着警服带着背着背篓、一身农民打扮的小庄进站。执勤民警跟他点点头："栓子，亲戚啊？"

栓子笑："亲戚，是猎人……背篓里有猎刀，要不要拿出来检查？"

"不用了，你还信不过？进去吧。"

栓子带着小庄进去。

月台上，栓子细心地叮嘱小庄："你到下一站下车，注意乘警盘查，身上的武器别露馅儿。"

小庄点点头："嗯……谢谢……替我谢谢大家……还有奶奶……"他咬牙转身，上了车。

车门关上。

小庄在车里看着栓子，栓子挥手："注意安全！"

小庄点点头，挥手。

火车驶向蓝军的纵深处……

一个小站，列车停了下来。小庄走出车厢。

他在小站附近换乘了长途客车，这辆长途客车将穿越蓝军的纵深处。

山路上，蓝军的车辆不时经过。长途客车歪歪扭扭地停靠在路边。小庄背着背篓下车。他看着长途客车开走，然后转身进入密林。

密林深处，小庄放下背篓停了下来。

他撕开自己的衣服，胸口用胶带贴满了枪支零件。他撕开了自己宽大的裤腿，两条腿上用胶带贴满了枪支零件和弹匣。他把这些解下来，快速组装。

他又倒出背篓里的药材，打开背篓底的夹层，倒出军靴、战术背心、迷彩服、备用弹匣。小庄开始披挂，不一会儿，一个迷彩的小庄重新出现，他坚定地向着密林更深处挺进……

第十八章

1

丛林。天空中，一架直升机在盘旋。林子里，老林带着喜娃等侦察兵在搜索着，喜娃怀疑地问："小庄一个人，他敢来吗？"

老林肯定地说："敢——不敢就不是小庄了！他就是个二杆子！"

他们过去了，树上的树叶后露出小庄的眼。等到没了动静，小庄才轻轻地跳下来。

"小庄！"

小庄一激灵，回头。

老林和喜娃等从草丛里一跃而出。老林笑："别跑了，你们队都被俘了，你也就乖乖跟二班长这儿报到吧！"

小庄也笑："二班长，你怎么知道我在树上？"

"我还不了解你？这么久没见了，最近咋样？听说你立功了？"

小庄笑："别提了……"他的脚步在慢慢后退。

侦察兵们围拢过来，小庄突然甩手丢出一颗闪光震撼弹，转身就跑。

闪光震撼弹爆炸，一团白光。老林捂着眼高喊："放狗！追！电台兵，通知陆航协助搜索，这次不能让他跑掉！"

喜娃放开军犬，军犬追出去。

战士们在后急追。

直升机飞行员发现了穿越林间空地奔跑的小庄，他呼叫："01，01，5号地区发现可疑目标！搜索队在后面追！完毕。"

"107，立刻配合搜索队追捕！完毕。"

直升机飞行员的技术十分娴熟，他紧咬着小庄不放，小庄一头钻进茂密的丛林里，直升机失去了目标。

"107失去目标，我拉高以便继续观察。完毕。"

老林回话："搜索队明白！完毕。"他带着战士们向小庄消失的方向狂奔。

小庄像一只迷彩野兔子，弯腰在丛林里钻进钻出，不远处有水声传来。

搜索队的军犬放开了扣绳，越追越近。

小庄蹿出林子，林子尽头是悬崖，旁边有条河，河水落入悬崖形成个很漂亮的瀑布，下面是个水潭，一条大河蜿蜒流向远方。

小庄气喘吁吁地狂奔过来，直升机在空中开过悬崖，正面对他，机炮已经准备好。

小庄面对直升机，站在悬崖边。

军犬也跑来了，后面老林带着搜索队跟了上来。老林怒吼："别出事！把军犬喊回来！"

喜娃一个呼哨，军犬们都回去了，战士们拉住带子，军犬仍对着小庄狂吠。

侦察兵们围成扇形包围住小庄，慢慢围拢过来。

小庄看看下面的水潭。

老林小心地喊："小庄，听话！别跳！"

小庄看周围，再也没有逃路。

喜娃焦急地说："小庄，你别犯傻！下去会没命的！"

侦察兵们仍在小心地围拢过来。

小庄心一横，转身跳下去。

老林呆了，喜娃冲到悬崖边，对下面喊："小庄！"

小庄落入水潭，一团水花。

电台兵立即呼叫："他跳悬崖了！立即组织营救！"

水潭里，除了水花，什么也看不见。

远处，两条橡皮舟游过来，搜索队员拿着望远镜搜索着，突然，小庄的光头一下子探出来，溅起一片水花。搜索队员放下望远镜，大喊："他在那边！追！"

橡皮艇开动马达，高速向小庄驶来。

小庄奋力划动胳膊，游向岸边。

橡皮艇靠近了，机关枪开始射击，小庄拖着两支枪已经上岸，他没命地往丛林里跑。

橡皮艇追到岸边，战士们跳下去追逐。

悬崖上，喜娃含着眼泪："这就是小庄，这就是小庄……"

老林感叹："他的命真大！"

"不是命大，是他根本就不要命！"

丛林上空，直升机在空中盘旋。林子里，小庄快速跃过倒下的树干，他拼命跑着。追兵的电台兵在呼叫："目标在 A18 地区，立即封锁这片丛林！他逃不出去的！"

2

小赵连长带队的车队在丛林外的公路上停下，他和战士们下车。小赵连长高喊："全面搜索！放狗！"

军犬们被放出去，扑进了林子。

小赵连长挥挥手："所有车辆！打开大灯！对着丛林！"

瞬间，丛林被照射得如同白昼。

丛林里，老林带着搜索队打着手电仍在前进，喜娃哭丧着脸："小庄——你在哪儿呢？出来吧！你这么跑，要把自己跑废了！"

老林发现一只靴子："是狼牙的军靴。"

喜娃张大了嘴："小庄怎么都没靴子了？他在这里面怎么走路啊？"

老林担心地看着黑暗的丛林："一定要把他找到！他没有干粮，靴子也没了，在林子里无法生存的！"

他们路过一个水池。黑夜中，没人注意到水池里的浮游生物上伸着一根芦苇管。

搜索队从水池边走过。小庄慢慢探出头。

喜娃在前面高喊："报告！"

小庄一个激灵。

老林头也不回："讲！"

"我要撒尿！"

"去吧，别走远！"

"是！"喜娃走到树后开始解裤子。

他正在撒尿，突然一双手从后面伸出来。喜娃的脖子被勒住了，嘴和鼻子也被捂住，他整个人被拖开了。

满身泥泞的小庄贴在喜娃耳边低声叫他："喜娃。"

喜娃惊喜地睁大眼，却出不了声。

"对不住了……"他手一用力，喜娃晕了过去。

小庄开始脱喜娃的衣服。

老林高喊："喜娃，喜娃！你好了没有？"

"喜娃"从树后出来，叼着手电系着裤子："嗯嗯嗯！"

老林被手电刺眼了，他用手挡住，转身："晃着我了！手电拿开！继续走，搜到公路上去！他肯定就在这个范围！"

搜索队继续前进，"喜娃"走在最后一个。

小庄穿着喜娃的迷彩服，钢盔压得很低，这是黑夜，没人注意到他有什么不一样。

公路上，小赵连长在等待。老林带着人出来了。

"怎么样？"小赵连长问。

老林咧咧嘴："奶奶的，兔崽子跟土行孙一样，没人了！"

"不可能啊？这么大的密度，他还能渗透过去？"

"我们再搜一遍吧。"

小赵连长看着搜索队："等等！"

"怎么了？"

小赵连长拿起电台："所有搜查单位原地集合,清点人数！"他看着纳闷儿的老林说，"如果搜不到，只有一个结果——他化装成我们的人了！现在天黑，都画着迷彩脸，根本就认不出来！"

"是！集合——"

老林喊："钢盔都摘下来！"

大家摘下钢盔。

小赵连长拿起手电，手持步枪，一个一个地检查战士的脸。

老林在清点人数，数着数着皱起了眉："不对啊？少一个？"

小赵连长回头："少了谁？"

"喜娃……糟了！喜娃刚才去撒尿，他肯定被小庄伏击了！"

小赵连长怒吼："我不是说过不许放单吗？撒尿就在原地解决，都是男的找什么地方！"

老林傻眼了："喜娃呢？喜娃肯定还在原地！这里是原始森林，有蛇有野兽！"

小赵连长气得把手电摔在地上："给我去找！我们的人不能出事！他化装成我们的人，现在也出不来！肯定都在里面！去！"

老林挥挥手："走走走！这次绝对不能分开，都在视线范围内！"

小赵连长拿起电台："夜老虎呼叫司令部！增派更多的哨兵，携带单兵夜视仪！我们有麻烦了……"

吉普车车底，小庄四肢夹在车底盘上悬着，他观察着外面，小赵连长的腿和军靴很清楚。他屏住呼吸，忍耐着，等待着。

林子里，搜索队的手电乱射。

"喜娃！喜娃！"的叫声此起彼伏。一个兵脚下踩了什么东西，低头一看，喜娃被破衣服绑着，嘴里塞着袜子。

"班长——我找到了！"

老林等飞奔过来。脱去外衣的喜娃被战友们扶起来，老林拔出他嘴里的袜子："喜娃，你没事吧？！"

"我没事！我看见小庄了……"

"先把他带出去！"

大家七手八脚把喜娃抬起来，往公路上走。

小赵连长看着狼狈的喜娃被战士们抬来，哭笑不得："撤。"

老林看他："连长，不找了？"

"找不到了，这样下去只能让更多的人被伏击。他的目标是指挥部！我们撤回去，警卫连对付特种兵没经验，还得我们来！"

大家都上车，车队开动。

车底，依靠自己臂力悬挂着的小庄仍在咬牙坚持。

3

联合指挥部的警戒更加森严。车队开回来，陆续停在停车场，大家下车。小赵连长高声说："今天晚上，谁也不许睡觉！全部都进林子，设好陷阱和地雷！构筑一道铜墙铁壁，绝对不能让他渗透进指挥部！出发！"

大家转身出发。停车场一会儿就没人了。

小庄慢慢松开双手和双腿，轻轻落在地面。他活动双臂，满头是汗。周围很安静，探照灯四射，隐约可以看见哨兵的身影。

小庄趁探照灯滑过的间隙，快速起身穿越空地，跃入灌木丛。

直升机的马达声传来。小庄拿起 56-1 冲锋枪，凑在光学瞄准镜上看。一架直升机缓慢降落，一群人在旁边等待。小庄仔细观察，光学瞄准镜看不清楚人的脸，但可以看出这些都是高级军官。

直升机舱的门打开，一个白发军官在几个青年军官的陪同下下了飞机，他们往指挥部的大帐篷走去。

又一个人跳下飞机，是个女的。女兵没进指挥部，而是去小溪边洗手洗脸，跟飞行员聊天。

小庄转移视线，瞄准镜里出现观察指挥部的大帐篷。帐篷警戒森严，周围都是哨兵。他再转移视线，找到了战俘营，周围也是戒备森严。

小庄长出一口气，眼离开瞄准镜，他看看联合指挥部的大帐篷，又看看不远处的停车场——其中有一排是主战坦克。他顿时有了主意。

战俘营里，邓振华玩着扑克牌："你们说，John Rambo 现在在哪儿？"

"在敌人的噩梦里。"史大凡借助灯光在看《七龙珠》。

强子想着："他肯定在想办法进来，问题是怎么进来？"

"这是我见过防守最严密的司令部。"老炮苦笑。

高中队在想什么。马达看他："野狼，你想什么呢？"

"我在想，小庄现在在想什么。"

"他在想什么？"

"以前我总是在想他要干什么，现在我发现——没用。因为他的思维和我们不一样，想到什么是什么。我想，应该换个思路——他在想什么？如果我是他，我会怎么办？"

马达看看四周，开玩笑地说："如果我是他，进来以后一定搞那辆坦克，开着坦克去冲指挥部。"

话音刚落，坦克发动机突然发动了。高中队眼一亮。大家纷纷站起身来。

小庄在驾驶员的位置发动坦克。

"谁在动坦克？"警卫们高喊着，往这边跑来。

坦克已经发动了，小庄开着坦克掉头，撞开停车场外的护栏，直接开往指挥部。

迎面跑来的兵们赶紧让开，追着喊："停下！停下！"

坦克撞开试图拦截的吉普车，高速开往指挥部。小庄开着坦克掠过战俘营前的铁丝网。

邓振华扭曲着脸震惊地高喊："John Rambo——"

指挥部外，警戒的哨兵们高喊着："不许过来！不许过来！"

小庄驾驶坦克冲过来，兵们急忙散开。坦克冲向大帐篷。

帐篷里，小赵连长在汇报："这次反特战，我们采取了以下措施……"

马达声越来越近，小赵连长一惊，操起自己的自动步枪，枪刚上手，一根炮管掀开半个指挥部的帐篷，主战坦克庞大的车体突然出现。

将校们都惊呆了。周围护卫的年轻军官迅速拔出手枪上膛，人肉盾牌一样护住了中间的中将。

小庄停车，从坦克里钻出来，甩手就是两颗手榴弹。一团黄色烟雾升起，笼罩了这群将校。他站在坦克上抱着56-1，对着这群将校们猛烈扫射："啊——啊——啊——"

他嘶哑喉咙尖叫着："同生共死——"

火光映红了他年轻狰狞的脸。小赵连长瞪大眼："John Rambo……"

年轻军官们毫不犹豫地开枪。还在欢笑着扫射的小庄突然中弹了。他不敢相信，低头看自己，胸口的伤口在流血。

"实弹？"他面对这群将校，目光呆滞。

一个女孩冲进来，高喊："住手！"

被军官们人肉盾牌护着的老军官怒吼："都把枪放下，浑蛋！谁让你们开枪的？"

年轻军官没有放下手枪，枪口和目光都没有离开小庄。小庄看着他们，伤口在流血："你们狗日的……用实弹……"

他眼一黑，从坦克上栽下来。

小菲跑过来抱住他："小庄——小庄——"

小庄的意识模糊了："小影……他们狗日的……用实弹……"他晕过去了。

中将怒吼着："都还愣着干什么？抢救！直升机！快……"

呼啦啦！所有人都动起来了，小庄被抱起来冲向直升机。

一片忙乱中，直升机起飞了。

直升机在飞行。小菲小心地抱着小庄的头和上半身，她的泪水落在小庄的脸上。

飞机轰鸣声中，小庄渐渐有了意识。他眯缝着眼睛，模糊的视线里，是小影的轮廓。

"小影……"

小菲轻轻吻一下小庄："别说话。"

小庄下意识地笑了："这是我的……党费……"

小菲哭了出来。

小庄听见哭声，一下清醒过来，他睁开眼，看清了小菲，顿时傻了。

"你别动！"小菲抱紧小庄，眼泪流在他的脸上。

小庄不敢动，也不敢说话。

救护直升机飞过城市上空，直奔军区总院楼顶平台。

平台上，小影哭成了泪人，急救人员焦急地望着飞来的飞机。

直升机在总院上空盘旋着落下。一个小兵去开舱门。小菲在小庄脸上轻吻了一下，轻轻松开了小庄。小庄傻眼看着她。

舱门开了。兵们抬着担架下去。

小影扑了过来，紧紧抱住小庄失声痛哭。

胖护士胖丫抱起小影："你闪开！他要手术！"

小影看着小庄被抬走，哭着跟了上去。

小菲慢慢走下飞机，脸上没有笑容，风吹散了她的眼泪。

4

小庄昏昏沉沉地睡了三天，醒来后的第一眼，看到的是小影红肿的眼。他冲小影疲惫地露出笑容。小影一把抓住他的手，泪流满面。

小庄疲惫地看着小影："小影，我……"

"别说了，我都知道了……026后勤仓库……"她把小庄的手贴在自己的脸上，"孤狼特别突击队……"

小庄苦笑一下："他们告诉你的？"

"为什么不是你告诉我？"

"我还没来得及。"小庄内疚地说。

小影看着他，哭着说："就你这个熊样子，你怎么能进特别突击队呢？"

小庄苦笑："我也不知道。"

门外，小菲神色复杂地从门缝里看着，她低下头，想着什么，还是推门进去了。

小影还在哭着。小庄抬起头，看见小菲，很尴尬。小菲笑笑："你醒了？我要交差去了，告诉我外公你醒了。"

"你外公？"小庄一脸纳闷儿。

"就是你们叫作老头子的那个老家伙。他给医院下了军令，不惜一切代价把你救活。"

"为什么手枪会是实弹？"

"是他的警卫参谋们，他们在任何时候都是带实弹的。你打得太狠太快了，他们都没反应过来，他们不知道你是演练的战士，以为是刺杀首长。"

小庄恍然大悟。

小菲笑："你醒来就好了，我去给他打电话。"她对小影说，"小影，你照顾好他。"

她转身出去。

小影抬起泪眼："我还是没反应过来，你怎么就成了中国陆军的精英了？"

小菲在外面突然喊："哎！你们是谁呀？干吗的？怎么从窗户爬进来了？"

已经站在走廊里的史大凡穿着陆军常服，嘿嘿地笑："啊？不让爬啊？那我再下去……"

邓振华从窗户边刚露出个脑袋，正在准备翻身上来。史大凡嘿嘿笑着冲他挥手："下去吧，下去吧，人家不让咱爬！"

"卫生员！你不知道我刚刚爬了十五层楼吗？难道不知道我应该喘口气吗？鸵鸟也不能这么折腾啊！"

小菲诧异地走到窗前，探头往下一看，顿时大惊失色——在邓振华下面，还有三名陆军士兵停在半空抬头往上看。

小菲急了："快上来，快上来！你们胡闹什么啊？这楼能爬吗？"说着就伸手去拉邓振华。

邓振华本来已经上来了，被小菲一拉就栽进来摔在地上。小菲赶紧抱起他问："你没事吧？"

"我是不是也需要住院了？"邓振华艰难地说。

"你别吓我啊？"

史大凡嘿嘿笑："本来没事，这么一抱，就有事了！"他说着，踩了邓振华的手一脚。邓振华尖叫一声就跳起来了："卫生员！"

小菲明白过来，哼了一声站起来。

几个战士陆续爬上来，跟被抓住的贼似的在楼道里站成一列，都不敢吭声。

小菲站在他们面前："你们——为什么放着电梯不走要爬楼？不要命啊？"

耿继辉目不斜视："报告！重伤员不让我们探视！"

"你们来看他？"

"是，我们是一个小队的！"

"特种兵啊？"

邓振华说："特种兵，没有到不了的地方！没有完不成的任务！爬楼是雕虫小技……"

"是吗？行啊，都跟我去见院长！让他知道，特种部队爬他的楼！走啊！向右转！"

五个兵傻眼了，但是还是很整齐地向右转。小菲看着五个傻乎乎的兵，心里直乐。

强子央求道："护士大姐，我们就今天的假，晚饭前就要归队，您看……"

小菲一瞪眼："护士大姐？我有那么老吗？"

邓振华笑："护士妹妹……"

"边儿去！少跟我套近乎！"

邓振华很尴尬，四个兵就乐。

小菲板着脸一本正经地问："知道你们干了什么吗？无组织无纪律！特种部队了不起啊？特种部队就可以不遵守医院的规章制度？"

小庄听着走廊的训话声，苦笑。小影笑道："真的是无法无天啊！我去！"她起身出去。

小菲还在训话："就你们能爬楼啊？消防队也能爬楼！再说贼还能爬楼呢！你们……"

小影出来，笑："好了好了，差不多了吧！"

小菲也笑了："行了！念你们是初犯，进去吧！"

五个兵哗啦啦进去。

小影笑着看小菲："过瘾吧？"

小菲一脸得意："嗯！那是相当的过瘾，训特种兵——感觉好极了！"

两人笑着，看向病房。五个队员把小庄的病床团团围住了。小庄无力地笑："你们怎么来了？"

耿继辉说："演习结束，我们回到驻地，大队长就批准我们来看你了。"

"那战备值班呢？"

"A组代劳了，他们跟那儿斗地主呢！"·

"你就别操心战备了，你不回来，B组就是不全的。狗头老高正在琢磨抓紧选拔训练C组，到时候咱们可就是老鸟队了啊！"

小庄笑了："那我不是成了狗头小庄了吗？"

队员们哈哈大笑。

邓振华说："我说你怎么不乐意回去呢，原来是这里有美女相伴啊！"

史大凡嘿嘿笑："鸵鸟是不是在想为什么受伤的不是我！"

邓振华震惊地看他："难道你不是这样想的吗？难道你不希望能够住进都是小护士的医院吗？"

"不想，我就是从医院去参军的。从小在医院长大，都没感觉了。"

"我忘了！你是妇科大夫！"

"你才是妇科鸵鸟呢！"

大家一阵哄笑，小影和小菲站在门口，也乐了。小菲笑着说："小庄，也不给我们介绍介绍啊？这都是你们仓库的保管员啊？"

邓振华伸着双手就过去了："小影是吧？你好我是伞兵，我的名字叫……"

史大凡嘿嘿笑："鸵鸟。"

邓振华白他一眼："卫生员，我现在很认真！——小影，我见过你的照片，这次终于见到活的了！"他握着小菲的手用力摇。

小菲和小影哈哈大笑。其余的人也笑。邓振华纳闷儿地看看大家："难道不是吗？你们难道没看过照片吗？"

小菲笑得眼泪都出来了："我不是小影……"

邓振华仔细看看："不，你就是小影！伞兵的眼神那是不会看错的！雄鹰难道会是近视眼吗？"

兵们哈哈大笑。

耿继辉差点笑得喘不过气来："你这个战略狙击手是怎么当的？你都能把目标的照片看错……真的让你去敌后斩首，还不知道你砍了谁的头。"

"天！小耿你难道怀疑我？我是最好的战略狙击手，能在万军当中取上将首级！我绝对不会看错的！"他还拉着小菲的手。

所有人都笑得直不起腰了。小庄也无力地笑着。

街道上，一辆民用陆地巡洋舰在急驰。副驾驶上的高中队说："根据郑三炮的报告，目标特征基本上可以确定是马玲。"

"小庄呢？他怎么没报告？"

"他没来得及，演习的时候重伤住院，刚刚抢救过来。"

"还是你先跟他谈谈，我希望他主动报告，而不是我们去问出来。"

"我明白。"

"我是相信他的。"

"我也相信他——他可能有时候调皮捣蛋，但是关键时刻不会掉链子的。"

司机点点头："他是个好孩子，只是还没长大——我们要帮助他长大。"

"这点，我们的看法一致。他这次演习的表现非常出色，我们正在准备给他请功。"

"还是长长吧，年纪太小了，容易骄傲自满。"

高中队笑："你的要求越来越严格了。"

司机侧过脸来，是穿着便服的苗连："那是因为他们这些年轻人，未来要面对的都将是生死的考验。"

病房里，兵们还在乐着。伞兵干笑着握着小菲的手还在摇："哈！我就知道你是小菲！我这是为了转移火力，要不他们都知道你是小菲，就都要上心了！那就破坏了我的战略计划——你们难道不知道战略狙击手善于制造假象和骗局吗？"

五个兵乐不可支。

小菲笑着抽出手："好了好了！别把这儿搞得跟春节联合晚会似的！一会儿主任听见了，该骂人了！别笑了，我隆重推出啊——这是小影！"她把小影推出来。

小影脸红着："哎呀！他们都见过我了！"

小庄笑："你们自己介绍吧！"

邓振华啪地一个立正，又走过去抓住小影的手摇着："小影你好，我是伞兵！我叫邓振华，伞兵就是天生的勇士，落地的雄鹰！我是……"

大家都笑疯了。小影："战略狙击手是吧？我知道了！"

"知道就好！在战争当中，我的作用是……"

小影抽出手。邓振华怅然若失。她走到老炮跟前："班长！你好！"

"你知道我是谁？"老炮很意外。

小庄笑笑："我信里跟她说过你。"

老炮笑："你好，我是郑三炮，他们都叫我老炮。"

"班长好，我是小影！今天我们就算认识了！"她点点头，转向史大凡，史大凡嘿嘿笑："卫生员史大凡！"

小影笑了："早就看出来了，爱看《七龙珠》！"

"我的偶像一直是小悟空！"

"我也是，还有超级赛亚人！"她笑着，又看向耿继辉。耿继辉敬礼："B组组长耿继辉，小影你好！"

小影笑："仓库保管员的头儿！"

"对。"

小影跟耿继辉握手："很高兴认识你！"她抽出手，伸向强子。强子笑着："我叫强子，北京兵！"

"知道知道，爱吃炸酱面！"

老炮乐了："敢情我们小组在小影这儿没秘密啊！"

大家哈哈大笑。小影也笑："我就知道你们是仓库保管员，谁知道你们那么神啊？"

小菲笑着说："既然你们都来了，就好好跟他聊聊吧！小影，咱们俩走吧！这帮兵在这儿聊天，咱们是多余的！反正小庄也还得住院呢，你有的是时间陪他！"

邓振华嘟囔着："怎么就走了呢？我刚闻到点香水味儿……"

小菲回头，笑："我们啊，嫌你身上臭汗味儿大！"她说完，拉着小影跑了。

邓振华一本正经地闻自己身上："没味儿啊？专门换了新军装，喷了古龙香水……"

兵们哈哈大笑。

电梯口。小影和小菲在等电梯，小影还在笑着："笑死我了，特种兵怎么这么逗啊！"

小菲也笑："他们不是常规部队的兵，是见过世面的。"

"一点儿也看不出是特种部队的！都跟活宝似的，我还以为特种部队人人都应该是……"

电梯门开，冷酷的高中队穿着陆军常服，旁边是戴着墨镜的苗连。

高中队看见小影，笑了笑："你好，我见过你。"

小影张大嘴，还没反应过来，高中队跟苗连已经过去了。小影看着高中队的背影："是这样的……"

"他是谁啊？"小菲纳闷儿地问。

"小庄他们仓库的领导。"

"怎么进来的？不是说不准探视吗？"

"要是连医院都混不进来，他们还是什么特种部队呢！"

病房里，兵们还在笑闹着。门口一声咳嗽，兵们立即立正，目不斜视。

高中队走进来，小庄也下意识地在枕头上靠正了。耿继辉利索整队，转身敬礼："报告！野狼，孤狼B组集合完毕！请指示！"

高中队看看手表："你们下去，在楼下草坪等着。"

"是！"

邓振华哭笑不得："又得爬一次楼……"

高中队立即看他："爬什么楼？"

"我是说爬攀登楼，我可以更快一点。嗯，更快一点……"

高中队点点他的鼻子："要我发现你犯规，小心我处理你！出去吧，我有话跟他谈。"

大家急忙小步跑出去。

苗连戴着墨镜站在门口。老炮一看就呆住了，惊喜地喊："连……"

苗连笑笑，食指放在嘴唇上。

老炮会意，低声说："我在下面，完了来看我！我想你！"

苗连点点头，拍拍他的肩膀："去吧！"

老炮跟着战友们跑了。

苗连看着他们的背影，转向门缝。

病房里，小庄紧张地看着高中队："高中队……"

高中队点点头："伤没好，不用敬礼了。我今天来看看你，顺便也想跟你聊聊。"

"嗯，您说。"

高中队坐在椅子上，摘下帽子放在一边："你这次表现很好，我要表扬你。"

小庄笑："我只是做了一名特战队员应该做的。"

"好话我就不多说了，大队常委还要来看你。现在所有的队员都做完了任务简报，就差你的。你如果思路清晰，就跟我简单说说，你和老炮单独行动的时候，那些行动的细节。"

小庄点头："嗯。我们单独行动，化装成背包客……"

小庄原原本本地报告了自己所经过的一切，包括遇到了玲玲，以及和她单独相处的整个过程。高中队注视着小庄，没有表情，只是关注地听着。

"……整个过程就是这样的。"

高中队点点头："嗯，我都知道了。"

"我本来想等能写东西了，写个书面报告给你。"

"报告不要写了，而且不要跟任何人提。老炮我也叮嘱过了，你们遇到马玲的事，就不要再提了。我知道就可以了，和任何人不要再提。"

"我本来想跟小影说的……"

"任何人。"

小庄纳闷儿，但还是点头："我执行命令。"

高中队笑笑："有个人要来看你！"

小庄看向门口，门开了，苗连笑着摘下墨镜："小兔崽子！"

"苗连——"小庄惊喜地喊。

病房里，苗连还在继续说着："……马玲的背景比你想象得还要复杂，马家贩毒集团是盘踞我边境地区的一颗大毒瘤。他们依托远山镇，背靠金三角，掌控着一张巨大的国际贩毒网络。马家的主要贩毒骨干有四个人，父子四人。老马是头儿，这其中最危险的倒还不是老马，是马家小三——马云飞。"

"马玲呢？"

"她确实是干净的，没有参与家族事务。"

小庄如释重负。

"告诉你这些，不是想让你去关心马玲的。"他看看小庄，"马家集团这些骨干毒枭，往来境内外如履平地，形影不定。远山镇的社情民情非常复杂，所有打进去的内线，都牺牲了。敌人的手段很残忍，我们的侦察员和特情结局都很悲惨。这是一场殊死战斗，不是你死就是我亡。除此外，没有第二个结果。"

小庄看着苗连："我能做些什么？"

"接近马玲，打入马家集团。"

"什么意思？"

"她喜欢你，你可以利用这点，成功打进去！"

"苗连你在跟我开玩笑吧？我是个兵，不是特情！"

"我知道孤狼特别突击队的训练内容。小庄！化装侦察、伪装渗透、敌后接头、建立情报据点——这是你受训成绩最出色的！"

"可是我是个兵啊！"

"你是个特种兵！"

"我19岁还没到，我没有敌后情报活动的经验啊！"

"我上战场的时候15岁，我也没有作战经验！"

"这不是一回事啊，苗连！你让我现在上战场，去杀敌，没有问题！可是你要我去利用她……"

苗连看着他："这是症结所在，对吗？"

小庄不吭声了。

"不想去欺骗那个女孩？"

"我有对象的，你知道……"

"我没让你和她去搞对象啊！你是去工作！"

"苗连，可是我不是警察啊！"

"这是一场真正的战争，缉毒工作需要全社会甚至是全世界的人民参与！军队也不例外，何况你还是特种部队的！"

小庄低头："苗连，你的命令，我都会不折不扣地去执行，但是这次……你让我想想。"

苗连认真地看着小庄："我现在不是你的连长了。"

"我不是这个意思！"

苗连点头："我知道，你是不想欺骗一个女孩的感情。"

"苗连，对不起……"小庄内疚地说。

"没关系，真的。你还是个孩子，对于你来说——太难了！"

"我……"

"你好好养伤，我给你考虑时间。如果你想清楚了，可以来找我；如果你不想做，也可以来找我玩儿。"他笑着起身，"我还得去省厅汇报工作，先走了。"

小庄看着苗连出去，他喊："苗连！"

苗连在门口回头，笑："侦察连！"

"杀！"小庄的眼泪流了出来。

苗连笑笑，出去了。他走向走廊尽头的高中队，摇头。

高中队看看苗连说："我去和他谈谈？"

苗连摇头："算了，他确实是个孩子。我们不能勉强他，毕竟这是很艰巨、很危险的任务。他不想去骗一个无辜女孩的感情，我能理解他。他就是个感情动物，一时半会儿，还接受不了这样的任务。"

"等他再长长吧。"

苗连笑笑："我走了，省厅领导还在等我。"

高中队点点头。

高中队看着苗连的背影，转身走向小庄的病房。

病房里，小庄还在若有所思。他看着高中队进来。

"高中队？"

"别说了，我都知道了。"

"对不起。"小庄内疚地说。

高中队笑笑："没关系，这不是你分内的事。你好好养伤，伤愈归队。我也得走了，去战区司令部。我们都等你回来。"

"嗯。"

高中队转身出去。小庄陷入了沉思。

5

郊区山地。老炮穿着西服，跟着马云飞走着。身后是保镖。

马云飞停下了，他摘下墨镜四处看看："跟老太子约好了，在这儿见面。"

"这里可不是什么好地方。"老炮的眼警惕地看着四周。

"是啊，穷山恶水！"

"我是说，这里很容易出事。这是个山谷，到处都可以埋伏狙击手。"

马云飞自信地一笑："他的儿子在我们手上，难道他有胆量跟我来阴的？"

"不好说。不是所有人都像你这么注重亲情的，小马。"

马云飞看着老炮，想着什么。

"他可有七个儿子，你就抓住了一个。"

"那依你看呢？"

"撤。"

马云飞看着四周："来都来了，不能就这么走。时间还没到，我们先等等吧。"

老炮不再说话。

山头上。穿着吉利伪装服的狙击手甲调整着瞄准镜，瞄准镜里的十字锁定了小马。

另外一处山头，狙击手乙的狙击步枪同样锁定了小马。

山谷的灌木丛，一处灌木缓缓移动，露出了狙击步枪。狙击步枪仍锁定住小马。

老炮四处看着，山头上的反光引起了他的注意。他一把推倒小马："危险！"

三声枪响。子弹都打在小马刚才的位置上。老炮拔出手枪压着小马："把车开过来——"

保镖们纷乱跑着，有的还击，有的冲过来掩护小马和老炮。

瞬间，手持 56 冲锋枪的蒙面迷彩服壮汉从四面跳出来，对着他们射击。保镖们纷纷中弹，没中弹的开始还击。

小马被老炮和几个保镖压在地上，他高喊："你们要的是我，不要杀我的人！"

山头上。狙击手还在射击。一个穿着便装的男人从后面无声地上来，他伸出左手，从后面勒住狙击手的脖子，右手的匕首麻利地在他的脖子上一划。

男人把他丢到一边，摘下棒球帽——强子。

强子熟练地拿起狙击步枪，更换一个备用弹匣，拉开枪栓。他跪姿举枪，稳稳地瞄准对面山头的狙击手。他扣动扳机，子弹脱膛而出。

啪！对面的狙击手仰面摔倒。

老炮猛地抬头，惊讶地看着山头："有人在帮我们！"

马云飞抬眼："是谁？我要给他一大笔钱！一大笔！"

山头上。强子举枪，瞄准灌木丛中的狙击手。

啪！狙击手又仰面摔倒。

强子二话不说，掉转枪口，对准那些奔跑的蒙面迷彩壮汉连续射击。

蒙面壮汉们发现了来自背后的狙击手，纷纷叫嚷着变换队形，一组往上，一组继续进攻。

"恶狼？！"老炮醒悟过来。

"谁？"马云飞问。

"我的战友！快，你们保护小马！我去歼灭他们！"

"你一个人？能行吗？让他们去帮你——"

"他们去只会添乱！"他捡起一个死去的保镖的手枪，手持双枪快速猫腰穿过杂草丛。

强子把打光子弹的狙击步枪丢在一边。密集的弹雨打来，他一个侧滚翻到了石头后。他拔出狙击手的手枪上膛，随即手持双枪怒吼一声冲出去，飞身从山坡上滑下。他手持双枪频频射击。壮汉们措手不及，纷纷倒地。

强子冲下山坡。老炮跑向强子。两个人拢在一起，背靠背站好。老炮问："你怎么来了？"

"猫头鹰怕你应付不了。"

"我应付得了，你不要插手！"

"来都来了，就没退路了！"

"他很狡猾。"

"比老猫还狡猾吗？"

老炮笑了一下："既然如此，我们就同生共死！"

两人对面各出现了一辆越野车，车上的壮汉跳下来，开枪。

老炮和强子同时怒吼一声，对着各自的方向跪姿速射，他们的枪法显然很好，打活人如同打靶。

马云飞从保镖身体下抬起头，惊讶地看着，他的视野里，两个前特种兵若即若离，保持着各自的战位，不断变换角度进行射击，始终保护着各自的侧翼。

马云飞惊呆了。保镖哆嗦着："这在好莱坞电影才见过。特种兵，名不虚传！"

老炮和强子手持56冲锋枪不断穿插着，始终没有分开过。壮汉们纷纷倒地。他们几乎同时打完子弹，随即又捡起地上的冲锋枪开始新一轮的移动速射……

枪声终于平息了。老炮和强子开始扫荡整个战场，给尸体补枪，都是头部和胸部各一枪。两人毫不手软，毫不犹豫。

马云飞和周围的保镖们慢慢站起来，目瞪口呆地看着。

两人补射完了，丢掉手里的冲锋枪。

"老炮！"马云飞喊，"你问他——要多少钱？"

强子不屑地吐了一口唾沫，掉头就走。

马云飞跑过去："好汉！留步！"

强子转身："我不稀罕你的臭钱！"

马云飞看着他："那你要什么？"

"我们发誓——同生共死！"

"好汉！真正的好汉！义盖云天！"

强子看老炮："老炮，我走了。"他掉头就走。

"好汉！不知道能不能赏脸，跟我聊聊？"

强子转身，看他："我是警察，你不怕吗？"

马云飞愣了一下。强子不屑地笑笑，转身走了。

"好汉！既然你的兄弟给我做事，你跟他同生共死——留下跟我聊聊吧！"

强子头也不回地摆摆手："我没兴趣！现在我要逃命去了，我昔日的同事马上要开始追杀我了！我到境外等你，老炮！"

"好汉！你能出去吗？"

强子回头，笑笑："他们拦得住我吗？"

"不如我们一起出去？我办完事就出去，你们哥儿俩还可以在一起聚聚！"

强子看老炮。老炮说："小马你该知道，是个重感情的人。"

"需要我帮你吗？老炮？"

"我什么时候都需要兄弟。"

强子点点头，看马云飞："好吧，我留下。"

马云飞笑了："好汉！请教大名？"

"叫我强子就得了，这儿不能待了！警察15分钟内就能到，我们得赶紧闪了！"

马云飞挥手："快！开车来，我们撤！"

强子跟老炮走到一起，跟在马云飞的身后。保镖们簇拥着他们，快速离开。

第十九章

1

特警总队会议室。

副组长站在投影墙前："今天上午 10 点钟左右，在我市怀柔山区发生了数十人黑帮枪战。现场遗留尸体有三十七具，这些人属于入境的职业杀手……"

警察们认真地听着。

"我们在现场，发现了强队的这个钱包。"

投影上出现了强子的钱包。接着出现了打开的钱包——孤狼 B 组的合影。

"所以我认为……"

小蕾脸一下白了，她起身："等等！发现钱包不能等于强队就是血案的制造者，不排除有人栽赃陷害他！"

副组长低头："我们在检查所有武器的指纹，希望没有他的……"

话音未落，技术员推门进来，脸色苍白："武器上……到处都有强队的指纹！"

小蕾呆住了。方总声音低沉地说："A 级通缉令，通缉他！如果反抗，就地击毙！"

"是！"警察们领命而去……

小庄家门口，黑鹰特警小组的队员们手持武器，小心翼翼地潜藏着。小蕾穿着便装站在门口，副组长手持 95 自动步枪贴在门边，用眼神示意她。

小蕾深呼吸，然后拿起电话。

小庄还在昏昏沉沉地睡觉，手机响了，他抓起来："谁啊？"

"强子的女人。"

"我没看见过他。"

"我有他的消息。"

小庄一下子翻身坐起来："真的？他在哪儿？"

"我得当面跟你说。"

"你在哪儿？"

"在你门口，开门。"

小庄起身，光着脚匆匆跑下去，他开门："强子……"

两个特警飞身进来，扑倒了小庄。枪口对住了他的脑袋。

"你们干什么？"

没有回答他。一群特警冲进来，搜查整个库房。不断传出"控制"的汇报。特警们陆续回来："没有发现。"

副组长蹲下，看着地上的小庄，冷若冰霜地问："他在哪儿？"

"我没有见过他！你们这是干什么？你们有……"

副组长拿出搜查证打开，在他眼前晃着："你要的东西。"

"你们这是干什么？我只是个自由职业者！"

"出身中国陆军特种部队的自由职业者——带走！"

门外，小蕾正在想着心事。小庄被推出来，刚想还嘴，便看见了小蕾。他看着小蕾："如果你要我跟他们走，只要说清楚就可以！犯不上骗我，明白吗？你根本不配做狼牙的女人！因为狼牙的女人，不会欺骗自己男人的生死兄弟！"

小蕾看着他，眼泪流下来。

2

小庄面无表情地坐在询问室。副组长把现场照片放在桌上，最后放下强子的钱包。

小庄低头瞄了一眼，头就大了："天……"

副组长注视着小庄："告诉我，你感叹什么？"

"两人小组，运动战斗速射。"

"最完美的训练——对吗？"

"是。"

副组长点点合影："你们小组6个人，3个出现在本市。告诉我，这不是巧合，是预谋已久的。"

小庄低头看合影："我什么都不知道。"

副组长盯着他的眼："郑三炮，一个快40岁的老兵出现了，然后横行江湖；强队，我们最好的特警队长，什么都舍得放弃，去救他。现在他们都是A级通缉犯，可以不加警告，就地击毙！你呢，你想告诉我什么？你们发誓同生共死，这么大的事儿却什么都不知道？你觉得我能相信吗？"

小庄反问："我是通缉犯吗？"

"不是。"

"我进来多长时间了？"

"5个小时。"

"你们还有19小时可以调查我到底有没有牵涉里面。"小庄盯着他，"我学过法律和刑侦，而且是各国刑法要点以及警察办案原则。"

副组长点点头，出去了。小庄坐在那儿，看看墙角的监视器。他苦笑一下，低头看着照片，逐次检查，仍是没有什么表情。

方总办公室里，桌子上也摆满了照片，方总正看着那张合影，副组长推门进来："我们有麻烦了。"

方总把照片丢在桌子上："你的看法呢？"

"那个小庄确实有不在场的证据。"

"人证还是物证？"

"都有。"

"他跟谁在一起，在干什么？"

副组长苦笑一下："电脑，写小说。"

"电脑？写小说？你在跟我开玩笑吗？写小说是个人的事情，谁能证明？"

"几乎是全世界……"他看看方总，"网络小说。他在网上随写随更新的。"

"怎么确定不是他事先写好的？"

"他经常在小说里跟读者交流，这不可能是事先设计好的，方总。"

"还有在小说里面和读者交流的？"

副组长苦笑："方总，这是网络时代。"

方总沉默片刻，重新拿起照片："你们对付不了吗？"

"我们是他训练出来的，方总……两个前狼牙特种兵聚在一起，我们没有一点把握。"

方总看着他："难道就让他们逍遥法外？"

副组长低头想了一会儿，他抬头："特战队员无论是不是现役，无论从事什么工作，都必须遵守一条不可逾越的红线，那就是忠于祖国，忠于人民。如果违背，就……"

"就什么？"

"清理门户。"

"你觉得他们当年的战友可靠吗？"

"我们没有理由怀疑中国陆军特种部队，他们是共和国的第一道防线和最后一道防线。"

方总沉默半响，道："我得向局里打报告。"他低头看着照片上的合影，"我们特警总队，这一次是丢人到家了！"

3

小庄目不斜视地坐在讯问室里，副组长在他对面注视着他："你们的人已经在路上了。"

小庄抬眼。

"孤狼特别突击队，B组。"

小庄的脸色很难看。

"他们奉命来清理门户。"副组长把合影扔给他，"就是剩下的这三个人，还有三个新人。"

小庄闭上眼。

"他们要见你，所以，现在开始，不算我们留置你。你可以选择离开，也可以选择在这里等他们。"

小庄不说话。

"我也当过兵，我理解你的感受。"

"滚！"小庄怒吼。

副组长叹息一声，转身出去。小庄看着合影，眼泪无声滑落。

黄昏的高空中，一架迷彩色的运输直升机在飞行。

机舱内，特别突击队 B 组穿着城市迷彩服，全副武装。

耿继辉少校脸色冷峻，默默注视着外面。

邓振华上尉抱着 85 狙击步枪嚼着口香糖："卫生员，你什么时候换了一种爱好？不看弱智漫画，改看部队材料了？"

史大凡上尉笑着看着手里的厚厚一摞打印稿："这不是部队材料。"

"那是什么？"

"网络小说。"

"网络小说？难道你就不能有点高尚的爱好吗？哪怕你再去看看漫画呢？居然堕落到看网上的黄色小说的地步，还用部队的纸张和墨盒打印出来看！难道你不知道这是解放军的军费吗？给我看看！"他劈手就抢过来。

史大凡嘿嘿笑："鸵鸟就好看网络上流传的某些违禁小说。"

三个新人都很年轻，憋住笑。

邓振华夺过来，仔细一看，他愣了一下："这不还是部队材料吗？"

史大凡嘿嘿笑："不是，是关于特种部队的小说。"

邓振华甩手丢给他："难道这么多年过去，你的智商没有一点点进化吗？那都是些什么玩意儿？你能看得下去吗？"

"这个是小庄写的。"史大凡嘿嘿笑捡起来。

"小庄写的？"邓振华呆住了。

"是，把咱们都写进去了。"

"有没有写我多么神勇无敌？多么骁勇善战？"

"写了。"

"怎么写的？"

"写你是一只鸵鸟。"

三个新人忍不住了，扑哧乐了。

邓振华非常震惊："他怎么能这样写呢？难道伞兵天生就是被出卖的吗？！"

耿继辉忍住笑："好了，我们快到了。把军衔臂章都摘下来，我们是秘密行动。记住了，你们什么都不能问，什么都不能说！明白吗？"

队员们回答："明白！"

邓振华摘下自己的军衔臂章，顺手又抢过小说："我得审查审查，他有没有出卖我跟夏岚的事儿？"

"还没写到呢，快了。"

"难道他不知道不该说的不能说吗？"

史大凡嘿嘿笑："鸵鸟的爱情，又不是军事秘密。何况当年你是上士，她是中尉，这就是戏剧化啊！我一直觉得夏岚的脑子也被门夹坏了。"

队员们大笑。

特警总队大楼楼顶直升机平台，运输直升机在缓缓降落。方总、副组长以及黑鹰小组的特警队员们在等待。

小庄被一个特警带上来，站在边上注视着降落的直升机。

直升机缓慢降落了，舱门打开，露出耿继辉的脸。他提着自己的56-1冲锋枪跳下来，随后是史大凡……

小庄呆在那里。

队员们走过来。最后是翻着打印稿的邓振华，他边看边跟着走："我比较关心我在什么时候出场……找到了……打的就是你这个天生被包围的……他怎么能这样呢？"

他走到了小庄的跟前，抬头一看，是小庄，他张嘴就问："你怎么能这样呢？"

"伞兵……"小庄复杂地看着他。

邓振华震惊地看着小庄："你怎么能出卖我呢？亏我还对你那么好！"

"我想你们……"小庄的眼泪慢慢流下来。

小庄哭出声来，扑在邓振华怀里。邓振华抱着他："好了，好了！别哭了，别哭了！我们都来了！我要好好跟你谈谈！就这点破事儿，你全给抖出来了……"

耿继辉看看他，转头看着方总敬礼："中国陆军狼牙特种大队，孤狼特别突击队队长耿继辉。"

方总还礼："你们来得真快！"

"上级的命令非常紧急，我们放下一切工作最快速度赶到了。"

特警副组长伸出手："你好，我是黑鹰特别小组副组长。"

耿继辉和他握手，笑："黑鹰特别小组？强子的队伍，他人呢？不来接我们吗？"

特警甲看着这群特种兵冷冷地说："我们要你们去杀他。"

耿继辉愣住了。所有的特种兵都愣住了。邓振华一下子抬起头："你说什么？"

"我们要你们去杀他，还有郑三炮！"

邓振华指着他的鼻子："你最好注意你的措辞！郑三炮是你叫的吗？"

特警甲挑衅地仰起头："怎么？警察不能叫通缉犯的名字吗？"

"这是怎么回事？"耿继辉纳闷儿了。

"事情有点复杂，"方总说，"我们进去说吧。"

史大凡拍拍小庄："是真的？"

小庄流着眼泪点头。

史大凡的表情凝固了："我不干了，这个任务我不能干！"

耿继辉回头怒吼："史大凡！"

"到！"

"我们是军人！军令如山，执行命令！"

"是！"

邓振华左右看看，震惊地问："难道你们不知道我们跟他们同生共死吗？是谁出了这么个馊主意？"

没有回答，人们都跟着方总下了楼梯，进去了。

一行人下来，便进了会议室，小庄被排除在外，他独自坐在审讯室里，黯然神伤。

会议室里，孤狼队员们脸色沉重地传看着桌子上的照片。方总和李队长都注视着他们。耿继辉缓缓放下照片："你们希望我们做什么？如果他们执意一条道走到黑，他们是不会被俘的。"

"那就……"

"不用说了，我们知道该怎么做。"

"你们需要什么协助？"

"你的授权，或者你们局长的授权。"

"内容呢？"

"授权我们可以在本市范围内开展侦察活动。"

"其余的呢？譬如人员、设备、车辆……"

"三部陆地巡洋舰，每部车要三副不同牌照。"

"不需要帮手吗？"

"你们能抓住他们吗？"

方总摇头："说实话，不能。"

"那么就不要让你们的警察添乱，我们来抓住他们。"

李队长说："这是警察行动，我们必须有人全程监督和指导。"

"那就派一个监督的，跟着我。"

方总看李队长。李队长说："市局领导的意思，也是派我来协助你们工作。"

耿继辉点点头："好吧，这是你们的案子，我尊重你们。现在，我们要去看看自己的兄弟——他有嫌疑吗？"

"没有。"

耿继辉起身："那么希望尽快放了他，他只是个老百姓。"

"我会安排。他在左手第三个房间，没有锁门。"

队员们都起身，跟着耿继辉出去。

讯问室。

三个新人在门口背手跨立，目不斜视。其中一个新人表情复杂，那是个憨厚的少数民族战士。

三个老兵推门进去，史大凡关上门。

屋里，小庄孤独地坐着，他抬起眼。

邓振华走过去摘下自己的面罩套在摄像头上，挡得严严实实的。耿继辉拿出一个小金属仪器打开，那是电子信号干扰器！他拉过椅子，坐在小庄的面前。小庄呆呆地看着他："小耿……"

邓振华和史大凡默默注视着桌子上的照片，年轻时代的孤狼B组，意气风发。

耿继辉看着他："你受苦了……"

小庄的眼泪慢慢流出来："我们多少年没见了？10年？11年？"

"11年。"

"我想你们……"

耿继辉点点头："我们都知道，我们也想你……"

小庄扑在耿继辉怀里，耿继辉紧紧抱住他。史大凡和邓振华弯下腰，紧紧地抱住他们。

4

失神的小庄回到家，他疲惫地上楼，面无表情地躺在床上。

QQ不断地响。小庄慢慢坐起来，走到电脑前晃动鼠标。

丫头的头像在闪。小庄点开，丫头的留言跳了出来："明天晚上，是我的毕业演出！你能来看吗？"

小庄失神地看着，打字："毕业演出？在哪儿？"

"音乐学院音乐厅，你能来吗？"

小庄停滞片刻，打字："好，我去。"

"说好了？我给你准备了一份礼物！"

"好，我一定去……可我怎么知道哪个是你啊？"

"你看了演出就知道了！"

"好……"

丫头哼起《天堂电影院》的旋律。这是她明天的节目。她曾在网上看到小庄跟网友们交流，说如果《最后一颗子弹留给我》拍成电视，那这曲子将是最好的主题曲。为此，丫头特意找来曲子，练了好久。

5

军区总院。护士宿舍。

小影抱着枕头："坐吧，发什么傻啊？"

小庄坐在椅子上。

小影拍拍身边的床，"干吗坐那么远啊？过来！"

小庄坐近了。小影抚摸着他的脸："明天，你就出院了……以后，不许你再受伤。"

小庄苦笑："我尽量。"

小影把脸贴在他的脸上："你个仓库保管员呦……"

小影的嘴唇蠕动了几下，轻轻地问："你想要我吗？"

小庄一怔。

小影红着脸，认真地问："黑猴子，想吗？"

小庄不说话。

小影轻轻推开小庄："你等等，我去拿样东西。"

小庄沙哑地喊："小影！"

小影回头笑着："怎么？"

小庄的声音嘶哑却沉稳："小影，你给我一个梦，好吗？"他看着小影，"我在山里，在天上，在水里，无论多苦，无论多险，能挺过来，就是因为——我有这个梦。"

小影转过身，认真地看着小庄。小庄的声音更沙哑了："真的，我不敢破坏它，破坏了，我就挺不住了。"

小影看着小庄，泪花闪动，她无声地哭了一会儿，睁开眼："黑猴子，那你想要什么？"

"我想要你抱着我。"

小影慢慢走过来，把小庄抱在自己温暖的怀里。小庄闭上眼睛，泪水滑下来。

两人就这样抱着，似乎想要天长地久。

不知过了多久，门外响起小菲清脆的女高音："可以进来吗？"

小庄要起来，小影抱住他，刮刮他的脸："怕什么？特种兵还害羞啊？"

小庄笑了，没动。

小菲进门："呦！我来的不是时候吧！小影，指导员找你，谈你入党的事儿。"

小影拍拍小庄的脸，"我去去就回，你乖乖地等我！小菲，你陪他说会儿话吧，我估计他一人待着会害怕。"

小菲惊讶地看看小庄，又看看小影，小影捶了她一下。小菲不可思议地点点头："我现在信了，这世界上还真有童话啊！"

"说什么呢？你！"小影把军装的扣子系好，"黑猴子，小菲陪你聊会儿，我一会儿就回来啊！"

小庄点头，笑："我等你就是。"

小影笑着，转身出去了。

小庄面对小菲有些局促不安。小菲大方地拿出一罐可乐打开，递给小庄："喝水！"

小庄接过来，喝了一小口。

小菲拉把椅子坐了过来："哎，跟我说说你们山里有什么好玩儿的？"

小庄想想，说："也就是山清水秀吧，别的没什么了。"

"我们能去玩儿玩儿吗？"

小庄愣了一下："怎么？你们想去玩儿啊？"

小菲随意地说："城里没什么好玩儿的了。怎么样？我跟我们主任说说，弄辆大车，把院里的几十个女孩拉过去玩儿玩儿？也看看你们特种部队到底什么样！你跟你们领导说说？"

小庄头大了："我？我们部队是一级保密单位……"

"不至于吧？我们军区总院又不是外人！二炮的山沟都邀请我们去玩儿，你们特种大队就那么保密啊？"

小庄还是摇头："我不知道跟谁说。我跟谁说啊？"

小菲叹气道："唉，真是高看你了！怎么一点活动能力都没有！你们大队长姓什么？"

"姓何。"

小菲点点头："好，这事儿我自己办。"

"你办好使，我办可不好使。"

小菲看着小庄："我跟你说句话。"

小庄呆呆地看她。

"我一直把你当小弟弟看的，那天在直升机上……"

"我都忘了，直升机上怎么了？"

小菲笑笑："忘了就忘了吧！那以后，我就是你姐姐了？"

小庄哽住了。

"怎么？认我这个姐不乐意啊？"

"没有没有！"

小庄咽口唾沫："姐……"

小菲笑："嗯，好弟弟！真乖！等姐带你对象去山里找你玩儿去啊！"

小影进来了，满脸是笑："黑猴子！你们聊得挺投机的啊！"

小菲起身："得了！我的任务完成了！走了，大学生特种兵！好——弟——弟——"

小菲走了，小庄盯着她的背影若有所思。

"呦！依依不舍啊？"小影拍拍小庄的光头，"我告诉你，你招惹谁都行，千万别招惹小菲，你可招惹不起她！"

小庄苦笑："我是那种人吗？"

小影笑着说："你那点子出息不都花在女孩们身上了吗？"

"那不是过去嘛！我现在……"

"成！你现在是军人！是特种兵！原来怎么没看出你是个特种兵的材料？"

"小影。"

"什么？"

"我想抱抱你。"

"黑猴子，你怎么了？"

"没什么，我明天就该走了。"小庄一把抱住小影。

小影哭出来："我知道……我不能拦着你……你是军人，我也是……"

小庄紧紧地抱着小影。

6

时间过得很快，小庄出院也很长一段时间了。转眼间，孤狼B组的队员也成了老鸟队。

操场上。一群全副武装背着背囊的菜鸟们在列队跑步。戴着黑色贝雷帽的下士小庄带着他们跑，他拿着高音喇叭喊："你们是什么？"

菜鸟们高声回答："菜鸟！"

"你们的名字谁给的？"

"老鸟！"

"老鸟为什么叫你们菜鸟？"

"因为我们笨！因为我们蠢！因为我们没脑子！因为我们缺根弦！"

训练场。枪声四起。孤狼B组的特种兵们在对天射击，驱赶菜鸟们跑特种障碍。邓振华拿着高音喇叭，对着下面菜鸟的耳朵怒吼："老鸟谁最帅？"

菜鸟疲惫不堪地答："伞兵！"

邓振华问下一个菜鸟："老鸟谁最酷？"

菜鸟疲惫不堪地钻出来："伞兵！"

邓振华举着高音喇叭喊："你们两个不错！加5分！"

湖边。菜鸟们8人一组站在齐腰深的水里，在喊着号子举橡皮舟。史大凡站在橡皮舟上拿着高音喇叭嚷嚷："《七龙珠》男一号是谁？"

菜鸟们一起怒吼："小悟空！"

"老鸟队的小悟空是谁？"

"卫生员！"

史大凡嘿嘿笑，举起高音喇叭："老鸟队的宠物是什么？"

菜鸟们一起怒吼："鸵鸟！"

山路。菜鸟们在黄昏中扛着原木疲惫地跑着。耿继辉站在伞兵突击车上跟随着他们，拿着高音喇叭高喊："有人后悔吗？你们是我见过最蠢的菜鸟！你们居然蠢到来这里受虐！你们的脑子都被门夹坏了吗？快说，你们后悔不后悔？"

"忠于祖国！忠于人民！"

"那就赶紧给我跑！跑！跑！你们比他妈的小姑娘还慢！这是逛街吗？"

侦察兵们加快速度。

山地。菜鸟们戴着防毒面具在武装越野。老炮坐在伞兵突击车上,拿着高音喇叭喊:"爽不爽?菜鸟们,这就是你们选择的路!你们不是他妈的什么兵王吗?还是回去受宠吧!"

菜鸟们不吭声,拼命奔跑。

营房国旗下面。钢盔摆成了一个越来越大的方阵。

强子蹲下,他打开背囊,拿出来潮湿的石头看看又放回去。

菜鸟们都屏住呼吸。

强子拿起高音喇叭:"那边——把他安葬!半小时后举行追悼会!"

篮球场。孤狼 B 组五名队员在跟战友们打篮球。邓振华在场边组织菜鸟们加油:"啦啦队!跳!给孤狼 B 组加油!"

菜鸟们满身迷彩,满脸迷彩地在场边整齐列队,举起毛茸茸的大花朵,开始进行人浪表演。邓振华拿着高音喇叭:"谁最帅?"

菜鸟们吼:"孤狼 B!"

"谁最酷?!"

"孤狼 B!"

"谁最拉风?!"

"孤狼 B!"

7

孤狼特别突击队全体队员正襟危坐。他们对面,是在做简报的高中队。高中队指着背后的西南边境地图介绍着:"这次野外生存训练,你们将携带实弹。"

队员们静静听着,没有惊讶。

"为期三个月。"

队员们这回有点惊讶了。高中队笑笑:"孤狼 A 组和 B 组,将分为两个单位,沿着边境线丛林地区行军。你们将会携带技术侦察装备、充分的弹药与生活物资,并且获得空投物资。"

"你们都是聪明人,现在该知道野外生存是一个幌子,实质是——代号为'丛林狼'的缉毒侦察行动,这是为边境缉毒战役而采取的前期侦察。你们要进行战略侦察和布控,并且在必要的时候,对遭遇的贩毒武装进行有效打击。这次给你们的底线很宽松,但是有一条是绝对不变的——不能越过这里,也就是——红线!"

他的手在边境线上点着:"不能越界侦察、越界作战和越界围剿,一切行动到红线为止。"

队员们认真地看着。

"这是一次特殊侦察和特殊作战的实战检验,同时也是一次全面的特种部队综合素质大练兵。现在,我……"

他腰间的对讲机响了："野狼，这里狼穴。收到回答。完毕。"

高中队拿起对讲机："野狼收到，请讲，完毕。"

"立即让孤狼B组到大队部来，完毕。"

"什么任务？要携带什么武器装备？完毕。"

"不用携带枪支弹药，让他们跑步来集合。完毕。"

高中队看看孤狼B组，拿起对讲机："收到，我马上执行，完毕。"他放下对讲机，"B组，去大队部报到。跑步，要快——"

六名队员抓起桌子上的黑色贝雷帽，转身跑出门，一路狂奔。

邓振华纳闷儿地问："大队长找我们干吗？还这么紧急？还不用携带枪支弹药？"

史大凡嘿嘿笑："也许是想吃驼鸟肉了！"

耿继辉挥挥手："快快快！我们必须全速赶到！"

队员们抓着帽子狂跑。

小庄突然愣住了，他的脚步慢下来。

队员们的脚步也渐渐慢下来，他们都愣住了。

大队部楼下，几十个女兵站在楼下叽叽喳喳，议论纷纷："这就是特种部队啊？""特种兵呢？怎么看不见特种兵啊？""特种兵——在你后面呢！""啊——该死，你吓唬我！"

孤狼B组六名队员看傻了。小影笑着跳出来："026仓库保管班！我们来郊游了！欢迎吗？"

小庄目瞪口呆。耿继辉张大了嘴："你对象——不简单啊！"

邓振华兴奋地说："这么多——这么多——这么多的女兵啊！"

小菲在那边笑着跟何大队说话，不时地往小庄这边撇。小庄看过去，又看小影："真的……来了？"

小影笑而不语。女兵们看着他们又是一阵叽叽喳喳：

"看，这就是特种兵！"

"真的吗？怎么还没咱们警卫连的兵个子高呢！"

"你懂什么，警卫连是中看不中用！这些是真打的主儿！"

耿继辉拍拍大家："别发呆了，整队！大队长在那边呢！别没德行，看见女兵就走不动——伞兵！别傻笑了！"

队伍匆匆列队。小庄心里发毛，跟着队员们列队站好。

小菲晃悠着军帽走过来："嘿！大学生特种兵！怎么样？我办成了吧？"

"你厉害！"小庄佩服地说。

"厉害的在后面呢！走，陪我们打枪去。"

"不行，军事行动要大队批准。"

"唉，瞧你这点出息！我跟你们何大队说好了，指定你们保障我们打靶！要不叫你们来干吗？"

队员们眉开眼笑。小庄一脸惊喜："真的？"

小菲不语，很开心地喊："同志们辛苦了！"

队员们相互看看，嘿嘿笑着："为人民服务，为人民服务！"

女兵们笑成一团。

一个参谋走过来："026仓库二班，今天上午保障兄弟单位打靶。你们回去准备一下，5分钟以后出发。"

"是！"

8

树林里，小庄拉着小影的手开心地跑着。小影笑得气喘吁吁："哎呀！你跑那么快，我跟不上！"

小庄放缓速度，笑："你来得真是时候。"

小影抬眼："怎么了？"

"明天，我就出发了。"

"去哪儿？"小影下意识地问。

小庄笑而不答。

小影黯然："那我不问了……要走很久吗？"

"三个月。"

"那么久啊？！"

小庄笑笑，不再说话。

"有危险吗？"

小庄看着小影："……没有。"

"你骗我！你骗我！你从来都不会骗我的！说——你为什么骗我？"

小庄笑笑："真的没事，我都习惯了。"

"你习惯什么了你？"

"战斗……我是职业军人，这是我的工作。"

小影哭了："我明白。答应我，不要受伤了！"

小庄点头。

小影擦去眼泪："我不哭了，我不哭了。你要出发了，我不能哭！"她忍住眼泪，默默注视着小庄。

小庄也默默注视着她。

第二十章

1

音乐学院音乐厅门口，小庄将车停下，他下车，跟着人流走进去。

他走进大厅，默默看着毕业演出的海报。丫头跟小萱打闹着追逐进来。丫头撞了小庄一下，她回头，抱歉地说："对不起。"

小庄看她，顿时傻了。

"哎——"小庄看着丫头，眼里都是惊讶。

丫头停下，诧异地看着小庄："你？你有事吗？"

小庄的嘴唇翕动，说不出话。

小萱一拉丫头："走走走！这种人见多了！"她拉着丫头跑了。

小庄揉揉自己的眼睛，苦笑跟随人流进了音乐厅。

汇演开始了，节目一个接一个，不时掌声雷动，小庄傻傻地坐在观众席上，猜不透哪一个才会是丫头。

又一个节目开始了，丫头穿着晚礼服提着小提琴上台。小庄一下子睁大了眼，仔细盯着她。

丫头笑着，也在人群中寻找着。她没有找到自己要找的人，却看见小庄直直地看着自己。

小庄默默地看着她，泪水慢慢流下来。

丫头稳住神，拿起提琴开始拉琴，《天堂电影院》的旋律响了起来。

小庄呆住了，他慢慢地站了起来。丫头的眼角余光看见了他，有些心慌，但仍假装镇定地继续拉琴。

小庄站着，眼泪哗哗流下来。

2

黄昏，小庄的车停在音乐学院门口对面的街上，他在车里看着对面，学院门口人来人往，没有昨夜那个女孩的身影。他一脸沮丧。

突然，他的眼睛一亮，丫头出来了。

小庄发动了车，慢慢跟着。

丫头觉得不对劲儿，但还是继续走。

小庄加速追上去和她并排："哎……"

丫头不搭理他，继续走。

小庄停车，下车跑到她的侧面："哎……"

小影惊讶地看着他，慢慢地瞪大眼睛。小庄复杂地笑："是我……"

丫头尖叫："啊——抓流氓啊——"

小庄傻了，赶紧摆手："不是！我不是那个意思……"

丫头掉头就跑。

小庄看着她跑远，突然不知道哪里来的勇气，拔腿就追。他几步追上丫头，伸手抓住了她的胳膊。丫头惊恐地回头。小庄呆呆望着丫头，眼中的热泪涌了出来："你……一点都没变……"

丫头惊恐地看着他："你……你是谁啊？"

小庄愣住了。

"放手，我要叫警察了！"

小庄醒悟过来，松开手。丫头看着他，惊恐的神色没有改变。

"对不起，我只是想认识你！"

丫头看着他布满泪痕的脸，想了想，答应了。

大厅里，《天堂电影院》的音乐在回荡。丫头拘谨地坐着。小庄在对面默默看着她。看着看着，他的眼中慢慢溢出眼泪。

丫头打破沉默："说说你吧，你干吗的？"

"导演。"

"导演？不会吧？导演在大街上追女孩啊？不会是想找我拍戏吧？"

小庄笑笑："不是。"

"你身边漂亮女孩应该多了去了，干吗死皮赖脸在大街上追我啊？"

小庄笑了一下，不知道怎么回答。

丫头含糊不清地问："你想追我啊？"

"对，追你。"小庄声音嘶哑地说。

"得了吧！我才不信呢！哎，我还不知道你叫什么名字呢？"

小庄笑笑："我不该打扰你。"

"哎呀，我就是想知道你的名字。"

"我叫小庄。"

"你……你真的是小庄？"丫头站起来，把杯子打翻了。

小庄看着激动的丫头："怎么了？"

"你当过特种兵？"

小庄纳闷儿，还是点点头："你怎么知道？"

"我……我是丫头啊！"丫头笑，"小庄哥哥，我还以为你没来呢！"

小庄愣住了："怎么会是你？"

丫头看看自己身上："怎么了？我有什么不对吗？跟你想得不一样吗？"

小庄看着丫头，有些恍惚。一瞬间，他觉得这一定是上天的安排，让小影又回到了他的身边。他下意识地轻轻抱住丫头。丫头在他怀里，脸红心跳。她闭上眼睛，享受着小庄怀里的温暖。

小庄失神的脸上，泪流满面。

3

特警总队会议室里，耿继辉默默注视着孤狼 B 组的合影："我们现在面临着最严峻的挑战。"他抬起头，"我们熟悉他们，他们也熟悉我们。"

"整个事情的来龙去脉乱得跟麻团一样，还没理清楚，就要我们动手去清理门户？"史大凡没了往日的笑容。

耿继辉吁了一口气："我们是特种部队，只有执行任务的权力。我们必须执行，而且不折不扣地执行。"

邓振华恼火地说："可他妈的我都不知道怎么回事！我他妈的正在带队训练，莫明其妙一个命令，让我们 B 组出发！然后来到这个狗日的特警总队，就让我们去干掉老炮和强子！你们谁能告诉我——这到底是为什么？为什么？"

"他们……犯罪了，伞兵。"

"我他妈的不信！"

耿继辉拿出警方的证据甩在桌子上："你们都看过了？"

邓振华低头："看了 100 遍了！"

"你分析出来什么不一样的结果了？告诉我？"

邓振华不吭声。

耿继辉拿起证物摔在桌子上："可他妈的铁证如山！你们说，我们该怎么做？要么我们就撤，换一队人来跟他们交手！然后让我们的兄弟血流成河！你们了解他们，也了解我们老 B 组！现在有人是他们俩的对手吗？是你的狙击手队？还是你的战斗医疗连？还是我的一营？有能跟他们对抗的战士吗？"

邓振华抬头："我们非做不可？"

"非做不可。"

史大凡吁口气："那就我们做——干净利索，我不想他们受罪。"

耿继辉点点头："我们谁都不想……"

李队长无声叹息。

耿继辉拿出地图："统一过思想以后，我们不要再讨论类似的问题。我们分成三组，每组两人。根据警方提供的情报，逐次秘密排查这些要点……"

耿继辉看李队长："你还有什么要补充的吗？"

"没有！我跟你行动吗？"

"你有两个选择。第一，跟着我行动，但是前提是你必须精通化装、渗透和跟踪技巧，我相信你不如我们；第二，留在这里居中联络，随时给我们提供情报和支援，我建议你这样做。"

"去做准备吧，我希望你们明确一点，我们是职业军人，这是我们的工作。我们必须面对这些，世界上所有的特种部队都可能会面对这些。行动中，不要掺杂个人感情，战友手足情谊，在战斗结束以后再说。"

"我要去更衣室！"邓振华起身拿起自己的背囊。

李队长起身："我带你们去……"

史大凡起身，也拿起自己的背囊。

"卫生员。"耿继辉喊他。

史大凡回头。

"我们……别无选择。"

史大凡看着耿继辉，点点头："我明白。"

"我们唯一能做的，是让他们能够好过一点。"

史大凡点点头，转身跟着李队长走了。

4

酒吧里，录音小妹在孤独地喝酒。丫头在旁边关心地看着。

录音小妹黯然地摇头："我觉得，我是真的爱上他了。"

"爱？"

"对。就好像你爱上你那个特种兵一样，我也爱上这个艺术青年了！"

丫头担心地看着她："我也不知道该劝你什么，也许我的苦命还没开始吧，其实他也是个艺术青年。"

邵胖子跟几个男女进来，找了地方坐下。他抬头看见录音小妹，笑道："哟？两位美女，跟这儿呢？"

录音小妹看都不看他，继续喝酒。丫头问："姐，他是谁啊？"

"狗皮膏药！"

邵胖子笑眯眯地拿着啤酒过来，他坐下："怎么？喝伏特加？真是烈酒烈女啊！敢问这位是……"

"邵胖子，我警告你，这是我表妹！你少跟这儿打主意！"

邵胖子笑："我打什么主意啊？这不是刚认识吗？表妹，芳龄几何啊？"

丫头看看他，搂录音小妹："姐，咱回去吧？好吗？"

"没事，你先回去吧，我再坐会儿。"

"那我先走了？万一我妈起来发现我偷跑出来了，我可惨了。"

"嗯，去吧！到了给我短信。"

"嗯！"丫头掉头走了。

邵胖子笑眯眯地说："没想到你还有这么一个可人的妹子啊！怎么不当演员啊？资料给我一份吧？"

"别做梦了，她才不当演员呢！我这个表妹家里得有好几个亿，人不好这口！"

"豪门乖乖女啊？那我更得认识认识了。"

"你啊，也就跟那儿骗骗刚来的小北漂吧！"

"得得得得，来来来，喝酒喝酒！咱俩还没怎么喝过呢！"

"你行吗？"

"行不行，试试看啊？"

录音小妹举起杯子，两人喝酒。

5

丫头家别墅门口，小庄的破车在等待。丫头背后藏着个米老鼠笑盈盈地走过来，她跑到小庄跟前，拉下自己的墨镜笑着。

小庄发动汽车："去哪儿？"

丫头整好墨镜："嗯——那你喜欢去哪儿？"

"我喜欢上山……当狼！"

丫头抱着米老鼠笑："好！那我就跟你上山，当狼！"

盘山公路上，长长的一列军车车队在路边停靠。花花绿绿的切诺基开过来。戴着80钢盔背着81自动步枪的战士们穿着迷彩服和胶鞋看着小庄车的经过。

小庄的眼一下子瞪大了。

6

西南边境地区公路上，边防武警的车队在路边停着，浩浩荡荡的车队一眼望不到边。四辆白色的陆地巡洋舰擦着车队过去。车上的人都穿着便装。

"现在就动手？"小庄看着窗外的战士们，一边开车一边问。

"不是。"耿继辉在旁边看着地图，"这是前期准备。边防武警部队在以野营拉练演习为名义，不断从驻地开出再拉回。野营拉练的距离或长或短，没有规律。"

强子笑："三个月不断地野营拉练，毒枭们再有警惕心，也会被武警部队频繁的拉练磨没了。"

说话间，四辆陆地巡洋舰来到一处岔口，他们分成两队，一队是孤狼特别突击队，另一队是眼镜蛇特别突击队，他们分别开向不同的方向，去执行代号为"丛林狼"的行动。夜色下，车牌已经换成了边防武警牌照的陆地巡洋舰驶来，停在武警边防派出所的门口，哨兵看了一眼，挥手放行。

陆地巡洋舰开进院里，熄灭车灯。

所长迎过来，敬礼："森林狼是吗？你们来了？饭菜都给你们准备好了。"

耿继辉下车，敬礼，跟所长握手："所长，客套话就没时间多说了，给我们一个房间换装，我们就在那儿吃饭。我们连夜就要出发，明天天亮以前要运动到指定位置。"

"跟我来。"

大家纷纷下车，拿背囊取枪袋，跟着所长往屋里走。

他们用最快的速度换装、化装、吃饭、检查装备。再出来的时候，他们已经成了年轻而彪悍的战士。

六个人目不斜视，提着自己的武器装备，背着沉重的背囊飞奔出来，奔向大门。

哨兵举手敬礼。孤狼 B 组没有还礼，就径直跑出大门，消失在对面的热带树林中。

小庄戴着单兵夜视仪在尖兵位置，后面的队员们同样戴着单兵夜视仪，陆续跟进。

一夜跋山涉水，他们终于在清晨到达指定位置。

小庄钻出丛林，趴在山头上拿起望远镜观察，镜头里，是一个破败的山寨，没有炊烟。

队员们陆续钻出丛林，无声卧倒。

"有什么发现？"耿继辉拿起望远镜，一边看一边问。

小庄看着："看不见人烟，像一个鬼寨子。"

"难道真的是传说中的死亡山寨？"邓振华说。

史大凡也很紧张："这里可真的有点不对劲儿。"

强子拿出 GPS 仔细看看："这是我们境内的寨子，距离边境只有 1 公里。"

老炮拿着望远镜在寻找："怎么一点动静都没有呢？"

耿继辉想了想，说："我们进寨！戴上国旗。不要让老百姓发生误会，我们不是贩毒武装。"

队员们从自己的兜里取出红色的五星红旗臂章，粘贴在自己的左臂上。

"提高警惕，我们说不准会遇到什么人。狙击组留在这里担任火力掩护，注意周围的动静，别让人抹了脖子。我们出发。"

小庄戴着八一军徽的黑色贝雷帽，满脸满身迷彩，手持 56-1 冲锋枪，背着大背囊慢慢走入山寨。他左臂的五星红旗臂章非常显眼。走在后面一侧的老炮也是同样装束，抱着一挺 95 轻机枪，还背着一把 56-1 冲锋枪。再往后一点，是手持 56-1 冲锋枪的耿继辉和手持霰弹枪的强子。

他们拉开距离，慢慢走入山寨。

一个人影闪过。小庄的冲锋枪一下子举起来。

"不要开枪！"耿继辉喊。

一个小孩光着脚跑过。小庄压下枪口，四个人闪身到角落卧倒展开防御火线。耿继辉打个呼哨，伸手一指。小庄起身把冲锋枪甩到身后，快速追赶过去。

前面的小孩子抱着一条小狗不断在跑。小庄纵身追赶，伸手去抓那个小孩子。

耿继辉在后面高喊："老乡——我们是解放军——不要跑——"

一幢竹楼里，一支破旧的56半慢慢举起来。枪栓哗啦拉开了，子弹上膛。准星缺口稳稳地对准了伸手去抓孩子的小庄。

小庄抓住了小男孩。小男孩把小狗丢到地上，喊了一句什么，小狗拔腿就跑，嗖嗖没影了。

小庄刚要说话，枪声响了。小庄把小男孩压在身下卧倒，拿起冲锋枪上膛。

后面的老炮和强子已经瞄准了枪响的方向。耿继辉挥舞双手高喊着："不要射击！"

小庄保护着小男孩，食指慢慢松开扳机，他对着耳麦："森林狼，我现在直接暴露在枪口下面！完毕。"

耿继辉的声音传来："不要射击！他没想杀你！完毕。"

山头上。邓振华抱着狙击枪瞄准着："我锁定目标了！他在出门……该死的，是个女的！该死的，好像见过！该死的，是……"

"夏参谋……"举着激光测距仪的史大凡愣住了。

山寨里，小庄还趴着，他左臂搂着小男孩，右手举着冲锋枪，时刻准备射击。

夏岚穿着少数民族的服装，提着56半走出来："幸亏你戴了国旗，否则我一枪就打在你的脑袋上了。"

小庄长出一口气："红打红，是悲剧……"

夏岚看他一眼，又看看身后的三个战士："你们是解放军？怎么到这里来了？"

正在慢慢起身的耿继辉反应过来："你好，老乡。我们是解放军，进行野外生存训练，路过这里。"

小庄也慢慢起身，松开了小男孩。小男孩一下跑到夏岚的身后躲藏起来，恐惧地看着小庄。

大家都关上保险。

夏岚笑笑："真的是解放军啊——"她对着周围高喊了句话，瞬间，山寨的门窗开了，很多人出来，涌向他们。

夏岚笑："你们好，解放军同志！我是新来的小学老师，我叫夏岚！"

耿继辉也笑笑："你好，我姓耿——你叫我小耿就可以了。"

山民们带着善意的笑容，涌过来拉着战士们的手问寒问暖，可是他们的话队员们一句都听不懂。夏岚笑着跟山民们说着什么，大家哈哈大笑。

小庄看着夏岚："你跟他们说什么？"

"我说，跟熊一样在林子里横冲直撞，发出声响的原来是解放军的侦察兵！"夏岚笑笑，"你们不用不好意思，他们是世世代代生活在这里的山民。他们可以感觉到山的呼吸声，而你们不属于这片山。"

队员们立即放松了许多。

山头上。邓振华目瞪口呆："该死的，我们应该给她颁发个狼牙电影节的小金狼！太能演了，简直就是中国武警影后啊！"

史大凡嘿嘿笑："小金狼太小了，心不诚，你的梦中情人——该送一个金鸵鸟！"

邓振华震惊地看他："卫生员！难道你不知道，我已经破产了吗？"

史大凡嘿嘿笑着，收起仪器，起身。

山寨里，山民们还在围着四个战士嘘寒问暖。夏岚笑："你们不会说当地话？"

耿继辉看着她："不会。"

"你们还不如山民，他们有不少人懂普通话。这里跟境外通婚很正常，所以有些人会说几种语言。"

耿继辉点点头："这是我们训练的失误，以后我们会改正。我想见见这里管事的，你带我们去？"

"好，跟我来。"

耿继辉背好武器，跟着夏岚走了。

强子带着笑容，眼睛很锐利地站在高处警戒。老炮跟山民在用手胡乱比画着什么，都是哈哈大笑。

小庄看着那个重新抱着小狗的小男孩，蹲下笑："你叫什么？"

小男孩看着他不说话。

小庄拿出一包干粮打开，取出里面的牛肉递给小狗，小狗马上开始吃，吃得很贪婪。小庄摸摸小狗，起身笑："很可爱。"

小男孩抬头："我叫大宝。"

"你会说普通话？"

"我妈妈是汉族。"

小庄摸摸小狗："他呢？"

"小宝。"

小庄笑笑，又递给小狗一块牛肉。

邓振华拿着狙击步枪，跟史大凡走过来："我说什么来着？卫生员，这里到处都是善良的老乡！"

史大凡抽抽鼻子。

"你在闻什么？难道你是狗吗？"

"鸦片。"

"现在真的还有人抽鸦片吗？金三角不是出产海洛因吗？"

史大凡摇头："这是鸦片——在山上闻到，味道不大。在这里闻到——在烧鸦片，不是抽大烟。"

"林则徐是用的石灰池，这是直接焚烧。"史大凡四处看着，远处，一股烟在升腾。

"找到了，那里在烧鸦片。"

邓振华拿起望远镜："鸦片战争……又爆发了。"

"因为毒品而爆发的战争，从毒品诞生那一天起就没有结束过。"史大凡也拿着望远镜看着。

烟雾在袅袅升腾。

7

山路上，夏岚在前面带路，耿继辉跟着，他下意识地握住了枪柄，食指放在扳机护圈外随时准备击发。

夏岚笑笑："你不用那么紧张，这里白天不会出现敌情。"

耿继辉看看她："你来这里多久了？"

"半个月了，你们也是'丛林狼'侦察行动？"

"对，没想到你在这儿。"

夏岚爬上山腰，回头指着山寨和群山："这里是239界碑入境的必经之路，这条贩毒马帮的秘密走廊已经延续了十多年了。这个寨子叫朗德，朗在苗语中是'下游'的意思。"

"这里有河吗？"

"德就是那条河的名字，不过现在干涸了，成了河床。寨子吃水很困难，需要从山那边往这边背，来去需要一天。朗德距离最近的县城有一百多公里，距离公路有七十多公里，周围都是原始森林，只能走马帮，过不了机动车辆。我来这里，就是想摸清楚朗德走廊的贩毒武装活动规律。"

"贩毒武装有规律吗？"

"几乎每个月都有一到两次，或大或小。毒品的类型根据武装派别的不同而有所不同。有的是四号海洛因，有的是半成品黄砒，有的直接就是鸦片膏。朗德本来是个美丽的山寨，自从这条毒品走廊建立以来，就深受其害。很多家庭支离破碎，非常凄惨。加上缺医少药，交通不便，经济落后，十几年下来，就成了你们现在看见的朗德。"

耿继辉拿起望远镜，看着四周的群山，他的视线停在一个山头："那里打过仗？"

"前天夜里，这里的猎人们伏击了一队贩毒武装。他们缴获了鸦片，在那里焚烧。"

"这样很危险，他们会报复的！"

"是啊，我也在担心。"

"是你组织的？"

"不是，我也是战斗开始后才知道的。是他们自发组织的，这里的老百姓被毒品折磨得太苦了。"

耿继辉看着那股烟："现在大规模剿毒行动还没开始，部队上山会暴露行动目的，你只有安排山民迅速转移到县城了，否则后果不堪设想。"

"我不是告诉过你了吗？他们世世代代生活在这座大山里，能够感觉到大山的呼吸声。他们不会走的。"

耿继辉一脸沉重。

"部队不能上山，他们不能下山——现在你们来了！"夏岚看看他，"留下保护他们吧！"

"我接到的命令是进行长途渗透，战略侦察。"

"我相信你们的底线不止这些，对吗？"

耿继辉笑笑："果然不愧是情报参谋，但是我还是需要跟狼头汇报。你知道我们都叫你什么？"

"帕夫利琴科二世。"耿继辉继续往山上走。

"帕夫利琴科二世？什么意思？"

"苏联卫国战争的女狙击手柳德米拉·米哈伊尔洛夫娜·帕夫利琴科，苏联英雄，在奥德萨和塞瓦斯托波尔保卫战中击毙 309 个希特勒匪徒。"

夏岚笑："天啊！我有那么厉害吗？"

耿继辉笑笑："这——你要问问伞兵！"

"问他干吗？"

"因为他对女狙击手的研究最多。"

夏岚想想："难道他想做女狙击手吗？要是有这个愿望，我可以一刀成全他！"

耿继辉忍不住，哈哈大笑。

两人一边说着，一边向着浓烟升起的地方走去。

浓烟是从一个山窝里升起的。山窝里，十几个猎手面色凝重地背着猎枪或 56 半，站在一个火坑边，坑里在燃烧，这是浓烟腾起的根源。

白发族长站在三具蒙着白布的猎手遗体旁，他拿着酒杯，用手指蘸酒洒在遗体上，嘴里念念有词。

夏岚带着耿继辉走过来："那是族长，那些是前天晚上牺牲的猎人。"

耿继辉摘下黑色贝雷帽。

族长看着他们，夏岚说着什么，族长点点头，也说着什么。

夏岚翻译："他说，欢迎解放军。只是现在寨子太穷了，没有什么可以招待解放军的。他们马上组织人上山打猎，还有一些水酒……"

耿继辉说："告诉族长不用麻烦，我们本来就是来野外生存的。我们知道了战斗，我们希望可以提供一些帮助。"

夏岚对族长说了一会儿，又转对耿继辉翻译："那就太感谢解放军了，我们听从解放军的指挥，把那些豺狼杀光。"

"我们是并肩作战，在山里我们都是新猎人。"

夏岚翻译过去，族长高声对猎手们说，猎手们看着耿继辉，举起手里的武器叫喊着。

"他们说——报仇！报仇！报仇！"

耿继辉看着这些淳朴的猎人们，没有说话。

夏岚看看他："你们会打跑他们的，对吗？"

耿继辉想了想："我们不可能在这儿驻扎一辈子，以后还是需要依靠他们自己的力量。还是要组织人民战争，山寨有民兵吗？"

"有民兵排，不过很多年没有训练了，等于没有。但是这些猎人的枪法很好，他们也熟悉地形。"

耿继辉点点头："要想保护自己的家园，需要依靠的还是他们。"他看那些猎人，猎人们在火光的映照下，显得分外肃穆。

8

战士们跟山民们已打成一片，山寨里跟开联欢会似的，史大凡在给孩子们表演魔术，逗得孩子们哈哈大笑。

族长跟猎人们走过来，耿继辉急匆匆地走在前面："好了 B 组，现在不是军民联谊时间。我们需要开个会，强子——准备电台，我们要和狼头通话。我们到那边去找个安静的地方，50 米内不能有人！走吧！"

队员们提起武器背上背囊起身，孩子们嘻嘻哈哈跟着。夏岚说了句什么，他们就停住了。

几人来到山林里，在一棵树下坐下。

耿继辉先介绍了山寨的情况，然后扫视大家："我们要留下几天，帮他们打完这一仗。"

小庄想了想，说："我们对付那些贩毒武装倒是没问题，问题是我们走了以后呢？"

老炮说："我大概看了一下，村里面的青壮年很少，主要是妇孺。如果贩毒武装采取更残忍的报复，他们可就惨了。"

强子说："除非我们主动出击，直接端了他们的老窝。"

耿继辉苦笑："别做梦了，我们不能越界作战。说点现实的，伞兵，你，有什么看法？"

邓振华还在伸着脖子往回看，听见叫声赶紧回头："我认为，我们应该留下……"

史大凡嘿嘿笑："就算我们人走了，鸵鸟的魂还在朗德。"

兵们哄笑。耿继辉也笑了："卫生员，你说呢？"

史大凡嘿嘿笑："难道小悟空面对战斗会逃命吗？"

耿继辉点点头："第一个问题解决了。第二个问题，我们怎么打这一仗？西伯利亚狼？"

"不能打击溃战，要打歼灭战！一次给他们打疼，有来无回！他们的有生力量被歼灭在这儿，就会慎重考虑再来是不是值得。"

"我们需要大量的地雷和炸药。"老炮说。

强子说："他们白天不敢出动，只能在夜里。夜战我们有优势，夜视仪、狙击步枪、地雷、手雷这些我们都有，还可以申请空投弹药。我们的武器可以安装消音器，他们找不到我们射击的位置，等于白挨打。"

邓振华也说："我要我的战略狙击步枪！让他们给我空投下来，还有充足的战略子弹！另外，给我空投一些战略食品，活鸡什么的，野战干粮的防腐剂要吃反胃了。"

史大凡嘿嘿笑："要不要给你空投一头牛下来？"

邓振华震惊地看着他："你怎么知道我的战略性想法？"

耿继辉笑笑："第三个问题，我们走了以后呢？朗德如何面对未来？"

耿继辉接着说："我们不能常驻在这里，这是肯定的。绵延数千公里的西南边境线，有无数的朗德山寨，指望边防武警能驻扎在每个山寨也是不可能的。我们只有一个办法，那就是人民战争——帮助朗德重建民兵排，训练他们，教会他们如何打仗！同时我们也学习他们山地丛林狩猎的经验，补充我们自己的知识。"

队员们静静看着他。

"特种部队就这么点儿人，我们做不到全面布控。但是我们可以发挥我们的长处，训练和组织民兵，打一场新时期的人民战争！我相信，今天有一个朗德，明天就有无数个朗德！只要这场人民战争组织起来，金三角的毒枭们会更不好过！真正的力量蕴藏在人民中！不管毒枭从哪里进来，我们要让他们陷入人民战争的汪洋大海中！今天，我们就把我们所学的用在这里！朗德毒品走廊，从今天开始就是过去时！"

几人兴奋地走出树林，族长还在那儿站着，夏岚在跟他说着什么。他们周围都是山民。

耿继辉带着 B 组走过去，邓振华抱着狙击步枪看着夏岚。

史大凡嘿嘿笑："预谋怎么娶回家呢？"

"卫生员，难道我疯了吗？娶她回家，她用各种语言变着法儿骂我都是白骂！听不懂！"

"那你色眯眯地看着她干吗？"

"难道你不知道一句话——得不到的是最好的吗？"

"还行，比我想得聪明。你有自知之明！"

邓振华深情地看着夏岚："难道伞兵——不能征服她吗？"

史大凡嘿嘿笑着，跟队员们走过去。

夏岚看着走过来的耿继辉说："族长说——你们可以挑选任何人参加民兵排，交给你们指挥和训练。"

"我们只提供训练，并且指挥民兵排打好第一仗。以后还得靠他们自己，关键是民兵排的训练不能松懈。只要民兵排能够保持战斗力，贩毒武装不敢从这里过。"

夏岚翻译过去。族长点头，说着什么。

"他说他明白了，从此以后朗德民兵排就是保护家园的战神。"

耿继辉点点头："现在，我希望他能够提供民兵，最好是有丛林狩猎经验的猎手。不要小孩子，不要……妇女。"

夏岚看了他一眼，还是翻译过去。

耿继辉无奈地笑了笑："你知道，不是每个女人都能变成伞兵心目当中的帕夫利琴科二世。"

队员们一阵哄笑。邓振华震惊地说："难道只是我一个人这样认为吗？难道你们没有讨论过？你——小庄，你——老炮，你——强子，还有你——卫生员！甚至你——小耿，虽然你是组长，但是——难道你们没有讨论过帕夫利琴科二世吗？没有讨论过中国武警影后吗？"

史大凡嘿嘿笑："真是手足啊，关键时刻把我们都出卖了！"

夏岚回头瞪着他们。邓振华尴尬地说："我是说……你引起大家的关注，这是好事……说明你美丽动人……"

队员们扑哧扑哧地乐了。夏岚哭笑不得："行了！现在谈正经事，族长说马上就会出来一个民兵排，让你们组织训练。"

耿继辉点点头："强子！"

"到！"

"我们列出一个单子，准备空投。你去做这个事情，根据我们的防御计划和补给计划。空投地点就在干涸的河床上。"

"是！"强子转身跑了。

邓振华跟上他："等等，我要跟你谈谈，关于空投战略食品的事……"

"伞兵！"

邓振华转身："到！"

"你组织射击训练！"

"是……"

民兵们走出人群，站成一列。

邓振华看看夏岚，又看耿继辉："森林狼，我需要一个翻译！"

夏岚没等耿继辉发话，就喊："大宝！"

大宝抱着小宝跑过来，看着夏岚。

"你去给他当翻译。"

大宝抱着狗跑过去，眨巴眨巴眼看伞兵："我的普通话说得很好的。"

小宝汪一声，差点咬到邓振华的手指头。邓振华吓了一跳，缩回手来："认生啊？"

大宝笑了："小宝只咬色狼，你是色狼。"

队员们哈哈地乐，夏岚也忍俊不禁。邓振华站起来，指着弟兄们："是谁？这是谁干的？谁教小孩子学坏了？我要把他的嘴缝上——"

夏岚笑着，看他："我，怎么了？"

邓振华马上改嘴："没事没事，我是说，大宝是个好孩子。"

队员们索性哈哈大笑。耿继辉笑了一会儿，打住："好了好了，大家分头行动吧。"

9

民兵排武器库，老炮和一个猎人咣当把门打开，立即飞起一片尘土。两人进去，打开箱子，箱子里都是遍布尘土的56半。

两人把武器一箱箱地搬到门口。

邓振华和强子蹲在门口擦枪。强子拿起一把锈迹斑斑的56半检查，熟练分解："这枪得有十多年没擦过了。"

邓振华擦拭着零件："狙击手，难道就是来擦老枪的吗？"

强子笑："不擦老枪，你想擦什么？"

"有门老炮擦擦也行啊！"

老炮又抱出来一个弹药箱："老炮在这儿！擦吧！"

邓振华吓了一跳："你知道我不是那意思……"

老炮把弹药箱放下："没说错，擦吧——老炮！"

邓振华伸着脖子看了一眼，惊呆了，弹药箱里，是一堆 60 迫击炮的零件。

强子拿起炮筒看看："不知道还能不能打，有炮弹吗？"

老炮摇头："没有，等空投给养吧。"

史大凡坐在一边，给排队看病的山民们把脉，夏岚在旁边翻译。史大凡用听诊器听听小孩的心脏，忧心忡忡地说："我们没有足够的药，我现在只能先给小孩看病。靠空投药物不是办法，解决得了一时，解决不了一世。"

"你不是中医世家吗？"夏岚说。

"但我没中药啊？"

夏岚指着群山："你没看见吗？"

史大凡嘿嘿笑："跟你比，我的脑容量也就比鸵鸟大一点了。我列个单子，你组织大家去采药吧。"

草地上，一排民兵姿势各异地拿着 56 半，邓振华拿着一杆 56 半在做示范。大宝抱着狗在做翻译。B 组队员们站在边上抱着武器嘻嘻哈哈地看热闹。

"你们看，这是跪姿射击……"邓振华做了个跪姿。

民兵们笑得前仰后合。大宝笑道："他们说——只有见到长辈才下跪。"

"这样打得更稳知道不知道？你们看，那边树上的一只鸟——"

民兵们瞪眼看去，树上停着两只鸟，邓振华作跪姿，上膛射击。砰！一只鸟落下。"打得就很稳了！明白吗？"

民兵们笑着，摇头摆手。

"难道你们能打准那只鸟吗？"

大宝笑："他们说你的枪法很臭！"

一旁看着的队员们哈哈大笑。

邓振华震惊地说："难道他们不知道我是狙击手吗？难道他们的枪法比我还要强吗？"

邓振华指了指一个猎人："那你——来打给我看看！"

那个民兵指着自己的鼻子，看看不是别人，出来了。邓振华递给他一发子弹："打吧，我看看你的枪法！"

民兵笨拙地上膛，姿势难看地举起 56 半朝向半空，空中飞着一只鸟。砰！民兵扣动扳机，那只鸟掉下来，落在草地上。

邓振华目瞪口呆。队员们笑得快要跳起来了。打掉飞鸟的民兵憨笑着看邓振华，显得很不好意思。

邓振华尴尬地举起右手大拇指："好枪法……"

队员们在旁边哈哈大笑。耿继辉停住笑："好了！让老伞在这儿辅导猎手打枪吧——我们去做别的工作！人民战争——开始了！"

10

山间小道。老炮拿着一张手绘的防御地图，用手语示意着。一个老人看看，点头。

老炮蹲下，看着陷阱。一个山民把削尖的竹子插进去。老炮点点头，伸出大拇指。

在他周围，山民们在挖着陷阱，下着野兽套子。

屋子里，耿继辉在黑板上用粉笔画着地道的示意图，用手比画着深度和大小。夏岚在旁边翻译。山民们和孩子们点头。

伙房里，史大凡在熬药，旁边的妇女们在弄药材。

丛林驻地。强子拿着补给计划在发报。邓振华气喘吁吁跑过来："你在干什么？"

强子手下没停："给狼头发报，这是我们需要的空投物资。你不是在辅导射击训练吗？"

"我让他们练习瞄靶……对了，森林狼好像找你？"

"他没呼叫我啊？"

"他就在山下，让我顺便上来说一声。"

强子起身："那我下去看看。"

邓振华大喜过望，拿过那张计划在上面迅速写着什么。他写完就跑，一脸兴奋。

不一会儿，强子一脸疑惑地上来："没人啊？"他想都没想，蹲下继续看着单子发报。

山寨中心，一根崭新的木旗杆刚刚立起来。小庄从背囊里拿出叠好的国旗。哗——他一下子打开，鲜艳的五星红旗随风飘扬。

夏岚站在他旁边，四周是肃立的山民。小庄开始升旗。

山民们一起高声唱："起来，不愿做奴隶的人们，把我们的血肉铸成我们新的长城……"

小庄拉着国旗，脸色肃穆。

五星红旗在山寨冉冉升起，到了顶部，随风飘舞。

第二十一章

1

夜。队员们跟夏岚、山民们潜伏在草丛中。

邓振华舔着嘴唇，兴奋地说："卫生员，你听说过空降鸡吗？"

史大凡嘿嘿笑："没听说过，就听说过空降鸵鸟。"

"一会儿你就看见了！"

空中隐约传来马达声。小庄拿起发烟罐跑到河床上，黄色的烟雾升腾起来。

队员们耳麦里传来飞行员的声音："看见地面信号了，开始空投物资。完毕。"

队员们和山民们在等待着。邓振华抬起眼，疑惑地看着高空："我的空降鸡呢？"

话音未落，天空突然出现无数白色的鸡毛在飞舞。所有的队员都扑哧乐了。小庄笑得受不了："狼头给你空降了一地鸡毛！"

"狼头怎么能这样呢？他不给我空降鸡也就算了，怎么能给我空降一地鸡毛呢？啊？"

"你的战略鸡毛……"史大凡笑得喘不上气来。

一只大铁笼子带着降落伞咣当落地。铁笼子里，十几只光秃秃的鸡惊恐地咕咕叫，扑腾着没毛的翅膀。

邓振华大喜过望："我的战略空降鸡——"

山民们目瞪口呆。队员们却笑得都爬不起来了。

笑够了，队员们跑过去。山民们按照组织好的队列开始搬运物资。邓振华抱着狙击步枪蹲在鸡笼子跟前大喜过望："我的空降鸡——狼头真好，都省得我们拔毛了！"

"风把鸡的毛都给刮没了……"老炮笑得喘不上气来。

一行人高兴地搬着物资回到驻地。

老炮拿起匕首撬开箱子的盖，哗啦一下打开，里面是满满的武器弹药。

史大凡拿出自己的药物包裹："这是我的快递药品！中国陆特快递公司真及时！"

邓振华拿起一个铁棍样子的东西："这是干吗用的？还有里面这些？"

老炮抬眼："打井用的，你别乱动！掉一个都不能用了。"

邓振华看看他："你难道打算在这里过日子吗？还要打井？"

"我不在这里过，他们要过——没有水，很难过。我在山西农村长大的，那里就缺水。

我们走了，给他们留下口井。"

邓振华点点头："一口战略井！"

队员们又乐了。

武器库外。小庄打开了箱子，里面满满的都是油纸包裹的子弹。他打开一个油纸包，金灿灿的子弹落在手里。

山民们围着他，小庄看着他们兴奋的神情说："弹药一定要放好，要专人保管！明天就可以进行实弹射击训练了！"

夏岚翻译着。山民们点头，欢笑。

小庄也笑了："从今往后，你们不用怕贩毒武装了！"

夏岚翻译过去。山民们欢呼雀跃。

2

总院院子里，小菲跟胖丫等女兵在草坪上打羽毛球。小影无助地走着，想着心事。

小菲喊她："小影——过来打球啊！"

小影头都不抬，继续走着。小菲把球拍丢给一个女兵："你们打！我去看看！"她跑过来，在小影眼前挥挥手："嘿嘿嘿！想什么呢？又想你们家仓库保管员呢？"

小影抹去眼泪，一脸委屈地说："主任不同意我调动。"

"调动？你要去哪儿啊？"

"我想去边防武警部队。"

"你疯了？"

"我想去边防武警部队！我想跟他在一起！在他需要的时候，我会出现在他的身边！我可以第一时间看见他，第一时间！而不是在这里苦苦等待！"

"可你想过没有，去了以后呢？你要吃什么苦？"

"我不怕苦！不光是因为小庄在那儿，我想，那里的战友也需要我！他们在战斗，他们会受伤的！我是个护士，是个军人，他们需要我！"

小菲惭愧地看着小影："我今天才算真的认识你！"

小影低头："可是，主任这关过不了。"

小菲笑笑："主任不批准，我让战区司令批准！"

"啊？你不是说你外公三令五申，不允许你走后门吗？"

"你别管了，这事儿我有办法让他批准！"

小影看着她："小菲，那就拜托你了！"

"我们是好姐妹！你的事儿，就是我的事儿！"

小影点头："嗯，我们是好姐妹！"

是夜。老爷子坐在自家客厅里看电视。

门开了，小菲进门。老爷子抬头："小菲？你怎么跑回来了？"

“外公，你不欢迎我回家啊？”

老爷子拿起遥控器关掉声音：“今天不是周末啊？你跑回来干什么？”

小菲拉把椅子坐下：“外公，我回来，是有正经事情跟你商量。”

“什么事情？部队的事情，你去自己处理。”

“是部队的事情，不过必须要你处理！”

“胡闹！”

“外公，你别着急啊！你还没听我说完呢！”小菲还是嬉皮笑脸的样子。

老爷子气得起身：“你给我站好了！”

小菲起立，立正，噘着嘴说：“你都不听我说完。”

“我从小到大怎么教育你的，部队的事情一概不许跟我谈！你都二十了，还是小姑娘吗？不到周末就回家，跑回来还跟我说部队的事，必须要我处理？越大越不像话了啊？”

小菲哭了，委屈地抹泪：“我就说一句话！说完了你爱怎么处分我怎么处分我！”

“说！”

“我要上前线！”

老爷子呆住了，看她：“什么意思？”

小菲噘嘴：“我要去边防武警部队，去最艰苦的地方！”

老爷子看着她，有些惊讶：“你怎么想起来去边防武警呢？”

“军人，就是为战争存在的！这是你教我的。”

“不错，是我说的。”

“所以我要上前线，上缉毒战斗的第一线！我不想在军区总院混日子了，就这么简单！”

老爷子欣慰地点点头：“好！好！比你妈争气！我批准了！”

“你批准有什么用？”

“怎么，我批准不管用吗？”

“你三令五申，不得越级报告！我们医院不批准啊！你批准不是走后门吗？”

“哟？在这儿等着我呢？我跟你这么说，这样的后门，你提一百次，我批准一百次！”

小菲看他：“你能行吗？边防武警给你面子吗？”

老爷子乐了：“你不信？怀疑你外公的办事能力？”

小菲不屑地说：“谁知道你有没有这个能力！”

“好！我现在就打电话。明天，他们就派车接你！”

“说的跟真的似的！”

老爷子一把抓起电话：“一号台？给我接武警总部总机！”

小菲看着他：“等等——我还有个姐妹，要跟我一起去！”

老爷子挥挥手：“我都批准了！想享福，走后门没戏！想吃苦，我的后门敞开着！武警总部总机吗？帮我转……”

老爷子办事，当然一切顺利。第二天一早，果然就有人去接小影和小菲。两个女孩就这样去了基层边防武警部队。

3

山路上，夏岚戴着斗笠背着背篓匆匆走来。

邓振华穿着吉利服潜伏在灌木丛中，他的耳麦里传来史大凡的声音："注意，蝴蝶飞过。完毕。"

邓振华将眼睛贴在瞄准镜上："大尾巴狼收到，我现在监视。完毕。"

山林里，一个少数民族打扮的男人挎着56冲锋枪左顾右盼地在等待，夏岚走过来，摘下斗笠："这么着急找我，什么情报？"

男人迎上去："他们要报复了！"

"什么时候？"

"今天晚上！"

"多少人？"

"二百三十多。"

夏岚愣住了："这么多？他们哪儿有这么多人？"

"几个派别的武装联合起来，准备屠了朗德寨。如果这次屠不了朗德寨，别的寨子也会效仿。所以这次无论如何要给朗德一个教训。"

夏岚点点头："你的情报很及时。"

"另外，你赶紧撤吧。"

"怎么了？"

"他们知道你在朗德，认为是你组织的。"

"他们还知道什么？"

"我就不清楚了，不过你自己一定要小心！现在他们提高价格了，一百万买你的人头！"

夏岚转身走。男人拿起冲锋枪上膛。夏岚知道不好，站住了："你想干什么？"

男人内疚地说："夏参谋……一百万……我几辈子也挣不来……我……"

"念在你帮我工作好几年的份儿上，放下武器，自己逃命去吧。"

"我知道你枪法厉害，但是这次，我只好向你的背后开枪了！"

夏岚苦笑一下："真的是你自找的！"

男人举起冲锋枪，对准夏岚。

山头上，邓振华冷峻看着瞄准镜，他扣动扳机。噗！加装长筒消音器的88狙击步枪射出子弹，子弹击中男人的眉心，他慢慢仰面栽倒。邓振华对着耳麦说："搞定，蝴蝶马上撤离现场。我保持监视，完毕。"

夏岚叹口气："都说了，让你放下武器，逃命去吧。"她捡起那个男人的56冲锋枪快速离开。

史大凡从山林向她招手，夏岚进入丛林，两人向着丛林深处走去。

邓振华手持狙击步枪跑过来，看看夏岚："你没事吧？"

"没事啊！"

"这次是有我们保护你，你以前呢？"

"以前我就自己来啊。"

"你知道不知道这有多危险？"

"我一直是这样工作啊。"

邓振华震惊地看着夏岚，说不出话来。夏岚笑笑："我习惯了，真的。"

史大凡在前面回头："你们俩，有情话能不能回去再说！我们现在还在危险区！"

"别胡说！"夏岚转身跟着史大凡走了。

邓振华在后面抓着狙击步枪跟着："难道他们就没有男人了吗？难道他们就一定需要你来做这个工作吗？难道……"

夏岚转身："这是我的工作！"

邓振华站住了："那你以后呢？还做这个工作？"

夏岚诧异地看着他："是啊，不干这个我干什么啊？"她转身走了。

"我要求调到边防武警去！"

夏岚在前面头也不回："你可别来！你来了，我们这儿可没人治得了你！"

史大凡在前面开路："别做梦了，鸵鸟。026 的兵，一个都不会调的。我们是精锐中的精锐，狼头会把我们当作宝贝藏着的。你啊，就老老实实待着吧！"

"可是这真的太危险了！"

夏岚回头，盯着邓振华："我说过了，这是我的工作！而且我爱我的工作，超过一切！我就是这样的女人！你现在明白了吗？"

邓振华愣了半天，说："非常明白！"

夏岚笑笑："所以，你死心吧！"她又转身走了。

邓振华看着夏岚的背影喃喃："伞兵，就需要这样的女人！"他跟了上去。

三人回到丛林驻地。夏岚把情况一说，耿继辉立刻吓了一跳，他看着面前的夏岚："二百三十多人？情报可靠吗？"

"他想要我的命，所以必须等我转过身去。他跟我谈话的时候不敢说假话，否则我一眼就能看出来。我相信，他给我提供的情报是真的。"

"那怎么办？"

"再去和族长谈谈吧，现在就走，转移到县城去。贩毒武装毕竟不是军队，一鼓作气，再而衰，三而竭——他们不可能再发动这样的进攻了。"

"我跟你说过了，他们不会走的！"

"谈谈试试看吧，不走再说不走的办法。"

夏岚苦笑："我也只能说——谈谈试试看。"

耿继辉抓起武器："走吧，我跟你一起去。山狼，你跟狼头发报，告诉他们这个情况。"

"是！"老炮转身去整理发报机。

草地上，民兵排在训练刺杀，动作已经很连贯了，杀声震天。小庄挎着 56-1 冲锋枪站在旁边看着。大宝抱着狗坐在一边，盯着小庄腿上的手枪。

小庄笑笑，拔出92手枪退掉弹匣，递给大宝。大宝玩着手枪，眯着眼瞄准。

小庄看看他："怎么从来没有看见你阿爸阿妈呢？他们出去打工了吗？"

"都死了。"大宝黯然地说。

"对不起，我不是故意的。"

"没关系，我已经习惯了。我阿爸原来是个好猎人，后来吸毒了，四号海洛因。"

小庄看着他："你知道什么是四号海洛因吗？"

"知道，最纯的海洛因——毒品之王。"他抬眼看着小庄，"我阿爸戒不了毒瘾，就把我阿妈给卖了。卖得很远，在很多很多山的那边。我五岁以后，再也没见过我阿妈……也不知道她现在怎么样了……"

小庄倒吸一口冷气。

"我阿爸……吸毒死了。"

小庄看着没有眼泪的大宝，把他抱在怀里摸摸他的脑袋："都过去了，大宝。你是个好孩子，你长大会是个好猎人的。"

大宝抬头："我能当解放军吗？跟你们一样？"

小庄笑笑："当然能，你会成为一个好兵的！"

大宝笑了："我也想像你们一样有本事！什么都会，可以给老百姓治病、盖房子、架桥、打井，还会打枪、打拳！"

"会的！到时候你可就是我们的菜鸟了！"

"什么是菜鸟？"

小庄笑了："最勇敢的小鸟！"

"那我一定要当菜鸟！"

小庄笑着摸摸他的脑袋，从兜里取出一个狼牙臂章，挂在他的衣服上。大宝低头："是狗还是狼？"

"对于你们来说，是战争猛犬；对于敌人来说，是出山恶狼。"

大宝看着他，没明白。小庄坏笑："我们一般都管这个叫——狼狗！"

大宝一本正经地点点头，恍然大悟的样子。

族长家里，族长抽着水烟袋，沉思着。耿继辉和夏岚期待地看着他。

族长终于开口说话。夏岚给耿继辉翻译着："我们不会离开自己的家园，生我养我的土地。我们不会离开朗德，这片世代生息的大山！解放军同志想走的话，我们不勉强你们留下。无论有没有你们，我们都会留下来，跟豺狼血战到底。几千年前，我们的祖先就在这里，他们的灵魂在这座山里，我们不能留下祖先的灵魂，而四处漂泊。"

夏岚翻译。族长摇头，说着什么。夏岚转对耿继辉说："离开山的猎人，就好比离开水的鱼。我们生在这里，长在这里，也会死在这里。"

"女人，孩子，老人——必须转移到安全的地方！"

"女人和孩子可以转移到后山去，那里有我们的祖先保佑。老人不会走，我们都是老猎人。如果豺狼来强占我们的山寨，老猎人逃命了，我们的祖先会谴责我们，并且不会允许我们的灵魂跟他们在一起……"

"可是我们没有足够的武器！"

族长放下水烟袋起身，走到自己的屋内，一会儿，他拿着一杆枪出来了——真正的老枪："我擦好了，就等着……决一死战！"

耿继辉看着族长，无奈地叹了口气。

两人无功而返，心事重重地回到丛林驻地。

老炮看着他们过来，起身："狼头回电了。"

耿继辉抬头："怎么说？"

"要我们避敌锋芒，保护村民到县城去。那里的边防武警会安排他们食宿，到行动结束。民政会给他们拨款重建家园，要我们务必说服朗德寨的居民。"

夏岚看看耿继辉："他们不能提供支援吗？"

耿继辉苦笑："狼头是对的。我们最近的小队距离这里也有五十多公里，他们无论如何也不能在天黑前穿越无人丛林机动过来。伞降也只能在晚上……"

"那我们怎么办？"

"给狼头发报：我们无法说服居民们，让援兵在夜间秘密伞降到河床，给我们提供援助。"

"是！"老炮转身去发报。

夏岚担心地说："如果战斗在援军到来以前打响呢？你们六个人，能顶住吗？"

"我们是军人，我们的职责就是保家卫国——我们不能丢下老百姓，自己逃命！"

夏岚看着他："我还能做什么？"

"去尽量说服族长，让老人们一起转移！另外，切记不能转移到后山！他们熟悉的地方，敌人也可能熟悉。我勘查过地形了，你带着村民转移到这里——天涯谷。这里居高临下，只有一条羊肠小道。这条羊肠小道只需要一把56半就可以封锁。我给你一个单兵夜视仪，我相信你的枪法足够应付他们。"

"那你们呢？"

"尽人事，听天命。"他戴上耳麦，"所有人注意，这是森林狼。把警卫任务交给民兵，你们在10分钟到驻地集合。完毕。"

不一会儿，大家都陆续赶了回来。邓振华扛着巴雷特狙击步枪匆匆跑回来："大尾巴狼归队——什么事儿，这么急？"

耿继辉指指一边："坐下喘口气。"

邓振华看着夏岚："没事我不累！"

"坐下吧，我们有事要谈。"

邓振华坐下了。

夏岚看着满脸是汗的邓振华，拿出自己的手绢递给他。邓振华愣住了，抬眼看夏岚。

小庄抱着56-1："森林狼，你要我们回来——是想告诉我们，战斗来临了？"

"不错，我们即将面临一场恶战！二百三十多名武装匪徒，将要在今夜入境，对朗德寨实施进攻！毫无疑问，他们想来一场屠杀。"

队员们都抬起头，看着他。

"村民不肯撤，我们不能强迫。更何况我们也强迫不了，所以这场血战无法避免。我们注定要在这里，在朗德——恶战！"

强子说："阵地防御不是我们的强项，我们只有六个人。"

"所以我们不能消极防御，我们必须积极防御！在他们入境以后，展开麻雀战。我们快进快出，打乱他们的阵脚，将他们的有生力量，尽可能地损失在中途。但是有一点必须注意，如果我们不能击溃他们，那他们会再次进攻，我们必须一次就把他们全部歼灭，或者歼灭大半！"

老炮问："虽然山路只有一条，但是他们会走山路吗？而且我们怎么知道他们什么时候来呢？"

耿继辉打开自己的背囊，拿出一个包裹，取出一台军用笔记本电脑打开，把电脑屏幕转向大家："中国陆军的最新科技——卫星监控。"他操作着，间谍卫星对边境地区的实时监控画面不断放大，放大到他们开会的地方。七个人在干吗，一目了然。

小庄抬头，笑："你藏着私货？怎么不早拿出来？"

"早拿出来，我们不就好走了吗？还训练什么？"

老炮咧咧嘴："发报机也可以淘汰了吧？"

耿继辉笑笑："卫星通讯器材现在开始可以使用，我们和狼头直接保持热线联系。还有什么问题吗？"

史大凡举手："我们如何动手？"

"还是三个小组，每个小组带两个民兵！在麻雀战的过程当中，民兵不能开枪，只能投掷手榴弹！他们的枪声和火光会暴露自己的位置，招来杀身之祸。我们的武器全部加上消音器——老炮，你的陷阱和地雷准备好了吗？"

老炮笑："早就准备好了！"

耿继辉点头："就是这样了，最先进的方式和最原始的方式，最文明的战斗和最野蛮的战斗。我们在路上尽可能多地干掉他们！夏岚，你想办法说服族长，让老人们撤离！"

"如果他们不撤呢？"

"如果他们撤离，我们可以诱敌深入，关门打狗。寨里面有地道，我们可以周旋到援兵到来。如果他们不撤，我们只能死守山寨，无论如何不能让老人们上阵！为了保护他们，我们付出再大的代价，也在所不惜！"

夏岚起身："我懂你的意思了。我现在就去做，我一定想办法让他们离开山寨！"她转身跑了。

耿继辉看着大家："我们都宣誓效忠国家和军队，现在到了履行我们誓言的时候了！士兵们，我们的荣誉是什么？"

"忠于祖国，忠于人民。"

4

山寨里，村民们开始转移，他们手提肩扛，还赶着猪和羊，一片混乱。

小庄身上所有标志都已取下来，只穿着迷彩服，他手持56-1在高喊："注意！两个人一列，排成两路纵队！不用拿太多东西，明天早上你们就可以回来！"

小庄冲夏岚着急地喊："你告诉他们，把牲口都留下！那些牲口会暴露他们的位置，太危险了！"

夏岚苦笑："不带着它们，他们不会走的，这是他们唯一的财产。"

"这是转移，不是搬家！明白吗？"

"我没办法跟他们解释，他们听不懂！"

小庄咬牙："带走带走都带走！速度要快！那头猪怎么上天涯谷？难道要飞上去吗？"

"他们是山民，他们有办法。"

"告诉他们，别拖拉了！速度越快越好，我们不能两头担心！"

夏岚高声翻译着。大宝抱着狗跑过来，还挂着臂章："小庄哥哥！"

小庄指着队伍："归队！"

"我想留下跟你们打仗。"

"你是战士吗？"

大宝点头。

小庄从腰上解下匕首给他："保护你的乡亲们——归队，这是我的命令！"

大宝看着小庄，拿着匕首抱着狗，不动。

"这是我的命令！你不是想当兵吗，先要学会服从命令！"

大宝点点头，转身跑回去了。

小庄挎着武器高喊："必须尽快转移，这里不能留下一个妇孺老人！"

耿继辉带着满身是枪的邓振华和史大凡跑过来："族长呢？"

夏岚说："他带着老猎人们在前面带路，他们熟悉天涯谷。"

耿继辉点点头："那就好！你也跟着他们上去吧！"

"上面有足够的猎人了，我不走！"

"为什么？"

"我是军人！"

耿继辉转脸看邓振华和史大凡。邓振华扛着巴雷特狙击步枪走过来，看着她："你是女人！"

"我是武警中尉！"

"这是战争。"

"难道你要和我比枪法？还是比山地穿越？"

"那你跟着狙击组！"

"为什么？"

邓振华怒吼："因为你的枪法比我好，所以我要你跟着狙击组！当我不能打准目标的时候，我需要你补枪！明白吗？中尉？"

夏岚吓了一跳，看着邓振华。邓振华盯着她："你现在归我指挥，一步不许离开狙击组！"

夏岚看耿继辉。耿继辉点头："你熟悉地形，狙击组要在山里来回跑。你带着他们，可以做向导。"

夏岚看邓振华："你要记住——我不是你想的那种女人！"

"帕夫利琴科，有309个敌人的战绩，在军史上——她的注解也是女狙击手！"

"你会后悔的。"

"我保护不了你，我才会一辈子后悔！"

"我不需要你保护我！"

邓振华已经转身走了："卫生员，她跟着你！狙击组现在出发，进山到指定地点！"

史大凡看着夏岚，把手里的88狙击步枪递给她："我相信你学过如何使用。"

夏岚一把夺过枪："我会让他后悔的！"

史大凡没有笑容，一本正经地说："你还不了解他。"

"我也不想了解他！他不仅脑容量小，他还盲目自大！"

史大凡看着夏岚，拿起身上的56-1自动步枪："他不是自大，是自信！"

夏岚惊讶地看他："这是你眼里的他？"

"他是我见过最好的狙击手，有战略头脑的狙击手——我们出发！"他也转身走了。

夏岚咬牙，跟着他们走了。

小庄看着他们三个跑了，笑笑："狙击组，永远充满了无聊的欢乐。"

耿继辉看着撤离的村民："贩毒武装留给我们的时间不多了。"

小庄笑笑："应该是——我们留给贩毒武装的时间不多了！"

5

林间，界碑矗立着，四周隐隐约约有几十个人影在攒动。

密林中，耿继辉看着打开的笔记本电脑，屏幕上，可以看到小庄在树上隐蔽监视，还可以看见几十个人头在攒动。他放大画面，可以看见其余的几股武装在前后不一地靠近边境。

耿继辉看看旁边目瞪口呆的民兵排长："你最好不要看这个，去看地图。"

民兵排长用不流利的汉语问："这个，我们什么时候能用上？"

耿继辉笑笑："怎么说呢？那会是一个艰辛的过程，非常艰辛和漫长！"

民兵排长憨笑着点头："我知道，就是脑子要被门夹过以后！"

"卫生员教你们的？"

"不，鸵鸟！"

耿继辉苦笑：“你还知道什么？”

“鸵鸟喜欢小夏老师……”他紧张起来，“这是不是绝密？”

耿继辉笑笑：“不是绝密，是公开的秘密。”

民兵排长开心地笑了。

山地，邓振华、史大凡、夏岚带着两个民兵在飞奔。

邓振华举起拳头，大家全部卧倒。他指着旁边的大树，又指着两个民兵。两个民兵会意，背着56半开始爬树。

邓振华把巴雷特狙击步枪递给他们：“帮我看好了！这可是我最爱的女人！”

夏岚翻译着，皱起眉头。

史大凡嘿嘿笑：“战争，总是会暴露男人的某些劣根性。”

“告诉他们——无论发生什么事情，都不要暴露目标！等我回来！”

夏岚翻译着，神情复杂地看着邓振华的背影，史大凡拍拍她：“出发！”

夏岚反应过来，提着88狙击步枪跟着他们跑。

邓振华突然回头，夏岚没防备，撞在邓振华身上。

“你干吗？”

邓振华看着她干净的脸。

“你……你想干吗？我警告你啊，我可一刀……”

邓振华伸出左手，伸向夏岚的脖子。夏岚的刀子马上闪电般放在他的脖子上。邓振华不为所动，直接刷刷两下撕掉了她迷彩服上的领章举起来：“这会是让你丢命的目标！”

夏岚看着他，刀子慢慢放下。邓振华脱下自己右手的战术手套，在自己脸上抹了两下。夏岚还在纳闷儿。邓振华突然伸手抹在她的脸上，一本正经地说：“你的脸太白了！”

史大凡在后面嘿嘿笑：“这可不好，趁机揩油！”

夏岚一咬牙：“我发誓，战斗结束以后，我会一刀阉了你！”

灌木丛中，强子带着两个民兵提着木桶挎着武器跑步过来卧倒。强子连说带比画：“你们留在这儿，我打一颗红色信号弹——你们就开始！明白吗？”

民兵们把木桶放下，点头。

“我刚才说的什么？”

民兵用不流利的汉语说：“红色的，信号弹，我们开始！”

强子点点头：“对！很聪明！”

“什么是信号弹？”

强子愣了一下：“就是一颗——红色的起火！嗤——啪！红色的起火！”

民兵们点头：“知道了！起火！早说啊！”

强子苦笑一下，拍拍他们两个人的肩膀：“完了就到三号伏击点——就是猪头沟，记住，要快！”

民兵们点头："猪头沟，知道了！"

强子起身拿起武器快速跑了。

树上，老炮脖子上挂着一圈各种引爆器，他拿着88狙击步枪，对着耳麦："森林狼，山狼已经到位。完毕。"

耿继辉看着笔记本电脑："好，山狼。我当你的眼睛。完毕。"

"收到，完毕。"

耿继辉看着电脑，电脑上贩毒武装在陆续进入边境。他冷峻地说："孤狼B组，演出要开始了！我们就是黑夜的主角，丛林的杀手！让我们告诉他们什么是战争猛犬！完毕。"

耳麦里陆续回答："收到，完毕。"

界碑处。贩毒武装排成松散的队形，经过界碑。树上，戴着夜视仪的小庄一动不动。

贩毒武装的大队伍陆续过去，掉队的两个贩毒武装提着武器跑过来。小庄举起装着长筒消音器的88狙击步枪。噗噗！连续两枪，两个匪徒栽倒，一声未吭。

小庄在树上转身，再次举起狙击步枪，他瞄准了走在最后的匪徒们。一个匪徒走到一边撒尿。小庄扣动扳机。噗！匪徒倒下。

小庄的枪口继续移动，搜索其余的零散目标。

耿继辉看着笔记本电脑："他们分成三路，每路大概在六十到八十人之间。分别从1021，1032，1035地区入境，没有战术队形，看来不知道我们在这儿。完毕。"

山头上，邓振华的眼贴在88狙击步枪瞄准镜上。夏岚卧在他的身边，眼也贴在狙击步枪瞄准镜上。史大凡在夏岚旁边，拿着激光测距仪在观察。

贩毒武装陆续从山下经过。夏岚问："什么时候射击？"

邓振华说："该射击的时候。"

"少故弄玄虚！到底什么时候射击？"

"你学过战略战术吗？"

"我是武警学院边防指挥专业毕业的！"

"那就好——我开枪为信号，歼灭敌人的零散力量，从最外围开始剥去他们的皮！"

"早说啊！"

史大凡拿着激光测距仪在观察："指挥官都在队伍中间，第一梯队后面。"

"机枪手在第一梯队，40火在第三梯队。他们受过一定的军事训练，队形虽然看不过眼，不过丛林战还是管用的。"

"不能打那些战略目标，会太早捅了他们的马蜂窝的。"

"先打零散的吧。"

三人一起举起枪，谨慎选择目标，不断射击。

随着噗噗的声响，单个的毒贩不断无声倒下。

山地。几十个敌人踏着齐腰深的杂草前进。

树上，老炮拿着脖子上一圈引爆器中的一个，他将手指放在引爆器上等待。

耳麦里传来耿继辉的命令："引爆！"

老炮果断按下引爆器按钮。

几十个敌人正在走着，突然间，连环的爆炸覆盖了他们。火光中，一片惨叫，一片肢体乱飞……

民兵排长目瞪口呆地看着电脑。耿继辉看着电脑笑笑："A股敌人已经被歼灭。完毕。"

密林中，临近的爆炸声传来，匪徒们转脸，看见一片火光，听见一片惨叫。他们目瞪口呆。指挥官大喊："有埋伏！我们撤！"

匪徒们赶紧掉头跑。

山头狙击阵地上，邓振华一边更换弹匣一边问："他们会说中国话？"

夏岚也在更换弹匣："很多人，其实就是中国逃犯！"

邓振华拉上枪栓："兔崽子！今天不能再让你们跑了！卫生员，汇报目标排序！"

史大凡拿着激光测距仪汇报着："九点钟方向，手枪，是个指挥官！"

邓振华扣动扳机。噗！跑动的指挥官栽倒。

"再来一个！"

"还是九点钟方向，逃命的40火——"

邓振华扣动扳机。噗！奔跑的40火爆头栽倒。

夏岚从瞄准镜抬起头来，看着邓振华。邓振华非常严肃认真地说："给我更多的目标！"

夏岚眨巴眨巴眼："判若两人啊……"

邓振华怒吼："不要干扰我和助手的通信！再说话就滚到后面去！"

夏岚吓了一跳，不敢说话了。

"卫生员，给我更多的目标！"

"机枪手！十一点方向，干他！"

邓振华手起射击，几乎没有瞄准，噗！机枪手爆头栽倒。

匪徒们向着界碑落荒而逃。

小庄在树上举着狙击步枪："他们往我这边来了，想逃出去。完毕。"

耿继辉看着电脑："恶狼，该你的小组上场了。完毕。"

强子回答："收到。完毕。"他拿起信号枪，对着天空扣动扳机。

一颗红色信号弹在空中飞舞，非常漂亮。

两个守着木桶的民兵看着信号弹，拿起火柴，点燃了鞭炮的捻儿，然后起身提着56半就跑。

木桶里，鞭炮噼噼啪啪炸响了。正跑动的匪徒惊呆了，叫嚷着："边境有机枪！有埋伏！"

他们如同无头苍蝇一样乱成一团，开始盲目射击。

树上，小庄冷峻射击，不断扣动扳机，混乱的匪徒不断倒下。

耿继辉看着笔记本电脑屏幕："山狼，给他们点烟火，把他们赶进来！绝对不能跑掉！

完毕。"

又一个匪徒无声爆头倒下。指挥官高喊："他们有消音器！这不是边防武警，是特种部队！我们出不去了！快转身冲进朗德，绑架村民做人质！"

匪徒们转身就跑。

耿继辉打个呼哨，民兵排长跟着他快速穿越山林消失了。

山林中，小庄快速跑过来："我们要占据二号伏击点！快！"

两个等在这里的民兵起身，跟着他飞奔。

另外一处山林，老炮跳下树，纵身飞奔。

山地。邓振华带着夏岚和史大凡跑回来，两个民兵把巴雷特狙击步枪递给他。邓振华接过来："卫生员，你带着他们去五号伏击点！"

史大凡挥挥手："我们走！"

夏岚看邓振华："那你呢？"

"我是战略狙击手，这是我的战略狙击阵地！"

"你一个人？"

"这枪只要一响，就肯定暴露目标了！你们留下就是送死！快走！"

"那你呢？！"

"我有办法！不要分我的心，跟上卫生员！"

夏岚看着邓振华："你要活着！"

"废话！我死不了！"

"你要活着，战斗结束以后我要收拾你！不许死！"

邓振华笑笑："我死不了。"

夏岚看着他："不许死！我要收拾……"

邓振华一把抓住她的下巴，盯着她的眼。

"浑蛋！你想干什么？"

邓振华一下子吻上她的嘴，夏岚吓了一跳，蒙了，都没想到反抗。

邓振华松开她，深呼吸："COLOUR ZONE 的口红，好牌子。"

夏岚拿起 88 狙击步枪上栓："你是浑蛋！我杀了你——"

邓振华扛着巴雷特狙击步枪转身就跑了，大喜过望地还跳了一下："挂了也值得了！"

夏岚慢慢放下狙击步枪，擦着流出来的眼泪："浑蛋！不许死，我要亲手杀了你！"

两个民兵目瞪口呆。史大凡嘿嘿笑，拽了一把夏岚："走吧，他死不了！别担心了！"

"你也一样！浑蛋！你们狼牙的特种兵，都是浑蛋！有你们这样的吗？"她拿着枪跑了。

两个民兵还目瞪口呆。史大凡拿起冲锋枪嘿嘿笑："知道什么叫作桃花运吗？"

两个民兵摇头。

史大凡嘿嘿笑："刚才见到的就是！走，杀敌去！"

猪头沟，两个民兵飞奔过来，卧倒在强子身边。几十个匪徒在侧面跑动。

强子低声说："注意！听我的命令投弹！然后密集射击！交火后撤离！跟你们学习的一样！"

民兵们拿出手榴弹准备着。强子甩手丢出一颗手雷："投弹！"

两个民兵拿起手榴弹哗啦啦扔出去。

三声剧烈的爆炸，匪徒们飞身起来，一片惨叫。

强子拿起拆掉消音器的56-1冲锋枪，哒哒哒哒扫过去。两个民兵也拿起56半开始速射。

火光映照下，目标不断中弹，他们慌乱逃着。

强子更换弹匣："撤！引他们过去！"

强子举起冲锋枪，对着往这边跑的匪徒又扫出去一个弹匣，哒哒哒哒……匪徒在弹雨中抽搐。

两个民兵在他后面不远的地方拿起56半开始速射。强子转身边跑边更换弹匣，到了民兵身边拍拍他们肩膀。民兵们转身就跑，边跑边更换弹匣。

强子跪姿对着追击来的敌人射击，又是一个弹匣。接着那边的民兵们续上火力掩护。

匪徒的指挥官在叫嚷："他们只有三个人，追——"

山寨入口，撤回来的耿继辉坐在沙袋工事后看着笔记本电脑："注意了，他们被引入二号雷区。山狼，不要着急，听我命令。完毕。"

"山狼收到，完毕。"

"准备！"

民兵排长指着电脑屏幕："这是什么？"

耿继辉看着屏幕，呆住了。屏幕上，一只小狗在飞奔，后面还跟着一个小孩。

民兵排长大惊："大宝！"

6

林间，小狗被枪声惊了，疯狂地跑，大宝在后面追着："小宝！小宝！别跑，回来！"

耿继辉瞪大眼："山狼！停止引爆！停止引爆！小孩进入雷区！重复一遍，立即停止引爆！完毕。"

"收到！停止引爆！完毕。"

"他妈的！他怎么从天涯谷下来了？"耿继辉紧张地盯着电脑，"掩护他！火力吸引匪徒，突击组去救孩子！完毕。"

奔跑的小庄回话："收到，完毕。"他打手语，民兵们停住蹲下。小庄指着山头："你们上去！藏起来，我抓住大宝——你们就开火！明白吗？"

民兵们点头，往山头跑去。

小庄对着耳麦："恶狼，我们他妈的有事要做了！歼灭战改成营救战了，我在 1022 地区跟你会合！完毕。"说着就提着武器快速奔去，"森林狼，给我孩子的位置！完毕。"

狙击阵地上，邓振华抱着狙击步枪："我看到孩子了！他在追那条该死的狗！完毕。"他念叨着，"该死的！该死的！要提前暴露我的战略狙击阵地了！"

他的视线里，指挥官在混乱的丛林里挥舞手枪："抓住那个孩子——"

邓振华扣动扳机。砰——巨大的枪响，指挥官拦腰被打断。

正在奔跑的夏岚听着巨大的枪响，回头："是伞兵！"

史大凡催促她："是他！快走，他的阵地提前暴露了！我们要尽快离开这里！"

"那他怎么办？"

"我跟你说，鸵鸟的命比猫都多！你不要担心他——回来！你干什么去？！"

夏岚背着 56 冲锋枪提着 88 狙击步枪已经跑远了。俩民兵看着史大凡："小夏老师……"

史大凡抓住他们俩："你们的命比猫多吗？"

民兵们摇头。

"那就给我走！我们去狙击阵地，不要乱了整个战局！"

民兵们顺从地转身跑了。史大凡回头拿起望远镜观察，镜头里，夏岚背着一把冲锋枪手持狙击步枪飞奔向那个狙击阵地。史大凡放下望远镜嘿嘿笑："有一天，你的梦中情人，会穿着武警迷彩服，手持狙击步枪，踩着七色云彩去找你……鸵鸟，命好！保护好她……"

山地，强子把 56-1 冲锋枪甩在身后，顺手抄起背上的霰弹枪："西伯利亚狼，我进入 1022 地区了！我掩护你，完毕！"

对面冲来一个匪徒，强子抬手就是一枪。轰！一片霰弹打过去，匪徒倒下。强子高喊着："来吧！爷爷在这儿！"

说着又是一枪，轰……

他在林间灵活跳跃着，吸引匪徒的火力。

林间，大宝还在飞奔："小宝——回来——"

一个黑影斜刺冲过来把他扑倒，大宝刚要喊，一只戴着战术手套的手捂住了他的嘴。

大宝抬头，小庄怒视着他："嘘——"他抱着大宝起身，闪身到了灌木丛中。杂乱的人影从他们身边纷沓跑过："那边有狙击手！干掉那个狙击手——"

人影过去了。小庄挟着大宝飞奔向另外的方向。

狙击阵地，一片子弹打过来，邓振华拖着狙击步枪滚翻，闪身到石头后面。

突然，一个人影一边用 56 冲锋枪向贩毒武装扫射，一边往这边跑。

邓振华瞪大眼："是谁疯了？是——天啊！"他一个箭步飞身起来，用百米冲刺的速度冲过去。子弹追着他的军靴。

夏岚被流弹擦伤了左臂，倒在地上。邓振华飞身跃过来，扑在夏岚身上。然后抱着她滚翻下了旱沟，子弹啪啪打在刚才的位置。

两人停止了滚动，邓振华急怒攻心："你找死啊？"

夏岚喘息着，看着邓振华。

"你在违抗我的命令！我让你干什么去？"

啪！一耳光抽过来。邓振华摇摇头，有点迷糊，他指着夏岚的鼻子："你敢打我？"

啪！又是一耳光。邓振华摇摇头："我跟你说，你事儿大了！违抗军令，满地乱跑！还敢殴打战地指挥官，你还是军人吗？"

夏岚盯着他："是你让我跟着狙击组的！"

"我让你跟着卫生员……"

一个人影从上面出现，举起冲锋枪。邓振华一把抱起夏岚又滚翻，子弹打在他们刚才的位置。

"你起来！"夏岚被邓振华压在下面，她挣扎着。

"我起来你就没命了！"他说着拔出手枪甩手就是两枪。那个匪徒胸部中弹倒地。

邓振华起身，拿出手雷甩出去，手雷准确地飞到上面炸开，一片惨叫声。

夏岚起身，拿起56冲锋枪："我们现在怎么办？"

"废话！你自己跑来的，没想过怎么办吗？"

"你是狙击组长！"

邓振华一把拉她就跑："这个时候想起来我是指挥官了啊？打我的时候怎么没想到？"他说着，一把推开夏岚，接着一个腾空侧滚翻，甩手就是一个扇面扫向后面，追逐的两个匪徒中弹倒地。

夏岚从地上爬起来："我们往哪儿跑？"

邓振华落地起身："哪儿没人往哪儿跑！"

后面出现十几个人影，拿着冲锋枪在射击，邓振华一把拉上夏岚："逃命啊——山狼，引爆三号雷区，要快，我要送命了——"

邓振华拉着夏岚飞奔而来，他们身后，轰轰轰炸起一串火焰，匪徒们跟着火焰飞身而起。邓振华和夏岚被爆炸的冲击波打起来，飞身向前，邓振华先落地，夏岚咣当扑在他的身上。

邓振华痛苦不堪："你……该减肥了……作为女人，你有点胖……"

夏岚拔出手枪对准他的脑袋："你再说一遍！"

"我说你……身材很火爆……"

夏岚哼了一声起来，拿起自己的武器。

邓振华爬起来，提着武器龇牙咧嘴："太平了，都硌着我了！"

夏岚举起枪托冲着他的背上就是一下："你再胡说？"

邓振华又被打了，痛苦不堪："我是说，现在流行骨感美！"

老炮飞跑过来高喊："别他妈的在那儿腻歪了！走人！"

夏岚飞跑过去，邓振华爬起来龇牙咧嘴："忘了说了，我喜欢骨感美！"他追了上去。

丛林里，强子丢掉打光子弹的霰弹枪，抄起冲锋枪开始点射。小庄挟着大宝从枪林弹雨中飞奔而来："撤——"

强子边后退边开枪："我们得手了，我们得手了！火力掩护我们——"

山头上，两个民兵拿起 56 半开始射击。

山寨入口，耿继辉在掩体后抄起轻机枪，哒哒哒哒扣动扳机，民兵排长带着几个民兵在后面往 60 迫击炮里填炮弹。

嗵！迫击炮开火了。

丛林里，队员们会集在一起，交互掩护撤离。炮弹不断在他们后面落下，爆出一片火焰。

他们跑向山寨，飞身跃过山寨入口的工事。耿继辉还在压着枪口扫射着。哒哒哒……

队员们转身起来，从沙袋后举起武器，开始密集射击。

夏岚抱住大宝："大宝！你怎么跑下来了？你下来干什么？"

大宝哭着指着丛林："小宝跑下天涯谷了，我来找它……小宝还在里面……"

耿继辉看着电脑："他们进入一号雷区了！准备引爆！"

老炮拿起引爆器："兔崽子！就等着你们呢！"

"等等——"夏岚喊。

耿继辉看她："怎么了？"

"狗还在林子里！"

耿继辉看大宝。大宝哭着："小宝，我要小宝……"

队员们还在射击着，邓振华转身："我再给你一条狗！"

"我不要……"

"我给你十条！"

大宝哭着："我不要，我就要小宝……"

夏岚哄他："大宝，你是大孩子了，要懂事……"

大宝哭着："我要小宝……"

邓振华舔舔嘴唇看看屏幕，拿起自己的武器："掩护我——"

"伞兵——"夏岚惊呆了。

"鸵鸟——"史大凡提起武器跃过沙袋追了上去。

"我们说过同生共死——"小庄也提起武器跃出沙袋。

队员们一跃而起，跳过沙袋，手持武器再次冲向战斗。

耿继辉把一个对讲机递给夏岚："看好大宝，告诉我们狗的位置！"接着拿起身边的 56-1 冲锋枪飞身跃出。

耿继辉头也不回，高喊："机枪掩护我们——"

民兵排长举起机枪，开始对着丛林扫射。

夏岚戴上耳麦，流着眼泪抱紧大宝，转向电脑屏幕。

六名队员怒吼着，排成一列火线迅速冲向敌阵……

第二十二章

─────★─────

1

丛林里。六名队员一条火线射击着冲进来，贩毒武装惊恐地溃散，胡乱射击着。

小狗蜷缩在草窝里，瑟瑟发抖，呜呜呻吟不敢出去。

邓振华怒吼着射击："那条该死的狗在哪儿？"

夏岚的声音传来："伞兵，在你十点钟方向，还有 30 米……"

邓振华高喊："掩护我——"

他用百米冲刺的速度冲向草窝，一把抓起小狗："我找到该死的狗了，撤——"

暗处奄奄一息的匪徒举起了冲锋枪。哒哒！一个点射，邓振华背部中弹倒下，小狗蹭地又想跑，邓振华伸手一把抓住它。

史大凡冲过来："鸵鸟——"他随即掉转枪口，哒哒哒哒，匪徒在弹雨中抽搐着，他跑过来，扶住伞兵："你说话！说话——"

"该死的，抓住它，它在咬我……"

史大凡低头，邓振华抓着狗尾巴，小狗不断回头在咬他的手。史大凡抓起来小狗："队员受伤！队员受伤！"

队员们射击着靠拢过来。小庄抓起狗抱在怀里："狗在我这儿！"

史大凡扛起邓振华就走，耿继辉、老炮、强子在后面火力掩护。突然，史大凡腿部中弹，他咣当栽倒，邓振华被摔出去："该死的——不能这样报复我！"

史大凡喊："我受伤了！我受伤了！"

老炮飞跑过去检查："两个都不能动了！"

耿继辉怒吼："西伯利亚狼，把狗送回去！"

小庄抱着小狗飞身跑向山寨入口。

夏岚看着小庄跑过来，着急地问："伞兵呢？"

小庄把狗隔着沙袋塞给夏岚："村民们靠你了——"

夏岚叫着："你们怎么了？"

小庄顾不上回答，怒吼着冲向丛林。

小庄冲入丛林，咣当卧倒在伤员身边，开始射击。

2

枪声暂时停了下来，地上的队员们除了小庄都受伤了。

"他们撤退了？"耿继辉靠在树后，满身是血地抓着手枪。

小庄咽口唾沫拿起望远镜："没有，在组织进攻。我看见40火了……没带狙击步枪，我打不到。他们在准备40火……"

邓振华脸上都是血，趴在地上沉重地说："你们真傻……"

卫生员："还不是你害的。"

耿继辉："孤狼B组，清点弹药。"

老炮爬过来："我还有一颗手雷。"

"没子弹了！"强子撑着枪蹒跚地过来。

耿继辉看看小庄："西伯利亚狼。"

小庄偏头。

"你走吧，我们都走不了了。"

"扯淡！我们说过同生共死！"

耿继辉苦笑一下："靠近一点！"

队员们艰难地爬过来。耿继辉伸出手："给我手雷，既然要死，我们不能死在贩毒武装的40火下。"

老炮把手雷塞给耿继辉，耿继辉握在手里，看小庄："西伯利亚狼，你真的决定留下吗？"

"这个时候就别废话了！"

耿继辉拿起手雷："现在，我们最后的时刻到了。孤狼B组——"

队员们低声怒吼："同生共死！"

耿继辉淡淡一笑，伸手去拔手雷的保险。

邓振华看着史大凡："卫生员，死得离我近一点！"

史大凡艰难地笑着："干吗，还想让我损你啊？"

邓振华伸出手："对，到阴曹地府接着骂。"

史大凡伸出手："鸵鸟，你自找的！"

他们俩的手握在一起。

队员们纷纷把手搭上，六只手握在一起。

耿继辉慢慢举起握着手雷的右手，他准备松手。小庄突然转身抢过手雷，站起身一把甩向敌人。

轰！手雷爆炸了。

大家都看他："你干什么？"

小庄靠在树上高喊："援军到了——"

大家一起看前方，匪徒的身影开始溃散，惊恐地逃命。清脆的点射和单发响起来，黑暗的混乱中传来一片有节奏的射击声。

丛林深处，一颗绿色信号弹划破长空，队员们互相看着，露出笑容。

强子拿出信号枪，却无力抬起来。小庄拿过去，对天射击。一颗红色的信号弹划破长空。

不一会儿，黑暗中传来高中队的声音："B组！我们过来了，不要射击！"

队员们无力地笑了。

山寨入口，夏岚流着眼泪站在沙袋后面，大宝抱着小狗和村民们也都站在沙袋掩体后面。戴着黑色贝雷帽的高中队和A组队员们抬着担架过来，小庄满身血污地跟在旁边。

夏岚丢掉手里的88狙击步枪，跳过沙袋飞跑过去。担架上的队员们都躺着，对着夏岚露出艰难的笑容，挥舞着V。

夏岚擦着眼泪，一个一个看着。

邓振华的声音传来："轻点！轻点！他们打着了我的屁股！哎哟！"

夏岚破涕为笑，跑过去："伞兵！"

邓振华趴在那儿，还在龇牙咧嘴："我的屁股，啊——"

夏岚站在他的跟前："等等！"

担架停下。

夏岚蹲下，看着邓振华。邓振华惊恐地说："我跟你说！我跟你说！你看我没死吧？我回来让你收拾了吧？这事儿得这么说，你好歹得等我伤好了再打我吧？"

夏岚哭笑不得："我不打你。"她一下子吻住邓振华的嘴，邓振华睁大了眼。

夏岚流着眼泪忘情地吻着。史大凡的担架经过，他嘿嘿笑："谁口口声声说我不爱，谁就在爱。"

"我跟你说，我真的不是故意的……"邓振华惊恐地看着她，"我昨天晚上不是故意亲你的。现在你也亲回来了，不吃亏了，你就当作没发生过。"

夏岚举起右掌："你想不认账？"

"没有没有没有！我认账、我认账！"

夏岚破涕为笑："快送他去医院吧！"

邓振华被抬走了，他大叫着："卫生员！卫生员！你骂我两句！我现在觉得在做梦——我一不留神，又不是单身了——"

A组队员们一阵哄笑。

3

丛林驻地。

马达蹲着，笑眯眯看着一只光屁股鸡咕咕地叨着小虫子："伞兵的空降鸡？经过这样的恶战，居然还活着，不容易。"

高中队看着那张手绘的防御地图，在听小庄做报告。

小庄的报告到了结尾："……贩毒武装遭到全歼，朗德毒品走廊从此被扫入历史的垃垃圾堆不复存在！孤狼B组除了我，人人受伤。情况就是这样。报告完毕。"

高中队点点头："不错。你们干得不错，很不错！"

高中队抬眼："除了最后一下，为了一条狗，你们六个人去拼命。不值得，你们应该引爆雷区，这样就不会受伤了。"

"报告！"

"讲。"

"我想说，没有什么不值得的。"

马达抬眼看小庄。高中队不动声色："说说你的理由。"

"我们的宗旨是什么？"

"全心全意为人民服务——你问这个，什么意思？"

小庄严肃地说："那是一条狗，一条普通的土狗，不值钱。但是，他是那个孩子的感情寄托。他的爸爸吸毒死了，他的妈妈被爸爸卖到了很远的地方。他什么都没有了，只有那条叫小宝的狗。我们可以引爆雷区，损失的无非是那条狗。但是，那个孩子呢？他唯一的感情寄托就没了。"

高中队看着他："说下去。"

"我们不想看到他那样，因为，我们是人民子弟兵。我们全心全意为人民服务，所以我们必须去救那条狗。"

高中队看着他："这是你们的理由？"

"是。为了这条狗，我们牺牲了也在所不惜。因为，我们不想看见那个孩子的唯一感情寄托丧身火海。"

高中队点点头："解散，你去陪着他们吧。他们撤出行动，你在医院等着，有任务单独给你。"

小庄立正，敬礼："是！"

高中队还礼。

小庄走到那只空降鸡前，拔出匕首割断了绳子，他抱起那只光屁股鸡："灰狼，我先去了。"

马达笑眯眯地点点头。小庄抱着鸡转身走了，光屁股鸡在他怀里惊恐地咕咕叫。

山寨的空地，五副担架停着，卫生员在检查伤员。山民们围在他们身边。

夏岚陪着族长走进来。族长拿着酒杯，手指上蘸上酒，在每个队员的脸上洒着，念念有词。

夏岚解释："他说——战神啊，感谢你赐给我们你宝贵的儿子。保佑他们平平安安，长命百岁，每次出征都能凯旋而归。"

耿继辉笑："告诉他——我们是人民子弟兵。"

夏岚翻译过去。族长点头，念念有词。

"他说——是毛主席派你们来的，你们是最好的军队。"

"我们做得还很不够。告诉他，民兵排万万不能停止训练。"

夏岚翻译过去。族长说着什么，夏岚又翻译过来："朗德民兵排，永远都不会停止训练。感谢你们，教会我们保卫家园的本领，我们会永远记住你们。为了纪念那位勇敢的战士，那口井，以后永远就叫鸵鸟井！"

队员们扑哧都乐了。邓振华震惊地说："该死的！谁？是谁干的？居然告诉族长我是鸵鸟？"

夏岚捂嘴乐着。族长很认真地挥手说着什么，然后村民们回应着，高声喊着。

夏岚哈哈大笑："他们在说——鸵鸟，我们山寨的战神！从此以后，我们最好的猎手就叫鸵鸟猎人！"

队员们哈哈大笑。

邓振华非常震惊："这都是谁——"

小庄抱着空降鸡走来。

"我的空降鸡——"

小庄蹲下："还活着。"

空降鸡咕咕叫着。

耿继辉笑："经过了这场恶战，它还活着！看来是命不该绝。"

老炮笑："它没理由死。"

强子笑："让它活着吧！"

史大凡嘿嘿笑："我们带它回去吧，养在炊事班？"

邓振华说："那可说好了，谁都不许吃它！"

小庄笑："只要你不去偷它，谁吃？它的毛会长起来的，这是一只健壮的母鸡。"他抱着空降鸡，"它——就是我们 B 组的吉祥物了。"

史大凡嘿嘿笑："鸵鸟，你失宠了。"

邓振华看着空降鸡深情地说："你是一只勇敢的——战略空降鸡！"

队员们哄堂大笑。

马达带着几个 A 组队员过来："时间不多了，我们走吧。"

气氛瞬间变得凝重起来。队员们默默抬起担架，向着山寨外走了。为了不暴露以后的大规模剿毒行动，他们不能采用空运，伤员只能走路抬回去。

村民们跟着族长默默地跟在后面送行。

夏岚跟着队伍走着，回头挥挥手。

大宝抱着小宝眼巴巴看着队伍走过。小庄抱着空降鸡走来蹲下，拍拍他的衣服，整整他胸前的臂章。

大宝看着小庄："小庄哥哥，你们真的要走吗？"

"嗯，我们该走了。"

"我还能再见到你们吗？"

"努力学习，努力锻炼，长大了当个好菜鸟——我们会再见面的。"

"嗯，我一定会是个好菜鸟。"

小庄笑笑，摘下自己头上的黑色贝雷帽戴在大宝的头顶："记住，你自己跟我说的，一定要当个好菜鸟！"

"嗯。"

4

公路边，持枪武警警惕地站在救护车队和军车队旁。

分队走出了山林，救护人员接过担架，抬上救护车。

夏岚把88狙击步枪还给小庄，看着邓振华久久无语。邓振华看着她："你？你干吗去？"

"我还有任务。"

邓振华伸出右手。夏岚蹲下，握住他的手。邓振华看着夏岚："自己小心！"

夏岚点点头："我会的。"

邓振华抚摸着她的脸，笑了："这次怎么没抽我？"

夏岚举起右掌，轻轻落下在他的脸颊上。邓振华笑："现在感觉好多了。"

"放心吧，多少枪林弹雨我都过来了！"

"你记住——你是伞兵的女人！就是落地的……"

史大凡嘿嘿笑："母鸵鸟。"

队员们哄堂大笑。夏岚也不好意思地笑了："我走了！"她起身走了。

"等等！"

夏岚回头。

"我等着你，要回来！"

夏岚笑笑："等着我吧，我会回来！"她举起右手挥舞一下，转身跑向一辆越野车上车。

邓振华想坐起来，却疼得倒下了。他侧着脸，看着。

夏岚打开车窗，喊着："等着我吧，我会回来，只是要你苦苦的等待！"她挥挥手，车开走了。

邓振华看着夏岚，挥手，他的眼眶湿润了。

越野车开远了。

队员们上了救护车，武警警车开路，几辆救护车与越野车背道而驰，向着武警野战拉练医院驻地驶去。

5

武警野战拉练医院，战斗警报突然凌厉拉响，官兵们迅速全副武装出来列队。

女兵班在集合。小影喊队，集合报数，女兵们都很利索。

院长很严肃："紧急情况！在缉毒前线行动的一支陆军特种部队多名队员重伤，正在送往本院进行抢救！"

小影的脸唰地白了。

小菲也愣住了。

"根据通报，每名伤员都多处中弹！虽然没有生命危险，但是失血情况严重，还不知道伤口有没有感染！我们要做好一切准备，绝对不能让任何一个战友出现问题！外科、麻醉科、骨科等部门抽调最好的医护人员组成医疗小组，准备手术！解散！"

军官们开始喊名单，喊队。

小影的脸色发白，嘴唇翕动，腿发软。

小菲抓住小影的肩膀："我相信，他不会出事的！"

一行人焦急地等待着。

一辆警车高速开进来了，后面跟着五辆救护车。车子陆续停下。

小影在人群中跑向车队。

第一辆救护车的门打开了。小影瞪大眼。浑身血污的老炮被抬出来，疲惫地做着 V 的手势。

救护队冲过去，抬着他冲向医院。

小影飞跑过去，突然脚步慢慢停住了。

抱着战略鸡的小庄浑身血污，背着冲锋枪下车高喊："他有五处枪伤——"

小影呆住了。

小庄把战略鸡递给马达："我要去给他们输血，战略鸡帮我们看好了！唯一的一根毛不能再掉了！"

战略鸡在马达怀里咕咕叫。

小影尖叫："啊——"

所有的特战队员都下意识地抓起武器上膛，枪口瞬间指向声音方向。小庄的光学瞄准镜里面，一个女兵的眉心正在十字线上，她流着眼泪在尖叫。

高中队高喊："放下武器——放下武器——"

小庄反应过来，慢慢放下武器。

小影流着眼泪飞奔过来，小庄哗啦关上保险，将枪甩到身侧。小影尖叫着飞身跳到小庄的身上："啊——"

小庄傻在原地。

武警官兵和特战队员们慢慢露出笑容。

小庄慢慢伸出手，抱住了小影。

"你怎么在这儿？"

小影拍拍自己的军衔："没看见吗？我是中国边防武警下士了！"

"你怎么调动了？"

小影笑："因为，我要成为真正的中国女兵！"

小庄抬头。

下士小菲在那边笑："我们一起来的！"

小庄诧异地看着小影："你到边防武警来干什么？"

"我想离你近一点！"小影眼泪汪汪地说。

小庄一把抱住小影，小影哭着趴在他的肩膀上。

外科主任在那边喊："好了好了！手术了！"

小影推开小庄擦去眼泪："我先去给你的战友们做手术，你等我！"

她跑向手术室的帐篷。小庄默默地看着。

高中队走过来低声说："有人要见你。跟我来。"

小庄转身，跟着高中队走向一顶角落的帐篷。

小庄一进帐篷，就惊呆了："大队长？你怎么来了？"

何大队慢慢站起来，旁边还有两个穿着便装的中年男人。何大队严肃地看着他："你的苗连，出事了。"

小庄震惊地看着何大队："怎么回事？"

"这两位是省厅缉毒总队的同志，让他们跟你说吧。"

"苗连怎么了？"

警官甲说："苗科长在边境地区与线人会面，中了贩毒集团的埋伏。"

小庄瞪大眼："他牺牲了？"

"现在还不知道……他失踪了，可能被绑架了。"

"还有呢？"

"我们就知道这么多。"

"谁干的？"

"盘踞在远山镇的毒枭集团。"

"为什么不组织营救？"

警官甲无奈地说："现在苗科长的下落不明，甚至在境内还是在境外，我们都不知道。我们所有打入马家集团的内线，都牺牲了。"

小庄惊呆了："马玲……他们家？"

"对。"

小庄失语了。

"苗科长跟我们介绍过你和马玲相遇的情况，也告诉我们……你不适合做特情。他曾经试图说服你，但是还是不忍心，因为在他的眼里你还是个孩子……但是这次，我们没有别的办法了。苗科长现在……生死不明！"

眼泪慢慢溢出小庄的眼眶。

何大队拍拍他："省厅的同志不会勉强你，部队也不会勉强你。这不是你的本职工作，我们不能勉强你。"

小庄坚定地说："别说了，我去。"

"你想好了？我可以再给你时间考虑。"

"不用了，我想好了。"满身血污的小庄把身上的武器都解下来，交给高中队。

高中队看着他："保重！"

小庄笑笑，转向何大队。何大队注视着他："记住——无论遇到什么情况，都要沉着冷静！这是特殊的战斗，但是特殊侦察、化装渗透、情报搜集也是特种部队的本行！你已经接受过最严格的训练，我相信你能够完成任务，胜利归来！"

小庄立正，举手敬礼。小庄放下右手，转身跟着便衣警官走向一辆民用牌照的陆地巡洋舰。他打开车门，停下，转脸看着手术室的方向。

6

多年以后，小庄再次看见了兵车行。那熟悉的场景熟悉的装束，让他陷入往事不能自拔。

小庄木然地开着车。丫头在旁边诧异地看着他。她回头看看前面，尖叫："危险——"

小庄下意识地踩下刹车。吱——切诺基在悬崖边沿拖着尖锐的声音急停。

小庄出了一头冷汗，他突然下车，丫头急忙跟着下车。

小庄跑到路边，对着远处雾色缭绕的群山撕裂自己的声带："啊！——"他用尽了所有的肺活量，甚至把腰都弯下来了。

丫头轻轻地拍拍他："嗨！你没事吧？"

小庄不回头，闭上眼睛，眼泪无声地滑落。

"咱们回去吧？我不想玩儿了。"

小庄突然一下子转过来，把丫头紧紧地抱在怀里号啕大哭。丫头不敢动，半天才小心地说："你轻点成吗？你弄疼我了！"

小庄一下子吻上去。丫头拼命推开他："小庄哥哥，你别这样，你别这样！"

进入疯狂状态的小庄又一把抱住她，继续吻。丫头哭着推开他："够了！还想怎么样？"

小庄流着眼泪看着她，丫头脸上都是泪水，她哭着大喊："你不就想要流氓吗？"她撕开外衣，哭着大喊，"你不就是想要流氓吗？那你当初救我干什么啊？来啊！我怕你了！我都听你的！我不告你！只求你别杀我！我才19岁！让我活下去！我怕死，我怕死——我承认我怕死，如果不是你们救了我，我都活不到今天——"

小庄呆呆看着她。

米老鼠在地面上，淋着雨水。

空中一道闪电。

唰——小庄看见七岁的丫头坐在餐厅的柜台上，哭喊着："妈妈——我怕——"

小庄傻了半天，他稳定住自己，蹲下看着哭泣的丫头："你……是那个丫头？"

丫头哭着点头。

小庄傻了。

丫头委屈地哭着。小庄伸出手。她吓坏了，下意识地躲开小庄的手，但还是被小庄拉住了。

小庄拉她："上车。"

丫头走向车，先走到前面副驾驶的门边，接着觉得不对，又可怜巴巴地走到后边车门边挤出一点笑："不要杀我啊。"

"上车吧。"

丫头赶紧上车，不敢关后车门。

小庄捡起米老鼠走过去，丫头躲在里面。小庄哆嗦着手，把米老鼠递给她。丫头接过来，也顾不上脏，立即抱在怀里。小庄走到前面上车，开车。

小庄开着车，头都不敢回。丫头在后面抱着泥泞的米老鼠小心地问："去哪儿啊？"

"你家。"小庄说，"送你回家。"

7

录音小妹家。洗了澡的丫头穿着浴衣坐在床上，眼睛哭得红红的。录音小妹递给她一杯牛奶。

丫头哭着："姐，他为什么这么对我？"

录音小妹没说话。

"我喜欢他，我……他不这样对我，我什么都能答应他，可是他为什么要这样？"

"你了解他吗？"

"我以为我了解。我看了他的小说，我知道他吃过很多苦。可是，他为什么要这样对我啊？"

"还记得我跟你说过的那个人吗？"

"谁？"

"我喜欢的那个人。"

"记得啊，原来你们剧组的啊？"

"就是他。"

丫头站起来："姐！"

录音小妹苦笑："我没想到是他。"

"这……"

"没事，我刚才想了很多，都看开了。我跟他是不可能的了，所以我并没有觉得这有多不合适。我没想到他当过特种兵，他怎么都不像当过兵的人啊！更没想到，他救过你！"

"我没想到，他会是这样的。"

"你还喜欢他吗？"

丫头哭着："不知道。你知道我从来没有喜欢过男孩子，我不知道还喜欢不喜欢他……"

"你冷静几天吧，等你平静下来再说。"

丫头哭着："也许我是错的，他是那么爱小影！"

"小影？"

"就是和他一起当兵的那个女孩，我知道他的心里一直有她！"

录音小妹黯然地说："能进到他心里的，该是什么样的女孩啊？"

丫头摇摇头。

8

夜色下，一辆陆地巡洋舰停在街边的废弃修车铺前，没有开灯。便装的邓振华和史大凡挎着民用帆布挎包下车。他俩左右看看。邓振华说："卫生员，难道我们真的要丢弃这辆价值一百万的陆地巡洋舰 V8 吗？难道森林狼还能给我们预备这样的好车吗？"

史大凡嘿嘿笑："难说，现在军费增加了，也许给我们准备了一辆宝马呢？"

邓振华拿出工具，两下子打开了修车铺的卷帘门。哗啦啦，他一把拉开，向着车铺里眨巴眨巴眼："真的是一辆……上好的宝马啊！"

两个人走进黑暗的车库。片刻，发动机响。一辆老款的 7 系宝马开出来，老得连门都有点颤巍巍的感觉。

邓振华开着车。史大凡把陆地巡洋舰开进修车铺，关上卷帘门，他转身上车："那辆陆地巡洋舰里有李队长设定的信号追踪器，我们只能放弃。这个地方是绝缘的，信号发射不出去。"

咣当！他关车门。

邓振华瞪他："轻点！我怕门掉下来！"

"开车啊？难道你不会开手档的车了吗？"

"该死的，我在换挡——啊——"

老宝马蹭地一下蹿出去。邓振华兴奋地高喊："发动机是 V12 的——新的！这是非法组装车辆，我要去举报森林狼——卫生员，系好安全带，我们要起飞了！"

车跟兔子一样嗖地蹿出去了。

郊区。一辆陆地巡洋舰在急驰，车里是两个新队员。队员甲对着耳麦说："森林狼，我们现在正在城区外围兜圈子。完毕。"

市区，一辆黑色的大切吉普车在急驰。开车的是个憨厚的新人，眼神忧郁。耿继辉坐在副驾驶的座位上："收到，继续兜圈子。你们要引开李队长的注意，我们做事没有让任何人跟踪监视的习惯。完毕。"

"收到，完毕。"

耿继辉看着新人："你在想什么？"

"我没想到，小庄哥哥会变成今天这样。在我心里，他是最勇敢的男子汉，最优秀的特种兵！我没想到，他会是这个样子。"

耿继辉看着他："大宝，他的身上发生了很多事情。"

大宝点头："我知道，很多事情我现在还不能理解……当年，真的没有什么别的处理办法了吗？"

"过去的事情，不要再提了。我们现在最关键的，是要找到老炮和强子。"

"这真的是一个让我心情沉重的任务！"

"大宝，我们是职业军人。我们的工作不能掺杂任何感情色彩，如果你不能做，我现在就换人——告诉我，你能不能做？"

"我能！"

"我们开始工作，全力以赴找到老炮和强子！我们要赶在所有人之前找到，我不想他们死在那些警察手上！"

大宝点头，加速。大切高速开过夜幕中的城市。

郊区的山路上，老宝马开到路边，吭哧吭哧下了山坡，开进灌木丛。邓振华和史大凡提着挎包下车。

邓振华由衷地说："我的越野宝马——这车改装得真不错！"

史大凡嘿嘿笑："看看森林狼给我们准备了什么！"

"还能准备什么！无非是长枪短枪防弹背心之类的。"

史大凡打开了后备厢。邓振华眼直了："我的战略狙击步枪！"

史大凡拿出一把巴雷特狙击步枪递给他。又拿出冲锋枪检查着："看来是想要他们死得很难看。"

"你确定我要拿这个打老炮吗？"

史大凡看着他，片刻说："你是鸵鸟战略狙击手，明白？战略的！不要问这种战术性的问题！"

"被打中的人会死得很难看的，我不希望他们死得这么难看！"

史大凡突然没了往日的笑容，他拍拍邓振华，低头开始武装自己。

不一会儿，两人已经换成了野战装束，浑身带满枪。史大凡咣当关上后备厢。两人拿起一张伪装网，盖住了车，然后拿着准备好的几袋子树叶往上面撒。

他们背上背囊，拿起武器走向深山，渐渐消失在密林中。

夜色下，大切黑着灯开到山窝里，耿继辉带着大宝下车，打开后备厢，他拿出一把85狙击步枪递给大宝。

大宝拿着85狙击步枪，拉开枪栓检查着："是我的枪？森林狼，你什么时候运来的？"

耿继辉在换着迷彩服："作为特战队员，要时刻考虑在任务的前面。我们的时间不多了，快准备吧。"

大宝开始换迷彩服。

两人很快换好装束，又伪装好车辆。耿继辉看看手表："我们要在天亮前到位——大宝，这是对你真正的考验！明白吗？"

"我要击毙老炮和强子吗？"

"所以才是真正的考验！你对自己的枪法不自信吗？"

大宝背上背囊："那倒没有。"

耿继辉背上背囊，拿起武器："那就好好发挥你的鸵鸟猎人本领！"

大宝笑了一下，两人转身进山。

远郊的一幢别墅。马云飞在书房里磕头上香。墙壁上摆着一排照片，是父亲、两个哥哥、和带着笑容的马玲。

保镖匆匆走进来，小心地喊："马先生……"

马云飞抬头。

"这个时候来打扰你，是因为……"

"说。"马云飞把香插进香炉。

"他们当年的战友……也就是在远山镇……出动了！"

墙上的亲人们看着他，马云飞淡淡露出冷笑："我发过誓——我会用他们的血，给你们报仇！"

别墅地下室，老炮和强子在整理武器。强子拿起一把85狙击步枪检查着："倒是保养得不错。"

老炮哗啦哗啦拉着56-1冲锋枪的枪栓："他是专家，强子。11年了，他一直在研究和琢磨特种部队。"

强子放下狙击步枪，拿起炸药块和雷管检查："如果不是知道这是哪儿，我还以为回到了026的武器库了。"

门开了，马云飞走下来："武器还合手吗？"

老炮和强子起身。老炮笑笑："合手，相当合手。"

强子说："这样的装备，我们可以完成很多任务。到底想要我们干什么？"

马云飞看着他们俩："你们有很厉害的敌人要对付。"

"是谁？"老炮问。

"孤狼B组。"

两人愣住。

马云飞淡淡一笑："怎么？你们想不到吗？警方对付不了你们，他们一定会出动的！"

老炮舔舔嘴唇："但是我们可以避开他们！"

"怎么避开？你们都了解他们，因为那就是你们自己！你们不知道自己的手段吗？"

强子茫然地说："我不会向他们开枪的！"

马云飞看着他："他们对你们可不会留情！"

"我宁愿死，也不会对他们开枪！"他丢下武器，"老炮，我走了！这个事儿，我干不了！"

"强子！"老炮喊他。

强子回头："难道你忘记我们的誓言了吗？——同生共死！"

"我们只能这样做，已经没有回头路了。"

"可是我们发过誓——同生共死！"

"世道变了，他们是兵，我们是匪。"

马云飞冷冷地看着。

强子盯着老炮："你真的要对他们开枪吗？"

"我们没有退路了。"

强子一把抓起桌子上的56冲锋枪上膛对准老炮："那我先宰了你——"

老炮在他的枪口下，面不改色。

"是你！都是你！你害得我他妈的好好的警察不做，跟着你卷进这个倒霉的麻烦！我他妈的发誓跟你一起同生共死，不是想有一天拿枪指着自己人的脑袋的！你害了我，也害了我们大家！"

"小马，你出去。"老炮看看马云飞，"这是我们兄弟的事儿。"

强子的冲锋枪顶着老炮的脑袋："事情搞成这样！你他妈的打算怎么收场？"

"一条道走到黑，我们别无选择！"

"我杀了你，然后自杀！"

"但是命运——无法改变！"

"为什么要这么做，为什么？！"

"因为，我答应了别人的事，一定要做完！"

"可是我没有答应过他！没有！"

"强子，我跟你说句真心话，你以为，卷进来以后，你还出得去吗？你以为，你自杀了就算完了吗？"

强子看着他："什么意思？"

"那个女警察，小马一直在盯着她。"

"小蕾？"强子呆了，他的嘴角抽搐着，"看来……我真的要做出选择了……是兄弟，还是女人？"

"我们没有选择了，我们已经走上这条漫长的不归路……"

强子急促呼吸着，他慢慢放下枪口，眼泪慢慢在酝酿。

第二十三章

1

时光倒流，年轻的小庄在野战医院离开了战友，离开了他的爱人，踏上了一个人的征途……

因为小庄认识马玲，按照计划，他们要制造一起绑架案，拆开小白脸对马玲的纠缠，让小庄重新接触马玲，借机打入马家。

西南边陲少数民族风情小镇。马玲饶有兴趣地在看摊上的小饰品。小白脸皱着眉头跟在她后面。

人流中，化装成旅游者的小庄戴着墨镜，挎着相机包，穿着摄影背心。他拿起长焦相机，追随马玲的身影。

僻静的街道上，一辆白色面包车在那里等待。

警官乙拿着黑色丝袜往头上套着，又摘下来，很是兴奋："倒是第一次当劫匪啊！"他旁边也是几个戴着黑丝袜的壮汉，都手持 56 冲锋枪虎视眈眈。

警官甲回头笑笑。警官乙又戴上："你觉得怎么样？"

警官甲笑着举起大拇指："不错！够专业！真没想到。"

面包车对面的一个小铺前，一辆货车开到小铺门口，车上的工人开始卸货。一个年轻工人弯腰，露出腰带插着的手枪。另外一个中年工人拍拍他的腰："露出来了！"

中年工人笑："你这样的还做劫匪！真不专业！"

年轻工人笑："第一次嘛！"

街角，马玲出现了，小白脸跟在后面："咱们回酒店吧？这小店有什么好吃的？"

"你懂什么啊？这叫风情！"

"这也不卫生啊。"

俩人说着走近那辆面包车和货车。

小庄远远跟着，他的右手插进了相机包。

面包车里，化装的警察们做好了出击准备。

小铺门口，工人们看见了马玲，还是若无其事地在搬东西。

小庄远远跟着，手已经拔出了手枪的枪柄。

面包车里，警官甲抬起一只手："准备……注意！他的第四发子弹是实弹，要抱头鼠窜！数着点！"

警察们握紧武器，准备出击。

小铺门口。中年工人低声道："准备。"

工人们弯腰在箱子里面抓住了56冲锋枪的枪柄。

马玲带着小白脸仍在走着，走进了工人们的埋伏圈。

小庄加快了速度，拔出手枪放在身后。他看见了那群工人，露出疑惑的目光："什么时候改的计划？为什么不告诉我？"

中年工人突然怒吼一声："动手！"

工人们拔出56冲锋枪冲出来。

马玲尖叫着："啊——你们要干什么？！"

小白脸吓得倒在地上："你们……你们是什么人？"

小庄冲出来，拿起手枪对着他们就射击。

砰砰砰！连续三枪。

工人们没有像预期那样倒下，都目瞪口呆看着他。

小庄傻眼了。

中年工人怒吼："干掉他！"

工人们举起冲锋枪。小庄嗖地闪身，一颗子弹擦着他的胳膊过去。

小庄翻滚到角落，摸着胳膊，一手血。

"实弹？"小庄瞪大了眼。他万万没想到，预定的一场假绑架变成了真绑架！

工人们迅速扛起马玲丢上货车。

面包车里，警官甲看得目瞪口呆："他们是干吗的？"

警察们都呆住了。警官乙抓住冲锋枪要下车："是真劫匪！我们去抓劫匪！"

警官甲一把抓住："不要下车！我们是空包弹！"

中年工人看着小庄藏身的地方："干掉他——"

两个工人举起冲锋枪冲过去。哒哒哒哒……密集的弹雨扫射着，一片狼藉。

砰砰！

两个工人倒地。

小庄突然从屋顶闪身出来，对着下面的工人开始射击。

中年工人挥手："快！撤！这是个高手！"

工人们丢下尸体和小白脸，开车逃窜。

小庄拔腿就追，纵身跳过小巷到了另外一边的屋顶，飞奔着追逐下面在巷子里穿行的货车。

货车粗暴地撞开小摊，上了公路。小庄怒吼一声，从几米高的屋顶跳下，落地滚翻起身。

对面一个骑着自行车的市民呆住了。小庄左臂都是血，举起枪怒吼道："给我你的自行车！"

小巷里，小白脸哆嗦着站起来，不敢相信自己还活着。面包车的门哗啦开了。又是一群壮汉手持56冲锋枪下来。

小白脸叫着："啊——啊——你们不是抓走马玲了吗？"

警官乙上来一把抓住他："好歹我们也得完成点任务啊！走人！"

盘山公路上，小庄骑着自行车猛追，货车在他脚下的公路上经过。小庄停车看着，突然掉转自行车的车头，骑着冲下山坡。

小庄连车带人哐当滑落到前面，他半个身子都是血地爬起来。

车上的中年工人怒喊："撞死他——"

小庄面对正面开来的货车，举起手枪，一串枪响，司机头部中弹，歪在一边，货车吱吱响着歪向山下。

小庄的子弹打光了，他丢掉手枪，纵身滑下去追赶。

货车翻滚着，车后厢里的马玲尖叫着，跟劫匪一起滚翻。

货车滚进山沟，哐当停下。中年工人踹开车前窗碎裂的玻璃，艰难地爬出来。

快速滑下来的小庄刀一挥，中年工人的脖子喷出一片血，倒下。

浑身是血的小庄拿起他的冲锋枪上膛。车厢后面的工人们爬出来，小庄冷酷地速射，工人们纷纷倒地。他冲过去，挨个补枪。

马玲在车内尖叫着："不要杀我——你们要多少钱——"

小庄伸出手一把拉她出来："快走！"

马玲惊恐地尖叫着："啊——"

"我是小庄！"

马玲瞪大眼看着他，她愣了："你从天上掉下来的？"

小庄拉着她："我一直在跟着你！"

马玲甩开："为什么？"

小庄头也不回："因为……我爱上你了……"

马玲差点晕倒，后退几步撞在树上，眼泪慢慢滑落出来。

小庄回头，伸手："走！这里危险！"

马玲流着眼泪，哆嗦着伸出自己的手。

小庄握住她的手，手持冲锋枪，拉着马玲冲出树林。

一辆陆地巡洋舰高速开过来，司机是个女的。小庄举起冲锋枪对天射击，哒哒哒哒！他随即将枪口对准陆地巡洋舰："停车！停车！"

女司机停车。小庄挥舞着枪："下车！"

女司机下车，小庄一把拉开后车门："后面的人，也下车！"

车里伸出四把冲锋枪的枪口，同时对准了小庄。

马玲再次开始尖叫："啊——"

2

这是一座位于群山之间的别墅。

肮脏的地下室。小庄被吊在空中。一根木棍抡圆了打过去。咣！木棍打在小庄的腹部，他惨叫一声，冷汗冒出来。

一个大胡子拿着木棍，盯着他："你是谁？"

小庄咬牙，不吭声。

"谁派你来的？"

小庄还是不吭声。

又一木棍抡上来，他惨叫一声在空中晃荡。

"你跟马玲什么关系？说！"

又一木棍抡上来，打在他的肩膀上。小庄惨叫一声。大胡子冷笑着："硬汉，我就喜欢硬汉！这样才有挑战性，刺激！够味儿！看来这些雕虫小技，你都已经有免疫力了。"

小庄睁开眼，冷汗在冒着，但是还是咬牙不吭声。

大胡子拿起一把匕首："如果我阉了你，不知道你还是不是硬汉？"

小庄注视着匕首，匕首雪亮，他的冷汗在不断地流。

大胡子笑着："硬汉，想不想成为东方不败？"

小庄注视着匕首，咬紧了牙关。

另一个房间里，蒙面人坐在沙发上，马玲抱着膝盖坐在角落，她泪流满面："你们想要什么？"

蒙面人冷冷地说："我们跟你父亲有杀身仇恨！他杀了我们……"

"别跟我扯淡！人为财死，鸟为食亡！这个道理我从小就懂！"她不耐烦地看着蒙面人，"快说！你们要多少钱？"

"你不愧是马世昌的女儿，有胆识啊！"

"直接说！用不着跟我废话！五百万？不用惊动我爸爸，我直接给你！"

"两千万！"

"你倒是狮子张大嘴，你们有命花吗？"

"那是我们的事。"

"好，我给你们三千万！"

蒙面人一愣，站起来："你说什么？"

"没听懂吗？我给你们三千万！但是有一个条件！"

"你说？"

"跟我一起被抓住的，是我男人！他要是少一根头发，我就会咬舌头自杀！你们一个子儿也甭想要！而且就算跑到天涯海角，我爸和我三哥也不会放过你！"

蒙面人看着马玲。马玲抬眼："我说到做到！你们可以试试看！只要我自杀，你们——

还有你们全家，甚至是你们家的狗———个都活不了！"

蒙面人抓起对讲机："听着，不能伤害他！"

地下室里，大胡子已经举起刀子，对讲机里传来蒙面人的话，大胡子拿起对讲机，不相信地问："你说什么？"

"不能伤害他！立即放下来，带他过来！"

小庄慢慢睁开眼。

大胡子看着小庄，悻悻地放下刀子。

马玲还坐在角落，默默流泪，但是没有胆怯。蒙面人看着她，在抽烟。

门开了。遍体鳞伤的小庄被大胡子丢进来。

马玲站起来："小庄！"

小庄倒在地上。

马玲急忙抱起他："小庄！小庄！你们这群浑蛋！浑蛋！我会宰了你们！"

小庄睁开眼："不要跟他们冲突，保住你自己。"

"他们不敢杀我！我爸爸会宰了他们的！要钱而已，一群窝囊废！"

蒙面人站起来，拿起 56 冲锋枪："你们什么时候认识的？"

马玲怒视着他："这他妈的跟你有什么关系？"

蒙面人看看大胡子，两个人转身出去了。

小庄看着他们出去，脸上逐渐恢复了平静。

马玲还在骂着："浑蛋！窝囊废！胆小鬼！有本事去对付我爸爸！对付我哥哥！抓我一个女孩子，算什么本事！你们不就是想要钱吗？我给你们——"

别墅院内，一张《人民公安报》挡住了一个白色西服的男人的脸，他拿着咖啡喝着。

蒙面人走过来，摘下面罩。

《人民公安报》放下来，露出年轻时的马云飞的脸："把他们带过来吧。"

"是！"两人又转身去了。

房间里，马玲还抱着小庄。

小庄遍体鳞伤，下意识地要躲开马玲抚摸自己脸的手。马玲泪盈盈看着他，一把把他抱在怀里。

蒙面人和大胡子持枪进来，拉起两个人就拖出去。

马玲叫着："小庄——小庄——"

小庄不吭声，被大胡子夹着往外带出去。

小庄和马玲被带出来，推倒在地上。

大胡子拿起冲锋枪上膛，对准了小庄："我再问一次——谁派你来的？"

"爱！"

"小庄……"马玲眼泪哗啦啦地流着。

"你再说一遍？"

小庄怒吼："因为——爱！"他怒视着大胡子，在心里默默地说，"我是因为对苗连的爱，才来的。"

马玲哭出声来："我没想到，我真的没想到啊，小庄……"

大胡子冷笑："那就让你在地狱里面爱吧！"

小庄怒视他："会有人给我报仇的——你会死得很惨！"

马玲哭喊着："小庄——浑蛋！你们杀了他，我就自杀——"

蒙面人拉住了马玲："动手！"

大胡子拿起冲锋枪，扣动扳机。哒哒哒哒……弹壳在飞舞着。小庄眼睛都不眨一下。

马玲尖叫着："啊——"她咬了蒙面人一口。蒙面人叫了一下，松开手。马玲扑过去，抱住了小庄。

枪声平息了，枪口还在冒烟。大胡子放下冲锋枪，笑了笑："这倒是我看得起的姑爷，有胆色！"

小庄没有表情，冷冷看着他。马玲抱着小庄，头埋在他的怀里哆嗦着。

啪！啪！啪！清晰的掌声传来。

小庄抬起头。马云飞从阳台上站出来，看着下面笑："玲玲，你上哪儿找来这么个John Rambo？"

马玲颤抖着抬头："三哥？你浑蛋！"

小庄推开马玲，站起来。

马云飞笑着："你是小庄？"

"对。"

"什么路子？"

"单干户——既然她没事，我告辞了！"

马玲喊："小庄，你去哪儿？"

小庄脱掉血污的外衣丢在地上："大路朝天，各走一边——我走了！"

"你站住！你干吗去？"

"小庄！"马云飞喊。

小庄站住。

马云飞跳下来，稳稳落地。他拉起马玲，转向小庄："我们马家一向是做人第一，赚钱第二。你是单干户，很不容易，生活上一定有困难。你救了我妹妹，我们马家要感谢你。"

"这是我自愿的，不是你们花钱雇我的。所以，我不需要。"

"那你要什么？"

小庄转身。他看看马玲，马玲期待地看着他，嘴唇翕动低声说："带我走！"

小庄又看着马云飞："我要你们保护好她，她是干净的，不属于我们的世界。再见。"他转身就走。

小庄头也不回，继续走向门口。

马玲恶狠狠看着马云飞："是你把他逼走的！你侮辱了他！"

马云飞面无表情地说："江湖很复杂，这都是为了你好。"

"你滚开！我不想再见到你，别拦我啊！敢拦我，我就咬舌头自杀！小庄——"她转身追出去。

手下都看马云飞。马云飞看看他们："愣着干什么？跟上去，保护小姐！别跟得太紧，她的脾气闹不好真敢自杀！但是你们给我看准了——这次要是再出事，我要你们的脑袋！"

大胡子等急忙跟上去。

马云飞苦笑一下："问世间情为何物？——我们撤，这个安全点作废了。"

3

马家书房。

马世昌看着小庄跟马玲在一起走的偷拍照片。马云飞站在一边。

马世昌放下照片："这个人的底细查清楚没有？"

马云飞递给马世昌一张 A 级通缉令。马世昌看着通缉令，念出来："小庄，20 岁……父母离异，15 岁参军……这么小？曾经在解放军东北战区某侦察大队服役，后因持枪威胁指导员被开除军籍。18 岁成为职业杀手，因其凶狠狡诈，得绰号'西伯利亚狼'……我们以前怎么没听说过这个'西伯利亚狼'？"

"跟我们在东北的朋友核实一下。这样的胆色和身手，只能是侦察部队或者特种部队出来的。老钱那边有什么线索没有？"

"没有，他儿子到现在都没有下落。他也没办法找我们要人，因为这不关我们的事。"

"尽快查查，他的儿子到底怎么了。活要见人，死要见尸。"

"嗯，我会去办。"

"这个小庄——我们要注意观察，如果他是可用之才，未必不能成为个好帮手。"

"我们需要考验他。"

"那你就安排吧。玲玲这个孩子让我操心啊！我想给她找个不是这行的，结果倒好，她自己跟了个单干户！还是娇惯的啊！"

马云飞苦笑："感情的事情，谁也说不准。如果考察清楚了，这个小庄倒真是个人才。玲玲的性格你也知道，要是这样的话，我们也只能顺水推舟了。"

"一个原则——他的手上，一定要见警察的血！"

4

这是一幢深山里的别墅。保镖们虎视眈眈地散立在四周。

车子开来，在别墅门口停下。几人下车，跟着马云飞走了进去。

马世昌坐在典雅的平台上，三人过去，停下。马云飞上前两步："爸爸，这就是小庄。"

小庄不吭声。

马玲在旁边笑："爸，他救了我。"

"我知道。"

"他功夫可好了！枪法也好！他……他还爱我！"

"我也知道。"

马玲拽小庄："叫人啊？那是我爸！"

"马先生，你好。"

马世昌笑笑："年轻人的感情，我一向是顺其自然的。你的情况我都知道了，东北战区东北虎侦察大队的侦察兵出身，这一点我们有些相似。我也曾经在部队干过，不过是在境外的民族武装，最后当了参谋长。"

"你是前辈。"

马玲瞪他："你就不会说点好听的？"

马世昌不介意："我喜欢有个性的男孩子，有个性才能办大事！一天到晚溜须拍马，能成什么气候！"

马玲笑："爸，你真好！"

马世昌起身，笑："少拍我马屁！你放心，我不会杀他的！"

小庄淡淡一笑："那也得能杀得了啊？"

马世昌的眼中露出一丝凶光。马玲赶紧说："爸！我可跟了他啊！他活我也活，他死我也死！"

马世昌苦笑："你啊，笨丫头！我怎么可能真的杀他呢？我想的是，他能不能留下来，在我们这里做事！这样，你们不就是真的在一起了吗？"

小庄看着他："马先生，我独来独往惯了，恐怕不适合在你手下打工。"

马世昌笑笑，指着马玲："你爱她吗？直接回答我。"

"爱。"

"好，我可以告诉你，我尊重你的选择，同时也希望你留下。你还是自由的，不会有人命令你。马玲是我唯一的女儿！我会尊重她自己的选择，虽然我不希望她找个杀手！但是她既然选择了，我就尊重她！我希望，你也尊重我，毕竟我是她的父亲，对吗？"

"是。"

"所以，你留下——我知道你从小父母离异，性格孤僻。马玲是你的爱人，我就是你的准岳父。对吗？"

"对。"

"留下，帮我。这不是马世昌跟你说话，是你的准岳父请你。"

小庄不吭声。

马玲拽拽小庄："真的，我爸挺好的。我不骗你！"

"我……"

"我会给你我的爱，如同我爱我的女儿和儿子。"

小庄看着老头："那我试试看。"

马玲高兴地说："太好了太好了！今天晚上要好好吃一顿，庆祝庆祝！我去安排！"

马世昌笑笑："我们离开这儿，这儿不能再用了。"

马玲睁大了眼："买了那么多别墅，每个都来一次就不用了。你干吗用啊？"

马世昌哈哈大笑："你懂什么？这叫投资！房地产，是升值的！"

"切！还不是怕警察抓你吗？"

马世昌哈哈大笑："警察？抓得了我吗？"

小庄看着马世昌。马玲很开心地靠在小庄的身上。马云飞走到小庄跟前："怎么？这就过关了？我的妹妹，就这么要嫁给你了？"

小庄看着他。马云飞露出笑容，伸手："正式自我介绍——马云飞，马玲的三哥。玲玲，他是不是该叫我三哥啊？"

小庄嗫嚅一下："三哥……"

马云飞笑着跟他握手："都是江湖中人，不打不相识——我们走吧！车都安排好了！"

几人转身出去，上车。车驶离深山，驶向西南边陲的毒品重镇——远山镇。

5

远山镇，马家别墅的餐厅里，小庄和马世昌等人在吃饭。餐桌上的菜很丰盛。

马世昌严肃地看着小庄："你爱她？"

小庄坐在马世昌旁边："嗯。"

他旁边是马玲，一脸紧张。

马云飞坐在另外一边，再就是两个哥哥，都是彪形大汉，一看就是脑子不够数。

马世昌看着小庄："把你的手给我。"

小庄伸出右手。马世昌把自己的项链摘下来，放在小庄手里："这是她的母亲。"

小庄打开项链的鸡心坠子，里面是个恬静的女人的照片。

"戴上。"

小庄戴上项链。

"马玲是她唯一的女儿，也是她的心肝宝贝。戴上她，记住——她也会爱你的。小庄，这里就是你的家，我们都是你的亲人。"

"爸爸。"马玲含着眼泪。

小庄点点头，眼泪吧嗒下来。

马玲给他擦泪："第一次看见你哭啊？"

马云飞笑："男儿有泪不轻弹，只是未到伤心处嘛！小庄，欢迎你！"

马世昌笑着举起酒杯："今天晚上，就是欢迎你——而且，你们订婚了。"

马玲抬起一双泪眼："啊？爸——"

"不愿意啊？那我要回来！"马世昌伸手。

小庄赶紧摘，马玲按住他的手："傻啊你？谁说不愿意了，太震惊了——我要喝白酒！"

马家父子哈哈大笑。

小庄笑笑，重新整理好项链。

整个晚宴其乐融融，笑声不断。晚宴结束后，便各自散去。

马玲的房间里。马玲在擦面膜。小庄站在窗前，从窗帘缝隙看着外面。

马玲催他："哎呀！还愣着干什么？洗澡去啊！"

"今天我还是睡沙发。"

"干吗？我们不是刚刚订婚了吗？"

"还没领证呢。"

"你脑子真傻了啊？领什么证？"

马玲哭笑不得："你是通缉犯，我是毒枭的女儿！我们去哪个街道办事处领证啊？"

"我们可以去境外注册。"

马玲哼了一声："死脑筋！"

"我当兵出身的。"

"我爸也当兵出身的，他怎么娶过六个老婆，有无数情人啊！"

"不一样，我是解放军，他是民族武装。"

马玲眨巴眼："那我就纳闷儿了，你要真那么规矩——怎么会当职业杀手的？"

小庄回头，目光很冷。马玲吓了一跳："我错了，不该问的不问——你教育过我的。"

小庄没说话，继续往外观察。

敲门声突然响起，伴着马云飞的声音："睡了没？"

马玲高声回答："睡了——在床上呢——"

马云飞笑道："叫妹夫穿好衣服出来，带上他的枪。"

小庄愣了一下。

"干吗啊？大半夜的！"马玲有些不乐意。

"有个小忙，让他去一下。"

"动枪动炮的，还小忙呢！不去，明天再说！"

"这是老爸的命令。"

小庄低头想想，还是拿起自己的手枪检查一下拢上。

马玲看着他："你小心点啊。"

小庄回头："先睡吧，一会儿就回来。"

马云飞笑笑："打扰你好事了，我妹妹能对你服服帖帖的，连我都没想到。"

"走吧，什么事儿？"

"处决一个警察。"

小庄愣了一下："处决警察？"

"嗯，被我们抓来的警察。"

小庄笑了一下："是吗？我最恨警察！"

马云飞笑笑，拍拍他的肩膀："走，你去解决他！"

小庄拿出手枪，准备上膛。

"不着急，枪先给我——你在前面走。"

小庄把手枪给他，转身在前面走。

马云飞在后面拿着手枪，退下弹匣看了看，接着哗啦拉开枪栓。他提着手枪，虎视眈眈看着小庄的背影。

小庄听见了，但是没有停步，若无其事地继续走着。

马云飞虎视眈眈地跟着小庄。

两人上车，车高速驶走。

山林。十几个杀手拿着火把等待着。中间是戴着头套坐在地上的苗连。

一辆陆地巡洋舰开来。小庄下车，后面跟着提着手枪的马云飞。小庄走向那个俘虏。

马云飞使了一个眼色。几个杀手的冲锋枪对准了小庄。

小庄走到俘虏跟前："就是他？"

苗连听到熟悉的声音，愣住了。

马云飞笑笑："对，他是警察的侦察科长。"

小庄点点头。

马云飞挥挥手："打开他的头套，这是个好汉——他应该知道是谁杀了他。"

小庄伸手抓开苗连的头套。苗连的脸露出来。

火把映照下，小庄的脸没有表情。苗连的脸也没有表情。

马云飞冷冷地看着。

小庄蹲下，仔细看着苗连，久久无语。苗连一口唾沫吐在他的脸上："狗杂种！兔崽子！来啊，动手啊！杀了爷爷，20年后还是一条好汉！"

杀手们举起冲锋枪对准小庄。

苗连怒骂："来啊！动手啊！来，别他妈的手软！爷爷今天就是变成鬼——也不能饶过你们！"

小庄静静看着苗连："警察，你的死期到了！"

苗连冷笑："把爷爷的手解开！爷爷不要死了还被绑着！"

马云飞冲手下努努嘴，一个杀手拿起匕首解开了苗连的绳子。

苗连活动活动手腕，盘腿坐好，面对小庄冷笑："动手。"

小庄还是蹲着，看着苗连，没有表情。

苗连一把撕开了自己血污的衣服，指着自己的心口："动手！朝这儿打！"

小庄慢慢起身，伸出右手："给我枪。"

马云飞把小庄的枪递给他，自己也拔出手枪上膛，对准小庄的后脑。

小庄拿着手枪，检查一下。苗连怒视小庄："狗崽子！别打歪了，让爷爷受罪！"

小庄慢慢地举起手枪，他的眼，酝酿着火焰。他的枪口，对准了苗连的心脏。

小庄看着苗连："踏上这条不归路，我别无退路！警察，走好……"

苗连平静地看着他，露出笑容。

小庄果断扣动扳机。砰！子弹准确地打中了苗连的心口，他仰面栽倒。

马云飞放下手枪，周围的杀手也放下冲锋枪。

苗连躺在地上，胸口的伤口在冒血。

小庄慢慢转身，把枪递给马云飞。马云飞笑笑："不用了，你拿着吧。"

小庄看着他，很久，把手枪退膛插进枪套："完了吗？"

"完了。"

"我回去睡觉了。"

马云飞笑笑："送姑爷回去！"

两个杀手打开车门，小庄上车，车开走了。

一个杀手问马云飞："他怎么办？丢在这里喂狗吗？"

马云飞笑笑："不，派两个人，丢到县公安局门口。告诉他们，来多少杀多少！"

杀手们拖起苗连的尸体，拿塑料布裹好，丢到车上走了。

马云飞笑笑："西伯利亚狼，不错！杀人不眨眼——有胆色！"

6

马玲穿着睡裙在餐厅吃早餐，她一边吃一边看着境外的娱乐节目，不时笑得前仰后合。

小庄走出来，脸色很难看。

"你起来了？爸爸和哥哥都出去办事了，让你今天好好休息休息。我陪你出去转转，宋妈——拿早餐！"

小庄走到餐桌前，拿起遥控器换台。

"哎呀！我正看得好好的啊——"

小庄换到了省台，早间新闻。

"看这个干吗？多无聊啊——"

小庄看着电视。播音员在播着新闻："本台最新消息，一名缉毒警官的遗体昨天晚间被发现抛弃在远山县公安局门口。据警方新闻发言人透露：苗姓警官是一月前在远山镇附近失踪并遇害的……"

画面上出现苗连的警服照片，然后是抛尸现场。

小庄默默看着："是我杀的。"

马玲看看电视，又看看小庄，不吭声了。

小庄没有表情地看着。他脑里电光火石地一闪，唰——他回到了侦察连的靶场。

侦察连列兵小庄举枪射击，人体靶心脏位置被打了几个弹洞。

苗连站在他的身后："打得不错，但是以后不要打心脏。"

小庄纳闷儿："为什么？"

苗连笑笑指着自己的心脏："因为打心脏未必致命。有的人心脏在右边，比如我，我的心脏在右边，不在左边。"

小庄点点头，再次举枪，随着一串枪响，人体靶人头被打烂了……

小庄失神地想着。马玲走过来，抚摸着他的肩膀，从后面抱住他："别想了，你就是干这个的！"

小庄闭上眼，长出一口气："没事，我习惯了……今天早餐吃什么？"

马玲笑："你想吃什么就有什么！"

"我们去哪儿玩？"

马玲还是笑："你想去哪儿玩就去哪儿玩！"

宋妈把早餐端来了。小庄笑笑，开始吃早餐。

山上。

马玲打扮得很漂亮，她摆着姿势。小庄挎着56冲锋枪在拍照："好，左边一点——再左边一点——"

相机的镜头里，马玲身后就是远山镇。

咔嚓，咔嚓，咔嚓。

山路上。

马玲拿着一把56冲锋枪摆出造型："像不像你们的女兵？"

小庄笑笑："像！你再低一点就更像！"

马玲弯下腰拿着冲锋枪做出冲锋状："这样吗？"

小庄拿起照相机："对，这样。"

相机镜头里，马玲身后的山路一览无遗。

咔嚓，咔嚓，咔嚓。

山路，陆地巡洋舰在急驰，坐在车里的马玲欢歌笑语。

小庄带着笑容注视着四周，墨镜挡住了他的眼。

获得马家集团的信任以后，小庄顺利地开展了侦察工作，时间过得很快，转眼间两个月就过去了，远山镇的地形地貌、战略要点、毒品和枪械集散地等，都逐渐被他掌握……

7

026仓库。

空降鸡毛都长全了，它身边跟着一群毛茸茸的小鸡，叽叽喳喳地乱跑。

伤愈归队的五名特战队员背着背囊站在这群鸡跟前，都傻眼了。邓振华震惊地说："我们换番号了？难道026仓库改026农场了？"

史大凡嘿嘿笑："我们的战略空降鸡，生了一群战略小鸡。"

耿继辉苦笑："看来是没办法留下了——这群小鸡，送给老乡吧！"

老炮指着空降鸡："那它呢？"

强子笑笑："留下吧——关在炊事班，不能出来乱跑了。"

耿继辉挥挥手："先回宿舍把东西放下吧。"

几人向着宿舍走去。哗啦啦，队员们开始收拾铺盖。

老炮看着小庄的空床默然，强子走过来："小庄看来是单独执行任务去了。"

"别担心了，他一向机灵。这次也不会有事的。"

老炮点点头。

耿继辉一边收拾一边说："收拾好以后，我们去武器库领装备。今天晚上我们就进入战斗值班，A组已经连续值班两个多月了，也该休息休息了。"

战斗警报突然拉响。

大家都愣了一下，随即冲出去。

院子里，B组空手跑出来。A组全副武装跑出来。两个小组在门口列队。

高中队看看B组。

耿继辉立正："报告，我们刚回来，还没来得及取武器。"

"你们回来先干什么了？"

"收拾宿舍，打扫卫生……报告，我们错了。"

高中队冷冷地看着他们："特战队员，伤愈归队的第一件事——取回自己的武器，随时准备战斗！"

"是！"

"今天没时间修理你们了，有紧急任务。因为你们的不职业，所以要浪费我们15分钟时间！取自己的武器和装备，然后跑步到机场，直升机等着。快！"

B组转身就跑向武器库。

与此同时，边防武警部队驻地的战斗警报也在凌厉拉响。

车场，人声鼎沸，到处都在集合登车。

小影和小菲跟着卫生员冲出来，迅速上车。小菲看着周围，有点晕："真的要上去了！"

小影伸手拉她："上来吧！你怎么知道？"

小菲上车："看干部的发型——都是光头！"

小影从车上探头看去，跑着的机关干部们戴上钢盔，真的是光头："看来是真的了……"

乔班长跑过来，看着女兵们，他好似有千言万语，却只说了一句话："记住——战争，就是流血的训练！"

他转身到前面上车走了。

车队开始出发。

中华利剑行动——围剿远山镇，正式开始。

8

马家餐厅里，小庄跟马家父子在吃饭，马玲坐在旁边。

马云飞看了一眼马玲："你吃完了吗？"

"完了啊？"

“你先上楼去吧。”

“干吗？”

小庄看看她：“去吧，我们要谈事情。”

马云飞看小庄：“你也跟着她上去吧。”

小庄看看他，起身带着马玲上楼去了。

马云飞看着他们消失了，对父亲和兄弟们说：“根据我们的情报，边防武警又开始进行野营拉练演习了。”

马家老大说：“三个月，他们已经野营拉练演习二十多次了。”

老二也说：“这有什么新鲜的吗？我们的关系不是说了吗，边防武警部队在响应号召，加强训练。”

马云飞摇摇头：“我有一种不好的预感，这次恐怕是对着我们来的。”

马世昌不吭声，在思索着。

马云飞抬眼：“这次虽然表面看上去没有什么不一样，但是我们的线报说，部分边防武警部队的军官在出发前理成了光头。我怀疑……”

马世昌的眼一亮，他起身：“我去打个电话。”

马玲的房间里，小庄在窗前看着外面的远山镇。

马玲过来：“你怎么了？”

小庄低头想想：“你今天有什么安排？”

“你呢？想去哪儿玩？”

小庄笑笑：“我们去山上玩吧。”

“又上山玩？两个月，你都玩了多少次了！你不腻吗？”

“我喜欢山。”

马玲赶紧改口：“我也喜欢，那我去换衣服！”

她转身就去换衣服。

小庄看着远山镇，淡淡一笑：“大限来临。”

马世昌上楼，进了书房，他走到桌前打开抽屉，拿出一个包打开，里面是无数张手机卡，下面写着编号。

他拿出 001 号，插入手机开机，拨着电话。

省城某间豪华的办公室里，桌子上的手机响了。领导去接：“喂？”

马世昌的声音传来：“我这边有云，是不是要变天了？”

“没有，我这边晴天。如果变天，我会告诉你。”

“好，辛苦。”

电话挂了。

领导放下电话，看着旁边的逮捕证，拿起笔来签字。

手铐丢在桌子上。他抬眼。苗连站在他的面前：“自己戴上吧——为了俩臭钱，你就把自己彻底给卖了？"

马家餐厅。马世昌心平气和地下楼。三兄弟都看着他。马世昌笑笑："我的关系告诉我——晴天。"

马云飞的眼里还是有一丝疑惑。

窗外车响，马云飞起身。

小庄在发动汽车，穿着野营装束的马玲跑过来上车。

小庄开车走了。

马云飞看着，在想什么。马世昌过来，问："怎么了？"

"他们又上山玩去了？"

"喜欢游山玩水，没什么坏处。"

"我觉得不对劲，我要跟上去看看。"

马世昌笑笑："你去吧。"

马云飞转身匆匆出去。

马世昌苦笑："小三啊，连我的关系都信不过了！不过也好，多个心眼儿没坏处！"

9

山上的灌木丛中，穿着吉利服的邓振华手持伪装过的88狙击步枪，眼贴在瞄准镜上："西伯利亚狼上山了，旁边是布谷鸟。完毕。"

史大凡卧在旁边拿着激光测距仪："等等，后面还跟着一辆车……是二号目标，他跟着上山了！杀手三名，携带长枪。完毕。"

山窝里，高中队看着打开的笔记本电脑："我看见了——踏破铁鞋无觅处，得来全不费功夫！既然来了，就没有走的道理！A组，无声战斗；B组，按计划接应！完毕。"

马达回话："收到，完毕。"

耿继辉回话："收到，完毕。"

高中队转换无线电频率："一号，我是野狼。发生了突发情况，建议采取二号作战方案，白天强攻远山镇……"

山路边的灌木丛，耿继辉慢慢旋上手枪的消音器，老炮和史大凡亦然。

他们在静静等待。

小庄的陆地巡洋舰越来越近。

车内，小庄开着车，墨镜下的脸没有表情。马玲在嚼饼干，塞给小庄嘴里一块。

小庄叼住了，看着马玲。马玲看他："怎么了？我今天有什么不对吗？"

"你相信我吗？"

马玲点头："嗯。"

"无论什么时候？"

"嗯，我一切行动听指挥嘛！"

335

"那好，把你的枪给我。"

"你不是带着枪吗？"

小庄伸手："我看看你的枪。"

马玲拔出手枪，递给他。小庄接过手枪，一下子退出弹匣。

马玲纳闷儿："怎么了？"

"女孩子，不该玩枪。"

"你不是还教我打枪吗？"

"那是教你游戏，不是教你打仗。"他说着打开车窗，把枪丢了出去。

枪掉在了车外。

耿继辉在草丛中低声道："信号！动手！"

小庄一脚刹车。马玲纳闷儿："干吗啊？在这儿停车？"

小庄看着她，摘下墨镜。马玲也看着他："你怎么了？怎么这样看着我？"

小庄没有说话。几个影子在瞬间出现在周围，枪口指着马玲。马玲大惊失色："啊——"

小庄按住马玲："听话，别动！"

马玲诧异地看着他，逐渐明白过来，她抽了小庄一个耳光："你浑蛋！骗子！"

小庄没有表情。

强子拉开车门，拽着马玲下车："控制！"

小庄下车。

下面的山路，陆地巡洋舰摇摇晃晃，马云飞眼一亮："不好，有埋伏！"

山头上的邓振华扣动扳机，子弹从长筒消音器飞出去。司机头部中弹，歪在方向盘上。马云飞大惊失色，急忙拉住手刹。

车停下。

马云飞拔出手枪上膛。四面八方跳出来手持消音器手枪的 A 组队员。后座的两个枪手拿起冲锋枪，土狼等队员冷酷射击。噗噗！噗噗！枪手爆头，胸部中弹。

马云飞试图射击。马达一枪打在马云飞的手腕上，马云飞惨叫着，手枪掉了。马达一把拽住马云飞的衣领子，直接将他从车里拽到地面上按住了他："控制！"

山路上，马玲被强子死死按住，上了手铐。小庄无言注视着她。

强子把马玲拽起来："走！"

马玲怒视小庄："浑蛋——"

小庄喃喃地说："她不是毒枭。"

"我们都知道。"耿继辉说。

老炮拍拍小庄的肩膀："干得不错。"

耿继辉挥挥手："把车开走——隐蔽起来！"

老炮上去开车。

耿继辉举起右拳："西伯利亚狼，欢迎归队！"

小庄笑笑，举起右拳。

两个拳头撞击在一起。

马云飞被 A 组拖上山来，他怒视小庄："我早该想到你是个卧底——"

小庄冷冷看着他。

马达和土狼拽着马云飞，将他往树林里拖。

耿继辉拍拍小庄："走——我们要做好战斗准备，要提前发动总攻了！"

小庄跟着他们跑向树林。

小庄在林子里换好迷彩服，他接过自己的战术背心和武器匆忙披挂，戴上无线电耳麦。

马玲被带过来，她愣愣地看着小庄。小庄抬头，无言，挎上 56-1 冲锋枪的三点战术枪带。

马玲慢慢流出眼泪："你说你爱我……"

"我爱我的国家，我的军队。"

马玲哭出来："那你都是骗我的……我不信，我不信！"

小庄注视着她："对不起，我是特种兵。"

马玲绝望地哭着："我……恨你……"

小庄把鲜艳的国旗臂章贴在自己胸前的战术背心上："对不起，我爱我的国家。"

马玲看着那面国旗发愣。

马云飞被拖过来，他的手受伤了所以没戴手铐，右手手腕经过了简单包扎，他怒视小庄。

马玲看着马云飞，哭着喊："三哥，对不起……"

马云飞的左手突然一甩，一把袖珍手枪从袖子里滑到左手，他举起来对准小庄。

马玲尖叫着："不要——"她扑上去挡在小庄的身前。

马云飞扣动扳机。

砰！马玲软软倒在小庄的怀里，胸前一片血。

马云飞傻眼了。耿继辉一把抢过他的袖珍手枪。马达和土狼冲上去，把马云飞压倒在地死死按住。

高中队飞跑过来："谁打枪？卫生员！马上到这边来——"

马玲躺在小庄的怀里，呼吸急促："小庄……我……"

小庄拿着急救包按住马玲的伤口："你不要说话！不要说话！"

马玲的眼泪慢慢流下来："你……能……吻我一下吗？"

"你不要说话！你没事的！不要说话——"

马玲带着含泪的微笑哀求着："吻我一下……好吗……就一下……"

小庄看着马玲惨白的脸，他俯下脸，在她的额头吻了一下。

马玲笑了："这颗子弹……我挡得值了……"她头一歪，眼闭上了。

史大凡飞奔过来："都闪开——交给我——"

小庄被耿继辉和强子拽起来，马玲被史大凡接手开始抢救。马玲闭着眼，脸色惨白，嘴角带着微笑。

小庄默默看着："马玲，对不起……"

耿继辉把小庄拉开："你不能看着——到那边去！"

小庄被强子和老炮推开了，他的眼泪终于夺眶而出。

高中队对着电台："一号！紧急情况！立即封锁边境，发动总攻！重复一遍，立即封锁边境，发动总攻！……"

数千名参战官兵伴随着命令的下达，冲向了远山镇……

武警装甲车、武警部队如同利剑一般进入远山镇……

10

马家别墅。孤狼突击队靠在了高墙边。老炮在墙上安装炸药，拿起引爆器退后："引爆！"

队员们蹲下，遮住自己的脑袋。

老炮按下按钮。

轰！高墙被炸开一个缺口。

A组和B组从缺口冲进去，小庄一马当先："跟着我——"他持枪速射，扫射冲出来的杀手。

高中队怒吼："A组，扫荡鼠辈——B组，抓捕一号目标——"

A组突击队员在马达带领下射击。B组冲向别墅。

小庄一个箭步上了台阶，他带着B组队员冲进别墅客厅："中国陆军——"

马世昌看着小庄："特种部队？"

小庄怒视他。

强子怒吼："算你有眼色！老头，给我趴下！"

老马冷笑："我在国际刑警红色通缉令排行榜上不是榜眼也是探花，你们抓我可以，对我客气点！"

"客气你个蛋啊！"强子一枪托将他砸倒，一脚踩上他的胸脯，拿着步枪对着他的脑袋怒吼，"手放在我看得见的地方！不然我一枪打死你——"

老马惊恐地看着他："别杀我，我所有的钱都给你……"

强子鄙夷地说："谁他妈的要你的臭钱！"

耿继辉举着枪对着耳麦："一号目标抓获！一号目标抓获！立即带走！完毕。"

强子和老炮拽起马世昌，队员们带着他往外冲，小庄在前面带路。

别墅外，一辆装甲车开来，车上的武警跳下来："快！带走人犯！"

小庄把马世昌拽过来，丢给武警："交给你们了！"

马世昌看着小庄："我给了你女儿！给了你我的爱！你却这样报答我？"

小庄指着自己胸前的国旗："睁大你的眼睛看清楚——这是我的信仰！"

马世昌被武警们抓上装甲车，门关上，装甲车开走。

高中队挥挥手："A组，左翼！B组，右翼！帮助兄弟部队，给我平了这个远山镇！"

队员们回答着，迅速更换弹匣，分成两路插入街道。

激烈的战斗还在街巷中进行着，小庄等B组队员快速推进。

楼里的一个机枪手正在射击。几个冲在开阔处的武警战士遭到扫射，中弹倒地。周围的武警战士们火力压制，高喊着拖着战友隐蔽。

救护队跑过来。小影高喊："快——我们救人——"

一个伤员还暴露在开阔地，他拼命爬到一辆面包车后面。机枪手对着他射击，伤员腿部中弹，惨叫一声。

小影高喊："掩护我——"她手持药箱背着步枪，扶着沉重的钢盔跑向战地。

武警班长喊："火力掩护——"

武警们跳出来一阵密集射击。

B组队员们从街对面冲过来，小庄呆住了，视线里，小影扶着钢盔正跑过枪林弹雨。

耿继辉高喊："火力掩护她——"

队员们对着火力点密集射击。小庄手持冲锋枪二话不说纵身跃出，冲向小影。

小影跳过街上的障碍，冲向战友。机枪手还在哒哒哒地对着她扫射，子弹追着她的脚步。小庄把枪甩在身侧，用百米冲刺的速度冲向小影，他从侧面扑上来，纵身跃起，小影被他一把扑倒，跟着他滚翻到了面包车后。

小影抬起头："谢谢你……"她突然睁大了眼，"小庄？"

小庄摘下冲锋枪："快！救人，我掩护你——"他冲机枪手哒哒哒地射击。小影爬向战友，打开药箱进行抢救。

耿继辉高喊："孤狼B——同生共死！"

五名队员持枪冲出角落，对着机枪手一阵全自动密集扫射，快速持枪射击向小庄推进。

武警们密集射击，掩护五名队员。

五名队员推进到小庄附近，耿继辉高喊："投弹！"

他们同时左手拿出手雷扔出去，手雷如同垒球一样飞向机枪手所在的楼房，一串剧烈的爆炸后，机枪安静了。

"抢救伤员！"耿继辉冷静地指挥着。

邓振华、老炮和强子持枪警戒，史大凡冲向伤员，扛起他："我们走了！"

小影跟着伤员起身，小庄一把拉住她："你不要命了？"

"那是我的战友！"小影看着小庄坚定地说，"去做你的事，别管我——"她一把推开小庄，跑向扛着伤员撤退的史大凡。

小庄拿起冲锋枪快速更换弹匣上膛，跟着队友们警戒撤离，他不知道，下次再见小影会是什么时候……

11

丫头抱着米老鼠坐在自家别墅外的秋千上，看着笔记本电脑。她的眼泪默默地滑落。

丫头放下米老鼠，开始打字："小庄哥哥，这么多天，我没有跟你联系，是因为我不敢。我怕你生我的气，因为我不懂事。我终于知道，为什么你总是忘不了她……"

小庄家。小庄默默看着电脑，丫头的 QQ 在不断出字，他想了很久，终于拿起手机，拨通了丫头的电话。

　　街头，丫头站在街边，楚楚动人。

　　小庄的车急驰而来，停下。

　　丫头看着小庄下车，她跑过去，一把抱住了他。小庄僵硬地站着，慢慢抱住了丫头。丫头的眼泪流了出来："小庄哥哥，我喜欢你，我知道你吃了很多苦。我愿意跟你在一起，我不怕苦……"

　　小庄不说话，紧紧抱着她。他突然松开手，拉着丫头，上车。小庄开着车，一阵风驰，回到他租住的仓库。

　　他下车，丫头跟着下车，她好奇地打量着小庄的家。小庄一把拉过她，将她拉上楼。

　　丫头看着陌生的房间，又看看小庄，小庄默默地注视着她。丫头轻轻地贴上去，抱住小庄。小庄突然泪流满面，一把将她抱住。两人紧紧吻在一起，纠缠在一起。

　　小庄抱起丫头，旋转着倒在床上。

　　丫头闭着眼，任由小庄吻着……

第二十四章

1

邓振华和史大凡携带武器，小心翼翼地爬行上了山坡。马云飞的别墅在他们眼下一览无遗，楼顶有狙击手值班，毫无警惕地打着哈欠。

邓振华把巴雷特狙击步枪放在身边，拿起88狙击步枪旋上长筒消音器。

林地。耿继辉和大宝出现在灌木丛中。

大宝举起85狙击步枪，别墅出现在瞄准镜里，有散乱的保镖在运动。

耿继辉对着耳麦："收到。指挥组到位，完毕。"

大宝深呼吸，眨巴眨巴眼。耿继辉看他："你行不行？不行交给我。"

大宝稳定自己："没问题！"

耿继辉严肃地说："听着，你一定要击中目标！我不想让他受两次罪！"

"嗯。"耿继辉拿起56-1冲锋枪，慢慢旋上长筒消音器。

谷地。陆地巡洋舰高速开来，停在草丛中。野战装束的两个新人持枪下车，快速跑向山谷尽头。

新人甲边跑边对着耳麦说："突击组在到位，完毕——"

耿继辉的声音传来："你们抓紧时间，警察很快就到了！我们要赶在警察到来以前结束战斗，完毕！"

"收到，明白！"两个人飞速冲向山谷尽头。

他们卧倒在灌木丛中。新人甲拨开灌木丛，别墅出现在眼前。几个保镖在巡逻，聊着天。

"突击组到位！完毕。"

狙击阵地。邓振华抱着狙击枪："卫生员，报告目标排序。"

史大凡拿着激光测距仪："十点钟方向，542米，狙击手一名，可以射击。"

邓振华瞄准目标，稳稳扣动扳机。噗！子弹脱膛而出，狙击手在楼顶头部中弹，栽倒在狙击步枪边上。

"10环——十一点方向，332米，巡逻兵二人。"他放下激光测距仪，拿过88狙击步枪，"我左你右——准备。"

两个人各自瞄准目标，几乎同时开火。噗噗！两个别墅外的巡逻兵头部中弹倒地。

耿继辉拿着望远镜观察："突击组，前进障碍清除，抵近。完毕。"

"收到，完毕。"突击组两个新人起身，猫腰穿过杂草丛，持枪快速交叉掩护前进。

一间幽静的林间小屋里，马云飞看着监视器，监视器上，突击小组在抵近别墅。

马云飞露出笑容："现在，让你们自己尝尝滋味。"他端起啤酒，喝了一口。

山之巅，老炮神色复杂地拿着望远镜注视着下面，望远镜的镜头里，突击组在快速接近别墅——狙击小组在那边山头，指挥小组在林地外的灌木丛。

老炮放下望远镜："恶狼，他们在接近。完毕。"

另外一处山巅，强子手持85狙击步枪，对着两个突击组的新人："我看见了，标准双人战斗小组快速推进。你确定，我一定要这样做吗？完毕。"

"确定。完毕。"

强子叹息一声，慢慢拉开枪栓。他掉转枪口，对准了新人。他的虎口在慢慢加力……

同时，老炮也举起狙击步枪，他瞄准前面的第一突击手："恶狼，我打前，你打后。完毕。"

突击小组仍在接近别墅。迎面出现两个保镖。两个新人跃起，扣动扳机。噗噗！两个保镖中弹倒地。

"射击！"老炮对着耳麦喊。他随即扣动扳机。砰——

强子几乎同时扣动扳机。砰——

第一突击手腿部中弹，惨叫一声倒下。

第二突击手也是腿部中弹，惨叫倒下："队员受伤！有狙击手！"

耿继辉高喊："狙击手！找到狙击手！"

大宝在迅速寻找。邓振华也在迅速寻找。

史大凡纵身跃起，飞奔下山："掩护我！我去救人！"

强子掉转枪口，瞄准镜里面，戴着防弹头盔的史大凡在飞奔下山，他的瞄准镜对准了史大凡。

史大凡飞奔到那两个伤员跟前。迎面冲出来几个保镖。他和伤员一起射击，保镖们中弹倒地。

强子稳稳扣动扳机。砰——正在抢救伤员的史大凡头盔啪地炸开，随即后脑位置一团血炸开，他睁着眼，不相信地看着群山。

"卫生员——"邓振华惊呆了。他的视线里，史大凡咣当仰面栽倒，兜里的《七龙珠》掉出来，手松开了急救包。

伤员高喊："队员牺牲——队员牺牲——"

小屋里，马云飞喝了一口啤酒，看着监视器，露出冷笑。

耿继辉的脸色发白，望远镜从手里掉出来，嘴唇翕动着："卫生员……"

"我找到狙击手了！"大宝喊，他的瞄准镜镜头里，强子在提着狙击步枪转换阵地。

"森林狼，我找到狙击手了！"

"射击！"耿继辉愤怒地喊，"干掉他！"

大宝扣动扳机。砰——正在奔跑的强子腿部中弹，惨叫一声倒地："我被击中了！"

邓振华利索地取掉消音器，站起身举起狙击步枪："狗日的——"他连续扣动扳机。砰砰砰砰——强子在地上惨叫着，身上不断中弹，他在弹雨中抽搐着，倒下了。

老炮举起狙击步枪，瞄准了邓振华："伞兵，再见！"他果断扣动扳机。

邓振华刚刚找到老炮的位置，他瞄准镜的主观视线里，老炮的枪口一点火光。

"啊——"他惨叫一声，胸部中弹，子弹打穿胸膛，在后背炸开一团血。他惨叫着倒地，狙击步枪丢在一边。

"同生……共死……"邓振华的嘴唇翕动着，流出一团血。

马云飞看着，发出了爽朗的笑声。

"伞兵——我的弟兄们——"耿继辉一跃而起，手持冲锋枪冲过去。

大宝冷峻地找到老炮所在的位置，扣动扳机。砰——老炮左胸中弹，惨叫一声倒下了。

他丢掉狙击步枪，拼命地往后爬。大宝连续扣动扳机。子弹追着他打在石头上，老炮爬着，滚下了山坡。

耿继辉扭曲着脸，冲向伤员和卫生员的尸体。两个伤员仍在顽强地射击着，阻击冲锋的保镖……

2

警灯在闪烁，山谷里到处都是警车和警察。

耿继辉坐在地上脸色木然地抱着史大凡的尸体，史大凡的脑袋已经用厚厚的三角巾裹上，血渗透了白布。

浑身是血的强子躺在邓振华身边，脸上也盖着迷彩汗巾。

大宝手持 56-1 冲锋枪站在旁边，他血红着眼看着周围的警察："你们——不许靠近！"

李队长嘴唇翕动："我们只是想提供救护！"

大宝怒吼："滚开！我们现在不信任任何人——"

救护人员提着担架，快步跑过来。大宝举起冲锋枪哗啦拉开枪栓，对准靠近的救护人员："谁敢靠近我们 5 米以内，我就开枪——滚开——都滚开——"

两个伤员撑起身子，拿起冲锋枪拉开枪栓对着四周试图靠近的警察。

救护人员呆在原地。

"你们……不许靠近！我们现在……不信任任何人——"大宝流着眼泪大叫着，对着天空扣动扳机。

警察们不敢靠近。特警们默默地看着。特警甲一脸震撼："没想到，他这样死了！"

小蕾哭喊着跑过来："强队——强队——"

大宝举起冲锋枪，狰狞着满是眼泪的脸："不许靠近——"

黑鹰副组长一把抱住了她："不要过去！他们真的会开枪的！"

小蕾哭着对大宝喊："我是他的女人！"

"同生共死的兄弟，都能自相残杀！何况一个女人，滚开——滚开——"他嘶哑的声音变成了哭腔："滚开——你们都滚开——"

小蕾被两个特警抱着，冲不过来。

大宝泪流满面，手里的冲锋枪哆嗦着但是没有放低："你们谁也不许靠近！进5米内者——死——"

空中出现了陆航的直升机，马达声越来越近。

耿继辉的脸被直升机吹拂着，他仍一脸木然地抱着史大凡，抱得紧紧的。

邓振华脸上的迷彩汗巾被吹掉，露出死不瞑目的眼。

强子脸上的迷彩汗巾被吹掉，露出满是血污的脸。

警察们都蹲下或者卧倒，躲避直升机的气流。

大宝没有躲避，他绝望地哭出声来："啊——"

直升机降落了，舱门打开，六级士官马达第一个跳下来，手持武器的他顿时目瞪口呆："天啊——"他随即反应过来，快步跑过去。

四级士官土狼跳下来，看着现场愣住了。其余的老队员们也跳下来，都呆住了。陆军大校高大队最后一个下来，也傻眼了。

大宝哭着面对马达："你也……不许靠近……"

马达平静地看着他的枪口："士兵。"

大宝看着马达："我该相信谁？我该相信谁？他们都是我的偶像！都是我偶像——"

"相信我。"马达伸出手，"把枪给我，士兵。"

大宝很伤心很绝望地哭着，慢慢放下枪口，跪在地上声嘶力竭地吼："啊——"

马达慢慢伸手接过他的冲锋枪。

李队长在那边跟高大队说着："……我们到了这里，现场就是这样了。"

高大队默默地看着："我的人，交给我处理。"

"一天是狼牙，终身是狼牙——交给我们处理。"他不由分说地挥挥手，土狼等几个老队员飞奔过去，分开人群，扛起三具尸体跑回直升机。

小蕾哭喊着："强队——"

强子趴在土狼的肩膀上，随着跑动晃动着，被扛上了直升机。

大宝趴在地上抓着地面绝望地哭着："啊——"

马达默默地站起来："抢救伤员！"

A组的老鸟们拿着折叠担架飞奔下来，把伤员放在了担架上，抬上了直升机。

"他们……需要输血。"李队长一脸黯然地说。

高大队不看他："送他们去最近的军医院，我现在不信任除了军队外的任何人！"

直升机起飞了。

高大队、马达和A组的老鸟们留下。

马达慢慢抱起大宝，大宝哭着看着他："灰狼……"

马达轻轻拍着他的肩膀，说不出话来。

高大队走到还木然地坐在地上的耿继辉跟前："少校。"

耿继辉抬起木然的眼："高大队……"

"起立。"

耿继辉慢慢站起来。

"你是孤狼特别突击队队长，我们现在面临严峻局面。A组跟我已经抵达现场，你是否可以继续参与指挥？"

耿继辉长出一口气："我能。"

"那就参与指挥，解散。"

耿继辉的眼泪终于流了下来。

高大队回头："好了，现在这个事件以我们为主！死了我们的人，我们要血债血还，穷追到底！警队谁是头儿？"

李队长上前一步："我是现场警衔最高的警官。"

高大队指着他："现在开始，你听我指挥。"

"可是我们……局长……你最好打个招呼……"

"我战区司令部情报部、政治部、保卫部会和公安部联系，1个小时内会有正式公函给你们局领导。案子的性质变了。这是多名现役军人被谋杀，不再是单纯的警察行动，属于军方侦察和军事行动。我们接手。"

"是。"

"把你的人解散，去勘查现场。看看能不能找到蛛丝马迹，我的人要开会。解散。"

李队长敬礼："是，首长。"

警察们陆续散开。

高大队看着自己的队员们："我们要找到他，然后干掉他！——血债血还！"

队员们举起武器高喊："血债血还！"

他们的眼，已经燃烧着愤怒。

3

小庄家。丫头在收拾屋子。小庄坐在窗前，想事情。

两辆陆地巡洋舰径直开来，他一愣，随即紧张起来，他站起身，匆忙下楼。

丫头回头："怎么了？"

"有人来找我！"

"嗯？"

小庄已经开门了。

马达跟着黑鹰副组长下车，后面是土狼等老队员，都是四级以上老士官。

小庄傻在门口："灰狼？怎么了这是？你们怎么来了？"

马达伸手招他过来："你熟悉规定，转身。"

小庄傻眼了，转身双手放在墙上，两腿分开。

马达很细致地搜身。小庄转过来："怎么了？"

副组长无言，拿出搜查令。

"为什么？你们要搜查我的家？"

"这是我们的公务。"他说着就进去了。

马达匆匆进来，他突然呆住了。小庄家四周的墙上都是孤狼特别突击队的大照片。他看着这些照片："你一直活在过去的回忆中？"

小庄被土狼推进来，站在原地没有出声。

丫头从二楼探头出来："这是怎么了？你们是谁啊？"

马达抬头，一下子傻眼了。

丫头纳闷儿地看着他们："你们是谁啊？小庄哥哥，他们是谁啊？拍电视剧吗？怎么都跟你小说里的特种兵似的？"

马达瞪大眼："我看见了谁？"

土狼抬眼，吭当坐在了地上。其余的老兵也都呆住了。

丫头下楼走过来，盯着马达。马达也盯着她。丫头笑了，指着马达的鼻子："我认识你！"

马达一头冷汗。

丫头笑："你是……大灰狼！"

马达眨巴着眼，给了自己一巴掌。

土狼坐在地上，慢慢起身盯着丫头看。丫头看着他，指着他的鼻子笑："我也认识你——你肯定是土狼！土家族的兵，对吧？"

土狼的嘴唇哆嗦着："我参军以后，都是无神论者……这是怎么了？你……"

丫头笑着对小庄："你的战友们都来了，怎么也不提前打个电话啊！看我，都没收拾自己！我去换件衣服啊——等我！"她转身上楼。

老兵们震惊地转脸看小庄，小庄苦笑："有时候……事情就是这么巧。"

丫头进了洗手间。换好衣服，又梳了头发，还补了补口红，末了她开门出去，下楼。

楼下空无一人，丫头愣住了。

街上，两辆陆地巡洋舰悬挂吸顶警灯，高速驶过。小庄坐在后排，两边是马达和土狼。

马达苦笑："我都43了，受这个惊吓——不容易啊！"

土狼还没回过神来："怎么回事？两个女孩子，长得一模一样？真有这样像的？"他看着小庄，"你居然顶住了，我真的佩服你。"

小庄淡淡一笑："没什么，我都习惯了，所有的事情，都在这段时间发生了。你们还没说找我干什么，你们怎么跟警察在一起？这是带我去哪儿？发生什么事了？"

两人都不说话。小庄接着问："卫生员呢？伞兵呢？他们怎么没跟你们在一起？"

"他们死了。"马达低下头，"死在……老炮和强子的手里。"

小庄呆住了："不——这不可能！"

"是真的！"

"那老炮和强子呢？！"

"强子也死了……老炮在逃。"

小庄顿时目瞪口呆。

4

林间。马云飞站在小屋前，保镖们散立四周。

一辆越野车歪歪扭扭开过来，停下了，满身血污的老炮晕在方向盘上。

马云飞挥挥手："拖他下来。"

保镖们上去，打开车门拖下老炮。老炮软在地上，失去了知觉。

马云飞蹲下，检查老炮的伤口。保镖在一旁说："贯穿伤……很危险……"

保镖们抬起老炮进去了。

马云飞站起来，笑笑："还差你，不着急。小庄，早晚会轮到你的——最后一颗子弹！"

特警总队讯问室，桌上放着邓振华、史大凡的遗体照片。小庄捂着自己的脸，眼泪在流。

门开了，高大队缓缓走进来。

小庄抬起眼，满脸都是眼泪。

高大队看着他："调查清楚了，你跟他们没关系。"

"这……不是真的……"

"是真的。"

小庄哀号着："啊——"他猛地掀了桌子，又拿起椅子砸桌子，扑通，他跪在地上，发出最痛楚的哀号。

高大队平静地看着他："你可以走了。"

小庄抬起眼："给我一把枪——"

"为什么？"

"我要去报仇！报仇——我要杀了他——"

"我没有权力给你武器，你也没有资格参战。"

小庄哭喊着："可是我曾经是孤狼B组的队员！这是清理门户，我不能置身事外！"

"你甚至连预备役士兵都不是，我怎么批准你参战？"

小庄呆住了。

高大队对着门外喊："送他回去！"

马达和土狼走进来，拖起小庄出去。

走廊上，耿继辉和大宝默默地看着他。

"小耿！"小庄看着耿继辉，"给我一把枪……"

耿继辉的眼中隐约有泪花闪动，他低下头："对不起，我没有权限。"

小庄咬住嘴唇，眼泪流出来。

耿继辉抬起头，拥抱小庄："答应我，好好的……"

小庄抱住耿继辉，哭出声来。

"我就剩下你一个了，答应我……好好的，不要惹事！"他拍拍小庄的肩膀，"你要答应我，好好活着！不要惹事，不要胡闹！报仇的事情交给我们，你——不能出事！"

小庄哭着："可是他们……"

"你能不能答应我？"

小庄点头："我……答应你……"

"回去吧。做你自己该做的事，别忘了，你答应过我。"

小庄被马达拖走了，他回头："小耿……"

耿继辉指着他的鼻子："你记住了！你答应过我的，答应过我的！"

小庄哭着点头："嗯……"

"不许胡闹！不许惹事！你绝对不能再出事了，我就剩下你一个兄弟了！"

"我……记住了……"

耿继辉默默看着他，擦去眼泪："回去吧。"

小庄被马达拖走了。

大宝一直默默地看着："我戴的黑色贝雷帽，是他送给我的。"

耿继辉看看大宝："他是老百姓了，大宝！"

"小庄哥哥！"大宝再也忍不住，哭了出来。

5

一辆奔驰 S600 开进破旧的厂区，径直开向小庄的仓库。

小庄还在家里呆呆地坐着。昨天从特警大队回来后，他就这样坐着，动也没动。丫头也呆呆地站在他身边，都是一动不动。

奔驰慢慢停在小庄所住的仓库门口。精干的司机戴着白手套下车，打开后车门。

"就是这里？"

"嗯。"录音小妹硬着头皮下车。

丫头妈没说话，打量周围，又看仓库门口："他是干什么的？"

"是个……导演。"她走上前去敲门。

丫头听见敲门声，醒悟过来："小庄哥哥，有人找你……"

小庄没有反应。

丫头妈的声音传来："丫头，你在吗？是我，妈妈！"

丫头的脸色变了，"小庄哥哥，我妈妈来了。"她推了小庄一把，便转身下楼。

丫头打开门，脸都白了："妈……"

丫头妈笑笑："丫头，交了男朋友，干吗要瞒着我呢？"

小庄的声音从屋里传来："进来吧。"

丫头转身进来，担心地看着小庄。小庄已经擦去眼泪，站在大厅里。

丫头妈慢慢走进来，一下就愣住了——满墙都是特种部队照片。她看看丫头。

丫头看着妈妈，点点头："他是……里面的一个。"

丫头妈恍然大悟，转脸看小庄，她回过神来，露出微笑："你好。"

"你好。"小庄木然地说，"……请坐。"

丫头妈笑笑："你原来是特种部队的？"

"是……"

"你退伍了？"

"11 年了……"

丫头说："妈，他……是小庄，当过特种兵，是戏剧学院毕业的，是作家，还是导演。"

丫头妈笑笑："小庄？那咱们算是半个同行了，我是纽约大学戏剧系毕业的。"

小庄动了动："哦……那什么，你坐吧，别站着。"

丫头妈大方地坐下。丫头看着妈妈："妈，你怎么来了？"

丫头妈笑："你出去跟你姐姐待会吧，我想和小庄单独谈谈。"

丫头看看妈妈："妈……"

"去吧，我不能和你男友聊聊吗？"

丫头出去了。

门关上。

丫头妈笑："你别介意，我不是那么封建的家长。你们年轻人的事儿，我不干涉。只是想了解一下你。"

小庄不说话。

"作为母亲，我先谢谢你救了我的女儿。当年没有机会当面道谢，今天我补上了。"

"微不足道，那是我们该做的。"

丫头妈点头，笑道："不错，当过特种兵，上了戏剧学院，而且是导演系毕业的。三十的男人，有人生阅历，知道疼女孩子，我倒是希望丫头找个有人生阅历的男人——你坐。"

小庄没办法，只好在她对面坐下。

丫头妈点点头："你对未来有什么打算呢？"

"还没打算。"

"那你跟丫头怎么打算呢？"

小庄没说话。

丫头妈笑笑："你别误会，我不是问你是不是准备跟丫头结婚。丫头现在还小，她以后成熟起来，自己会考虑婚姻和家庭的问题。我只是问你，跟丫头在一起的这段时间，你是怎么打算的？"

"没打算。"

"没打算？"丫头妈脸上的笑容消失了。

"我最近出了很多事情，这些问题我还没有考虑过。"

"你爱她吗？"丫头妈还是很平和。

小庄被问住了。丫头妈仔细看他。小庄苦笑："有什么话，你就直接说吧。"

"我说了，我只是了解一下，不是想怎么样。我觉得我还算开明的家长，只要你不是想伤害她，我绝对不干涉你们之间的任何事情。当然，如果你是想伤害她，欺骗她，我也绝不放过你。我想你能理解我。"

小庄抬眼："我能理解。"

"你很有个性，是个有个性的艺术浪子。这样的男孩子很容易招人喜欢，我想丫头喜欢你也是正常的。我不要求你任何事情，只要你能让她开心，我觉得你们在一起也罢，分手也罢，我都不会横加干涉的。"

小庄没说话。

"你是学艺术的，想过出国吗？"

"出国？"

"对，出国，去美国发展。"

"去好莱坞是我的梦想，不过现在还不是时候，我没挣那么多钱。"

"我送你过去。"

小庄一愣。

"丫头要出国学习。我欣赏有志气的男孩子，也希望丫头在美国可以有人照顾。你跟她一起出国吧，我可以帮你联系南加州大学电影系，那是美国最好的电影系。至于以后你们是不是在一起，我都无所谓，只要丫头开心，我就开心。"

小庄站起来。丫头妈也站起来，笑："怎么样？我这个家长还够开明吗？"

小庄打开门，转身："我不送你了。"

丫头妈的笑容消失了。小庄看着她："你是她的母亲，我不多说什么。我们的谈话结束了，请回吧。我的心里真的压着好多事，我想静静待一会儿。"

"我有什么地方做得还不够吗？"丫头妈纳闷儿了。

"我的每一步都是靠自己走出来的，我也想继续这样走下去……"

"你知道你在放弃什么？"

"知道。"

"为什么要这样做？我没有恶意。"

"因为我不想放弃……我的尊严。"

"我只是希望给我的女儿幸福。"

"那是你的事情，我只是个草根。我可以什么都没有，但是我不能没有尊严。"

丫头妈点点头："好，有志气！你既然这样说，那我不会再说什么。我记住你的名字了，我相信会有一天——我会成为你的读者和观众。"

"会的。"

"我不打扰你了，我走了。"她笑笑，戴上墨镜出去了。

小庄看着她出去，默默无语。

丫头冲进来："小庄哥哥！"

丫头走近他："你怎么了？我妈走了！"

"我们分手吧。"

丫头呆住了："我妈妈跟你说什么了？"

"不，你妈是个很好的人。"

"那你为什么一下子就变卦了？"

"没什么，我们不合适，我想明白了。而且我现在的情况，挺乱的，一切都冒出来了……他们都死了，我想我不适合谈恋爱……而且我心里有别人。"

丫头呆呆看着他："我知道啊？我不在乎的！"

小庄不敢看丫头，低下头："我爱她！我以为我可以接受别人，可是我错了！"

丫头哭了："我可以等的，等你接受我……别赶我走……"

小庄背对她："我让你走啊！"

丫头后退着："不，不——"

小庄狂暴地举起椅子砸碎了茶几："我让你走——"

丫头后退："别，你别这样，我好怕……"

小庄不敢回头，眼中有眼泪："我说了，让你走——"他又捡起东西砸碎了车窗。

"我走我走，你别这样……你照顾好自己……"丫头哭着，掉头跑了。

等到脚步消失了，小庄才回头，满脸是泪。他暴怒地喊着，捡起一把铁锤，砸向自己的爱车，一下一下地砸着……

6

小庄家。

甄胖子进来，大惊："嘿嘿嘿嘿！这怎么回事儿这是？这怎么回事儿这是？打劫了？哪个劫匪不长眼，跑你家来打劫了？"

小庄躺在破碎的车顶上看着天花板，嘴里的烟头已经熄灭。

"怎么回事儿啊这是！谁干的！"

"我。"

"你？你疯了？"

"他们都死了。"

"谁谁谁？谁死了？"

小庄指着满墙的照片："他们。"

"啊？第三次世界大战爆发了？怎么回事儿？"

"我不能告诉你……"

"得得得，不该问的我不问——我都跟你学会了！你那蜜呢？"

"她走了。"小庄的一滴眼泪流出来。

"不是这是怎么回事儿？你怎么说一出就是一出的？不管怎么着，你这也不能把车都砸了啊？你疯了？"

小庄不说话，看着天花板面无表情。

"下来下来！"他把小庄拖下来，推着他坐在沙发上，"我就问点我该问的事儿吧——你那蜜怎么回事？你搞成这样跟她有关系没？"

小庄看看他："有。"

甄胖子坐在他对面："你挺聪明一个人啊？怎么办这种傻事儿呢？天底下女人不有的是吗？还特种兵出身，还出生入死，这点事情你都想不明白？"

"我让她走的。"

甄胖子一愣："为什么？"

"我这最近出了好多事，挺乱的……而且，我什么都不是，我不想耽误她。"

"什么耽误？你不马上就出书了吗？你的书绝对火啊！你不马上就有钱有名了嘛！"

"不是那么简单的。"

"有什么不简单的？这世界不就是名和利吗？你说啊你？还有什么不明白的？哥哥帮你！你要拉不下面子，我去给你找回来！瞅你这德性，你他妈的是爱上她了！"

"我也不知道我爱谁。"

"什么意思？"

"她们长得一样。"

"谁跟谁啊——"他突然打住了，看着小庄，"不会吧？"

小庄颤抖着手，从怀里取出钱包。甄胖子打开，一看里面的照片就呆了："这是……这是小影？"

小庄点点头。

"那小女孩呢？"

"是丫头。"

甄胖子仔细看看："怎么神事儿都让你给遇到了？"

"我也不知道，大概我命苦吧。"

"兄弟，我跟你说句认真的——小影已经走了，对不对？你总不能碗里的没了，锅里的也不要了吧？我觉得，这个女孩子不错，也许是老天爷可怜你，给你发来的观音呢？"

"她要出国留学，我不能耽误她。"

甄胖子看着他："出国留学就不回来了吗？"

"跟这个没关系……我的兄弟们死了，我这样活着，是活该的；她是无辜的，她不该活在我的世界。"

他叹了口气，看看失神的小庄，"本来是顺路看看你写得怎么样了，看你这样子，先休息两天吧，不着急。"他看看时间，"我还有点事，你休息吧，别多想了。行吗？我走了，有事就打我电话。"他拍拍小庄，转身走了，带上门。小庄失神地坐在沙发上。

7

奔驰 S600 行驶在通往机场的高速路上,机场大楼已隐隐可见。丫头流着眼泪看着外面。丫头妈在旁边心疼地看她。前排坐着的是录音小妹。

小庄醒来,环顾四周,认定周围都是安全的,他放松下来,长出一口气。

他抬眼,看见了自己丢在地上的手机。小庄站起来,去拿手机。他开机,拨打电话:"喂?你好,我是机主,密码是 66011……"

"好的,先生。您有一条留言,是丫头留的。她说:我真的要走了,明天下午 3 点的航班,去美国。我不在的时候,小庄哥哥照顾好自己。我爱你。"

小庄呆住了。他看看手表,转身飞跑出去。

机场大厅里,丫头领完登机牌,她在大厅里四处寻找。丫头妈看着她,一脸心疼。

录音小妹叮嘱她:"妹妹,到国外真的要照顾好自己,啊?"

"嗯……"丫头红着眼睛回答。

机场大厅里,广播一遍遍地播着:"飞往纽约的 CA1982 航班请旅客登机了……"

丫头妈给她整整衣服:"走吧,该上飞机了。"

丫头失望了,她咬住嘴唇,忍住眼泪,转身汇入人流,走向安全通道。

丫头妈和录音小妹看着安全通道的方向。丫头站在通道前,最后看一眼,她失望了,转身进去。

后面有撞击的声音。丫头妈看过去,小庄跟疯子一样冲进来,不断撞开面前的人和行李。

小庄冲向安全通道。民警拦阻他:"你干什么?"

小庄一下掀翻他,径直冲向安全通道。

更多的民警冲过来,从正面侧面后面一起抱住小庄。

小庄掀翻民警,挣扎着。民警们把他按在地上。小庄的脸贴在地上,看着安全通道。小庄嘶哑着喉咙喊:"丫头——"

丫头已经消失了。

小庄颓然,茫然地任由民警们将他带到机场派出所。

羁押室里,小庄戴着手铐,失神地坐在地上。

门开了。一个民警进来:"小庄?出来。"

小庄灰头土脸走进来。

"签字,走人。有人找了头儿,你的情况查清楚了。"

小庄签字。

民警给他打开手铐:"下次别在机场犯混,你这事儿要不是头儿说话,怎么也得审查你十天半个月的,看看是不是涉嫌恐怖活动。走吧。"

小庄活动活动手腕,出去了。他一出门,便呆住了。

门口,丫头妈平静地看着他。小庄低下头。丫头妈苦笑:"何苦呢?你爱她,为什么要那样对她？"

"谢谢你帮我……对不起，是我的错。"他抬头，"再见。"

"等一下！"

小庄站住。

"你愿意去美国把她追回来吗？"

"我愿意。"

"我可以帮你。"

"我会自己去把她追回来……再见。"他掉头走了。

丫头妈看着他的背影，叹息。

8

特警总队会议室。高大队和方总等人在研究搜捕方案。李队长冲进来，脸色发白："他们跑了！"

高大队和方总抬头。高大队盯着他："你说什么？！"

"国际刑警刚刚送来的情报——马云飞和郑三炮，现在在泰国了！"

"什么？边控怎么搞的？"

"根据情报显示，他们是偷渡出去的！"

"有没有确凿的情报？"

李队长走过来，把照片递给他们。

一组长焦偷拍的照片：马云飞和郑三炮与几个保镖在一起走，背景是泰国的街道。

高大队把水笔甩在地图上："他妈的！"

方总喃喃："没戏了……只能交给国际刑警了，我们失败了……"

高大队愤怒地说："可我的兵，就这么完了！啊？就这么完了，完了！我最好的兵，国家花心血花代价培养的兵！完了！"

方总看看他："高大队，我理解你，但我们不能境外执法，也许军队有特殊的途径……"

"你不能境外执法，我就能出界作战了？收队！"

特别突击队员们陆续起立。耿继辉看着高大队："高大队？"

高大队无奈地看着大家："我们也不能越界作战。我们没有办法了，准备收队。"

"我要退伍！"大宝咬牙切齿地说，"我退伍！我自己去干掉他！我要报仇——"

高大队指着他的鼻子："你给我住嘴！"

"我要报仇——"大宝喊着，拿起冲锋枪上栓。

"灰狼，下了他的枪！"

马达两下下了大宝的枪。

"给我带回去，按照规定处理他！"

耿继辉震惊地看他："高大队，大宝他……"

"他什么？他还是小孩子吗？他是军人！他想退伍，可以，回去写个申请，我满足他！他想报仇？狗屁！我关他的禁闭！"

大宝毫不惧怕地说："大队长，就算你关我禁闭，我也要报仇！报仇！我要血债血还！"

高大队冷酷地注视他："不用写申请了，我现在就批准！撕掉他的军衔臂章！"

"大队长……"马达犹豫着。

大宝一把撕掉自己的二级士官军衔和臂章，摘下黑色贝雷帽递给耿继辉："我不干了！这个特种兵，当得我太憋屈了！"

耿继辉拉他："大宝！你别冲动！"

"上铐！"

耿继辉愣了："大队长——"

"上铐！带回去，送交军事法庭，审判他！"

"就算我进了军事监狱，我也一定要去报仇！报仇——"

马达拦住他："你就少说两句！"

"灰狼，执行命令！"

"是！"马达拿出手铐，犹豫地看着大宝。

大宝愤怒地伸出双手："来吧！"

大宝咬牙："大队长，你就是判我死刑！我也要去报仇！"

方总很尴尬："这样，我先回办公室。什么时候走？需要交通工具吗？我可以准备。"

高大队冷酷地说："不需要，我们自己呼叫直升机。"

方总点点头，看了一眼年轻冲动的大宝，转身走了。

9

军事酒吧。

戴着黑色贝雷帽、穿着迷彩服的小庄在喝酒。军哥在一旁劝他："哥们儿，到底怎么了？也不能喝闷酒啊！跟哥们儿说说，怎么了这是？"

小庄不说话，又喝了一杯酒。

耿继辉戴着黑色贝雷帽穿着迷彩服站在门口。军哥抬头看看，眨巴眨巴眼："又一个黑色贝雷帽！今儿是什么日子，中国陆特的老兵聚会吗？"

小庄睁着惺忪的醉眼回头，愣住了："小耿？"

耿继辉默默地走过来，夺他的酒杯："别喝了！"

小庄睁眼："你怎么有时间来了？任务结束了？"

耿继辉点头。

"老炮……挂了？"

耿继辉摇头。

"他……抓住了？"

"他跑了。"

小庄皱眉："跑了？"

"对，跑了。他已经在境外了，跟马云飞在一起。"

小庄疲惫地趴在吧台上："怎么能让他跑了呢……"

"我们的直升机晚上到，我请假专门来看看你。"

"你怎么知道我在这儿？"

"侦察和调查，我们都学过的。"

小庄苦笑一下："你来找我，就是想告诉我——那个狗日的跑了？"

"不是，我想让你振作起来。我知道，这对你的伤害非常大。他是你的老班长，是你当兵路上的引路人。"

"别说了！我没有这个班长——"

小庄又去抓酒瓶子，耿继辉一把按住了。

"给你看样东西。"耿继辉拿出一张照片。小庄定睛看去，照片上是戴着伞徽的老母鸡，在懒洋洋地晒太阳。

小庄愣住了："空降鸡？它……还活着？"

"对，12岁了，还活着，活得好好的。它还是我们孤狼B组的吉祥物。"

小庄拿过照片，仔细看着。他抚摸着照片上的母鸡，想笑又想哭："还活着！空降鸡，还活着！"

"它从上万米的高空跳下来，获得了中国陆军特种部队的伞降资格，怎么可能那么容易就死呢？"耿继辉又拿出一张照片，"这是我们026仓库的吉祥物。"

小庄拿过照片，愣住了，照片上是一只戴着伞徽的大黄狗，很精神，也很温驯。

"这是……空降狗？"

耿继辉点点头："知道它的名字吗？"

"它叫什么？"

"小宝。"

小庄傻了："小宝？朗德的小宝？我们六个人救出来的那条小土狗？"

"对，就是它——为了它，我们六个人冲入敌阵……它今天也12岁了，从9岁起就来到了026仓库看门。它还获得了伞降资格，所以我们给它颁发了伞徽。"

"它怎么会来到026仓库呢？它不是在朗德跟着大宝吗？"

耿继辉又拿出一张照片。小庄抢过照片，照片上是一个戴着黑色贝雷帽的憨厚战士，二级士官。

"他是谁？好像见过，是跟在你身边的那个战士？"

耿继辉笑笑："不愧是特种兵出身，你的眼力很好——就是他。仔细看看，认识吗？"

小庄仔细看看这个战士，笑了："大宝！大宝！这是大宝！他真的……他真的到了026仓库了？"

耿继辉拍拍小庄的肩膀："没错，就是大宝！"

小庄看着照片："这小子……这小子，都长这么大了？我一下子都认不出来了！大宝，都当二级士官了！还戴上黑色贝雷帽了，当年我送给他那顶黑色贝雷帽的时候，他才9岁！"

"他戴的，就是你送给他的那顶黑色贝雷帽。"耿继辉低声说，"他一直珍藏着，没有拿出来。当他通过了特种部队选拔，把部队发给他的黑色贝雷帽收起来了。他拿出这顶珍藏了多年的黑色贝雷帽戴上了，帽子里面的姓名栏写着小庄。"

小庄愣愣地看着。呼吸变得急促起来。

"他的代号是——西伯利亚小狼。"

"大宝——"小庄趴在吧台上放声哭着。

"你是他的偶像，小庄。"

"对不起，大宝！对不起，真的对不起！让你看见我这个样子……对不起，大宝！"

小庄把三张照片放在心口上，点头。

耿继辉注视着小庄的眼："生活中，有很多的苦难。但是没有任何一种苦难，是你可以放弃的理由！别管发生过什么事情，我们曾经在一起同生共死！而且我们做了很多有意义的事，譬如大宝——大宝从你的身上得到了什么？一个少数民族的孤儿，能够打猎、砍柴、捡垃圾、到工地打零工，学完高中课程然后去参军！参加了特种部队选拔并且脱颖而出，进入了026！这些，是你影响他的！"

小庄睁开眼，惭愧地看着大宝、空降鸡、小宝。

"知道自己该怎么活着了吗？好好活着，为了空降鸡！为了小宝！为了大宝！为了我们曾经在一起的无悔岁月，好好活着！站直了，别趴下！你是中国陆军特种兵，是可以去地狱抓阎王爷的勇士！没有一种苦难可以让你趴下，没有！打碎了牙，就往肚子里面咽！这才是好汉，才是男人，才是我们026的仓库保管员！"

小庄看着照片，久久无语。

耿继辉拍拍他的肩膀："记住我的话——好好活着！"

小庄点头。

"我走了。我的假只有3个小时，路上就要花2个小时。你自己多保重，好好活着！"

小庄看着耿继辉："小耿，我可以去026看你们吗？"

耿继辉看着他，点头："当然，你是我们自己的兄弟！只要你回来，我们随时欢迎！"

小庄点点头："等我写完小说，就去看你们！"

耿继辉笑笑："好好写！小说我看了，写得不错！"他举起右拳。小庄举起右拳。两个拳头碰在一起。

"同生共死！"

"同生共死！"

耿继辉转身，头也不回地走了。

小庄注视着他的背影，目光坚毅起来。

第二十五章

1

美国。大学生公寓。

丫头坐在电脑前，紧张地看着。她拿起电话，犹豫着，下定决心拨了过去。

小庄还坐在电脑前写作，他的精神很亢奋。电话响了。小庄拿起来，一看，一串 0。他纳闷儿，接："喂？"

沉默。"丫头！"小庄一下喊了出来。

"小庄哥哥。"丫头哭出来了，"我想你！我一直在看你的小说。小庄哥哥，你还好吧？"

丫头捂着嘴失声痛哭。

"别哭了，丫头，我真的很好！"

"你别写了！"

"为什么？"

"我怕你的心会痛，我知道你很痛很痛。我知道小庄和小影又要见面了，可是小影……我不要你痛，不要……不要你痛……"

小庄闭上眼，又睁开："丫头，痛过，就会痊愈的。我想痊愈，好吗？让我痛一次，然后，我就去找你！"

"你来找我……做什么？"

"我要把你追回来。"

丫头哇地哭出声。

"等我，丫头。等我把所有的痛都再痛一次，我就去找你，等我！"

"好，我等你！"

2

远山镇战役终于结束了。孤狼 B 组在深山老林里与贩毒残余骨干周旋多日。他们是第一批到达战区的部队，也是最后一批撤离战区的部队。

孤狼B组坐着敞篷越野车撤离，对着周围被超过的武警车队挥舞武器嗷嗷叫。

武警们高喊："胜利——"

小庄兴高采烈地挥舞冲锋枪："胜利——"

耿继辉开着车，看了一眼GPS，笑着："我们好像接近了某个地方啊？西伯利亚狼？"

"哪儿啊？"

老炮笑："笨蛋！你小子这都不知道，我们都知道了！边防武警某部驻地啊！"

小庄反应过来："小影的部队！哎呀，光顾着高兴了！我怎么把这茬儿给忘了！快快快，去她们部队看一眼！"

耿继辉假装摇摇头："那不行，我们要在规定时间赶到机场！"

"狗屁！规定时间还早呢，天狼晚上才来接我们！快快快！拐弯！"

队员们哄笑着，耿继辉拐弯上了岔路。

武警部队门口，越野车开来，停下，特种兵们笑着喊："是你们部队的姑爷来了！快快快！开门！"

哨兵班长笑："特种部队的吧？过来登记！"

小庄不好意思地取出自己的士兵证，递给哨兵班长。哨兵班长看看："谁是你对象啊？"

小庄笑笑："小影。"

"我们部队的第一花啊！小子真有你的啊，我们多少干部都惦记呢！"

小庄笑："谢谢班长！"

哨兵班长挥挥手，自动门打开："卫生队进门，右边拐到头，二层小楼就是！"

小庄在车上挥手："谢谢了！班长！"

特种兵们开着越野车急驰而入。

边防武警部队大院，整洁的营房，井然有序的队列，嘹亮的口号，橄榄绿的方阵……一辆前后左右挂满背囊和武器装备的迷彩越野车高速开来，六个光头特种兵穿着迷彩服套着战术背心坐在车上，嗷嗷叫着："同志们好——"

武警们瞪大眼。

六个特种兵和那辆泥泞的越野车一掠而过："同志们辛苦了——"

武警们哄堂大笑。

武警军官很严肃："陆特过后，鸡犬不留——让炊事班看仔细了啊，小心被他们偷鸡摸狗！"

特种兵们一掠而过，口号声又飘过来："打得赢，不变质——"

卫生队，女兵们在洗白床单。耿继辉的口号声远远传来："俄罗斯虽然幅员辽阔，但是背后就是莫斯科，我们已经无路可退——"

女兵们都抬起头。小影站起来："谁啊这是？在咱们部队这么没素质？"

小菲也站起来："怎么也没人管管啊？看样子冲我们这儿来了——"

小影皱眉："去给军务科打电话！太不像话了！这是什么部队啊这是？一群土匪流氓！"

越野车高速开来。

小影呆住了，瞪大眼。

特种兵们高声喊着："摸爬滚打锻精兵！千锤百炼造英雄！"

"啊？"小影尴尬地捂嘴。小菲笑了："姐妹们——我们的姑爷来了——"

女兵们好奇地看着："什么部队啊这是？"

"是——特种部队！"小菲一脸得意。

女兵们齐声尖叫着："哇——"

审讯室。马云飞还是不张嘴。夏岚穿着中尉制服推门进来，目光冷酷地看着他："马云飞，你看看我是谁？"

马云飞抬头，没有表情。

"你花了一百万买我的人头，还装着不认识？"

马云飞冷笑一下。

夏岚把厚厚的资料丢在桌子上："你还想不认罪吗？这些都是你的犯罪证据！"

"我要求见我的律师！"

夏岚笑笑："不好意思，中国法律没有这条规定。"

"那我什么都不说。"

"好啊，我就跟你磨磨功夫！"她摘下帽子放在桌上，坐下，"我来审问你……"

卫生队门口。六个特种兵跟做了坏事被抓一样，都低头肃立。

小菲咳嗽一声："嗯！嗯——都站好了！一个一个像什么样子？啊？这是什么地方？这是威虎山吗？还是梁山泊？这是部队！是铁的纪律铸成的军队，是三大纪律、八项注意为原则的军队！你们——都会唱《三大纪律八项注意》吗？"

特种兵们低头回答："会……"

小菲一跺脚："到底会不会啊！"

特种兵们一起抬头："会——"

小菲咳嗽一声："你——"

小庄立即立正："到！"

"在队列里面挤眉弄眼的，你干什么？"

"报告！我错了！"

"错了？那么简单？出列！"

小庄啪地出列。

小影担心地看小菲，拽拽她的袖口。小菲咳嗽一声："嗯！嗯！——公然在队列里面挤眉弄眼啊？啊，不得了啊！交给我的班长去训！你，跟我的班长走！她要单独教训你！"

小庄茫然地问："你的班长？谁啊？"

女兵们一起喊："小影班长——"

小影脸红了："哎呀！你们别起哄！"

小庄看她："啊？你都当班长了？能行吗？"

"哼！特种兵就不得了了啊，看你小样儿嘚瑟的——收拾不了你了是不是！这是我的地头！是龙你得给我盘着，是虎你得给我卧着！跟我走！"她转身就走。小庄灰溜溜跟着她，走向卫生队的救护所。

五个队员嘻嘻哈哈，指手画脚。小菲指着他们："你们——"

他们立即严肃起来，立正站好。

"无组织无纪律！我说解散了吗？"

五个队员都不敢吭声。

小菲背着手："都给我唱《三大纪律八项注意》！唱八次！快点！"

队员们瞪大了眼。女兵们则在一旁捂嘴乐。

小菲一跺脚："快点！带你们这帮特种兵，比带一个团的兵都累！"

耿继辉咳嗽一声："革命军人个个要牢记……唱！"

队员们开始跟着唱，声音很小。小菲一瞪眼："没吃饭啊？"

队员们的歌声马上高起来了，规规矩矩唱《三大纪律八项注意》。

小庄灰溜溜地跟着小影进了救护所。外面还在唱歌。小影转身，很严肃地说："关上门！"

小庄关上门，转身站着。

小影看着他："知道你犯了什么错误了吗？"

"我……"

小影猛地扑上来抱住了小庄，她抬眼，已经满脸泪水："你怎么招呼都不打一个就来了？"

"我们撤退路过你们部队……"他抱紧了小影，两人紧紧抱着，吻到了一起。

审讯室。夏岚冷酷地盯着马云飞："这些都是你的累累罪行，你还想狡辩吗？"

马云飞看着她，不说话。

"我再问你一次，你说？还是不说？"

马云飞突然举起自己的右腕，冲着椅子扶手砸下去。夏岚大惊失色地起身："你干什么？"

马云飞冷汗直流，再次举起右腕砸下去："啊——"

"快！制止他！他在自残——"

两个军官冲上去制止。

卫生队门口，五个特种兵还在唱歌。女兵们嘻嘻哈哈，笑成一团。

邓振华突然瞪大了眼。夏岚跟几个武警军官快步走来，后面架着马云飞，马云飞的右腕还在滴血。

队员们都看见了，瞪大眼，歌声停止了。耿继辉一把抓起冲锋枪上膛："警戒——"

队员们散开队形，分开女兵们拿起冲锋枪上膛，对准马云飞。

夏岚吃了一惊："你们在这儿干什么？闪开——"

邓振华看马云飞，又看看她："他是怎么回事？"

"哎呀！你们闪开！罪犯自残，要马上治疗！"

小菲急忙挥挥手："快快快！让他们把救护所腾出来——"

一个女兵跑向救护所。

特种兵们的枪口都没有放下，盯着马云飞缓缓退后。

耿继辉怒吼："卫生员——"

"到！"

"你给他治！"

史大凡甩下枪挽袖子："是！"

小菲一跺脚："哎呀！这是我们部队，你们闪开！都闪开！"

耿继辉瞪她一眼："他在要花样！你们难道看不出来吗？"

马云飞冷冷注视着耿继辉。

小庄和小影出来，小庄见势拿起冲锋枪上膛一个箭步冲到警戒圈里。马云飞看见了小庄，瞪大眼。小庄持枪对准他："他在干什么？"

乔队长过来："怎么回事这是？快送进去检查！"

史大凡过去："我是卫生员，我可以给他看！让你们的女兵都退后，退后！"

夏岚一脸着急："哎呀！你们不要闹了，不要闹了！快看伤——"

乔队长怒呵："你们让开，这是我们的事儿！"

小庄盯着他："那让我们的卫生员跟着他！寸步不离！"

"把你们的武器都收起来！收起来！"

耿继辉气愤地说："中尉，你会后悔的！"

"我知道你们是特种部队，但是你要尊重我们！这是我们的部队，应该交给我们处理！"

耿继辉咬牙："收枪！"

队员们收枪，仍是虎视眈眈。马云飞得意地看着他们，冷笑。

夏岚挥挥手："快！检查，包扎！他不能出事，这是我们最重要的人犯！"

两个武警军官架着马云飞走向救护所。

乔队长喊："小影，小菲——你们跟我进来！"

小庄瞪大眼："小影——"他拦在小影跟前，"你不能去！"

小影一把推开他："让开——这是我的工作！"

小庄看着小影跟小菲进去了，转脸看耿继辉。耿继辉面无表情地说："做好战斗准备！这个兔崽子绝对想要花招！"

队员们哗啦啦拔出手枪上膛。

夏岚看看他们："我告诉你们啊，不要轻举妄动！把枪都收起来！不要乱来！"

邓振华怒吼："亏你还枪林弹雨出来的！你懂个蛋！他能放过这个机会吗？自残，他闲的啊？他自己不疼啊？"

"跟进去的两个也是我们的格斗高手！"

耿继辉苦笑："你还不了解马云飞吗？他是一条毒蛇，随时都会反咬一口！"

"总之你们不要乱来，否则我们都不好交代！"

队员们无奈看着救护所，握紧了手枪。

救护所里，两个军官把马云飞按在床上。小影戴上手套："我要检查伤口，你们闪开。"

军官让开，对马云飞仍保持警惕。

"剪刀。"小影伸手。

小菲递给她锋利尖锐的手术剪刀。

马云飞注视着小影。小影没有表情，拿起剪刀小心但是麻利地剪着纱布。马云飞淡淡笑着："你是那个小庄什么人？"

小影不说话。

"你是他的女人？"

小影还是不说话，继续工作。剪刀咔嚓咔嚓剪断了血污的纱布。小影随手放下剪刀，去检查伤口。

马云飞突然翻身，左手一把抓住了剪刀，随即顺势滚翻把小影压在了地上。

军官们大惊失色，准备出击。

"别过来——"马云飞喊。小影坐在地上，被马云飞的右臂扼住了脖子，左手的剪刀尖对着她的动脉，"否则我就杀了她——"

"你跑不出去的！"小影说。

马云飞冷笑："是吗？那我就拉你陪葬！拉小庄的女人陪葬！"

屋里的响动惊动了外面的人。

"小影——"小庄想冲进去。耿继辉一把拉住他："情况不明，不能冲进去！"

邓振华对着夏岚怒吼："你这个胸大无脑的笨女人，现在你满意了吧？"

夏岚脸色发白，拿起对讲机："泰山，泰山，卫生队发生紧急情况！卫生队发生紧急情况！请首长立即赶到！"

特种兵们占据了进攻位置。耿继辉对傻眼的女兵们喊："女兵们退后！"

哗啦啦，她们退到一边。

小菲冲出来："小影被挟持了！"

小庄的青筋暴起，紧握手枪准备出击。

耿继辉看着他："注意！我们是职业军人，不能带感情色彩！这是人质劫持事件，保持冷静！"

小庄克制住自己的情绪，持枪跪在门口，对准屋里。

屋里的窗帘被拉上了。马云飞在里面喊着："给我一架直升机，我要出境！否则我就杀了她！"

小庄的嘴角抽搐着，他咬牙切齿地举枪。

不一会儿，成群持枪的武警战士把卫生队的小楼团团围住了。

武警狙击手在对面楼顶到位，拉开枪栓对准窗户："窗帘拉上了，我看不见里面。完毕。"

特种兵们跟政委在一起，蹲在地上的平面图前。政委看着他们："现在部队首长在总队开会，我是最高领导。你们有什么建议，可以告诉我。"

耿继辉抬头："政委，我们可以提供突击救援，希望您批准。"

"你们？"

"我知道您的部队非常优秀，但是我们接受过更系统的人质救援训练，具有在狭窄空间进行突击营救的经验。"

"这个时候不是谦虚的时候，谈谈你的看法。"

"是！马云飞在国外受训过，他知道特种部队营救人质的基本战术。通常我们会选择窗户，而不是门——因为窗户的面积更大，我们可以两个队员同时进入。在这种情况下，我们会爆破开窗。"

"你不是说他知道吗？"

耿继辉点着门的位置："我们声东击西！炸窗是掩护，破门是主攻！主攻手在炸窗的同时，从门口切入！我们不投掷闪光震撼弹，因为马云飞知道套路，闪光震撼弹爆炸是需要时间的。这个时间足够他一剪刀扎进人质的颈动脉，人质瞬间就会死亡。"

政委看着他："突击进入，一枪击毙？"

耿继辉点头："对。爆破足够吸引马云飞的注意力，我们的主攻手进入，在1秒钟之内就可以锁定目标并且开枪射杀！"

政委想想："我相信你们的能力，会救出我们的战士！我批准你们的方案，执行吧！"

夏岚着急地说："政委，能不能保住马云飞的性命？他是我们这次行动最重要的人犯，是个活资源！"

小庄咬着牙，注视着门口："我担任主攻手！"

"不行，"耿继辉说，他转头，"强子！"

"到！"

"你担任主攻手，老炮准备炸窗。去吧。"

小庄转身，注视耿继辉："他进去过吗？"

"没有。"

"我进去过，我知道里面的家具摆设，房屋布局！"

耿继辉看着他："我担心你，你要明白这是人质救援行动，我们必须不掺杂任何感情色彩！"

"我担任主攻手！小耿，相信我！"

耿继辉注视着小庄："那你要答应我，不要掺杂个人感情色彩！"

小庄点头："我明白！里面是人质，不是小影！"

耿继辉拍拍他的肩膀："去准备吧！"

小庄起身，拆卸身上多余的装备。

"小庄……"小菲在女兵当中看着他。

小庄转身看她。小菲含泪道："你一定要救她出来啊……"

"她是人质，我会救所有的人质出来。"

夏岚仍不死心："政委，我有一个请求……只是……"

"你说。"

"如果……行动失败，能不能留下马云飞的性命？他真的对我们太重要了。"

耿继辉和队员们一起看她。夏岚抱歉地说："对不起，这是我的工作……我只是说在万一的情况下。"

小庄看着她："没有万一，我们从未失手过！"

耿继辉想想，点头："如果……我们会带出人犯，归案。"

小庄没有说话，整理自己的装备。

夏岚内疚地说："对不起，真的对不起……我……"

邓振华看着她："你这个婆娘！把你的乌鸦嘴给我闭上，否则我给你缝上！"

夏岚低头，不说话了。

耿继辉拍拍邓振华："这是她的工作，她没有错。我们去做我们的工作，天大地大人质最大！西伯利亚狼，看你的了！职业特种兵！"

小庄面无表情地点点头，他拔出手枪，慢慢拉开枪膛。咔嚓！金灿灿的9毫米子弹缓慢地上膛。

3

马云飞劫持小影，站在射击的死角。小影的脖子都被剪刀划出了伤痕，流着点点的血。

小影冷笑："你不会得逞的！跟部队谈条件，白日做梦！"

"不愧是特种兵的女人，有点胆色！你以为我是真的打算要他们给我直升机吗？我有那么傻吗？"

"那你想干什么？"

"我要让他看着你死在他的面前！"

"你那么自信？他们是中国陆军最精锐的特种部队，不会失手的！恐怕是你死在我和他的面前吧？"

马云飞冷笑："我也受过训练的！"

"胁迫女人做人质的训练？"

"你不是女人，你是军人！"

"对，我是军人！而且是一个不怕死的军人！"

"你真的不怕死？"

"因为——我相信，你会死！"

"如果你不是小庄的女人，恐怕我会爱上你的。"

小影冷笑："你？就凭你？畜生！白日做梦去吧！"

门外。小庄手持手枪，在门前保持准备出击姿势。

老炮在窗边已经安装好炸药，他悄然无声地退后。

耿继辉在门边一侧蹲着，左手抓住了门把手，右手握紧手枪注视着小庄。

小庄点点头，嘴唇翕动，开始无声倒数："三……二……一……"

老炮按下引爆器，窗户轰地往外炸开。耿继辉一把打开门，小庄持枪突击向门。

同一时间，屋里毫不知情的小影突然抬起右脚踩下去，她皮鞋的跟踩在了马云飞的脚掌上。马云飞没有料到，惨叫一声。小影左手挡开了手术剪刀，右手抓住了马云飞受伤的手腕。

马云飞惨叫着："啊——"

小影猛地低头，错开了马云飞的整个头颅。

小庄双手持枪一个箭步进来，他举起手枪，准星缺口的主观视线，是马云飞的整个头颅。

小庄果断扣动扳机。

小影恰好按照格斗技巧，猛地抬头用后脑撞击马云飞的脸部。

砰——

子弹击中小影的眉心，她瞪着眼睛看着面前的小庄，软软地向前倒下……

小庄目瞪口呆。

耿继辉冲进来，举起手枪也傻眼了。

"啊——"小庄丢掉手枪，哀号着扑过去。耿继辉迅速转向马云飞，举起手枪。

马云飞丢掉剪刀，举手："我投降——"

耿继辉呼吸急促地怒视马云飞，枪口对着他的脑袋。

小庄抱起小影，小影睁着眼睛，眉心一个弹洞。他捂着她的后脑。血迅速从他的指缝滑出来，流到了地上。小庄仰面哀号："啊——啊——啊——"他抱紧小影，抱得紧紧的。

邓振华冲进来，目瞪口呆。

耿继辉拉起马云飞："把他带出去。快点，不要让小庄靠近他！"

邓振华一把抓起马云飞，扼住他的脖子直接就拽出去："他妈的，再敢玩花招，老子一刀一刀凌迟了你！"

小庄抱着小影，捧着她的脸，哀号着，小影没有知觉，呆呆地看着小庄。小庄抚摸着她的脸，手上都是她的血。

耿继辉默默地捡起小庄的手枪，站在他的身后。

小庄注视着小影，脸上眼泪纵横。他慢慢地把小影放在地上："我要杀了他——"

小庄一下大背跨丢开了耿继辉，拔出匕首冲了出去。

马云飞被邓振华扔出来："带他走。越远越好！"

史大凡抓起马云飞。

浑身是血的小庄撞开邓振华，手持匕首冲过去。

"啊——"马云飞腿一软，倒在地上。

老炮斜刺扑上来，扑倒了小庄，小庄挣扎着："老炮，你闪开，我要宰了他！"

老炮不说话，死死地抱住小庄抓着匕首的手。小庄怒吼一声，把老炮甩开，顺势拔出了老炮腿上快枪套的手枪上膛。

史大凡猛地扑在马云飞身上："你要冲我开枪吗？"

小庄哆嗦着手："卫生员，你给我起来。让我宰了他！"

小庄对天射击两枪，再次指着卫生员："你闪开！别逼我！"

强子冲过来，用胸膛顶住了小庄的枪口，默默看着他。

"你闪开！"小庄一把拨拉开他，耿继辉冲上来握住他持枪的手推向天空。

砰砰！

又是两枪。

队员们冲上来抱住了小庄。耿继辉被迫使用擒拿术，抢过小庄的手枪退膛。

马云飞被史大凡按在地上，他惊恐看着小庄被队员们死死地按在地上，他扭曲着脸："我要杀了你！啊——我要杀了你！"

史大凡把马云飞拉起来，甩给夏岚："你要的人——活的！"

夏岚脸色发白不知所措，两个武警冲过来拿绳子就开始绑。

小庄被战友们死死地按着，扭曲着脸哀号着："小影！你们放开我，放开我！"

耿继辉吭哧吭哧地喘气："放开他。"

被放开的小庄转身冲进房间，哀号声再次传出来。

队员们默默地站起身。

4

"中国陆军，我爱的人，我生命中最重要的所有，都伴随着那最后一颗子弹，化为了过往云烟。我在一瞬间失去了所有，变得一无所有……"

小庄在键盘上写完最后一个字，他的头一歪，彻底晕倒在电脑前，整个人崩溃了。

无数留言陆续出现在电脑上。他的电话开始响。

身在美国的丫头坐在体育场的台阶上，腿上放着笔记本电脑，她拼命拨打电话。

电话在小庄家里久久地响着。晕倒在电脑前的小庄听不见。

图书公司。甄胖子在电脑前擦眼泪，他突然醒悟过来："不好！"他起身就往外冲。

甄胖子心急火燎地开车，用最快的速度赶到了小庄家。

电话还在响，身在美国的丫头着急地拨打电话，快哭疯了。

甄胖子冲上楼，把小庄抱起来，掐他的人中。小庄没有反应，他的电话还响。甄胖子拿起电话："喂？谁啊？"

"我是丫头……哎呀！就是你们说的那蜜！你是谁啊？小庄呢？"

"我甄胖子！小庄废了！我马上送他去医院！"

他扔下电话，背起小庄就跑。

丫头听着嘟嘟的忙音，哭得眼泪婆娑。她挂上电话，重新拨了个号码，说英语："我要一张到中国北京的机票，越快越好……"

5

医院。小庄终于醒来。视线里，一张女孩白皙的脸逐渐变得清晰，小庄露出惨淡的微笑："小影……我们在一起了。"

丫头抱着小庄的手贴在自己的泪脸上："我是丫头！"

小庄愣愣地看着她。

丫头含泪笑着："不用你去找我，我回来了。我黏着你，这次你再也赶不走我了。"

甄胖子默默看着。

小庄回过神来，看着甄胖子："你是……甄……"

"甄胖子，你的图书出版人。"

"原来我没有死。"

丫头呸呸两声："胡说！小庄哥哥那么健康，怎么会死呢！"

小庄失神地看着她，伸出手抚摸着她的脸。

"有温度。"

丫头笑："当然有温度了！你想什么呢？你知道你睡了多久吗？"

"多久？"

"一个礼拜！好吓人啊！"

小庄无力地笑笑："我有一个礼拜没更新了？"

"都什么时候了，你还想着更新！别想了，好好休息！我陪着你，照顾你！你啊，先把身体养好了再说！"

甄胖子拿出一本样书："不用更新了，我都开机印刷了。"

"可我还没写完呢。"

"可以结尾了，我找了个好枪手给你续了个尾巴！"

"什么？"

甄胖子苦笑："再不出，盗版就把市场抢占了！"

小庄指着书："烧掉。"

"什么？"

"我让你烧掉，我不要任何人续！"

"我都印了十万册了，正在装订。"

"烧掉。我自己写完，不然，我撕毁跟你的合同，你要告我，随你。"

丫头摇他："小庄哥哥，你……这书咱们不出了好吗？你好好养身体，等你恢复了再写完，咱再出版，好吗？"

"烧掉，我写。电脑给我——两天时间。"

甄胖子看着小庄："好，我烧掉。那十万册马上就烧掉，但是你不能再写了！我宁愿不出这个书，承担这十万册的成本损失，我也不能看着你废了！"

"给我电脑！"

"小庄哥哥，你别激动，你已经把自己写废了，医生都说你心力衰竭了，咱们以后写，成吗？"

小庄一把拔掉了输液管，要起身："给我电脑！"

丫头抱住小庄："小庄哥哥！你不能这样！"

"给我电脑！"

"好好！我给你！我给你！你躺下，行吗？"丫头起身去打开包拿笔记本电脑。

小庄看着丫头，转向甄胖子："我的东西你带了吗？"

"什么东西？"

"我的钱包。"

"我已经付账了啊，你要钱包干吗？"

小庄伸手："给我。"

甄胖子转脸看看在拿电脑的丫头，低声道："哥们儿！你可想好了啊，没有一个女孩愿意做代替品的！"

"给我。"

甄胖子无奈，拿出钱包递给他："我不知道你到底打算干吗！你打算让你身边的人都心碎吗？"

"我跟她单独谈谈。"

甄胖子看看丫头。丫头看着他："甄哥，你出去吧。我们还没单独待会儿呢。"

"苦命的人何其多啊！"甄胖子苦笑一下，转身出去。

丫头拿着电脑过来："现在要打开吗？"

"你先放在桌上，坐过来。"小庄拿着钱包，没有表情。

丫头把电脑放下，坐到小庄的身边。

小庄看着丫头："我有话对你说。"

"小庄哥哥，你怎么了？眼神这么奇怪？"

"你想看见小影吗？"

"想，不过不是现在。"

"其实，你每天都可以看到。"

丫头很诧异。

"你带镜子了吗？"

丫头笑："当然啊，我是女孩子啊！难道我脸上有什么不对吗？"她赶紧在包里找镜子，拿出来打开照着。镜子里自己美丽的脸一如往常。她看小庄，"没什么啊？"

丫头纳闷儿地再次照镜子。小庄默默地看着她。丫头仔细地看着，她逐渐地觉得不对劲儿，她突然想起他们之间的点点滴滴，从音乐学院大厅的相遇到在小庄家与孤狼队员的见面。丫头一点一点地想着，眼里写满了惊讶和疑惑。

小庄默默地看着她，慢慢打开钱包，抽出那张照片，丫头接过来，照片上是穿着武警迷彩服的小影，长得跟自己一模一样。

丫头的眼泪慢慢流了下来。她默默放下镜子和照片，看小庄："原来……你一直把我当作她？"

小庄看着她："你相信我吗？"

丫头咬住嘴唇点点头。

"我爱你！"

丫头捂着嘴，悲喜交加。

"你是唯一的，不是代替品。"小庄认真地看着她，"你是我的女人。"

丫头扑到小庄怀里，放声哭出来。

小庄紧紧抱住哭泣的丫头，抱得很紧。

丫头哭着："你真的……缓过来了？"

"嗯。"

丫头抬眼："你知道我是谁吗？"

"丫头。"

丫头抱着小庄，失声痛哭。

6

026 仓库。

宿舍。空无一人。小庄穿着便装，坐在光板床上，旁边放着自己的背囊。他默默抬眼，看着熟悉的宿舍。

他要走了。无论人质是不是小影，他都不能在特种部队继续待下去了。因为他误杀了人质，而误杀人质的特战队员，是要被开除军籍的。大队领导照顾他的感受，给他办了自动退伍的手续，没有在他的档案当中留下污点。

小庄默默地环顾宿舍，他起身，背上大背囊走出去。

门口，土狼在站岗。

小庄看着土狼。土狼默默注视着他："好好活着，记住，你是狼牙的兵。"他举起右手，敬礼。

小庄没有还礼，眼圈一红，转身离去。

土狼默默看着他离去。

小庄必经的路上，一辆吉普车停着，马达站在车旁，他看着走过来的小庄说："我送你去车站。"

小庄把背囊摘下来，放在车上。

马达指着后面的山坡："他们在那儿，因为可以更长时间地看着你。"

小庄不敢回头。

背后的山巅上站着五个孤独的黑色贝雷帽。耿继辉高喊："敬礼——"

唰！五名队员一起敬礼。

小庄忍住眼泪，还是不敢回头。

"你该跟他们道个别。"马达说。

小庄的眼泪慢慢在酝酿，他咬牙，一个利索的向后转，他缓缓举起右手，行了最后一个军礼。

五名队友的手久久没有放下。

小庄缓缓放下右手，咬牙转身上了车。

马达无言开车。

车开了。五名战友还在山巅上敬礼。小庄的眼泪夺眶而出，他抓着前面的扶手，咬牙不哭出声来。

吉普车缓缓地开过狼牙大队的院子，官兵们默默看着车上的小庄。车上的小庄流着眼泪看着他们。

何大队高喊："敬礼——为老兵送行！"

高中队举手敬礼。不同地点的官兵们举手敬礼。官兵们一起高喊："一路保重！"

7

火车站。

熙熙攘攘的站前广场，马达把车票递给小庄："这是去你家乡的车票，这是部队的证明信，证明你是自动退伍的，这是你的档案……尽快交给学校，保证你下学期能够回去上课。"他把东西装入牛皮信封，递给小庄。

小庄接过来，装进背囊。

"我不送你进去了，一路保重！"马达看着他，"一天是狼牙，终身是狼牙！希望你坚强地面对人生！面对未来！"

小庄黯然地跟马达握手："灰狼，再见。"

"放寒暑假了，没事回来看看我们。我们都会想你的！"

"我不敢回来了……"

"你早晚会回来的，这里是你的家。去吧，别误了！"

小庄点点头，背上背囊转身走向进站口。

马达目送小庄离开。

月台。小庄背着破旧的陆军背囊，面色木然地站在熙熙攘攘的人群中。大家都在登车。只有他伫立不动。他默默地看着熙熙攘攘的人群，蓦然想起那些过去的往事。他一时有些恍惚，似乎自己还只是个即将登车去部队的新兵蛋子。可是，小影没了。

想起小影，小庄心口突然疼了一下。他抬眼看看周围，火车开走了，站台上已空无一人，只有他默默地站着。一瞬间，他突然很想去看看她！

小庄改了行程，踏上了南下的列车……

8

边防武警部队门口，哨兵在站岗。小庄背着大背囊，走了过来，在警戒线外停下。

一个哨兵跑步过来，仔细打量他："同志？你有事吗？"

"我……我想来……看看战友。"

"哪个战友？你是哪个部队的？"

"我退伍了，我想来看看小影。"

哨兵愣住了："对不起，小影她……她牺牲了。"

小庄站在那里，呆呆地看着他。

"要不这样吧，你等一会儿。我给她们卫生队打电话，让她的战友来接你。你看这样可以吗？"

"谢谢。"

"那你叫什么名字？我该怎么说呢？"

"你就找……小菲，说我是……刚从 026 退伍的。"

"026？是什么单位？"

"一个……后勤仓库。"

哨兵点点头："你等会儿啊！我去打电话。"

他转身跑步进了传达室。小庄站在门口，失神地看着武警车辆来来去去。

不一会儿，小菲穿着武警常服，胸前戴着白花跑步过来。

小庄默默地看着她。小菲的脚步慢慢放慢了，她走过来，看着小庄的便装："你……要走了？"

小庄点点头。

"什么时候回家？"

"离开这里以后。"

小菲擦去眼泪："早走，比晚走好。小……"小菲说不下去了，眼泪又出来了，"她有东西给你，跟我来。"

小庄跟着她，走进了警戒线。

小菲指指小庄对哨兵说："我和小影的战友。"

哨兵点点头，让他们过去了。

两人走进部队大院，小菲在前面，小庄在后面跟着。到处都是悼念小影的挽联和花圈。

女兵宿舍。

小庄解开背囊，默默注视着小影的床。小影的床已经空了，只剩床板。小庄走过去跪下，俯身在床板上，脸贴着冰冷的床板，他闭上眼，无声地流泪。

小菲坐在床板上，把一个牛皮信封递给他："这是她留给你的。"

小庄接过信封打开，把厚厚的信拿出来，一束风干的野兰花掉出来。小庄拿起野兰花，静静注视着。

"这些，都是她来到武警以后，写的遗书。"小菲哽咽着，"我们来到边防武警部队，就赶上了战备拉练预演，是为了中华利剑行动做准备的。从那天开始，她每天都会留下一封信给你，因为我们不知道什么时候会上去，上去以后还能不能下来……"

小庄抱着那些信，失声痛哭。

小菲也在哭："你要难受，就让我抱着你吧。"

小庄扑在小菲怀里哇哇大哭，跟个孩子一样。

小菲紧紧地抱小庄，流着眼泪轻轻地吻小庄的额头："好了，别哭了。"

她吻小庄的眼睛，吻去小庄的泪水，吻小庄的鼻子，吻小庄的脸。嘴里轻轻地说着："好了，别哭了。"然后，她轻轻地吻小庄的嘴唇，"不要忘记我，小庄……"

小庄傻傻地哭着。两人在悲伤中亲吻，紧紧纠缠在一起……

9

小庄在黑暗中噼里啪啦地打字："小菲后来的消息，还是小赵连长去年告诉我的。他已经调到我国驻欧洲某国大使馆做武官助理，他在那个国家的首都见到了小菲。小菲已经在那里定居，他们是在市中心广场偶然遇到的。她坚决不给他留下联系的方式。"

"小赵连长回国休假的时候，在一个聚会的场合，他悄悄跟我说了一句话：'小菲带着一个 10 岁的小男孩——眼睛长得很像你，黑黑的，跟个小黑猴子一样。'那天，我就喝醉了……"

"我为了小影参军，也为了小影离开军队。我离开了中国陆军，离开了狼牙特种大队，离开了孤狼突击队，走上了我本来的生活轨迹。仿佛从终点又回到起点，一切都没有改变，只是小影没有了……"

小庄停止敲击健盘的手指，默默地想着，想着，他突然嘶哑声音高声喊："你们是什么？狼牙！你们的名字谁给的？敌人！敌人为什么叫你们狼牙？因为我们准！因为我们狠！因为我们不怕死！因为我们敢去死！"

声音孤独地在仓库里回荡。

小庄眼泪慢慢流下，他在 WORD 文档里打下最后一行字："中国陆军，狼牙特种大队，孤狼突击队，小影，再见……"

第二十六章

---★---

1

小庄火了。《最后一颗子弹留给我》火了。

各个畅销书排行榜的第一名都是《最后一颗子弹留给我》。

2

山路。一辆崭新的大切 V8 在急驰。焕然一新的小庄戴着墨镜静静地开车。丫头的照片在车里挂着，随着颠簸晃动着。

026 仓库门口，一个二级士官在站岗。

大切顺着山路开上来，二级士官瞪大眼，看着这辆地方牌照的越野车。

大切停在门口，小庄下车，看着哨兵。二级士官上前敬礼："同志，请问你有事吗？"

小庄摘下墨镜："我找灰狼。"

二级士官诧异地看着他："你找……谁？"

"灰狼，土狼，森林狼，西伯利亚……小狼……我找他们。"

二级士官的手摸住了手枪："你是谁？"

"西伯利亚狼。"

二级士官瞪大眼，看着小庄。

"B 组，西伯利亚狼。"

二级士官笑了："小庄班长！"

小庄笑着点点头。

二级士官惊喜地说："我还纳闷儿呢！地方车怎么进我们大队的范围了，还这么大摇大摆地冲着 026 仓库开过来。原来你就是传说当中的小庄班长啊！"

"我跟高大队打了电话，他让警通连放行的。"

"西伯利亚狼，欢迎你回来看看！我这就呼叫森林狼和灰狼他们，他们在训练场！"他转身跑向传达室。

小庄默默看着熟悉的仓库门口，空降狗小宝在门口对着他汪汪叫。

小庄蹲下身子："小宝。"

小宝汪汪叫着，停住了，纳闷儿地看他。

"是我——还记得吗？"小庄笑笑，"朗德战斗，我们六条人命，换你一条狗命。"

小宝瞪大眼，汪汪叫了两声，扑过来。

小庄抱住了小宝。小宝舔着小庄的脸，很是亲热。

二级士官出来："森林狼他们马上就回来，你先进去等吧！"

小庄拍拍小宝的脑袋，站起身："好，谢谢你。"

二级士官拿着一本《最后一颗子弹留给我》和钢笔："小庄班长……你能……给我签个名吗？"

小庄愣住了，苦笑："在这儿就不要骂我了……"

二级士官笑："我这是买的正版，让对象去省城书店买的！不是盗版！"

"对不起，我不好意思把书给你们送来……怕你们笑我……"

"什么话！你是我们的骄傲！没有你，谁知道我们特种部队到底是干啥的，吃了多少苦！帮我签名吧，我送给对象！"

小庄愣愣看着他，接过书签名。

二级士官喜气洋洋地说："谢谢小庄班长！"

"西伯利亚小狼，大宝呢？"

"他被开除军籍了。"

"啊？"他愣了愣，慢慢地走进 026 仓库大院。

院子里，空降鸡在角落懒洋洋地晒太阳。小庄站住，呆呆地看着空降鸡。

"它已经很老了。"

小庄回头。六级士官马达笑着，张开自己的怀抱："西伯利亚狼，欢迎你归队。"

"灰狼。"小庄跟马达拥抱，紧紧地。

马达拍拍小庄的肩膀："好了，让我看看你。"他拍拍小庄的胸膛，"不错啊？到哪里都能听见你的消息，名人了！"

"什么狗屁名人，在你们跟前，我还是老样子。"

土狼笑着过来："大作家小庄！"

"土狼班长！"小庄跟土狼拥抱。

土狼拍着他的肩膀："好孩子，我们都想你……还没忘了我们，好孩子！"

"我走到哪里，都不敢忘了这里。"

马达笑着："森林狼马上就到，他在组织一营战术射击。"

话音刚落，吉普车旋风一样开进来，耿继辉停车飞身下车。"小耿——"小庄扑过去跟耿继辉拥抱。耿继辉看着小庄："好样的！没有被苦难击倒，你挺过来了！"

"我要谢谢你！人生中有很多苦难，但是没有一种苦难，是你可以放弃的理由。"

耿继辉笑着拍拍他的脸："我们狼牙的特种兵，是不会被一切苦难击倒的！"

小庄含泪看着他："大宝他……"

耿继辉的笑容消失了："他违抗军令，被开除军籍了……走吧，我们进去说。"

几人进了车库教室。

小庄坐在座位上，马达、耿继辉、土狼坐在他的身边。二级士官恭敬地倒茶，转身退出去关上门。

小庄环顾四周："一切都还是老样子，就是设备换了。"

耿继辉笑笑："高科技局部战争在不断进化，我们也要不断进化！怎么样？想不想去杀人屋打两枪？11年了，你还能打准吗？"

"我不想再碰武器了。"

耿继辉理解地笑笑："还是没有走过那道坎儿，不过没关系。你早晚会走出来的，我相信你。"

马达说："对了，听说你要拍电视剧了？"

小庄点头："嗯。你怎么知道？"

"我们一直关注着你的消息，看报纸知道的。"

"我希望，可以原原本本表现出来。"

"还回远山镇拍摄吗？"耿继辉问。

"对！合同已经签了，我是导演，正在改剧本。"

土狼笑："不错！大导演，你看我们都能演个什么角色啊？"

三个特种兵哈哈大笑。小庄也笑了："你们？当然是演自己了！不过我想都不敢想，因为你们的身份都是保密的，再说也没时间啊！"

耿继辉笑着说："我们还真的有时间。"

"怎么？"小庄纳闷儿了。

马达说："是这样，我都六级士官了。今年年底我就转业了，部队给我半年时间去找工作。我想如果你看得上我，我就去演马达，灰狼——怎么样？"

"铁打的营盘流水的兵啊！我都43了，老了！打不动了！"

"那你呢？土狼，你也要转业吗？"

土狼笑了："对啊，岁数不饶人啊！更年轻的孤狼突击队员们已经成长起来了，我们该走了！"

小庄看耿继辉："那你呢？小耿！"

耿继辉淡淡一笑："我也要转业了。"

小庄站起来："你骗我！你才32岁！"

"别激动，这是正常的。我受伤了，小庄。我的脊柱中弹一直没有恢复过来，现在弹头还在里面，每次上飞机过安检就响，人家都以为我是恐怖分子！"

小庄看着他："怎么会？"

"常在河边走，哪能不湿鞋呢？一到阴雨天，我的脊柱就死疼，而且很多战术动作都完成不了。我现在只能指挥，不能带分队去丛林作战了。我想与其这样在部队耗着，不如重新开始。"

"可是你们……"

马达笑："这就是现实，小庄——军队嘛！我们都要走的。"

小庄看着他们。

耿继辉说："这样，如果你同意我们出演自己，我就跟高大队打报告，他会批准的。也许我们哥儿几个，以后都真的成了狼牙影帝了呢！"

三个特种兵哈哈大笑。

小庄看着他们："你们不是跟我开玩笑吧？"

"没有，"耿继辉说，"说真的。还有大宝，他现在在西南的城市里打零工。我想如果你可以给他留个位置，我会想办法联系到他。"

"没问题！他就演老……老炮……"

马达笑笑："不要那个表情。不管怎么说，他也是你昔日的班长，以后的事谁也说不准。不是吗？"

小庄点点头。

土狼又问："那伞兵和卫生员谁演呢？"

耿继辉想想："倒是有两人选，不知道导演你看不看得上。也是今年要复员的士官，你可以看一下。"

"哎呀！说这个干吗，你定了就是我定了！"

马达笑："好歹也得看一眼吧？"

"行行行！"

耿继辉拿起对讲机："B组，让黄鼠狼和草原狼跑步到队部来。完毕。"

"收到，完毕。"

小庄看着他们："没想到，你们也要离开狼牙大队了……"

耿继辉笑笑："这是战士的宿命，小庄。"

土狼说："强子呢？谁演？"

马达笑："那个北京兵啊，大傻狼啊！"

三个特种兵哈哈大笑。小庄苦笑："这会是中国军旅电视剧最强大的演员阵容。"

马达看看小庄："小影就不用说了吧？把我和土狼吓得魂儿都快出来了的那个女孩！"

小庄点头："嗯。"

耿继辉笑着："小庄呢？这可是灵魂人物！"

"还没定。你们有什么主意？喜欢哪个演员？"

马达看着他："你。"

"我？我都30了！还装嫩呢！"

耿继辉笑着拍拍自己的军衔："怎么了？我都33的少校了，还演19的中士呢！你30了，演个17的列兵怎么了？一起装嫩，一起装嫩！就这样定了！"

小庄呆了："你们没开玩笑吧？"

马达眨眨眼："我都 43 了，还摸爬滚打的！你 30，喊个屁啊！"

"你们跟我开玩笑吧？"小庄震惊地看着他们三个笑呵呵的特种兵。

耿继辉笑："你觉得像吗？"

小庄看土狼："土狼，你可一向不开玩笑的！"

土狼笑笑，变得严肃起来："来了——你还想走吗？"

三个特种兵哈哈大笑。

"你们真的要我回炉？！"小庄彻底震惊了。他做梦也没想到，他回部队探亲，结果却被半强制性地拉到了训练场上。30 岁的他，莫明其妙被回炉了……

训练场。

枪声四起。特种兵们在对天射击，驱赶着小庄跑特种障碍。

耿继辉拿着高音喇叭，对着小庄耳朵怒吼："你他妈的是不是个娘们儿？我家对门卖冰棍的老太太都能做得比你快！你还浪费军费干什么？告诉我你是不是想退出？"

小庄怒吼："忠于祖国！忠于人民！"

"就你这个速度，祖国和人民以你为耻！"

小庄奋力向前跑去……

山路。

小庄持枪，背着沉重的装备，在疲惫不堪地跑步。空降狗小宝或前或后地跟着他。

土狼笑呵呵地开车。马达站在车上举着高音喇叭冲他吼："你简直就是小姑娘逛街！这是武装越野吗？你还好意思说你是狼牙特种大队出来的？还好意思说你是 026 出来的？瞧你那一身的囊肉！给我加速！加速！加速！"

小庄加快速度。

土狼笑得乐不可支。马达骂着骂着也乐了："他妈的！骂名人的感觉就是不一样。加速！加速！加速！你比小宝跑得都慢——"

小庄疲惫不堪，仍在加速……

帐篷。

小庄打着手电在改剧本。

嗖！一颗催泪弹扔进来。

小庄急忙起身穿衣服。

土狼在外面喊："武装越野 10 公里——快！"

小庄在催泪弹的烟雾中迅速穿衣服："我这是受的什么洋罪啊？"

室内战术射击场。

小庄站在走廊，拿着手枪有点发晕。土狼拍拍他的肩膀："你必须战胜自己！我相信你，你能行——主攻手，没问题！"

小庄深呼吸，握紧了手枪。

马达在门边，抓着门把手："准备好了吗？"

小庄嗫嚅着，点点头。

马达笑笑："三，二，一——进！"他一把打开门，小庄持枪冲进去，在屋里快速搜索。

耿继辉站在角落，他背后的假人就露出半个脑袋。小庄发现了目标，举起手枪。

耿继辉面不改色。小庄的扳机却迟迟无法扣动。

耿继辉在等待着。小庄的脸部开始抽搐，汗水也流了下来。

耿继辉看着他："战胜自己！你能行！"

小庄屏住呼吸一枪爆头。

小庄急促呼吸着，全身僵硬。

耿继辉露出笑容，鼓掌。

马达和土狼走进来，笑着鼓掌。

小庄慢慢放下手枪，还在恍惚。

耿继辉看着他："西伯利亚狼，你——赢了！"

小庄满脸是汗，恍惚地看着耿继辉。耿继辉的嘴一张一合："你战胜了自己！"

小庄傻了半天，终于露出一点笑容，他把枪一扔，叫喊着："我赢了——"

3

一家建筑工地上，民工大宝很落魄地蹲在地上吃饭。一双穿牛仔裤的腿出现在他的面前。大宝抬头。

小庄蹲下，摘下墨镜："大宝……"

大宝惊讶地看着他，嘴里还含着馒头。

"是我！不记得了？"

大宝一下子抱住了小庄："小庄哥哥！"

小庄抱着大宝，拍着他的肩膀："好孩子，大宝！跟我走吧。"

大宝抱着小庄点头："上刀山，下火海，我都跟着你！"

小庄笑笑，抚摸大宝的脸："跟我去演戏。"

"演戏？"大宝呆住了。

4

远山镇。

剧组的车队停在旅馆门口。邵胖子在组织搬运："嘿嘿嘿！那不是日本人的东西，小心轻放！贵着呢！"

大切 V8 开来，也停在了旅馆门口。小庄下车，默默看着熟悉而陌生的远山镇。丫头在他身边下车，默默抓住了他的手。

演员组的客车开过来，马达、耿继辉、土狼以及那几个新人穿着便装笑呵呵下车。

小庄笑笑："武器运来了吗？"

耿继辉努努嘴："运来了，跟在我们后面！大宝负责押运！"

一辆货车开来，停下。后门打开，大宝手持冲锋枪下车警戒。这是狼牙特种大队提供的协助，不仅抽调了官兵参加演出，而且提供了服装、武器和空包弹。

耿继辉看看新人："武器弹药只能我们几个人接触，其余的人一概不许碰！知道了吗？"

新人们回答："是！"

"卸货——送到地下室，我们就住在那里！"

身上挂满了 56-1 冲锋枪、88 狙击步枪的新人们开始卸车，扛着一箱箱的子弹进去。马达和土狼持枪在旁边警戒。

丫头好奇地问："空包弹不是打不死人吗？"

小庄笑笑："这是部队管理规定。你上去吧，我帮他们卸货。"

丫头点点头，转身上去了。

小庄走过去。马达伸手："你也不能靠近。"

"为什么？"

"武器弹药，只能我们几个现役官兵接触——你，不能接触。这是大队长的军令。"

小庄一脸失落。

耿继辉笑着走来："导演，你去忙你该忙的，我们忙我们该忙的，好吧？"

小庄无奈地说："你们都要住地下室吗？你们三个老家伙就住房间吧。"

耿继辉摇头："我们不能离开武器装备，出事了没办法交代。"

"那……好吧。"小庄无奈地转身去了。

5

夜。

小庄在房里研究拍摄方案。丫头穿着睡裙过来："你还不睡觉？"

"我是导演不用睡觉。"

"那我更不用睡了，我陪着你。"

"那你帮我分一下这堆剧本，明天是战斗场面。"

"怎么一上来就是战斗场面？不能是简单点的吗？情感戏之类的？"

"我的兄弟们拟订的拍摄计划。"

"怎么，你这个导演不作数啊？他们是导演啊？"

"他们是现役军人，不能待时间太长。我们把战斗场面集中拍摄完毕，他们就可以归队了。再说，这么多的武器弹药，出事了不得了。"

丫头点点头，抚摸小庄的和尚头："看见你振作起来，真好。"

小庄笑笑，继续工作。

地下室。

子弹箱哗啦撬开。耿继辉拿起一包油纸包，打开，金灿灿的子弹哗啦啦落下来。"做战斗准备！"他冷峻地说，"明天早上，一定要稳！准！狠！记住，现场会有剧组的无关人等。所以特别要注意安全，我们行动开始以后，猫头鹰会安排他们离开现场，我们一往无前！"

马达、土狼、大宝、两个新人一边听一边哗啦哗啦往各种弹匣里安装实弹。大宝看看他："小庄哥哥装实弹还是空包弹？"

"跟我们一样，第一个弹匣给他装空包弹。"

"其余的呢？"

"也是跟我们一样，备用弹匣都是实弹。这小子难说会不会头脑一热，跟我们行动！练他一个月，就为了防着这手！要是没做准备，上去就是送死！"

马达笑："可惜了小庄的第一次导演梦。"

耿继辉笑笑："一天是狼牙，终身是狼牙——不用说他都能理解！"

土狼愁眉苦脸地在整理武器。耿继辉看看他："你怎么了？这么不高兴？"

"可惜了我的第一次演员梦！"

大家哈哈大笑。耿继辉笑着说："你是我们陆特的狼牙影帝！"

大家笑着，继续做战斗准备。实弹，一颗一颗装入弹匣……

丛林。一个三人野战小组在穿越。最后的一个扛着巴雷特狙击步枪骂骂咧咧："我现在操心的是，到底谁演我！"

前面的冲锋枪手嘿嘿笑："黄鼠狼，一定没跑儿！"

邓振华震惊地说："天啊！卫生员，他难道能扮演好我吗？你看看我，看看我——我是多么的高大英武，多么的骁勇善战！"

史大凡嘿嘿笑："你也就是黄鼠狼扮演了！"

强子回头笑："我看老伞操心的不是他妈的谁演自己，是谁演夏岚！"

邓振华更震惊了："你怎么知道？"

"我还猜不出来？你就惦记着拍朗德战斗结束，你趴在担架上强吻夏岚的镜头！惦记了好些日子了吧？"

"那是我强吻她吗？明明是她强吻我——对了，难道你监视我？"

史大凡嘿嘿笑："还用监视？你那本小说干干净净，就那两张翻烂了！"

"卫生员，难道你不后悔没有安排吻戏给你吗？"

史大凡嘿嘿笑："不后悔，只要小庄送我一套新的《七龙珠》就得！"

史大凡嘿嘿笑："演戏用力过猛，都是血浆了！"

强子回头笑："明天早上就实拍了！影帝们！"

邓振华又嚷："影帝们？等等恶狼，狼牙电影节只有一个影帝，那就是我！"

史大凡嘿嘿笑："是，明天电视剧一开机，你就上电视了。鸵鸟狙击手名扬天下，回头就有好多小姑娘找你签名了。"

邓振华更震惊了："你怎么知道我内心的想法？"

史大凡嘿嘿笑："因为我跟夏岚沟通过。"

邓振华痛心疾首："天啊，难道你真的想看见一个被阉割的伞兵吗？"

"别贫嘴了！"强子回头，"我们要快速进入阵地。"

两人终于住了嘴。

破旧的马家别墅。马云飞在上香。老炮站在他的身后。

马云飞注视着亲人们的遗照，对老炮说："明天早上，所有的老大都会过来开会，包括金三角的几位老大。安全工作一定要做好，那个电视剧组怎么样？有什么疑点没有？"

"没有，都是在准备拍戏。"

马云飞回头："小庄是导演？"

"对……他在远山镇……"

马云飞笑笑："我知道，怎么，你对他有感情？"

"他是我带出来的兵。"

"你是我最信任的兄弟！"

"是！"

"你要安排好这些老大，让他们在这里等我！"

"是！那你呢？"

"我要去办点事情，接待的事情你来做。"

"是。"

"11年了……"马云飞看着那些照片，照片上，马玲带着天真的笑容，"我的小妹……我最对不起的，就是你……"

远山镇招待所的房间里，各种监视器已经安装完毕。

陈排正看着监视器，苗连进来："都安排好了？"

陈排回头："安排好了。场工都是我们的人，他们会掩护演员撤离现场。"

苗连点点头："现场一定不能出意外，这次我们要把这帮狗日的毒枭一网打尽！"

"是。小庄的电视剧怎么办？"

"我也安排好了。"

"你安排？"

"真正的剧组工作人员已经在路上了，他们明天中午到。小庄的电视剧可以照常进行，我们走了，他继续拍戏。"

"经费谁出的？难道国际刑警最近有拍戏的经费了？"

"马玲。"

陈排苦笑一下："可怜天下痴情女子啊！"

"钱是她自己做生意赚的，干净的……你还不知道吧？"

"什么？"

"这个戏的幕后投资老板就是马玲。"

陈排愣了一下："真的？"

"否则小庄凭什么靠一本小说，让上千万的投资砸在他的身上呢？马玲就是不出面的幕后投资老板。"

陈排点点头："我倒是真的佩服马玲了！"

苗连拍拍陈排的肩膀："她早就是我们的人了，她的心是跟我们在一起的！"

"在你的说服下，谁都能成为特情，我现在是真的信了。"

"不难！你忘了小庄是怎么被我收拾的啦？看到这个小子今天有出息了，我真的很高兴啊！"

苗连笑笑，不由想起最后一次和马玲的谈话。那是在境外东南亚某地的一家餐厅。苗连一副富商打扮，马玲坐在他的对面，有些犹豫："你确定，我必须回去吗？"

"我确定。"

"我……确实不太想回去。"

苗连看着她："我知道，那是你的伤心之地。但是你了解马云飞，他即便被捕获也不会开口的。到时候需要你出面做工作，马云飞不知道你还活着，你出面会有效果的。"

"可是我……真的不想回去了，远山镇……我不敢触碰的往事……"

"小庄到时候也会回到远山镇。"

马玲抬眼。苗连迎着她的目光说："他要去远山镇拍戏，你知道的。"

马玲眼中慢慢有泪："他最近还好吗？我这边太忙，剧组的事情一点也没问。"

苗连点点头："很好……他得到了重生。至于说他的感情生活，那个小女孩非常好。你不愿意让他知道，你是这部电视剧的幕后老板。但是，他会很高兴见到你还活着的，还是我们的特情。他会为你由衷的高兴，你不愿意给他这个惊喜吗？"

马玲的眼泪慢慢落下来："我……愿意……"

苗连吁了口气，转身看着陈排："就这样，我说服了马玲，她也很不容易。"

"是真不容易，"陈排听得感慨。他笑笑了，岔开话题："完事儿你去帮我要个小庄的签名。"

"难道你也追星了？"

陈排笑："我什么啊！我爱人，哭着喊着要小庄的签名！"

"我这儿还有小庄当年写的文书材料，你干脆一起给你爱人得了，她不乐疯了？"

"拿来吧，我等着留给儿子。"

"给你儿子干吗？"

陈排笑："名人手迹啊，那么厚一堆！几十年后，值钱啊！"

两个人哈哈大笑。

山路上，旅游公司的两辆大轿车在急驰。前面一辆是陆地巡洋舰，车内坐着穿着便装的高大队，他在看着地图。

夏岚坐在前排："边防武警部队已经秘密进入阵地，准备对所有出境路线实施封锁。行动开始，整个远山镇周边将会水泄不通！"

高大队点点头："设了这么大一个局，估计马云飞做梦也想不到。"

"是啊，特别突击队化装成电视剧组，任谁也想不到……这个主意谁出的？"

"我。"高大队抬头笑眯眯地说。

"你？怎么可能呢？"

"对啊，你们家伞兵知道小说要拍电视剧以后，一天到晚喊着要去演戏！"

夏岚哼了一声："这个邓振华！肯定是惦记着谁演我呢！想吃女演员豆腐！回头看我收拾他！"

"他倒是启发我了，大批外地人进入远山镇，还要携带家伙，想不引起怀疑，那是很难的。电视剧组满世界乱跑，男女都有，这是特种部队的战斗戏，武器就可以带进去，无非是空包弹换成实弹罢了，谁也不会多想。怎么样？可以拿狼牙电影节的最佳导演奖了吧？"

"战争，就是男人的游戏！不同的是，这个游戏是见血的！陆特过后……"

"鸡犬不留！"夏岚说，"我都知道了，你们干的那些好事！狼牙最佳导演！"

高大队笑笑："你是我们永远的狼牙影后！"

"跟谁多乐意当似的！"

高大队笑笑，继续看地图："通知部队，5公里以后进山！按照预案渗透到远山镇附近！准备发动突击，奶奶的一网打尽！"

6

一大早，剧组就开始在远山镇街上摆摊子。穿着"《最后一颗子弹留给我》摄制组"T恤衫的男女在忙活着，布置拍摄现场。

邵胖子拿着高音喇叭喊："说你们呢——美工，糊弄日本人呢？那是我要的颜色吗？"

整条街上一片忙碌。

房间里，丫头穿着武警迷彩服，套着老下士肩章，瞪大眼看着一身特种兵打扮的小庄："你真帅！这是我见过你最帅的打扮！"

小庄笑笑："在房间等我，别出去乱跑。收工我就回来，我走了。"

丫头点点头。

满身满脸迷彩的小庄大步走出去，他的军靴敲击着地面，落地有声。

旅馆门口。打扮好的特种兵演员们或坐或站地在车边等待,他们都手持武器,谈笑风生。

耿继辉笑着看往门口,呆住了。

所有人都呆住了。

大宝惊喜地喊:"小庄哥哥——"

特种兵打扮的小庄矫捷地跑出大门,利索地下台阶。他跑到队员们跟前。耿继辉看着他:"我等你这一天,好久了……"

马达起身,递给他一把56-1冲锋枪。

小庄接过来,检查枪支,他抬头:"我的枪?"

马达笑:"你的枪——这把也是你的!"他又递给小庄一把92手枪,"你的枪,一直给你保管着。没有人用过,每个月都拿出来擦。"

小庄看着他,动作利索地披挂上自己的武器。

"你是我的偶像!偶像!"大宝激动地说,"你不知道,我就是想着成为你长大的!你是我的偶像!是我们朗德山寨所有孩子的偶像!"

小庄看着他:"我让你失望了……"

"没有!因为你站起来了,没有被苦难击倒!你是最棒的特种兵!最棒的!无论什么样的苦难,都不能把你击倒!你是我的偶像!"

小庄拥抱大宝。大宝拥抱着小庄,喜极而泣:"我好高兴看见你这样,小庄哥哥!"

小庄没有眼泪:"别哭了,你还是小孩子吗?"

马达笑着跟耿继辉对视。耿继辉喊:"西伯利亚狼,准备好去战斗了吗?"

小庄抬头,目光坚毅:"准备好了!"

"让我们去战斗吧!"

几个特种兵演员全副武装,跟着小庄径直穿过人群,跑向拍摄现场……

马家别墅。车辆鱼贯而入。老炮站在门口,戴着墨镜,看着不远处的拍摄现场。

一个老大下车:"那边在干吗?"

"演戏呢。"

老大愣了一下。

老炮笑笑:"电视剧。"

老大放心了:"哦,拍戏啊!"他转身进去了。

老炮带着笑容转身进去了。

拍摄现场。小庄和特种兵演员们持枪在镜头后准备。

邵胖子举着喇叭嚷嚷:"注意了注意了!准备实拍了!"

各个部门都在报告准备情况。录音小妹戴着耳机:"录音好——等等!有车声!场工拦一下,是什么车!"

一辆陆地巡洋舰开来,不管阻拦,径直闯入现场。

邵胖子嚷嚷："嘿嘿嘿嘿！怎么回事啊那是？那是谁的车！——大校！"

全副武装手持武器的高大队下车，也是满身满脸迷彩，后面跟着几个队员，一样的装束。其中一个戴着绿色的面罩，精明干练。

小庄惊喜地喊："高大队！"

高大队笑："兔崽子！拦我的车？你的谱子越来越大了啊？"

"你怎么来了？"

"你小子拍戏，请他们来不请我？我不请自到！服装道具家伙我都自备了，还带来几个群众演员！"

"啊？你要来演戏？"

高大队瞪眼："不行吗？我一个堂堂的解放军大校，给你当群众演员，你觉得不够格？"

"不是不是，这戏……也太好，太强大了！"

特种兵们哄堂大笑。高大队拍拍小庄的肩膀："我就喜欢看见你这打扮！来吧，我跟你混了！考虑到你现在特种兵人数不够，不真实！我亲自带着几个兵，来给你做群众演员了！走，跟西伯利亚狼拍戏去！"

摄影看得咋舌："乖乖？牛得一塌糊涂！导演，可以开始了吗？"

小庄抬起只手："可以开始！"

队员们站好了各自的位置。

旅馆门口，一辆宝马X5越野车开来，穿着猎装的卷发女人戴着墨镜下车，低头走入旅馆，进了一间房间。

唰——女人拉开窗帘，阳光射进来。她看着外面，嘴唇翕动："远山镇，我又回来了……"

她摘下墨镜，是马玲。她透过窗户，可以看见那边的拍摄现场。她默默地看着，眼泪慢慢落下："小庄，11年了……当年任性的小姑娘马玲，现在已经是个妇人了……你还能认出来我吗？"

马家别墅大厅，老大们已济济一堂。老炮走进来。老大甲问："小马呢？怎么不见小马？我们这帮老家伙都给面子，他怎么不出现？跟我们玩儿什么谱啊？"

老大乙也说："是啊！我专门从境外驱车赶来，放下手头的一切生意！小马难道跟我们唱空城计吗？"

老大们纷纷附和。

老炮笑："各位老大，各位前辈，小马先生临时办点儿事情，一会儿就会来给各位老大赔罪！"

老大们还是不满意，纷纷叫嚷着。

老炮在安慰劝解，也眉生疑云……

拍摄现场。特种兵们在等待着。小庄回头看耿继辉。耿继辉笑笑："别着急，我们要进入状态才能演好戏嘛！"

摄影抬头："导演，到底拍不拍啊！我这边已经等了半个小时了！"

邵胖子跑过来："导演，你看这到底什么时候开机呢？"

小庄说："等着！军事导演还没做好准备！"

邵胖子看看耿继辉，笑："耿导，你看这？"

耿继辉笑笑："我的人不是专业演员，需要入戏。"

邵胖子看看如狼似虎的特种兵，赔笑："是是是！入戏，入戏！我们再等等！"他转身去做摄影的工作。

旅馆的房间里，苗连皱眉："老炮怎么还不发信号？"

陈排摇头："不知道。"

苗连看看时间："再不发信号，我们直接动手！等不了了，这么多人在待命！马云飞早晚会看出破绽的！"

马家门外。老炮走出来，他咬牙："开弓没有回头箭！干！"

他把胸前的白花挂在了门上。

拍摄现场。耿继辉点点头："好！注意了！——准备实拍！"

特种兵们做好了出击准备。

小庄抬手："准备实拍——"

邵胖子拿着大喇叭嚷："安静了安静了——准备实拍了——"

现场安静下来。

剧组做好了准备拍摄。

小庄目视前面空无一人的街道，深呼吸："准备——开始！"

摄影开机，录音助理吊着麦克。小庄带着队员们以刺猬战术队形快速冲向前方。不同地方的炸点开始爆炸了，十多名特战队员排成两个刺猬战术组，快速穿越炸点，小庄冲在第一个，他不时地对着跳出来的假想敌演员射击。特种兵们紧跟其后，在快速穿越街区。

枪声连连。

马家别墅客厅里，老大们大惊失色，保镖们都拔出了手枪。

老炮笑："不用怕！不用怕！这是在拍电视剧，围剿远山镇！"

老大们还是议论纷纷。

老炮说："小马先生马上就到，马上就到！"

街上。小庄带着队伍穿越硝烟，来到道路尽头。邵胖子在后面拿着高音喇叭喊："好！"

小庄长出一口气，起身看着战友们："谢谢你们！"

耿继辉看着他，没有说话。战友们也默默看着他。小庄正纳闷儿，大家突然一起开始换弹匣，哗啦啦非常迅猛。

"拍完这条了啊？"

高大队冷峻地喊："孤狼特别突击队——出击！"

耿继辉举起冲锋枪："我们上——"

387

小庄目瞪口呆。

战友们如同迷彩色的利剑一样，冲向几十米外的马家别墅。

剧组目瞪口呆。摄影嚷嚷："嘿嘿嘿！告诉他们出画了！"

邵胖子举起喇叭："你们出画了！回来回来！"

突击队径直扑向马家别墅。小庄转脸看他们，一脸震惊，他耳麦里突然传来耿继辉的声音："西伯利亚狼！如果你不愿意袖手旁观，看看你自己的备用弹匣。完毕。"

小庄拔出备用弹匣一看，里面全是金灿灿的实弹。他看着队伍，明白过来。随即迈开腿开始追赶队伍，边跑边拆掉枪上的弹匣，插入实弹弹匣。哗啦——他拉开枪栓，金灿灿的实弹上膛。

场工们一起站起来，哗啦撕开衣服脱掉，露出黑色的防弹背心，后面写着"缉毒警察"四个大字。他们从工具箱里拿出冲锋枪，甩给自己的兄弟，又跑到剧组外围站好。

剧组工作人员看着他们都傻眼了。录音助理丢掉麦克，撕掉长发的发套，接着撕开外衣，"缉毒警察"四个字露出来，他拔出手枪上膛，拿起高音喇叭喊："不要乱！我们是警察！我们负责保护你们的安全！你们到车上去！——保护剧组，撤离现场！"

邵胖子一脸惊恐："打仗了——快闪人——"

缉毒警察们保护着剧组井然有序地撤到车上。

录音助理对着耳麦："猫头鹰！猫头鹰！我们正在撤离现场！完毕。"

马家墙外。队员们贴在墙根，射击不时跳出的保镖。

年轻的爆破手在安装炸药。小庄飞奔过来，靠在耿继辉身边。耿继辉回头："西伯利亚狼！准备好战斗了吗？"

"准备好了！"

"我告诉你一个秘密——老炮是卧底！"

"什么？"

"老炮是卧底！所以不要向他开枪。"

"那强子呢！"

"我在你后面！"

小庄回头，强子笑笑摘去绿色面罩，露出自己的迷彩脸："是活的！"

"伞兵呢？"

强子笑笑："战略狙击手——当然占领了战略高度！"

话音未落，一声巨大的枪响，楼顶的狙击手半截身体被打断了。

马家客厅里的老大们惊了："这不是演戏！是真的！小马出卖我们！"

老炮拔出手枪："来了——就别想走了！"

一个保镖拔出手枪，老炮抢先射击。

枪战开始了！

爆破手引爆了炸药。轰！墙被炸开个大洞。高大队挥挥手："进！"

小庄一跃而起，带着强子再次冲入马家，队员们陆续跟进。

高大队果断地指挥："A组，清场！B组，抓捕！快——"

小庄一跃而起，带着B组队员们冲向熟悉的别墅大门。

客厅里，老炮翻腾滚跃，正与保镖们枪战，小庄一个箭步冲进来："中国陆军——"

啪啪！一个保镖被他射倒。

更多的特种兵们冲进来，老大们纷纷跪下丢枪："我们投降……投降……"

小庄跟弟兄们冲过去，怒吼着："趴下！手在我看得见的地方——"

特种兵们迅速控制了现场。

7

旅馆走廊。一个女服务员穿着缉毒警察的防弹背心挨个房间高喊："不要慌！都在自己的房间里待着！"

一双穿着皮鞋的脚走来。女服务员回头，顿时大惊失色："马云飞——"

马云飞冷峻地举起冲锋枪，他后面的枪手们举起冲锋枪。哒哒哒哒……女服务员倒下了。马云飞冷笑着："去找我们要的人！"

枪手们四散而去。

马玲手持手枪，紧张地躲在门后，外面的脚步声杂乱，她拿起手机拨打电话："旅馆出事了……"

小庄的房间里，丫头穿着武警的迷彩服和军靴，坐在地毯上看着电视吃着饼干，电视里面是《黑鹰坠落》，枪战正在激烈地进行着。

楼道的枪声传来，丫头纳闷儿地听着："嗯？这个破电视的立体声效果这么好吗？"

走廊，乱枪击毙最后一个反抗的警察。马云飞一脚踹开门，穿着武警迷彩服的丫头站起来，还一脸纳闷儿："没说今天在这里拍戏啊？"

马云飞有点晕："我知道你们长得很像，没想到这么像！"

"你在说什么？你是谁啊？"

"马云飞！"马云飞咬牙切齿地说。

"啊——"丫头丢掉手里的饼干尖叫起来。

两个枪手冲进来，抓住了丫头。

马云飞挥挥手："带走！带到境外去，卖到最下贱的窑子！"

几个枪手抓着尖叫的丫头，跟着马云飞迅速撤离。

马家别墅。高大队听着耳麦一脸震惊："什么？"

正在搜毒桌身的小庄抬眼看他。高大队回头："A组，看押人犯！B组，立即到旅馆去！马云飞去那里搞事了！"

"丫头——"小庄起身抓着武器飞奔出去。

"B组——上！"

强子、老炮和新人跟着耿继辉起身飞奔。

旅馆后的杂乱垃圾场，马云飞带着丫头跟手下跑过来。两个手下唰地揭开一块蒙布，一架轻型直升机暴露出来。

手下上去，开动马达。

丫头挣扎着："放开我——放开我——"

马云飞抓着她："走！"

"小庄哥哥会杀了你的——"

马云飞冷笑："他有那个本事吗？他只配杀自己的女人！"

丫头被马云飞抓上了直升机，舱门关上，直升机拔地而起。

飞机的马达声传来。正飞奔的小庄呆住了："丫头——"

两名队员举起冲锋枪准备射击。

"不要射击！机上有人质！"耿继辉高喊，"野狼！野狼！紧急情况！马云飞准备了直升机。"

小庄跟着直升机开始飞奔。队员们跟着小庄开始飞奔。

直升机在空中掉转方向，飞向境外。

机舱里，丫头惊恐地挣扎："小庄哥哥——救我！"

马云飞冷笑："低空，再盘旋一圈！让他看清楚。"

飞行员压低高度。直升机低空缓慢飞过，舱门打开，露出丫头尖叫的脸："小庄哥哥！救我——"

小庄看着丫头，握紧冲锋枪。

耿继辉还在呼叫："野狼！野狼！人质在直升机上，我们无法射击！快通知空军拦截！完毕。"

小庄看着他："来不及了……"

"我们只有这个办法了！"

直升机又在拉高，舱门重新关上。

小庄冷峻地说："大尾巴狼，西伯利亚狼呼叫。你是最好的战略狙击手吗？回答我，完毕。"

在山头潜伏的邓振华说："该死的，我当然是！你问这个干什么？完毕。"

"把直升机打下来！完毕。"

"该死的，你疯了吗？人质在直升机上！完毕。"

邓振华抱着巴雷特狙击步枪开始瞄准："该死的！这是我最艰难的一次战略狙击！卫生员，给我穿甲弹，我这是高爆弹！"

史大凡拿出绿头穿甲弹的弹匣，仔细检查一下递给邓振华。

邓振华更换弹匣。他哗地拉开枪膛，金灿灿的绿头穿甲弹上膛："该死的！我希望直升机上的杂种不抽烟！"

史大凡脸上没有笑容，他拿着激光测距仪汇报："九点钟方向，高度543，距离1121，飞行速度每小时80公里，风速东南，5米／秒！"

邓振华抱着巴雷特狙击步枪瞄准，瞄准镜的主观视线里，直升机在不断拉高。

"在均匀加速和拉高，鸵鸟！看你的了！"

邓振华的额头渗出了汗珠，他的枪口在慢慢移动，虎口在均匀加力，他瞄准了直升机的油箱，扣动扳机。

砰！轻型直升机的油箱被打穿了，汽油马上开始往外喷射。

机舱内，直升机开始报警。飞行员高喊："我们被击中油箱了！直升机在漏油！必须马上降落！"

马云飞惊呆了："不能降落！我们必须到境外去！"

"汽油漏得很快——汽油飞不到！"

"能飞多远飞多远！"

咣当！又是一下，直升机油箱上出现四个弹洞，汽油开始狂喷。

飞行员看着油表："马上就没油了！要降落了，不然要坠毁了。"

直升机开始迅速降低高度，消失在山后。

邓振华满头冷汗地从瞄准镜前抬起眼。史大凡也很紧张地拿着激光测距仪在观察。

没有动静。

"没有爆炸！"史大凡一拍邓振华的肩膀，"你是最好的战略狙击手！"

邓振华放松下来，晕过去了。

小庄注视着飞机滑过山后："把车开过来，我们要上路了！"

陆地巡洋舰在高速开来。队员们都看着他，小庄迎着他们的目光说："那是人质，不是丫头！"

耿继辉一拍他的肩膀："西伯利亚狼，上车！"

小庄跟着大家纵身上车。

陆地巡洋舰高速开走。

丛林中。马云飞拖着丫头，跟两个手下在山林中疲于奔命。马云飞气喘吁吁地问："离边境线还有多远！"

"还有不到2公里。"

"快！我们一定要跨越边境线。"

山路上。陆地巡洋舰在急驰。耿继辉开车，小庄坐在副驾驶的位置上。车粗暴地开过泥泞的路面，小庄催促着："再快一点！他们要出境了。"

山林。马云飞拉着丫头奔跑。界碑远远可以看见了。

丫头抱住了树："打死我，我也不跟你出境。"

马云飞举起手枪："他妈的那我就打死你。"

丫头流着眼泪怒视枪口："来啊，你就配跟女人动武。你敢动小庄哥哥吗？"

马云飞顶住丫头的脑袋："他妈的那我现在就成全了你，去地狱见吧！"

哒哒哒哒——几把81-1自动步枪在对天射击。

界碑那边。夏岚穿着武警迷彩服，带着几十个战士从灌木丛中站起来。

夏岚冷冷地盯着他："马云飞，你不用痴心妄想了，边防武警已经封锁了所有的出境路线！放下武器，立即投降！"

马云飞一把抓过丫头挡在胸前："我他妈的有人质！"

夏岚挥手："别过去，都冷静！立即封锁现场，等待特种部队！"

武警们站住了，散开了包围圈。

丫头哭出声来："小庄哥哥——救我——"

夏岚看着丫头，有点晕。

"小庄哥哥——救我——"

夏岚咬牙："马云飞，负隅顽抗是没有出路的，我们有世界上最好的特种部队！"

马云飞冷笑："是吗？专杀人质的特种部队？"

"你一定会下地狱的！你这个畜生！"

"我会再拉她陪葬！供我享乐！"

丫头尖叫着："救我——小庄哥哥——"

山地。陆地巡洋舰开到了路的尽头。特种部队飞身下车。武警哨兵迎了上去："快！在那边——"

小庄持枪带着兄弟们飞奔进去。

旅馆。马玲的房间。苗连进来，马玲内疚地站起来："他们人太多，我……"

苗连看着她："你没有错。跟我走，我需要你跟我演一出戏！"

马玲点头："嗯！"

两人转身出去。

丛林。马云飞的手枪顶着丫头的脑袋。

隐隐约约有飞奔而来的身影。丫头尖叫着："小庄哥哥——"

小庄手持56-1冲锋枪纵身跳过灌木丛，后面跟着一群战争猛犬。

丫头哭喊着："我知道你会来救我的——"

马云飞冷笑着，看着小庄飞奔过来："都来了！都来了！好，这场戏真热闹！谁他妈的是导演？我真佩服他！"

小庄飞奔过来，跟着兄弟们占据战位。

丫头哭着："小庄哥哥——"

小庄平稳呼吸着，据枪在胸前瞄准，没有表情。

马云飞躲在丫头的脑袋后面："来啊！开枪啊！再一次打死你的女人！我真喜欢看到

这一幕！"

丫头泪流满面："小庄哥哥——"

小庄没有表情，保持着射击姿势。耿继辉在跟无线电说着什么，随即点头："好，我知道了！"

小庄头也没抬地问："森林狼，我们什么时候动手？"

耿继辉说："等等，猫头鹰有礼物给马云飞！"

"什么礼物。"

"没有我的命令不许进攻！保持冷静！"

队员们一动不动。

耿继辉高喊："马云飞，我们做个交易。"

马云飞躲在丫头身后："狗屁！你们会跟我做交易！陆特过后，鸡犬不留！少跟我开国际玩笑了！让路，让我出境是正经！不然我一枪打死她！"

"你妹妹——马玲，在路上！"

马云飞呆住了。

小庄也呆住了，回头看耿继辉。耿继辉高喊着："我们把你妹妹给你，你把人质给我们！一了百了，你滚出去！再也别来中国了——这是猫头鹰的原话！"

"她没有死！一直活得好好的，我们把她放了！她在境外做生意，今天是回来吊唁你爹和你两个倒霉哥哥的！猫头鹰抓了她，现在正在往这边来！"

"就算她活着，她也是无辜的！你们他妈的犯得上折腾她吗？"

"废话！你手里的人质不是无辜的吗？还做我们的思想工作！猫头鹰的手段你可知道，他不是我们这些以服从命令为天职的军人！"

"他他妈的到底想干什么？"

"你不放人，猫头鹰就杀了马玲！"

"你们敢——你们不怕被逮捕吗？"

耿继辉问老炮："到时候你会看见什么？"

"我间歇性失明。"老炮说。

耿继辉问强子："你呢？"

"我最近心力交瘁，一直失明。"

耿继辉问小庄："你呢？"

小庄看着耿继辉，舔舔嘴唇："我退伍以后，眼神就一直不好。"

马云飞怒吼："你们这群浑蛋！畜生！没天良的特种兵！"

小庄冷笑："那你呢？"

"废话！我是毒枭，你们能跟我比吗？"

丫头泪流满面看着小庄："小庄哥哥……"

小庄没有表情，平稳呼吸。

耿继辉看看他："西伯利亚狼，你的位置是最好的射击点。你撤离，我顶上去。"

小庄没有动："我担任主攻手。"

"你撤离，这是命令。"

小庄没有动："我担任主攻手。"

耿继辉看着他的侧面："我们只有一次机会。"

小庄举着 56-1 冲锋枪："我会抓住这次机会。"

马玲被苗连抓着带进包围圈。

小庄瞪大眼。

马玲看着小庄，眼泪在酝酿。

小庄看苗连。苗连没有表情，右手拿着手枪上膛顶着马玲的太阳穴："马云飞！你看看这是谁？"

马云飞躲在丫头身后："我不看！我知道你们准备好了狙击手，等着我露出那么一点脑袋！我他妈的才不上当呢！"

两个手下在后面挡住了马云飞，做人肉盾牌对着后面的特种兵，他们看不见前面的动静。

苗连推了一把马玲："叫他！"

马玲嘶哑着喉咙喊："三哥——"

马云飞呆住了。

"三哥，是我——玲玲啊！"她说着，泣不成声。

马云飞躲在丫头身后："玲玲——你怎么会……为什么这么多年，你不找我啊？"

马玲哭着："我……不想再回忆起以前的事情了……"

马云飞躲在丫头身后流着眼泪："三哥对不起你——"

苗连怒喊："马云飞！你个兔崽子，别在这儿假惺惺的！你妹妹在我手上，立即放人，不然我一枪毙了她！"

马玲泣不成声："三哥，救我……"

马云飞还是不露头："猫头鹰！你个狗日的，你敢动我妹妹！我就凌迟这个人质！"

小庄深呼吸，看着丫头。丫头泪流满面看着他。

"你了解我的手段！不信我们就试试看！这是你妹妹，那是我不认识的人质！"

"你就不配当警察！"

"你也不配当个哥哥！"他压低声音，对着马玲的耳朵低语，"枪响就叫！"

马玲点头。

苗连对着地面就是一枪。

马玲惨叫一声倒在地上："啊——你打断了……我的腿……三哥，救我……"

小庄盯着对面，光学瞄准镜中，丫头的脸在十字线正中。

苗连再次拿起手枪对地面射击。

砰！

马玲在地上泪流满面地惨叫着："我的胳膊——啊——"

马云飞还是没有露头，他哭着："小妹，三哥对不起你啊！"

马玲哭着滚翻："三哥，救我吧！"

马云飞咬紧嘴唇，泪流满面。

丫头看着小庄，无助地流泪，小庄没有表情，注视着丫头的脸。

苗连冷笑："马云飞，有你的啊！小子够狠！老子现在就宰了你妹妹！"说着拿起身上的冲锋枪上膛对着天空，"让你见识见识，什么是乱枪击毙！"

马玲惨叫着："啊——三哥——救我！"

马云飞泪流满面："小妹……"

苗连对着天空扣动扳机。哒哒哒哒……

马玲惨叫着："啊——"

马云飞终于按捺不住了，闪身举起手枪："我宰了你——"

小庄的枪口迅速抬高，马云飞的眉心出现在十字线上，他果断地扣动扳机。砰——马云飞眉心中弹，软软倒地，手枪掉下来。

耿继辉和老炮果断射击。那两个手下咣当倒下。

强子冲上去，对着地面的马云飞补射，哒哒，哒哒……

小庄还在那里，保持着射击姿势。丫头愣愣地看着小庄："小庄哥哥，我活着……"

一滴眼泪从小庄的眼角流出来。

丫头露出了笑容："我……活着……"

小庄的冲锋枪慢慢放下来，关上了保险。

马玲从地上爬起来，复杂地看着被击毙的马云飞，她嘶哑地尖叫："三哥！"她哭着爬过去抱住了马云飞，抱得紧紧的。

队员们同情地看着马玲。

小庄默默站起身，丫头飞奔上来，抱住了小庄："小庄哥哥——我活着！我活着！你赢了！你干掉他了。"

小庄的脸色慢慢缓过来，慢慢抱住了丫头。

邓振华跟史大凡飞奔过来。

"卫生员！快点！我敢说他们需要战略狙击手！"

史大凡嘿嘿笑："你自己晕过去了，还说我慢！"

"所以我们要跑得更快啊！难道你不知道劫持人质现场，需要真正的战略……"他站住了，看着现场，"狙击手吗？"

史大凡擦擦汗嘿嘿笑："演出结束了？"

邓振华震惊地看大家："怎么没有等到我到场就结束了呢？难道你们不知道我是战略狙击手吗？"他看看马云飞的眉心，"好枪法！一枪毙命！跟我有一拼，谁干的？"

耿继辉笑着，指着被丫头抱着的小庄。

邓振华更震惊了："天啊，西伯利亚狼，你又复活了吗？"

小庄慢慢推开丫头："大尾巴狼！"

邓振华一把抱住他："好样的！好样的！我就知道你能行！回来吧，回来吧！我们需要你这样的战略突击手！你可以成为蝙蝠侠，白天是名人，夜晚换衣服！嗖嗖就飞了！"

史大凡嘿嘿笑："鸵鸟。"

"干吗？"

"你快飞。"

邓振华纳闷儿："往哪儿飞？"

"你看看你后面。"

邓振华回头，大惊失色："夏岚！"

夏岚怒气冲天地过来："邓振华，你是不是想去当演员，吃女演员豆腐？"

邓振华掉头就跑："天啊！谁是这出戏的导演啊？他妈的害死我了！救命啊——"

夏岚飞奔着追过去："别跑！给我站住！"

队员们哄堂大笑。丫头也笑了："原来他们真的是这样的啊！"

小庄笑笑："这就是狼牙电影节，充满了快乐，还有意想不到的结局。"

邓振华的惨叫声连连："我没有那个意思——啊——不要打脸啊——"

8

剧组重新开始忙活，邵胖子忙前忙后："快快快！准备实拍了！"

小庄跟丫头在和兄弟们告别。

耿继辉笑："我们走了！导演，不好意思踢了你的场子！"

小庄跟兄弟们拥抱："我们永远在一起！"

老炮捶他一拳："小子！让那个演员把我演得帅一点啊！"

小庄笑："你是最帅的老班长！我永远的老班长！"

强子说："还有我呢！我可得是光辉形象啊！"

"放心吧，错不了！"

大家嗷嗷叫着转身上车，开走了。

小庄看着他们的背影，默默目送他们离开。

"我知道你为什么那么爱他们了。"丫头说。

"为什么？"

"因为，他们真的很可爱！"

"小庄……"马玲走过来，脸色苍白。

小庄看着她："玲玲……"

"我也要走了，你好好的……"

"没想到你还活着，我真的很高兴。"

马玲看看丫头，笑笑："我能抱抱他吗？"

丫头笑："当然可以！我去那边了！"她转身跑了。

马玲看着小庄，拥抱他。

小庄抱抱马玲："你长大了……"

马玲笑："老了……祝你拍摄顺利！我走了！"她转身走向宝马X5，戴上墨镜开车走了。

小庄看着她离开，转身看着拍摄现场。

剧组在忙活着……

9

出租车在强子家楼下停下。强子下了出租车，摘下墨镜进门。保安诧异地看他。

强子笑笑："我回家。"

强子提着行李走到自己的门口，愣住了。门里面有声音，强子闪身到门边，拔出手枪。门缝虚掩着，强子贴在门边，往里观察，他的手枪慢慢地上膛，咔嚓。

屋里，小蕾在收拾屋子，念叨着："你这个臭男人啊！你知道不知道你积攒了多少双臭袜子！40多双！害得我洗了半夜！还当过兵呢，一点卫生都不讲！"

强子诧异地看着，慢慢推开门。

小蕾转身，啊地尖叫一声。强子惊讶地看着她。小蕾脸色惨白："你你你你怎么跟鬼一样？你什么时候回来的？"

"你怎么知道我会回来？"

"因为……你没有死。"

"你怎么知道我没有死？"

小蕾的眼泪流出来："因为……我没有亲手触摸到你，所以我相信，你没有死……"

强子愣愣地看着她。

"我每天都来收拾你家，因为我相信——有一天你会回来的！"

强子看着小蕾，一把将她抱住。小蕾挣扎着："哎呀——你干什么——"

强子抱紧小蕾，小蕾闹着："松手啊——你还没追过我呢——不行——不许亲我——"

10

街上。大切V8在急驰。

小庄在开车，他穿得很正式。丫头也穿着礼服，坐在旁边。

酒店门口。电视剧《最后一颗子弹留给我》的海报下，媒体记者们在焦急地等待。数百粉丝也在等待，人人一本书，跟当年的毛选似的。

车开进酒店大门。大切缓缓开上斜坡。

记者们长短家伙一阵招呼："小庄来了！""是小庄的车！"

小庄笑着开车门下车，记者们围着他一阵猛拍。小庄笑笑，进去。

新闻发布厅里悬挂着《最后一颗子弹留给我》电视剧的大幅海报。酒杯的金字塔已经摆好。小庄和丫头在镁光灯的闪耀下上台，接过甄胖子手里的香槟酒打开。

小庄和丫头各拿起一杯香槟酒，举起来。

现场观众中，有一个男人注视着小庄。小庄本能地抬头。男人摘下棒球帽，是耿继辉，他脸色严肃指着侧门。小庄愣住了，他跟丫头说了句话，转身走向侧门。

丫头担心地看着他，但是还是装着一脸笑容在倒酒。

"怎么回事？"

"他在境外被绑架了，我们特种部队不能出境——能够营救他的，只有你了！"

小庄二话没说，撕掉领带丢下："走！"

两人从另一个门出去了。酒店楼顶，轻型直升机的螺旋桨在旋转。小庄跟着耿继辉跑过来，上了直升机。

小庄最后上去，关上舱门。直升机拔地而起。机舱内，小庄脱掉西服，换上别的服装。

总是这样，有解决不完的麻烦等着他，而他，已经习惯了。小庄获准加入中国陆军特种部队预备役，代号西伯利亚狼，026 的编外队员。真的被伞兵的乌鸦嘴说中了，他现在的身份是——蝙蝠侠。

城市上空。一架直升机正在掠过……